Gabriele Beyerlein

Es war in
Berlin

Thienemann

– 1 –

Die Spindeln drehten sich in rasender Geschwindigkeit. Der breite Wagen der Spinnmaschine fuhr aus und hielt in der Endposition, während die Spindeln sich weiterdrehten und die Wollfäden immer fester spannen. Dann stoppten die Spindeln, die Fäden wurden niedergedrückt, der Wagen fuhr zurück in die Grundposition, die Spindeln wickelten dabei das Garn auf. Und wieder von vorn. Ohne Unterlass, von dem Transmissionsriemen angetrieben, tat die Maschine unter lautem Geratter ihre Arbeit. *Sie* wurde nicht müde.

Claras brennende Augen huschten unablässig über Fäden und Spindeln, vor und zurück, nach rechts und nach links. Dreihundert Spindeln hatte sie zu kontrollieren, keinen Wimpernschlag lang durfte sie dieses wirbelnde Spiel aus den Augen lassen. Da, links außen, war ein Faden gerissen. Mit einigen Schritten war sie zur Stelle, folgte dem Wagen in der Spur der Schienen, auf denen er lief. Als er fast eingefahren war, beugte sie sich weit über ihn und erwischte das vom hinteren starren Teil der Maschine herabhängende Ende des zerrissenen Fadens, zog es heran. Nur aufpassen, sich nicht in den anderen Fäden verheddern! Vor der inzwischen wieder ausfahrenden Maschine zurückweichend, nahm sie den Faden in die Linke, ergriff mit der Rechten das Fadenende von der entsprechenden Spindel, legte die beiden Fäden ein Stück übereinander, nicht zu viel und nicht zu wenig. Sofort wurden sie durch die Drehung der Spindeln verbunden. Sorgfältig hielt sie den Faden beim Aufwinden so, dass sich keine Schlaufen bildeten. Dort in der Mitte war schon wieder ein Faden gerissen, sie musste sich beeilen, ihn zu erhaschen, ehe er sich um den Nachbarfaden schlang und Schaden anrichtete.

Mechanisch taten Claras Finger die notwendigen Griffe, immer die gleichen, wie ein Automat. Immer wieder lief sie, die Augen auf die Spindeln gerichtet, vor der linken Hälfte der Spinnmaschine, des Selfaktors, hin und her: der Hälfte, an der sie für das Beheben von Fadenbrüchen zuständig war. Immer wieder folgte sie der Bewegung des großen Wagens ein paar Schritte vor und zurück. Immer wieder reckte und beugte sie sich weit vor, angelte nach gerissenen Fäden und legte sie an. Und wieder von vorn. Vor der Maschine nach rechts die Schritte hin bis zu Franz − dem neuen Maschinenführer, der vor dem Maschinenblock stehend den Selfaktor wartete und eben die eisernen Teile reichlich mit Öl schmierte − und dann wieder nach links die Schritte zurück zum äußersten Rand.

Die Schritte zu ihm hin waren ihr lieber. Immer wieder einmal schaute sie ganz kurz, ob sie vielleicht einen Blick von ihm erhaschte. Bevor er zum nächsten Selfaktor hinüberwechselte, denn er hatte ja zwei Maschinen einzurichten, zu warten und so zu überwachen, dass sie tadellos funktionierten ...

Ohrenbetäubender Lärm erfüllte den Fabriksaal. Zahllose rasselnde Maschinen zum Strecken und Spinnen der Wolle von den Vorfäden bis hin zum feinsten Kammgarn standen hier dicht an dicht. Unaufhörlich drehten sich die Wellen unter der Hallendecke, die von der Dampfmaschine im Keller der Fabrik angetrieben wurden, kreischend griffen Zahnräder ineinander, quietschend stießen Stangen vor und zurück, lederne Treibriemen heulten. Viele Tausende von Spindeln ließen ein hohes Surren ertönen. Vom Keller drangen das Pfeifen des Dampfkessels und das Stampfen der Dampfmaschine herauf, vom Erdgeschoss dröhnte das Getöse des lautesten und gewaltsamsten aller eisernen Ungetüme unter den Maschinen der Fabrik, des Öffners, der den ersten Arbeitsgang an der rohen Wolle vollführte und das ganze Gebäude zum Zittern brachte. Nur ein ersehnter Ton unter all diesem nervenzerrenden Krach stellte sich nicht ein: das helle Gebimmel der Mittagsglocke.

Kurz schaute Clara zur großen Wanduhr an der Stirnseite der Halle: noch fast eine Stunde! Seufzend blies sie sich eine Strähne aus der Stirn, die sich aus ihrer straff aufgesteckten Frisur gelöst hatte. Morgens, wenn sie in die Fabrik kam, trug sie ihre dunklen Haare zu einem langen Zopf geflochten. Franz hatte heute Morgen danach gelangt und gesagt, noch nie habe er einen so dicken Zopf gesehen. Aber während der Arbeit war es Vorschrift, die Haare aufzustecken – wie leicht konnten sich offene Haare sonst um die Spindeln winden. Und wie leicht konnte sich ein im hastigen Hin- und Herlaufen fliegender Zopf sonst im Treibriemen der nächststehenden Maschine verfangen, von der Clara nur der schmale Gang trennte! Wer von so einem Riemen erfasst wurde, der wurde mit unwiderstehlicher Macht in die Höhe gerissen und gegen die Decke geschleudert, und wenn er dann wieder herabfiel, blieb kein Knochen heil. Vor Jahren war ein junges Mädchen so zu Tode gekommen, aus sträflichem Leichtsinn, erklärten die Aufseher, die jeder neu in die Spinnerei eintretenden Arbeiterin und jedem Arbeiter warnend davon erzählten, damit sie sich in Acht nahmen. Dieser Treibriemen und der vielen ungeschützt sich drehenden Maschinenteile wegen war es ebenfalls Vorschrift, die Schürze über dem Rock mit doppelter Schleife in Kniehöhe fest zurückzubinden, damit auch kein wehender Rock und kein Schürzenzipfel in die Maschine geriet. Durch diese Art der Kleidung wurde es Clara noch heißer, als es sowieso schon war.

Ein Schweißfilm stand ihr auf der Stirn und verklebte dort mit dem Staub der in der Luft herumschwebenden feinen Wollhärchen und des Abriebs der Lederriemen. Schweiß rann ihr in kleinen Rinnsalen den Rücken und die Seiten hinunter. Es war heiß und sehr feucht in der Halle, die Luft war geschwängert von Wasserdampf, wie die Wolle es mochte. Die Ofenhitze mischte sich mit der Maschinenwärme und den Ausdünstungen der Wolle und der Arbeitenden, und zu allem Überfluss schien auch noch die Wintersonne tief in die Halle herein. Wie der wirbelnde Staub in ihren Strahlen tanzte! Kaum sah man hindurch.

Gern wäre Clara zu einem der großen Fenster gelaufen und hätte es aufgerissen, den Kopf kurz in die klare Winterluft gesteckt. Aber das Öffnen der Fenster wie das Unterbrechen der Arbeit war durch die Fabrikordnung untersagt – wie so vieles, was gutgetan hätte. Ob die Arbeiterinnen unter der unnatürlichen Schwüle im Raum litten, was spielte das für eine Rolle, wenn nur die Wolle die feuchte Wärme hatte, die sie brauchte, wenn nur die Fäden nicht rissen!

»Diese Hitze!«, rief Franz ihr über das Maschinengetöse zu, als sie wieder neben ihm zu stehen kam. Er blies scherzhaft die Backen auf, wischte sich theatralisch mit dem Handrücken die Stirn und schlenkerte die Hand, als würde er die Schweißtropfen abschütteln.

Sie lachte. »Das kannst du laut sagen! Ich komme um vor Durst.« Sie achtete darauf, dass sie dem Aufseher den Rücken zuwandte, damit dieser nicht sah, dass sie sich mit Franz unterhielt. Privatgespräche während der Arbeit waren verboten, aber bei dem Lärm konnte der Aufseher sie nicht hören.

»Wären wir Orchideen, wir würden hier drinnen gedeihen, bei dem Treibhausklima, das wär eine reine Pracht!«, rief er zur Antwort und grinste ihr zu.

»Aber so gehen wir ein wie die Primeln«, rief sie zurück und freute sich, dass sie eine so gute Entgegnung gefunden hatte.

»Bist ja das reinste Blumenfräulein!« Noch einmal grinste er, dann beugte er sich tief über den Maschinenblock und justierte eine Schraube.

Blumenfräulein. Das war ein Kompliment, oder? Franzens Eltern hatten früher in einer Gärtnerei im Westen Berlins gearbeitet, als Kind hatte er mit ihnen in der Gärtnerei gewohnt und Gärtner werden wollen. Aber dann hatte die Gärtnerei geschlossen, weil das Grundstück zu Bauland geworden war. So war Franz in eine Spinnerei gegangen und hatte sich zum Maschinenführer hochgearbeitet, er hatte es erzählt, als Olga ihn gefragt hatte. Olga unterhielt sich mit jedem, der ihr gefiel, da kannte die nichts.

Olga hatte ihren Platz auf der rechten Seite von Franz, an der anderen Hälfte der Spinnmaschine. Und natürlich trug sie ihr Hemd am Halsausschnitt wieder offen und so weit, dass es ihr über die Schulter glitt und wer weiß was sehen ließ.

Links außen war der Faden gerissen. Rasch tat Clara ihre Pflicht. Als sie kurz wieder zu Franz sah, hantierte er mit der Ölkanne.

Musste nicht rechts ein Garnkörper, ein Kötzer, auf der Spindel höher geschoben werden, um die richtige Aufwicklung zu erhalten – dort dicht neben Franz? Sie eilte hinüber. Da trat ihr nackter Fuß auf einen öligen Fleck, sie rutschte aus, schrie auf, ruderte wild mit den Händen in der Luft, kam den Zahnrädern

7

der nächsten Maschine bedenklich nahe, dann fiel sie hin und schlitterte an Franz vorbei so weit über den glitschigen Boden, dass sie Olga zwischen die Beine segelte. »So pass doch auf!«, schrie diese auf, kämpfte vergebens um ihr Gleichgewicht und stürzte schließlich über Clara.

Einen Augenblick lagen sie beide wie benommen am Boden. Clara schloss die Augen. Trotz des Schrecks und eines dumpfen Schmerzes durch den Aufprall genoss sie beinahe den Moment des Liegens. Endlich eine unverhoffte Pause.

»Na, die holde Weiblichkeit mir zu Füßen, das lass ich mir gefallen!«, rief Franz mit breitem Lachen.

»Das könnte dir so passen!«, entgegnete Olga, streckte ihm die Zunge heraus und rappelte sich auf die Knie. »Hilf mir lieber beim Aufstehen!«

Franz hielt Olga mit fettem Grinsen die Hand hin, um ihr aufzuhelfen. Olga nahm die Hand, aber einen endlosen Augenblick verharrte sie vor ihm auf den Knien, viel weiter vorgebeugt als nötig. Sein Blick blieb in ihrem Ausschnitt hängen. Und an seinem Gesicht sah man, dass dieser Blick tief reichte, wahrscheinlich bis zum Bauchnabel. Oder doch eher weiter oben hängen blieb. Dann endlich zog Franz Olga hoch und gab ihr einen derben Klaps auf den Hintern. Olga kreischte auf. Aber die Hand, die auf ihrem Hinterteil liegen geblieben war und sich dort unverkennbar wohlfühlte, schüttelte Olga nicht ab.

Rasch sah Clara weg und stand auf. Mit einem kurzen Blick zum Aufseher hin, der auf die Szene aufmerksam geworden war und bereits näher kam, eilte sie an ihren Platz zurück.

»Da hab ich wohl Öl verschüttet«, meinte Franz. »Ich mach's auch wieder gut an den gefallenen Mädchen. Heut Abend auf dem Heimweg spendier ich euch in der Bierhalle eine erstklassige Berliner Weiße!«

Eine Berliner Weiße von Franz. Eben noch hätte sie sich nichts Besseres vorstellen können. Aber nicht mit dieser Olga gemeinsam, so, wie die sich aufführte!

»Wie du dir das vorstellst«, rief sie abwehrend. »Daheim warten sie auf mich.«

Franz machte nicht den Eindruck, als täte ihm die Abfuhr leid. Franz hatte nur noch Augen für Olga. Was die sagte, konnte Clara nicht verstehen. Aber dass es eine Zustimmung war, das sah sie.

»Und wenn du meinetwegen noch mal fällst, dann hab ich nichts dagegen, du weißt schon, wie ich's meine«, rief Franz Olga zu und lachte anzüglich.

»Bevor ich deinetwegen fallen würde, müsste es bei dir erst mal ordentlich stehen«, gab die zurück.

Clara wandte sich ab. Sie hatte genug von alldem. Und wollte nichts mehr hören.

Zornig beugte sie sich über die Spindeln. Fünf Fäden waren gerissen, aber nicht alle hingen mehr lose herab, dort, dort und dort hatten sie sich mit den Nachbarfäden verbunden. Doppelfäden waren es nun, die von den einen Spindeln aufgewickelt wurden, während die anderen sich leer drehten. Wenn der Aufseher das merkte – eine Katastrophe! Kötzer mit Doppelfäden waren Ausschussware, dafür würde sie Lohnabzug bekommen, das musste sie vertuschen, unbedingt. Hastig riss sie die Doppelfäden durch, versuchte sie wieder an den beiden richtigen Spindeln anzulegen, nur schnell, schnell, damit es nicht auffiel! Doch da drüben bildeten sich Schlingen, wie sollte sie das verhindern, sie konnte nicht überall zugleich sein. Die ein, zwei Minuten, die sie durch den Sturz verloren hatte, ließen sich nicht einholen, pflanzten sich als Fehler fort.

Dann stand der Aufseher neben ihr. Mit einem Blick erfasste

er die Situation. »Doppelfäden!«, blaffte er sie an. »Und dann auch noch einfach drüberspulen, als wäre nichts! Das ist der Gipfel! Ist dir überhaupt klar, was du hier produzierst? Die Weberei reklamiert dann, dass wir schlechtes Kammgarn liefern, und der Ruf unserer Spinnerei ist ruiniert. Ein Viertel Abzug!«

Ein Viertel Tageslohn Abzug! Zweidreiviertel Stunden umsonst gearbeitet, umsonst geschwitzt, umsonst sich geschunden …

Clara presste die Zähne zusammen. Nur ja nichts sagen. Wenn sie sich jetzt rechtfertigte, dass sie nichts dafür könne, weil sie ausgerutscht sei, dann bekam sie wegen Aufsässigkeit noch einen Abzug dazu.

Früher, beim alten Fabrikherrn, war es anders gewesen, da hatte ein menschlicherer Ton geherrscht. Da hätte sie nicht versucht, einen Fehler zu vertuschen, weil die Aufseher auch mal ein Auge zugedrückt hätten, wenn man an einer Panne wirklich nicht schuld war. Aber seit der Sohn die Firma übernommen und neue Aufseher eingestellt hatte, hagelte es nur so Abzüge und Strafen.

Sie konnte sich das Lamento ihrer Mutter schon vorstellen, wenn die von dem Abzug erfuhr. Acht Mark verdiente Clara in einer Woche, wenn sie keine Strafen zahlen musste, und auf jeden Pfennig kam es an – und die Versicherungen gingen auch noch runter. Die Mutter glaubte, sie könne jede Woche acht Mark verdienen, und wenn es weniger wäre, dann wäre es Claras Schuld. Aber was wusste ihre Mutter schon davon, wie es in einer Fabrik zuging, die hatte nie in einer gearbeitet! Sie würde es der Mutter nicht sagen, vorerst.

Am nächsten Samstag allerdings, wenn sie den Lohn ausbezahlt bekam, würde es sich nicht verheimlichen lassen.

Und das alles wegen Franz.

Franz, der so verwegen aussah, wenn er die Mütze aus der Stirn schob. Aber der Olga in den Ausschnitt starrte und Olga auf den Hintern klatschte und so anzüglich daherredete und sich von der anmachen ließ, dass man sich schämte.

Freilich, solche Sprüche machten alle Männer in der Fabrik, und die meisten Mädchen und Frauen lachten darüber. Sie fand es nicht wirklich zum Lachen. Von daheim war sie so was jedenfalls nicht gewöhnt.

Gefallene Mädchen! So nannten die besseren Leute Mädchen, die sich mit einem Mann eingelassen hatten, und rümpften die Nasen. *Gefallene Mädchen!* Was bildete der sich überhaupt ein! Für Olga mochte das ja stimmen, für die mit Sicherheit. Aber sie selbst jedenfalls, sie war kein *gefallenes* Mädchen, sie hatte noch keinen an sich rangelassen und sie wollte es auch gar nicht und erst recht nicht diesen Franz oder einen anderen Rohling aus der Fabrik.

Aber wo sollte sie einen kennenlernen, wenn nicht in der Fabrik? Ihre Eltern erlaubten ja nicht, dass sie samstagabends zum Tanzen ging wie alle anderen Mädchen. Weil sie vom Dorf waren aus Schlesien, von wo sie erst vor ein paar Jahren hergezogen waren. Und weil sie es mit der Kirche hielten und weil der Pfarrer predigte, dass es Sünde sei vor der Ehe. Es. Dabei wollte sie das sowieso nicht, nur ein bisschen Tanzen und ein bisschen Vergnügen – das konnte doch nicht zu viel vom Leben erwartet sein! Aber der Vater würde sie ja am liebsten einsperren, obwohl sie doch längst siebzehn war. Und vormachen konnte man ihm nichts. Der arbeitete selbst in einer Spinnerei und wusste, wie die Reden in der Fabrik waren, und kannte genug solche wie Franz und Olga.

Fieberhaft arbeitete sie. Ihre Finger flogen. Die Gedanken noch mehr. Und dann endlich ertönte die erlösende Glocke.

Wie durch Zauberhand standen alle Maschinen still. Ein Aufseufzen ging durch die Halle. Im nächsten Augenblick stürzten alle Arbeiterinnen und Arbeiter zur Tür. Im Pulk der anderen drängte Clara die Treppe hinunter, ihren Korb am Arm. Ein Stau bildete sich, weil auch aus der Halle im Erdgeschoss die Mädchen, Frauen und Männer quollen, ein Schieben und Drücken, dann endlich war sie im Freien. Tief atmete Clara auf. Luft! Kalte, klare Winterluft, in der schon ein Hauch von Vorfrühling lag. Die Sonne schien in den Hof und brachte die letzten Schneereste zum Schmelzen.

Auf einer aus ein paar Steinen und Brettern errichteten provisorischen Bank ließ Clara sich nieder und hüllte sich in ihr warmes Umschlagtuch.

Sie blinzelte gegen die Sonne. War da drüben nicht Franz? Wie er dort stand und sich die Mütze aus der Stirn schob ...

Ihr Herz schlug schneller, ob sie es wollte oder nicht.

Zwei andere junge Arbeiter kamen aus dem Fabrikgebäude, gingen auf Franz zu. Gemeinsam verließen die drei den Hof. Die jungen Männer, die hatten Geld, die verdienten ja das Doppelte von dem, was sie verdiente, und gaben aus, was sie hatten. Die brachten sich nicht ihr Essen mit in die Fabrik, sondern gingen zu einem privaten Mittagstisch oder in eine Kneipe, wenn es nach Hause zu weit war, und aßen Fleisch und tranken Bier. Und konnten sich sogar leisten, zwei Mädchen in die Bierhalle einzuladen. Aber im Grunde waren sie nur an einer interessiert, die ihnen alles zeigte, was sie hatte – und die vor allem mehr tat, als es nur zu zeigen. Ach, was sollte es! An Franz noch einen Gedanken zu verschwenden, lohnte ja doch nicht!

Clara hielt ihr Gesicht mit geschlossenen Augen in die Sonne. Die Sonne brannte alle Gedanken weg, bis nichts mehr da war außer diesem Rot, das hinter ihren Lidern flimmerte.

Wohlig streckte sie die Beine von sich. Sie war froh, dass der Weg nach Hause zu weit war, um ihn in einer Stunde Mittagspause hin und her zurückzulegen. So erwartete die Mutter nicht, dass sie mittags heimkam.

Endlich einen Augenblick ausruhen, genießen. Frische Luft atmen. Und endlich wieder fühlen, dass man lebte.

Langsam kroch ihr die Kälte von den Füßen aufwärts unter den dünnen Rock, biss ihr in die Haut. Sie schlang die Arme um den Oberkörper, zog das Umschlagtuch fester, rieb sich die Schultern. Obwohl sie immer stärker fror, blieb sie sitzen. Wie ruhig es war. Kein Maschinenlärm mehr, keine Stimmen, nur das Tschilpen der Spatzen.

Wie früher daheim in Schlesien ...

Immer so bleiben.

Als sie sich schließlich vor Kälte zitternd erhob, war der Hof leer. Clara machte sich zum »Speisesaal« auf, einem düsteren Raum im Kellergeschoss der Fabrik, in dem die Dampfmaschine stand. Widerstrebend stieg sie die Stufen hinunter. Wäre nur endlich Frühling, dass man wieder die ganze Mittagspause im Freien verbringen könnte!

Sie stieß die Tür auf. Stickige Wärme, ein übles Gemisch der verschiedensten Gerüche, Tabakqualm, Kohlenstaub und lautes Stimmengewirr schlugen ihr entgegen. Der Raum war so duster und dunsterfüllt, dass ihre sonnengeblendeten Augen kaum etwas sahen. Fast blind bahnte sie sich den Weg zwischen den langen Bänken hindurch und an den Kohlehaufen vorbei zum vor Hitze glühenden Heizkessel der Dampfmaschine und stellte ihre Blechkanne darauf. Dann ließ sie sich auf dem nächsten freien Platz an einem der rußgeschwärzten Holztische nieder, an dem mehrere junge Mädchen saßen.

»Na, Clara, hast du heut wieder nur Kartoffeln?«, fragte Olga.

13

Clara hatte nicht gemerkt, dass sie sich ausgerechnet neben die gesetzt hatte. Doch jetzt aufstehen und sich einen anderen Platz suchen, das ging nicht.

»Und Kaffee«, erwiderte Clara, »aber den mach ich grad heiß.« Vor einer wie Olga ließ sie sich nicht anmerken, dass sie auch gern mal etwas anderes zu essen hätte. Sie begann die Pellkartoffeln zu schälen. Sorgsam bewahrte sie die Schalen in einem Stück Zeitungspapier auf. Die kleinen Brüder würden sich freuen, wenn sie die ihnen auf der Herdplatte röstete und mit etwas Zucker bestreute – die einzige Nascherei, die es daheim gab.

»Da, darfst mal mit eintauchen«, erklärte Olga und schob ihr das Blechgeschirr hin, in dem cremig gerührter Quark Clara verheißungsvoll anlachte. Ihr lief das Wasser im Mund zusammen. Sie wollte ablehnen, aber sie brachte es nicht fertig, fuhr mit ihrer Kartoffel in den Quark. Wie kühl und frisch das schmeckte. Ob sie wohl noch einmal durfte? Aber ausgerechnet von Olga ...

Rasch stand sie auf und holte ihre Kaffeekanne vom Heizkessel. Sie trank und trank. Süß und herb zugleich rann das heiße Getränk aus Kaffee-Ersatz durch ihre Kehle. Drei gehäufte Esslöffel Zucker hatte sie hineingemischt. Zucker zum Kaffee aus Zichorienwurzel war der einzige Luxus, mit dem die Mutter nie knauserte – und wenn man beim Kaufmann dafür anschreiben lassen musste. Wie ließe sich auch sonst ein Arbeitstag von morgens um sechs bis abends um sechs durchstehen?

»Clara hat heut eine Einladung zur Berliner Weiße ausgeschlagen!«, verkündete Olga den anderen. »Franz wollte sie mit mir gemeinsam in die Bierhalle ausführen. Aber Clara will nicht. Was sagt ihr dazu?« Olga lachte.

Clara stieg das Blut in den Kopf. Dennoch zuckte sie die

Schultern und versuchte gleichfalls ein Lachen. »Na und! Ich mach mir nichts aus ihm.«

»Da hör mal eine an«, schaltete sich Emmi ins Gespräch ein, ohne ihren Strickstrumpf sinken zu lassen. »Wo er doch gar nicht schlecht aussieht! Schultern hat der, die könnten mir schon gefallen. Und wenn er so die Mütze zurückschiebt – der hat das gewisse Etwas, da gibt's nichts. So einen lässt man doch nicht stehen! Oder hast du am Ende längst einen Bräutigam, Clara, und wir wissen nichts davon?«

»Was, Clara hat einen Bräutigam? Und, was ist? Wie ist er? Jetzt aber los, erzähl!«, riefen die anderen Mädchen und beugten sich vor.

»Was ihr nur habt«, wehrte Clara ab.

Von Stunde zu Stunde wurde die Luft dumpfer. Wenn man wenigstens einmal einen Schluck Wasser trinken dürfte! Aber die Arbeit an der Spinnmaschine duldete keine Unterbrechung. Der Nachmittag – fünf Stunden am Stück – nahm kein Ende.

Wie benommen tat Clara ihre Arbeit. Eben noch hatte das Anspinnen für eine neue Partie eine gewisse Abwechslung gebracht. Da musste man sich zwar beim Abnehmen und Einsortieren des aufgespulten Garns, der Kötzer, beim Aufstecken neuer Papierhülsen auf die Spindeln und beim Anlegen der neuen Fäden auch beeilen, aber man konnte es wenigstens im eigenen Rhythmus machen, musste sich nicht so an die Bewegung der Maschine anpassen, musste nicht so auf dieses wirbelnde Spiel starren. Doch nun hatte sie wieder das Spinnen zu überwachen. Mechanisch erfüllten die Finger ihre Aufgaben, ganz von selbst registrierten die Augen jede Störung, unwillkürlich reagierten ihre Muskeln. Immer dasselbe. Der Lärm schien zuzunehmen, lauter und lauter zu werden. Unerträglich dröhnte er in den Ohren und wollte ihren Kopf schier zersprengen. Schultern und Rücken schmerzten, die Beine waren schwer, die Füße brannten, die Zehen taten weh. Mehr als einmal hatte sie sich diese an den auf den Boden geschraubten Eisenschienen gestoßen, auf denen der Wagen fuhr. Und noch mehr als zwei Stunden bis zum Feierabend.

Kein Blick mehr für Franz. Nur noch dies eine: aushalten, durchhalten! Da plötzlich schepperte die Glocke. Und die Maschine stand still.

Einen Augenblick wurde Clara schwarz vor Augen. Taumelnd hielt sie sich am Wagen des Selfaktors fest. Dann schaute sie zur Wanduhr: Erst vier.

Stimmen erhoben sich, fragten nach dem Grund der Unterbrechung. Der Oberaufseher rief laut: »Schluss für heute! Der Herr Direktor hat Kurzarbeit angeordnet. Täglich neun Stunden, dabei bleibt es fürs Erste. Morgen früh wieder um sechs! Und jetzt gründlich den Arbeitsplatz aufgeräumt und reinegemacht! Vorher verlässt keiner die Fabrik.«

»Kurzarbeit?«, gellte eine Frau, deren Augen vom Staub in der Fabrik rot entzündet waren. »Ohne uns was zu sagen! Vier Kinder hab ich großzuziehen und mein Mann ist krank und kann nicht in die Fabrik! Kann mir einer sagen, wie ich die hungrigen Mäuler daheim stopfen soll?«

Andere Stimmen mischten sich in den Protest, doch Clara dachte nichts als: Gott sei Dank. Für heute kann ich entkommen.

Einer der Arbeiter forderte lautstark Aufklärung, wie lange die Kurzarbeit andauern werde, doch er wurde vom Oberaufseher im Kasernenhofton abgefertigt: »Das wirst du dann schon sehen. Seit wann ist dir denn der Herr Direktor Rechenschaft schuldig? Und jetzt halt den Mund! Sonst arbeitest du morgen nur für die Strafe, die dir abgezogen wird. Das gilt für alle!«

Das laute Schimpfen verstummte und wandelte sich in ein leises Murren. »Das können die doch mit uns nicht machen«, klagte Emmi, die an der nächsten Maschine stand, flüsternd. Ihre Stimme zitterte. »Wie soll ich denn jetzt mit dem Lohn auskommen, wo's doch so schon vorn und hinten nicht reicht!« Emmi hatte ein Kind und keinen Vater dazu.

Clara erwiderte nichts. Kurz sah sie in das verzweifelte Gesicht der anderen, blickte rasch wieder weg. Dann kehrte sie hastig die Abfälle zusammen, säuberte die Maschine und ging, ohne auch nur noch ein einziges Wort zu wechseln. Endlich frei.

Erst auf der engen Straße hielt sie inne und wickelte sich in ihr Umschlagtuch. Zwei geschenkte Stunden lagen vor ihr. Doch wie sie nutzen? Wenn sie nach Hause ginge, so würde sie von der Mutter in die Heimarbeit eingespannt werden. Oder sie müsste bügeln. Den ganzen Sonntag hatte sie mit der Mutter gemeinsam Wäsche gewaschen, körbeweise wartete diese darauf, geplättet zu werden. So oder so hätte sie die Schufterei in der Fabrik nur gegen die Schufterei zu Hause eingetauscht.

Sie wandte sich zum Fabriktor um. Im Pulk der anderen sah sie Franz mit Olga herauskommen. Olga hatte sich bei ihm eingehängt und lachte zu ihm empor. Und jetzt legte er seinen Arm um ihre Hüfte und ließ die Hand unter dem Umschlagtuch verschwinden.

Clara wandte sich ab und lief die Straße hinunter, bog um eine Ecke, verließ die übliche Route nach Hause. Vor Franz und Olga herzugehen, nein, dazu hatte sie nun wirklich keine Lust.

Gassen, durch die sie noch niemals gegangen war, altes heruntergekommenes Gemäuer, Hoftore, die den Blick in düstere baufällige Höfe freigaben, in denen morsche Schuppen und schadhafte Holzvorbauten beinahe jeden Winkel ausfüllten, windschiefe Häuser aus längst vergessenen Jahrhunderten – Claras eingeschlagener Weg führte sie durch die ältesten Quartiere des Zentrums.

Eine Idee bildete sich in ihr: Ums Schloss wollte sie spazieren und bei der Baustelle zuschauen, wie der neue Dom entstand, dann die Linden hinabflanieren und in der Friedrichstraße die Geschäfte ansehen und ihre Freiheit genießen. Was für ein guter Tag! Und heute Abend kam dann noch der beste Abend der Woche. Heute war Donnerstag, und donnerstagabends passte sie immer auf die Kinder ihrer älteren Freundin Jenny auf, während diese in die Arbeiterinnenschule ging, und durfte zum Dank bei Jenny essen, bis sie satt war. Jenny war mit einem Eisengießer verheiratet, der gut verdiente, und deshalb gab es bei Jenny immer herrliche Sachen zu essen, oft sogar Fleisch. Bei dem bloßen Gedanken lief Clara schon das Wasser im Mund zusammen.

Gemächlich schlenderte sie weiter, rieb dabei die Hände aneinander. Die Sonne stand schon so tief, dass die Gasse im Schatten lag. Und so wohltuend sie zunächst die Winterluft nach der stickigen Hitze der Fabrik empfunden hatte – nun wurde ihr kalt. Wenn sie einen Wintermantel besäße!

Sie seufzte. Ein Wintermantel, das war der Traum, den sie seit Jahren mit sich herumtrug. Noch nie hatte sie einen besessen. Wenn sie einen Wintermantel aus dichtem Wolltuch hätte, dann müsste sie nie mehr frieren. Und keiner würde ihr auf der Straße ansehen, dass sie keine Bürgertochter war, sondern nur ein Fabrikmädchen. Und am Sonntag könnte sie in der Stadt spazieren gehen und müsste nicht zu Hause sitzen bleiben, weil sie nichts Warmes anzuziehen hatte, womit man sich am Sonntag blicken lassen konnte.

Sie hatte ja Geld. Eine Mark durfte sie jede Woche von ihrem Lohn behalten, wenn sie das verdiente Geld bei ihrer Mutter ablieferte. Davon musste sie ihre Kleidung bezahlen und alle kleinen Vergnügungen, die sie sich gönnte. Sie gönnte sich fast nie etwas, auch keine Abfallwurst oder einen Hering zu Mittag wie manche der Arbeiterinnen in der Spinnerei. So viel Geld als möglich trug sie auf die Sparkasse.

Wenn man heiraten wollte, dann brauchte man mindestens dreihundert Mark für den allernötigsten Hausrat, hatte Jenny gesagt, darunter ging gar nichts. Jenny wusste so was. Jenny wusste überhaupt sehr viel.

Clara bog um eine Ecke und blieb erschreckt stehen. Die Straße war überfüllt von Männern in blauen Arbeitsblusen, die mit besorgten Gesichtern schweigend auf und ab gingen oder sich in bald ernstem, bald erregtem Gespräch vor dem Tor eines schmalen Fabrikgebäudes versammelt hatten. Das Tor aber wurde bewacht von zwei finster dreinblickenden Schutzleuten. Frauen beugten sich aus den Fenstern der umliegenden Häuser und schauten neugierig auf das Geschehen.

»Was ist hier los?«, fragte Clara eine junge Frau, die in einer gegenüberliegenden Hofeinfahrt stehend das Ganze beobachtete, ein kleines Kind am Rockschoß, ein Baby auf dem Arm.

»Die Arbeiter der Fabrik dort streiken«, erwiderte diese. »Drechsler sind es, denen der Stücklohn um ein Drittel gekürzt worden ist. Aber das sind alles Organisierte, Genossen, die lassen sich das nicht bieten, die haben spontan zum Streik aufgerufen. Na, wenn das mal gut geht! Ich will ja nichts gesagt haben, aber ...« Die Frau stockte und wies zum Ausgang der Straße, stieß einen Schrei aus. »Ich hab's ja geahnt!« Damit fasste sie nach der Hand des kleinen Jungen, drehte sich um und verschwand in der Toreinfahrt, den Kleinen hinter sich herziehend.

Clara blickte die Straße hinunter, wohin die Frau gezeigt hatte. Sie schluckte. Berittene Polizei näherte sich von dort, immer mehr Schutzmänner auf hohen Pferden wurden es, die mitten unter die Menschen ritten und die Gruppen zertrennten. Und vom anderen Ende der Straße kamen auch welche.

Polizei. Es war, als setze etwas in ihrem Kopf aus. Weg hier!, dachte sie nur noch, weg hier! Aber wenn sie rechts oder links die Straße hinunterlief, würde sie genau den Schutzmännern in die Arme laufen. Und vor denen fürchtete sie sich mehr, als sie sagen konnte.

Sie verzog sich in die Toreinfahrt, ging immer weiter, kam in einen engen Hof, hörte sie nicht ein Schreien aus der Gasse? Pfiffe?

Wie leicht konnte man in etwas hineingeraten, aus dem man nicht mehr herauskam. Aber sie konnte sich ja nicht ewig in diesem dusteren Hof verstecken. Wer konnte wissen, wie lange das da draußen noch so weiterging! Unschlüssig sah sie sich um.

»Was suchst du denn?«, riefen ihr ein paar spielende Kinder zu.

»Gibt es hier einen zweiten Ausgang?«, fragte sie.

»Ist wohl die Polente hinter dir her?«, fragte ein Junge und grinste mitfühlend. Die anderen Kinder lachten. Es war ein nettes Lachen.

Willig führte der Junge sie durch dunkle Flure, finstere Winkel und enge Höfe, vorbei an stinkenden Latrinen und wirren Haufen von Gerümpel. In einer Ecke lallte ein Betrunkener, eine Frauenstimme zeterte hinter blinden Fensterscheiben, lautes Fluchen antwortete ihr, irgendwo schrie sich ein Baby die Seele aus dem Leib.

»Na, was krieg ich dafür?«, fragte der Junge und wies auf ein offenes Tor, hinter dem man eine schmale Gasse sah, die den

Blick freigab auf den Molken-Markt. Ein Pferdeomnibus ratterte über den Platz.

»Danke!«, erwiderte Clara. »Aber geben kann ich dir nichts. Ich hab nichts.«

Der Junge nickte und grinste. »Hab ich mir schon gedacht. Wie du aussiehst.« Er zwinkerte ihr verschwörerisch zu: »Lass dich nicht erwischen!« Damit verschwand er.

Es war ruhig auf der Straße. Als würde nicht ein paar Meter weiter Aufruhr herrschen und vielleicht sogar Kampf.

Clara schauderte zusammen. Die Lust auf einen freien Nachmittag in der Stadt war ihr vergangen. Heim wollte sie, nur noch heim.

Auf der Blumenrabatte steckten schon die Schneeglöckchen und Krokusse die grünen Blattspitzen aus der Erde. Und die Christrosen blühten. Clara blieb stehen, schaute. Ein Lächeln stahl sich auf ihr Gesicht. Sie liebte diese Beete im ersten Hof ihrer Mietskaserne, auf die den halben Tag die Sonne schien. Überhaupt dieser Hof mit seiner kleinen Rasenfläche und seinem von Blumenbeeten eingefassten Zierbrunnen, seinen Fliederbüschen, die im Mai so wundervoll dufteten, und seiner rosenumrankten Laube, in der die Herrschaften im Sommer Tee tranken und die beiden alten Damen aus dem dritten Stock des Vorderhauses ihre Stickereien anfertigten. Einmal nur für eine Stunde in dieser Rosenlaube sitzen dürfen!

Aber der Aufenthalt im Garten war nur den Herrschaften aus dem Vorderhaus gestattet, so stand es auf dem Schild im Eingang unter dem »stillen Portier« – der Tafel, die die Bewohner des Vorderhauses aufführte – gemeinsam mit all den anderen Verboten, die das Herumstehen, das Rufen und laute Reden in den Treppenhäusern und Tordurchfahrten untersagten und das Spielen in den Höfen und überhaupt alles, was Freude machte. Die alte Frau Riefke, die Mutter des Hauswarts, hatte ihren Lehnstuhl am Fenster der Hauswartswohnung im Erdgeschoss rechts und schaute den ganzen Tag in den Garten. Und sobald man auch nur stehen blieb, sagte sie ihrem Sohn Bescheid und schon kam Riefke gerannt und kanzelte einen ab.

Kurz warf Clara einen Blick zu dem besagten Fenster, ob die Gardine sich schon bewegte. Da sah sie eine junge Frau mit Kinderwagen durch die Einfahrt kommen, ein Kind an der Hand, und als diese in den Hof trat, erkannte Clara, dass es ihre Freundin Jenny war. »Clara! Clara!«, rief der kleine Moritz, riss sich von seiner Mutter los und lief ihr entgegen. »Kommst du heut zu uns? Erzählst du mir wieder von Rübezahl?«

Clara ging in die Knie, breitete die Arme aus und fing den Dreijährigen auf. »Aber sicher doch«, erwiderte sie und strich dem Kleinen die Haare aus der Stirn. Hinter dem Fenster wurde mit einem Stock an die Scheibe geklopft und gedroht. Sie erhob sich mit dem Kind auf dem Arm und nickte Jenny zu: »Gleich kommt Riefke!«

Diese verdrehte die Augen. »Könnt ihr nicht lesen?«, äffte sie den Kasernenhofton des Hauswarts nach. »Oder muss ich erst andere Saiten aufziehen?« Sie schüttelte sich und lachte. »Riefke kann nun mal den Feldwebel nicht ablegen. Aber wir sind nicht seine Rekruten – der soll mir nur dumm kommen!« Sie warf den Kopf in den Nacken.

Clara sah die Ältere voller Bewunderung an. Jenny ließ sich von niemandem einschüchtern. Dennoch schob sie den Kinderwagen auf dem Plattenweg rasch weiter. Erst im Dunkel der Durchfahrt zum zweiten Hof verzögerte sie ihren Schritt und fragte: »Aber warum bist du schon zu Hause? Es ist doch noch nicht einmal fünf?«

»Wir haben Kurzarbeit«, erwiderte Clara und trat in den zweiten Hof, der ähnlich geräumig war wie der erste, doch im Gegensatz zu diesem nicht die geringste Begrünung aufwies. Nur ein bisschen vertrocknetes Unkraut zwängte sich zwischen den Fugen des Kopfsteinpflasters hindurch, das zu beiden Seiten des Weges verlegt war. An die Mauer zum rechten Nachbargrundstück, über die das sägezahnförmige Dach und der Schornstein einer Fabrik hinausragten, drängte sich ein Schuppen, in dem eine kleine Kohlehandlung sowie der Stall und die Remise eines dürftigen Fuhrunternehmens »Fuhren aller Art, schnell, billig, preiswert« untergebracht waren. Daneben Mistgrube und stinkende Müllkübel, davor die Teppichklopfstange. Die Wäscheleinenpfosten standen ein Stück entfernt auf der linken Seite des Hofes vor dem Seitengebäude der Mietskaserne mit dem Abgang zur Kellerkneipe »Zum unterirdischen Paule«. Weiße Tafeltücher der Vorderhaus-Bewohner wehten in der Winterluft.

Trotz seiner Kargheit und des Lärms, der von der Fabrik vom Nachbargrundstück herüberdrang, mochte Clara den zweiten Hof: Hier war es nicht so duster wie in ihrem eigenen Hof, dem dritten. Hier traf man oft auf Gesellschaft. Hier verbot einem niemand, sich zu unterhalten. Im Augenblick freilich war sie mit der Freundin und ein paar Himmel und Hölle spielenden Kindern allein.

»Kurzarbeit? Einfach so?« Jenny sah sie fragend an und blieb stehen.

Clara nickte. »Uns hat keiner was erklärt.«

»Und morgen heißt es dann, der Absatz für Wolle ist eingebrochen und ihr müsst für den halben Lohn arbeiten!«, erregte sich Jenny. »Ich kenne das, ich hab das alles schon erlebt, vor Jahren, als ich als Mantelnäherin in der Fabrik in der Spandauer Straße gearbeitet habe. Und das Garn und die Nähnadeln wollten sie uns auch noch vom Lohn abziehen. Pass bloß auf, Clara, dass es euch nicht auch so geht!«

»Was soll man da schon machen«, antwortete Clara.

»So darfst du nicht reden!« Jenny ereiferte sich immer mehr. »Du musst kämpfen! Wir haben es auch geschafft, damals. Wir haben uns einfach geweigert, zu so einem Schandlohn zu arbeiten. So jung ich war und so bitter angewiesen auf das bisschen Geld, ich war dabei. Mit zwei anderen gemeinsam haben mich die Arbeiterinnen als Delegation zum Unternehmer geschickt. Und der hat tatsächlich klein beigegeben. Denk immer dran: Eine Arbeiterin oder ein Arbeiter alleine ist nichts. Aber alle gemeinsam, die sind eine Macht. Du weißt doch: *Alle Räder stehen still, wenn dein starker Arm es will!* Ach, wenn ich in eurer Fabrik wäre, dann würde ich agitieren! Ich würde schon Stimmung machen, das darfst du mir glauben!«

»Sei froh, dass du zu Hause bist und deinen Haushalt versorgen kannst und deine Kinder, und dass du einen guten Mann hast und ein schönes Leben und dich nicht in der Fabrik schinden musst«, erwiderte Clara.

Jenny seufzte und warf Clara einen seltsamen Blick zu, den diese nicht zu deuten wusste. »Bin ich ja auch«, erwiderte sie gedehnt. »Einerseits. Aber wenn ich …«

»Entschuldigen Sie bitte«, wurden sie in diesem Augenblick von einer sehr kultivierten Frauenstimme angesprochen. »Dürfte ich Sie wohl um eine Auskunft bitten?«

»Ja?« Clara wandte sich um. Eine hochgewachsene junge Dame stand da in einem halblangen Wintermantel aus edelstem Kaschmir, das erkannte Clara gleich, nicht umsonst arbeitete sie in einer Wollspinnerei, und ihre Mutter nähte schließlich Kaschmirschals. Einfach ein Traum war dieser Mantel mit seiner engen Taille und dem großen Pelzkragen und dem Pelzbesatz entlang der Vorderkante und des Saums. Darunter sah ein mit Atlasbändern und -schleifen drapierter Rock aus schwerem Samt hervor und Stiefeletten von atemberaubender Zierlichkeit. Die Hände der jungen Dame steckten in einem Pelzmuff.

Ob es wohl Nerz war? Sie wusste nicht, wie Nerz aussah, nur, dass er besonders teuer war. Und teuer war dieser Pelz bestimmt.

Da könnte eine Arbeiterin ihr Leben lang schuften und würde eine solche Kleidung doch nicht bezahlen können. Und in einem Geschäft für abgelegte Herrschaftskleidung gab es so etwas auch nicht zu kaufen, und wenn doch, dann war es noch immer unbezahlbar. Aber so schön …

Clara unterdrückte ein sehnsüchtiges Seufzen und schaute zu dem Mädchen weiter, das drei Schritte hinter der Dame in einem einfachen schwarzen Wollmantel dastand und unruhig von einem Fuß auf den anderen trat. Offensichtlich war es das Dienstmädchen und ebenso offensichtlich wünschte es sich weit weg.

Auch die Dame sah nicht eben glücklich aus. Sie zog ihre weiß behandschuhte Rechte aus dem Muff, schob sich den halben Schleier zurück, der an der modischen Pelzkappe befestigt war, und lächelte mühsam. Dann nestelte sie einen Zettel hervor. »Ich habe hier eine Anschrift von einer Anna Brettschneider, die ich aufsuchen möchte. Aber ehe ich lange suche, wäre ich für Ihre Auskunft dankbar. Hier steht nur *Hinterhof*, aber nicht welcher – und es gibt ja wohl noch zwei?« Damit machte sie eine Kopfbewegung zur nächsten Tordurchfahrt hin, durch die man auf den letzten Torbogen und dicht dahinter auf das vierte, das letzte Hinterhaus der Mietskaserne sah.

»So ist es«, erwiderte Jenny. Und dann zu Clara: »Kennst du eine Anna Brettschneider?«

Clara nickte. »Früher hat sie in unserem Haus gewohnt. Sie hat fünf Kinder und keinen Mann mehr, meine Brüder stecken manchmal mit denen zusammen, aber meistens müssen die ja Tüten kleben. Sie wohnen jetzt im vierten Hinterhaus im Keller.«

»Das sagt alles!« Jenny seufzte tief. Dann runzelte sie die Stirn und sah die fremde Dame herausfordernd an. »Was wollen Sie denn von Anna Brettschneider?«, fragte sie harsch.

»Ich will nichts von ihr. Es ist umgekehrt«, erwiderte diese abwehrend. Eine leichte Röte war in ihre Wangen gezogen. »Sie hat eine Bittschrift wegen einer Nähmaschine an unser Wohltätigkeitskomitee gerichtet. Mein Auftrag ist es abzuklären, ob wirklich eine Bedürftigkeit vorliegt. Wenn Sie mir also ...«

»Bedürftigkeit!« Jenny lachte, ein Lachen so bitter und verächtlich, dass Clara förmlich zusammenzuckte. »Ich kenne sie nicht, diese Anna Brettschneider, aber eines dürfen Sie mir glauben, meine hochwohlgeborene Dame: Wenn eine im Keller im letzten Hinterhaus wohnt und fünf Kinder hat und keinen Ernährer, dann ist sie bedürftig! Und was so eine braucht, das ist gottverdammt noch mal keine Wohltätigkeit, sondern Gerechtigkeit! Aber gehen Sie nur hin, gehen Sie und überzeugen Sie sich!« Damit ließ Jenny die Dame einfach stehen, riss Clara Moritz vom Arm und schob den Kinderwagen so heftig auf den rechten der beiden zu jeder Seite der Durchfahrt gelegenen Hauseingänge zu, dass ihre Bewegungen vor Zorn zu sprühen schienen.

Die Wangen der Dame waren inzwischen dunkelrot. Wenn sie nun beleidigt war und umkehrte, nur weil Jenny sie vor den Kopf gestoßen hatte! Dann wäre die einzige Chance vertan, Anna Brettschneiders Not zu lindern. Wo Anna doch von nichts anderem redete, als dass sie eine Nähmaschine bräuchte, um für einen Zwischenmeister Blusen oder Oberhemden zu nähen, damit sie ihre Kinder besser durch Hausindustrie ernähren könnte als mit diesem elenden, miserabel bezahlten Tütenkleben. Weil sie die Kinder ja nicht alleine lassen konnte, um in einer Fabrik zu arbeiten, so klein, wie die Kinder noch waren, und weil sie doch allesamt hungerten und schon ganz elend aussahen …

»Jenny meint es nicht so«, murmelte Clara entschuldigend. Bittend blickte sie die fremde Dame an. »Anna Brettschneider ist ganz bestimmt bedürftig! Und wenn Sie ihr eine Nähmaschine schenken, dann helfen Sie ihr aus höchster Not. Kommen Sie, ich zeige Ihnen den Weg.«

»Danke, sehr freundlich«, antwortete die Dame. Ihre Stimme klang auf einmal recht belegt.

Vor ihr her ging Clara durch die Tordurchfahrt in den dritten Hof.

»Mein Gott!«, rief die Fremde aus. »Ist es hier eng und duster!«

Claras Blick ging gleichgültig durch den etwa vier Meter breiten, lang gestreckten Hof, der außer den aufgereihten Müllkübeln und einigen windschiefen Verschlägen an der Hauswand keinerlei Einrichtung bot. Wenn die Dame sich schon über den dritten Hof aufregte, was mochte sie dann erst zum vierten sagen? Schulterzuckend erwiderte sie: »Im Winter scheint hier kein Sonnenstrahl herunter, aber im Sommer schon. In den vierten Hof scheint die Sonne nie.« Sie redete sich in Fahrt, auf einmal fand sie es gut, der Dame das alles zu erklären: »Früher, hab ich gehört, war dieser Hof genauso groß wie die beiden vorderen. Aber dann hat der Besitzer noch das zusätzliche Hinterhaus reinbauen lassen, dadurch wurde es so eng.«

Das sei die reine Profitgier gewesen, die den Hausbesitzer zum Bau dieses schmalen weiteren Hinterhauses getrieben habe, hatte Jenny gesagt. Mit den kleinen Wohnungen für die armen Leute ließe sich mehr Geld verdienen als mit den großen Wohnungen für die Reichen – im Verhältnis seien die Mieten für die kleinen Wohnungen viel teurer. Und was schere es den Hauswirt, wenn durch den Bau des zusätzlichen Gebäudes die winzigen Wohnungen und Werkstätten im letzten Hinterhaus zu finsteren Löchern würden, er müsse ja nicht drin wohnen, er hätte ja sechs Zimmer im Vorderhaus, und bei der Wohnungsnot bekäme er seine miesen Rattenlöcher trotzdem los. Aber so sei das nun mal im Kapitalismus, und es würde immer schlimmer werden, immer mehr würden die Massen verelenden bis zum großen Zusammenbruch, das liege am Kapitalismus, das sei wissenschaftlich bewiesen, da gehe kein Weg dran vorbei und erst mit der Revolution würde es anders. Oder so ähnlich.

Clara verstand nicht alles, was Jenny ihr immer über die Kapitalisten und die Revolution erklärte. Aber sie hatte genug verstanden, um zu wissen, dass man davon nichts zu einer vornehmen Dame sagen durfte, die über das Schicksal von Anna Brettschneider entschied. Auf einmal wurde Clara Angst, sie könnte bereits durch ihre Bemerkung die Dame verärgert und Anna geschadet haben. Deshalb beeilte sie sich zu beteuern: »Aber im nachträglichen Hinterhaus, ich mein dem dritten, ist es gut zu wohnen, da wohnen nämlich wir. Alles modern, in beiden Treppenhäusern gibt es in jedem Stockwerk auf halber Treppe zwei Wasserklosetts. Im letzten Hinterhaus müssen die Leute ja noch in den Hof zur Klosettanlage. Früher hat Anna Brettschneider sich bei uns auch eine Wohnung leisten können, Küche und Stube, genau wie wir. Aber seit ihr Mann sie verlassen hat, musste sie nach hinten ziehen, in den Keller in einen einzigen Raum. Wie soll man auch mit Tütenkleben das Geld verdienen für eine so teure Wohnung wie unsere! Mit einer Nähmaschine könnte sie wenigstens aus dem Keller raus, meint sie. Jetzt kommen Sie, wir können hier entlang!«

Sie führte die Dame nicht durch den nächsten Torbogen in den vierten Hof, sondern über den dritten Hof nach links und dann zwischen dem Haus und dem Seitenflügel durch den schmalen Spalt, der gelassen war, damit hier die Fenster des älteren Seitengebäudes noch Luft bekamen, wenn auch kaum Licht. So erreichten sie den vierten Hof.

Er war so schmal wie nur möglich, keine drei größeren Schritte breit. Rußgeschwärzt die fensterlose Rückwand des Quergebäudes, rußgeschwärzt auch die ehemals graue Front des fünfstöckigen Hintergebäudes, von welcher der Putz bröckelte. Dunkel war es hier, fast als sei schon Nacht. Trotz der Winterluft hing ein übler Geruch in dem schmalen, hohen Schlauch. Ein kleines Mädchen lief eben mit einem randvoll gefüllten Pisspott zur Tür heraus und strebte den am Ende des engen Schlauches liegenden »Appartements« zu, den an die Mauer zum Nachbargrundstück gebauten Klosetts. Aus dem Pott schwappte es der Dame vor die Füße. Diese wurde blass und hielt sich ihr spitzengesäumtes Taschentüchlein an die Nase. Wenn die im Sommer hierher käme und den Gestank riechen würde, der dann hier herrscht, würde sie vermutlich glatt in Ohnmacht fallen, dachte Clara.

Sie grinste vor sich hin und stieß die Tür des Treppenverschlages auf, der in den Keller des letzten Hinterhauses hinunterführte. Der Geruch nach Moder, Kohlsuppe, Zwiebeln, Petroleum, Pisse und kaltem Rauch, der ihnen entgegenschlug, nahm selbst ihr beinahe den Atem. Dunkel war es auf der steilen Stiege, nur eine einzelne rußige Petroleumlampe brannte unten im langen Kellerflur. Vorsichtig stieg Clara die schmalen

Treppenstufen hinunter. Hinter sich hörte sie einen unterdrückten Aufschrei der fremden Dame und etwas wie ein Würgen.
Eine Form von Genugtuung stieg in ihr auf. Für Anna Brettschneider konnte das nur gut sein. Die Dame wollte sehen, ob
Anna Brettschneider wirklich bedürftig war. Sollte sie es sehen!

Clara eilte im düsteren Gang vorwärts, zählte die Türen ab,
klopfte an die vierte – sie wusste, sie gehörte zu dem Kellerloch,
das Anna mit ihren Kindern und einer Schlafgängerin bewohnte –, und öffnete sie, ohne auf eine Antwort zu warten. Anna
Brettschneider saß im trüben Schein einer Petroleumfunzel mit
ihren beiden Großen, dem siebenjährigen Ludwig und dem
sechsjährigen Hans, über Tüten und Leimtopf gebeugt am
Tisch. Überall stapelten sich die fertigen Tüten und die Packen
braunen Papiers. Aus einem Pappkarton drang das Wimmern eines Babys. Zwei kleine, bleichgesichtige Mädchen hatten sich in
das Bettzeug gewühlt, das die beiden am Boden liegenden
Strohsäcke bedeckte, hatten sich die Decken über den Kopf gezogen und starrten ihnen daraus entgegen.

Als Clara das letzte Mal hier gewesen war, hatten an dieser
Stelle noch zwei richtige Betten gestanden. Nun waren sie wohl
versetzt worden wie fast der ganze Hausrat. Auf dem Herd
kochte ein Kessel mit Wäsche, wabernder Dunst hing in der
Luft, das einzige Kellerfenster ging in einen finsteren kleinen
Luftschacht, die verschimmelten Wände schimmerten vor
Feuchtigkeit.

»Anna«, sagte Clara, »ich bring dir eine Dame vom Wohltätigkeitsverein. Wegen der Nähmaschine.«

Anna Brettschneider sprang auf, wischte sich die Hände an
der Schürze ab, putzte dann mit der Schürze den Stuhl, auf dem
sie eben noch gesessen hatte, trieb die Jungen an, aufzustehen
und sich zu verbeugen, knickste vor der fremden Dame und bat

sie, sich zu setzen, kam dabei ins Stammeln, verhaspelte sich immer mehr, begann zu husten und rang in heller Aufregung die Hände. Hektische rote Flecken bildeten sich auf ihren eingefallenen Wangen.

Plötzlich ertrug Clara es nicht mehr. Wortlos drängte sie sich an der Dame und deren vor der Tür wartendem Dienstmädchen vorbei, rannte den Flur entlang, stürmte die Treppe hinauf.

Im Hof blieb sie nach Atem ringend stehen.

Wie schnell es gehen konnte. Vor gut einem Jahr hatte Anna Brettschneider noch einen Mann gehabt und wie Claras Familie im dritten Hinterhaus gewohnt, sogar im zweiten Stock. Eine blitzblanke Küche und eine wohnliche Stube hatte Anna Brettschneider gehabt, ein Sofa, drei Betten, eine Wiege und zwei Schränke aus Nussbaumholz – und ein schwarzes Sonntagskleid mit Brosche, in dem sie ausgesehen hatte wie eine Bürgerin.

Und nun das.

Ihr Mann hatte sie verlassen, war eines Morgens scheinbar zur Arbeit gegangen wie jeden Tag und am Abend nicht wiedergekommen und auch an den folgenden Abenden nicht. Und als Anna Brettschneider nachgeforscht hatte, da hatte sie erfahren, dass er seine Arbeit gekündigt hatte und keiner wusste, wohin er gegangen war. Vielleicht nach Amerika. Jedenfalls hatte Anna nie wieder von ihm gehört. Und so hatte die junge Mutter dagestanden mit den vier kleinen Kindern und dem fünften im Bauch, und wohin so was führte, das konnte man sehen. Wie eine Greisin sah Anna aus, weil sie Tag und Nacht in ihrem Kellerloch saß und Tüten klebte, und war doch noch nicht einmal dreißig.

Am besten, man heiratete gar nicht. Ließ sich überhaupt nicht erst ein mit einem dieser Kerle.

Wenn es doch irgendwo einen gäbe, mit dem es anders war.

Einen, bei dem das Glück auf sie wartete, die Liebe, die niemals aufhörte, die immer hielt, für immer und ewig. Einen, bei dem man wüsste, dass man nicht so endete wie Anna Brettschneider.

»Kurzarbeit?«, regte sich die Mutter auf und ließ den Kaschmirschal sinken, auf dessen Rückseite sie die losen Fäden vernähte. »Aber das geht nicht! Wie soll jetzt das Geld reichen?«

»Was soll ich denn machen?«, erwiderte Clara. »So ist das eben.«

»Und warum kommst du erst jetzt? Mir wächst hier die Arbeit über den Kopf mit den Schals, fünfzig Stück mehr hat mir der Meister letztes Mal aufs Auge gedrückt, und wenn ich das nicht bis Samstag schaffe, dann verliere ich die Arbeit. Und statt mir zu helfen, trödelst du in der Weltgeschichte herum!« Die Stimme der Mutter wurde immer schriller. »Und mit Lisa ist heute auch nichts anzufangen, die kommt überhaupt nicht vom Fleck mit der Näherei!«

»Es ist ja nur, weil die Finger so wehtun, dass ich die Nadel kaum halten kann«, sagte Lisa leise und beugte den blonden Lockenkopf noch tiefer über die Arbeit.

Clara nahm einen Schal und zog eine Nadel aus dem Nadelkissen, setzte sich zur Mutter und der jüngeren Schwester an den Küchentisch und begann den ersten Faden zu vernähen. »Was ist mit deinen Fingern?«, fragte sie.

Lisas blaue Augen füllten sich mit Tränen. Wortlos streckte sie Clara die Hände mit den Handflächen nach oben hin. Über die Fingerkuppen zogen sich dunkelrote, dick geschwollene Striemen.

»Wer war das?«, schrie Clara entsetzt auf und gab sogleich selbst die Antwort: »Der Lehrer?«

Lisa nickte und schniefte. »Weil ich meine Hausaufgaben

nicht gemacht hatte. Weil ich doch nähen musste bis in die Nacht und heut Morgen schon wieder.« Sie schaute kurz zur Mutter, sofort wieder weg.

Diese erregte sich: »Eine Gemeinheit ist das, so ein roher Mensch! Der Herr Wendler daheim im Dorf, der war ganz anders. Du bist doch auch oft ohne Hausaufgaben in die Schule, Clara. Der hat da mehr Verständnis dafür gehabt. Auch, wenn man die Kinder mal für ein paar Wochen daheim behalten hat zum Arbeiten. Und wenn er geprügelt hat, dann auf den Rücken und nicht auf die Finger oder den Hintern, weil er gewusst hat, dass man die Finger braucht zum Haspeln und Spulen und den Hintern zum Sitzen bei der langen Heimarbeit.«

»Wir sind jetzt aber in Berlin und nicht mehr in Schlesien!«, erwiderte Clara gereizt. Dass die Mutter es nie begriff! »Und in Berlin sind die Lehrer nun einmal scharf und dulden es nicht, dass man ohne Hausaufgaben daherkommt oder vor Müdigkeit in der Bank einschläft! Du lieferst Lisa ans Messer, wenn du sie so lange nähen lässt, dass sie ihre Hausaufgaben nicht machen kann! Und jetzt sitzt sie hier schon wieder und näht, statt ihre Schulsachen zu erledigen! Wie soll sie sich denn da morgen in die Schule trauen! Eine Strafarbeit hat sie doch bestimmt auch auf?« Fragend sah sie ihre Schwester an.

Lisa nickte. »Dreißigmal schreiben: ›Ich muss meine Hausaufgaben immer sauber und ordentlich erledigen.‹ Und die Aufgaben von gestern nachmachen und die neuen dazu.«

»Dann holst du jetzt dein Heft und schreibst!«, bestimmte Clara. »Sonst ergeht es dir morgen in der Schule schlecht. Nähen tust du heut nicht mehr! Ich mach das, und wenn ich die ganze Nacht sitzen muss!« Herausfordernd und zornig starrte Clara ihre Mutter an.

Diese erwiderte den Blick nicht, sah kopfschüttelnd auf ihre

Näherei. »Wozu das gut sein soll, so viel Schule!«, murmelte sie starrsinnig. »Ich bin auch nur drei Jahre gegangen und davon nicht einmal die Hälfte vom Jahr, weil ich ja immer den Bauern auf dem Feld geholfen hab. Lesen hab ich trotzdem gelernt, fürs Gesangbuch reicht's. Und die meisten Lieder kann ich auswendig. Was man mit neun noch nicht kann, lernt man auch mit elf nicht mehr.«

»Wie kannst du das sagen!«, fuhr Clara ihre Mutter an. »Soll es Lisa nicht einmal besser haben als du und als ich? Wenn sie ordentlich lernt in der Schule, kann sie vielleicht einmal Schreibfräulein in einem Kontor werden und muss sich nicht so schinden!«

»Schreibfräulein! Kontor!«, erwiderte die Mutter wegwerfend. »Wo sie doch sowieso einmal heiratet! Bei deinen Brüdern, da würde sich's lohnen. Aber das Geld reicht sowieso nicht dafür. Nee, Lehre, das ist nichts für unsereins. Das ist nur was für die Besseren. Und jetzt red nicht so viel, näh lieber!«

»Immer die Jungen! Die müssen nie etwas tun! Die behandelst du, als wären es die reinsten Kronprinzen«, regte Clara sich auf. Doch dann verstummte sie und beugte sich über die Näherei. Es hatte ja doch keinen Zweck.

Eine Zeit lang nähten sie schweigend. Lisa schrieb eifrig in ihr Heft. Hin und wieder warf sie Clara einen dankbaren Blick zu. Clara lächelte zurück.

Es war schön, eine Schwester zu haben. Wenigstens eine noch. Anne und Hilde, die beiden anderen Schwestern, die im Alter zwischen ihr und Lisa gelegen hatten, waren vor acht Jahren gestorben, in jenem schrecklichen Winter, in dem die Diphtherie im Dorf gewütet hatte.

Der Schmerz über den Tod dieser beiden Schwestern vor acht Jahren ... Nein, nicht daran rühren!

Sie hatte ja noch Lisa. Nur noch Lisa.

Und die musste ihr bleiben.

»Eine Gemeinheit ist das von dem Lehrer!«, ließ sich die Mutter wieder vernehmen. »Hausaufgaben, pah! Wenn doch die Mitarbeit daheim gebraucht wird! Den Eltern das Recht nehmen, über ihre Kinder zu bestimmen!«

Halt den Mund, Mutter, dachte Clara. Halt den Mund oder ich schreie.

Die Tür wurde aufgerissen, die drei kleinen Brüder stürmten herein, die Backen rot gefroren vom Spielen auf der Straße. »Gibt es schon Essen?«, rief Heinz, der Älteste. »Wir haben Hunger«, sekundierte Männe, der Zweite. »Hunger«, echote Kalle, der Jüngste.

»Dann geht erst einmal einkaufen!«, bestimmte Clara und sah die Mutter fragend an: »Was brauchst du? Ich esse heute nicht mit, du weißt ja, ich gehe zu Jenny.« Und dann, einer plötzlichen Eingebung folgend, fügte sie hinzu: »Lisa nehme ich mit und teile mit ihr mein Essen, dann hast du hier zwei Esser weniger.«

Lisa strahlte.

Jenny würde schon nichts dagegen haben. Hoffentlich jedenfalls.

»Dann holt zehn Pfund Kartoffeln und ein Pfund Steckrüben und für den Vater eine kleine Brühwurst«, trug die Mutter den Brüdern auf.

»Da will ich die Pelle davon ab!«, sagte Heinz sofort. »Nein! Ich, ich!«, riefen die jüngeren Brüder durcheinander.

»Schlagt euch drum«, antwortete die Mutter mit Gleichmut. »Und für morgen bringt ihr ein Pfund weiße Bohnen, damit ich sie einweichen kann über Nacht. Und lasst anschreiben, sagt, ich zahle dann, wenn ich mein Geld für die Schals hab. Und dann geht zum Unterirdischen Paule und lasst euch zwei Liter Wasser vom Wurstkochen geben, nehmt den Topf mit. Das soll euer Vater zahlen, der sitzt da bestimmt schon wieder und trinkt sein Bier. Aber sagt ihm, mehr als sechs Pfennige darf die Brühe nicht kosten, sonst zahlt er noch zu viel, weil er die Preise nicht kennt.«

Die Jungen nahmen den Topf und stürmten wieder davon, nur der kleine Kalle blieb zurück und drängte sich an die Mutter. Doch diese konnte ihn nicht auf den Schoß nehmen, sie musste ja nähen. So kauerte er sich ihr zu Füßen hin, steckte sich den Daumen in den Mund, umfasste einen Zipfel von ihrem Rock und lehnte seinen Kopf an ihre Knie.

Jemand müsste sich um den Kleinen kümmern!

Aber wie denn, wenn keine Zeit war? Wie gut es Moritz und Stine hatten, wie Jenny die beiden knuddelte und herzte, sogar mit ihnen spielte. Und sie, Clara, tat es auch, wenn sie auf die beiden aufpasste. Nur für ihren eigenen Bruder hatte sie kaum ein paar Minuten vor lauter Arbeit.

So wie ihre Mutter, ein Kind nach dem andern, so wollte sie es einmal nicht haben. Und je mehr Kinder man hatte, desto mehr Arbeit musste man annehmen, um sie durchzubringen, und desto weniger Zeit hatte man für sie und den Haushalt.

Jenny sagte, sie werde nicht mehr bekommen als höchstens noch eines. Weil es beim dritten Kind schon eng werde und ohne Heimarbeit nicht mehr gehe und beim vierten die Not anfange. Aber wie sie das machen wollte, dass es nicht mehr wurden?

Wenn meine beiden Schwestern nicht an Diphtherie gestorben wären, dachte Clara, und zwei Kleine bald nach der Geburt und eines eine Totgeburt gewesen wäre, dann wären wir zehn ... Dann müssten wir auch im Keller hausen.

Mein Gott, was denke ich da! Meine Schwestern, Hilde und Anne ... die kleinen Brüder Josef und Tobias ... das Totgeborene, das nie einen Namen bekommen hat ...

Inbrünstig bekreuzigte sie sich.

Den Packen mit den sorgfältig in ein Tuch eingeschlagenen Schals unter dem Arm stieg Clara mit Lisa die Treppe zum zweiten Stock hinauf und ging den langen engen Flur entlang. Links die Stuben, rechts die Küchen. Nur eine einzige trübe Funzel brannte, aber einige Türen standen offen und ließen Licht in den Flur. Man sah Familien beim Abendessen und Frauen am Herd oder an der Nähmaschine, hörte Kinder lachen und streiten und schreien, nicht anders, als Clara es aus ihrem Haus gewöhnt war. Jennys Wohnung war anders. Sie lag am Ende des fensterlosen Flures und hatte ineinandergehend Küche, Kammer und Stube und war ganz getrennt von den anderen. Die Küche schön groß, eine richtige Wohnküche, wenn auch nur mit einem einzigen Fenster – aber zum zweiten Hof! Und daneben Jennys gute Stube mit zwei schönen großen Fenstern ebenfalls zum zweiten Hof, da kam bei Tag richtig viel Licht und Luft herein. Die Kammer befand sich auf der anderen Seite der Küche mit einem Fenster zum schmalen dritten Hof. Eine Wohnung, wie sie auch ein Kleinbürger haben könnte, ein Handwerker oder ein Eisenbahner oder ein kleiner Postbeamter, der hinter dem Schalter saß.

Aber Heinrich, Jennys Mann, war ja auch was Besseres als ein einfacher Arbeiter. Ein gelernter Eisengießer war er mit einer richtigen Lehre und hatte während seiner Militärzeit als Bursche bei einem adligen Oberst gedient und feines Benehmen gelernt, und jetzt war er Vorarbeiter in einer Maschinenfabrik und verdiente richtig gut. Jenny hatte einfach Glück.

Clara klopfte und öffnete die Tür, die unmittelbar in die Küche führte. Sie stockte. Gewöhnlich, wenn sie kam, um auf die Kinder aufzupassen, war Heinrich schon weg, aber heute saß er am langen Küchentisch, rauchte eine Pfeife und las Zeitung. Und ausgerechnet heute hatte sie Lisa dabei, wo sie doch gar nicht wusste, ob es ihm recht war, dass sich zwei an seinem Tisch satt aßen!

Unsicher grüßte sie den großen Mann und sagte dann zu Jenny gewandt, die – schon in ihrem guten schwarzen Kleid, aber mit vorgebundener Schürze – am Spültisch stand: »Ich hab heute Lisa mitgebracht, wenn es dir recht ist. Sie muss noch Hausaufgaben machen und daheim hat sie nicht so die Ruhe. Und wir teilen uns das Essen, aber wir essen auch nicht mehr als sonst ich allein.«

»Quatsch nicht!«, erwiderte Jenny, ohne das Abspülen zu unterbrechen. »Das Essen reicht für euch beide, Sauerkraut und Kartoffelbrei, eine Blutwurst, eine Leberwurst und auch noch ein Stück Bauchspeck. Ihr könnt alles aufessen. Einer meiner Kostgänger hat heut Mittag nicht so den rechten Appetit gehabt, hat wohl gestern zu tief ins Glas geschaut.« Sie lachte.

»Das kannst du laut sagen«, stimmte Heinrich zu. »Ich predige ihm immer, er soll keinen Schnaps saufen, mit der Branntweinsteuer unterstützt er den Klassenstaat! Aber das ist in diesen Schädel nicht reinzubekommen, wahrscheinlich hat er sich sein bisschen Grips schon weggesoffen. Wir sollten uns nach einem Ersatz für ihn umsehen, Jenny. Einen guten Genossen.«

»Das wäre mir recht«, sagte Jenny. »Aber das ist deins. Bring du mittags aus deiner Fabrik zum Essen mit, wen du für richtig hältst. Hauptsache nur, er zahlt pünktlich und benimmt sich. Ich will keine Zoten, wegen dem Kleinen. Wenn ich denke, was ich als Kind alles mit anhören musste, als ich daheim in der

Gastwirtschaft bedient habe – das sollen meine Kinder nicht hören. Nur wenn die Sozis heimlich bei uns getagt haben, da hab ich gern zugehört.«

Heinrich nickte. »Sag ich doch: einen guten Genossen. Ich hab da auch schon einen im Auge. Der liest pünktlich den *Vorwärts* und ist auch sonst sehr gebildet, den halben *Faust* kann der auswendig.«

»Die halben *Weber* wären mir lieber«, antwortete Jenny.

»Hast auch recht«, stimmte er zu. »Ich werd es ihm ausrichten. Na also, dann will ich mal, nicht dass ich noch zu spät zur Versammlung komme. Schön, dass du da bist, Clara, und du auch, Lisa. Sonst könnte meine Jenny nicht in ihre Arbeiterinnenschule, und dann ist die ganze Woche nichts mit ihr anzufangen, so sauer ist sie dann.« Er grinste und gab Jenny einen schallenden Kuss.

»Es sei denn, du würdest mal zu Hause bleiben und auf deine Kinder aufpassen«, meinte Jenny.

»Also hör mal!«, erregte er sich und zog die Augenbrauen zusammen. »Du weißt genau, mein Abend gehört der Partei! Soll ich etwa mit den Kindern zu Hause sitzen, Schlaflieder singen und Windeln wechseln?«

»Warum nicht?«, fragte Jenny und sah ihn herausfordernd an.

Clara hielt den Atem an. Was die sich traute, ihre Freundin! Einem Mann wie Heinrich eine solche Antwort zu geben!

Heinrich lief rot an. Doch ehe er explodierte, fuhr Jenny seelenruhig fort: »Eines Tages, in der klassenlosen Gesellschaft, auf die wir alle warten, eines Tages sind alle Menschen gleich! Du kennst doch deinen Bebel: *Frau und Arbeiter haben gemein, Unterdrückte zu sein. Dem Sozialismus gehört die Zukunft, das heißt in erster Linie dem Arbeiter und der Frau.* Wenn dann aber Männer und Frauen wirklich gleich sind – vielleicht wickeln dann die Männer genauso die Kinder wie die Frauen und bleiben auch mal zu Hause bei ihnen, damit die Frauen im gleichen Maß an gesellschaftlicher Produktion teilhaben können wie sie.«

Heinrich schnappte nach Luft. Gleich geht er an die Decke, dachte Clara, merkt Jenny das nicht?

Jenny hatte sich in Fahrt geredet: »Aber bis dahin müssen wir eben noch kämpfen gegen den Klassenstaat und das Kapital – für die Befreiung des Proletariats, wir proletarischen Frauen und Männer gemeinsam, Hand in Hand! Darum müssen wir Frauen uns politisch bilden – auch wenn man uns die politische Tätigkeit verbietet –, damit wir gerüstet sind für den Kampf an der Seite der Männer! Und deshalb muss ich jetzt in meine Arbeiterinnenschule!«

Heinrich brach in lautes Gelächter aus und gab Jenny einen derben Klaps. »Meine rote Jenny! Ich sag's ja! An der ist ein Revolutionär verloren gegangen! Na, dann bilde dich mal schön! Wer weiß, eines Tages führst du ein Agitationskomitee, hältst Reden vor Tausenden von Arbeiterinnen und schreibst Artikel für die *Gleichheit!* Und nun schönen Abend!« Noch einmal lachte er laut, dann nahm er Jacke und Mütze vom Haken und verschwand.

Ganz heimlich stieß Clara einen erleichterten Seufzer aus. Jenny aber band sich die Schürze mit einer Gelassenheit ab, als hätte sie nicht eben beinahe einen Ehestreit provoziert. Manchmal konnte Clara über ihre Freundin im Stillen nur den Kopf schütteln. Hoffentlich trieb die es eines Tages für Heinrich nicht zu weit ...

Lisa nahm den kleinen Moritz auf den Schoß und begann ihm das Märchen von *Hänsel und Gretel* zu erzählen. Er hörte ihr atemlos zu.

»Was für ein Bild«, sagte Jenny leise zu Clara und schaute voller Rührung auf die beiden Kinder, »der dunkle Haarschopf und die blonden Locken.«

»Und wie trügerisch«, gab Clara mit plötzlicher Bitterkeit zurück und dachte an die Striemen auf Lisas Händen. Sie musste besser darauf aufpassen, dass die Mutter der Schwester die nötige Zeit für die Schule ließ. Wenn die Mutter nur nicht so beschränkt wäre!

Und wenn der Vater nicht jeden Abend beim Unterirdischen Paule einkehren und dabei fast seinen halben Lohn versaufen würde! Dann müsste die Mutter nicht so viel Heimarbeit annehmen, dass sie auf Lisas Mitarbeit angewiesen war ...

»Also, ich muss dann los«, erklärte Jenny. »Du weißt ja Bescheid. Und lasst es euch schmecken! Stine hab ich grad vorhin gestillt und trockengelegt, wenn du Glück hast, gibt sie Ruhe, bis ich wiederkomme. Und verwöhnt mir den Moritz nicht zu sehr!« Sie gab dem Jungen einen Kuss, nahm ihr Schultertuch und das Bündel mit ihren Büchern und weg war sie.

Das Abendessen war ein Festmahl, wie sie es daheim nicht einmal vom Sonntag kannten. Clara teilte die Würste und den Speck und achtete darauf, dass die Schwester die größeren Teile bekam. Wie sich Lisas Wangen beim Essen vor Begeisterung röteten!

Während Lisa für den Religionsunterricht sechs Strophen eines Gesangbuchliedes auswendig lernte, brachte Clara in der Schlafkammer Moritz zu Bett und erzählte ihm eine Geschichte von Rübezahl, die der Dorfschullehrer daheim in Schlesien oft vorgelesen hatte. Dann schaute sie noch einmal in die Wiege zu der friedlich schlummernden Stine. Auch Moritz waren die Augen schon zugefallen. Einen Augenblick ließ Clara die Stille dieses unbeheizbaren Raumes tief in sich eindringen.

41

Kinderbett, Wiege, die beiden in die Ecke geschobenen Ehebetten, der Kleiderschrank, die Kommode unter dem Fenster – jeder Winkel war ausgefüllt. Die rötlich-braunen Möbel glänzend poliert, das Bettzeug auf Jennys und Heinrichs Bett sorgfältig aufgeschüttelt und glatt gestrichen, eine Vase mit Wachsblumen auf einem Häkeldeckchen auf der Kommode. Wie schön das alles war. Und ein Bett für jeden für sich allein! Was für ein Glück ... Noch einen sehnsüchtigen Blick ließ sie durch die Kammer schweifen, dann drehte sie die Lampe aus und ging in die große Wohnküche zurück.

Sie setzte sich auf das Sofa und stopfte sich ein Kissen hinter den Rücken. So ließ es sich doch viel gemütlicher nähen als daheim auf dem Stuhl! Lisa saß am Tisch und schrieb. Nicht einmal das Stampfen der Fabrik im Nachbarhof, das auch in der Nacht nicht abbrach, konnte die Ruhe stören, die Clara empfand. Als die Schwester ihr Heft zuklappte und ganz selbstverständlich nach der Nähnadel griff, schüttelte Clara den Kopf. »Nein, Lisa! Du gehst jetzt schlafen. Sag der Mutter, ich mache die Schals fertig. Du musst dich endlich einmal ausschlafen, du bist noch so jung.«

Lisa umarmte sie stürmisch, drückte den Kopf an Claras Wange. »Du bist so lieb!«, flüsterte sie dicht an Claras Ohr.

»Ach was!«, erwiderte diese und schob sie von sich. »Geh!« Aber die Haare der Schwester meinte sie noch lange an ihrer Wange zu fühlen, als Lisa längst verschwunden war.

Der weitere Abend verlief in gleichförmiger Ruhe. Keines der beiden Kinder verlangte nach ihr. Einen Schal nach dem anderen nahm Clara sich vor und vernähte die Schuss- und Fadenbrüche. Nur einmal machte sie eine kurze Pause, trank ein Glas Wasser und ging mit der Lampe in der Hand in die gute Stube – bloß um diesen Reichtum zu genießen. Die Stube war nicht geheizt, denn nur sonntags und zu festlichen Gelegenheiten wurde sie genutzt, Schonbezüge lagen auf dem Sofa mit der hohen Rückenlehne, auf den Sesseln und den Polsterstühlen. Dennoch war dieser Raum mit seinen gehäkelten Stores und seinen dunkelroten Gardinen der Gipfel der Schönheit. Sie betrachtete Jennys gutes Porzellan hinter den Glastüren des Büfetts, fuhr mit den Fingern die gedrechselten Säulen und geschnitzten Ornamente dieses eindrucksvollen Möbelstücks nach, zog die kleine Spieluhr auf und blieb vor den gerahmten Fotos an der Wand stehen: Jenny und Heinrich als Brautpaar unter einer Samtportiere, daneben das Bildnis von Karl Marx und – mit einer vertrockneten Rosengirlande umkränzt – von noch einem eindrucksvollen Herrn mit mächtigem angegrauten Bart, an dessen Namen sie sich nicht genau erinnerte, obwohl ihr Jenny von dem erzählt hatte. Hieß er nicht Engel? Mit einem Seufzer riss sie sich schließlich von der Pracht dieses Raumes wieder los und kehrte in die Küche zu ihrer Näherei zurück.

Als Jenny gegen zehn Uhr heimkam, wartete immer noch ein Dutzend Schals darauf, vernäht zu werden. Ohne ein Wort darüber zu verlieren, setzte die Freundin sich zu ihr an den Tisch und beteiligte sich an der Arbeit.

»Sag mal«, begann dann Jenny mit spürbarem Zögern, »bekommt denn nun diese Anna Brettschneider ihre Nähmaschine?«

»Das hoffe ich schon«, erwiderte Clara und gab einen ausführlichen Bericht darüber, wie sie die Fremde zu Annas Kellerwohnung gebracht hatte.

Jenny seufzte erleichtert auf. »Und ich hatte schon befürchtet, ich hätte die wohltätige Dame so vergrault, dass sie wieder umgekehrt wäre, und meinetwegen ginge nun die arme Frau leer aus«, gestand sie. »Manchmal geht wohl der Gaul mit mir durch.«

Clara lachte. »Das kann man wohl sagen!«

»Aber recht hatte ich doch!«, beharrte Jenny und stimmte in das Lachen ein.

Nebenan weinte Stine. Kaum war Jenny in der Kammer verschwunden, um die Kleine zu stillen, da klopfte es leise und verstohlen an der Küchentür.

Verwundert öffnete Clara und sah sich einer ihr unbekannten Frau in einem abgewetzten Wintermantel gegenüber, die sich ängstlich umblickte und hastig in die Küche schob. »Ist Jenny nicht da?«, fragte sie gehetzt.

»Doch, schon. Sie stillt gerade. Setzen Sie sich doch!«

Die Frau schüttelte den Kopf. »Ich muss mit Jenny reden! Es ist dringend!«

Eine solche Angst sprach aus dem fremden Gesicht, dass Clara in die Kammer ging und Jenny Bescheid sagte. Mit dem Säugling an der Brust, kam diese in die Küche. »Gerda! Was ist passiert?«

Nun endlich ließ die Frau sich auf den Stuhl fallen. »Eine Razzia«, erwiderte sie erregt. »Die Polizei führt eine Razzia durch. Und zu mir kommt sie bestimmt auch und ich hab doch die Bücher und ...« Vor Aufregung konnte Gerda nicht weitersprechen.

»Bei wem waren sie schon?«

»Bei Ottilie Baader und bei Emma Ihrer und ich weiß nicht, bei wem noch«, antwortete Gerda nach Atem ringend. »Es geht gegen das Frauenagitationskomitee. Dabei ist es doch von Rechts wegen erlaubt, eine Frauenagitationskommission zur Vorbereitung auf eine öffentliche Versammlung zu gründen, und wir haben immer aufgepasst, der Polizei keinen Anhalt für die Behauptung zu geben, dass wir ein politischer Verein wären, damit sie uns nicht verbieten können. Aber anscheinend haben die Volksversammlungen, in denen Bebel, Liebknecht, Ihrer und Baader für die Rechte der Frauen gesprochen haben, viel Staub aufgewirbelt und nun wittert die Obrigkeit wieder einmal den Umsturz. Ottilies Vater hat unbemerkt einem Nachbarjungen einen Zettel für mich zustecken können, der Junge hat ihn zu mir gebracht. Ich habe doch die Bücher mit den Mitgliedern und den eingezahlten Beiträgen, wenn das der Polizei in die Hände fällt, nicht auszudenken!«

Jenny nickte. »Das muss verschwinden«, sagte sie nüchtern. »Hast du die Bücher dabei?«

Gerda klopfte sich an die Brust. Dann knöpfte sie ihren schäbigen Mantel auf und holte zwei dicke Hefte hervor, legte sie auf den Küchentisch.

Jenny sah die Hefte mit gerunzelter Stirn an. »Bei mir sind sie auch nicht sicher«, sagte sie nachdenklich. »Es ist bekannt, dass ich in die Arbeiterinnenschule gehe und meine Beziehungen zu dem Frauenagitationskomitee habe und bei keiner Volksversammlung fehle, wo es um Frauenfragen geht. Bei einigen Versammlungen habe ich sogar was gesagt – und die Polizei hat natürlich alles mitgeschrieben, bestimmt auch meinen Namen, darauf kann man Gift nehmen. Und Heinrich ist in der Partei und in der Gewerkschaft und Gott sei Dank auch keiner, der den Mund hält.« Nachdenklich strich sie über das Köpfchen ihrer kleinen Tochter, die von aller Aufregung unbeeindruckt weiter an Jennys Brust nuckelte. Dann schaute Jenny Clara an.

Clara wurde heiß. Sie begriff, was die Freundin wollte, ohne dass diese es aussprechen musste. Und sie begriff, dass sie, würde sie zustimmen, hier in etwas hineingezogen würde, was sie nicht überblickte. Was verstand sie schon von Politik! Sie war noch nie bei einer Volksversammlung gewesen und sie las keine Zeitung und sie wollte mit der Polizei nichts zu tun haben, ganz und gar nichts.

Und wenn es herauskam, dann zog sie auch noch ihre Familie hinein, und wenn sie verurteilt wurden, dann mussten sie alle ins Gefängnis, denn das Geld, eine Strafe zu zahlen, hätten sie nicht.

Aber Jenny sah sie an. Und nun auch Gerda.

Clara schluckte. Ihr Hals war trocken und rau.

»Bei euch würde keiner die Bücher vermuten«, sagte Jenny leise. »Dein Vater ist nicht in der Partei. Heinrich sagt, dein Vater redet nicht einmal am Stammtisch über Politik – und wenn, dann für das Zentrum. Und deine Mutter und du – ihr seid völlig unbeschriebene Blätter. Bei euch wäre es sicher.«

»Bitte!«, flehte Gerda. »Bitte!«

Da nickte Clara und schob die Hefte zwischen die Kaschmirschals, schlug das Tuch um den Packen, stand auf und nahm ihn sich unter den Arm. »Dann bring ich sie jetzt lieber weg«, sagte sie mühsam. Und wusste, sie würde es bereuen.

Und was so eine braucht, das ist gottverdammt noch mal keine Wohltätigkeit, sondern Gerechtigkeit ...

Dieser Satz ging in Margarethes Kopf herum wie ein Mühlrad, verwob sich mit dem Violinsolo, das der polnische Virtuose mit dem völlig unaussprechlichen Namen zum Besten gab. Ge-rech-tig-keit, skandierten die harten Striche in wütendem Fortissimo, mit denen das Presto endete, Ge-rech-tig-keit!

Höflicher Applaus, der weniger dem bravourösen Spiel des Künstlers galt als der Gastgeberin Baronin von Zug, Margarethes Mutter, in deren *Salon* – genauer gesagt im riesigen Musiksaal der Villa – sich wie jeden Donnerstagabend Damen und Herren von Geburts- oder Geldadel nach einem fünfgängigen Menü vielversprechende junge Künstler vorführen ließen: schüchterne oder schwärmerische Dichter, die aus ihren Werken lasen, linkische Maler, die stets eine Mappe ihrer Arbeiten unter dem Arm trugen, Bildhauer mit olympischem Blick und einem Album mit Fotografien ihrer Werke, oder Musiker aller Provenienzen. Heute also dieser junge Pole mit seiner wenig eingängigen Musik.

Ermutigt durch den Beifall begann er zu allem Überfluss noch ein weiteres Stück. Es erschien Margarethe wie eine einzige Anklage. So wie das Gesicht dieser kleinen einfachen Frau, die ihr im Hof der Mietskaserne ihren Zorn entgegengeschleudert hatte.

Margarethe versuchte das Bild zu verscheuchen. Sofort war da ein anderes, weit schlimmeres: dieses unsägliche Kellerloch, die bleichen Kinder und die verzweifelte alte Frau – die gar nicht so alt sein konnte, hatte sie doch noch ein Baby. Diese unterwürfige Art, fast hündisch. Kaum hatte sie verhindern können, dass Anna Brettschneider ihr die Hände küsste, und das nur, weil sie in ihrer Rat- und Hilflosigkeit den Inhalt ihres Geldbeutels zwischen die Tütenstapel auf den verklebten Tisch gekippt hatte, nicht mehr als sieben, acht Mark, wenn es hoch kam zehn. Sie hatte nicht mehr Geld eingesteckt, schließlich hatte sie ja nicht geahnt, wie dringend ihr Wunsch sein würde, Geld zu geben. Oder sollte sie ehrlicher sagen: sich loszukaufen?

Dieser Schmutz und dieser unglaubliche, Übelkeit erregende Gestank! Keinen Augenblick länger hätte sie es in diesem Keller ausgehalten. Als sie sich wieder in den Hof gerettet hatte, geschüttelt von Ekel und Entsetzen, hatte sie sich erbrochen. In die Villa zurückgekehrt, hatte sie sich alle Kleider vom Leib gerissen und Emma eingeschärft, sie samt und sonders zu waschen, Mantel, Hut und Muff zum Lüften über Nacht ins Freie zu hängen und die Handschuhe aus feinem Baumwollgarn zu kochen, hatte sich ein Bad zubereiten lassen und sich dreimal eingeseift. Nur zum Haarewaschen war keine Zeit mehr gewesen, die dichten langen Haare brauchten Stunden, um zu trocknen, und an ihrem Salon-Abend bestand Maman auf Margarethes Anwesenheit, da gab es kein Entkommen. So hatte sie die Haare nur von Emma am offenen Fenster ausbürsten und danach mit Parfüm bestäuben lassen. Ihr kam es so vor, dass man durch den Rosenduft hindurch den Mief immer noch roch.

Und in einer solchen Luft, in diesem feuchten Moder lebten Tag und Nacht fünf kleine Kinder mit ihrer Mutter. Und klebten Tüten.

»Die Mädchen können beim Kleben noch nicht recht mitarbeiten, sie sind noch zu ungeschickt, aber beim Falten helfen sie auch schon!«, hatte Anna Brettschneider entschuldigend gestammelt – als bedürfe es einer Rechtfertigung, dass die beiden blassen kleinen Geschöpfe tatenlos im Bettzeug vergraben auf dem Strohsack kauerten! Zu immer weiteren Rechtfertigungen hatte sie ausgeholt: »Trotzdem reicht es nicht. Bisher hab ich jeden Monat was von meinem Hausrat ins Leihhaus getragen, aber jetzt hab ich nichts mehr, den Topf und den Eimer brauch ich doch und das eine Bett auch, sonst kündigt mir meine Schlafgängerin und ich verlier auch noch die paar Pfennige, die sie für den Schlafplatz zahlt. Aber wenn ich eine Nähmaschine hätte, eine Singer, mit der man Damenkonfektion nähen kann ...«

Dieser flehende Blick – der ließ sich nicht abwaschen wie der Gestank.

»Sie werden Ihre Nähmaschine bekommen«, hatte sie hastig versprochen, »darauf gebe ich Ihnen mein Wort.«

Dabei war sie zu so einem Versprechen überhaupt nicht berechtigt. Sie hatte in dem Wohltätigkeitsverein, dessen Vorsitzende ihre Mutter war, nichts zu entscheiden. Nur auf deren beharrliches Drängen hin – es sei Zeit, mit ihren dreiundzwanzig Jahren endlich einmal Interesse an christlicher Nächstenliebe und sozialer Verantwortung unter Beweis zu stellen und den ihr angemessenen Platz in der Gesellschaft auszufüllen – war sie zur letzten Sitzung des Komitees mitgekommen und hatte den Auftrag übernommen, eine gewisse Anna Brettschneider zu besuchen. Sie hatte keine Ahnung gehabt, worauf sie sich einließ.

Die Bittschrift Anna Brettschneiders hatte ganz passabel gewirkt, sehr devot zwar und reichlich altertümlich im Ton, aber die Handschrift war ordentlich gewesen und die Orthografie auch nicht schlimmer, als zu erwarten war. Sie habe eine Lehre als Damenschneiderin gemacht, hatte Frau Brettschneider ausgeführt, vor ihrer Ehe und bis zum ersten Kind in einer Werkstätte für Damenoberbekleidung der besseren Kreise gearbeitet und sei unverschuldet in Not geraten, weil ihr Ehemann sie verlassen und unversorgt mit fünf kleinen Kindern zurückgelassen habe. Wenn sie eine Singer-Nähmaschine hätte, so würde sie hoffen, durch Heimarbeit ihre Kinder ernähren zu können, was derzeit gänzlich unmöglich sei. Als alleinverdienende Ernährerin sei es auch ganz ausgeschlossen, die Raten zu erwirtschaften, um eine Nähmaschine abzustottern. Deshalb bitte sie um der christlichen Barmherzigkeit willen untertänigst darum, von den hochwohlgeborenen wohltätigen Damen eine selbige gestellt zu bekommen ...

Wie hatte sie, Baronesse Margarethe von Zug, da ahnen können, in welch einen Sumpf von Elend und Grauen sie geraten würde? Die Schneiderin, die zum Maßnehmen und Anprobieren in die Villa kam, sah immer sauber und adrett aus und duftete angenehm nach Lavendel.

Sie war naiv genug gewesen, eine Person zu erwarten wie diese Schneiderin – und fünf rotwangige reizende Kinder.

Warum hatte ihr niemals jemand gesagt, dass es solch entsetzliche Zustände gab, im Deutschen Kaiserreich, 1895, in der Reichshauptstadt, praktisch vor ihrer Haustür?

Nun gut, gelesen hatte sie schon hin und wieder von Wohnungsnot und Wohnungselend, vom Unwesen des Schlafgängertums und unsittlichen Zuständen, aber das waren Worte gewesen, mit denen sich keine Vorstellungen verbunden hatten. Nun waren es Bilder. Und schlimmer noch: Gerüche.

Sie wusste nicht, wie sie die wieder loswerden sollte.

Ob die Mutter auch solche Wohnungen kannte und solche

Verhältnisse? Als Vorsitzende des Wohltätigkeitsvereins Misericordias sollte sie das wohl. Wie konnte sie dennoch jede Woche eine Gesellschaft mit fünfgängigem Menü geben und sich mit jungen Künstlern schmücken?

»Wie modern«, flüsterte ihre Mutter nach Beendigung des Stückes der neben Margarethe sitzenden Generalin von Klaasen zu. »Das ist die Musik der Zukunft, deren Geburtsstunde wir hier miterleben dürfen.«

»Die Sterbestunde der guten alten Klassik wäre mir lieber«, gab diese trocken zurück, während der höfliche Applaus einsetzte, und blinzelte Margarethe zu. »So blass, meine Liebe? Lösen diese schrägen Töne bei Ihnen auch Migräne aus?«

»Ich muss zugeben, dass ich kaum zugehört habe«, erwiderte Margarethe. »Ich habe heute eine arme Frau besucht, die in einer Bittschrift um eine Nähmaschine eingekommen ist. Die Bilder wollen mir nicht aus dem Kopf. Dieses Elend.«

»So schlimm?«, fragte Frau von Klaasen.

»Über alle Maßen grauenerregend«, stöhnte sie.

»Sei nicht so überspannt, Margarethe«, gab die Mutter zurück. »Diese Menschen empfinden ihr Elend nicht so, wie wir das tun. Sie kennen es nicht anders.« Damit stand sie auf und trat nach vorn, dankte dem Künstler mit einer souverän vorgetragenen kleinen Rede, schloss mit einem Sinnspruch und lud die Anwesenden zu »zwanglosem Gespräch« in die dem Musiksaal gegenüberliegenden, von diesem aus sowohl über die großzügige Diele als auch durch das Speisezimmer zu erreichenden Räumlichkeiten ein – den Salon und das Herrenzimmer.

»Mein schönes Fräulein, darf ich's wagen?«, fragte Hauptmann von Klaasen und hielt Margarethe mit einer knappen Verbeugung den Arm hin. »Da sowohl Ihr Adel als auch Ihre Schönheit außer Frage stehen, habe ich hoffentlich mit einer Abfuhr nicht zu rechnen?« Er lächelte, als sei er selbst erstaunt darüber, wie geistreich er sich durch seine Bemerkung als Goethe-Kenner erwiesen hatte. Wenn er wüsste, wie oft sie schon mit dergleichen Anspielungen auf ihren Namen malträtiert worden war!

Um seiner Mutter willen, der liebenswerten Generalin von Klaasen, bemühte sie sich um ein strahlendes Lächeln und stand auf. Alle Welt schien verschworen, den Hauptmann und sie zusammenzubringen, seit Jahren wurde er auf den verschiedensten Gesellschaften zu ihrem Tischherrn bestimmt. Die Themen, über die sie mit ihm zu reden wusste, grenzten sich mit jedem Gespräch mehr ein. Weder gehörten der Militäretat noch die deutschen Kolonien in Afrika oder die Vision einer mächtigen deutschen Kriegsflotte zu den Gesprächsstoffen, die sie bevorzugte. Dennoch hatte ihre Mutter ihn heute schon wieder neben sie gesetzt.

Ihr schien, die Augen ihrer Mutter und die der Generalin ruhten voller Spannung auf ihnen. Fast als sei ihre Verlobung schon beschlossene Sache.

Es schien ja auch alles zu passen: der alte Adel auf beiden Seiten, seine Aussicht auf eine glänzende Militärkarriere als Sohn eines verdienten Generals und ihre auf eine nicht weniger glänzende Mitgift als einzige Tochter eines reichen Bankiers. Aber man wollte doch aufsehen zu seinem Mann – und dies nicht nur im wörtlichen Sinne.

Sie nahm den ihr angebotenen Arm. Wie immer kam sie sich neben ihm zu groß vor. »Ich hoffe nur, Sie erwarten nicht von mir, dass ich Ihnen nun getreu meiner berühmten Namensvetterin die Gretchenfrage stelle«, sagte sie lächelnd.

Seinem Gesicht war anzusehen, dass er, verzweifelt um die

richtige Antwort bemüht, seinen *Faust* durchging. »Wie halten Sie's mit der Religion«, half sie ihm mit einem kleinen Lachen auf die Sprünge und ging neben ihm her in den Salon.

»Oh!«, meinte er ebenso überrascht wie ratlos. Fast tat er ihr leid und sie suchte schon nach einer eleganten Form, das Gespräch in andere Bahnen zu lenken, da sprang er an, als habe sie die Frage ernst gemeint. »Als Hofprediger Stoecker noch im Dom amtierte«, begann er mit Emphase, »war es ein Erlebnis, den Gottesdienst zu besuchen. Zu schade, dass er sich bei Hofe in Ungnade gebracht hat – und in die Kirche der Stadtmission will ich denn doch nicht zu ihm gehen, man muss schließlich wissen, wo man hingehört. Aber dieser Mann wusste zu Herzen gehend zu predigen. Pastor Stoecker ist, wenn ich so sagen darf, eine wahre Posaune des Herrn.«

»Stoecker?«, fuhr Margarethes Vater herum, der vor ihnen in den Salon getreten war. »Gehen Sie mir mit dem! Früher, als er mit seiner Christlichsozialen Partei die Arbeiterschaft von den Sozialisten trennen und für die Treue zu Kirche, Monarchie und Vaterland retten wollte, da hat er mir insgeheim nicht schlecht gefallen – auch wenn man das vor Bismarck nicht zu laut sagen durfte. Aber mit dem Programm hat Stoecker ja leider Schiffbruch erlitten: Die Arbeiter sind ihm nicht in Massen zugeströmt, trotz Schrippenkirche und Kaffeepott. Doch was er sich in den letzten Jahren leistet – diese Anbiederung an das Kleinbürgertum in all seiner Beschränktheit!«

»Ich will Ihnen nicht widersprechen – Sie als Reichstagsabgeordneter, ich weiß, ich habe nicht Ihren politischen Weitblick –«, warf der Hauptmann ein, »aber die Leitung der Stadtmission, die Diakonie, das soziale Engagement ...«

»Schön und gut«, räumte der Vater ein, »Stoeckers soziales Werk ist mehr als eindrucksvoll. Die Kirche soll sich der Armen und Schwachen annehmen, alles sehr christlich und respektabel, nichts dagegen einzuwenden. Aber seine antisemitischen Hetzreden, mit denen er an die niedersten Instinkte und Vorurteile der Kleingeister appelliert! Geradezu demagogisch. Und nun hat er in den vergangenen Jahren damit auch noch Einfluss auf das Parteiprogramm der Deutschkonservativen gewonnen! ›Zersetzender jüdischer Einfluss‹ – was ich darüber am liebsten sagen würde, gehört nicht vor die Ohren einer jungen Dame!«

»Ich meine Stoecker ja auch nicht als Politiker, sondern als Prediger«, versuchte Hauptmann von Klaasen den Redeschwall zu unterbrechen, doch der Vater sprach einfach weiter:

»Was wären wir denn ohne die Juden? Wo man hinschaut, allein schon in Berlin, wir könnten doch einpacken ohne sie! Banken und Zeitungswesen sowieso, aber auch die Wirtschaft, man denke nur an die Konfektionsindustrie, daneben die Wissenschaften, die Medizin, die Künste – wo stünden wir denn ohne die Juden? Ich mache meine besten Geschäfte mit ihnen und schäme mich dessen nicht.«

»Sicher, darin bin ich ganz Ihrer Meinung, zumal auch Seine Majestät, ich wollte nicht …«, versuchte Hauptmann von Klaasen Boden zu gewinnen, doch Baron von Zug hatte sich offensichtlich festgebissen. Als hielte er eine Rede im Reichstag, stand er da und überschüttete Margarethes Tischherrn mit weiteren politischen Ausführungen.

Ihr war es nur recht. Mit einem lächelnden »Dann will ich die Herren bei der Lösung der Weltprobleme nicht länger stören« machte sie sich davon.

Wenn es nur einen Vorwand gäbe, sich ganz zurückzuziehen! Immer unerträglicher erschien ihr dieser Abend nach den Erlebnissen des Nachmittags, immer stärker sehnte sie sich nach der Abgeschiedenheit ihres Zimmers. Aber in der Forderung nach der Erfüllung gesellschaftlicher Pflichten war ihre Mutter unerbittlich.

Nun strebte die Mutter auch noch auf sie zu, einen unbekannten jungen Mann in einem Frack, der mit seinen Glanzstellen verdächtig nach Leihhaus aussah, im Schlepptau. »Hier, Margarethe, ich will dir unseren jungen Dichter vorstellen, in einer Woche wird er uns mit seinem Werk erfreuen, heute weilt er schon einmal unter uns, um sich etwas einzugewöhnen. Er ist ein bedeutender Naturalist: Johann Nietnagel – meine Tochter Margarethe.« Damit überließ die Mutter sie ihrem Schicksal.

»Dann will ich uns erst einmal etwas zu trinken ordern«, sagte sie mit jenem antrainierten Lächeln, das sich in Gesellschaft fast ohne ihr Zutun auf ihrem Gesicht einstellte, und gab dem Diener einen Wink. »Nach diesem ›Musikgenuss‹« – sie sprach das Wort in unüberhörbaren Anführungszeichen – »haben wir uns das redlich verdient, finden Sie nicht auch?« Zustimmung heischend schlug sie ein kleines ironisches Lachen an.

»Mich hat diese Musik sehr beeindruckt«, erwiderte er, ohne auf ihre Ironie einzugehen.

Seine Stimme war tiefer, als sie es sich vorgestellt hätte, und von einer Klangfülle, wie sie es nur von einem Sänger erwartet hätte. Und dass das Erste, was er zu ihr, der umschmeichelten Tochter des Hauses, sagte, ein Widerspruch war, ließ sie aufhorchen.

»Freilich nicht jedermanns Sache«, fuhr er fort, sich anscheinend nicht im Geringsten der Unhöflichkeit seines Verhaltens bewusst. Oder scherte er sich nur nicht darum? »Nicht der leichte Geschmack, nicht eingängig und unterhaltsam. Dafür ganz und gar originär. Aber was ich noch wichtiger finde: Für mich spricht eine Wahrheit aus dieser Musik, ein aufrichtiger

Schmerz und eine Leidenschaft, wie sie nur der haben kann, der das Leiden kennt und daran gewachsen ist.«

Es war, als öffne sich ihr eine Tür in eine wahrhaftere Welt als die, welche sie kannte. Hier galten nicht die Regeln des gesellschaftlichen Plauderns. Das hier war endlich einmal etwas anderes.

»Aber entschuldigen Sie, meine Damen, ich habe Anna Brettschneider versprochen, dass sie ihre Nähmaschine bekommt«, erhob Margarethe Einspruch.

»Dazu warst du nicht autorisiert«, erwiderte ihre Mutter, ganz die Vorsitzende. »Die Mittel, die wir zur Verfügung hatten, sind mit den Unterstützungen, die wir soeben beschlossen haben, fürs Erste aufgebraucht.«

Da hatte sie den Damen des Wohltätigkeitskomitees in den glühendsten Farben geschildert, in welch unerträglichen Verhältnissen sie die arme Frau angetroffen hatte, und nun wurde diese nicht berücksichtigt. Bekam keinen Pfennig, geschweige denn eine Nähmaschine!

Sicher, auch die anderen Fälle, die einzelne Damen vorgetragen und zur gefälligen Unterstützung vorgeschlagen hatten, hörten sich sehr bedrückend an oder gingen zu Herzen, insbesondere der Fall von Kinderlähmung, die gleich drei Kinder einer armen Arbeiterfamilie zu Krüppeln gemacht hatte und so die Mutter zwang, ihre Fabrikarbeit aufzugeben, um die hilflosen Geschöpfe zu versorgen. Aber es durfte doch nicht sein, dass Anna Brettschneider deswegen leer ausging!

»Aufgeschoben ist ja nicht aufgehoben, liebe Margarethe«, meinte Frau General von Klaasen begütigend. »Wir werden den Fall Anna Brettschneider wohlwollend zu einer späteren möglichen Unterstützung vormerken. Es ist durchaus denkbar, dass wir sie bei der nächsten Verteilung von Mitteln berücksichtigen können.«

»Anna Brettschneider braucht die Nähmaschine aber nicht irgendwann später, sie braucht sie jetzt«, machte Margarethe einen letzten verzweifelten Versuch, ihrem Schützling zu helfen. »Wenn Sie gesehen hätten …«

»Bitte verschonen Sie uns mit weiteren Einzelheiten, Baronesse«, wurde sie von Frau Geheimrat von Hörrach unterbrochen. »Wir können uns solche Verhältnisse durchaus vorstellen – im Gegensatz zu Ihnen waren wir schon in mehr als einer Arbeiterwohnung. Aber zunächst einmal muss wieder Geld in unsere Vereinskasse kommen, ehe wir es ausgeben können.«

»Ich bin ganz Ihrer Meinung, verehrte Frau General, verehrte Frau Geheimrat«, stimmte die Mutter zu. »Entschuldigen Sie das jugendliche Ungestüm meiner Tochter.« Ein kurzer, sehr kühler Blick streifte Margarethe, dann wandte sich die Mutter wieder an das Gremium. »Also, meine Damen, lassen Sie uns überlegen, wie wir unser diesjähriges Wohltätigkeitsfest zu einem besonderen Erfolg machen können!«

Sofort entspann sich eine rege Diskussion mit Sammlung von Vorschlägen, die von einem Bazar mit selbstgefertigten Handarbeiten und kunstgewerblichen Gegenständen über eine Tombola bis hin zu musikalischen Darbietungen der verschiedensten Arten reichten. Margarethe saß schweigend da und versuchte sich zu fassen. Sie war so sicher gewesen, mit ihrer Schilderung Anna Brettschneider zu ihrer Nähmaschine zu verhelfen. Wie stand sie nun da? Sie hatte schließlich ihr Wort gegeben!

Aber nicht einmal Frau General von Klaasen hatte verstanden, wie wichtig es war, in diesem Fall sofort zu helfen.

Mühsam zwang sie ihre Gedanken zurück zur Diskussion.

Die verwitwete Frau Ministerialrat von Aubach führte soeben aus, dass sie mit ihrer Tochter bereits zwölf Wandteller mit Szenen aus Preußens Geschichte – angefangen vom Großen Kurfürsten – bemalt habe und einen Zyklus von vierundzwanzig Szenen bis hin zur Kaiserkrönung in Versailles herzustellen plane. Sie verspreche sich einen guten Erlös im Bazar davon. Die Damen nickten wohlwollend und murmelten Zustimmung. Die kunstgewerblichen Fähigkeiten der Frau Ministerialrat waren bekannt – und ebenso die dezent vertuschte Tatsache, dass ihre finanziellen Mittel beschränkt waren, weshalb sie Geldleistungen durch persönlichen Einsatz für den Wohltätigkeitsverein zu ersetzen trachtete.

»Meine Verehrten«, erklärte Frau von Klaasen dann in einem Ton, der ihr sofort die allgemeine Aufmerksamkeit sicherte, »so weit so schön und gut. Dergleichen Aktivitäten bieten wir bei unseren Wohltätigkeitsfesten jedes Jahr mit Regelmäßigkeit! Und mit der gleichen Regelmäßigkeit werden die Einnahmen aus diesen Festen von Jahr zu Jahr niedriger. Und warum? Weil unsere Ideen so wenig originell sind, dass sie niemanden mehr anlocken. Wir können uns unsere Handarbeiten ja nicht nur gegenseitig abkaufen! Nein, wir müssen einmal etwas Neues bieten, etwas, das noch nicht da war.«

»Und was? – Sie haben doch gewiss schon eine Idee? – Spannen Sie uns nicht auf die Folter!«, sprachen die Damen durcheinander.

»Nun ja«, Frau General lächelte zufrieden, »ich habe da tatsächlich eine Idee. Unserer lieben Margarethe habe ich einen besonderen Platz dabei zugedacht.«

Margarethe beugte sich vor. Etwas für Anna Brettschneider tun zu können, etwas tun zu können, um diesen Aufruhr in sich zur Ruhe zu bringen ...

»Ich dachte an ein lebendes Bild«, verkündete die Generalin.

Ein lebendes Bild? Enttäuscht ließ sich Margarethe in ihren Sessel zurücksinken. Auch die anderen Damen gaben sich zurückhaltend.

»Ich weiß, das klingt zunächst nicht weltbewegend«, meinte die Generalin gelassen. »Aber ich will es erklären. Ich dachte nämlich an ein ganz besonderes Bild, eines, das unserer preußischen Geschichte sehr nahesteht und zugleich auch zu Herzen geht, die Fantasie beflügelt, kurz, alle patriotischen und menschlichen Gefühle auf das Edelste berührt. Und ich dachte daran, dieses Bild eine gewisse Zeit lang zur allgemeinen Bewunderung stehen zu lassen, dann aber die Figuren zum Leben zu erwecken und in Aktion treten zu lassen. Kurz, das Ganze in ein kleines Schauspiel münden zu lassen. Natürlich müsste dazu der Text eigens verfasst werden. Das von mir anvisierte Sujet eignet sich hervorragend, einen Appell an Edelmut und Hilfsbereitschaft unterzubringen. Natürlich sollte das Ganze in Reimen verfasst sein.«

»Ich kenne einen jungen Dichter, dem ich gerne einen Auftrag zukommen lassen würde«, warf die Mutter ein. »Ein gewisser Johann Nietnagel, den ich am nächsten Donnerstag in unserem Salon einführen werde.«

»Johann Nietnagel?«, wiederholte die Generalin. »Noch nie gehört. Aber ich verlasse mich ganz auf Sie, Verehrteste. Jede von uns weiß, wie sicher Ihr Gespür für die wahre Kunst ist und wie gut Sie sich in Künstlerkreisen auskennen. Wenn Sie Herrn Nietnagel für einen begabten jungen Mann halten, so gilt mir das als Beweis seines Könnens. Folglich wird er wohl dazu in der Lage sein, ein kleines Theaterstück zu reimen, das«, sie machte eine kunstvolle Pause und blickte Aufmerksamkeit fordernd in die Runde, »das Tilsiter Treffen unserer hochverehrten Königin Luise mit Kaiser Napoleon zum Thema hat.«

»Das ist ja geradezu genial!«, rief die Frau Geheimrat. »Die vielgeliebte Königin der Herzen, die Mutter des ersten deutschen Kaisers, in einer der schwersten Schicksalsstunden Preußens! Die Personifikation des edlen Mutes einer erhabenen Frau durch echte Darsteller zum Leben erweckt – natürlich müssen die Kulissen und die Kleidung ganz und gar getreu ausgeführt sein –, das wird Interesse erwecken. Und wenn Königin Luise und Napoleon dann plötzlich zu sprechen beginnen, zu agieren, einfach hinreißend!«

Frau Ministerialrat von Aubach warf ein: »Ich könnte das Bühnenbild malen. Nicht allein natürlich, aber meine Tochter Julia könnte mich dabei unterstützen. Sie ist in vielen Dingen sehr geschickt – und ich würde sie gerne hier im Kreis einführen, wenn es den Damen recht ist.«

»Wie schön«, stimmten die Mutter und die Generalin von Klaasen wie aus einem Mund zu. Frau Kommerzienrat Stolze aber, die neureiche Fabrikantengattin, die in diesem erlauchten Kreis selten den Mund zu öffen wagte, vergaß ihre Scheu vor all den hochgeborenen Damen und rief aus: »Baronesse von Zug, dann müssen Sie unbedingt die preußische Königin darstellen! Sie haben eine gewisse Typähnlichkeit mit ihr, wenn ich das so sagen darf, die Haarfarbe, die hohe, schlanke Gestalt, den Liebreiz. Und dieses unverkennbar Edle.«

»Sie sprechen mir aus dem Mund«, bestätigte die Generalin leicht süffisant. »Sie werden sich erinnern, dass ich von Anfang an sagte, mein Plan habe mit der Baronesse zu tun.«

Frau Stolze wurde sichtbar kleiner.

»Werden Sie es tun, meine Liebe?«, wandte sich die Generalin an Margarethe.

Sie lächelte zustimmend. »Warum nicht!« So ein paar Reime aufzusagen, sollte wohl möglich sein, und sich in königliche Pose zu stellen und betrachten zu lassen, erst recht. Sie wusste um ihre Wirkung – und sie musste zugeben, dass sie geheimen Gefallen daran fand, bewundert zu werden. »Wenn Sie meinen, dass wir dadurch die Spendenfreudigkeit des Publikums anregen können?«

»Aber mit Sicherheit«, erwiderte ihre Mutter. Die Begeisterung hatte ihre Kühle vertrieben. »Ich stelle mir vor, dass du dann als Königin Luise an der Hand Napoleons mit einem Körbchen durch die Reihen gehst und jeden Herrn persönlich ansprichst. Den Herrn möchte ich sehen, der für die hochverehrte, geliebte preußische Königin nicht anständig seine Geldtasche zückt! Es ist also beschlossene Sache?«

Ringsum wurde eifrig genickt.

»Fragt sich nur: Wer gibt den Napoleon?«, fragte Frau Geheimrat von Hörrach. »Die Herren sind im Allgemeinen nicht so leicht zu solcherlei Darbietungen zu gewinnen.«

»Nun«, meinte Frau General von Klaasen und lächelte zufrieden, »das lassen Sie meine Sorge sein! Ich denke, es ist klar, wer am besten für diese Rolle in Frage kommt: mein älterer Sohn.« Und dann fügte sie mit einem Anflug von Ironie hinzu: »Er hat die richtige Statur.«

Das ist es also, dachte Margarethe. Dazu hat sie das alles eingefädelt. Damit wir uns bei den Proben näherkommen, Hauptmann von Klaasen und ich. Wahrscheinlich wartet sie darauf, dass wir spätestens nach der Vorstellung unsere Verlobung bekannt geben.

Auf einmal kam sie sich vor wie ein gefangener Vogel.

»Doch pfiff auch dreist die feile Dirne,
die Welt, ihn aus: Er ist verrückt!
Ihm hatte leuchtend auf die Stirne
der Genius seinen Kuss gedrückt.
Und wenn vom holden Wahnsinn trunken,
er zitternd Vers an Vers gereiht,
dann schien auf ewig ihm versunken
die Welt und ihre Nüchternheit.

In Fetzen hing ihm seine Bluse,
sein Nachbar lieh ihm trocknes Brot,
er aber stammelte: O Muse!,
und wusste nichts von seiner Not ...«

Er schreibt über sich selbst, dachte Margarethe und beobachtete
die schmale Gestalt Johann Nietnagels, der da vorn im Musiksaal in seinem schäbigen Leihhausfrack stand und der versam-
melten Gesellschaft seine Gedichte vortrug. Wie angenehm dieser Hauch von Selbstironie ist ...

Unbeirrt seinen eigenen Weg zu gehen wie dieser Dichter da.
So weit zu kommen, dass es einem nichts mehr ausmacht, wenn
die ganze Welt einen für verrückt erklärt ...

Nein, das war ihr unvorstellbar.

Eine Frau stand und fiel mit dem Ruf, den sie in der Welt
hatte. Gab es sie überhaupt hinter diesem Ruf? War sie mehr als
das, was sie schien, mehr als eine charmante junge Dame der
besten Gesellschaft? Hatte sie eine Essenz, ein unaustauschbares
Inneres?

Manchmal meinte sie es zu spüren. Doch wenn sie danach
greifen wollte, entglitt es ihr zwischen den Fingern. Nur die
Sehnsucht war da, vage, unbestimmt.

Was bliebe von ihr, wenn ihr alles genommen würde, was sie scheinbar ausmachte: ihre Kleider, ihr Schmuck, ihr gepflegtes Äußeres, ihre Umgebung – die Herkunft aus hohem Haus, die Tochter eines Reichstagsabgeordneten, die umworbene Erbin mit glänzender Mitgift und klangvollem Namen?

Johann Nietnagel hatte alles aufgegeben, was ihn einmal äußerlich ausgemacht hatte, und folgte seiner inneren Stimme. Sohn eines Juristen, eines Bürgermeisters solle er sein, hatte Maman gesagt, Literatur und Philosophie studiert haben. Er hätte eine gesicherte Existenz als Gymnasialprofessor haben können – wenn er sich nicht ganz der Muse geweiht hätte. Maman fand das interessant. Papa dumm.

Und sie?

»... ein Träumer, ein verlorner Sohn!«, beendete Johann Nietnagel seinen Vortrag.

Wohlwollender Applaus. »Naturalismus in reinster Ausgestaltung«, hörte Margarethe ihre vor ihr sitzende Mutter in bedeutungsvollem Ton Frau Doktor Schneider zuflüstern, der Gattin des Hausarztes. Diese nickte mit Kennermiene.

Der Dichter blätterte in seinem Manuskript, nahm eine neue Seite zur Hand. »Ein Bild«, verkündete er und begann mit seinen Versen tatsächlich vor Margarethes innerem Auge ein Bild entstehen zu lassen: eine reiche Villa, wie sie hier in der Nachbarschaft im Westend zu stehen schien, doch dunkel verhangen, jeder Ton erstickt, die Dienerschaft um völlige Lautlosigkeit bemüht. Ein Todesfall in der Familie?, fragte sie sich, mehr und mehr in den Bann des Gedichtes, in den Bann dieser suggestiven, das unverkennbar Tragische untermalenden Stimme gezogen:

»Der hochgeborne Hausherr, Excellenz,
  schwankt wie ein Rohr umher auf bleicher Düne,

die erste Redekraft des Parlaments
fehlt heute abermals auf der Tribüne ...«
War das nicht Papa?
»...schon viermal war der greise Hausarzt da
und meinte, dass es sehr bedenklich stünde.«
Doch dann auf einmal änderte sich der Ton dieser Stimme dort,
nahm etwas Ironisch-Distanziertes an:
»Nach Eis und Himbeer wird sehr oft geschellt,
doch mäuschenstill ist es im Krankenzimmer ...«
Sie wandte keinen Blick mehr von diesem jungen Mann dort
vorn, dieser unverkennbar spöttische Zug um seinen Mund, wie
er immer weiter die Atmosphäre des Hauses beschrieb, das ob
des Geschehens im Krankenzimmer den Atem anhielt. Doch
nein, in seinen Augen blitzte nicht nur der Spott, das war etwas
Heißeres:
»... die Luft umher ist wie gewitterschwül,
denn ach, die ›gnäd'ge Frau‹ hat heut − Migräne!«,
schloss Johann Nietnagel.
Eine Männerstimme im Publikum lachte laut auf, war das
nicht Papa? Jedenfalls applaudierte er mit unverkennbarem Vergnügen, er, dem diese literarischen Abende in aller Regel eine
lästige gesellschaftliche Pflicht waren. Auch das eine oder andere weitere Lachen war vernehmlich, vereinzeltes Klatschen.
Universitätsprofessor Unschlicht strahlte über das ganze Gesicht. Doch die versteinerten Mienen und die Hände, die unbe-
wegt im Schoß liegen blieben, überwogen bei Weitem. Und das
Schweigen, das von diesen Mienen und Händen ausging, ver-
breitete sich rasch und erstickte auch die anfänglichen Äuße-
rungen des Gefallens.
»Was bildet dieser Mensch sich ein!«, zischte eine empörte
Frauenstimme.

»Unerhört«, sagte Hauptmann von Klaasen laut. »Der reine Klassenhass!«

Die Mutter erhob sich. »Meine Damen, meine Herren. Meine Tochter möchte gern ein Klavierstück zu Gehör bringen, war es nicht die *Appassionata*, Margarethe?«

Wie? Margarethe zuckte zusammen. Hatte sie recht gehört? War sie soeben von ihrer Mutter als Pianistin angekündigt worden?

Zwar hatte sie die Beethoven-Sonate in den vergangenen Monaten so intensiv studiert, dass sie in der Lage sein sollte, sie vor Publikum zum Besten zu geben, aber das war nicht abgesprochen, sie hatte ein Glas Champagner und etwas Wein getrunken, was sie vor dem Klavierspielen niemals tat, und der erste und dritte Satz stellten hohe Anforderungen an ihr technisches Können und erforderten allerhöchste Konzentration ...

Ein beschwörender Blick der Mutter traf sie.

Maman hatte ein untrügliches Gespür dafür, wann gesellschaftliche Situationen zu kippen drohten. Und ebenso untrüglich wusste sie in jeder Situation, wie sie zu retten war. Nun also war Margarethes Part gefragt.

Gehorsam erhob sich Margarethe, neigte leicht den Kopf auf den freundlichen Beifall hin, der ihr galt und nicht dem Dichter dort vorn. Noch immer stand er hinter dem Rednerpult und musterte das Publikum mit Augen, als wolle er gleichsam eine innere Fotografie anfertigen.

»Migräne ist eine furchtbare Krankheit, ein Leiden, das sich keiner vorstellen kann, der es nicht erlebt hat!«, verkündete Frau Universitätsprofessor Unschlicht mit schriller Stimme, »und dieser Mensch, dieser Mensch! Herr Doktor, sagen Sie doch etwas dazu!«

Der Hausarzt Dr. Schneider lächelte leise. »Gewiss, Frau Universitätsprofessor, gewiss kann Migräne ein furchtbares Leiden darstellen. Eine schwerwiegende und äußerst quälende Erkrankung, ohne Zweifel. Nur – wir wollen doch nicht leugnen, dass die Ausrede ›Migräne‹ gelegentlich auch für anderes herhalten muss, für leichte Befindlichkeitsstörungen und seelische Verstimmungen, womöglich auch für die eine oder andere Unlust, nicht wahr?«

»Und das, meine ich, hat der Dichter ganz vorzüglich angedeutet mit seinem Verweis auf Eis und Himbeeren!«, schaltete sich Frau Doktor Schneider, eine geborene Baronesse von Zietowitz, lebhaft ein. »Wer jemals eine wirkliche Migräne hatte, weiß, dass da weder an Eis mit Himbeeren noch an sonst irgendetwas Essbares auch nur im Entferntesten zu denken ist.«

»Nehmen Sie diesen Menschen etwa auch noch in Schutz?«, empörte sich Frau Universitätsprofessor Unschlicht. »Eine Person, die so über unsere Kreise herzieht? Ich für mein Teil ...«

»Meine Damen, meine Herren«, sagte Margarethe laut und verneigte sich noch einmal, »wenn Sie mir Ihr wohlwollendes Gehör schenken würden? Blätterst du mir um, Maman?«

Sie klappte den Deckel des Flügels auf, legte die Noten zurecht, sandte ein Stoßgebet gen Himmel und begann zu spielen. Der erste Satz mit seinem düster drohenden Bass und dem schicksalhaften Klopfmotiv forderte sie bis zum Äußersten. Dennoch bedachte sie bei ihrem Spiel auch noch, was für eine Figur sie dabei abgab. Nicht zu exaltierte Körperbewegungen, das wirkt bei einer Dame leicht deplatziert, pflegte die Mutter sie zu ermahnen.

Mit einigen Patzern, die sie gekonnt überspielte, kam sie heil durch das Stück. Sie atmete heimlich auf und widmete sich dem technisch einfacheren zweiten Satz mit mehr Empathie, vergaß endlich die Zuhörer, vergaß, auf ihr Äußeres zu achten, war nur noch voll Hingabe bei dieser innig singenden Musik, spürte etwas in sich weit werden und sehnen und hoffen. Und diese Einheit mit der Musik blieb ihr auch bei dem dritten Satz erhalten, den sie in furiosem Tempo nahm. Bald neunzehn Jahre täglicher Etüden hatten ihre Finger geläufig gemacht, ihre Technik geschult, ließen sie auch dem verzweifelten Rennen der Sechzehntel, dem Presto der galoppierenden Achtel gewachsen sein. Wie einen Hafen erreichte sie aus dem rasenden Lauf heraus die drei Schlussakkorde.

Stürmischer Applaus brachte sie in den Saal zurück. »Sie sind eine wahre Künstlerin der Tasten«, erklärte Hauptmann von Klaasen und neigte sich über ihre Hand. An seinem Arm wechselte sie in das angrenzende Speisezimmer hinüber, in dem ein Kuchenbüfett errichtet war. Dort stand Johann Nietnagel im Erker ans Fensterbrett gelehnt und schob mit unübersehbarem Appetit ein Stück Apfelkuchen in sich hinein. Hatte er ihrem Klaviervortrag etwa gar nicht beigewohnt?!

»Dieser Dichter scheint zu befürchten, gleich des Hauses verwiesen zu werden, und will zuvor noch sein Honorar verspeisen«, flüsterte sie Hauptmann von Klaasen süffisant zu.

Woher kam der feine Stich in ihrer Brust, den sie dabei verspürte? Als habe sie soeben Verrat begangen.

Der Hauptmann gab ihr lachend recht.

»Stellen Sie sich vor«, setzte sie noch eins obendrauf, »er ist von meiner Mutter dazu auserkoren, die Dialoge zu schreiben, mit denen wir beide beim Wohltätigkeitsfest Napoleon und Luise geben sollen.«

»Das ist nicht möglich?«, fragte er entsetzt. »Ihm fehlt mit Sicherheit der patriotische Ernst!«

Sie zuckte lächelnd die Achseln. »Meine Mutter hat nun einmal eine Schwäche für Randfiguren des Kulturbetriebes. Lassen

Sie mich nur machen! Ich werde klarstellen, in welchem Sinn das Stück verfasst sein soll.«

Damit trennte sie sich von Hauptmann von Klaasen und schlenderte zu dem Dichter hinüber. »Nun?«, fragte sie kühl und sah einige Zentimeter an ihm vorbei zum Fenster hinaus in den beleuchteten Garten. »Hat meine Mutter Sie von dem Auftrag schon in Kenntnis gesetzt, ein Stück über Napoleon und Königin Luise zu schreiben?«

»Sie ist heute vor meinem Vortrag mit dem Vorschlag auf mich zugekommen«, erwiderte er und stellte den Teller beiseite. »Wer weiß, ob sie es danach noch getan hätte! Aber ich musste Ihrer Frau Mutter ohnehin mit meinem aufrichtigen Bedauern – sie ist eine bewunderungswürdige Ausnahmeerscheinung in dieser Gesellschaft, wenn ich mir das zu bemerken erlauben darf –, ich musste ihr leider abschlägigen Bescheid geben. Ich fertige keine Auftragsarbeit.«

Sie sog hart die Luft ein, starrte ihn an. Dann wurde ihr bewusst, wie undamenhaft ihr Verhalten war. Dennoch senkte sie den Blick nicht.

Johann Nietnagel strich sich mit heftiger Geste die Haare aus der Stirn. »Zudem entspricht der Stoff ganz und gar nicht meinem Interesse. Ich bin an der Gegenwart interessiert, nicht an der Vergangenheit. Ein unbestechlicher Chronist unserer Zeit will ich sein, einfangen, was ist, ihm eine der Wirklichkeit, der Natur möglichst nahe Form geben. Die Wahrheit schreiben. Und so auch den Stummen meine Stimme leihen. Verstehen Sie?«

Wider Willen nickte sie. Da hatte ihre Mutter geglaubt, ein gutes Werk zu tun, wenn sie diesem Dichter einen bezahlten Auftrag gab, und nun wies dieser ihn einfach zurück. Und sie selbst, sie hatte gemeint, ihm vorschreiben zu können, in welchem Sinne er das Ganze verfassen sollte! Wie lächerlich sie sich damit gemacht hätte, wenn sie es ausgesprochen hätte! Diese Unabhängigkeit ...

»Aber – Sie müssen doch – können Sie denn – davon leben?«, fragte sie stockend.

Er lachte. Klang Bitterkeit in diesem Lachen oder Triumph? »Nach Ihren Maßstäben sicher nicht«, erwiderte er. »Nach meinen schon. Auch wenn mein Frack aus dem Leihhaus ist, wie Sie zweifellos bemerkt haben. Nach diesem Abend werde ich ihn ohnehin nicht mehr benötigen. Ich glaube nicht, dass man mich so bald wieder in Ihre Kreise einladen wird. Man wird mir meinen Spott über die Migräne der hochgeborenen Damen nicht verzeihen.«

Dies klang so ironisch, so gar nicht schuldbewusst oder sich selbst bemitleidend, dass sie unwillkürlich lächelte. »Nun, meine Mutter hat in dieser Hinsicht ein weites Herz. Frau Universitätsprofessor Unschlicht dagegen mit Sicherheit nicht. Sie würde ihre Migräne zweifellos gerne im gleichen Umfang zelebrieren, wie es Ihr Gedicht beschreibt – leider fehlten ihr die *goldbetresste Dienerschaft* und auch der *hochgeborne Hausherr*. Dafür hat ihrem Gatten Ihr Gedicht umso besser gefallen. Ich meine, er hatte eine geradezu diebische Freude daran, und das zählt mehr als die Gekränktheit seiner Gattin. Er ist ein bedeutender Romanist.«

»Ich weiß. Ich habe eine Vorlesung über die französischen Naturalisten bei ihm gehört und eines seiner Seminare besucht.«

Die Arroganz dieses Menschen war unerträglich. Warum musste er ihr permanent das Gefühl geben, dass alles, was sie sagte, falsch oder deplatziert sei?

»Um auf Ihre Frage zurückzukommen«, fuhr Herr Nietnagel

fort. »Nur das ist mir unverzichtbar: Freiheit und Würde. Gerechtigkeit. Vor allem aber die Kunst. Nach ihr suche ich, nach der wirklichen Wahrheit. Ich brauche keinen goldenen Käfig. Ich lebe im Hinterhof einer Mietskaserne unter Menschen, die das Leben kennen, wie es ist. Von ihnen habe ich gelernt, mit wie wenig man überleben kann. Im Gegensatz zu mir haben sie niemals eine Alternative zur Armut gehabt. Sie sind hineingeboren.«

»Du solltest dich langsam nach Stoffen für das Kleid umsehen«, sagte die Mutter, stellte ihre Kaffeetasse behutsam hin und tupfte sich die Mundwinkel mit der Serviette ab. »Man kann sich gar nicht früh genug darum kümmern. Natürlich kommt nur schwere Atlasseide infrage. Ich denke, wir werden uns mit der Ausstattung an unserem Gemälde orientieren.«

Margarete nickte. Sie hatte sich das berühmte Bildnis der Königin Luise sehr genau angesehen, das sie in Kopie im Salon hängen hatten: die Königin stehend hinter dem sitzenden König. Die Vorstellung, sich in einem solch locker fließenden Empirekleid zu präsentieren, mit hochgeschnürtem Busen, doch sonst ohne Korsett, so ganz natürlich, hatte etwas Reizvolles. Fast als tue sie heimlich etwas Verbotenes – und doch in aller Öffentlichkeit. Und diese duftige Frisur würde ihr auch gut stehen. Überhaupt: die berühmteste Königin der preußischen Geschichte lebendig werden zu lassen, das war ein Gedanke, dem sie immer mehr abgewinnen konnte, je mehr sie sich damit beschäftigte. Und dann auch noch zu einem guten Zweck ...

Effi La Fontière, eine entfernte Nichte von General von Klaasen, die sich gelegentlich als Schriftstellerin hervortat, würde das Gedicht verfassen, nun, da Johann Nietnagel als Dichter ausschied.

Margarethes Gedanken blieben einen Moment bei ihm hängen. Wirklich bodenlos arrogant, wie er sich verhalten hatte! Und warum um alles in der Welt versagte ihre Konversationsgabe und Schlagfertigkeit ausgerechnet im Umgang mit ihm? Ach, was machte es! Sie würde ihn nie wiedersehen.

Die gute Effi würde zweifellos ein Stück schreiben, das dem Anlass genau angemessen war. Und das die Königin ins rechte Licht rückte.

Zum Glück musste sie Königin Luise ja nicht in einer Szene mit ihrem Gatten darstellen, von dem es hieß, sie sei ihm in großer Liebe verbunden gewesen, sondern mit Napoleon, dem sie mit einer Bitte für ihr Vaterland gegenübertreten würde. Da war sie nicht gezwungen, etwas anderes als Hoheit in ihren Blick zu legen, vielleicht auch eine gewisse Demut, doch geschützt durch Unnahbarkeit. Das war gut.

»Nur mit der Brosche wird es schwierig«, meinte sie nachdenklich. »Du weißt, die Brosche, die an der Schulter das Kleid zusammenhält. Etwas Vergleichbares besitzt du doch nicht, Maman?«

»Nein, das nicht«, erwiderte die Mutter. »Ich habe mir auch schon über den Schmuck den Kopf zerbrochen. Als Diadem können wir das meiner Urgroßmutter verwenden. Auch wenn es nicht identisch ist, es passt hervorragend. Es stammt aus der gleichen Zeit und meine Urgroßmutter war schließlich Prinzessin aus einem Haus, das Mecklenburg-Schwerin in nichts nachstand. Aber die Brosche – es wird uns nichts anderes übrig bleiben, als sie nach der Vorlage anfertigen zu lassen. Was meinst du, Rüdiger?«

Der Vater sah von der Zeitung auf. »Das hört sich an, als ob mich eure Wohltätigkeit teuer zu stehen kommen würde«, meinte er trocken. »Es käme mich offensichtlich billiger, einen erklecklichen Betrag in deinen Wohltätigkeitsverein zu spenden, liebste Augusta, als diesen Bühnenzauber zu finanzieren, von dem noch offen ist, ob er als Einnahmen überhaupt einspielen wird, was er mit Sicherheit an Ausgaben kostet. Aber wenn es meine hinreißende Tochter glücklich macht!«

Diese Worte tauchten blitzartig die ganze Situation in ein gleißendes Licht.

Warum hatte sie das alles bisher nicht gesehen? Sich auch noch eingebildet, ein gutes Werk zu tun?

»Wie prosaisch du immer redest, Rüdiger!«, erwiderte die Mutter leicht verärgert. »Wenn du in der Bank deine Bilanzen im Kopf hast, schön und gut, dort gehören sie hin. Aber hier geht es doch wahrhaftig um anderes! Und zugleich um ein gesellschaftliches Ereignis, das auch deinem Ruf und damit deinem Erfolg als Bankier und als Reichstagsabgeordneter zugute kommen wird, wie du sehr wohl weißt. Im Übrigen meine ich natürlich keine echte Kopie der Brosche. Eine wirklich gute Imitation aus böhmischem Glas tut es auch. Und das Kostüm lässt sich ohne Weiteres in ein paar Jahren noch einmal bei einem Kostümball tragen, sodass die Ausgabe gerechtfertigt ist.«

»Gewiss, gewiss«, begütigte der Vater.

»Aber Papa hat recht!«, rief Margarethe. Wie eine billige Farce erschien ihr plötzlich dieses ganze Wohltätigkeitsgesäusel. Und auf einmal war die längst ins Vergessen verdrängte Erinnerung an das Kellerloch von Anna Brettschneider wieder da. »Von dem Geld, das wir hier verplanen, ließe sich für Anna Brettschneider nicht nur eine Nähmaschine kaufen, sondern wahrscheinlich auch noch eine halbe Wohnungseinrichtung!«

»Anna Brettschneider?«, fuhr die Mutter auf. »Ich dachte, das wäre erledigt? Du hattest den Auftrag, im Namen des Wohltätigkeitsvereins dieser Frau einen Absagebrief zukommen zu lassen. Hast du das nicht getan?«

Margarethe schüttelte den Kopf. »Ich habe es nicht über mich gebracht.«

»Ach«, erwiderte die Mutter, »meinst du, es ist besser für die arme Frau, wenn sie sich weiter in falschen Hoffnungen wiegt?«

»Aber wir können sie doch nicht so im Stich lassen!«, widersprach Margarethe, um das schlechte Gewissen zum Schweigen zu bringen, das sich auf einmal leise meldete.

»Meine liebe Tochter«, erwiderte die Mutter, »das Elend in den Hinterhöfen ist schier uferlos – und bisher hat es dich nicht im Geringsten interessiert. Ich erinnere mich, dass du meine wiederholten Aufforderungen, dich in unserem Verein zu engagieren, mit der Begründung abzulehnen pflegtest, das sei dir zu langweilig. Nun hast du zum ersten Mal an einem winzigen Zipfel einen Blick auf das Elend erhascht und meinst, das wäre der Nabel der Welt. Aber solche eheverlassenen oder verwitweten Frauen, die nicht wissen, wie sie ihre Kinder ernähren sollen, gibt es wie Sand am Meer. Und mehr noch kinderreiche Frauen von Trunkenbolden, von Invaliden und Kranken, von Arbeitsscheuen oder miserabel verdienenden Ungelernten, bei denen es vorne und hinten nicht reicht. Was glaubst du denn, warum ich mit einigen gleichgesinnten Damen unseren Verein *Misericordias* gegründet habe! Genau um solchen Frauen und ihren Kindern zu helfen. Aber wir können nun einmal nicht die ganze Welt retten.«

Die Worte der Mutter waren wahr, sie konnte nichts dagegen einwenden. Aber dennoch sollte sie vielleicht noch einen Versuch unternehmen?

Sie wandte sich an ihren Vater: »Papa, bitte!«

73

Er hob die Hände. »Ich halte es mit dem Alten Fritz: Ich bin für Gewaltenteilung. Die Wohltätigkeit ist eindeutig das Ressort deiner Mutter, ich werde mich hüten, mich da einzumischen. Ich bin lediglich der Mittelgeber, und was ich gebe, das lege ich in ihre Hände. Dort ist es bestens aufgehoben.« Damit versenkte er sich wieder in seine Zeitung.

»Was den Text der Aufführung anbelangt«, wechselte die Mutter in einem Ton das Thema, dass Margarethe wusste, die Frage Anna Brettschneider war ein für alle Mal erledigt, »so sollten wir uns gelegentlich mit Frau La Fontière zusammensetzen. Ich fürchte, die Gute wird uns sonst ein unerträglich sentimentales Rührstück abliefern. Ja, was ist?«, wandte sie sich zu dem Diener um, der geräuschlos in den Raum getreten war und mit dezentem Hüsteln an der Tür des an den Musiksaal angebauten Wintergartens stehen blieb, in dem die Familie gelegentlich zu speisen pflegte, wenn man ganz unter sich war.

»Hauptmann von Klaasen bittet darum, seine Aufwartung machen zu dürfen«, antwortete dieser.

»Hauptmann von Klaasen?«, wiederholte die Mutter lebhaft. »Wir lassen bitten!« Ein bedeutungsvoller Blick traf Margarethe.

Nicht auch das noch! Was soll ich tun, wenn er mir einen Antrag macht? Ein Ja schien ebenso unmöglich wie ein Nein.

Wenn sie Nein sagte, so würde sie ihn kränken. Mit Sicherheit würde er sie kein zweites Mal fragen, ein Klaasen hielt auf seine Ehre. Und eine Partie wie Hauptmann von Klaasen, von der jede junge Dame ihrer Kreise träumen würde, schlug man doch nicht aus!

Aber die Werbung annehmen, ohne Liebe ...?

War das nicht Verrat? Verrat an ihm – Verrat an der Liebe – Verrat vielleicht sogar an sich selbst?

Doch woher sollte sie wissen, ob nach ihm noch ein anderer kommen würde und vor allem: ein Besserer? Fast die Hälfte der Damen der oberen Kreise blieb unvermählt. Sollte sie wirklich ewig dieses Leben weiterführen, wie sie es jetzt tat, diese ganze Nutzlosigkeit und Belanglosigkeit? Diese gähnende Langeweile? Papas hinreißende Tochter. Hier eine Gesellschaft und dort eine Landpartie, hier die Oper, dort ein Ball, die Aufführung beim Wohltätigkeitsfest, ein bisschen lesen, ein bisschen musizieren, ein bisschen malen oder sticken und hinter dem allen das öde Nichts. Keine Aufgabe, kein Ziel.

Es gab keinen anderen Weg, ein sinnerfülltes Leben zu führen, als zu heiraten. Wie Maman ein großes Haus führen, in dem Künstler und Gelehrte ein und aus gingen, es zu einem Mittelpunkt der Gesellschaft machen. Und vor allem: eine eigene Familie haben, Kinder.

Das war die Aufgabe, die einzige. Mit Hauptmann von Klaasen rückte sie greifbar nahe. Sein Name war so klangvoll, dass es ein Leichtes sein würde, ihr Haus zu einem gesellschaftlichen Anziehungspunkt zu machen.

Das alles sprach für ein Ja auf den Antrag, der kommen würde, kommen musste. Wenn da nicht diese Furcht davor wäre, sich für alle Zeit zu binden – und womöglich an den Falschen. Dieses Gefühl, dass da noch etwas sein musste, etwas Wesentliches, was sie nicht kannte – und was sie mit Hauptmann von Klaasen niemals kennenlernen würde.

Liebe musste sich doch anders anfühlen als diese gewisse Vertrautheit, die sie dem Hauptmann gegenüber empfand. Liebe musste doch etwas so Hinreißendes, Mitreißendes sein, etwas so durch und durch Erfüllendes, dass es keine Zweifel mehr gab.

Ob ihm wirklich an ihr gelegen war – oder nur an ihrer Mitgift?

Verlass dich ganz auf dein Herz, hatte die Mutter geraten, als sie einmal mit ihr darüber gesprochen hatte, wie man denn den Richtigen erkennen könne. Es wird dir sagen, was richtig ist. Aber was sollte man tun, wenn das Herz schwieg?

In ihren jungen Jahren hatte sie sich mehrfach schwärmerisch verliebt, war bald für den einen Offizier entflammt gewesen, bald für den anderen. Aber diese untrügliche Stimme des Herzens, das »Dieser oder keiner!« hatte sie nie gehört.

Vielleicht hatte sie gar kein Herz. Und alles Warten würde vergebens sein, das, worauf sie wartete, würde niemals eintreten, und eines Tages würde sie unversehens eine alte Jungfer sein und kein Mann würde je mehr um ihre Hand anhalten.

Wahrscheinlich lag es an ihr.

Sie nahm kaum wahr, wie Hauptmann von Klaasen eintrat und sie alle begrüßte, reichte ihm mechanisch die Hand zum Kuss, beteiligte sich nicht an der höflichen Plauderei, die sich zwischen den Eltern und dem Hauptmann entspann. Obwohl sie die Augen niedergeschlagen hielt, spürte sie immer wieder seinen Blick auf sich – und den Blick der Mutter, der zwischen ihr und Hauptmann von Klaasen hin und her ging.

Schon nach wenigen Minuten erklärte der Vater, seine Geschäfte warteten auf ihn, und kaum war der Vater gegangen, erhob sich auch die Mutter und bedauerte, nicht weiter die angenehme Gesellschaft des Hauptmanns teilen zu können, weil sie dringend ein Musikstück einstudieren müsse, das sie am Abend zum Besten geben wolle. Höflich wollte auch er sich verabschieden, doch sie hinderte ihn daran: Er möge doch mit Margarethes Konversation vorliebnehmen und möge sich nicht stören lassen, wenn sie nebenan ein wenig Klavier übe.

Margarethe stieg das Blut in den Kopf. Was für ein abgekartetes Spiel! Niemals sonst ließ die Mutter sie mit einem Herrn allein, und nun verschwand sie im Musiksaal und ließ die doppelflügelige Glastür nur gerade so viel offen, wie es der Anstand dringend erforderte.

Nebenan erklang *Für Elise,* ein Stück, das die Mutter auswendig zu spielen pflegte und auch in seinem schwierigeren Mittelteil völlig fehlerlos und im richtigen Tempo beherrschte. Diese schmachtenden Töne!

Der Hauptmann sah auf seine Hände, faltete sie ineinander, verknotete sie. Eine Welle von Sympathie stieg plötzlich in ihr auf. Offensichtlich war ihm die Situation genauso unangenehm wie ihr!

»Ich hatte schon lange vor, bei Ihnen vorstellig zu werden, Baronesse«, begann er zögernd.

Sie lächelte ihr strahlendstes Lächeln. »Ja, ich habe Sie erwartet. Wir müssen über unsere Darstellung bei dem Wohltätigkeitsfest sprechen, nicht wahr? Königin Luise und Napoleon. Johann Nietnagel steht ja nun glücklicherweise als Dichter nicht mehr zur Debatte. Aber wir sollten mit Ihrer werten Cousine ein wenig beraten, auf welche Art sie den Stoff zu fassen gedenkt. Was meinen Sie?«

»Gewiss, ja, das auch. Sie dürfen versichert sein, es ist mir eine große Freude und Ehre, mit Ihnen gemeinsam in diesem Stück auftreten zu dürfen.« Er stockte, fuhr schließlich fort: »Aber das Werk mit der Verfasserin abzusprechen, denke ich, kann ich ganz und gar Ihnen überlassen, Verehrteste. Sie wissen ja aus unseren Tischgesprächen: In Sachen Kunst und Literatur bin ich nicht so bewandert wie Sie.«

Sie neigte leicht den Kopf.

Er warf ihr einen tiefen Blick zu. »Ich bewundere sehr Ihre Bildung im Kulturellen. Ihr seelenvolles Klavierspiel. Ihre Schönheit. Ihren hinreißenden Charme. Dieses Unbeschwerte, Leichte, wenn ich es so nennen darf. In Ihrer Gegenwart, im Haus Ihrer Eltern, darf man den Ernst der Welt vergessen und fühlt sich emporgehoben zu den erhabeneren Dingen, tritt sozusagen ein in das Reich der Musen. Was für eine wohltuende Erholung für einen Mann des Militärs, der pflichtgetreu seinen Dienst für Kaiser und Vaterland tut und auf die Stunde seiner Bewährung wartet.«

»Eine Stunde, die hoffentlich nie eintritt«, gab sie zurück. »Die Künste gedeihen nun einmal nur im Frieden, und es bedarf solcher Männer, wie Sie einer sind, um diesen zu sichern.«

»Wie schön Sie das sagen«, erwiderte er. »Wenn Sie einmal einen eigenen Salon führen werden, wird er dem Ihrer verehrten Frau Mutter in nichts nachstehen.«

Um Himmels willen, was für eine Richtung nahm das Gespräch! Als Nächstes würde er sich erbieten, ihr durch eine Heirat den Rahmen für diesen Salon zu stellen. Sie musste dem Gespräch eine andere Wendung geben. Doch wie?

Ihr Blick fiel auf die Zeitung, die der Vater mit der Rückseite nach oben auf den Tisch gelegt hatte. Eine Anzeige des Lessing-Theaters stach ihr ins Auge: »*Nora*. Von Henrik Ibsen. Noch Karten der besten Kategorien (6,50 – 7,50 Mark) frei für die heutige Aufführung.«

»Würden Sie mir wohl eine große Freude machen, Herr Hauptmann?«, fragte sie rasch.

»Mit dem größten Vergnügen!« Er verneigte sich.

»Ich würde so gerne heute Abend ins Theater gehen, in die *Nora*, würden Sie mich wohl begleiten? Natürlich müssten wir noch eine Gesellschafterin mitnehmen, wenn Sie drei Karten bestellen wollten?«

»Gewiss, ja.«

War es Enttäuschung oder Erleichterung, was sie auf seinem

Gesicht las? Sie erhob sich. »Wie schön, dann sehen wir uns ja heute Abend. Ich freue mich sehr darauf. Und jetzt, wenn Sie mich bitte entschuldigen würden …«

»Zu allem Übel auch noch *dieses* Stück!«, hatte die Mutter entsetzt gesagt. »Einem Mann, der drauf und dran ist, dir einen Antrag zu machen, muss dies mehr als merkwürdig vorkommen, um nicht zu sagen, es muss ihm als Affront erscheinen. Nun, dann sieh zu, welche Dame dich mit dem Hauptmann ins Theater begleitet! Auf mich wirst du jedenfalls verzichten müssen.«

Und dann, nach einer verstimmten Pause, hatte die Mutter auf einmal ganz weich und ernst gefragt: »Wäre dir denn sein Antrag so unangenehm, Margarethe?«

Sie wusste es doch nicht! Tatsächlich war sie nach den Vorhaltungen der Mutter geradezu in Panik verfallen bei dem Gedanken, sie könnte durch ihr Verhalten für immer eine Tür zugeschlagen haben, die sie sich doch offenhalten wollte – und sei es nur einen schmalen Spalt. Oder vielleicht mehr als das.

Wenn schon heiraten, warum dann nicht Hauptmann von Klaasen?

Sie würde jedenfalls eine Schwiegermutter haben, mit der sie sich vertrug.

Und vertragen würde sie sich ja auch mit dem Hauptmann, er hatte gepflegte Manieren und war zweifellos ein Mann von Ehre. Aber mit ihm das Bett zu teilen …

Sie konnte es sich nicht vorstellen.

Dabei lag es nicht daran, dass sie so unwissend wäre, wie man höhere Töchter gewöhnlich hielt – eher im Gegenteil. Wenn sie ihr Leben nur in der höheren Töchterschule und im Mädchenpensionat verbracht hätte, wo man stets nur von der

Seele und dem Herzen sprach, nie vom Körper, wo man die Klassiker und die Bibel in »für die Jugend bereinigter Form« las und alles auf das Peinlichste vermied, was auf etwas anderes hindeuten könnte, als dass ein Mädchen Kopf, Hände und Gemüt hatte und sonst nichts, nichts, nichts – dann würde sie sich vielleicht nicht so viele Gedanken machen.

Aber sie war in einem liberalen Elternhaus aufgewachsen. Ihr Vater hielt nichts von verschlossenen Bücherschränken und einem Verbot für seine Tochter, die Bibliothek zu benutzen, wie es in den meisten der Margarethe bekannten Elternhäuser gang und gäbe war. Und ihre Mutter sammelte mit wahrer Leidenschaft zeitgenössische sozialkritische Gesellschaftsromane, in denen schließlich immer und immer wieder das Verhältnis der Geschlechter zum literarischen Ausdruck kam – und Kunstbücher aller Art. Auch einen Band mit Fotografien griechischer Vasen hatte Margarethe vor Jahren in der Bibliothek entdeckt, Vasen mit Abbildungen, die an Deutlichkeit nichts zu wünschen übrig ließen ...

Fast schlugen sich die Seiten schon von selbst auf, so oft hatte sie seinerzeit diese Bilder betrachtet.

Nein, sie konnte sich nicht vorstellen, etwas in dieser Art mit Hauptmann von Klaasen zu tun. Mehr noch: dazu verpflichtet zu sein durch Trauschein und Gesetz.

Und doch schien – wenn sie an die Andeutungen in den vielen ergreifenden Romanen dachte, in denen sie von Liebe und Ehebruch gelesen hatte – genau diese körperliche Vereinigung das zu sein, wohin es Liebende mit unwiderstehlicher Macht zog.

Da konnte sie doch nicht einen Mann wählen, den sie nicht liebte!

Oder – würde die Liebe sich einstellen, bedurfte es dafür nur eines Entschlusses? Dann hätte sie ja doch die Möglichkeit, den Antrag des Hauptmanns anzunehmen …

Was eigentlich sollte an dem ihr unbekannten Ibsen-Stück, das da eben auf der Bühne begann, für den Hauptmann so irritierend sein?

Wenn sie wenigstens noch mit Frau Doktor Schneider ein unverfängliches Gespräch unter vier Augen über dieses Stück hätte führen können und dabei vielleicht einen Hinweis erhalten hätte! Aber dazu hatte sich keine Gelegenheit ergeben, von Anfang an war der Hauptmann dabei gewesen.

Die der Etikette geschuldete Anwesenheit der Hausarztgattin war ihr auch sonst keine Hilfe. Mit Frau Doktor Schneider verband sie nur ein geselliger Kontakt der Familien. Doch eine wirkliche Freundin, mit der sie ohne Scheu ihre Zweifel hätte teilen und die ihr jetzt hätte beistehen können, hatte sie nicht. Nun saß sie zwischen Frau Doktor Schneider und dem Hauptmann in der ersten Reihe des Balkons im ersten Rang – einen auffälligeren Platz hätte er kaum mieten können – und nahm nur am Rande wahr, was da auf der Bühne gespielt wurde. Immer wieder verloren ihre Gedanken den Zusammenhang mit dem Theaterstück, das sie ohnehin nicht berührte. Diese Nora erschien ihr als flatterhafte oberflächliche Person, deren Belanglosigkeit ihr nachgerade auf die Nerven ging. Was sollte sie tun, wenn der Hauptmann nach der Vorstellung noch eine Aussprache mit ihr anstrebte?

»Was für eine entzückende, liebreizende Frau, diese Nora«, nahm der Hauptmann in der Pause nach dem ersten Akt pflichtschuldig das Gespräch über das Stück auf, »ein wahrer Sonnenschein.« Dann beeilte er sich hinzuzufügen: »Ich meine natürlich die Rolle, nicht die Schauspielerin. Aber diese Nora: So eine kleine Lerche, wie Helmer sie nennt, ein lockerer Zeisig, so ein kindlich schutzbedürftiges und zugleich kapriziöses, verschwenderisches Wesen – einfach hinreißend. Kein Wunder, dass Torvald Helmer sie anbetet.«

Ist es das, was er in seiner künftigen Frau sucht, dachte Margarethe, ein kindlich schutzbedürftiges, kapriziöses Wesen? Eine trällernde Lerche, einen entzückenden Sonnenschein? Ich könnte ihm den vorgaukeln, zweifellos. Aber – will ich das?

»Anbetet?«, warf Frau Doktor Schneider ein. »Gewiss, das auch. Aber zugleich stellt er sich doch sehr über sie. Im Übrigen hat Nora durchaus noch einen tieferen Wesenszug. Diese angedeutete Geschichte, wie sie ihrem Mann einst das Leben rettete, ohne dass er es überhaupt merkte – ich meine, das offenbart eine ganz andere Nora. Und von wegen verschwenderisch – das macht sie doch nur ihrem Gatten vor! In Wahrheit vollbringt sie im Stillen ein Wunder an Selbstbeschränkung. Wie schwer muss es für sie sein, unbemerkt das Geld zusammenzusparen, sogar heimlich Schreibarbeiten zu übernehmen, um die Schulden abzutragen, die sie nur aus Liebe zu ihm gemacht hat! Tragisch, dass sie ihm davon nichts sagt.«

»Tragisch? Ganz und gar nicht!«, widersprach der Hauptmann so engagiert, als wolle er unter Beweis stellen, dass auch er sich für literarische Fragen zu interessieren vermochte. »Sie hat eben ein feines Empfinden. Welcher Mann könnte es ertragen, von seiner Frau gerettet worden zu sein? Im Gegenteil, ich finde diesen frommen Betrug sehr klug von ihr: Sie weiß, wie sie sich die Liebe ihres Mannes erhält und wie sie ihn an sich fesselt. Das ist eben die Klugheit der Frauen. Was meinen Sie, Baronesse?«

Ein Aufruhr war in Margarethe, den sie kaum zu beherrschen wusste. Sie hatte das Gefühl, mit dieser Antwort über ihr ganzes Leben zu entscheiden. »Ich bin gespannt auf den Fortgang der Handlung«, erwiderte sie ausweichend. Sie lächelte ihm zu und wusste, dass Dutzende Operngläser dieses Lächeln vergrößerten, Dutzende Damen der Gesellschaft es registrierten. Morgen würde man sich erzählen, zwischen Baronesse von Zug und Hauptmann von Klaasen scheine sich nun endlich eine Entscheidung anzubahnen. Welcher Teufel hatte sie eigentlich geritten, sich mit ihm dieser Öffentlichkeit auszusetzen?

Mit gespielter Aufmerksamkeit wandte sie sich der Bühne zu. Doch dann begann die Dramatik des Stückes sie wider Willen in Bann zu ziehen und die eigenen Gedanken in den Hintergrund zu drängen. Im dritten Akt schließlich folgte sie der Handlung mit atemloser Spannung. Mehr und mehr spürte sie, dass dort auf der Bühne ihre Zukunft verhandelt wurde.

Wie Nora die Augen aufgingen über den wahren Charakter ihres Mannes – über den wahren Charakter ihrer Ehe – vor allem aber über sich selbst und das Scheinleben, das sie bisher geführt hatte ...

Diese Sätze im Dialog zwischen Nora und ihrem Mann:

Sie: *Unser Heim ist nichts anderes als eine Spielstube gewesen. Hier bin ich deine Puppenfrau gewesen, wie ich zu Hause Papas Puppenkind war – Ich muss danach trachten, mich selbst zu erziehen. Und darum verlasse ich dich jetzt ...*

Er: *So entziehst du dich deinen heiligsten Pflichten? – Pflichten gegen deinen Mann und deine Kinder ...*

Sie: *Ich habe andere Pflichten, die ebenso heilig sind – die Pflichten gegen mich selbst – Ich liebe dich nicht mehr – das ist der Grund, warum ich nicht länger hier bleiben will ...*

Er: *Werde ich dir niemals wieder mehr als ein Fremder sein können?*

Sie: *Dann müsste mit uns beiden, mit dir und mir, eine solche*

Wandlung vorgehen, dass ... Ach, Torvald, ich glaube an keine
Wunder mehr ...
Er: *Sprich zu Ende. Eine solche Wandlung, dass ...?*
Sie: *dass unser Zusammenleben eine Ehe werden könnte. Leb wohl!*

»Das würde ich nie übers Herz bringen«, sagte Frau Doktor Schneider mit Tränen in den Augen, als der Vorhang fiel, »meine Kinder zu verlassen. Das brächte doch keine Mutter über sich!«

Hauptmann von Klaasen nickte und stimmte zu: »Dieses Ende ist unerträglich! Im Programm steht, dass an manchen Schauspielhäusern *Nora* mit einem anderen Schluss gegeben wird. Es ist ein Skandal, dass man sich bei dieser Inszenierung nicht auch dazu entschlossen hat. Nicht wahr, Baronesse?«

»Nein«, widersprach sie und räusperte sich, kaum fand sie ihre Stimme, »genau so muss es sein.«

– 3 –

Ein Geräusch ließ sie aufschrecken. Sofort schnellte ihr Puls in die Höhe. Clara lauschte.

Lisas Atem ging ruhig und gleichmäßig. In dem schmalen Küchenbett dicht an sie geschmiegt lag die Schwester in tiefem Schlaf, ungetrübt von Angst und Schuldgefühl. Sie selbst aber ...

Da war es wieder. Schwere Schritte im Treppenhaus. Stürmte dort etwa die Polizei die Treppe herauf, würde gleich die Küchentür aufreißen und brüllen: »Alle an die Wand!«, und dann mit der Durchsuchung beginnen, das Unterste zu oberst kehren?

Wenn sie darauf kamen, die Dielen zu überprüfen!

Als gutes Versteck war es ihr erschienen, die Hefte unter dem losen Bodenbrett zu verstecken. Schließlich stand ihr Bett darüber, und kein Mensch konnte merken, dass das Brett sich herausnehmen ließ, oder? Sie hatte es selbst ja erst kurz vor Weihnachten entdeckt, als sie für die Festtage den Küchenboden hatte scheuern müssen, wie es daheim im Dorf Brauch gewesen war. Und sie hatte ein mit Ruß beschmiertes vielfach gefaltetes Papierstückchen in den Spalt neben der losen Diele geklemmt, sodass sie nicht mehr wackelte, und dieses winzige schwarze Schnipsel war doch beim besten Willen nicht von dem Dreck zu unterscheiden, der allenthalben in den Spalten zwischen den Dielen klebte!

Aber wenn die Polizisten das Bett zur Seite schoben und mit dem Messer in jeden Spalt fuhren und jedes Brett darauf prüften, ob es auch fest saß? Bei Gerda hatten sie sogar den Schuhputzkasten ausgeleert und die Puppenstube der kleinen Töchter auseinandergenommen, hatte Jenny erzählt ...

Das Poltern kam näher. Genau auf ihre Tür zu.

Clara grub die Fingernägel in die Handballen, dass es schmerzte. Hätte sie sich nur nie darauf eingelassen, diese verfluchten Hefte zu verstecken! Was für Vorwürfe würde sie von den Eltern bekommen! Und recht hätten sie, niemals hätte sie die ganze Familie in so eine Gefahr bringen dürfen, vielleicht hatte jemand Gerda gesehen, als sie in der Nacht in Jennys Wohnung gekommen war, und beobachtet, dass sie, Clara, kurz darauf diese Wohnung verlassen hatte, und da lag doch der Schluss nahe ...

Das Gefängnis. Sie würden alle im Gefängnis enden.

Die Schritte stockten vor ihrer Tür. Clara hielt den Atem an. Dann wurde die Tür aufgerissen.

Im schwachen Schein des in die Küche fallenden Mondlichts erkannte Clara undeutlich eine massige Gestalt, die in den Raum torkelte, gegen den Stuhl stieß und ein unflätiges Fluchen hören ließ.

Das konnte nicht die Polizei sein. Clara stieß die Luft aus. Ihr wurde schwach vor Erleichterung: Gerettet! Es war nur irgendein besoffener Nachbar in seinem Samstagabendrausch. Und es konnte zwar unangenehm werden, so einen Kerl wieder hinauszubugsieren, aber gegen die Polizei war das nichts.

Eben wollte sie aus dem Bett springen, um den Betrunkenen aus der Küche zu schieben, da schien dieser seinen Irrtum zu bemerken: Er drehte um, hielt sich einen Augenblick am Türrahmen fest und schwankte hinaus. Überraschend behutsam schloss er die Tür hinter sich. Erst als sie ihn nebenan die nächste Küchentür öffnen hörte, erkannte sie im Nachhinein, dass es Willy gewesen war, ihr unmittelbarer Nachbar, ein berüchtigter Trunkenbold.

Jette, seine Frau, hatte noch am Abend heulend bei ihnen in der Küche gesessen und geklagt: Er kommt schon wieder nicht heim! Ich kann ja nicht jeden Samstag vor dem Fabriktor stehen und ihm mein Haushaltsgeld abverlangen, ich hab ja nicht weggekonnt, die Arbeit wächst mir so schon über den Kopf, und außerdem fühlt er sich blamiert, wenn ich das mache, und letztes Mal hat er mich deswegen so zusammengeschlagen, als er heimgekommen ist, dass es wochenlang bei jedem Atemzug wehgetan hat und ich nicht mehr wusste, wie ich Luft holen sollte. Und jetzt sitzt er wieder in irgendeiner Destille und versäuft alles und kommt ohne einen Pfennig nach Hause. Und ich habe doch schon so viele Schulden beim Krämer, der schreibt mir nichts mehr an. Vielleicht sitzt er ja beim Unterirdischen Paule, hatte die Mutter gemeint, da können wir ihn rausholen. Aber Jette hatte heulend erklärt, nein, da sei er nicht, sie habe die Kinder schon nachschauen lassen. Ihr Jammern hatte in dem Satz gegipfelt: Wenn er sich doch wenigstens totsaufen würde, dann wäre ich ihn los.

Nebenan wurde es laut. Jette begann in den höchsten Tönen zu schreien und anzuklagen, Bruchstücke hörte Clara von bitteren Vorwürfen, dazwischen lallende Antworten von Willy, plötzlich ein wütendes Brüllen und ein paar schallende Ohrfeigen. Dann war Ruhe. Kurz darauf setzte ein grunzendes Schnarchen ein. Clara vergrub ihren Kopf im Kissen. Jette tat ihr leid. Und trotzdem: Warum konnte die ihren Mund nie halten, sie wusste doch, wie Willy im Suff war. Nüchtern war er ein ganz erträglicher Mensch.

Was für ein Glück, dass sich ihr eigener Vater selten so sinnlos betrank. Seit sie in Berlin wohnten, trug zwar auch er viel Geld in die Kneipe, aber wenigstens lieferte er jede Woche von den rund sechzehn, siebzehn Mark, die er verdiente, zehn für Haushalt und Miete bei der Mutter ab. Geschlagen hatte er die Mutter auch noch nie, sie konnte sich nicht erinnern, dergleichen je miterlebt zu haben. Und dass er sie selbst und ihre Geschwister für jedes kleinste Vergehen zu verprügeln pflegte, das war etwas anderes. Das taten alle Väter.

Doch, im Großen und Ganzen hatten sie es gut. Und auch wenn es mit dem Geld knapp war, mit dem zusammen, was sie und die Mutter verdienten, reichte es gerade und so hatten sie es nicht nötig, Betten an Schlafgänger zu vermieten: Sie konnten ihre Stube für sich allein behalten, in der die Eltern und die Brüder schliefen. Jette hatte ihre Stube ganz an Schlafgänger abgeben müssen, in drei Betten schliefen dort sechs junge Männer, für die Jette auch kochte und wusch und flickte, sonst reichte es nicht mit dem Geld. Wie die das alles überhaupt aushielt, zwei Kinder und die Schlafgänger und die Heimarbeit als Stepperin an der Nähmaschine und dann noch Prügel von ihrem Mann, das war unbegreiflich.

Woran erkannte man wohl rechtzeitig, ob ein Mann zur Gewalttätigkeit und zum Suff neigte? Jette hatte erzählt, früher, als sie sich in ihn verliebt hatte, sei ihr Willy ganz anders gewesen, eine Seele von einem Mann. Richtig glücklich sei sie mit Willy gewesen. Nur der Schnaps habe ihn so kaputtgemacht ...

Lisa, die die ganze Aufregung verschlafen hatte, seufzte leise im Schlaf, drehte sich auf die Seite und kuschelte sich an sie. Clara lächelte und schlang den Arm um die Schwester.

Lisas Haare kitzelten ihr in der Nase. Dennoch blieb sie so liegen. Es war schön, diese Nähe zu spüren.

Wie es wohl wäre, eines Tages mit einem Mann im Bett zu liegen, einem Mann, der anders war als Willy? Auch anders als Franz. Der ging inzwischen fest mit Olga, die erzählte jeden Montag davon, was sie am Samstagabend und am Sonntag mit ihm erlebt hatte, und ließ nichts dabei aus, auch nicht, wo sie für ihn die Beine breit gemacht hatte und wie fest er hinlangte und wie oft er konnte und dass sie ganz wund sei. Wie anzüglich sie dabei lachte!

War die Liebe wirklich so – so roh und dreckig irgendwie? So ganz ohne Herz ...

Nein, nicht an Franz und Olga denken! Auch nicht an Jette und Willy, nicht an die Hefte und die Polizei! Einfach an nichts.

Sie döste wieder ein.

Irgendwann wurde sie ein zweites Mal von Geräuschen geweckt. Sie blinzelte. Die Mutter stand beim trüben Schein eines spärlich flackernden Talglichtes am Herd und hantierte. »Schon Zeit?«, murmelte Clara.

»Nein, schlaf weiter«, gab die Mutter halblaut zurück. »Ich mach nur einen Tee für den Vater, zum Glück ist das Wasser noch einigermaßen warm. Er hustet schon wieder wie ein Verrückter. Und Fieber hat er auch, unser Bett ist ganz nass geschwitzt. Wenn er nur am Montag wieder zu Arbeit kann!« Die Mutter seufzte sorgenvoll.

Schon wieder krank? Auch Clara seufzte. Der Vater war oft krank. Drei Wochen hatte er diesen Winter schon die Grippe gehabt und das Bett hüten müssen. Und in der ersten Woche gab es doch kein Krankengeld, und ab der zweiten dann auch nur die Hälfte vom Lohn – und sein Bier trank er ja trotzdem. An den Schulden, die sie in der Zeit gemacht hatten, zahlten sie immer noch ab. Wenn nun der Vater schon wieder nichts verdiente ...

Am Ende kam die Mutter noch auf die Idee, sich ihr Erspartes aushändigen zu lassen?

»Was ist?«, fragte Lisa schlaftrunken und wollte sich aufrichten. Clara drückte die Schwester in die Kissen zurück. »Nichts. Schlaf weiter!« Aber sie selbst konnte nicht wieder einschlafen, auch als die Mutter längst gegangen war.

Da lag sie nun am einzigen Tag in der Woche, an dem sie hätte ausschlafen können, wach und wartete darauf, dass es endlich Zeit würde aufzustehen!

Bald kam der Frühling. Im Winter musste sie den Weg im Dunkeln zurücklegen, sodass man meinte, es sei noch tiefste Nacht. Jetzt graute schon der Morgen.

Clara hastete. Die kalte Luft biss ihr in der Brust. Sie war viel zu spät von zu Hause weggekommen, die Mutter, ermüdet von einer durch das Husten und die Fieberträume des Vaters gestörten Nacht, hatte verschlafen und einen eigenen Wecker besaß Clara nicht. Nun lief sie gegen die Zeit an, beinahe rannte sie und wusste doch, dass es fast unmöglich war, noch rechtzeitig vor Torschluss die Fabrik zu erreichen. Hätte sie doch Geld, fünf Pfennige, damit sie die Straßenbahn nehmen könnte! Aber sie hatte nicht einen einzigen Pfennig einstecken. Ihr blieb nichts, als zu rennen, so schnell sie konnte. Wenn sie auch nur eine Minute zu spät kam, musste sie am Klingelzug läuten, um noch eingelassen zu werden, und dreißig Pfennige Lohnabzug wären ihr sicher.

Es wäre die Katastrophe – nun, da der Vater doch wieder krank war und im Bett bleiben musste. Bestimmt würde es Wochen dauern, bis er wieder auf die Beine kam. Wenn der Vater erst einmal krank war, erholte er sich schwer mit seiner angegriffenen Lunge.

Sie würden wieder Schulden beim Krämer machen müssen und die Mutter würde ihr die eine Mark für sich nicht lassen und ein Kleid rückte in weite Ferne.

Sie wünschte sich doch so sehr ein neues Kleid, ein richtiges Sommerkleid, eines, mit dem sie zum Tanzen gehen konnte! Wenn sie schon nicht zum Tanzen in eine Wirtschaft durfte, so könnte Jenny sie doch wenigstens zum Tanzabend im Arbeiterverein mitnehmen. Und dagegen konnte doch nicht einmal der Vater etwas haben? Aber ohne Kleid ging das nicht ...

Sie rannte. Von der Garnisonskirche schlug es sechs. Alle Hetze und Anstrengung vergebens. Nach Luft ringend blieb Clara stehen und drückte sich die Hand in den vor Seitenstechen schmerzenden Leib. Jetzt war schon alles gleich – ob sie acht Minuten zu spät kam oder zehn, das machte keinen Unterschied mehr. Bis zu fünfzehn Minuten Verspätung war die gleiche Strafe angesetzt. Sie taumelte erschöpft gegen eine Hauswand, schloss kurz die Augen.

Langsam beruhigte sich ihr Atem, ließ das Stechen in ihrer Seite nach. Weiter. Sie öffnete die Augen. Da fiel ihr Blick auf den Zettel, der an der Toreinfahrt angebracht war: *Druckerei Bruchmüller. Wir stellen ein Mädchen/eine Frau als Auflegerin ein. Arbeitszeit 10 Stunden täglich. Wochenlohn 9,50 Mark. Einstellung sofort.*

Neun Mark fünfzig. Eine Mark und fünfzig mehr als sie zuletzt in der Spinnerei bekommen hatte, bevor die Kurzarbeit anfing. Und das für eine Stunde weniger Arbeitszeit! Dass die Drucker gut verdienten, wusste sie, in ihrem Haus wohnte einer, der konnte sich mehr leisten als jeder andere Arbeiter. Aber auch die Frauen ... Was war eigentlich eine Auflegerin?

Neun Mark fünfzig. Letzte Woche hatte sie durch die Kurzarbeit mit den Abzügen und Strafgeldern mal gerade vier Mark sechsundvierzig verdient. Und diese Woche begann gleich als Erstes mit dreißig Pfennigen Strafe. Vielleicht bekam sie am Wochenende nicht mehr als vier Mark heraus …

Sie starrte den Zettel an. Hoch und hart schlug ihr Herz. Sollte sie es wagen?

Was man als Auflegerin wohl machen musste? Schwerer als die Arbeit an einer Spinnmaschine konnte es doch auch nicht sein, oder?

Neun Mark fünfzig.

Sie presste die kalten Fäuste gegen das Gesicht. Wahrscheinlich war der Zettel alt und die Stelle längst vergeben. Aber er sah aus wie frisch geschrieben. Wenigstens kurz fragen, ob die Stelle noch frei war? Wenn sie sich beeilte, konnte sie trotzdem noch fünfzehn nach sechs in der Spinnerei sein …

Sie lief durch die Hauseinfahrt, kam in einen Hinterhof, sah das Schild über einer der beiden Türen zum Hinterhaus: Druckerei Bruchmüller. Warum brannte kein Licht, drang kein Laut heraus? Sie rüttelte an der Tür. Verschlossen.

»Die machen erst um sieben auf!«, rief ihr eine Stimme zu. Sie wandte sich um: Eine gebrechliche alte Frau, die sich ein graues Wolltuch über ihr Hemd geschlungen hatte, verließ eben die baufälligen Abortanlagen.

»Ich, ich wollte nur fragen, ob die Stelle noch frei ist«, stammelte Clara.

»Kontor ist vorne«, war die Antwort, damit verschwand die Frau durch die zweite Tür ins Hinterhaus.

In der Toreinfahrt war es dunkel, Clara konnte die Schilder nicht lesen, die dort an der Wand angebracht waren. Zwei Zugänge gab es ins Vorderhaus, einen rechts und einen links. Ratlos stand Clara vor der Tafel. Wenn hier nur jemand wäre, den sie fragen könnte! Sie hatte keine Zeit zu verlieren, sie müsste längst weiter. Da kam ein Bäckerjunge mit einem Leinensack voller Brötchen und strebte das rechte Treppenhaus an. »Wo ist das Kontor der Druckerei Bruchmüller?«, sprach sie ihn an.

»Unten links!«

Vier Stufen führten zu einem ersten Absatz im linken Treppenhaus. Eine Tür mit Klingelzug. Sie läutete. Wartete. Läutete. Wartete.

Sie hatte es ja geahnt, diese Stelle war nichts für sie. Nichts wie weg hier, zu ihrer Spinnerei! Da wusste sie wenigstens, dass sie Arbeit hatte, wenn auch nur Kurzarbeit und schlechter bezahlt.

Sie machte kehrt, rannte die Stufen hinunter, rannte aus der Einfahrt, stieß mit einem Straßenkehrer zusammen, beinahe wäre sie gestürzt. Als sie in die Straße zur Spinnerei einbog, schlug es von der Nikolaikirche Viertel.

Tränen schossen ihr in die Augen. Nun hatte sie zu allem Übel auch noch die fünfzehn Minuten überschritten! Wie hoch der Abzug war, der ihr jetzt drohte, wusste sie überhaupt nicht, das war ihr noch nie vorgekommen in den mehr als drei Jahren, die sie hier gearbeitet hatte. Vielleicht wurde ihr sogar gekündigt?

Auf Einlegung eines blauen Montags stand die fristlose Entlassung, das hatte sie schon einmal miterlebt: Einer der Arbeiter, der erst am Dienstag wieder zur Arbeit erschienen war, hatte gleich wieder umkehren müssen. Und jetzt, wo sowieso Kurzarbeit war, vielleicht wartete der Fabrikdirektor ja nur darauf, Arbeiterinnen zu entlassen.

Aber sie hatte sich doch nie etwas Schlimmes zuschulden kommen lassen und war fast immer pünktlich gewesen und hatte sich hochgearbeitet von sechs Mark auf acht …

Aber was zählte das schon. Ein Federstrich und sie war rausgeschmissen.

Und wenn sie sagte, dass sie krank war?

Aber wenn sie dann zum Arzt geschickt wurde ...

Sie konnte nicht am Abend nach Hause kommen und der Mutter sagen, dass sie ihre Arbeit verloren hatte. Das konnte sie nicht. Jetzt, wo der Vater krank war ...

Mit schweren Schritten schleppte sie sich zum Tor der Spinnerei, legte sich Entschuldigungen zurecht, verwarf sie wieder. Sie griff nach dem Klingelzug. Zögerte. Nahm die Hand wieder zurück.

Dann drehte sie sich entschlossen um. Sie würde es doch in der Druckerei versuchen.

Sie hatte nicht geahnt, dass es so anstrengend sein würde. Ganz leicht hatte es ausgesehen: Einfach nur auf der Fußbank neben der Stopp-Zylinder-Schnellpresse stehen, den obersten der großen Papierbögen vom Stapel nehmen und genau richtig in die Zufuhr der Maschine legen und dann gleich den nächsten und den nächsten und den nächsten. Das war alles.

Die ersten Stunden hatte sie ihr Glück kaum fassen können: Sie hatte die Stelle wirklich bekommen! Sie war gerettet! Und die Mutter würde selig sein, dass sie mehr Geld nach Hause brachte, nun, wo es so dringend nötig war.

Der Privatbeamte hatte nicht viele Worte gemacht und nicht viele Fragen gestellt, hatte sich ihre Adresse aufgeschrieben und ihr befohlen, am nächsten Tag ihre Papiere vorzulegen, hatte ihr die Fabrikordnung ausgehändigt und sie in die Druckerei geleitet, in der rechts und links von einem Hauptgang je sechs Schnellpressen standen, die mit Transmissionsriemen von zwei Wellen unter der Decke angetrieben wurden. Wie im Paradies war es ihr da erschienen: nicht so laut wie in der Spinnerei und vor allem nicht so schwül-heiß und nicht der Gestank, der dort herrschte, und der Staub von den herumfliegenden Fasern, sondern nur der Geruch nach Druckerschwärze, der ihr gefiel. Und nicht mehr auf all diese wirbelnden Spulen starren müssen und vor der Maschine hin und her rennen, sondern einfach nur ruhig dastehen und immer den gleichen leichten Handgriff machen: Papier aufheben, einführen, aufheben, einführen – ein Kinderspiel.

Nein, sie hatte nicht geahnt, wie anstrengend es sein würde und wie sehr sie sich nach ein paar Stunden danach sehnen würde, wieder vor ihrer Spinnmaschine herumlaufen zu dürfen. Die Beine waren von Stunde zu Stunde schwerer geworden. Schließlich hatte sie begonnen, von einem Fuß auf den anderen zu treten, weil sie das Stillstehen nicht länger ertragen hatte. Und immer dieselbe Bewegung in ewig gleichbleibendem Rhythmus!

Jede knappe Sekunde einen neuen Papierbogen exakt in die Zufuhr einlegen, siebzig in der Minute, vierhundertundzwanzig in der Stunde. Keinen Augenblick konnte man aussetzen, kein einziges Mal die halb erhobenen Arme aufstützen, nicht einmal ein wenig schneller machen, um dann wieder die Zeit zu haben, tief durchzuatmen oder sich die Haare aus der Stirn zu streichen, denn das Tempo gab die Druckmaschine vor. Der Drucker hatte ihr gleich als Erstes erklärt: Wenn der Papierbogen nicht richtig eingelegt war, sobald sich der Zylinder über dem Satz drehte, dann würde der Aufzug auf dem Zylinder eingeschwärzt und die Maschine müsste angehalten werden, der Zylinder neu aufgezogen und alles neu eingerichtet werden, und das war ein Zeitverlust und ein Schaden, der ihr vom Lohn einbehalten würde.

Nur wenn ein Druckvorgang abgeschlossen war und der Drucker den Satz auswechselte, Farbe nachfüllte, den Zylinder mit einem neuen Aufzug versah und den Probedruck begutachtete, hatte sie eine Verschnaufpause und konnte wenigstens auch einmal das Klosett aufsuchen.

An den größeren Maschinen auf der anderen Seite des Ganges, die etwa doppelt so schnell liefen, arbeiteten zwei Auflegerinnen gleichzeitig, die eine von rechts und die andere von links, die konnten sich einmal gegenseitig aushelfen, doch Clara stand allein an ihrer Schnellpresse, nur Erna saß noch dahinter und nahm die fertigen Bögen in Empfang. Claras Schultern taten weh, der Hals fühlte sich steif an und die Finger schienen ihr vom vielen Papieranfassen so ausgetrocknet, dass sie kaum mehr etwas anderes denken konnte, als dass sie sie unbedingt mit Schweineschmalz einreiben wollte.

Trotzdem. Neun Mark fünfzig in der Woche.

Stolz war sie auf sich, dass sie diesen Sprung gewagt hatte, ganz allein. Sehr stolz. Und das andere, das würde sich geben, sie würde sich daran gewöhnen, schließlich wusste sie noch genau, wie völlig unerträglich ihr die Arbeit am Selfaktor anfangs erschienen war – und hatte sie es nicht doch ertragen?

Hoffentlich würde der Vater gutheißen, dass sie den Arbeitsplatz gewechselt hatte. Der Vater war so altmodisch. In seinem Kopf war noch Schlesien und noch nicht Berlin. Wo man von Gott und der Obrigkeit hingestellt ist, da bleibt man, pflegte er zu sagen. Und als sie einmal erwidert hatte: Dann hättest du daheim an deinem Webstuhl bleiben müssen, da hatte sie sich eine kräftige Ohrfeige von ihm eingefangen, so schnell hatte sie gar nicht schauen können.

Wenn er sich bloß nicht aufregte und ihr Vorwürfe machte, weil sie ihn nicht um Erlaubnis gefragt hatte! Er wollte doch immer derjenige sein, der sagte, wo's langging. *So lange du deine Füße unter meinen Tisch stellst …*

Manchmal, wenn der Vater in Rage geriet, konnte einem himmelangst vor ihm werden.

Aber was hätte sie denn tun sollen? Nach Hause rennen und erst den Vater fragen? Dann wäre die Stelle womöglich an ein anderes Mädchen vergeben worden, ehe sie wieder bei der Druckerei gewesen wäre.

Außerdem war der Vater viel zu krank, um ihr gefährlich werden zu können. Er hatte Fieber und lag im Bett und hustete und am besten sagte man ihm vorerst einmal gar nichts davon. Damit er nicht vor lauter Aufregung noch kränker würde.

Entschlossen schob sie diese Gedanken beiseite. Lieber sich an das Gedicht erinnern, das sie in der Mittagspause gelesen hatte. Die Mittagspause, die war gut gewesen. Neben dem Maschinensaal und der Setzerei gab es eigens einen Raum mit einem Ofen und mit Tischen, an denen man auf richtigen Stühlen sitzen durfte, und mit Garderobenhaken an der Wand und sogar einem Wasserhahn über einem Ausguss, an dem man sich die Hände waschen konnte.

Ein anderer Ton herrschte hier als im Keller der Spinnerei, man merkte eben gleich, dass die Drucker etwas Besseres waren und sich mit geistigen Dingen beschäftigten. Auch unter den Mädchen gab es einige, die in der Pause lasen. Sie brachten sich die Ausschussbögen mit fehlerhaften Drucken mit an den Tisch und studierten sie beim Essen. Erna, ein sympathisches Mädchen etwa in ihrem Alter, die an der gleichen Maschine arbeitete wie Clara – sie musste die bedruckten Papierbögen auf den Stapel schichten, wenn sie an Fäden aus der Maschine herausgeführt wurden, und über jeden gedruckten Bogen ein Löschpapier legen – hatte ihr in der Pause einen der Bögen hingeschoben und auf ein Gedicht gewiesen: Hier, schau, das ist aus einer Literaturzeitschrift, die wir drucken, ist das nicht gut?

Clara hatte noch niemals Gedichte gelesen, kannte nur die Gesangbuchverse und die schwülstigen Strophen, die sie in der Schule hatten auswendig lernen müssen und die sie nie verstanden hatte. Gedichte, hatte sie immer gedacht, das ist nur was für die besseren Leute. Doch dann diese Zeilen, auf die Erna mit dem Finger gezeigt hatte:

> Ihr Dach stieß fast bis an die Sterne,
> vom Hof her stampfte die Fabrik,
> es war die richt'ge Mietskaserne
> mit Flur- und Leiermannsmusik!
> Im Keller nistete die Ratte,
> parterre gabs Branntwein, Grog und Bier,
> und bis ins fünfte Stockwerk hatte
> das Vorstadtelend sein Quartier ...

Sie hatte nicht gewusst, dass es solche Gedichte gab. Solche Worte, die von dem erzählten, was sie kannte, und die es doch weit über alles hinaushoben, was sie kannte:

> Dort saß er nachts vor seinem Lichte
> – duck nieder, nieder, wilder Hohn! –
> und fieberte und schrieb Gedichte,
> ein Träumer, ein verlorner Sohn!
> Sein Stübchen konnte grade fassen
> ein Tischchen und ein schmales Bett;
> er war so arm und so verlassen,
> wie jener Gott aus Nazareth!

Sie hatte die Verse auswendig gelernt, sie, für die das Auswendiglernen in der Schule immer nur eine mehr als lästige Pflicht gewesen war, hatte ihre Mittagspause darauf verwandt, ein Gedicht zu lernen! Nun versuchte sie es beim Nachhausegehen wieder aufzusagen, die dritte Strophe fiel ihr nicht ein, sie hatte sie auch nicht so richtig verstanden, doch die vierte wusste sie wieder:

> In Fetzen hing ihm seine Bluse,
> sein Nachbar lieh ihm trocknes Brot,
> er aber stammelte: O Muse!
> und wusste nichts von seiner Not.
> Er saß nur still vor seinem Lichte,
> allnächtlich, wenn der Tag entflohn,
> und fieberte und schrieb Gedichte,
> ein Träumer, ein verlorner Sohn!

»Ein Träumer, ein verlorner Sohn«, flüsterte sie vor sich hin. Die Geschichte vom verlorenen Sohn kannte sie, im Religionsunterricht hatten sie sie lernen müssen: Der verlorene Sohn war aus reichem Haus und hatte sich sein Erbe auszahlen lassen, aber er hatte alles Geld durchgebracht und nun musste er Schweinefutter essen.

Ob auch dieser Dichter eigentlich aus reichem Haus war? Gebildet bestimmt, sonst könnte er ja nicht dichten. Aber trotzdem lebte er in Not und hatte eine zerrissene Bluse und wohnte in einer winzigen Kammer und konnte sich nicht einmal trockenes Brot kaufen. Und war glücklich bei alldem, weil er etwas Höheres hatte, wofür es sich zu leben lohnte.

Eine unbestimmte Sehnsucht erfasste sie. Hätte sie nur auch so etwas, was sie über das graue Einerlei hinausheben würde, sodass sie es gar nicht mehr spüren würde!

Sicher, da war der Wunsch nach einem Kleid und einem Tanzvergnügen. Aber sie spürte wohl, dass das nicht das Gleiche war wie das, wovon der Dichter dieser Verse sprach.

Johann Nietnagel hieß er. Sein Name hatte unter dem Gedicht gestanden. Er schreibe öfter für die Literaturzeitschrift, hatte Erna gesagt, aber sonst wusste auch Erna nichts über ihn.

Clara seufzte tief. Fast war ihr der Weg nach Hause zu kurz. Sie hätte gern noch ein paar Minuten gehabt, um an das Gedicht zu denken. Gleich würde sie der Mutter erklären müssen, warum sie später nach Hause kam als von ihrer Kurzarbeit, und wenn sie Pech hatte, erfuhr gar der Vater davon, dass sie die Fabrik gewechselt hatte.

Sie erreichte die Straße, in der sie wohnte, sah von Weitem ihren Häuserblock. Eine Frau mit Wäschekorb unter dem Arm stieg eben die Treppe zum Krämerladen hinunter, der im Keller des Vorderhauses ihrer Mietskaserne eingerichtet war, ein kleiner Junge lief hinter ihr her. Waren das nicht Jenny und Moritz? Ein paar Worte mit Jenny reden, das wäre gut.

Clara ging schneller, eilte in den Laden hinunter. Vor der Theke stand ein altes Dienstmädchen und kaufte ein. Hinten aber im Winkel des Kellers drehte Jenny die Wäschemangel. Stine lag auf dem Stapel ungebügelter Wäsche und schlief.

»Clara, schau her, was ich hab! Das hat mein Papa mir gemacht!« Moritz rannte ihr entgegen und zeigte ihr das grob geschnitzte kleine Holzpferd, das er in der Hand hielt.

»Wie schön!« Sie strich dem Jungen durch die Haare. »So ein schönes Pferdchen.« Ihr Vater hatte ihr nie irgendein Spielzeug geschnitzt.

»Stell dir vor, Jenny, ich hab die Fabrik gewechselt«, platzte sie dann heraus. Während sie der Freundin Laken und Handtücher zureichte, erzählte sie, was sie an diesem Tag erlebt hatte.

100

Wie erleichtert war sie, als Jenny sagte: »Das hast du gut gemacht!«

»Meinst du?«, fragte sie, um es noch einmal zu hören.

»Natürlich«, bestätigte die Ältere. »Was du in der Spinnerei verdient hast, war sowieso nur ein Schandlohn, und höher, als du warst, hättest du da auch nicht mehr kommen können. Nur die Männer können aufsteigen in die besseren Positionen, die Frauen bleiben ja doch immer bei den Hilfsarbeiten, ganz gleich, wie geschickt und tüchtig sie sind. Und dann auch noch Kurzarbeit und die ganzen Strafgelder! Gut so, dass du gegangen bist, das ist das einzige Recht und Mittel, das wir Arbeiterinnen haben: die Fabrik zu wechseln, wenn es uns zu bunt wird. Wenn deinem Fabrikherrn alle Arbeiterinnen wegbleiben würden, ja, dann würde er sich umschauen, aber bis die Frauen so viel Solidarität lernen, da fließt noch viel Wasser die Spree hinab.«

»Wie du das alles weißt«, meinte Clara bewundernd.

Die Freundin lachte. »Ich geh ja auch zu Versammlungen und in die Arbeiterinnenschule und ich les den *Vorwärts* und die *Gleichheit* und die Agitationsschriften für Frauen!«

»Und ich hab heut ein Gedicht gelesen«, erwiderte Clara. »Sogar auswendig gelernt. Ein Gedicht von Johann Nietnagel.« Sie sprach den Namen mit Andacht.

»Johann Nietnagel?«, wiederholte Jenny lebhaft. »Den kenn ich! Der wohnt ja bei mir im Haus.«

»Was? Wie? Das ...« Clara kam ins Stottern. Ein richtiger Dichter bei ihnen in der Mietskaserne. Und nicht irgendeiner, sondern der Dichter *dieses* Gedichtes ...

»Drei Stock über mir, unterm Dach«, erklärte Jenny nüchtern. »Im Winter erfriert er dort halb und im Sommer schmilzt er. Aber was will er machen, für mehr reicht sein Geld nicht und ein Zimmer mit anderen teilen, wie sollte er da dichten? Im Übrigen ist er ein guter Genosse, inzwischen. Ich kenn ihn noch aus der Zeit vom Sozialistengesetz. Manchmal putz ich ihm sein Zimmer, wenn's dort allzu arg aussieht, oder wasch was von ihm mit, wenn ich große Wäsche hab, und stopf es auch gleich, aus Freundschaft und alter Dankbarkeit sozusagen. Er hat mir mal aus der Patsche geholfen, als ich beinah erwischt worden wär beim Austeilen vom *Sozialdemokrat,* das vergess ich ihm nie. Damals war er noch ein besserer Herr, ein feiner Student. Jetzt ist er Sozi und macht Gedichte und schreibt für den *Vorwärts.* Aber viel Geld kriegt er dafür nicht, und deshalb verdient er sich auch noch manchmal was mit Adressenschreiben. Und von dem habt ihr ein Gedicht gedruckt?«

Clara nickte. Sie setzte zu einer Antwort an, verschluckte sich vor Aufregung. Kannst du ihn mir einmal zeigen?, wollte sie fragen und traute sich nicht. Wenn er das dann merkte, was sollte er von ihr denken! Und überhaupt, ein Dichter, was wüsste der schon mit ihr anzufangen ...

Vorne im Laden wurde es laut. Eine klagende Stimme erhob sich: »Was soll ich denn machen, ich brauch doch Petroleum, ohne Licht kann ich ja keine Tüten mehr kleben! Und Sie bekommen alles zurück, ich zahl alles, ich schwör es Ihnen. Sobald ich erst meine Nähmaschine hab!«

Clara stupste Jenny an und flüsterte mit einer Kopfbewegung zur Theke: »Anna Brettschneider!«

»Nähmaschine, Nähmaschine! Ich kann's nicht mehr hören!«, erwiderte Frau Molle, die Krämerin, barsch. »Das sagst du jetzt seit Wochen. Anschreiben, wenn man weiß, man bekommt sein Geld wieder, das lass ich mir gefallen. Aber bei dir – woher soll ich wissen, dass du die Nähmaschine überhaupt bekommst?«

»Die Dame hat es mir versprochen, sie hat es mir hoch und heilig zugesagt«, jammerte Anna. »Und so eine feine Dame, die hält doch ihr Wort! Nur warten muss ich eben und nicht den Glauben verlieren. Denn an ein Wunder, an ein Wunder muss man doch glauben, sonst meint der Herrgott, man ist es nicht wert. Und bis dahin – bitte, seien Sie so gut, geben Sie mir das Petroleum, ich hab Ihnen doch meine Schulden bezahlt von dem Geld, das das gnädige Fräulein mir gegeben hat ...«

»Nicht alles«, kam die unwirsche Antwort. »Vier Mark bist du schuldig geblieben, und jetzt sind es schon wieder sieben. Ich weiß doch, wie das geht. Riefke setzt dich auf die Straße und weg bist du mit deinen Gören und ich bleib sitzen auf meinen Auslagen. Geh doch zur Stadtmission! Bei mir gibt es nichts mehr.«

Anna rang die Hände.

Da sagte Jenny laut: »Schreib es bei mir an, Molle! Ich bürg für die Frau. Und jetzt gib ihr endlich ihr Petroleum, damit sie zurück kann an ihre Arbeit!«

Anna fuhr herum und starrte Jenny an. »Vergelt's Gott!«, flüsterte sie heiser.

»Na, darauf kann ich verzichten!«, erwiderte Jenny rau. »Wenn du nachher zu mir kommst, geb ich dir einen Kohlkopf aus meinem Garten. Man muss sich doch beistehen aus weiblicher Solidarität unter Proletarierinnen. Auf die ist besser zu setzen als auf deinen Wunderglauben und auf deinen Herrgott – und allemal besser als auf gnädige Fräuleins!«

Sie schaute diese feine Dame da im hohen Spiegel an und konnte es nicht fassen. War das wirklich sie?

So schön!

Clara drehte und wendete sich vor dem Spiegel in dem Geschäft für abgelegte Herrschaftskleidung. Unglaublich. Was für ein Kleid. Und was für eine Figur.

Zum ersten Mal in ihrem Leben trug sie ein Korsett. Unbequem war es, das Ladenfräulein hatte ihr die Schnüre hinten fest angezogen, es presste ihr die Taille zusammen und drückte ihr den Atem ab. Aber wie es aussah und wie es den Busen anhob und zur Geltung brachte ...

Wie sie aussah.

Sogar gewaschen hatte sie sich nach Arbeitsschluss, als alle Arbeiter schon gegangen waren – vorsichtshalber hatte Erna an der Tür zum Saal Wache gehalten, falls doch noch jemand hereinwollte –, und sich den Zopf neu geflochten. Schließlich hatte sie anständig aussehen wollen, wenn sie in so ein vornehmes Geschäft ging, um sich endlich das ersehnte Kleid zu kaufen. Aber dass sie so gut aussehen würde, das hatte sie nicht geahnt.

Ein Traum von einem Kleid war es. Sie hatte sich doch kein schwarzes ausgesucht, wie sie erst gedacht hatte, sondern ein ganz helles aus leichtem Baumwollstoff mit kleinen grünen Tupfen und einem breiten grünen Gürtel aus Atlasseide und Puffärmeln, die oben ganz weit waren und an den Ellbogen ansaßen wie eine zweite Haut. Die breiten Schultern, die das machte, ließen ihre geschnürte Taille noch schmaler erscheinen. Auch das dazugehörende dunkelgrüne Samtjackett hatte solche Puffärmel und ein breites doppeltes Revers. Samt – wie eine Prinzessin kam sie sich darin vor.

Und dieser unglaublich weite Rock mit seinen unzähligen feinen Falten und den drei Stufen übereinander: Wie der fliegen würde, wenn sie sich beim Tanzen drehte!

Morgen Abend würde Lisa auf Stine und Moritz aufpassen und sie selbst würde mit Jenny und Heinrich zum »Tanz in den Frühling« im Arbeiterverein gehen. Endlich.

Den Vater hatte sie nicht gefragt. Schließlich war der noch immer krank und hatte Fieber und durfte sich nicht aufregen. Sonst fing er wieder davon an, dass Berlin ein Sündenbabel sei, ein gottloser Höllenpfuhl, und dass sie noch als ledige Mutter enden würde, wenn sie sich so herumtriebe, aber dann würde er ihr die Seele aus dem Leib prügeln und ihr die Tür vor der Nase zuschlagen, das solle sie sich gesagt sein lassen – und redete sich so in Rage, dass er anfing zu husten und gar nicht mehr aufhörte.

Dabei brauchte der sich gar nicht so aufzuführen! Schließlich wusste sie, seit sie ihre Papiere in der Druckerei hatte vorzeigen müssen, dass sie nur vier Monate nach der Heirat der Eltern geboren war . . .

Aber dazu hatte sie lieber nichts gesagt und so getan, als würde sie es nicht merken, als die Mutter ihr die Geburtsurkunde herausgesucht hatte und sie dabei einen Blick auf die Heiratsurkunde der Eltern geworfen hatte. Wie der Vater darauf reagieren würde, wenn sie dazu etwas sagte, das konnte sie sich so ungefähr vorstellen. Jedenfalls konnte sie darauf verzichten.

Dass sie jetzt in der Druckerei arbeitete, hatte die Mutter dem Vater beigebracht, auf eine Art, dass er nichts hatte dagegen sagen können.

Die Mutter war anders zu ihr, seit sie die Fabrik gewechselt hatte: geradezu sanft. So dankbar war die Mutter, weil sie jetzt mehr Geld nach Hause brachte, viel mehr, als die Mutter und Lisa gemeinsam mit Heimarbeit verdienten, sogar mehr als das Krankengeld vom Vater. Immer wieder sagte die Mutter: Das war Rettung in höchster Not. Ich wüsste gar nicht, was sonst werden sollte.

So dankbar war die Mutter, dass sie ihr sogar erlaubt hatte, zum Tanzen zu gehen, sie solle es bloß den Vater nicht merken lassen.

»Sehen Sie, Fräulein, dieser Hut, der passt dazu wie dafür gemacht, den müssen Sie unbedingt auch nehmen, sonst ist es nur eine halbe Sache«, meinte das Ladenfräulein und reichte ihr einen zierlichen Strohhut mit grüner Atlasschleife und roten Seidenblumen.

Auch noch ein Hut? Clara rechnete. Sollte sie wirklich so an ihre Ersparnisse gehen?

Nein, das war nicht in Ordnung. Der Vater würde sagen, dass sie mit ihrer Putzsucht ihr Geld für sündige Vergnügungen verprasste. Dennoch setzte sie sich den Hut auf.

Leise pfiff sie durch die Lippen: Das machte was her. Gleich sahen ihre braunen Haare noch viel dunkler aus. Sie holte ihren Zopf nach vorn, ließ ihn über die Brust fallen. Er kam durch den Hut erst richtig zur Geltung. Trotzdem ...

»Ohne Hut können Sie unmöglich zum Tanzen gehen«, erklärte das Ladenfräulein mit Nachdruck.

Das gab den Ausschlag.

Sie behielt die neuen Sachen gleich an und ließ sich ihre alten Kleider in Packpapier zu einem Bündel schnüren.

Draußen neigte sich der erste schöne Frühlingstag des Jahres. Samstags endete die Arbeit in der Druckerei schon um vier. Gleich nach der Fabrikarbeit hatte Clara sich auf die Suche nach einem Kleid gemacht. Es hatte nicht so lange gedauert, wie sie gedacht hatte, weil sie sich gleich von Anfang an in dieses eine Kleid verguckt hatte. So kam sie noch bei Sonnenschein aus dem Geschäft. Dennoch wurde es schon kalt. Aber Clara dachte gar nicht daran, ihr warmes Umschlagtuch aus dem Bündel zu holen. In dem dünnen Kleid und dem Samtjäckchen schritt sie stolz durch die Straßen. Alle, die sie sahen, mussten jetzt denken, sie sei ein vornehmes Bürgerfräulein, vielleicht die Tochter eines Kaufmanns oder sogar eines Arztes. Trafen sie nicht bewundernde Blicke? Und drehten sich nicht sogar feine Herren nach ihr um?

Nur mit Mühe hielt sie es aus, nicht nach hinten zu schauen, um festzustellen, ob ihr die Augen des einen oder anderen Herrn folgten.

Morgen würde sie keinen Tanz auslassen. Jenny hatte mit ihr geübt, hatte ihr die Tanzschritte beigebracht und behauptet, sie sei ein Naturtalent. Die Herren würden sich um sie reißen.

Doch was sollte sie tun, wenn keiner sie aufforderte?

Unruhig wurde sie bei dem Gedanken, spürte das ganze Unglück im Vorhinein. Auf dem Stuhl sitzen und warten und warten und warten, und keiner kam. Wie grausam musste das sein.

Sie musste noch einmal mit Jenny darüber reden. Und sie fragen, ob sie glaubte, dass sie das richtige Kleid zum Tanzen gekauft hatte. Vielleicht wäre ein schwarzes doch besser gewesen?

Jetzt ging sie, so schnell sie konnte, bis sie endlich zu ihrer Mietskaserne kam. Die zwei Treppen zu Jenny hinauf rannte sie, eilte den langen Flur entlang. Erhitzt kam sie an der Tür an, riss sie gleich nach dem Klopfen auf, stürmte in die Küche.

»Jenny, ich ...« Sie brach ab, stockte. Ein fremder Mann saß bei Jenny am Küchentisch. Etwas Besseres war er, das merkte man gleich, obwohl seine Kleidung mehr als schäbig aussah. Offensichtlich waren die beiden in eine ernsthafte Diskussion vertieft, Jenny sah sehr aufgebracht aus.

Nun fuhr die Freundin zu ihr herum. »Clara, du, stell dir vor, sie haben die Arbeiterinnenschule verboten!«, brach es aus ihr heraus. »Der ganze große Frauen- und Mädchenbildungsverein wurde durch Gerichtsurteil geschlossen. Sie gönnen uns nicht mal das bisschen Wissen! Dumm sollen wir bleiben, wie Schafe, die kann man scheren und melken und in den Stall treiben und sogar schlachten, ohne dass sie sich wehren. So hätte die Regierung uns Arbeiterinnen gern!«

»Aber was, wieso denn ...«, stammelte Clara. Da hatte sie Jenny ihr neues Kleid vorführen wollen und über das Tanzen reden, und nun ...

»Weil sie Angst haben, dass wir uns in die Politik mischen, und dass ist uns Frauen ja bekanntlich verboten«, erwiderte Jenny bitter. »Angeblich hat der Verein politische Ziele verfolgt. Einundzwanzig Genossinnen werden angeklagt, in nicht einmal zwei Wochen soll ihnen schon der Prozess gemacht werden. Sie hätten Frauenspersonen als Mitglieder eines politischen Vereins aufgenommen. Dabei sind wir doch so vorsichtig und passen auf, dass wir nach außen nie was von Politik verlauten lassen, sondern öffentlich immer nur über Lesefähigkeit und Hauswirtschaft und Kinderpflege und so was reden! Aber selbst damit sind wir vor der Polizei nicht sicher. Politik wäre überhaupt alles, was nicht eine einzelne Person, sondern die gesamte Öffentlichkeit angeht, und da haben nach Recht und Gesetz Frauen nun mal nichts verloren. Ich könnte die Wände rauf! Weil ein Arzt auf einer Versammlung für Mütter von der Säuglingssterblichkeit geredet hat und davon, dass sie von der Ernährung kommt, und dass es die Pflicht der Kommune sein sollte, die teure Kindermilch für die Familien zu beschaffen, die sie nicht bezahlen können! Und das soll nur die Männer was angehen und nicht die Frauen?!«

»So ist es nun einmal in der Klassengesellschaft«, meinte der fremde Mann. Er hatte eine tiefe, warme Stimme, die sehr ruhig, beinahe begütigend neben der aufgebrachten Stimme von Jenny wirkte. Der Klang dieser Stimme gefiel Clara so gut, dass es ihr ganz gleich war, was er sagte. Wenn er nur weitersprach.

»Die Herrschenden fürchten um ihre Macht. Mit Zähnen und Klauen verteidigen sie die alten Vorrechte. Die Vorrechte des Adels, des Militärs, des Grundbesitzes, des Kapitals, der Bildung. Und natürlich die Vorrechte des Mannes. Aber entschuldigen Sie, Fräulein Clara, wir sind noch gar nicht miteinander bekannt.«

Er erhob sich, verneigte sich leicht und streckte ihr die Hand entgegen. »Johann Nietnagel. Ich wohne hier im Haus. Hin und wieder verfasse ich einen Artikel für den *Vorwärts* oder sonst eine Zeitung, die bereit ist, meine Zeilen zu veröffentlichen. Deswegen beraten Jenny und ich gerade, wie man vorgehen könnte, was zu diesen unerhörten Vorgängen zu schreiben wäre.«

Johann Nietnagel.

Sie hielt seine Hand in der ihren und ließ sie gar nicht mehr los, bis er sie schließlich mit einem kleinen Lächeln zurückzog. Unwillkürlich sagte sie leise und andächtig: »»Ein Träumer, ein verlorner Sohn‹.« Jäh stieg ihr die Hitze ins Gesicht.

Er sah sie überrascht an. »Sie kennen mein Gedicht?«

Sie nickte. »Ich hab es auswendig gelernt«, erwiderte sie und fügte rasch hinzu: »Ich arbeite in der Druckerei, und manchmal, da lesen wir die Fehldrucke und ...« Ihre Stimme versandete. Was interessierte ihr einfältiges Gerede einen Dichter! Bestimmt fand er sie langweilig und lächerlich.

»Setzen Sie sich doch zu uns«, bat er und rückte ihr einen Stuhl zurecht. »Aber wenn ich störe – Sie wollten schließlich Jenny sprechen –, dann verabschiede ich mich.« Fragend sah er sie an.

Sie schüttelte den Kopf. Er und stören! Doch eine passende Antwort fiel ihr nicht ein. »Ich wollte Jenny nur noch mal wegen morgen fragen, weil wir da zum Tanzen in den Arbeiterverein gehen wollen«, murmelte sie verlegen.

»Ach«, seufzte Jenny, »ich weiß gar nicht, ob mir nach alldem morgen nach einem Tanzvergnügen ist! Ich glaub, wir gehen da nicht hin.«

»Aber«, flüsterte Clara. Mehr brachte sie nicht heraus.
»Aber ...«

Ihr allererstes Tanzvergnügen, ihr neues Kleid, die ganze Vorfreude – und nun! Verzweifelt bemühte sie sich, nicht zu weinen.

»Warum nicht?«, fragte Johann Nietnagel. »Du wirst viele
Gleichgesinnte dort treffen, Jenny, die neuesten Nachrichten
und Gerüchte hören, was gibt es Besseres für die Agitation? Bei
einem Tanzvergnügen wittert die Polizei nicht gleich politische
Umtriebe, während man sich im Walzer dreht oder am Biertisch
sitzt, kann man so manches besprechen, unbehelligt von den
Spitzeln des Klassenstaates. Und was das Tanzen betrifft – den
Triumph sollten wir der Polizei und der Justiz nicht gönnen,
dass sie uns Genossen die ganze Lebensfreude rauben können!
Ich jedenfalls hätte nicht schlecht Lust auf eine kleine Abwechslung. Haben Sie denn schon einen Herrn für morgen Abend,
Fräulein Clara?«

Sie wagte nicht, ihn anzuschauen, blickte auf ihre Hände, die
sie im Schoß verkrampft hielt. Sah er, wie rau sie waren?

Stumm schüttelte sie den Kopf.

»Dann bitte ich sehr um die Ehre, morgen Abend ihr Tanz-
herr sein zu dürfen«, sagte Johann Nietnagel.

»Hat Ihnen Jenny denn erzählt, dass sie es war, die mich zum
Sozialdemokraten gemacht hat?«, fragte Herr Nietnagel und
legte Clara kurz die Hand auf die Rechte.

Schade, dass er sie nicht liegen ließ.

Clara schüttelte den Kopf und sah ihn erwartungsvoll an. Wie im Traum fühlte sie sich, den ganzen Abend schon: der große, mit Lampions, Papiergirlanden und Frühlingsblumen geschmückte Wirtshaussaal, die vielen festlich gekleideten Männer, Frauen und Mädchen, die Musikkapelle, das Tanzen, der leichte, wohlige Nebel, den der ungewohnte Genuss von Bier in ihrem Kopf erzeugte – und vor allem er, Johann Nietnagel.

Keinen Tanz hatte er bisher ausgelassen. Die zweite Runde hatte er mit Jenny getanzt, aber sonst jeden einzelnen Tanz mit ihr. Es ging ganz leicht, sie musste nicht darüber nachdenken, welche Schritte und Drehungen sie zu machen hatte, sie musste sich einfach nur ihm überlassen.

Würde doch dieser Abend niemals enden!

Wie nah man einander beim Tanzen kam: sein Arm um ihre Taille gelegt, ihre Hand in der seinen, und die Gesichter so dicht beieinander, dass sie die feinen grünen Sprengsel in seinen bräunlichen Augen sehen konnte oder seinen Atem an ihrem Hals spüren.

Erst war sie enttäuscht gewesen, als die Kapelle eine längere Pause angekündigt hatte. Doch nun fand sie es gut, mit Jenny und Heinrich am Tisch zu sitzen und natürlich mit ihm, Johann. Heimlich, ganz für sich, nannte sie ihn bereits so.

Jenny lachte. »Ja, das ist eine Geschichte! Dann erzähl doch mal, Johann! Ich würde gern hören, wie sich das aus dem Mund des nationalliberalen feinen Herrn anhört, der du damals warst.«

»Ich war nie nationalliberal!«, protestierte Johann. »Ich fühlte mich gar keiner Partei zugehörig. Sie müssen wissen, Fräulein Clara, damals – es war im Jahr '89 – studierte ich noch an der Friedrich-Wilhelms-Universität hier in Berlin. Ich war für Philosophie und Literatur eingeschrieben, wenn ich mich auch gegen Ende meines Studiums dann die längste Zeit in den

Vorlesungen der Katheder-Sozialisten herumtrieb, Schmoller, Wagner, aber das tut hier nichts zur Sache. Viel wichtiger ist, dass ich eine Studentenbude bei der Familie eines wackeren Kleinbürgers hatte, eines Lokomotivführers, der zu wenig verdiente, um seine sechsköpfige Familie anständig zu ernähren, weshalb die gute Stube an mich vermietet wurde. Über den Geschmack, mit dem dieser Repräsentationsraum ausgestattet war, will ich mich ausschweigen, aber ich wurde bestens versorgt und bedient – immer frisch gewaschene, gestärkte und geplättete Hemden, das war für mich selbstverständlich. Und dass ich ein besseres Essen bekam als die Frau und die Kinder, hab ich hingenommen, als wäre es natürlich.« Er zog die Augenbrauen zusammen, als wäre er ernstlich böse auf sich selbst.

»Wieso«, meinte Clara rasch – sie wollte nicht, dass er so über sich redete –, »das ist doch immer so, bei uns auch. Die Männer bekommen halt mehr und besser zu essen, Fleisch vor allem, das geht doch gar nichts anders, wenn's nicht für alle reicht. Und welcher Mann bügelt schon selbst seine Hemden? Dass ich nicht lache!«

»Genau!« Heinrich knuffte sie freundschaftlich in die Seite. »Du sagst es, Mädchen!« Er grinste breit.

Jenny schien etwas einwerfen zu wollen, doch Johann sprach bereits weiter: »Ja, so ist es jetzt. Aber wie es einmal in einer gerechteren Gesellschaft der Zukunft sein wird, wenn der Sozialismus gesiegt hat, das wollen wir mal dahingestellt sein lassen, das führt jetzt zu weit. Ich wollte ja von Lokomotivführer Schreiber erzählen und vor allem von Jenny.« Er lehnte sich behaglich zurück und lachte Jenny an. Wie schön dieses Lachen war, wie fröhlich und frei ...

Clara spürte einen kurzen Stich der Eifersucht, dass es nicht ihr galt. Doch schon wandte er sich wieder ihr zu: »Nie wäre mir in den Sinn gekommen, mit dem guten Herrn Schreiber oder gar seiner Gattin ein politisches Gespräch zu führen. Guten Morgen, Guten Abend, Schönes Wetter heute, Reinigen Sie bitte den Anzug – viel weiter führte unsere Konversation nicht. Und niemals wäre ich auf die Idee gekommen, dass dieser biedere kleine Mann ein heimlicher Sozialist sein könnte. Es war ja noch unter dem Sozialistengesetz, da hat man das tunlichst nicht an die große Glocke gehängt, und bei der Bahn wäre er doch sofort rausgeschmissen worden, wenn das rausgekommen wäre. Doch dann eines Tages – ich saß in meiner Bude und hatte bereits kurz zuvor die Türklingel gehört und eine flüsternde Mädchenstimme draußen im Flur, die sehr heimlich tat – da war plötzlich ein Sturmgeläut an der Wohnungstür und ein rabiates Klopfen und Rufen: »Sofort öffnen! Polizei!«

»Genau«, ergriff Jenny das Wort. »Du musst nämlich wissen, Clara, damals hab ich heimlich den *Sozialdemokrat* ausgeteilt, der war ja verboten, auf immer neuen Schleichwegen wurde die Zeitung aus der Schweiz nach Deutschland geschmuggelt und hier von vielen aktiven Genossen und Genossinnen im Untergrund verteilt. Wenn man dabei erwischt wurde, dass man die rote Feldpost unter die Leute brachte, konnte man glatt für einen Monat ins Gefängnis wandern. Na ja, ich habe mir immer neue Tricks ausgedacht. In dem Sommer war ich drauf verfallen, im Wald Brombeeren zu sammeln und die dann von Haus zu Haus zu verkaufen. Natürlich bin ich nur zu den Abnehmern des *Sozialdemokrat*, und unten in meinem Korb, unter einem Tuch versteckt, lagen die Hefte.«

»Ja, meine rote Jenny, das war eine ganz Mutige«, unterbrach Heinrich stolz und legte mit besitzergreifender Geste seinen Arm um die Schulter seiner Frau. »Aber was sag ich ›war‹. Sie ist es ja immer noch!«

»Clara auch«, erwiderte Jenny. Und dann zu Johann gewandt: »Clara versteckt nämlich die Beitragshefte vom Frauenagitationskomitee. Ohne Clara wäre Gerda jetzt vermutlich auch im Gefängnis.«

»Wirklich?« Johann sah sie freudig überrascht an. »Dann sind wir also Kampfgefährten? Respekt, Respekt, Fräulein Clara! Jetzt ist es mir eine doppelte Ehre, mit Ihnen tanzen zu dürfen.«

Respekt, Respekt – das hatte noch nie jemand zu ihr gesagt. Und nun er. Plötzlich war ihr, als sei sie ihm dadurch ein Stück weit ebenbürtig geworden, obwohl er natürlich unerreichbar weit über ihr stand: ein studierter Herr, ein Dichter. Zum Glück wusste er nicht, wie oft sie schon bereut hatte, diese Hefte an sich genommen und unter der Diele verborgen zu haben.

»Aber irgendwie bin ich wohl doch mal aufgefallen mit meinen Brombeeren«, nahm Jenny ihren Faden wieder auf. »Ich wurde offensichtlich beobachtet und verfolgt. Nun sollte ich also auf frischer Tat ertappt und verhaftet werden. Da stand ich mit meinen verbotenen Blättern im Flur bei Frau Schreiber und draußen hämmerte die Polizei an die Tür. Wär da nicht Johann gewesen ...«

Er grinste. »Es war die reine Neugier, die mich in den Flur trieb. Und als ich die beiden da so stehen sah, den Stapel Blätter in der Hand und starr vor Schreck, da habe ich gar nicht mehr nachgedacht. Ich habe ihnen die Zeitungen einfach aus der Hand genommen und in meine Studentenmappe gesteckt, Frau Schreiber kam noch mit einem roten Liederbuch angerannt und schob mir das auch noch unter, und schon bin ich hinten zur Küchentür raus und die Hintertreppe runter. Unten stand ein Schutzmann und bewachte den Ausgang – den heißen Schreck spüre ich heute noch in den Gliedern –, aber er ließ mich unbehelligt durch. Er hatte wohl nicht Befehl, einen Studenten zu filzen. Den ganzen Tag trug ich jedenfalls diese roten Brandschriften in meiner Mappe in der Universität spazieren. Am Abend brachte ich sie wieder zurück – inzwischen war die Wohnung durchsucht worden, auch mein Zimmer hatte die Polizei durchwühlt, aber sie hatten nichts gefunden.«

»Nur Brombeeren!«, warf Jenny ein und lachte.

»Ich aber setzte mich noch am gleichen Abend hin und begann den *Sozialdemokrat* zu lesen«, fuhr Johann unbeirrt fort. »Etwas, wofür ein junges Mädchen so viel riskierte, musste ja wertvoll sein, nicht wahr? Und was soll ich sagen – es ließ mich nicht mehr los. Es öffnete mir die Augen. Auf einmal konnte ich an dem sozialen Elend, der Armut und der ganzen Ungerechtigkeit nicht mehr vorbeisehen. Es war der Anfang meiner Bekehrung.«

»Ganz schön mutig«, meinte Clara und schaute ihn an.

»Nicht mutiger, als du es bist, Clara«, sagte er warm und erwiderte den Blick. Er hob ihr sein Bierglas entgegen. »Ich heiße Johann. Machst du mir die Freude und sagst ›du‹ zu mir?«

»Ja, Johann.« Sie spürte selbst, dass sie rot übergossen war und es machte ihr nichts aus.

Die Musik setzte wieder ein. Er verbeugte sich vor ihr und führte sie zur Tanzfläche. Sie tanzten eine Polka und einen Walzer und noch einen Tanz, von dem sie keine Ahnung hatte, wie er hieß, aber was machte das, sie berührte den Boden ja kaum, die Füße bewegten sich von selbst, es war, als ob sie schwebe, getragen von seinem Arm und mehr noch von seinem Blick.

»Du süßes tapferes Mädchen«, flüsterte er ihr ins Ohr. »Die Jeanne d'Arc der Hinterhöfe. So kühn und so hübsch.«

Sie wusste nicht, was eine Jeanne d'Arc war, aber das war ihr gleich. Es war ein Kompliment, nur das war wichtig, ein Kompliment, das von Herzen kam.

– 4 –

Ein heikleres Ziel hätte die Mutter am ersten schönen Frühlingssonntag des Jahres nicht wählen können als den Zoologischen Garten. Die ganze Gesellschaft des Westens gab sich hier ein Stelldichein – und auch die Gardeoffiziere fehlten nicht. Es hätte kaum einen Ort geben können, an dem sie mit größerer Wahrscheinlichkeit Hauptmann von Klaasen über den Weg laufen könnte als hier. Doch die Mutter war, wie immer in allen gesellschaftlichen Dingen, unerbittlich gewesen. Zu Frühlingsanfang ließ man sich im Zoologischen blicken, und damit fertig.

Auch die Fadenscheinigkeit von Margarethes Entschuldigung, sie fühle sich nicht recht wohl und würde lieber zu Hause bleiben, hatte die Mutter durchschaut. »Du kannst dich nicht wie Robinson Crusoe auf einer einsamen Insel verschanzen, nur weil du einem vielversprechenden Freier, mit dem jeder dich schon so gut wie verlobt glaubte, einen Korb gegeben hast«, war die Antwort der Mutter gewesen. »Wenn du dich jetzt zurückziehst, wird die Gesellschaft einen Skandal wittern – und das wird als Makel an dir hängen bleiben und nicht an Hauptmann von Klaasen.«

»Warum?«, hatte sie aufbegehrt, doch die Mutter hatte sie abgefertigt: »Wie kannst du das fragen! Kein Mensch kann sich vorstellen, dass eine junge Dame aus freien Stücken eine Partie ausschlägt wie diese – einen Hauptmann des Königin-Elisa-beth-Garde-Grenadier-Regiments mit hervorragenden Aufstiegschancen, einen Spross aus bester Familie, der dir die Tore zur Hofgesellschaft weit geöffnet hätte! Wenn du, aus welchen Gründen auch immer – ich muss ja nicht alles verstehen – den Hauptmann nun einmal abgewiesen hast, so ist das ein Grund mehr, dass du dich unbefangen in der Öffentlichkeit präsentierst. An einem Tag wie heute gibt es keinen besseren Ort dafür als den Zoologischen Garten. Dein Vater hat einen Tisch reservieren lassen.«

Und dann mit einem feinen Lächeln: »Wer weiß, was sich daraus ergibt. Zum Glück kann sich ja jeder ausrechnen, dass eine gute Mitgift auf dich wartet. Mag sein, es hat deinen Wert sogar gesteigert, dass du Hauptmann von Klaasen einen Korb gegeben hast. Es gibt dir ja in gewisser Weise etwas Interessantes, einen so begehrten Heiratskandidaten abgewiesen zu haben. Den einen oder anderen möglichen Freier wird es natürlich abschrecken, er wird sich sagen, mit Hauptmann von Klaasen könne er nicht mithalten, und wird sich von vornherein keine Chancen ausrechnen. Aber einen wirklich Großen mag es gerade auf dich aufmerksam machen.«

Margarethe hatte sich abgewandt, weil sie nicht gewusst hatte, wie sie sonst die Welle von Hass verbergen sollte, die auf einmal in ihr aufgestiegen war.

Wie die Mutter darüber sprach – als sei sie ein Reitpferd, das zur Versteigerung geführt werden sollte! Kein Wort des Verständnisses für den inneren Kampf, den sie diese Entscheidung gekostet hatte.

Da wurde immer von Liebe als dem Wichtigsten im Leben einer Frau geredet und von der Stimme des Herzens – und wenn man dieser Stimme folgte und ohne Liebe nicht heiraten wollte, wurde man behandelt wie eine Idiotin. Dabei war es das Aufrichtigste, was sie je in ihrem Leben getan hatte.

Sie wollte sich und dem Hauptmann nicht Gefühle vorgaukeln, die sie nicht hatte, und dann eines Tages wie Nora sagen müssen: Ich liebe dich nicht mehr, deshalb verlasse ich dich. War es da nicht viel redlicher, zu sagen: Ich liebe Sie nicht, deshalb kann ich Sie nicht heiraten?

So hatte sie es natürlich nicht gesagt. Sie hatte ihn schonen wollen. Und hatte ihn doch verletzt.

Wieder und wieder ging sie die Szene durch. Seine wohlgesetzten Worte, die so hölzern dahergekommen waren, dass man wohl gespürt hatte, er hatte sie sorgfältig einstudiert. Hätte sie da nicht schon eine Antwort finden müssen, in seine Rede eingreifen, sich und ihm das Peinlichste ersparen? Warum war sie so stumm gewesen, hatte wie paralysiert auf dem Sofa gesessen, statt geistesgegenwärtig die Situation zu retten? Sie hatte es stattdessen so weit kommen lassen, dass er vor ihr niedergekniet war.

Welche schlechten Bücher schrieben vor, dass ein Mann in dieser Situation zu knien habe? Hatte niemand daran gedacht, wie es die Würde eines Mannes beleidigen musste, umsonst gekniet zu haben? Oder sollte es die Dame völlig hilflos machen, sodass ihr ein Nein unmöglich würde?

Sein Niederknien hatte sie stattdessen aus ihrer Erstarrung wachgerüttelt. »Um Himmels willen, Herr Hauptmann, erheben Sie sich!«, hatte sie ausgerufen. »Ich bin es nicht wert, dass Sie vor mir knien!« Und dann hatte sie nach Worten gesucht, die nicht verletzend waren, und doch gewusst, dass es diese Worte nicht gab. Schließlich hatte sie begonnen, von *Nora* zu reden und davon, wie ihr bei dem Stück bewusst geworden sei, dass sie erst einmal sich selbst finden müsse, ehe sie sich einem anderen geben könne, geben dürfe.

Er hatte sie nicht verstanden. Er hatte nur das Nein gehört. Sein Abschied war überstürzt und kalt gewesen. Seither hatte sie ihn nicht wiedergesehen.

Sie war froh darum.

Aber der Augenblick würde kommen, musste kommen, an dem sie wieder mit ihm zu sprechen hatte. Die Kreise der Familien von Zug und von Klaasen überschnitten sich zu sehr, als dass ein Ausweichen möglich gewesen wäre.

Und nun auch noch der Zoologische Garten!

Mit den Eltern saß sie am blendend weiß gedeckten Tisch auf der Terrasse des Restaurants mit Blick über den Neptunteich und zuckte bei jeder Uniform eines Garde-Grenadiers zusammen, die sie im Gewühl der Menge entdeckte, welche sich auf der »Lästerallee« hin und her schob. Würde es ihr gelingen, Hauptmann von Klaasen mit selbstverständlicher Freundlichkeit die Hand zum Kuss zu reichen, wenn sie ihm hier begegnete? Und – würde er sie überhaupt grüßen?

»Frau General von Klaasen! Herr General!« Der Vater war aufgestanden und machte eine weit einladende Geste auf ihren Tisch hin, an dem zu allem Übel noch zwei freie Sessel standen. »Wollen Sie sich nicht zu uns setzen?«

Margarethes Puls schoss in die Höhe. Ein rascher Blick – nein, der Hauptmann begleitete seine Eltern nicht. Dennoch: Auch diesen zu begegnen war ihr unangenehm genug. Sie waren zweifellos in die Heiratspläne ihres Sohne eingeweiht gewesen. Wie stand sie nun vor ihnen da …

Sie lächelte mit verzweifelter Höflichkeit, machte einen Knicks vor der Generalin, reichte dem General die Hand zum Kuss. Aufgesetzt heiter beteiligte sie sich an den Floskeln der Gesprächseröffnung, doch bald verstummte sie. Der Vater diskutierte mit dem General über die im Reichstag zur Abstimmung anstehende Umsturzvorlage und erregte sich über die Bestrebungen des Zentrums, diesen gegen anarchistische Attentate und die Umtriebe der Sozialdemokraten – gegen Aufreizung zu Klassenhass, Verächtlichmachung des Staates, öffentliche Angriffe auf Ehe, Familie und Eigentum und gegen Aufforderung zur Begehung strafbarer Handlungen – gerichteten Gesetzentwurf für seine katholischen Zwecke zu missbrauchen, indem es auch Angriffe auf die christliche Religion und Kirche unter verschärfte Strafen gestellt sehen wollte. Die Mutter verwickelte die Generalin in ein Gespräch über die Planung des Wohltätigkeitsfestes. Bemüht unauffällig beobachtete Margarethe die Frau des Generals. War diese bei der Begrüßung nicht mehr als kühl zu ihr gewesen? Schon fühlte sie sich schuldig. Von allen alten Damen, die im Haus der Eltern verkehrten, war ihr diese die liebste. War die Generalin nun ernstlich gekränkt?

»Wie weit ist denn Ihr Kostüm gediehen, Margarethe?«, fragte die Generalin unvermittelt und sah sie an.

»Oh nein, ich dachte«, sie kam ins Stocken, setzte neu an: »Ich habe nicht damit gerechnet, dass diese Theateraufführung stattfinden sollte, jetzt, in dieser Besetzung ...« Sie spürte, wie ihr Kopf heiß wurde.

»Mein liebes Kind«, Frau von Klaasen tätschelte ihr die Hand, »gerade jetzt, gerade in dieser Besetzung! Alle Damen des Wohltätigkeitsvereins waren immerhin schon in die Planung dieses Stückes eingeweiht. Sie werden sich den Mund zerreißen, wenn wir das jetzt zurückziehen. Wir wollen doch unsere Familienangelegenheiten nicht in die Öffentlichkeit zerren, nicht wahr? Auch wenn es mir wirklich leidtut, dass dies nun die Angelegenheiten von zwei Familien bleiben. Ich hätte mich gefreut, Sie zur Schwiegertochter zu haben. Aber ich rechne es Ihnen hoch an, dass Sie nicht dem Kalkül gefolgt sind, eine glänzende Partie zu machen, sondern Ihrem Herzen. Das Herz schaut nun einmal nicht auf Rang und Namen. Das Herz ist ein eigen Ding. Bleiben Sie sich treu, Margarethe.«

Wärme stieg in ihr auf, Erleichterung und eine tiefe Traurigkeit. Wie schön wäre es gewesen, wenn es anders gewesen wäre, wenn Sie zu dieser Frau »Mutter« hätte sagen dürfen! »Ich danke Ihnen für Ihr Verständnis«, sagte sie leise, »ich danke Ihnen so sehr!«

»... und dann bilden sie sich auch noch ein, wenn sie die Absolution erhalten hätten, wäre alles wieder gut!«, erregte sich der Vater im Gespräch mit dem General über die Katholiken der Zentrumspartei.

Margarethe saß still.

Unendlich erleichtert beteiligte sie sich bald an dem Gespräch über die Planung des Wohltätigkeitsfestes und versprach, sich unverzüglich um das Kleid zu kümmern. Selbst die Vorstellung, mit Hauptmann von Klaasen gemeinsam auf der Bühne zu stehen, erschien ihr auf einmal möglich. So erleichtert fühlte sie sich, dass sie nichts mehr schrecken konnte. Sie würde die Kränkung durch Freundlichkeit wettmachen.

»Nun, dann steht ja dem Erfolg unseres Wohltätigkeitsfestes nichts mehr im Wege«, meinte die Generalin abschließend, als Margarethes Vater schließlich zum Aufbruch drängte. »Dann können wir bei unserer Mittelvergabe im Sommer vielleicht auch ihre Protegée berücksichtigen, Margarethe. Wie hieß doch diese arme Frau, die so dringend eine Nähmaschine benötigte?«

»Anna Brettschneider«, erwiderte sie mechanisch. Wie lange hatte sie nicht mehr an die Frau gedacht? Völlig entfallen war ihr diese Geschichte. Nun auf einmal war das Bild der Kellerwohnung wieder vor ihrem inneren Auge. Beunruhigt versuchte sie es zur Seite zu schieben. Aber nun, einmal wach geworden, ließ es sich nicht so leicht wieder verdrängen.

Würde Anna Brettschneider im Sommer überhaupt noch eine wenn auch noch so elende Wohnung haben, in der sie eine Nähmaschine aufstellen konnte? Oder würde sie längst mit ihren Kindern bettelnd auf der Straße stehen und im Obdachlosenasyl nächtigen?

Nein, sie wollte davon nichts mehr wissen. Sie hatte getan, was sie hatte tun können. Ihre Mutter hatte recht: Es gab so viel Not, man konnte nicht allen helfen. Und dass sie keinen Absagebrief geschrieben hatte, war das nicht ein Akt der Barmherzigkeit gewesen? Nicht auch noch die Hoffnung nehmen ...

Vorbei an den mit roten Tüchern gedeckten Tischen der Spießbürger, die ihren mitgebrachten Kuchen auspackten und dennoch verzweifelt auf Vornehmheit zu achten bemüht waren, ging sie mit den Eltern zur Allee hinunter. Sie tauchten in den Strom der Flanierenden ein. Grüppchen kichernder Backfische, die kurze Blicke zu den Gymnasiasten oder gar den jungen Fähnrichs warfen und dann wieder die errötenden Köpfe zusammensteckten, verlegene junge Damen, die von ihren Eltern der Gesellschaft vorgeführt wurden und ihre Züchtigkeit wie eine Auszeichnung vor sich her trugen, ältliche Mädchen in Begleitung ihrer vertrockneten Mutter, die ihre verzweifelte Hoffnung, doch noch einen Bewerber zu finden, selbst hinter ihrem Schleier kaum mehr verbergen konnten, Ausschau haltende Leutnants und Assessoren, Privatbeamte und Junker, Studenten und junge Selbstständige – war dies alles hier nicht ein einziger Heiratsmarkt? Und mittendrin sie, die sich entschieden hatte, dies unwürdige Spiel nicht mitzuspielen, sich nicht zu vermarkten. Sie würde warten, bis wirklich der Richtige kam, ganz von selbst. Und wenn er nicht kam ...?

So oder so – sie würde sich treu bleiben.

Auf einmal war sie stolz auf sich.

Man traf auf das Ehepaar Dr. Schneider und beschloss, noch ein Stück gemeinsam durch den angrenzenden Tiergarten zu flanieren. Der Vater verwickelte den Hausarzt sofort in eine Konsultation wegen seines Sodbrennens, die Mutter begann mit der Gattin ein Gespräch über Literatur, an dem sich Margarethe höflich beteiligte. Die Mutter brachte die Rede auf Zola und seine sozialen Romane.

Da, wie ein Schlaglicht, war das Bild da, das Margarethe in den vergangenen Wochen immer wieder einmal heimsuchte: Johann Nietnagel im schäbigen Frack. Seine ernsten Augen und sein spöttisches Lächeln, seine Stimme: Ich weiß, ich habe eine Vorlesung über die französischen Naturalisten bei Professor Unschlicht gehört.

Wie jedes Mal verscheuchte sie die Erinnerung. Sie würde diesen arroganten Dichter nie wiedersehen und sie wollte es auch nicht. Die Naturalisten mit ihrer schonungslosen Schilderung der haarsträubendsten Details waren ihr sowieso zuwider. Wahrscheinlich arbeitete er gerade an einem völlig unerträglichen Roman über die Folgen der Trunksucht oder die »Ausbeutung« der Arbeiter, der im letzten Hinterhof in einer elenden Kellerwohnung spielte.

Und schon waren ihre Gedanken wieder bei Anna Brettschneider.

Wie ein Ohrwurm, dachte sie. Hat man einmal damit begonnen, wird man ihn so schnell nicht wieder los.

Das Kindermädchen der Familie Schneider wartete mit den drei kleinen Kindern vor der indischen Pracht der Elefantenpagode. Die drei, allen voran die Älteste – Lotte, ein sechsjähriges Mädchen –, wollten eifrig von ihrem Ritt auf dem Elefanten erzählen, doch ihr Vater verwehrte ihnen, sich so in die Unterhaltung der Erwachsenen zu drängen.

Aus Mitleid mit dem offensichtlich enttäuschten Kind begann Margarethe ein Gespräch mit der Kleinen. Süß sah es aus, dieses Mädchen mit seinem blauen Matrosenmäntelchen, das es geöffnet über dem weißen Stickereikleidchen trug. Und was hatte es für ein offenes, kluges Gesichtchen. Begeistert erzählte das Kind nun ihr, was es den Eltern nicht hatte erzählen dürfen. Neben ihr hergehend, schob es zutraulich die Hand in ihre Rechte. Da berührte es Margarethe wie ein plötzlicher Schmerz: Wie schön war das, so eine Kinderhand in der ihren. Sollte sie das womöglich nie mit einem eigenen Kind erleben?

Draußen im Tiergarten jenseits der Lichtensteinbrücke erhielten die Kinder Erlaubnis, sich zu entfernen. Die beiden Großen, Lotte und ihr jüngerer Bruder Wilhelm, trieben um die Wette ihren Reifen. Immer schneller rannten sie neben ihren Reifen her, die sie geschickt mit ihrem kleinen Stock am Laufen hielten. Dann waren sie den Blicken entschwunden. Das Kindermädchen, aufgehalten durch den langsam auf seinem Steckenpferd mehr hoppelnden als reitenden Jüngsten, folgte ihnen mit großem Abstand.

Die Gruppe setzte sich auf eine weiß gestrichene Parkbank. Frau Doktor Schneider brachte das Gespräch auf die Planung einer gemeinschaftlichen Landpartie, der ersten des Jahres. Lange ging es um die Wahl eines passenden Ziels. Dann fragte Frau Doktor Schneider in die Runde: »Wen wollen wir noch dazu einladen? Vielleicht General von Klaasen mit der Frau Gemahlin und dem Hauptmann?« Ein kurzer, nur scheinbar unverfänglicher Blick streifte Margarethe.

»Warum nicht«, erwiderte sie möglichst gleichmütig. Wusste die Arztfrau schon von der Änderung in ihrem Verhältnis zum

Hauptmann? Wie auch immer – diese geborene Baronesse von Zietowitz würde nicht erleben, dass sich eine Baronesse von Zug eine Blöße gab!

Das Dienstmädchen kehrte mit den drei Kindern zurück, in offensichtlicher Verlegenheit. »Es tut mir leid, gnä Frau«, begann sie schüchtern, »ich konnt ja nicht so schnell laufen mit dem kleinen Richard, und die Kinder waren so weit voraus, und als ich hinkam, da war es schon zu spät, das fremde kleine Mädchen war schon weggelaufen, dem Lotte ihren Mantel ...«

»Lotte, was hast du mit deinem Mantel gemacht?«, fragte Frau Doktor Schneider streng.

Margarethe schaute das Mädchen an, das in seinem viel zu leichten Baumwollkleidchen unübersehbar fror. Eine steile Falte hatte sich auf der Stirn des Kindes gebildet. Mut, Trotz und heimliche Angst mischten sich auf dem jungen Gesicht. »Ich hab ihn Immy geschenkt«, antwortete Lotte, »einem armen Kind. Minna sagt, das hätte ich nicht tun dürfen und ihr werdet böse sein. Aber ich musste doch, weil Immy so geweint hat, sie hatte ihr Kleid zerrissen und sie hat gesagt, ihr Vater schlägt sie tot, wenn sie so nach Hause kommt, weil es doch ihr einziges Kleid ist. Und Papa hat doch auch gesagt, es gibt ganz arme Kinder, die haben überhaupt nur ein Kleid, und wenn das gewaschen wird, dann müssen sie im Bett bleiben, bis es wieder trocken ist. Und wenn Immy jetzt meinen Mantel hat, dann kann sie wenigstens den anziehen, und vielleicht schlägt ihr Papa sie dann nicht tot.«

»Aber du kannst doch nicht einfach ohne Erlaubnis deinen neuen Mantel verschenken!«, erregte sich die Frau Doktor. »Das gute Stück!«

»Sankt Martin hat das doch auch gemacht«, sagte Lotte. Ihre Stimme zitterte, als kämpfe sie mit den Tränen. »Und ich hatte ja keine Schere und konnte meinen Mantel nicht durchteilen. Aber ein halber Mantel hätte ja auch nichts genützt, da wäre Immys Vater doch noch mehr böse geworden. Papa«, hilfeflehend sah sie ihren Vater an, »meinst du, er schlägt Immy jetzt nicht tot?«

»Nein, das tut er ganz bestimmt nicht«, sagte Herr Dr. Schneider und strich dem Kind durch die Haare.

»Trotzdem«, beharrte die Frau Doktor, »du musst um Erlaubnis fragen, Lotte, wenn du etwas von deinen Sachen verschenken willst. Du darfst nicht jedem Kind einfach etwas geben!«

»Ja, Mama«, sagte Lotte leise. »Aber es war ja nicht jedes. Es hieß Immy.«

Mein Gott, dachte Margarethe. Anna Brettschneider. Da muss erst so ein kleines Mädchen kommen und mir die Augen öffnen!

Erst in der Pferdestraßenbahn schlug Margarethe den dichten Schleier zurück, hinter dem sie sich bei ihrem Besuch im Leihhaus verborgen hatte. Nicht vorzustellen, wenn ein Mitglied der Gesellschaft sie gesehen und erkannt hätte, während sie das Leihhaus betrat oder verließ! Sie hatte sich für diesen Besuch eigens ihre älteste und unscheinbarste Kleidung angelegt. Dennoch war sie sich auffällig und mehr als deplatziert vorgekommen.

Der Bedienstete im Leihhaus hatte geschäftsmäßige Diskretion zur Schau gestellt. Der kurze Blick, mit dem er ihren Schleier zu durchdringen versucht hatte, als er überrascht von dem Fingerring aufgesehen hatte, war ihr dennoch aufgefallen. Er hatte sich eine Lupe ins Auge geklemmt, um den Diamanten zu begutachten, hatte ihn so misstrauisch lange beäugt, dass sie einen wahnwitzigen Moment lang gefürchtet hatte, dieses ihr von ihrer Großtante vermachte Erbstück könne sich als Fälschung erweisen. Natürlich war das absurd. Vermutlich war der Ring sogar sehr viel mehr wert als die zweihundertfünfundfünfzig Mark, die er ihr nach einigem Zögern dafür geboten hatte.

Bei einem Juwelier hätte sie wahrscheinlich mehr dafür bekommen. Aber die Gefahr, erkannt zu werden, wäre größer gewesen. Außerdem fand sie ja vielleicht noch eine Möglichkeit, das Geld anderweitig aufzutreiben und den Leihschein, den sie nun in ihrem Täschchen trug, wieder gegen das Schmuckstück einzutauschen. Aus Gründen der Pietät wäre es ihr lieber gewesen, an dem Ring selbst hatte sie nicht das geringste Interesse – sie hatte ihn, wie den übrigen veralteten Schmuck ihrer Großtante, kein einziges Mal getragen. Freilich wusste sie nicht, wie sie an das Geld kommen sollte, ihn wieder auszulösen.

Ihren Vater wollte sie darum nicht bitten. Er hatte ihr monatlich fünfzig Mark zur freien Verfügung ausgesetzt, die ihr mit Regelmäßigkeit zwischen den Fingern zerrannen, ohne dass sie recht wusste, wofür sie das Geld ausgab. Er kam ja für all ihre laufenden Ausgaben und ihre Kleidung auf. Für die Erlangung eines größeren freien Budgets freilich stieß sie bei ihm auf taube Ohren. Frauen verstehen nichts von Vermehrung von Geld, war einer seiner Lieblingssätze, was ein Mann mit dem Heuwagen ins Haus karrt, trägt eine Frau in der Schürze wieder hinaus. Nicht umsonst hat es der Gesetzgeber so geregelt, dass der Mann in finanziellen Dingen der Vormund des Weibes ist. Wenn du einmal heiratest, Margarethe, bekommst du eine Mitgift, die sich sehen lassen kann und dir unter der geschickten Verwaltung eines umsichtigen Gatten für immer ein absolut sorgenfreies und standesgemäßes Leben garantiert. Solange du zu Hause lebst, brauchst du kein eigenes Geld. Ich verwalte und vermehre das Geld für dich, so wie ich das Geld deiner Mutter verwalte und vermehre – und wie es später einmal dein Mann für dich tun wird.

Die Mutter war aus reicherem Haus gewesen als der Vater, der nur ein reichlich verschuldetes ererbtes märkisches Gut sein Eigen genannt hatte: Von der Mitgift, die sie in die Ehe gebracht hatte, wurde in der Verwandtschaft noch immer mit bedeutungsvollen Blicken in Andeutungen gesprochen. Die Mitgift sei das Kapital gewesen, mit dem Baron von Zug durch geschickte Spekulation mit Eisenbahnaktien das beträchtliche Vermögen erzielt hatte, das ihm nun gehörte – nomen est omen.

Seltsam war sie, diese Selbstverständlichkeit, mit der man sagte: sein Vermögen. Da es doch eigentlich das der Mutter war. Diese aber hatte keinen Zugriff darauf. Sowohl für die Haushaltsführung als auch für jede aus dem Rahmen fallende Ausgabe oder Anschaffung war die Mutter darauf angewiesen, dass der Vater ihr die Mittel dafür gab. Sicher, er war großzügig. Und dennoch ...

Nein. Wie zur Bestätigung schüttelte Margarethe den Kopf. Sie würde ihren Vater nicht um die zweihundertfünfundfünfzig Mark bitten, um den Ring wieder auszulösen. Wobei sie ja eigentlich nur hundertfünfunddreißig Mark brauchte, so viel kostete eine Singer-Nähmaschine, die zum Nähen von Damenkonfektion geeignet war, sie hatte sich danach erkundigt. Aber sie spürte, dass sie von dem Geld, das sie für den Ring erlöst hatte, nichts zurückbehalten wollte.

Wenn ein kleines Mädchen seinen guten Mantel verschenken konnte und dafür in Kauf nahm, zu frieren und womöglich bestraft zu werden – warum sollte sie dann nicht einen Ring verschenken, an dem niemandem etwas lag?

Diese Lotte. Margarethe lächelte vor sich hin. Eine Tochter wie die hätte sie auch gerne einmal. Alle Welt legte Wert auf einen Sohn. Sie aber stellte es sich schön vor, eine Tochter zu haben. Als könne man das Leben noch einmal neu beginnen.

Was für alberne Gedanken!, rief sie sich selbst zur Ordnung. Außerdem stand ein Kind ja nun wirklich nicht zur Debatte, da sie ihren einzigen ernst zu nehmenden Verehrer zurückgewiesen hatte. Sie sollte sich lieber für das rüsten, was ihr bevorstand.

Wieder in diesen stinkenden Keller hinabsteigen zu müssen ...

Und was, wenn Anna Brettschneider dort gar nicht mehr wohnte?

Das letzte Stück des Weges ging sie zu Fuß, schneller, als es sich für eine Dame geziemte. Aber die wollte sie sowieso nicht herauskehren, selbst auf die Begleitung ihres Dienstmädchens hatte sie leichtsinnigerweise verzichtet. Wenn die Mutter wüsste, dass sie hier ganz allein durch einen der roten Berliner Kieze lief!

Sie erreichte die Mietskaserne, durchquerte die Toreinfahrt, den Garten, den zweiten Hof, den dritten. Von der streitbaren kleinen Frau und dem Fräulein, die ihr hier beim letzten Mal begegnet waren, war nichts zu sehen. Dann dieser bedrückend schmale, dunkle Hof. Die Kellertreppe mit ihrem unfassbaren Gestank. Der düstere Kellerflur. Die Türen. War es die dritte oder die vierte gewesen?

Beinahe blind klopfte Margarethe – nur schnell, schnell es hinter sich bringen, wieder an die Luft zurückkehren dürfen – und stieß die Tür auf. Fast das gleiche Bild wie beim letzten Mal, nur das Bett war verschwunden und auf dem Herd kochte keine Wäsche. Die Frau und die Kinder erschienen ihr noch hohlwangiger, als sie sie in Erinnerung hatte.

Anna Brettschneider stieß einen schluchzenden Schrei aus, stürzte auf sie zu, griff nach ihrer behandschuhten Rechten, bedeckte sie mit Küssen. »Ich hab es ja gewusst«, stammelte sie, »das Wunder, wenn man nur fest daran glaubt, und Sie hatten es mir ja versprochen, eine so hochwohlgeborene Dame hält doch ihr Wort, hab ich immer gesagt, wenn die anderen gemeint haben, Sie kommen nicht mehr ...« Ihre Stimme endete in einem Schluchzen.

Margarethe stand wie erstarrt. »Beruhigen Sie sich doch«, murmelte sie hilflos, »es gab einige Schwierigkeiten, aber jetzt habe ich das Geld für Ihre Nähmaschine und noch hundertzwanzig Mark dazu.« Damit zog sie ihre Hand aus der Umklammerung, holte ihren Geldbeutel hervor und legte die Scheine auf den Tisch. »Zweihundertfünfundfünfzig Mark«, erklärte sie.

Die Frau starrte sie an. »Gott vergelte es Ihnen!«, wiederholte sie ein ums andere Mal. »Ihnen und den anderen Damen vom Wohltätigkeitsverein. Gott vergelte es Ihnen allen! Zweihundertfünfundfünfzig. So ein unfassbarer Reichtum. Zweihundertfünfundfünfzig. Jetzt sind wir gerettet!« Sie weinte.

»Aber Sie müssen aus diesem Keller heraus in eine richtige Wohnung«, erklärte Margarethe rasch. »So ein nasser Keller ist ungesund für die Kinder, müssen Sie wissen. Davon werden sie krank.«

Anna Brettschneider nickte stumpf. »Mein Jüngstes ist schon gestorben. Nicht einmal einen Sarg hab ich ihm kaufen können, dem armen Wurm. Aber auf den Friedhof bin ich mit, auch wenn ich dafür die ganze Nacht Tüten kleben musste. Man will es doch wenigstens mit Anstand beerdigen. Dort, wo es jetzt ist, da ist es besser.« Mit dem Schürzenzipfel wischte sie sich die Augen.

Ein Schwindel erfasste Margarethe. So war sie zu spät gekommen. Wenn sie nicht etliche Wochen hätte verstreichen lassen, wäre dann das Kind noch zu retten gewesen?

Sie rang nach Atem, nach einer Antwort. »Mein Beileid«, flüsterte sie schwach. »Ich, ich muss dann wieder ...« Sie floh. Den finsteren Kellergang entlang, die schmierige Stiege hinauf, raus, nur raus. Blind vor Tränen rannte sie durch den Hof, durch den Durchlass, über den nächsten Hof, durch die Tordurchfahrt zum zweiten Hof.

Dunkel war es hier, sie achtete nicht darauf, ob ihr jemand entgegenkam, sie wollte nur weg.

Ein Kind. Sie hatte ein kleines Kind auf dem Gewissen.

Den Mann, der um die Ecke kam, bemerkte sie erst, als es zu spät war. Um nicht mit ihm zusammenzustoßen, wollte sie zur Seite springen, strauchelte. Beinahe wäre sie gestürzt. Er fing sie, hielt sie am Arm.

Sie schluchzte laut auf.

Er führte sie zur Laube im ersten Hof, drückte sie dort mit sanfter Bestimmtheit auf die Bank, ließ sich neben ihr nieder. »Soll ich Ihnen eine Kutsche rufen, gnädiges Fräulein?«, fragte er. »Oder kann ich Ihnen anderweitig behilflich sein?« Beim Klang seiner Stimme blickte sie auf. Johann Nietnagel.

»Oh! Baronesse von Zug!«, rief er überrascht. »Entschuldigen Sie bitte, ich hatte Sie gar nicht erkannt! Was ist Ihnen zugestoßen? Was führt Sie denn hierher in den Hinterhof?«

»Anna Brettschneider«, stammelte sie, »wenn ich mich früher um sie gekümmert hätte, würde ihr Kind noch leben, zu spät, ich kam zu spät, ich wusste doch nicht ...« Weinend lehnte sie ihren Kopf an seine Schulter.

Er legte die Hand tröstend auf ihren Rücken. So saßen sie. Und es schien das einzig Mögliche zu sein.

Dann plötzlich kam ihr das ganz und gar Ungehörige dieser Situation in den Sinn. Sie sprang auf, raffte ihren Rock.

»Soll ich eine Kutsche …«, begann er erneut.

»Lassen Sie mich in Ruhe!«, schrie sie und eilte davon.

Sie stieg eine dunkle Kellertreppe hinunter. Ihre Hand tastete die feuchte Wand entlang, Putz bröckelte und rieselte auf die Stiege, eine schmierige Masse klebte an ihren Fingern. Ekelerregender Gestank schlug ihr entgegen, Moder und Fäulnis, Abwasser und Fäkalien, Kohlsuppe und Zwiebeln und über allem ein widerlich süßer Geruch. Übelkeit brandete in ihr auf, ihr Mund voll von Erbrochenem, es nahm ihr den Atem.

Ihr Fuß trat in etwas Weiches, Nachgiebiges, sie rutschte aus, stürzte, fiel und fiel, es nahm gar kein Ende. Ihr Kopf schlug auf den Steinstufen auf, noch mal und noch mal und noch mal. In das Dröhnen der Schläge mischte sich von weit her ein höhnisch gellendes Lachen. In einer Pfütze von Jauche und Dreck blieb sie liegen. Ihr Kopf zersprang. Sie sah die Explosion, sah das Spritzen der Hirnmasse, sah Blut die Wände herablaufen.

Irgendwo wurde mit schrillem Kreischen eine Tür geöffnet. Ein Wagen ratterte den Gang entlang, kam näher und näher. Jetzt konnte sie ihn sehen: eine Lore. Sie war in einem Bergwerk. Mühsam richtete sie sich auf, sie musste aus der Bahn, sonst würde sie überrollt. Jetzt hatte die Lore sie erreicht. Sie wollte einsteigen, mit unendlicher Kraftanstrengung hievte sie sich in den Wagen, kam auf den Kohlen zu liegen. Es waren keine Kohlen. Es waren die steif gefrorenen Leichen kleiner Kinder und Säuglinge.

Sie schrie.

Sie schrie. Saß im Bett, starrte in die Dunkelheit, schrie und schrie.

Die Leichen, die Kinder, es war ihre Schuld …

Schweißnass klebten ihr das Hemd am Rücken, die Haare am Kopf. Was war geschehen, dieses Bergwerk, der Leichenwagen, warum lebte sie, ihr Kopf war doch explodiert ...

Ein gleißender Schmerz bohrte in ihrem Schädel. Mit zitternden Händen langte sie hin, erwartete eine klaffende Wunde zu spüren, Knochensplitter, Hirnmasse und Blut, doch da waren nur ihre feuchten Haare.

Auf einmal begann sie zu frieren. Zitternd kroch sie unter die Decke, zog sie sich bis zum Kinn. Ihre Zähne schlugen aufeinander.

Die Tür wurde geöffnet, grell fiel das Gaslicht aus dem Flur herein, jemand kam auf sie zu, ließ sich an ihrem Bett nieder.

Nicht, sie wollte das nicht, sie wollte ...

Eine leichte, sehr kühle Hand auf ihrer Stirn, die erschrockene Stimme der Mutter: »Du glühst ja vor Fieber! Ich rufe sofort Doktor Schneider.«

Dann Schwärze.

Sie musste zu ihm. Doch sosehr sie sich auch beeilte, die Distanz zu dem Mann vor ihr wurde nicht geringer. Sie streifte die hohen Stiefeletten von den Füßen, raffte den Rock, barfuß rannte sie hinter ihm her. Er lief noch schneller. Er kam an einen breiten Fluss. Jetzt kann er nicht weiter, dachte sie, jetzt hole ich ihn ein. Der Mann schritt weiter, ohne zu zögern, trat auf das Wasser, ging über den Fluss, ruhig und sicher. Ach, dachte sie, natürlich, warum habe ich das vergessen, man kann ja auf Wasser laufen – wie jener Gott aus Nazareth. Sie eilte ihm nach, erreichte das Ufer, trat auf das Wasser. Sie versank. Eiskalt schlugen die Wellen über ihr zusammen. Sie ruderte verzweifelt mit den Armen, versuchte zu schwimmen, an die Oberfläche zu gelangen, es war unmöglich, sie sank immer weiter, das Wasser war abgrundtief und kalt, so unglaublich kalt. Sie zitterte.

Kühle, sichere Hände tasteten ihren Hals ab, ihr Gesicht, umfassten ihren Kopf, bogen ihn sacht nach vorn, forschten mit routiniertem Griff unter ihren Achseln, auf ihrem Bauch.

Widerwillig öffnete sie die Augen. Grelles Licht stach ihr mitten ins Hirn. Sie blinzelte. Durch Nebel erkannte sie ein schwankendes Gesicht. Der Hausarzt. Konnte er seinen Kopf nicht ruhig halten?

Er richtete ihren Oberkörper auf, schob ihr einen kalten Gegenstand unter das Nachthemd, forderte sie zum Husten auf und zum tiefen Atmen. Sie tat ihm den Gefallen, damit er sie endlich in Frieden ließ. Damit sie den Mann suchen konnte.

Sie musste ihn einholen. Wenn sie nur wüsste, warum ...

Wer war er eigentlich?

Sie sank zurück in die Kissen.

Fetzen eines Gesprächs an ihrem Ohr, die besorgte Stimme der Mutter, die beruhigende des Arztes: »Nein, gnädige Frau, keine Lungentuberkulose, dafür gibt es nicht den geringsten Hinweis – aber ja, darauf gebe ich Ihnen mein Wort als Arzt – eine akute Infektion – dafür ist es noch zu früh – zu unspezifisch – wird sich erweisen – wenn man wüsste, wo sie sich das zugezogen hat – an einem Ort besonderer Gefährdung? – jederzeit, gnädige Frau, jederzeit – bei jeder Verschlechterung im Befinden, bei Hautausschlag, bei weiterem Anstieg des Fiebers, insbesondere bei Schluckbeschwerden oder Nackensteifigkeit – achten Sie genau darauf – unverzüglich ...«

Dann endlich war wieder Ruhe.

»Gnädiges Fräulein, Sie haben ja schon wieder nichts gegessen!«, sagte das Zimmermädchen mit vorwurfsvollem Seufzen. »Wenn ich das der gnädigen Frau sage!«

»Dann sag es ihr eben nicht«, erwiderte Margarethe müde.

»Ja, aber, Sie müssen doch etwas essen, das sagt der Herr Doktor auch immer wieder. Wenn nur meine Großmutter selig noch leben würde, die war eine Brauchfrau, die wusste für alles ein Kraut und ein Mittel ...«

»Emma! Bitte!«, fuhr Margarethe dem Mädchen über den Mund.

Gekränkt räumte Emma das Essen auf das Tablett, machte einen Knicks und verschwand. Endlich.

In die Kissen gesunken und in eine Decke gehüllt saß Margarethe reglos im Lehnstuhl auf dem kleinen Balkon ihres Zimmers, die Füße auf einem Hocker hochgelegt, die Hände im Schoß gefaltet, den Kopf gesenkt. Seit ein paar Tagen bestand der Hausarzt darauf, dass sie nicht mehr ununterbrochen im Bett lag, sondern einige Stunden am Tag im Lehnstuhl halb sitzend, halb liegend an frischer Luft verbrachte. Es war ihr gleich.

Der Frühling entfaltete seine Pracht, die Magnolie im Vorgarten der Villa blühte, die Tulpen leuchteten in verschwenderischer Fülle. Sie sah es nicht. Sie starrte auf ihre Hände.

Sie hätte schneller handeln müssen. Sie hätte sich nicht damit zufriedengeben dürfen, dass die Damen des Wohltätigkeitsvereins keinen Grund gesehen hatten, Anna Brettschneider sofort zu helfen.

Aber die Mutter mit ihrer Erfahrung in Wohltätigkeit, die Mutter hätte doch begreifen müssen, dass man nicht abwarten konnte!

Die Mutter war nicht dort gewesen, hatte das ganze Ausmaß des Elends nicht gesehen. Sie schon.

Es war ihre Schuld. Ganz allein ihre.

Sie hatte doch gehört, wie schwach das jammervolle Weinen des Säuglings geklungen hatte. Und vor allem hatte sie die Wohnung gesehen. Und die Abgezehrtheit von Anna Brettschneider. Wenn sie sofort dafür gesorgt hätte, dass ein Arzt gekommen wäre. Und dass die Familie eine menschenwürdige Unterkunft bekam. Und anständige Verpflegung. Könnte dann das Kind jetzt noch leben?

Vielleicht wäre es sowieso gestorben.

Warum nur war dieser Gedanke kein Trost?

Wenn sie den Ring sofort versetzt hätte ...

Aber auf diese Lösung war sie ja nicht gekommen. Da hatte ihr erst ein kleines Mädchen vorführen müssen, was Mitgefühl hieß.

An der Tür ihres Zimmers klopfte es. Sie antwortete nicht. Sie wollte nicht, dass jemand mit ihr sprach. Über das, was ihr die Brust zerriss, konnte sie ja doch nicht reden, das konnte sie keinem offenbaren.

Es sei denn, Johann Nietnagel. Der würde es verstehen.

Er hatte es ja schon verstanden, dort im Hof, in der Laube.

Seine Hand so tröstend auf ihrem Rücken ...

Unwillig fuhr sie sich über die Stirn. Was sollte dieser Gedanke an den Dichter!

»Gnädiges Fräulein«, sagte Emma aus dem Zimmer, »der Herr Doktor!« Damit verschwand sie wieder.

Nicht auch noch der Doktor.

Müde hob Margarethe den Kopf. Schon diese kleine Bewegung erschien ihr wie eine unmenschliche Anstrengung. Ein höfliches Lächeln konnte sie sich nicht auch noch abringen.

Er war allein. Das war neu. Sonst begleitete ihn immer ihre Mutter, wenn er seine Visite machte. Es war ihr gleich.

Sie hörte nicht auf seine Worte der Begrüßung, antwortete nicht auf die Frage nach ihrem werten Befinden. Was sollte das alles. Ein Tag war wie der andere – eine endlose graue Qual.

Doktor Schneider bat sie ins Zimmer, war ihr beim Aufstehen behilflich, führte sie zu einem Sessel und schloss die Balkontür. Dann zog er sich einen Stuhl heran und setzte sich zu ihr. Wie üblich griff er nach ihrer Hand und fühlte ihren Puls, beobachtete dabei den Zeiger seiner Taschenuhr.

Sie ließ es über sich ergehen. Was für ein Affenzirkus. Als ob ihr mit Pulsfühlen zu helfen wäre. Als ob ihr überhaupt zu helfen wäre. Als ob sie es verdiente, dass man ihr half.

Wenn es nur endlich ein Ende hätte, endlich ein Ende ...

Ihr Blick suchte die Balkontür. Zweiter Stock. Unten die Blumenbeete. Nein, das war nicht hoch genug. Aber aus der Turmstube oben, über der Eingangstreppe, die steinernen Stufen ...

»Manchmal hilft es, wenn man sich etwas von der Seele spricht«, sagte Doktor Schneider. Arztstimme. Ruhig, sicher, professionell mitfühlend wie immer. Aber diese Worte ...

Es war, als drängen sie durch einen Schleier mitten in ihr Herz.

Sie sah zu ihm. »Woher wissen Sie ...«, fragte sie.

Er erwiderte ihren Blick ohne eine Spur von einem Lächeln. »Ich habe Augen«, antwortete er. »Etwas bedrückt Sie. Etwas bedrückt Sie so stark, dass Sie nicht wieder gesund werden, obwohl der Infekt längst überwunden ist.«

Sie schwieg.

»Ich habe einen Eid ablegt«, fuhr er fort. »Nichts, was Sie mir sagen werden, wird irgendjemand anderem zu Ohren kommen. Nichts.«

Sie schwieg.

»Oder wenn es Ihnen lieber ist, sich Ihrem Pastor anzuvertrauen ...«, fuhr er fort.

Sie schüttelte den Kopf. »Sagen Sie«, begann sie zögernd. Wie fremd ihre Stimme klang, farblos und blechern, schleppend, von weit her. »Haben Sie auch arme Patienten? Arbeiterinnen? Leute aus dem Hinterhof?«

»Ja. Seit einiger Zeit arbeite ich auch als Kassenarzt.«

Schweigen.

Tastend begann sie endlich, jedes Wort mit unendlicher Mühe formend: »Diese Kellerwohnungen, nass, vermodert, stinkend – wenn ein Säugling in so einer Wohnung lebt . . .« Sie konnte nicht weitersprechen. Schließlich brachte sie beinahe tonlos hervor: »Wird er – sterben?«

Der Arzt sagte nichts. Seine Augen ruhten forschend auf ihr.

Da plötzlich überstürzten sich ihre Worte: »Sie müssen mir die Wahrheit sagen, Herr Doktor, als Arzt, als Wissenschaftler. Sie sind doch verpflichtet, die Wahrheit zu sagen, nicht wahr?« Verzweifelt starrte sie ihn an.

Er rieb sich den Nasenrücken. »Wozu ich verpflichtet bin, wollen wir dahingestellt sein lassen. Aber ich werde Ihnen die Wahrheit sagen – wenn Sie mir versprechen, dass Sie mir dafür erklären, was Sie an dieser Frage so belastet.«

Sie nickte stumm.

»Nun denn. In den schlimmsten Wohnquartieren von Berlin beträgt die Säuglingssterblichkeit rund fünfundvierzig Prozent. In den besten rund zehn Prozent. Die Zahlen sprechen für sich, die Interpretation ist schwierig. Da spielt neben vielen Faktoren wie der Gesundheit der Mutter, der Hygiene, der Versorgung und der Ernährung mit Sicherheit auch die Wohnqualität eine Rolle, aber das ist wissenschaftlich schwer zu beziffern. Ich will Ihnen jetzt nicht mit den konträren Ansichten von Pettenkofer und Koch kommen, Sie mit medizinischen Streitfragen verschonen. Also, summa summarum – die Chancen eines Säuglings, das erste Lebensjahr in so einem Kellerloch zu überleben, sind in etwa halbe-halbe.«

»Und«, vergebens versuchte sie, durch Schlucken ihren Gaumen zu befeuchten, ihr Hals war so trocken, dass sie kaum einen Ton herausbekam, »wenn er nun schon schwer geschwächt ist, so sehr, dass er gar nicht mehr schreit, nur noch wimmert, und man ihn dann da rausholt, ärztliche Versorgung, eine gute Wohnung, gute Milch . . .« Sie verstummte.

Doktor Schneider legte ihr die Hand auf den Arm. »Sie waren in so einer Wohnung?«, fragte er leise. »Im Auftrag des Wohltätigkeitsvereins? Sie haben einen solchen Säugling gesehen? Und er ist gestorben?«

Sie nickte. »Ich habe es den Damen des Wohltätigkeitsvereins gesagt«, flüsterte sie, »ich habe es immer wieder gesagt, aber es war kein Geld für die Nähmaschine da, Anna Brettschneider wollte eine Nähmaschine, damit sie Geld verdienen könnte, aber . . .« Sie brach ab. Und dann schrie es aus ihr: »Ich habe nichts getan! Irgendwann habe ich es einfach vergessen! Erst als Ihre kleine Tochter, als sie im Tiergarten ihren Mantel verschenkt hat, ist es mir bewusst geworden, da habe ich meinen Ring verkauft und bin wieder hin und habe das Geld gebracht, aber das Kind, das Kind . . .« Sie weinte.

». . . war tot«, sagte Doktor Schneider still. »Ja. So ist das.«

Sie schwiegen beide. Und in diesem Schweigen änderte sich etwas, langsam, unmerklich. Auf einmal konnte sie wieder freier atmen.

»Hätten Sie den Säugling retten können, wenn ich Sie sofort geholt hätte? Und wenn ich für eine anständige Wohnung und Ernährung gesorgt hätte?«

Er hob die Schultern. »Das kann ich nicht beantworten, Baronesse, weil ich den Säugling nicht gesehen habe. Aber ich vermute, ich hätte es nicht gekonnt – und Sie auch nicht.«

Sie sah ihn an, keinen Blick mehr wandte sie von seinem Gesicht. Eine unendliche Müdigkeit drückte sich darin aus, als er fortfuhr: »Meine Möglichkeiten sind sehr begrenzt. Oft sitze ich am Bett eines sterbenden Kindes und kann nichts tun. Oft kann ich nur noch den Tod feststellen. Oft ist nicht mehr wettzumachen, was den Verfall zum Tode hin eingeleitet hat. Manches Mal ist es mir schon so gegangen, wie es Ihnen jetzt geht: dass ich mich gefragt habe, ob ich etwas unterlassen habe, ob ich etwas hätte tun können, um das Kind doch noch zu retten.«

Er auch? Oh Gott. Und sie hatte gedacht, die Einzige zu sein.

»Oft aber, unendlich oft, spüre ich einen hilflosen Zorn«, sagte Doktor Schneider. »Denn es sind nicht nur die einzelnen Ärzte, die versagen, die einzelnen Mütter, die ihre Kinder sträflich vernachlässigen, sie tagelang im Schmutz liegen lassen, weil sie keine Zeit und keine Kraft haben, sie zu versorgen – es sind vor allem die Verhältnisse. Mit der Muttermilch trinken die Kleinen das Gift, dem die Mutter in der Fabrik ausgesetzt ist, den Tabak im Blut der Zigarrenfabrikarbeiterin, das Blei im Blut der Arbeiterin in der Spiegelfabrikation. Doch wenn durch Hunger und Überlastung der Mutter der Milchstrom versiegt oder die Mutter nicht stillen kann, weil sie außer Haus arbeiten muss, drohen durch die mangelhafte und unhygienische Flaschennahrung die Gefahren der tödlichen Säuglingsdiarrhö. Ach, tausend Beispiele könnte ich aufzählen! Tausende Kinder sterben Tag für Tag in Deutschland, ohne dass sie sterben müssten!«

»Aber dieses eine«, sagte Margarethe leise.

Er nickte. »Ja. Dieses eine. Ich weiß, was Sie meinen. Ich weiß. Hatte es denn noch Geschwister?«

Margarethe lächelte. »Ja, die hatte es. Und für die habe ich gesorgt. Ich habe Anna Brettschneider das Geld für eine Nähmaschine und für eine bessere Wohnung gegeben.«

»Das ist gut, Baronesse.« Er nahm ihre Hand und drückte sie fest. »Ich glaube, Sie werden rasch wieder gesund werden müssen, um bei dieser Anna Brettschneider nach dem Rechten zu sehen.«

Das erste Mal war sie heute nach ihrer Erkrankung wieder unter Menschen. Emma hatte ihr ein Kleid enger nähen müssen, damit sie sich überhaupt sehen lassen konnte. Sie war sehr schmal geworden und sehr schwach. Stundenlang aufrecht auf einem Stuhl sitzen zu müssen, bedeutete eine schier unerträgliche Anstrengung. Aber diesen Abend durfte sie sich nicht entgehenlassen. Ihre Mutter hatte Frau Sieglinde Höhl eingeladen, vor den Damen des Wohltätigkeitsvereins einen Vortrag über ihr Sozialwerk zu halten – Frau Höhl, die junge Frau eines reichen Fabrikanten, die ihr Leben nicht zwischen Salon, Oper und Ballsaal verplemperte, sondern die ihre ganze Kraft dafür einsetzte, die Lebensbedingungen der Arbeiter und Arbeiterinnen der Fabrik ihres Gatten zu verbessern, vor allem aber die Lebensbedingungen der Kinder dieser Familien.

Eine Frau, die nicht nur sentimentale Reden über die Not der armen Kinder schwang wie die meisten Damen der Gesellschaft. Eine Frau, die etwas tat. Das musste sie hören.

Sie musste sich vorbereiten auf ihren nächsten Besuch bei Anna Brettschneider. Und mehr als das – da war die Sehnsucht, ein Ziel zu finden. Ihr Ziel, für das es sich zu leben lohnte. Sie hatte so viel wiedergutzumachen.

Wozu eigentlich war sie eine Tochter aus reichem Haus, die eines Tages über erhebliche Mittel verfügen würde? Eines Tages, wenn sie es geschickt anstellte und nicht einen Gatten wählte, der ihr Geld nach seinem Gutdünken verwaltete und ihr den Zugriff darauf entzog ...

Gespannt hing sie an den Lippen von Frau Höhl. Eine ganz und gar damenhafte, elegante Erscheinung, eine Frau kaum über dreißig, wie man sie in einem Nobelrestaurant oder in der Theaterloge zu sehen erwartete und nicht in den Elendsquartieren der Arbeiter. Doch genau davon sprach sie: Wie sie kurz nach ihrer Verehelichung die Wohnungen der Arbeiterinnen und Arbeiter aufgesucht hatte, die in der Fabrik ihres Gatten arbeiteten. Immer und immer wieder meinte Margarethe eine Schilderung der Wohnung zu hören, in der sie Anna Brettschneider angetroffen hatte. Es trieb ihr die Tränen in die Augen.

»... Kleinkinder, die mit Stricken ans Tischbein gefesselt sind, während die Mutter in der Fabrik arbeitet und sie nicht beaufsichtigen kann – vor Hunger und Durst brüllende Säuglinge in Wickelbänder geschnürt, die seit Tagen nicht mehr aufgebunden wurden und schon von Schmutz ganz durchtränkt sind – Zwei-, Dreijährige, die sich allein oder inmitten einer Horde mehr oder weniger Gleichaltriger in der Gosse aufhalten, ohne dass je ein Erwachsener nach ihnen sieht – sechs-, siebenjährige Schulkinder, die am Nachmittag niemand zu den Schularbeiten anhält – Achtjährige, die sechs oder acht Stunden am Tag Botendienste leisten oder als kleine Hausmütterchen neben der Schule schon einen ganzen Haushalt und ihre jüngeren Geschwister versorgen müssen – ach, was habe ich nicht alles angetroffen! Doch wem erzähle ich das, meine sehr verehrten Damen! Sie alle, die sich für die Wohltätigkeit einsetzen, Sie alle kennen solche Beispiele und wissen, dass es keine Ausnahmen sind.«

Zustimmendes Nicken und Murmeln im Auditorium. Margarethe verschränkte die Hände ineinander, um des Zitterns Herr zu werden, das sich ihrer bemächtigt hatte.

»Leicht ist es, den Müttern die Schuld zuzuschieben, wenn

142

ein Kind sich lebensgefährlich mit kochendem Wasser verbrüht, weil niemand es vom Herd ferngehalten hat, wenn ein Säugling stirbt, weil es ihm an Pflege und Nahrung gemangelt hat oder weil er unter dem Bettzeug erstickt ist, das die Mutter aus Sorge, er könnte sich losstrampeln und verkühlen, am Bett festgebunden hat. Leicht ist es, zu sagen: Die Mütter sind schuld. Aber Sie, meine Damen, Sie wissen wie ich: Wie soll denn eine Frau, die täglich zehn, elf Stunden in der Fabrik arbeiten muss, weil das Geld des Ehemannes zum Leben der Familie nicht ausreicht, die in der Mittagspause den Weg nach Hause hetzt, um den Kindern rasch eine Mahlzeit aufzuwärmen, und dabei kaum Zeit hat, selbst ein paar Bissen hinunterzuschlingen, wie soll denn eine solche Arbeiterin für ihre Kinder sorgen, wie es notwendig wäre? Und selbst wenn die Männer das nicht verstehen – wir Frauen, wir verstehen es und das Herz dreht sich uns im Leibe um, wenn wir an all die Kinder denken, die täglich sterben und doch leben könnten.«

»So ist es«, stimmte Margarethes Mutter laut zu. Margarethe nickte stumm und wischte sich die Tränen von den Wangen. So war es, genau so.

Begierig hörte sie zu, wie Frau Höhl nun schilderte, wie sie zu dem Entschluss gekommen sei, ein Sozialwerk zu stiften, das sich der Kinder aus den Arbeiterfamilien aus der Fabrik ihres Gatten annehmen sollte, wie sie die Zustimmung und volle Unterstützung ihres Gatten erhalten habe, wie sie das erste Säuglingsheim und die erste Kinderkrippe gegründet habe, in welche die Arbeiterinnen ihre Kinder von morgens bis abends bringen konnten.

»Was für eine Freude ist es, in dem lichten, luftigen Raum durch die Reihen der Stubenwagen zu gehen, in denen die Säuglinge frisch gebadet, in reiner weißer Wäsche liegen«, schwärmte Frau Höhl. »Denn morgens als Erstes werden die Kinder von den Fetzen entkleidet, in denen sie liegen, werden täglich gebadet und in saubere Wäsche gesteckt. Und natürlich wird bei der Zubereitung der Flaschennahrung auf Milch bester Qualität und auf allerhöchste Hygiene geachtet. Die Statistik gibt uns recht – die Säuglingsdiarrhö ist selten in unserem Heim. Und dann die Krippe: auch hier Ordnung, Licht, Luft, Sauberkeit. Wie die Kleinen hintereinander aufgereiht im Laufställchen stehen, während die Erzieherin ihnen vorliest oder Lieder mit ihnen singt und Fingerspiele mit ihnen macht – allerliebst. Läuse, Flöhe und andere ungebetene Gäste werden mit großem Erfolg bekämpft, die Ernährung ist abwechslungsreich, die Kleinen haben rote Wangen, ein Arzt überwacht ihre Entwicklung. Was für ein Gegensatz zu den hohläugigen bleichen Kindern der Kellerwohnungen!«

Das ist es, dachte Margarethe. Wenn ich in diesem Sinne tätig werde, dann ist das Kind von Anna Breitschneider nicht umsonst gestorben, dann kann ich an seiner Stelle unzählige andere retten. Doch wie das erreichen? Ich habe kein eigenes Geld. Und bin nicht die Gattin eines Fabrikanten mit Neigung zur Wohltätigkeit. Was für ein Glück diese Frau Höhl hat, dass ihr Mann sie so uneigennützig unterstützt! Das ist fast ein Wunder.

Gespannt hörte sie dem Bericht von Frau Höhl zu, wie diese ihr Sozialwerk immer weiter für die Arbeiterfamilien der Fabrik ihres Gatten ausgebaut hatte: der Kindergarten, der Hort für Schulkinder bis zu zehn Jahren, das Wohnheim für alleinstehende Arbeiterinnen, das im Bau befindliche Wohnheim für junge Männer, der fabrikeigene Krämerladen, der bequem alle täglichen Bedürfnisse der Arbeiterfamilien deckte, und schließlich die Pläne für Arbeiterwohnungen: Jede sollte mit Küche, Stube,

Kammer und einer kleinen Parzelle Land zur Selbstversorgung ausgestattet werden, das passende Grundstück dazu wurde noch gesucht.

Was für ein Werk! Etwas anderes als die Almosen, die der Wohltätigkeitsverein ihrer Mutter aufbringen konnte.

Die Mutter schien dies auch so zu empfinden, sie sah etwas mitgenommen aus, als sie am Ende des Referates mit einer kleinen Rede der Vortragenden für ihre beeindruckenden Ausführungen dankte und ihre Hochachtung sowie persönliche Ergriffenheit zum Ausdruck brachte.

Die Versammlung löste sich auf, zum zwanglosen Plaudern und Teetrinken wechselten die Damen vom im reinen Renaissancestil möblierten Musiksaal mit seinem Konzertflügel, seinen in sorgfältigster kunstgewerblicher Handarbeit gefertigten Mahagoni-Möbeln und seinen lebensgroßen goldgerahmten Familienporträts an den Wänden durch das Speisezimmer mit seiner dunklen barocken Pracht und dem in allen Möbeln – von der mächtigen Anrichte über das Büfett bis hin zu den hochlehnigen Stühlen – wiederkehrenden eingeschnitzten Motiv der beiden Familienwappen von Margarethes Vater und Mutter in den Salon. Ganz im Stil des Rokkoko war er gehalten und brachte durch seine in Rosa und Zartgrün in Rosenmustern bemalten Seidentapeten, die entsprechenden Polsterbezüge der vergoldeten zierlichen Sessel und die auf Kommoden, Simsen und in Vitrinen angeordneten exquisiten Porzellanfiguren eine betont weibliche Note zum Ausdruck. Wie deplatziert, ja geradezu abstoßend erschien Margarethe auf einmal dieser in jedem Detail der Einrichtung ihres Elternhauses zum Ausdruck kommende Reichtum! Nach einem solchen Vortrag ...

Mit der Teetasse in der Hand suchte Margarethe Frau Höhl. Sie musste mit ihr ins Gespräch kommen. Vielleicht gab es ja die

Möglichkeit, sich die sozialen Institutionen von Frau Höhl anzusehen, um eines Tages selbst Ähnliches aufbauen zu können? Sie atmete tief. Ihre Schwäche war wie weggeblasen.

Wenn sie einen zu solcher Selbstlosigkeit fähigen und bereiten Fabrikanten zum Gatten fände wie Siegfried Höhl ...

Sie würden viel zu spät kommen. Zu Hause hatte es noch so viel zu tun und zu richten gegeben, bevor die Mutter ihnen erlaubt hatte, aufzubrechen, und nun war der Weg vor die Stadt schier endlos.

Jenny hatte sie gewarnt – »Fahr mit der Pferdestraßenbahn und lauf bloß das letzte Stück, sonst ist es ewig weit« –, aber Clara hatte die fünf Pfennige sparen wollen, oder besser gesagt zehn, denn für Lisa hätte sie dann ja auch zahlen müssen. Jenny nahm immer die Bahn, wenn sie sich drei-, viermal in der Woche zur Laubenkolonie aufmachte, um in ihrem Garten zu arbeiten, aber das war etwas anderes. Jenny hatte das Geld. Und was sie mit ihrem Stück Land erwirtschaftete, das brachte das Fahrgeld x-fach wieder rein. Den ganzen Winter über hatte sie den Speiseplan für ihre Familie und ihre Kostgänger vor allem von selbst angebauten Kartoffeln und Kohl, Möhren und eingelegten Gurken bestritten; die Marmelade und der Sirup, die sie aus den Früchten ihres Gartens hergestellt hatte, reichten noch immer. Wie in einem Krämerkeller sah es in dem engen Kellerabteil aus, das sie in der Mietskaserne eigens zur Aufbewahrung ihrer Schätze gemietet hatte, da konnte man vor Neid ganz blass werden.

Aber heute war Jenny nicht zum Arbeiten in ihrem Garten. Heute gab sie dort mit Heinrich ein Fest und hatte sehr geheimnisvoll damit getan, dass es einen Grund gebe zum Feiern, aber den wollten sie erst auf dem Fest verraten. Und sie, Clara, war eingeladen, und Lisa auch, denn Lisa sollte auf die Kleinen aufpassen.

Johann sei auch eingeladen, er habe versprochen zu kommen, hatte Jenny gesagt.

Johann. Clara fuhr sich mit der Hand an die erhitzte Wange. Da tanzte er einen ganzen Abend mit ihr, und dann – nichts. Zwei Wochen, seit dem Tanzabend, hatte sie ihn nicht wiedergesehen. Dabei hatte sie sich noch nie so viel in der Toreinfahrt und im zweiten Hof aufgehalten wie in diesen vierzehn Tagen. Immer wieder war sie die Treppen zu Jennys Wohnung hinaufgelaufen und auf dem Podest stehen geblieben und hatte gehorcht, ob er nicht vielleicht von oben herunterkommen würde, und war dann wieder umgekehrt, als habe sie etwas vergessen. Aber ihm war sie nicht begegnet.

Einmal war sie sogar bis ins Dachgeschoss gestiegen und hatte in dem langen Flur begonnen, die Zettel zu lesen, die an den Türen mit Heftzwecken befestigt waren und die Bewohner verkündeten. Doch ehe sie die Tür zu seinem Zimmer gefunden hatte, war sie wieder geflohen. Was hätte sie auch sagen sollen, wenn er genau in diesem Augenblick herausgekommen wäre und sie ihm plötzlich gegenübergestanden hätte? Etwa: Ich hab so Sehnsucht nach dir?

So etwas sagte man doch nicht. Und so etwas tat man nicht. Schon gar nicht als Mädchen. Zum Glück hatte es keiner gemerkt.

Machte er sich denn gar nichts aus ihr? Hatte er einfach nur mit ihr getanzt, weil er gern tanzen wollte, und weiter nichts?

Ach, natürlich nichts weiter! Was sollte so ein gebildeter Herr, ein Studierter, ein Dichter, mit so einer anfangen wie ihr!

Aber wie er sie angesehen hatte. Das bildete sie sich doch nicht ein!

»Schau mal, Clara, die Häuser hier, die stehen ja alle noch leer!«, riss Lisa sie aus ihren Gedanken. Dann fügte sie mit einem tiefen Seufzen hinzu: »Da würde ich gern wohnen.«

Clara sah auf und blickte den vor ihnen liegenden Straßenzug mit den mehr oder weniger fertigen Neubauten entlang. Sie hatte gar nicht bemerkt, dass sie die bewohnte Gegend endlich hinter sich gelassen hatten. »Ja«, nickte sie zerstreut. Mühsam zwang sie sich zum Gespräch mit der Schwester: »Da werden bestimmt bald Trockenmieter einquartiert. Aber gesund ist das nicht. Merkst du, wie es noch nach Ölfarbe riecht und nach Mörtel und wie kalt es aus den Häuser kommt? Die sind gerade fertig gebaut und noch ganz feucht. Und dann nach ein paar Wochen oder Monaten wieder auszuziehen, wenn die Wohnungen ausgetrocknet sind und nicht mehr der Gesundheit schaden, damit dann die reichen Leute einziehen können, das ist doch auch nichts!«

»Ich wünsch mir ja auch nicht als Trockenmieter mit einem Haufen anderer Leute für ein paar Wochen drin zu wohnen«, erwiderte Lisa und seufzte noch einmal. »Sondern richtig: wir allein und für immer in so einer schönen großen hellen Wohnung. Vier oder fünf Zimmer mit Stuck an der Decke und Tapeten an den Wänden und mit einer gekachelten Küche, in der ein Gasherd steht, und einem Badezimmer mit richtiger Badewanne und Hähnen aus Messing und mit eigenem Klosett. So eine ganze Wohnung nur für uns – und für jeden ein eigenes Bett!«

»Na hör mal!« Clara gab ihrer Schwester einen Schubs und lachte. »Da kannst du dir ja gleich wünschen, als Prinzessin geboren zu sein! Woher weißt du überhaupt, dass es solche Wohnungen gibt, mit gekachelter Küche und Gasherd und eigenem Klosett?«

»Ich war mal mit Heinz in einem Neubau, in dem die Herrschaften grade einziehen wollten«, erwiderte Lisa. »Da standen die Türen offen und kein Mensch war da und wir sind einfach rein und haben uns alles angeschaut. Aber dann kamen die Möbelpacker und haben uns davongejagt. Und seither – seither träum ich davon.«

»Ach ja.« Nun war es Clara, die seufzte. »Träume . . .«

Die Straße führte inzwischen an dichten Bauzäunen vorbei, hinter denen halb fertige Rohbauten aufragten, die Fassaden noch eine wie die andere ohne jede Untergliederung, ohne Stuck und Verzierung, die schmucklosen Fensterhöhlen wie dunkle Löcher. Kaum zu glauben, dass dies einmal prächtige Häuser mit verzierten Fassaden werden würden, jedes in einem anderen Stil. Dann hörten auch die Rohbauten und die Bauzäune auf. Wüstes Gelände lag vor ihnen, durchzogen vom Karree der Straßen, die schon das weitere Wachstum der anschwellenden Stadt vorwegnahmen. Waren es anfangs noch Baumaterialien, die hinter Zäunen gesichert und von angeketteten Hunden bewacht rechts und links des Weges lagerten – Bretter voller Mörtelspuren, rostige Eisenstangen, Sandsteinquader und Ziegelsteine –, so waren es bald nur noch Müll- und Schutthaufen, die zwischen dem kümmerlichen Unkraut zu sehen waren und sich nicht um die zahlreichen Schilder *Müllabladen bei Strafe verboten* scherten. Hatte das hier denn nie ein Ende?

»Clara«, fragte Lisa, »meinst du, wir sind noch richtig? Oder haben wir uns verlaufen?«

Die Schwester sprach den Zweifel aus, den auch Clara empfand, aber sie schüttelte energisch den Kopf. »Nein, nicht verlaufen. Immer geradeaus, hat Jenny gesagt, gar nicht zu verfehlen. Und siehst du, dort vorn, da wird es ja schon grün!«

Tatsächlich endeten ein Stück weiter die Schutthaufen und Müllhalden. Büsche blühten, Löwenzahn leuchtete gelb in grüner Wiese, und dann erreichten sie die Laubenkolonie. Apfelbäume, Johannis- und Stachelbeersträucher, ein paar Blumen und unübersehbar viele dicht bepflanzte Gemüsebeete und kleine Kartoffelacker hinter aus krummen Ästen zusammengezimmerten Zäunen, dazwischen abenteuerlich dürftige und windschiefe Hütten aus wurmstichigen Brettern und altem Bauholz, aus Rasensoden, Rinde und verbeultem Blech, doch hin und wieder auch eine schmucke Laube mit weiß gestrichenem Geländer und verzierten Pfosten, an denen Kletterpflanzen hinaufrankten. Aus der Ferne schlugen den beiden Mädchen Stimmen entgegen und als sie um eine Ecke bogen, erkannten sie vor einer der repräsentableren Hütten von Weitem Jennys Gesellschaft. Gleich würde sie ihn sehen. Johann.

»Wie schau ich aus?«, fragte Clara atemlos und zupfte an ihrem guten Kleid, strich die Haare zurück und biss sich auf die Lippen, damit sie mehr Farbe bekamen.

»Wie schon!«, erwiderte Lisa und zuckte die Schultern.

»Und meine Frisur?«, drängte Clara weiter.

»Wie immer halt«, war die gleichgültige Antwort.

Clara stöhnte. Bestimmt waren ihre Haare von dem langen Weg ganz aufgelöst. Und ihr Gesicht erhitzt und glänzend vor Schweiß. Was hätte sie jetzt für einen Spiegel gegeben!

Auf einmal erschien es ihr ganz unmöglich, *ihm* zu begegnen. Nur zögernd näherte sie sich der Gesellschaft, doch Lisa stürzte mit dem Freudenschrei »Streuselkuchen!« voraus.

Eine lange Tafel war aufgebaut und mit rot-weiß karierten Tüchern bedeckt, Kaffeekannen standen darauf und große Platten mit Blechkuchen, auf den Holzbänken saß ein gutes Dutzend Leute – Erwachsene und Kinder – einige kannte Clara, andere nicht. Johann war nicht unter ihnen. Und es war doch schon lange nach Beginn der Einladung.

»Na, Clara, so spät! Dann komm mal her an meine grüne Seite«, winkte Heinrich sie heran. »Und du daneben, Lischen! Rückt mal zusammen, Leute, damit die beiden Hübschen noch Platz haben!« Jenny schenkte ihnen Kaffee ein und häufte ihnen Kuchen auf den Teller. Lisa stürzte sich gierig darauf, doch Clara bekam keinen Bissen herunter, dachte nur immer: Er ist nicht da.

Und alles wurde ihr grau.

Am liebsten hätte sie sich in der Laube verkrochen, nichts mehr gesehen und gehört, nur geweint.

Er musste doch gewusst haben, dass sie hier sein würde! Jenny hatte es ihm mit Sicherheit gesagt – und außerdem konnte er es sich schließlich denken, beim Tanz hatte er ja gemerkt, wie gut befreundet sie mit Jenny war. Aber trotzdem war er nicht gekommen. Also machte er sich nichts aus ihr.

Erst in der Maßlosigkeit ihrer Enttäuschung wurde ihr selbst bewusst, was sie für ihn empfand. Mein Gott, dachte sie, ich liebe ihn. Ich liebe ihn ja wirklich. Ich will gar nicht mehr leben ohne ihn.

So also fühlt sie sich an, die Liebe. So weh, so wund.

Wenn ich ihn nicht sehe, macht alles keinen Sinn mehr.

»Was ist denn mit dir?«, fragte Heinrich und stieß sie kameradschaftlich mit dem Ellbogen an. »Du isst ja gar nichts!«

Stumm schüttelte sie den Kopf. Sie brauchte alle Kraft, um nicht zu weinen – wie hätte sie da reden können?

Heinrich fügte mit einem gutmütigen Auflachen hinzu: »Hast dich wohl zu eng geschnürt, was? So ist das, wenn man die Allüren der herrschenden Klasse nachmacht, kommt nichts Gutes dabei heraus, Mädchen – auch wenn's noch so adrett aussieht, dein getupftes Kleid! Unsereins meint immer, er müsste aussehen wie aus dem Vorderhaus. Aber wir sind nun mal aus dem Hinterhaus. Und wir haben allen Grund, stolz darauf zu sein, denn ohne uns, da gäbe es nichts. Wir sind es, die mit unsrer Hände Kraft alles produzieren, was die Reichen verprassen.«

»So ist es!«, stimmte Jenny zu.

Heinrich fuhr fort: »Was würden die vornehmen Leute denn anziehen und essen, worin würden sie wohnen und wer würde sie von einem Ort zum anderen kutschieren, wenn es uns nicht gäbe? Hilflos wären sie wie kleine Kinder, die man im finstern Wald ausgesetzt hat. Ist doch so, oder?« Beifall heischend sah er in die Runde.

Zustimmung wurde laut, Lachen. »Als Adam grub und Eva spann, wo war denn da der Edelmann«, warf Heinrichs Freund Walter ein.

»Du sagst es!« Heinrich nahm seine Mundharmonika und intonierte ein Lied, sofort fielen die Stimmen der anderen ein und sangen voller Inbrunst:

»Mann der Arbeit, aufgewacht
und erkenne deine Macht!
Alle Räder stehen still,
wenn dein starker Arm es will!

Deiner Dränger Schar erblasst,
Wenn du, müde deiner Last,
In die Ecke stellst den Pflug.
Wenn du rufst: Es ist genug!

153

Brecht das Doppeljoch entzwei!
Brecht die Not der Sklaverei!
Brecht die Sklaverei der Not!
Brot ist Freiheit, Freiheit Brot!«

Clara brachte keinen Ton über die Lippen. Verzweifelt versuchte sie sich so etwas wie ein Lächeln abzuringen, es gelang ihr nicht. Ein Gedanke durchzuckte sie: Wenn Johann nicht hergekommen war, um sie zu sehen, war er dann etwa deshalb weggeblieben, um sie nicht sehen zu müssen? Weil er Angst hatte, sie könnte sich an ihn hängen, an ihm kleben wie eine Klette? Hatte sie beim Tanzen zu deutlich gezeigt, wie sie ihn mochte? Es hieß doch, die Männer liebten es, wenn man sie zappeln ließ. Oder fand er sie einfach zu langweilig, dumm und ungebildet, eine, die nichts von seinen höheren Interessen verstand?

Aber warum hatte er dann einen ganzen Abend lang mit ihr getanzt? Und ihr das Du angeboten ...

Wie er sie beim Tanzen angesehen hatte, wie eng er sie gehalten hatte, wie er ihr ins Ohr geflüstert hatte. *Du süßes tapferes Mädchen. So kühn und so hübsch.*

Und dann verschwand er, als wäre nichts gewesen.

Sie verstand es nicht und hätte so gerne Jenny gefragt, aber Jenny hatte keine Zeit für ein Gespräch, Jenny war ganz Gastgeberin.

Jetzt stand Jenny auf, stellte sich hin, als wolle sie eine Rede halten. »Genau so ist es! Wir werden es ihnen schon zeigen, den Herrschaften«, rief sie kampfeslustig. »An uns Arbeitern kommen sie nicht mehr vorbei! Die Zeiten, wo wir uns wie Schafe zur Schlachtbank führen ließen, sind vorbei. Und jetzt, wo im Reichstag die Umsturzvorlage abgelehnt ist, mit der der Kaiser uns schon wieder den Mund verbieten und den Hals zudrehen wollte, jetzt sollen sie uns erst recht kennenlernen! Und nicht nur die Männer in den Fabriken und Werkstätten, das möchte ich hier doch mal sagen! Auch die Arbeiterinnen und die Arbeiterfrauen, die mutig an der Seite der Arbeiter stehen im Kampf für den Sozialismus! Wenn wir nicht wählen können, so können wir doch wühlen, und das tun wir nicht schlecht!«

»Klar doch«, stimmte Heinrich zu. »Was wäre ich ohne meine Jenny!« Lachend fügte er hinzu: »Und ihren Kuchen!« Damit griff er nach dem nächsten Stück und nickte Clara noch einmal zu: »Jetzt aber nichts wie ran, Mädchen! Willst ja wohl meine Jenny nicht beleidigen, indem du ihren Kuchen stehen lässt! Der ist eine Sensation, sag ich dir.«

Gehorsam langte Clara nach dem Kuchenteller. Jenny beleidigen, das wollte sie schließlich nicht. Auch wenn sie nicht wusste, wie sie überhaupt etwas Essbares herunterbekommen sollte. Wenn sie Johann nicht wiedersah, würde sie am liebsten nie wieder etwas essen.

»Für so ein Stück Streuselkuchen, da pfeif ich auf Kaisers Geburtstag«, verkündete Walter mit vollen Backen.

»Na, auf den allemal«, meinte Jenny. »Esst nur! Die Streusel hab ich mit guter Butter gebacken, zur Feier des Tages. Und für heut Abend hab ich Buletten gebraten und einen Kartoffelsalat gemacht, damit mir nur ja keiner hungrig nach Hause geht. Schließlich haben wir ja was zu feiern, auch wenn wir euch bisher nicht gesagt haben, was. Aber jetzt wollen wir euch mal nicht weiter auf die Folter spannen. Heinrich hat euch was mitzuteilen.«

Heinrich nickte und stand nun auch auf, klopfte mit dem Löffel an seine Kaffeetasse. »Ja«, sagte er bedächtig, »es ist nämlich so, ich hab die Zusage, dass ich mich in der Eisengießerei zum Meister raufarbeiten kann. Im nächsten Frühjahr ist es dann so weit. In einem Jahr bin ich Meister.« Zufrieden setzte er sich wieder.

Heinrich, ein Meister! Diese Nachricht war so atemberaubend, dass sie Claras Kummer für einen Augenblick durchdrang. Mit offenem Mund sah sie ihn an: ein Meister. Dann würde er ja einer von den Besseren sein – kein Arbeiter mehr, sondern einer von der anderen Seite!

Als hätte er ihre Gedanken gehört, sagte Heinrich laut: »Aber glaubt bloß nicht, dass ich deswegen unserer Sache untreu werde! Ich bleibe ein genauso guter Genosse, wie ich es immer war. Und darauf trinken wir jetzt. Jenny, schenk das Bier aus!«

Sie stießen mit den Gläsern an. Glückwünsche wurden gerufen, Fragen gestellt, gelacht und getrunken. Lisa pflückte mit den Kleinen Blumen und band eine Girlande daraus, mit der sie Heinrichs Platz schmückte. Das Gespräch an der Tafel wurde immer lebhafter. Clara bekam von alldem nicht mehr viel mit. Ihre Gedanken waren wieder bei Johann.

Was war eine *Jeanne d'Arc der Hinterhöfe*? Sie hatte Jenny nicht danach fragen wollen, wie der Verrat eines heiligen Geheimnisses wäre es ihr erschienen. Es war jedenfalls ein Kompliment gewesen, wie er das gesagt hatte, oder vielleicht sogar noch ein bisschen mehr. Fast etwas wie Bewunderung hatte dabei aus seinem Ton geklungen, das hatte sie genau gehört. Und nun ...

»Na, Clara, willst du mir gar nicht die Hand geben?« Diese Stimme, tief und warm, in der etwas wie ein Lachen schwang, drang schlagartig in ihr Bewusstsein. Sie sah auf. Da stand er hinter ihr, seitlich neben sie vorgebeugt und streckte ihr die Hand hin.

Ihr Puls schnellte in die Höhe. »Du ...«, stammelte sie, »ich hab gar nicht ...«

Er lachte. »Das hab ich gemerkt. Warst wohl mit deinen Gedanken grad ganz woanders?«

»Bei dir!«, entfuhr es ihr. Sie wurde rot und griff nach seiner Hand. Ganz selbstverständlich rückte sie auf der Bank zur Seite, ganz selbstverständlich nahm er neben ihr Platz.

»Bei mir? Na, das hör ich gern!« Vergnügt zwinkerte er ihr zu. Dann wandte er sich an Jenny und Heinrich: »Ich habe noch einen Artikel schreiben müssen. Über den Antrag, den die sozialdemokratische Fraktion im Reichstag gestellt hat, dass alle Reichsangehörigen, Männer wie Frauen, das Recht bekommen sollen, sich zu versammeln, mit polizeilicher Genehmigung Umzüge zu veranstalten und Vereine zu bilden. Das ist es ja wohl wert, zur Feder zu greifen! Auch wenn ich mich keinen Illusionen darüber hingebe, dass noch viel Wasser die Spree hinabfließen wird, ehe so ein Antrag im Reichstag durchkommt. Na, wie auch immer. Ich hoffe, ihr nehmt es mir nicht übel, dass ich deshalb so spät komme.«

Er sah in die Runde.

Aber Clara kam es so vor, als sage er diese Worte nur für sie.

»Nun bist du ja da«, erwiderte sie leise. Wie von selbst fand ihre Hand unter dem Tisch die seine. Er umschloss ihre Finger mit sanftem Druck.

Einen Augenblick dachte sie daran, wie kalt und schwitzig vor Aufregung ihre Hände waren, und bereute, keine Handschuhe gekauft zu haben. Dann war auch das vorbei. Dann war da nur noch er. Seine Hand, die ihre Hand wärmte – und die irgendwann auf ihr Knie wanderte.

Unmerklich rückte sie noch ein wenig näher zu ihm.

Nach dem Abendessen begann Heinrich wieder auf seiner Mundharmonika zu spielen. Lisa zündete die Laternen an, die an der Laube und im Apfelbaum hingen. »Na, Clara, wollen wir tanzen?«, fragte Johann. »Einen Walzer, Heinrich, wenn ich bitten darf!«

Wie im Traum stand sie auf. Wie im Traum begann sie auf dem schmalen Weg zwischen Kartoffelacker, Kohlbeet und Stangenbohnen zu tanzen. Johann führte sie immer weiter den Weg hinunter. Als der Walzer endete, hatten sie das niedrige Gartentor erreicht. Clara selbst war es, die das Türchen öffnete.

Eng umschlungen traten sie hinaus, gingen zwischen den Gartenzäunen entlang, immer weiter in die hereinbrechende Nacht. Hin und wieder blieben sie stehen, um sich zu küssen. Mit jeder Umarmung presste Johann sie fester an sich, wurde er drängender, wurden seine Küsse fordernder, wurde sie atemloser, wie berauscht von einem Taumel, den sie nicht kannte.

Irgendwo weit draußen vor der Stadt ließen sie sich ins Gras sinken. Er begann ihr die Knöpfe des Kleides zu lösen, die Schnüre des Korsetts, bedeckte ihre Brüste mit Küssen, zog sie wild an sich. Sie wühlte ihre Finger in seine Haare, gab Laute von sich, die sie selbst noch nie vernommen hatte, Schauer jagten ihr über den Rücken.

»Willst du mir ganz gehören«, flüsterte er heiß in ihr Ohr, »weißt du, was ich meine – ganz?«

»Ja«, flüsterte sie zurück. »Ganz.«

»Du wäschst dir ja sogar die Füße!«, konstatierte Lisa verblüfft. Kichernd fügte sie hinzu: »Hast du Angst, deine schönen neuen Schuhe von innen schmutzig zu machen?«

Zur Antwort bückte Clara sich zu der Waschschüssel hinunter, in der ihre Füße standen, und spritzte ihre Schwester mit Wasser voll. »Da, du Freche!«

»Hör auf!«, kreischte Lisa und hielt sich schützend den Arm vor das Gesicht. »Du machst alles ganz nass!«

»Selbst schuld!« Clara lachte und seifte ihre Füße ein. »Dir würde es übrigens auch nichts schaden.«

»Ach, wozu denn!« Lisa streckte ihre bloßen Füße vor und betrachtete sie kritisch. »Die werden ja doch gleich wieder schwarz. Du hast bis vor Kurzem auch nicht viel vom Füßewaschen gehalten. Erst jetzt, wo du einen Liebsten hast.«

Clara warf der Jüngeren einen raschen Blick zu. Diese schaute unschuldig.

Was wusste Lisa von dem, was zwischen ihr und Johann war?

»Das darfst du die Eltern nicht hören lassen, so ein Wort, das weißt du doch?«, sagte sie hastig.

»Klar.« Lisa lächelte verschwörerisch und senkte ihre Stimme. »Du bist bei Jenny, auf die Kinder aufpassen, was denn sonst! Aber sag mal, was macht ihr denn so, Johann und du?«

»Oh.« Clara suchte nach einer unbefangenen Antwort. »Vielleicht gehen wir in einen Biergarten.«

»Oder in den Zirkus?«, fragte Lisa aufgeregt und beugte sich vor. Zirkus, das war für sie ein Zauberwort, seit sie Klassenkameradinnen von einem Zirkusbesuch hatte erzählen hören. Nun konnte sie sich nichts Großartigeres mehr vorstellen, als einmal eine Zirkusvorstellung besuchen zu dürfen.

»Ach nein«, wehrte Clara ab. »Das ist doch viel zu teuer.«

Lisa seufzte tief.

Clara trocknete ihre Füße ab und leerte die Waschschüssel in den Eimer für das Schmutzwasser. Dann begann sie sich anzuziehen. Lisa musste ihr das Korsett schnüren. »Noch fester!«, kommandierte Clara und stöhnte unwillkürlich, als die Stäbe ihr die Luft nahmen.

»Ich will mal keinen Liebsten haben. Wenn man sich dafür so quälen muss«, stellte Lisa fest.

Clara lächelte vor sich. Liebster. Sie mochte es, wenn Lisa so redete. Auch wenn die Schwester vermutlich gar nicht wusste, wovon sie da sprach. Und wie sehr sie recht hatte mit dem, was sie sagte.

Ja, das war er: ihr Liebster. Johann Nietnagel.

Dass das Leben ein solches Glück für sie bereithielt.

Sicher, da war dieses bange Gefühl: Ein solches Glück kann man nicht halten. Es steht mir gar nicht zu. Es ist nur was für den Augenblick.

Aber was hieß hier: Nur!

Seit jenem Tanz auf dem Gartenweg und jener Nacht weit draußen vor der Stadt hörte der Taumel nicht auf, der Taumel des Glücks. Als wäre mit einem Mal die Welt eine andere. Als würde die Druckmaschine nicht mehr den Rhythmus ihrer Tage bestimmen, als gäbe es keinen Hunger und keine Müdigkeit. Als gäbe es nur noch ihn.

An die Küchentür klopfte es herrisch. Dann wurde die Klinke heruntergedrückt. Die Tür ging nicht auf, Clara hatte sie mit dem Haken verschlossen, ehe sie begonnen hatte, sich zu waschen.

»Aufmachen!«, rief draußen Riefke grob. »Ich will die Miete kassieren!«

»Ja doch, gleich!«, erwiderte Clara und schlüpfte in ihr weißes Kleid mit den blassgrünen Tupfen. Lisa schloss ihr die Knöpfe am Rücken. Dann eilte sie zur Tür und öffnete.

»Wurde auch Zeit«, schimpfte Herr Riefke. »Was hast du dich denn hier so aufgetakelt?« Dann sah er Lisa an. »Na, Kleine! Musst nicht so verängstigt schauen wie ein Karnickel vor der Schlange. Ihr habt ja eure Miete immer pünktlich bezahlt. Wo ist denn deine Mutter?«

»In der Fabrik. Sie bringt die fertige Ware hin und holt neue«, beeilte sich Lisa zu antworten und trat einen Schritt zurück.

»Aber das Geld für die Miete hab ich!«, erklärte Clara rasch. Stolz erfüllte sie, als sie die Zuckerdose aus dem Küchenschrank nahm und das Geld herausholte. Das war ihr ganz allein verdienter Lohn. Sie war es, die mit ihrer Arbeit die Miete bezahlte für die Eltern und die Geschwister. »Hier!« Sie zählte die Münzen auf den Küchentisch.

Riefke nickte und setzte sich umständlich auf einen Stuhl, strich das Geld ein, vermerkte den Betrag in seinem Kassenbuch und schrieb eine Quittung aus. Seine Blicke wanderten durch den Raum, während er sie Clara hinschob.

Das ist der Grund, warum er selbst kommt, um das Geld einzutreiben: Er will ausspionieren, wie es in jeder Wohnung aussieht, dachte Clara voll Widerwillen. In der Mietskaserne, in der wir früher gewohnt haben, als wir neu waren in Berlin, da hat meine Mutter in der Wohnung des Hauswarts antreten müssen zum Bezahlen der Miete. Riefke kommt zu uns – und bestimmt nicht aus Menschenfreundlichkeit. Da kann er noch so süßlich tun.

»Na, was wird denn das?«, fragte Riefke leutselig und wies auf das Strickzeug, mit dem sich Lisa wieder am Tisch niedergelassen hatte.

»Ein Strumpf«, erwiderte diese verwundert. Sie war bereits bei der Spitze, es war unübersehbar, was sie hier herstellte.

Riefke lachte. »Ja, ja, einen Strumpf strickst du dir. Wirst mal ein gutes Hausmütterchen! Wie heißt du denn?«

»Lisa«, erwiderte diese spröde. »Und der Strumpf ist für meinen Bruder.«

»Für deinen Bruder, so!« Riefke erhob sich. »Der mit den abstehenden Ohren, was? Dann richte deinem Bruder mal aus, wenn er es war, der im Garten Blumen geklaut hat, dann kriege ich das schon noch raus! Und wenn ich ihn erwische, dann werd ich ihm die Flötentöne beibringen, aber ordentlich, bis er um Gnade winselt, ist das klar?«

Lisa bekam vor Schreck große Augen. »Das war er nicht, bestimmt nicht«, stammelte sie. »Heinz macht doch nicht so was!«

Riefke wiegte den Kopf bedeutungsvoll, machte ein strenges Gesicht und verschwand.

»Puh!«, stieß Clara aus, als sich die Tür hinter ihm geschlossen hatte.

»Wenn er Heinz ...«, begann Lisa ängstlich und brach ab.

Clara lachte und gab der Schwester einen leichten Klaps. »Ach was! Heinz lässt sich von dem schon nicht erwischen, keine Sorge, so blöd ist der nicht! Übrigens«, sie schlüpfte in ihre neuen Stiefeletten, die sie sich für sündhaft teures Geld gekauft hatte, und begann sie zuzuschnüren, »ich trau es Heinz zu.«

»Was?«, fragte Lisa.

»Dass er im Garten Blumen gepflückt und das Sträußchen dann auf der Straße verkloppt hat. Und sich dafür Süßigkeiten gekauft hat oder ein paar Murmeln. Na, Hauptsache Vater erfährt nichts davon.« Sie stockte und sah Lisa an: »Genauso wenig wie davon, dass ich mich heut schon wieder mit Johann treffe!«

Lisa nickte. »Wenn er fragt, dann sag ich, dass es heut bei dir spät wird, weil Jenny noch eine Versammlung hat.«

»Du bist ein Schatz!« Clara drückte ihrer Schwester einen Kuss auf die Backe.

Nebenan wurde es laut. Die barsche Stimme von Riefke, die klagende von Jette, dann deren Weinen. »Jette kann wohl wieder nicht zahlen«, murmelte Clara bedrückt.

»Das können Sie nicht machen!«, drang Jettes schrilles Schreien durch die Wand. »Damit rauben Sie mir meine Existenz!« Die Antwort von Riefke ging in Jettes Heulen unter. Türenschlagen.

»Ich will mal sehen«, seufzte Clara und ging zur Nachbarin hinüber. Sie fand Jette völlig aufgelöst. Wie eine Rasende rannte die junge Frau in ihrer Küche auf und ab, rang dabei die Hände und schrie immer wieder: »Meine Nähmaschine! Er will mir meine Nähmaschine pfänden! Gekündigt hat er mir! Nächste Woche müssen wir hier raus! Und die Nähmaschine behält er als Pfand, weil ich ihm drei Monatsmieten schulde! Was soll denn jetzt werden!« Dann sank sie plötzlich auf einen Stuhl, verstummte und starrte vor sich hin. Ihr Jüngstes hing ihr heulend am Schürzenzipfel.

Clara setzte sich zu ihr, schweigend. Was gab es da auch zu sagen. Die Lage war so klar wie nur irgendwas. Ohne Nähmaschine konnte Jette kein Geld mehr als Stepperin verdienen. Ohne Nähmaschine war die Not noch größer.

»Hoch und heilig hat Willy es mir versprochen«, begann Jette schließlich mit farbloser Stimme zu sprechen. »Sofort von der Fabrik wollte er heimkommen und mir seinen ganzen Lohn aushändigen, auf Heller und Pfennig, damit ich die Miete zahlen kann. Geschworen hat er es beim Leben seiner Kinder.« Sie presste ihre kleine Tochter an sich. »Und jetzt ist er schon mehr als eine Stunde überfällig. Das kann nur eins heißen: Er sitzt wieder in einer Kneipe und lässt sich volllaufen und schmeißt eine Runde nach der nächsten und kommt sich vor wie ein toller Hecht. Und kommt erst nach Hause, wenn er keinen Pfennig mehr hat, keinen einzigen.«

Jette versank wieder in Schweigen. Clara drückte ihre Hand.

Jette stöhnte tief auf. »Pass bloß auf, Clara«, sagte sie leise und wischte sich die Nase, »wenn du dich mit einem einlässt, pass bloß auf, dass er kein Säufer ist!«

»Nein«, erwiderte Clara. Dann verbesserte sie sich rasch. »Ich meine: Ja.« Wenn Jette wüsste, dass es diesen einen längst gab, den, mit dem sie sich eingelassen hatte, und dass bei dem keine Gefahr bestand, dass er saufen würde und sie verprügeln, nicht die geringste!

»Es geht so schnell«, sagte Jette nachdenklich und schaute vor sich hin, jung und verletzlich sah sie auf einmal aus, »so schnell. Da gefällt einem einer, er ist lustig und tanzt gut und sieht gut aus, man geht mit ihm und schlägt sich mit ihm in die Büsche, und eh man sich versieht, ist was unterwegs. Und bevor das Kind da ist, will man doch alles in geordneten Bahnen haben und ist froh, wenn er einen heiratet. Und ehe man überhaupt merkt, was für einen man sich da angelacht hat, sitzt man schon längst in der Falle. Und hatte doch gedacht: Das passiert nur den anderen, aber mir nicht. Nicht mir.«

Und eh man sich versieht, ist was unterwegs.

Die Worte waren Clara tief ins Herz gefahren. Nun klopfte es wild. Dieser Gedanke – sie hatte ihn bisher klein halten können, wegschieben. Auf einmal ließ sich das nicht mehr tun. Heiß stieg die Angst in ihr auf: Worauf habe ich mich eingelassen!

Doch beruhigend sprach eine andere Stimme in ihr dagegen, die Stimme Johanns, der ihr gesagt hatte, er passe schon auf. Und das tat er auch, jedes Mal.

Auch Olga machte es so mit Franz – und einige andere Mädchen in der Fabrik, die einen Liebsten hatten. Mehr als einmal war in der Mittagspause die Rede davon gewesen, wenn sie sich ihre Erlebnisse vom Wochenende erzählt hatten.

Emmi hatte allerdings gesagt, bei ihr habe es nichts genützt, sie hätten auch aufgepasst, aber sie sei trotzdem schwanger geworden ...

Ach was! Emmis Liebster hatte eben nicht wirklich aufgepasst und Willy auch nicht, das waren ja auch unzuverlässige Kerle, man merkte es ja daran, wie es mit denen weitergegangen war. Mit Johann war das anders.

Willy und Johann – dazwischen lagen Welten.

Ihr Herz beruhigte sich wieder. Sie musste Johann einfach vertrauen.

Sie fuhr aus ihren Gedanken, als Jette auf einmal laut und bestimmt verkündete: »Aber wenn er von seiner Sauftour heimkommt, dann bin ich nicht mehr da! Jetzt ist es so weit. Ich zieh aus. Ich verlass ihn. Das war's. Fertig. Aus.«

Clara schluckte. »Aber – wo willst du denn hin?«, fragte sie ungläubig.

Jette stand auf. Ganz ruhig und entschlossen war sie auf einmal. »Zu meinem Bruder Fritz. Der hat es mir schon lange angeboten. Verlass ihn, hat er immer zu mir gesagt, gib dem Säufer den Laufpass und zieh mit den Kindern zu mir. Und genau das tu ich jetzt. Fritz ist nicht verheiratet, er hat ein Zimmer mit Küche in Friedrichshain, da wohnt er ganz allein. Ich führ ihm die Wirtschaft. Das hat er mir bestimmt schon hundertmal vorgeschlagen. Aber jetzt tu ich es, jetzt tu ich es wirklich!«

»Und wann?«, fragte Clara. Ganz benommen war ihr vor dieser plötzlichen Entschlusskraft der Nachbarin.

»Heute noch!«, erwiderte Jette mit Nachdruck. »Und die Nähmaschine, die lös ich aus, Fritz borgt mir das Geld dafür, das weiß ich genau, er verdient nicht schlecht als Dreher. Er wollte mir bisher nur kein Geld geben, weil er Willy nicht auch noch aushalten will, diesen Schläger, der mich halb totprügelt, hat er immer gesagt. Recht hat er gehabt. Aber jetzt wird alles anders. Ich arbeite den Preis für die Nähmaschine ab und geb Fritz das Geld zurück, und dann trag ich meinen Teil zum Haushaltsgeld bei, denn aushalten lassen will ich mich nicht von meinem Bruder. Man hat doch seinen Stolz. Auch wenn einem den der eigene Mann fast aus dem Leib geprügelt hat. Aber das hat jetzt ein Ende!«

»Mein Gott«, flüsterte Clara und sah die Nachbarin voll fassungsloser Bewunderung an. Dann wiederholte sie noch einmal lauter: »Mein Gott! Was du dich traust!«

Einen Tag wie diesen hatte sie noch nie erlebt. Nicht einmal geträumt hatte sie davon – denn wie sollte man von etwas träumen, wovon man gar nicht ahnte, dass es das gab?

Dass ein Mensch fliegen konnte ...

Wenn die Arbeiter in der Druckerei davon sprachen, hatte sie immer geglaubt, sie machten Scherze. Aber heute hatte sie es gesehen, mit eigenen Augen. Und nicht nur das. Dieser ganze Sonntag war ein einziges glückliches Abenteuer.

Während die Eltern in der Kirche saßen, war sie mit Johann einfach auf und davon. Mit der Bahn bis nach Lichterfelde. Lisa war die Einzige, die es wusste. Lisa anzulügen, das brachte sie nicht über sich. Aber sie hatte der Schwester eingeschärft, den Eltern zu sagen, sie sei zu Jenny in deren Garten. Und da die Eltern im ganzen Flur die Einzigen waren, die noch in die Kirche gingen, hatte sie auch bei den Nachbarn herumerzählt, dass sie zu Jenny wolle, weil die dringend Hilfe bei der Erdbeerernte und beim Unkrautjäten brauche. Damit die Eltern von den Nachbarn das Gleiche hörten wie von Lisa.

Jette hatte sie es nicht mehr erzählen können, Jette war am Vortag allen Ernstes ausgezogen.

Wie Willy mitten in der Nacht getobt hatte, als er aus dem Wirtshaus heimgekommen war und Frau und Kinder verschwunden waren! In seiner Wut hatte er das Wenige an Hausrat zertrümmert, was Jette zurückgelassen hatte.

Clara schüttelte sich. Nein, daran wollte sie jetzt nicht denken. Lieber ans Fliegen. Und dass Johann sie zu diesem einzigartigen Erlebnis eingeladen hatte: einen Menschen fliegen zu sehen.

Die Mädchen früher in der Spinnerei hatten oft gesagt, ein Mann wolle immer nur das eine: dass man die Beine für ihn breit mache. Und wenn er das bekommen habe, dann wolle er nur noch sein Bier.

So war Johann nicht. Natürlich wollte er das eine auch, ganz verrückt war er danach, vor allem, wenn sie sich immer was Neues einfallen ließ, wie man es noch machen konnte. Aber dass er dann nur noch sein Bier wollte, so war er nicht. Er wollte, dass sie etwas erlebte, dass sie sich bildete und dass sie glücklich war.

Sie war sehr glücklich.

Mit einem wohligen Seufzen drückte sie sich an ihn, während sie an seinem Arm im Schatten der Bäume durch die Allee ging. Lächelnd blickte er zu ihr herunter. »Na, du«, sagte er, »hat es dir gefallen?«

»Und ob! Am liebsten würde ich jeden Sonntag wieder hierherkommen und zusehen, wie dieser Herr Lilienthal in seiner Flugmaschine den Berg herunterfliegt. Ich hab es mir ja nicht vorstellen können. Dass er nicht Angst hat, abzustürzen und sich den Hals zu brechen! Er fliegt doch mindestens zehn oder zwanzig Meter hoch über dem Erdboden.«

»Fünfzehn«, erwiderte Johann. »So hoch ist jedenfalls der Berg, den er sich für seine Flugexperimente hat aufschütten lassen.«

Sie starrte ihn an. »Aufschütten? Den ganzen Berg?« Dann lachte sie und stieß ihn mit dem Ellbogen an. »Du nimmst mich auf den Arm!«

»Nein, nein, im Ernst. Er hat den Berg wirklich aufschütten lassen.«

»Was das kostet«, murmelte Clara, tief beeindruckt.

»Bestimmt nicht mehr als eine dieser Villen hier«, meinte Johann mit einer Kopfbewegung zu einer Villa hin, die mit ihren Türmchen, Erkern, Altanen und Zinnen wie eine mittelalterliche Burg zwischen den Bäumen des parkähnlichen Gartens hindurchschimmerte.

»Ja, die ist ja auch so schön«, seufzte Clara auf. »Überhaupt all die Villen hier: eine schöner und prächtiger als die andere! Und dann die Plätze und die großen Gärten und der Brunnen da vorne!«

Eine steile Falte bildete sich auf Johanns Stirn, Clara sah es mit Erschrecken. Hatte sie etwas Falsches gesagt? »Das ist alles gebaut mit dem Schweiß der Arbeiter, und oft genug mit ihrem Blut«, erwiderte er heftig. »Otto Lilienthal, der widmet sein Geld wenigstens der Wissenschaft, dem Fortschritt, der Technik, und eines Tages werden seine Experimente Früchte tragen, von denen wir heute noch nicht einmal zu träumen wagen. Aber die feinen Herrschaften hier! Die meisten von ihnen tun nichts und verprassen das Geld, das ihre Väter angehäuft haben oder das aus dunklen Aktiengeschäften stammt. Die anderen geben sich abends als humanistisch gebildete Menschenfreunde und treiben tagsüber ihre Arbeiter gnadenlos in unmenschlichen Akkord. Das erfährst du doch am eigenen Leib, was es heißt, tagein, tagaus an so einer Maschine zu stehen und kaum genug zum Essen dafür zu verdienen, geschweige denn zum Leben!«

»Ja«, stimmte sie zu, verschüchtert über seinen aufgebrachten Ton, »vor allem in der Spinnerei. In der Druckerei ist es ja besser, da verdiene ich gut.«

»Gut?!« Er lachte bitter. Doch dann zog er sie enger an sich.

»Ist schon recht, mein Schatz. Ich wollte dich nicht ängstigen. Mit mir geht manchmal der Zorn durch, wenn ich so etwas sehe wie diesen maßlosen Reichtum hier und habe doch aus unserer Mietskaserne das Elend im Kopf. Aber lassen wir das. Weißt du was, wir wandern jetzt immer weiter, an der neuen Kadettenanstalt und all diesen Prachtbauten und Prachtanlagen vorbei, durch den Botanischen Garten hinaus ins Freie. Da gibt es bestimmt irgendwo, weitab von den Garde-Leutnants, eine Bierwirtschaft für einfache Leute unter schattigen Bäumen, dort lade ich dich ein. Musst doch längst Durst haben und Hunger. Ich jedenfalls bin am Verdursten.«

»Ja, aber«, sie stockte, »ist das nicht zu teuer?«

Johann zuckte die Achseln. »Und wenn schon! Mein Drama ist uraufgeführt worden. Es wurde zwar schon nach der zweiten Aufführung wieder abgesetzt, aber trotzdem – ein bisschen Geld hat es mir schon gebracht.«

Was ein Drama und eine Uraufführung war, wusste sie nicht, und diese Blöße wollte sie sich vor ihm nicht geben, sonst verlor er womöglich noch die Lust, ihr etwas zu erzählen.

»Außerdem habe ich für ein paar Pfennige ein Gedicht verkauft«, fügte Johann hinzu, als mache er sich über sich selbst lustig.

»Ein Liebesgedicht?«, fragte sie. Ihr Herz klopfte: Wenn es ein Liebesgedicht war, dann galt es ihr ...

»Wo denkst du hin! Ich bin doch kein Romantiker! Nein, Liebesgedichte sind nicht mein Metier.« Wie schroff das klang ...

»Ich dachte ja nur ...«, murmelte sie hilflos. Warum zitterte ihre Stimme auf einmal?

Er griff ihr in den Nacken und spielte mit ihrem Zopf. »Liebe mache ich lieber, als sie zu bedichten! Da hat man auch viel mehr davon.« Er lachte.

Erleichtert stimmte sie in sein Lachen ein.

»Wenn wir gegessen und getrunken haben, suchen wir uns im Wald ein lauschiges Plätzchen, du weißt schon«, verhieß er. Sein Blick ließ keinen Zweifel daran, was er meinte. Sie spürte, wie die Röte in ihre Wangen zog. Er lachte zärtlich.

Sie lehnte ihren Kopf an seine Schulter. Wenn er sie jetzt küssen wollte, mitten auf der Straße am helllichten Sonntag im nobelsten Lichterfelde, sie würde es tun. Aber leider war er zu vornehm dafür.

Im Botanischen Garten zeigte er ihr immer wieder seltene und schöne Pflanzen. Sie konnte sich gar nicht sattsehen an der Pracht der blühenden Rosen.

»Merkst du, wie Schönheit glücklich macht?«, fragte er leise. »Glücklich von innen heraus. Ich träume von einer Zeit, in der es nichts Hässliches und Elendes mehr geben wird, in der Schönheit jeden Menschen umgibt. Jeden – nicht nur die Reichen! Schönheit der Natur und Schönheit der Kunst, der Architektur, der Gebrauchsgegenstände, der gesamten Kultur – alles miteinander vereint. Ich meine, manche Krankheit ließe sich damit heilen.« Er fuhr sich mit der Hand über die Stirn. Dann brach er eine rote Rose ab und steckte sie an ihr Kleid. »Schönheit zu Schönheit!«, sagte er und streichelte ihr über die Wange.

Clara nahm sich vor, diesen Augenblick niemals zu vergessen, niemals, ihr ganzes Leben nicht. Denn vielleicht würde er der glücklichste Augenblick überhaupt sein.

»Da brennt ja noch Licht in unserer Küche«, flüsterte Clara erschrocken und schaute zu dem erleuchteten Fenster hinauf. Noch einmal zählte sie die Fenster: ihre Küche, kein Zweifel. »Mein Eltern gehen doch sonntags immer bald schlafen – und jetzt ist es schon weit nach Mitternacht.«

»Vielleicht ist es ja nur Lisa, die vergessen hat, das Licht zu löschen«, versuchte Johann sie zu beruhigen.

Clara schüttelte den Kopf. »Nie und nimmer. So eine Verschwendung begeht keiner von uns. Es sind meine Eltern. Sie warten auf mich. Und was das heißt, das kann ich mir denken.«

»Soll ich dich nach oben begleiten?«, fragte Johann vorsichtig.

»Ach nein. Das macht doch alles nur noch schlimmer!«, erwiderte sie. Sie hörte selbst, wie schrill ihre Stimme auf einmal war. Jetzt ihrem Vater begegnen ...

»So schlimm?«, fragte Johann leise. »Sehen deine Eltern das so eng?«

Sie nickte und presste die Fäuste an die Wangen. Was wusste er schon von ihrem Vater.

»Willst du mit zu mir?«, schlug er vor. »Ich gebe dir gerne Asyl.«

»Wie stellst du dir das vor! Dann brauch ich gleich gar nicht mehr nach Hause zu kommen!« Beinahe schrie sie ihn an. So ein wundervoller Tag. Und nun das.

»Tut mir leid, dass ich dich in Schwierigkeiten bringe«, murmelte Johann. »Das wusste ich nicht. Bei manchen Familien hier aus den Hinterhöfen kräht kein Hahn danach, wenn die Tochter spät in der Nacht nach Hause kommt – oder gar nicht.«

»Wir sind aber nicht so! Wir sind auch nicht schon immer hier in Berlin! Wir sind aus Schlesien«, sagte sie heftig.

»Und katholisch«, ergänzte er.

»Was hat denn das damit zu tun!«, fuhr sie ihn an.

»Schon gut! Schon gut!« Er machte einen Schritt zurück und hob die Hände, als wolle er sich der Polizeigewalt ergeben.

Diese Geste war es, die sie wieder zur Besinnung brachte.

»Ach was«, sagte sie und warf den Kopf zurück. »Was kann er schon tun! Und außerdem verdiene ich das Geld für die Miete.«

Johann lachte. »So gefällst du mir. Ich sag's ja: die Jeanne d'Arc der Hinterhöfe! Also, dann auf in den Kampf, Jeanne d'Arc! Ich geh dann, ja?«

Sie nickte. »Und nächsten Sonntag treffen wir uns wieder!«, erklärte sie voll Trotz.

»Das will ich doch hoffen!« Er gab ihr einen letzten Kuss und verschwand.

Vorsichtig schlich sie die Treppe hinauf. Sie wusste, dass es eine widersinnige Hoffnung war, und doch betete sie, die Eltern mögen schlafen, bis sie leise die Küchentür öffnete.

Da saßen sie am Küchentisch und starrten ihr entgegen in bedrohlich eisigem Schweigen. Lisa aber, die schon im Bett gelegen hatte, mit dem Kopf zur Wand gedreht, richtete sich im Bett auf und sah sie an. Ihre Augen waren verweint, ihr Gesicht verschwollen. Ein Kloß bildete sich in Claras Hals.

Es ist meine Schuld. Ich hab sie gebeten, für mich zu lügen, dachte sie. Und ich weiß doch, wie Vater ist.

Der Knoten in Claras Hals wuchs und wuchs.

»Jenny ist am Nachmittag hier gewesen und hat nach dir gefragt«, sagte Lisa heiser. Sie zog die Knie an, kauerte sich hin, umschlang die Beine mit den Armen. Auch ihre Oberarme zeigten ins Violette gehend die Spuren der Gewalt.

Da platzte der Knoten.

Clara fuhr zu ihrem Vater herum. »Warum hast du sie geschlagen!«, schrie sie. »Du weißt doch, dass sie nichts dafür kann! Ich hab ihr gesagt, ich geh zu Jenny! Was kann sie dafür, wenn's anders war! Was kann sie dafür, wenn ich lügen muss, weil ihr mir das Leben nicht gönnt, die Liebe und das Glück!«

Der Vater erhob sich. Sie sah die Wut, das leichte Schwanken, und wusste, dass er getrunken hatte. Aber die Angst war wie weggeblasen.

»Am liebsten würdest du mich einsperren!«, schrie sie ihn an. »Und dabei werd ich bald achtzehn und bring Geld nach Hause und lass mich nicht mehr behandeln wie ein Kind!«

»Du Hure«, keuchte er schwer und kam hinter dem Tisch hervor. »Du bringst Schande über dich und die ganze Familie!«

»Hure?!« Sie lachte wild. »Wie war es denn, als ihr jung wart, Mutter und du? Wer hat denn erst geheiratet, als ich schon längst unterwegs war?«

Er ging auf sie los, in blinder Wut, mit erhobenem Arm, mit geballter Faust. Sie duckte sich unter ihm weg. Die Zeiten waren vorbei, dass sie sich widerstandslos von ihm schlagen ließ.

Durch den Schwung seiner ungebremsten Bewegung kam er ins Straucheln und stolperte vorwärts, stieß gegen das Büfett, konnte sich eben noch auffangen. Schwer atmend stand er vornübergebeugt, den Kopf an die Schranktür gelehnt. Dann begann der Husten.

Clara hatte ihren Vater schon oft husten hören. So aber noch nie. Das war ein Husten, der anscheinend nie mehr aufhören konnte, der die Brust zerriss, der aus den Eingeweiden kam, unterbrochen nur von pfeifendem Atemholen. Blut stürzte aus seinem Mund, hellrotes schäumendes Blut, Blut rann ihm den Hals hinab, besudelte sein Hemd, bespritzte den Schrank.

»Jesus Maria!«, wimmerte die Mutter ein ums andere Mal, fasste den Vater an den Schultern, hielt ihm die Spülschüssel hin.

»Es tut mir leid, Vater«, flüsterte Clara. »Es tut mir so leid.«

Dann setzte sie sich auf das Bett, zog Lisa an sich und barg deren Kopf an ihrer Schulter, damit die Schwester das Blut nicht sehen musste.

Dieser Blick der Mutter zum Abschied am Morgen, der bittere, stumme Vorwurf: Du bist schuld.

Gesagt hatte die Mutter es nicht. Gesagt hatte sie nur: »Er kann nicht in die Fabrik. Er muss zum Doktor. Was soll denn jetzt werden.«

Ja – was sollte jetzt werden?

Zweimal war der Vater in diesem Jahr schon krank gewesen, Wochen voller Mangel, Wochen, in denen sie Schulden beim Krämer hatten machen müssen. Die Notgroschen der Mutter waren aufgebraucht.

Was, wenn es diesmal länger dauerte als sonst, bis er wieder Geld verdienen konnte? So viel Blut hatte der Vater noch nie gespuckt ...

Das war keine Erkältung mehr. Das war ...

Nein, nicht das Wort denken. Nicht zulassen, dass es Besitz von ihr ergriff!

Trotzdem war es da, das Bild einer Familie ohne Ernährer. Lisa, die drei kleinen Brüder, Kalle noch keine drei Jahre. Den konnte man doch noch nicht sich selbst überlassen! Es ging nicht, die Mutter konnte nicht in die Fabrik, würde sich und die Familie weiter mit der miserabel bezahlten Heimarbeit durchbringen müssen.

Sie wusste, wie es enden würde: Die Mutter würde noch mehr Heimarbeit annehmen, viel mehr, als sie alleine schaffen konnte, selbst wenn sie sich nicht mehr als vier Stunden Schlaf gönnte. Lisa und sie selbst würden der Mutter bei der Heimarbeit helfen müssen. Abend für Abend, Sonntag für Sonntag würden sie in der Küche sitzen und Kaschmirfäden vernähen. Kein Tag würde mehr bleiben für Johann, kein Abend.

Das ging nicht. Das hielt sie nicht aus.

Einen Augenblick dieser wahnwitzige Gedanke: Ich zieh einfach aus. Ich zieh zu Johann. Wenn wir zusammenlegen, was wir verdienen, dann geht es uns gut, dann können wir uns sogar ein besseres Zimmer nehmen, als Johann jetzt hat.

Das Blut schoss ihr in den Kopf: Wie konnte sie nur so etwas denken! Die Mutter im Stich lassen, die kleinen Brüder, und vor allem Lisa! Wollte sie etwa, dass ihre Familie in so einem Kellerloch hauste wie Anna Brettschneider? Und es sich selbst derweil gut gehen lassen mit Johann?

Und überhaupt – würde er es denn wollen? Und wie stünde sie da: in wilder Ehe!

Ach was, mehr als ein Paar lebte hier im Hinterhof ohne Trauschein zusammen!

Doch mit ihren Eltern war das nicht zu machen, unmöglich. Wer konnte wissen, wozu ihr Vater da fähig war!

Aber – ihr Atem ging schneller – warum eigentlich ohne Trauschein? Wenn Johann sie heiraten würde, dann wäre alles in Ordnung. Dann könnte ihr Vater sie nicht mehr eine Hure nennen. Dann hätte er keinen Grund mehr, auf sie loszugehen. Dann würde sich alles lösen.

Und sie müsste sich auch keine Vorwürfe machen, dass sie ihre Familie im Stich ließ. Niemand erwartete, dass eine verheiratete Tochter ihre Eltern und Geschwister durchbrachte.

Lisa könnte sie zu sich holen. Bestimmt wäre Johann damit einverstanden. Lisa würde nicht stören.

Aber wenn Johann sie nicht heiratete?

Sie wollte ihn nicht, den Zweifel, sie wollte ihn zum Schweigen bringen, und doch war er da, überlaut. Und sie wusste, er war berechtigt. Von Ehe hatte Johann nie gesprochen, mit keiner Silbe. Nicht einmal von Zusammenbleiben.

Er, ein gebildeter Herr, ein Studierter. Und sie, eine armselige Arbeiterin, die nichts zu bieten hatte als ihre Liebe …

Ihre Finger legten das nächste Blatt an, aber da lag noch eins in der Einführung, die Schnellpresse stand still. Sie hatte gar nicht gemerkt, dass der Drucker sie abgestellt hatte, um den Zylinder mit einem neuen Aufzug zu versehen!

»Was ist denn mit dir los?«, meinte er und grinste. »Ein paar Minuten Pause lässt du dir doch sonst nicht entgehen!«

Benommen schüttelte sie den Kopf. Dann eilte sie in den Aufenthaltsraum und trank aus dem Wasserhahn, kühlte sich Gesicht und Arme, suchte den Abort im Hof auf und kehrte zurück an die Maschine. Wieder gingen die Handgriffe wie von selbst, wieder begannen sich die Gedanken zu drehen.

Hatte die Mutter womöglich recht mit ihrem stummen Vorwurf: War sie, Clara, wirklich schuld daran, dass es dem Vater so schlecht ging?

Was für ein Unsinn!, versuchte sie sich dagegen zu wehren. Nur weil er sich aufregt, spuckt keiner Blut. Außerdem – was hab ich schon getan! Nichts, was nicht die Hälfte aller Mädchen täte, die ich kenne.

Dennoch, das bohrende Schuldgefühl blieb. Könnte sie nur alles rückgängig machen! Sie presste die Zähne zusammen. Sie hätte den Vater um Erlaubnis bitten müssen, mit Johann einen Ausflug machen zu dürfen.

Aber er hätte es in seiner Rückständigkeit nicht erlaubt.

Was bildete sie sich eigentlich ein? Wie dachte sie über ihn, er war immerhin ihr Vater! *Du sollst Vater und Mutter ehren, auf dass es dir wohl ergehe und du lange lebest auf Erden.*

Sie hätte das nicht sagen dürfen, das vom Datum ihrer Geburt. Sie hätte nicht zurückschreien dürfen. Entschuldigen hätte sie sich müssen, dass sie gelogen hatte und dass sie heimlich mit Johann gegangen war, und sagen, dass es ihr leidtat, und so tun, als wäre weiter nichts gewesen.

Und sich zusammenschlagen lassen?

Wenn der Vater nicht den Anfall bekommen hätte, wie wäre es dann für sie ausgegangen?

Was für ein Wahnsinn! Für sie selbst war es die Rettung, was für die ganze Familie die Katastrophe war: dass der Vater zusammengebrochen war.

Sie hielt das nicht aus!

Alles drängte sie, zu rennen, aus der Druckerei ins Freie zu stürzen, zu laufen und zu laufen, nicht mehr denken zu müssen, mit Johann zu reden, sich zu ihm zu flüchten, nur weg hier, weg. Aber sie stand angeschmiedet mit unsichtbaren Ketten an dieser Maschine und regte keinen Fuß, tat nur immer und immer wieder den gleichen Handgriff, noch mal und noch mal und noch mal.

Sie konnte dem Vater nicht mehr unter die Augen kommen, sie konnte es nicht. Wenn er bei Kräften war, musste sie Angst vor ihm haben. Wenn er aber so schwer krank war, wie es den Anschein hatte, musste sie Angst um ihn haben und um sie alle.

Am Abend, als endlich, endlich, die zehn Stunden Arbeit vorbei waren, rannte sie den ganzen Weg nach Hause. Es war ein warmer Sommertag gewesen, die Hitze hatte sich in den Straßen gestaut, die Wände strahlten sie noch ab, völlig erhitzt und außer Atem kam sie im dritten Hof der Mietskaserne an. Doch dann traute sie sich nicht die Treppe zu ihrer Wohnung hinauf.

Sie kehrte um, ging in den zweiten Hof zurück, stieg bis ins Dachgeschoss hinauf, fand Johanns Tür, klopfte. Es kam keine Antwort. Sie drückte auf die Klinke: abgeschlossen.

Wie leer gepumpt stand sie da, den Kopf an seine Tür gelehnt, hörte auf das Klopfen ihres Herzens, auf das Rauschen des Blutes. Im Flur war es unerträglich stickig und heiß. Der Schweiß rann ihr den Rücken hinunter, Rinnsale bildeten sich unter ihren Achseln. Sie wischte sich Schweiß und Tränen aus dem Gesicht. Dann ging sie langsam nach Hause.

Hoffentlich war der Vater nicht da ...

Lang lauschte sie vor der Küchentür, hörte nichts, kein Schimpfen, kein Husten. Endlich wagte sie es, die Tür zu öffnen. Sie sah das gewohnte Bild – als sei es ein Tag wie jeder andere. Die Mutter und Lisa saßen jede über einen Kaschmirschal gebeugt am Tisch, der kleine Kalle hockte zu Füßen der Mutter mit dem Daumen im Mund. In der gleichen Hand hielt er einen Zipfel von Mutters Rock in der Hand, den er beim Daumenlutschen an seine Wange drückte. Lisa blickte kurz auf, ein Blick voller Trauer und Scheu, und nähte gleich weiter, die Mutter hob nicht einmal den Kopf. Auf dem Herd kochte ein großer Topf mit Wäsche, obwohl heute überhaupt nicht Waschtag war. Seifenschwaden hingen in der Luft, der Wasserdampf mischte sich mit der Hitze des Sommertages und der Glut des Ofens, schwül war es wie in einer Spinnerei.

Schweigend setzte sich Clara auf einen Stuhl, griff nach einem Kaschmirschal, holte eine Nähnadel aus dem Nadelkissen und beteiligte sich an der Arbeit. Keiner sagte ein Wort. Es schien ihr eine Ewigkeit vergangen, als sie endlich die Worte herausbrachte: »Wie geht es Vater? Was sagt der Doktor?«

»Galoppierende Schwindsucht, sagt der Doktor«, erwiderte die Mutter harsch. »Lungenheilanstalt.«

Clara fuhr sich mit der ausgedörrten Zunge über die Lippen. Galoppierende Schwindsucht. Das waren die Worte, vor denen sie sich gefürchtet hatte.

Sie griff nach der Wasserkanne und dem verbeulten Blechbecher, die auf dem Tisch standen, und schüttete einen Becher Wasser in sich hinein. Es war warm und schal. »Für wie lang?«, fragte sie schließlich.

Die Mutter lachte ein kurzes, bitteres Lachen, das fast wie ein Bellen klang. »Ein halbes Jahr mindestens, hat er gesagt. Und dann – wer weiß.«

Lisa warf Clara einen Blick zu, so voll stillen Leides, dass Clara nicht wusste, wie sie diesen Blick ertragen sollte. Am wenigsten jenes Fünkchen Hoffnung, das am Grunde dieses Blickes zu glimmen schien. Als könne sie, Clara, das Geringste ändern an der Ausweglosigkeit dieser Situation.

Plötzlich begann die Mutter laut und rasch zu sprechen, die Worte überstürzten sich schier, so rasch kamen sie ihr über die Lippen, eine ganze Flut der Klage: »Der Doktor hat ihn sofort den Antrag bei der Krankenkasse ausfüllen lassen und einen Bericht dazu geschrieben, bei einem so dringlichen Fall geht es hoffentlich schnell, vielleicht schon in ein paar Tagen, dass er einen Platz bekommt, hat er gesagt, er tut, was er kann. Tut, was er kann! Ha! Er sieht nur die kranke Lunge. Aber uns hier, uns sieht er nicht. Drei kleine Kinder, die noch gar nichts verdienen, und Lisa, die noch in die Schule muss und bloß ein bisschen mitnähen kann, und dann das! Die Hälfte vom Lohn nur als Krankengeld, das ist schlimm genug für so lange Zeit. Aber davon wieder die Hälfte wird einbehalten für die Verpflegung in der Lungenheilanstalt! Und ein Taschengeld genehmigt sich dein Vater wahrscheinlich auch noch davon! Keine vier Mark in der Woche bleiben übrig für uns, wie soll das denn gehen! Und dann hat der Doktor ihm auch noch eine Liste mitgegeben, was er alles einpacken muss für die Klinik. Sechs Hemden und zwei Unterhosen, zehn Taschentücher und drei Paar Socken, ein Paar feste Schuhe und ein Paar Überschuhe aus Gummi, ein Paar Hausschuhe und ein Überrock und natürlich ein vollständiger Anzug! Herr im Himmel, ein Anzug! Wie sollen wir den denn anschaffen! Sechs Hemden, wo er doch nur ein einziges gutes hat! Oder soll er etwa in der Arbeitsbluse dort auftauchen? Das tut er nicht, das hat er schon gesagt. Und Gummiüberschuhe, dass ich nicht lache! Und eine Nagelbürste und ich weiß nicht, was noch alles! Wie sollen wir denn das alles kaufen, da sind wir ja schon bis über beide Ohren in den Schulden, bevor die schlimme Zeit überhaupt erst anfängt! Aber dein Vater, der hat den Antrag natürlich gleich unterschrieben und jetzt liegt er drüben im Bett und hustet und tut sich leid. Dabei kann er sich ein halbes Jahr lang ausruhen und bedienen lassen, spazieren gehen und faul im Liegestuhl liegen und dreimal am Tag eine anständige Mahlzeit mit Butter und Fleisch. Aber wer denkt an mich und die Kinder?!«

Der Ausbruch der Mutter endete so abrupt, wie er begonnen hatte. Die Mutter stand auf, trat an den Herd, wuchtete den schweren Topf mit der kochenden Wäsche herunter, goss den Inhalt in den Waschzuber, der auf einem Hocker schon bereitstand, schüttete kaltes Wasser hinzu und begann die Wäsche mit Wurzelbürste, Schmierseife und Waschbrett zu bearbeiten, als wolle sie ihre ganze Verzweiflung an dieser schäbigen, vergrauten Unterwäsche ihres kranken Mannes auslassen.

»Dass du mir nicht in die Stube gehst, Clara!«, sagte sie. »Wenn dein Vater dich sieht, regt es sich nur wieder auf, und wer weiß, was dann noch wird! Hast schon genug Unheil angerichtet!«

Clara schwieg. Nähte. Eine gnädige Taubheit war in ihrem Kopf, ein dichter Nebel.

In der Küche nebenan waren Geräusche wie von schwerem Möbelrücken, unbekannte Stimmen.

»Was ist denn da los?«, fragte die Mutter und schickte Lisa, um nachzusehen.

Lisa verschwand. »Willy muss aus der Wohnung raus«, sagte

sie, als sie zurückkam. »Riefke hat ihn rausgeschmissen. Morgen zieht Anna ein.«

»Was denn für eine Anna?«, fragte die Mutter.

»Anna Brettschneider aus dem Keller im hintersten Hof.«

»Anna Brettschneider?«, fragte Clara ungläubig.

Die Mutter lachte voll bitterem Hohn: »Dann können wir gleich in ihr Kellerloch ziehen, das ist ja jetzt frei geworden!«

– 6 –

Mit einem solchen Gedränge hatte sie nicht gerechnet. Ungläubig sah sich Margarethe im völlig überfüllten Konzertsaal in der Leipziger Straße um: Nicht ein einziger Sitzplatz auf den steil ansteigenden Reihen war unbesetzt, selbst ein Stehplatz war nicht mehr zu finden. Doch nicht die andächtige Ruhe vor einem Konzertgenuss war zu vernehmen, nein, die vielen murmelnden Stimmen verdichteten sich zu einem einzigen aufgeregten Summen. Als würde ein Wespenschwarm ausschwirren, dachte Margarethe.

Und das alles wegen einer jungen Frau, die hier gleich sprechen sollte!

Lily von Gizycki. »Eine Geborene von Kretschmann, Sie wissen schon, meine Lieben, die Tochter des hochdekorierten Generals, der die Dummheit beging, im Herbstmanöver mit seinen Truppen gegen die Truppen von S. M. zu gewinnen und dessen niemals formuliertes Rücktrittsgesuch danach von Allerhöchster Stelle in Gnaden angenommen wurde!«, hatte Frau von Klaasen mit einem gewissen Funkeln in den Augen gesagt, als bei der letzten Sitzung des Wohltätigkeitsvereins die Rede auf diese Veranstaltung und auf die angekündigte Rednerin gekommen war, die über nichts anderes zu sprechen plante als über *Die Bürgerpflicht der Frau.*

»Bürgerpflicht der Frau – ist das nicht ein Widerspruch in

182

sich selbst?«, hatte die Mutter darauf gefragt. »Pflicht, ja: die Pflicht als Gattin, als Mutter. Aber eine Bürgerpflicht kann doch nur dem Manne gelten. Schießt da nicht dieser neue Frauenverein ein wenig über das Ziel hinaus, wie heißt er doch gleich?«

»Frauenwohl«, hatte Frau von Klaasen erwidert. »Ich habe über die Gründung dieses Vereins gelesen. Seine Vorsitzende ist eine gewisse Minna Cauer. Scheint mir eine radikale Sache zu sein – und womöglich auch eine politische, wobei das natürlich nicht so deutlich gezeigt werden darf, sonst wird der Verein noch polizeilich verboten. Ich werde mir jedenfalls diesen Vortrag einmal anhören.«

Merkwürdig, wie Frau von Klaasen dieses Wort ausgesprochen hatte: *radikal.* Man konnte dabei fast vergessen, dass es ein Schimpfwort war.

Vielleicht war es dieser beinahe achtungsvolle Tonfall in der Stimme der alten Dame gewesen, weshalb sie, Margarethe, spontan gesagt hatte: »Ich begleite Sie, wenn es Ihnen recht ist.« Dabei hatte sie sich in letzter Zeit nicht sonderlich um Frauenfragen gekümmert.

Vor mehr als zwei Jahren lediglich, als ihr Vater daheim mit ironischem Vergnügen von einer (selbstverständlich abgelehnten) Petition des *Deutschen Frauenvereins Reform* an die diversen deutschen Landtage erzählt hatte, Frauen zur Reifeprüfung und zum Universitätsstudium zuzulassen – weil, wie er gesagt hatte, nach der Forderung dieser übergeschnappten Damen die Frau gleich dem Manne Zutritt zum Studium aller Wissenschaften haben solle –, damals hatte sie sich vorübergehend für das Thema begeistert. Mehr als einmal hatte sie sich auf Gesellschaften den Spaß gemacht, ihre Tischherren damit zu provozieren, aber es war sogar tiefer gegangen. Tatsächlich war es ihr damals verlockend erschienen, der Männerwelt zu beweisen, wozu ein

Frauenkopf fähig war, und der Inhaltslosigkeit ihres Lebens zu entfliehen, indem sie sich den Wissenschaften widmete.

Nachdem ihr Vater dann auch noch nichtsahnend erwähnt hatte, eine gewisse Helene Lange habe übrigens in Berlin einen privaten Gymnasialkurs für Frauen zur Vorbereitung auf das Abitur eingerichtet, ohne dass geklärt sei, ob je eine dieser jungen Damen überhaupt zur Reifeprüfung zugelassen werde, hatte sie noch mehr Feuer gefangen. Sie war nach einigem Zögern sogar – halb spielerisch, halb im Ernst – so weit gegangen, ihre Eltern um Unterstützung zu bitten, an diesem Kurs teilnehmen und sich auf das Abitur vorbereiten zu können. Sie hatte die Zustimmung nicht erhalten. Der Vater hatte darüber gelacht, die Mutter den Kopf geschüttelt und gesagt: »Wozu willst du das tun? Du wirst nichts mit dem Reifezeugnis anfangen können, auch wenn du es tatsächlich erringen solltest. Und selbst wenn sich die Zeiten einmal ändern sollten, selbst wenn es einmal Ärztinnen und Lehrerinnen der wissenschaftlichen Fächer geben sollte – erscheint es dir denn erstrebenswert, als Ärztin in die Niederungen der Leiblichkeit hinabzusteigen, in Blut und Eiter zu wühlen, oder als Lehrerin in die flatterhaften Köpfe junger Backfische Mathematik einzupauken?«

Nein, es war ihr nicht erstrebenswert erschienen, nicht wirklich jedenfalls, sonst hätte sie schließlich Mittel und Wege finden können, den Traum von einer höheren Bildung zu verwirklichen, war sie damals doch gerade volljährig geworden. Doch sollte sie einmal als verspotteter Blaustrumpf vor jedem Universitätsprofessor einen Kniefall machen, um gnädigerweise als Gasthörerin seiner Vorlesung lauschen zu dürfen – vor den gleichen Professoren, die sich um die Ehre rissen, ein einziges Mal zu einer Soiree im Haus ihrer Eltern eingeladen zu werden und ein paar mehr oder weniger geistvolle Worte an sie, die umschwärmte Tochter des Hauses, richten zu können? Sollte sie sich Jahre lang mit schwierigem Lernstoff schinden, nur um dann mit dem Ergebnis ihrer Mühen nichts anfangen zu können, weil Frauen nun einmal keine akademischen Berufe offenstanden? Sollte sie für nichts und wieder nichts mit solcherlei bildungshungrigen Extravaganzen mögliche Heiratskandidaten verschrecken?

Vielleicht war sie auch einfach nur zu bequem gewesen. Ihr Leben hatte einen so eigenartigen Sog. Das Geplauder am Frühstückstisch, die Morgentoilette, ein, zwei Stunden Klavierspielen, eine Fahrt in die Stadt, ein Einkaufsbummel durch die Leipziger und die Tauentzienstraße, Einkehren in einem Café, ein Spaziergang im Tiergarten oder eine Landpartie in angenehmer Gesellschaft, ein Abend im Theater oder der Oper, ein Ball oder eine Soiree ... Wo blieb da noch Zeit für ernsthafte Studien?

Irgendwann hatte sie die Idee jedenfalls ad acta gelegt und wieder mehr oder weniger vergessen. Es war nicht das erste Strohfeuer gewesen und nicht das letzte geblieben.

Ihre Fähigkeit, sich zu begeistern, war größer als ihre Ausdauer, sie wusste es selbst. Das mühevolle Ringen um die Zulassung von Frauen zu akademischen Weihen überließ sie gern anderen. Und taten sich in den Frauenvereinen nicht ohnehin nur die Benachteiligten zusammen, die Frauen, die vom Leben nicht so verwöhnt waren wie sie? Die Frauen, denen keine andere Wahl blieb, als auf die eine oder andere Art ihren Lebensunterhalt selbst zu verdienen?

Sie musste schließlich nicht wie viele andere fürchten, gezwungen zu sein, als armselige Gouvernante – oder schlimmer noch als verachtete Tante, die bei misslaunigen Verwandten das Gnadenbrot erhielt – dahinzuvegetieren, wenn sich kein Ernährer fand, der sie heiratete, oder wenn der Ernährer starb. Für sie würde immer gesorgt sein, ob mit Gatten oder ohne. Was sollten ihr also die Bestrebungen der Lehrerinnenvereine und der sonstigen Frauenvereine nützen?

Doch nun saß sie hier neben Frau von Klaasen, um eine Frauenrechtlerin reden zu hören, und fühlte, wie die Erregung im Saal mehr und mehr auf sie übersprang und sie mit einer Art Vibrieren erfüllte. Etwas von Aufbruch schwang in der Luft, vielleicht gar von Rebellion? Die Bürgerrechte der Frau ...

Endlich trat Frau von Gizycki an das Rednerpult, eine elegante junge Dame, die kaum älter sein konnte als sie selbst. Merkwürdig, diese Vorstellung: dass da an so exponierter Stelle eine Frau stand, mit der sie Rang und Alter verbanden und die sich anschickte, vor Tausenden von Zuhörern ihre Ansichten darzulegen!

Der Anfang der Rede berührte Margarethe nicht sonderlich. Aber dann auf einmal diese Worte: »Jedes Stück unserer Kleidung, von der Leinwand bis zu dem Seidenkleid, von den Nägeln unserer Stiefel bis zu dem feinen Leder unserer Handschuhe könnte von hohläugigen, müden Frauen, von blassen, um ihre Jugend betrogenen Mädchen qualvolle Leidensgeschichten erzählen. Der hohe Spiegel, der das Bild der schönen, glücklichen Frau widerstrahlt, hat vielleicht ein keimendes Leben vernichtet ...«

Ein Stöhnen bildete sich in Margarethes Brust und entfuhr ihr unwillkürlich, vereinte sich mit dem Stöhnen der Generalin neben ihr, dem Stöhnen all der Damen im Saal, brandete wie eine Welle empor.

Anna Brettschneider, dachte Margarethe. Ihr totes Kind ...

Tränen liefen ihr über die Wangen. Sie sah wieder den Keller vor sich, die Kinder, die Tüten klebten, roch diesen ekligen Gestank. Dann riss ein Wort sie zur Rede zurück, das an ihr Ohr drang, ein Wort, das in ihrer Gegenwart kaum je ausgesprochen wurde und über das sie doch in den Zeitschriften ihrer Mutter, die sich häufig mit der sittlichen Frage befassten, schon oft gelesen hatte: *Prostitution.* Sie zwang ihre Aufmerksamkeit zurück zur Rednerin.

»... Die Frau darf – bei uns in Deutschland! – nicht Medizin studieren, weil man um ihre Weiblichkeit so zärtlich besorgt ist und ihre Sittlichkeit hüten will, aber sie darf sich einen Gewerbeschein verschaffen, der sie berechtigt, sich und andere physisch und moralisch zugrunde zu richten. Sie darf – bei uns in Deutschland! – an keiner öffentlichen Wahl sich beteiligen, aber sie darf von ihrem durch den Verkauf ihres Körpers schmählich erworbenen Geld dem Staat Abgaben zahlen ...«

Ein Sturm erhob sich im Saal. Als hätten sich die Wespen vereint mit einem unübersehbaren Heer von Hornissen und brausten über ihrer aller Köpfe.

Lily von Gizycki hatte sich freigeredet, sprach nun mit mitreißendem Feuer, sprach unter tosendem Beifall, sprach über die Erfolge der amerikanischen und englischen Frauenbewegung, fegte den Verweis auf die Pflichten der Frau als Hausfrau und Mutter mit der Rechnung hinweg, dass vierzig Prozent aller Frauen unverheiratet blieben oder als Witwen oder Geschiedene allein im Leben stünden, trug immer neue Argumente zusammen für die Notwendigkeit eines Wahlrechtes für Frauen.

»... Gegen die Frau auf dem Thron ist noch nie der Vorwurf der Unweiblichkeit erhoben worden, und die Rücksicht auf die Weiblichkeit hat noch keinen Mann gehindert, Frauen in die Steinbrüche und Bergwerke zu schicken. Ich kann freilich nicht einsehen, dass eine Frau, die einen Zettel in die Wahlurne wirft, ihre ›Weiblichkeit‹ mehr gefährdet als eine andere, die Steine karrt. Und ich kann es nicht begreifen, dass der Anblick einer

Frau mit dem Kinde unter dem Herzen im Wahllokal empören-
der sein soll, als der Anblick einer solchen Frau in den Bleifabri-
ken . . .«

Margarethe hörte gebannt zu. Jedes Wort versuchte sie sich
zu merken, jede Geste. Ein Gefühl war in ihr, als werde soeben,
ganz ohne ihr Zutun, eine Weiche gestellt, die ihr die Richtung
bestimmte.

»... Wir verlangen Anwendung der Prinzipien des modernen Staates – der allgemeinen Menschenrechte – auch auf die
Hälfte der Menschheit, die Frauen. Wir, eine Armee von Millionen und Abermillionen Frauen, die wir unsere Kräfte in den
Dienst der Allgemeinheit stellen so gut wie der Mann, verlangen unsere Rechte, an der Gestaltung der Allgemeinheit mitzu-
arbeiten.«

Als sie nach der Rede und den tumultartigen Beifallsstürmen
einen Weg zum Ausgang für Frau von Klaasen und sich bahnte,
war Margarethe fast blind vor Tränen, die ihr in den Augen standen. Im Gedränge stieß sie mit einer zierlichen brünetten Frau
zusammen, die am Arm eines groß gewachsenen Mannes vor
ihr ging. Die Frau wandte sich um, dunkel hatte Margarethe das
Gefühl, ihr schon einmal begegnet zu sein, ein Erinnern blitzte
in ihr auf: einer der Höfe der Mietskaserne, sie hatte nach Anna
Brettschneider gefragt und die Torheit begangen zu sagen, sie
müsse sich von deren Bedürftigkeit überzeugen, die vor Zorn
sprühende Antwort dieser Frau: *Was so eine braucht, das ist gottverdammt noch mal keine Wohltätigkeit, sondern Gerechtigkeit!*
Wie recht diese Frau gehabt hatte, wie recht. War nicht der
ganze Vortrag heute nichts als eine Bestätigung ihrer Worte gewesen? Scham stieg in Margarethe auf über ihre Blindheit, ihre
Dummheit, ihre Gleichgültigkeit, und zugleich erwuchs aus
dieser Scham der feste Entschluss, sich zu ändern, ihr Leben zu

ändern, etwas zu *tun,* sie wollte es aussprechen, hier, gleich, dieser jungen Frau ins Gesicht.

Da plötzlich erkannte sie von hinten, nur halb im Profil, den Mann, an dessen Arm die Frau ging. Die Worte stockten ihr, ehe sie sich gebildet hatten: Es war Johann Nietnagel.

Andere Personen drängten aus dem Seitengang in den Hauptgang, schoben sich zwischen sie und das vor ihnen gehende Paar, nur noch hin und wieder sah sie das Profil des Dichters zwischen den Köpfen vor ihr auftauchen, er hatte sich seiner Begleiterin zugewandt und sprach lebhaft zu ihr, einen Moment gab eine Lücke den Blick frei auch auf das Paar – wie engagiert sie miteinander redeten, wie tief das Einverständnis zwischen ihnen zu spüren war, der Gleichklang ...

Die beiden dort waren eines Geistes Kinder. Und sie?

Mit Absicht ließ sie weitere Damen und Herren zwischen sich und das Paar treten, fiel immer mehr zurück.

Sie hatte nicht gewusst, dass er verheiratet war. Oder wenigstens verlobt.

»War das da vorne nicht eben dieser Dichter, den Ihre liebe Frau Mutter einmal eingeladen hatte und der sich geweigert hat, den Text für unser Schauspiel zu schreiben?«, fragte Frau von Klaasen. »Wie hieß er doch gleich? Johann Nietnagel, wenn mich nicht alles täuscht.«

»Ach ja?«, erwiderte Margarethe. »Den habe ich gar nicht gesehen.«

Diese Frau an seiner Seite – wer war sie?

Seit Stunden wälzte Margarethe sich im Bett herum. Seine Frau konnte es doch nicht sein, in seiner Biografie hatte nichts davon gestanden, dass er verheiratet sei. Aber seine Braut?

Oder hatte er sich inzwischen doch schon vermählt, immerhin war der Artikel, in dem der Lebenslauf von Johann Nietnagel gestanden hatte, einige Monate alt.

Wenn sie es nur in Erfahrung bringen könnte!

Ob die Mutter es wüsste? Aber wie die Sprache auf Johann Nietnagel bringen, ohne sich zu verraten? Ihr war, als müsse ihre Stimme dabei zittern, ihr Gesicht glühend rot werden. Und die Mutter hatte ein feines Gespür.

Warum nur hatte sie vor Wochen nach der Versammlung nicht den Mut gehabt, auf sich aufmerksam zu machen? Sie waren gesellschaftlich miteinander bekannt, Frau von Klaasen war dabei gewesen, es wäre ohne Problem möglich gewesen. Dann wüsste sie jetzt, woran sie wäre.

Es wäre nicht einmal nötig gewesen, ihn anzusprechen. Sie hätte einfach nur den Dingen ihren Lauf lassen müssen, statt mit Absicht so weit zurückzubleiben, dass er sie nicht bemerkte.

Er hatte sie doch nicht bemerkt, oder? Sie zu sehen und nicht zu grüßen – das täte er doch nicht?

Sie hatte an seiner Schulter geweint. Er hatte die Hand auf ihren Rücken gelegt. Das war ganz und gar ungehörig. Aber es war das Beste gewesen, was sie je erlebt hatte.

Er kannte ihr schwärzestes Geheimnis, ihre größte Schuld. Und er hatte sie nicht verdammt.

Doktor Schneider hatte sie auch nicht verdammt. Aber das war etwas anderes. Der war ihr Arzt. Aber Johann Nietnagel ...

Oder täuschte sie sich? Hatte er seine Entrüstung nur nicht gezeigt? Hatte er womöglich dieser brünetten Frau alles erzählt und dazu bitter gesagt: ein feines Fräulein, diese Baronesse von Zug. Lässt sich mit ihrer Wohltätigkeit so viel Zeit, bis das Kind von Anna Brettschneider gestorben ist.

Nein, nein, nein. Sie konnte sich nicht so täuschen in ihm – und in der Situation, wie sie gewesen war.

Es hielt sie nicht mehr im Bett. Sie richtete sich auf, tastete nach den Sicherheitshölzern, riss eines an und entzündete die Kerze auf ihrem Nachttisch. Nicht das Gaslicht jetzt, es war viel zu grell.

Johann Nietnagel. Seit sie ihn wiedergesehen hatte, ohne auch nur einen Blick mit ihm getauscht zu haben, ging er ihr nicht mehr aus dem Sinn.

Sie nahm den kleinen Schlüsselbund vom Nachttisch und trat mit der Kerze in der Hand an ihren Sekretär, schloss ihn auf. Aus dem Geheimfach im Mittelteil, das sich nur mit einem raffiniert versteckten Mechanismus öffnen ließ, nahm sie die Mappe heraus, in der sie alles gesammelt hatte, was sie über Johann Nietnagel hatte finden können.

Zuoberst sein Foto. Sie hatte es aus dem Feuilletonteil einer Tageszeitung ausgeschnitten, in der ein unbarmherziger Verriss über die Uraufführung von Johann Nietnagels erstem Theaterstück durch die *Freie Bühne* abgedruckt war. Diese Kränkung, wie hatte er sie wohl ertragen? Alle Artikel der verschiedenen Tageszeitungen zur Uraufführung hatte sie gesammelt, ein einziger nur − von Theodor Fontane − war in anerkennendem Tenor verfasst. Alle anderen hatten das Große, das Neue an Johann Nietnagels Werk verkannt. Sie litt mit ihm.

Sacht strich sie über das Bild. Ja, das war ganz er: Dunkel die Haare, schmal das glatt rasierte Gesicht − wirkte nicht schon der Verzicht auf einen Bart wie eine Kundgebung unverstellter Echtheit? −, ein ironischer Zug um den Mund.

Diese brünette kleine Frau, küsste die diesen Mund?

Mit fahrigen Fingern suchte sie das Blatt, auf dem sie den Artikel aus der Literaturzeitschrift abgeschrieben hatte. Alle letzten Jahrgänge der Literaturzeitschrift, welche die Mutter abonniert hatte, hatte sie nach Beiträgen von Johann Nietnagel und über

Johann Nietnagel durchforstet. Viel hatte sie nicht gefunden: ein paar Gedichte, einen Auszug aus einer Novelle und diesen kurzen Lebenslauf. Sie hatte alles abgeschrieben. Sie wollte es besitzen.

Hier war es: »Johann Nietnagel, geboren 1867 in Görlitz als jüngster Sohn des Bürgermeisters Willibald Nietnagel und seiner Ehefrau Elfriede, geborene Hufschmitt. Die Mutter, eine Pastorentochter aus der Mark Brandenburg, stammt in mütterlicher Linie aus altem märkischen Adel. Johann Nietnagel besuchte das Progymnasium und das Gymnasium in Görlitz und legte 1885 die Reifeprüfung ab. Vom einjährigen Militärdienst wurde er als untauglich dispendiert. Er begann in Berlin das Studium der Romanistik, Germanistik und Philosophie, zugleich besuchte er Vorlesungen in Volkswirtschaft. 1889 legte er das Staatsexamen pro facultate docendi ab, trat jedoch nicht in den Gymnasialdienst ein. Hierüber kam es zum Zerwürfnis mit seinen Eltern. Mit ersten Gedichten trat er bereits 1886 in Erscheinung. Seither sind ein Novellenband, zwei Romane, zahlreiche Gedichte in Anthologien und Zeitschriften sowie ein Lyrikband erschienen. In Kürze wird sein erstes Drama uraufgeführt. Johann Nietnagel gilt als einer der bedeutendsten Vertreter des deutschen Naturalismus. Mit minutiöser Detailgenauigkeit spiegelt er die gesellschaftliche Wirklichkeit der Großstadt unserer Tage wider und schrickt dabei auch nicht vor ungeschönten Schilderungen des Elends der unteren Klassen zurück.«

Kein Wort von einer Ehefrau. Kein Wort von einer Verlobten.

Vielleicht war diese Frau an seinem Arm eine Schriftstellerin, mit der ihn nichts weiter verband als der Beruf? Oder gar eine Verwandte? Hatte nicht etwas Freundschaftliches, Kollegiales in der Art gelegen, wie die beiden sich unterhalten hatten? Wenn sie nur Sicherheit hätte!

Und wenn sie wüsste, wie sie es arrangieren könnte, ihn wiederzusehen, ohne dass die Eltern Verdacht schöpften.

Die Eltern durften nichts davon wissen, auf keinen Fall. Nicht, bevor sie selbst nicht mehr Klarheit hatte.

Was war denn schon gewesen. Er hatte sie aufgefangen und getröstet, als sie ihm buchstäblich beinahe vor die Füße gefallen wäre, sonst nichts. Und sie hatte ihn auch noch angeschrien und war davongelaufen, anstatt sich bei ihm für seine Hilfe zu bedanken.

Vermutlich hatte er sie längst vergessen.

Aber wenn er sie nicht vergessen hatte? Wenn er nachts ebenso wach dalag wie sie? Wenn sich ihr Herz doch nicht täuschte, dieses Herz, das sich bei Hauptmann von Klaasen völlig stumm verhalten hatte und das sich nun verzehrte?

Sie hatte inzwischen jede Zeile gelesen, die Johann Nietnagel veröffentlicht hatte. Seine beiden Romane, seine Novellen, seine vielen Gedichte. Sie hatte das Theaterstück gesehen. Sie kannte ihn.

Aber er, er kannte sie nicht. Er wusste nicht mehr von ihr, als dass sie eine verwöhnte Tochter aus gutem Haus war, die sich halbherzig der Wohltätigkeit gewidmet und dabei einen verhängnisvollen Fehler gemacht hatte.

Und trotzdem hatte er sie getröstet. Hieß das nicht ...?

Ach, das war ja nun wirklich lächerlich.

Beschämt schloss sie die Mappe wieder, verstaute sie im Geheimfach des Sekretärs, schloss ab. Wohin verstieg sie sich! Als sei sie nicht eine junge Dame im heiratsfähigen Alter, sondern ein Backfisch, der sich seinen sentimentalen Träumen hingab.

Was für ein Glück, dass niemand diese Mappe kannte und niemand wusste, welchen Hirngespinsten sie nachhing!

Hatte sie nicht erst vor Kurzem gemeint, es könne ihrem Leben Sinn geben, einen Fabrikanten zu ehelichen, an dessen Seite sie ein Sozialwerk aufbauen könnte wie Frau Höhl?

Was war sie nur für ein flatterhaftes Geschöpf!

Aber das mit Johann Nietnagel, das mit Johann Nietnagel, das war etwas anderes …

Heute endlich würde sie ihren Vorsatz in die Tat umsetzen, Anna Brettschneider zu besuchen. Die Frau hatte ihr einen überschwänglichen Dankesbrief geschrieben und dabei erzählt, dass sie nun innerhalb der gleichen Mietskaserne in eine andere, sehr viel bessere Wohnung umgezogen war.

Margarethe seufzte. In dieses Kellerloch musste sie also wenigstens nicht mehr hinunter.

Dennoch schob sie ihren Vorsatz, nach Frau Brettschneider zu sehen, seit Wochen vor sich her. Erst war sie nach ihrer Erkrankung noch zu schwach gewesen. Dann hatte sie sich noch keiner erhöhten Infektionsgefahr aussetzen dürfen, wie Doktor Schneider sie mehrfach ermahnt hatte. Dann war immer etwas anderes dazwischengekommen, die Proben für das Theaterstück, Landpartien, Einladungen. Doch sie wusste sehr wohl: Der wahre Grund war ein anderer.

Der Frau begegnen zu müssen, deren Kind sie nicht zu retten versucht hatte.

Dem eigenen Versagen ins Auge sehen. Es half nichts, heute musste sie es wirklich tun. Sie musste sich davon überzeugen, dass es wenigstens den vier anderen Kindern besser ging.

Sie ließ der Köchin mitteilen, sie möge einen Korb mit Essensresten und einem frisch gebackenen Kuchen packen. Dann warf sie einen kritischen Blick in ihren Kleiderschrank. Dieses einfach graue Kleid dort aus dem leichten Wollstoff hatte sie schon seit Jahren nicht mehr getragen, es ließ sie blass und fad aussehen. Außerdem entsprach der Schnitt nicht mehr der neuesten Mode, der Rock war viel zu weit. Sie würde es mit Sicherheit nicht vermissen. Kurz entschlossen nahm sie es vom Bügel und klingelte Emma, damit sie es einpackte.

Es war ihr nur recht, als Emma ihr von der Köchin ausrichtete, der Kuchen sei erst in zwei Stunden fertig. Sie versuchte zu lesen, doch immer wieder schweiften ihre Gedanken ab. Endlich entschied sie sich, die *Goldberg-Variationen* zu üben. Sie erforderten in ihrer reinen Strenge so viel Konzentration, dass sie nicht mehr an den ihr bevorstehenden Besuch denken musste.

Dann ließ sich der Aufbruch nicht länger hinausschieben. Mit der Ringbahn fuhr sie in Emmas Begleitung zum Bahnhof Gesundbrunnen. Vergebens hielt sie dort nach einem Zweispänner Ausschau, es blieb ihr nichts anderes übrig, als eine einspännige Droschke zweiter Klasse zu nehmen. Emma saß beim Kutscher auf dem Bock. Solange die Straße durch den Humboldthain führte, ließ sich die Gegend gut an. Doch dann begannen die Straßen mit den Mietskasernen. Ihre Droschke wurde zur Sensation – oder war sie es selbst? So oft fuhren alleinstehende Damen in Begleitung eines Dienstmädchens wohl nicht durch dieses Quartier. Scharen von Gassenjungen liefen hinter ihr her, kleine Mädchen standen glotzend am Straßenrand. Ihr wurde immer unwohler.

Endlich war sie vor der besagten Mietskaserne angelangt, bezahlte den Kutscher und blickte auf der Suche nach einem Hausbewohner, den sie nach der neuen Wohnung von Anna Brettschneider fragen konnte, die Hausfront entlang. Dicht an dicht reihten sich hier die Türen zu kleinen Läden und Werkstätten im Erdgeschoss und Keller. Eine Bäckerei, eine Schlachterei, ein Frisör, ein winziges Lampengeschäft. Aus dem Krämerkeller kam ein junges Mädchen heraus und strebte, einen

Korb mit Kartoffeln schleppend, dem mit einem schmiede-
eisernen Gitter verschlossenen Tor zu.

»Wohnst du hier?«, fragte Margarethe. Überrascht fasste sie
das Mädchen genauer ins Auge. Was für ein schönes Kind! Ein
schmales Mädchen an der Schwelle zwischen Kindheit und Pu-
bertät. Locken in leuchtendem Goldton von einer Fülle, wie sie
nur die Natur schenken konnte, wie sie kein Lockenstab, kein
Zuckerwasser und keine Wickler nachzuahmen vermochten.
Ein blasses, feines Gesicht mit übergroßen blauen Augen, eine
Haut wie aus Porzellan. Nur eine winzige Narbe auf der Stirn –
wie von einer aufgekratzten Windpocke – durchbrach die Eben-
mäßigkeit dieses Gesichts und erhöhte fast noch seinen Reiz.
Aber müde sah das Kind aus, erschöpft, und es trug ein dürfti-
ges verwaschenes Kleidchen von verblasster, kaum mehr iden-
tifizierbarer Farbe und eine grobe Drillichschürze voller Flecken und Flicken. Die bloßen Füße starrten vor Schmutz.

»Ja, gnädige Frau«, erwiderte das Mädchen.

Gnädiges Fräulein!, wollte Margarethe verbessern, dann ließ
sie es. Was machte das schon. »Weißt du, wo Frau Anna Brettschneider wohnt?«

»Ja. Gleich neben uns. Das ist ja unsere neue Nachbarin.«

»Kannst du mich hinführen?«

Das Mädchen nickte und ging voraus. Margarethe folgte dem
Mädchen durch die Fußgängertür im Torgitter. Drei Durchfahr-
ten, drei Höfe, dann das nachträglich errichtete Haus. Sie befahl
Emma, im Hof auf sie zu warten, nahm Korb und Paket und betrat das Haus. Hinter einer Tür im Erdgeschoss lärmten die Maschinen irgendeiner Fabrikationsstätte. Hinter der nächsten Tür
drang Gehämmer hervor. Im engen Treppenhaus roch es nach
Kohl, Zwiebeln und Sauerkraut, nach Seifenlauge, Tabak und
verbrauchter Luft, aber nicht nach Moder oder Kloake. Die

Treppe war dreckig, aber nicht schmierig. Die Wände vergraut und rissig, aber der Putz bröckelte noch nicht.

Bevor sie den Keller gesehen hatte, hätte Margarethe dieses Treppenhaus für unerträglich heruntergekommen gehalten. Doch im Vergleich war es gar nicht so schlimm. Dann im dritten Stock der unglaublich lange fensterlose Flur, von einer einzigen Funzel alles andere als erhellt, auf der linken Seite eine Tür nach der anderen. Das Mädchen wies auf die vorletzte Tür: »Das ist ihre Küche, da ist sie meistens. Und da dahinter, das ist ihre Stube.« Damit blieb sie vor der drittletzten Tür stehen und streckte die Hand nach der Türklinke aus.

»Warte!«, sagte Margarethe und suchte nach ihrem Geldbeutel. »Wie heißt du denn?«

»Lisa Bloos.«

»Hier, Lisa, das ist für dich! Kauf dir was Schönes davon.« Damit drückte sie dem Kind ein Geldstück in die Hand.

Das Mädchen stand mit offenem Mund da, sah bald auf das Geldstück, bald auf sie. »Zwei Mark!«, flüsterte sie fassungslos. »Danke, gnä' Frau!« Dann verschwand sie.

Margarethe blickte ihr nach. Was für eine Vergeudung, dachte sie. Wie eine Rose mitten in diesem Elend. Mit diesem Aussehen könnte sie in fünf, sechs Jahren in der Gesellschaft Triumphe feiern. Wäre sie aus gutem Haus, würden sich die Herren im Ballsaal um sie reißen. Aber sie ist dazu verdammt, in einer Fabrik oder stickigen Nähstube zu verblühen.

Dann schüttelte sie den Gedanken ab und straffte sich. Gleich musste sie Anna Brettschneider gegenübertreten. Hinter der Tür hörte sie das Rattern einer Nähmaschine. Sie klopfte kurz, trat auf ein mürrisches »Ja?« hin ein.

Die Frau saß mit dem Rücken zu ihr in der engen heißen Küche an der Nähmaschine vor dem einzigen Fenster und trat

in rasender Geschwindigkeit. Der Tisch war übersät von halb
fertigen weißen Blusen und verschiedenen Nähutensilien. Unter dem Tisch hockten zwei kleine halb nackte Mädchen und
spielten mit Stoffresten. Auf dem Herd kochte ein Topf mit
Kartoffeln. Unter der Zimmerdecke waren Schnüre gespannt,
an denen erbärmlich aussehende Wäsche zum Trocknen
hing.

»Was ist?«, fragte Anna Brettschneider, ohne sich umzudrehen oder ihre Arbeit zu unterbrechen. »Ich hab keine Zeit.«

Da war einen Augenblick die Versuchung da, sich einfach
umzudrehen und zu gehen. Sie hatte ja nun gesehen, dass die
Frau ihre Nähmaschine hatte und nicht mehr in dem Kellerloch
hauste. Sie konnte beruhigt sein. »Ich wollte nach Ihnen sehen«, erwiderte sie spröde.

Anna Brettschneider fuhr herum, schaute sie an, sprang auf.
»Oh mein Gott!«, rief sie aus. »Das gnädige Fräulein! Und ich
bin so unhöflich und ...« Sie knickste und knickste. »Kommen
Sie, hochwohlgeborenes Fräulein Baronesse, entschuldigen Sie
nur die Unordnung, das ist halt die Arbeit, aber nebenan, in der
Stube ...« Aufgeregt komplimentierte sie Margarethe durch den
Flur in den letzten Raum, zog ihr dort einen Stuhl zurecht,
wischte ihn eifrig mit einem Zipfel ihrer Schürze ab. »Hier
bitte, wenn Sie gütigst ...« Mehr brachte sie in ihrer offensicht-
lichen Aufregung nicht heraus.

Margarethe sah sich um. Zwei Betten längs der einen Seite des
Raumes, ein drittes gegenüber. Der Tisch mit vier Stühlen, ein
schmaler Schrank. Die Möbel sahen bunt zusammengestückelt
und reichlich angeschlagen aus, aber die rotkarierte Bettwäsche
wirkte leidlich frisch, die Betten sorgfältig gemacht, nichts lag
herum, alles war ordentlich und sauber. Was für ein Unterschied zu dem Kellerloch. Sie atmete auf.

Wie eine Unterhaltung in Gang bringen? »Sind die Kinder gesund?«, fragte Margarethe mühsam.

»Ja, ja, gesund, alle gesund. Die Kleinen haben Sie ja gesehen, und die beiden Großen, sie sind draußen, zum Spreeufer, wo Holz verkauft wird. Da bleiben oft so Splitter und Reste, das darf man aufsammeln, da schick ich sie jeden Nachmittag hin, dann brauch ich kein Brennholz zu kaufen.«

»Zur Spree?«, fragte Margarethe fassungslos. »So weit? Die kleinen Jungen?«

Anna Brettschneider zuckte die Schultern. »So klein sind sie auch nicht mehr. Schon fünf und sieben. Und sind ja auch noch Größere dabei, Heinz von nebenan, der kennt den Weg. Ach, gnädiges Fräulein, ich weiß gar nicht, was ich sagen soll, so dankbar, ich bin Ihnen so dankbar. Sie sehen ja selbst, ich hab die Maschine und hab mir die Wohnung hier nehmen können und die alten Möbel, ich hab ja drei Betten gebraucht, ohne Bett ist ja auch nichts mit Schlafgängern.«

»Schlafgänger?!«, entfuhr es Margarethe entsetzt. »Sie haben doch nicht etwa Schlafgänger?«

»Zwei anständige junge Mädchen, nicht, was Sie denken«, beeilte sich Anna Brettschneider zu versichern. »Ich brauch ja das Geld.«

»Aber ich dachte, mit der Nähmaschine können Sie genug verdienen?«

»Ja, die Nähmaschine, die ist ein Segen, das können Sie mir glauben. Und jetzt hat ja auch die Saison angefangen, die Winterkonfektion wird schon genäht, da kriegt man Arbeit und kann verdienen. Aber genug – Gott, gnädiges Fräulein, was das alles kostet, da muss man sehen, wo man bleibt. Sie haben die Stückpreise für die Blusen erniedrigt, grad zwei Wochen war ich dabei, da hat der Zwischenmeister gesagt, es gibt jetzt pro Bluse nicht mehr fünfzehn Pfennige, sondern nur noch zwölf. Wie soll man denn damit auskommen, hab ich gefragt, wenn ich näh wie eine Rasende, dann schaff ich ja mit größter Mühe eine Bluse in der Stunde, und da ist nicht einmal ein Becher Wasser trinken mit eingerechnet, und ich hab doch auch noch die Kinder und die Hausarbeit, aber er hat gesagt, wenn ich die Arbeit nicht will, dann finden sich auch andere, die sie machen, sogar Ehefrauen von kleinen Beamten könnt er haben, die würden sich drum reißen. Und der Fabrikant im Konfektionshaus, für den er verlegt, hat nun mal so die Preise gedrückt. Was will man machen, ich brauch die Arbeit, also mach ich eben auch das Dutzend für einsvierundvierzig. So komm ich auf rund sieben Mark die Woche, aber ich muss ja auch noch Garn kaufen und Nähmaschinenöl und Nähnadeln, die brechen mir immer wieder ab, und das geht alles runter von meinem Lohn. Also muss ich das eine Bett vermieten und von dem, was Sie mir gegeben haben, was für die Miete mit zuschießen, es geht nicht anders, aber es soll ja so lang als möglich vorhalten. Weil ich nicht will, das meine Jungen wieder im Kellerloch sitzen müssen und Tüten kleben. Ganz rote Backen haben sie bekommen, seit sie dort raus sind.«

Margarethe lächelte mühsam. »Das ist schön«, sagte sie schwach. In ihrem Kopf wirbelte es. Zwölf Pfennige für das Nähen einer Bluse − das waren ja nicht einmal fünf Prozent vom Kaufpreis − sicher, der Stoff, der kostete auch, aber konnte eine solche Preiskalkulation denn mit rechten Dingen zugehen? Da kaufte man sich im Konfektionshaus ein neues Stück und freute sich darüber, wie modisch und preiswert es war, und machte sich nicht die geringsten Gedanken darüber, ob die Frau, die es genäht hatte, auch nur einigermaßen gerecht dafür bezahlt wurde. Nie hätte sie für möglich gehalten, dass es so ein Hungerlohn war, so völlig unterhalb all dessen, was für eine solche Arbeit angemessen erschien! Eine Bluse in einer Stunde – was für eine unglaubliche Leistung bei all diesen Biesen und Rüschen und Knopflöchern – und dann diese »Entlohnung«! Wenn man den Näherinnen das Doppelte bezahlte, würde es am Preis der Bluse ja kaum etwas ändern ...

Jedes Stück unserer Kleidung könnte von hohläugigen, müden Frauen, von blassen, um ihre Jugend betrogenen Mädchen qualvolle Leidensgeschichten erzählen.

Lily von Gizycki hatte recht.

»Vielleicht«, meinte Anna Brettschneider verlegen, »vielleicht hätt ich eben nicht gleich Küche und Stube nehmen sollen, eine Kochstube hätt's ja auch getan. Aber hier ist es eben so schön. Und ja auch viel gesünder so, wenn man nicht im gleichen Raum schläft, wo gekocht und gearbeitet wird.« Sie lächelte verschämt.

Margarethe wusste keine Antwort. In ihrem Inneren brodelte es noch immer. Da hatte sie gedacht, mit ihrem Geschenk wenigstens dieser Frau dauerhaft geholfen zu haben ...

»Ich habe Ihnen etwas mitgebracht«, sagte sie unvermittelt und wies auf den Korb und das Paket. »Das Kleid hier können Sie sich umarbeiten.«

Anna Brettschneider breitete das Kleid unter vielen Ausrufen des Staunens aus, konnte sich über die Qualität des feinen Wollstoffes gar nicht mehr fassen, versicherte, dass sie auch für ihren Ältesten noch gute Sonntagshosen daraus nähen könnte und Kleidchen für die Kleinen, wenn sie zwei Stoffbahnen aus dem weiten Rock herausnahm, wollte ihr die Hände küssen. Margarethe entzog sie ihr und stand abrupt auf. Sie trat ans Fenster, sah hinaus, weil es ihr peinlich war, mit anzusehen, mit welcher Begeisterung die Frau nun den Essenskorb auspackte.

Unten im Hof ging eine brünette zierliche Frau und blieb bei einem fliegenden Händler stehen, der Bürsten verkaufte. Margarethes Puls schoss in die Höhe: Es war die Frau, die sie bei der Versammlung mit Johann Nietnagel gesehen hatte. »Wer ist diese Frau dort?«, entfuhr es ihr, ehe sie darüber nachdachte.

Anna Brettschneider trat zu ihr ans Fenster.

»Das? Ach, das ist Jenny, die hat das große Los gezogen.«

»Ist sie wohl verlobt mit einem guten Mann?«, fragte Margarethe. Sie schämte sich ihrer Worte, aber sie konnte die Frage nicht lassen.

»Verlobt? Nein. Die ist ja schon lange verheiratet, hat zwei kleine Kinder und einen braven Mann, ihren Heinrich, der lässt sie nicht im Stich und säuft nicht und ist ein guter Kerl. Und zum nächsten Jahr soll er auch noch Meister werden und bestimmt mehr als dreißig, vierzig Mark in der Woche verdienen, das erzählt man sich jedenfalls. Ja, manche haben Glück. Aber Jenny, der gönn ich es. Als ich ganz unten war und der Krämer mir nicht mehr anschreiben wollte, da hat sie für mich gebürgt, damit ich mein Petroleum gekriegt habe. Und einen Kohlkopf aus ihrem Garten hat sie mir geschenkt, der war so groß.« Anna Brettschneider demonstrierte die Größe des Kohls.

Margarethe lachte.

»Doch, doch!«, beteuerte die Frau.

»Ich glaube es Ihnen ja«, versicherte Margarethe. So leicht war ihr auf einmal, so froh. Es drängte sie, dass auch die Person, die ihr diese Freude gemacht hatte, daran teilhatte: Sie öffnete ihren Geldbeutel und schenkte Anna Brettschneider fünf Mark. »So, aber jetzt muss ich gehen, und Sie müssen ja auch nähen. In ein paar Wochen schaue ich wieder nach Ihnen.« Damit nahm sie den Korb und eilte davon.

Über das tote Kind hatten sie nicht gesprochen.

Seltsam, dass eine Mutter nicht von ihrem verstorbenen Kind sprach. War das so bei den armen Leuten? Aber sie musste zugeben, sie war darüber erleichtert.

Im Hof traf sie auf Emma und übergab ihr den Korb. Jenny war nicht mehr zu sehen.

Doch die brauchte sie auch nicht zu interessieren. Jenny war eine verheiratete Frau.

Was Johann Nietnagel wohl mit dieser Frau zu tun hatte?

Damals, als sie mit ihm in der Tordurchfahrt zusammengestoßen war, ob er damals diese Jenny besucht hatte? Oder – ihr Atem ging schneller – ob er etwa hier wohnte und Jenny nichts anderes war als seine Nachbarin? Er hatte doch erzählt, dass er in einem Hinterhof lebte. Warum hatte sie bisher nicht an diese Möglichkeit gedacht!

Nun hielt sie, hinter ihrem Schleier diskret verborgen, bei jedem Schritt Ausschau. Eine Frau klopfte einen Teppich, eine ganze Horde Kinder spielte Fangen, ein kleines Mädchen zog an einer Schnur eine tote Ratte wie ein kostbares Spielzeug hinter sich her, aus einer düsteren Werkstatt im Erdgeschoss trat ein Handwerker mit Lederschürze hervor und zündete sich eine Pfeife an, aus einem der zahllosen Fenster drangen Wehgeschrei und die unmissverständlichen Geräusche einer heftigen Züchtigung, ein alter Invalide humpelte über den Hof und verschwand im Abgang einer Kellerkneipe, eine füllige Frau saß breitbeinig auf einer primitiven Bank in der Sonne und gab ungeniert ihrem Säugling die Brust, während ein verkommen wirkendes Subjekt neben ihr eine Bierflasche leerte, die offensichtlich nicht seine erste des Tages war.

Von Johann Nietnagel war nichts zu sehen.

Sollte er wirklich in so einer entsetzlichen, deprimierenden Umgebung leben? Er, ein Dichter, ein gebildeter Herr? Aber seine Gedichte sprachen von einer sehr genauen Kenntnis genau diesen Milieus.

Der vorderste Hof mit seinen schönen Blumenbeeten lag menschenleer. Hier war die Laube, in die er sie geführt hatte ...

Sie steuerte die Laube an und setzte sich so auf die weiß gestrichene Bank, dass sie den Hof und die Toreinfahrt im Auge hatte. »Nur einen Augenblick rasten«, erklärte sie Emma. Als ob sie ihr irgendeine Rechenschaft schuldete.

Die Minuten verrannen. Arbeiter in schmutzigen blauen Arbeitsblusen durchquerten den Hof, Frauen und Mädchen in schäbiger Kleidung mit müden Schritten, eine Gruppe Kinder, die schwer an Körben voller Holzspäne schleppten, eine Dame mittleren Alters, gefolgt von einem uralten Dienstmädchen. Ein Leierkastenmann baute sich auf und begann zu orgeln. Johann Nietnagel kam nicht.

Ein vierschrötiger Mann mit gerötetem Gesicht, dem man den übermäßigen Alkoholgenuss ansah, bewegte sich auf sie zu. »Weg hier! Die Laube ist nur für Herrschaften aus dem Vorderhaus!«, blaffte er. »Können Sie nicht lesen?«

»Und wissen Sie nicht, wie man sich einer Dame gegenüber verhält?«, erwiderte sie kalt mit dem ganzen Hochmut, den ihre Herkunft ihr verlieh. »Sie werden mir wohl kaum verwehren, dass ich mich nach einem wohltätigen Besuch im Hinterhof hier einen Moment erhole?« Damit strich sie ihren Schleier zurück und bedachte ihn mit dem kühlsten Blick, dessen sie fähig war.

Er knickte sofort ein. »Selbstverständlich, ich wusste nicht, entschuldigen Sie nur ...« Er wand sich und erbot sich schließlich sogar, ihr etwas zu trinken zu bringen. Sie schickte ihn weg mit einem ungeduldigen Wedeln ihrer Hand.

Emma lachte. »Wie Sie das machen, gnädiges Fräulein, nein, einfach zu schön!«

Nun lachte auch sie. Da, als sie sich schon erheben wollte, sah sie Johann Nietnagel durch die Einfahrt kommen.

»Rasch, Emma«, befahl sie ohne zu zögern, »lauf auf die Straße und engagiere mir eine Kutsche!«

»Ja aber, hier in der Gegend, ob ich da eine finde«, wandte das Mädchen ein.

»Dann musst du eben suchen!«

Das Mädchen ging zögernd los. »Mach rasch, Emma!«, rief sie hinter ihr her. So konnte sie sicher sein, dass Johann Nietnagel auf sie aufmerksam wurde.

Ihr Kalkül ging auf. Er schaute zur Laube herüber, erkannte sie offensichtlich, kam auf sie zu. Und ihre ganze Selbstsicherheit war auf einmal wie weggeblasen.

»Wollen wir einen Einkaufsbummel in der Leipziger Straße machen?«, fragte die Mutter. »Und dann bei Josty einkehren – ich schaue mir zu gern dieses Verkehrschaos am Potsdamer Platz bei einer gemütlichen Tasse Kaffee an. Gegen Abend vielleicht noch ein Konzert im Tiergarten, was meinst du?«

»Ach nein, Maman, vielen Dank. Ich möchte mich lieber in den Garten setzen und lesen.«

Baronin von Zug schüttelte mit leisem Seufzen den Kopf. »Du ziehst dich immer mehr zurück. Das ist doch nicht gesund. Und wie willst du einen neuen Bewerber um deine Hand kennenlernen, wenn du jede Gesellschaft meidest?«

»Maman, ich bitte dich!«, erwiderte Margarethe gereizt.

»Schon gut. Wenn du unbedingt Nonne werden willst, solltest du allerdings zum katholischen Glauben konvertieren.« Der liebevoll besorgte Blick der Mutter strafte den Spott ihrer Worte Lügen. Solcher Blicke wegen dachte Margarethe mitunter: Kann ich mit ihr darüber sprechen?

Aber was gab es schon zu sagen. Da war nichts, was sie hätte erzählen können. Wenn Emma nicht so schrecklich früh zurückgekehrt wäre, voller Stolz darüber, dass sie so rasch eine Kutsche aufgetrieben hatte, vielleicht gäbe es dann etwas, was berichtenswert wäre. So aber war die Begegnung mit Johann Nietnagel allzu kurz gewesen. Und sie, Baronesse von Zug, war anfangs auch noch so stumm gewesen, als hätte sie nicht eine jahrelange Erfahrung auf allen Parkettböden der Gesellschaft.

Wenigstens war ihr eingefallen, ihm zu sagen, dass sie mit ihrer Mutter der Uraufführung seines Dramas beigewohnt hatte. Er war sichtlich erfreut gewesen. »Und – was halten Sie davon?«, hatte er gefragt.

Wie hätte sie ihm von der rauschhaften Erregung erzählen können, in die es sie versetzt hatte, sein Stück zu sehen – als wäre dies eine beinahe intime Berührung mit seiner Seele. »Ich fand es sehr bewegend«, hatte sie geantwortet, und dann hatte sie zu dem Urteil Zuflucht genommen, das ihre Mutter nach dem Theaterstück abgegeben hatte: »Es war die Geburtsstunde von etwas ganz und gar Neuem. Weg vom falschen Pathos unserer Zeit hin zu einer unbestechlichen Schilderung der Wirklichkeit.«

»Ja? Nicht wahr?«, hatte er hocherfreut entgegnet, um dann ironisch hinzuzufügen: »Allerdings gab es außer Ihnen nicht viele, die das bemerkt haben, jedenfalls nicht positiv. Das Stück wurde nach der zweiten Aufführung aus dem Programm genommen.«

»Ich weiß«, hatte sie gesagt, »das muss sehr kränkend sein, so verkannt zu werden. Aber ist es nicht vielen großen Künstlern so gegangen? Oft gerade den besten.«

Sein Blick auf diese Worte. Ein Verstehen war zwischen ihnen gewesen, eine Schwingung ...

»Wie Sie das sagen«, Baronesse, hatte er leise erwidert. »Sie ahnen nicht, was mir das bedeutet. Gerade von Ihnen.«

Da war Emma gekommen.

»Nun, dann will ich dich mit meinen Vorschlägen nicht weiter belästigen«, meinte die Mutter und verließ den Raum.

Irritiert sah Margarethe ihr nach. Dann griff sie nach ihrem Buch, *Le débâcle* von Zola. Immerhin hatte Johann Nietnagel eine Vorlesung über die französischen Naturalisten besucht ...

Im Garten suchte sie ihren Lieblingsplatz auf, einen bequemen Stuhl unter der alten Eiche. Sie liebte diesen Baum mehr als die modernen Exoten, die ihr Vater hatte pflanzen lassen. Und von hier aus hatte man einen so schönen Blick auf den künstlichen kleinen Weiher mit der Fontäne in der Mitte.

Der Wind fuhr in die Fontäne und trieb die Wassertropfen bis über die Blumenrabatten. Wie silbern sie im Sonnenlicht funkelten. Sie ließ das Buch zugeschlagen. Es diente ihr ohnehin nur als Alibi. Sie brauchte so viel Zeit zum Träumen und zum Denken, seit sie Johann Nietnagel wiedergesehen hatte.

Sie ahnen nicht, was mir das bedeutet. Gerade von Ihnen.

Diese Worte, sie waren nicht einfach so dahingesagt gewesen. Sie hatten eine tiefe Bedeutung. *Gerade von Ihnen.*

Sicher, das alleine war noch nicht viel. Aber es war ja der Ton gewesen, der Blick. Und die unübersehbare Enttäuschung darüber, dass Emma ihre Zweisamkeit beendete. Beim Handkuss hatte er ihre Hand länger gehalten, als schicklich war.

Nein, sie war nicht allein mit ihrem Gefühl.

Wenn es so weit kam, dass er und sie ...

Die Eltern würden alles andere als begeistert sein. Ein Offizier sollte ihr Zukünftiger sein, ein Spross aus alter Familie, so viel hatte immer festgestanden, ohne dass darüber gesprochen werden musste. Und wenn nicht das, so wenigstens ein erfolgreicher Vertreter der Geldaristokratie, ein aufstrebender Fabrikant mit der Aussicht auf Nobilisierung.

Aber immerhin war Johann Nietnagel nicht aus schlechtem Haus. Bürgermeister sein Vater, Jurist. Seine Mutter von besserer Herkunft, seine Großmutter immerhin aus einer märkischen Freiherren-Familie. Und Johann Nietnagel hatte studiert, das machte ihn gesellschaftsfähig. Vor allem aber war er ein Dichter. Ihre Mutter hatte ein Schwäche für Künstler, vor allem für solche, die nicht dem seichten Zeitgeschmack huldigten, sondern die neue Wege gingen. Wenn Johann Nietnagel berühmt würde, wäre die Mutter die Erste, die sich mit dem Gedanken aussöhnen würde, so einen Schwiegersohn zu haben ...

Außerdem war sie selbst kürzlich vierundzwanzig geworden und damit nicht mehr darauf angewiesen, dass die Eltern ihre Zustimmung zur Heirat gaben.

In der Buchhandlung hatte sie sich unauffällig nach den Auflagen erkundigt, die Johann Nietnagels Werke erreichten. Sie schienen verschwindend gering. Wovon lebte er? Dieser abgewetzte Frack aus dem Leihhaus ...

Aber eines Tages würde er Erfolg haben, würde sich die Größe seines Werkes durchsetzen. Und bei der Mitgift, die sie zu erwarten hatte, würden sie bis dahin nicht darben müssen.

Wenn der Vater ihr unter solchen Umständen nicht die Mitgift verweigerte.

Würde sie in ihrer Mutter eine Verbündete finden, wenn es hart auf hart kam?

Ach, wohin verstiegen sich ihre Gedanken!

Doch Romeo und Julia waren sich nur ein einziges Mal begegnet und wurden das berühmteste Liebespaar der Weltliteratur.

Es war vollbracht. Die letzte hohle Phrase des Dialoges war verklungen. Was für ein schauerlich sentimentales Machwerk! Aber Margarethe wusste, sie hatte ihre Sache gut gemacht. Rührung lag spürbar in der Luft, »erhabene« Gefühle. Was wollte man mehr bei einer Wohltätigkeitsveranstaltung?

Wie anders wäre das Stück gelungen, wenn Johann Nietnagel der Dichter gewesen wäre! Nein, nein, sich jetzt nicht schon wieder an ihn verlieren, sie hatte hier eine Aufgabe zu erfüllen.

Margarethe verharrte in der eingenommenen Pose auf der Bühne, ganz *Königin Luise*. Sie lächelte *Napoleon* zu. Kaum merkbar lächelte er zurück.

Sie hatte nicht gedacht, dass es so leicht sein würde. Zwischen Hauptmann von Klaasen und ihr war auf einmal eine selbstverständliche Freundschaft möglich, die undenkbar gewesen war, solange unausgesprochen die Werbung bestanden hatte. War, nachdem sie ihm einen Korb gegeben hatte, die erste Begegnung mit ihm noch hölzern und steif verlaufen, so hatte sich das während der Proben an diesem unsäglichen Theaterstück schnell gegeben. Sich gemeinsam über falsches Pathos lustig machen zu können und es dennoch um einer guten Sache willen darzustellen, hatte etwas tief Erheiterndes und Verbindendes gehabt.

Er war ein Ehrenmann, dieser Hauptmann, das musste man ihm lassen. Sie ließ es ihm von Herzen gern.

Beifall wurde reichlich gespendet, sogar Bravorufe wurden laut. Die eine oder andere Dame wischte sich eine Träne aus dem Augenwinkel. Hand in Hand mit Hauptmann von Klaasen versank Margarethe in einen Hofknicks, während er sich tief verbeugte. Als das Klatschen nachließ, sagte sie lachend: »Ihren Hut, Majestät!«

Mit seinem Dreispitz in der Hand ging sie durch die Reihen

und sammelte die wohltätigen Spenden ein. Die Herren zückten ihre Brieftaschen, legten die Scheine in den Hut, während sie ihr Komplimente machten für ihre überzeugende Darstellung: »Ganz Ihre Majestät, unsere Königin der Herzen«.

Margarethe lächelte höflich. Lass sie reden, lass sie denken, was sie wollen, reg dich nicht auf über diese Farce, diesen schlechten Geschmack, es dient denen, denen es dienen soll, den Näherinnen, deren Kinder in elenden Kellerwohnungen dahinvegetieren und sterben, den Arbeiterinnen in der Spiegelfabrik, deren Leibesfrucht am Gift stirbt, den Prostituierten, die sich verkaufen müssen, damit ihre Kinder nicht verhungern.

Sie hatte begonnen, Artikel zu diesem Thema zu lesen, und die Haare hatten sich ihr gesträubt. Was Frauen tun mussten, nur um zu überleben oder ihre Kinder durchzubringen ...

In was für einer Traumwelt hatte sie bisher gelebt?

So viel Not. Und jede Spende nur ein Tropfen auf den heißen Stein.

Man müsste anderes tun. Die Verhältnisse ändern. Doch vielleicht erst einmal sich selbst. Anfangen. Irgendwo anfangen. Und sei es hier, im Wohltätigkeitsverein. Es gab so viele Anna Brettschneiders.

Ein diskreter Blick in den Hut: Es waren viele Banknoten, darunter sehr hohe. Das war gut.

»Nein, wie Sie die Königin repräsentieren, einfach zauberhaft«, säuselte Frau Universitätsprofessor Unschlicht, während Margarethe deren Gatten als Letztem den Hut hinhielt. »Und dieses Kostüm, bis ins kleinste Detail, sogar die Brosche. Was gäbe ich darum, diese Brosche zu besitzen!«

»Warum nicht!«, erwiderte Margarethe. Es war eine spontane Eingebung, nie zuvor bedacht, schon gar nicht mit der Mutter abgesprochen. Und keine Zeit zum Überlegen.

Den Hut mit seiner wertvollen Fracht noch in der Hand, stieg sie noch einmal die Stufen zur provisorisch errichteten Bühne empor, wartete, bis die Gespräche verstummten und die Gesichter sich ihr wieder zuwandten. Sie sah das Erstaunen im Blick ihrer Mutter, die stumme Frage, erwiderte den Blick ruhig und gelassen. Dann verneigte sie sich leicht. »Meine sehr verehrten Damen, meine sehr verehrten Herren, wie ich eben durch Ihre Reihen schritt, drang mehrfach der Wunsch verschiedener Damen an mein Ohr, diese Brosche ihr Eigen nennen zu können, die unsere geliebte Königin Luise trug – auch wenn es nur eine Nachbildung aus böhmischem Glas ist, wie sich von selbst versteht. Das Wohltätigkeitskomitee entspricht gerne diesem Wunsch und bietet die Brosche Ihrer Majestät der Königin von Preußen zur Versteigerung.«

Erst als sie das Wort Versteigerung sprach, wurde ihr klar, dass sie nicht die geringste Ahnung hatte, wie ein solcher Akt vor sich zu gehen habe und zu leiten sei. Doch ohne einen Augenblick des Zögerns fuhr sie fort: »Papa, würdest du bitte die Versteigerung in die Hand nehmen?«

»Mit dem größten Vergnügen«, erwiderte ihr Vater und kam zu ihr auf die Bühne. Alles Weitere konnte sie getrost ihm überlassen.

Die Brosche ging für neunhundertundfünfzig Mark an Frau Universitätsprofessor Unschlicht. Ihr Gatte rang sichtlich um Fassung angesichts der schwindelerregenden Höhe dieses Betrages für ein Imitat, das keine fünfzig Mark gekostet hatte, bemühte sich aber um die Miene des souveränen Spenders – wusste doch jeder im Saal, dass der Tod seines Schwiegervaters ihn vor einigen Wochen zum reichen Mann gemacht hatte. Frau Unschlicht hatte als einzige Angehörige ihren Vater beerbt, einen ehemaligen Gastwirt mit Gartenwirtschaft in Schöneberg und angrenzenden mageren Äckern und sauren Wiesen, der es verstanden hatte, lange genug dem explosionsartigen Anstieg der Grundstückspreise zuzusehen und den richtigen Zeitpunkt zum Verkauf seines ehemals wertlosen Grundes abzuwarten. Nun hatte Frau Unschlicht eine große Mietskaserne geerbt und Barmittel, über deren Höhe man allgemein spekulierte, während Margarethes Vater, der es als Bankier der Unschlichts wissen musste, eisernes Stillschweigen darüber bewahrte. Vermutlich hätte Frau Unschlicht mühelos auch das Zehnfache für die Brosche zahlen können, doch es hatte sich kein Mitbieter mehr gefunden, der den Preis weiter in die Höhe getrieben hätte. Dennoch, neunhundertundfünfzig Mark – ein stolzes Ergebnis. Margarethe strahlte.

»Grandios, mein Kind«, raunte ihr Vater ihr zu, ehe er die Bühne verließ. »So viel Geschäftssinn! Schade, an dir ist ein Bankier verloren gegangen!«

Ihre Mutter aber, der sie später in der Diele begegnete, meinte mit nachdenklichem Blick: »Du bist doch immer wieder für eine Überraschung gut, Margarethe. Ich hätte jedenfalls nicht geglaubt, dass du dich so einsetzt. Die Einnahmen übertreffen bei Weitem meine Erwartungen. Ach, übrigens, ich habe noch einen Überraschungsgast geladen. Er muss jeden Augenblick hier eintreffen. Ich wollte ihm und vor allem uns die Peinlichkeit ersparen, dass er bei der Aufführung von *Königin Luise bei Napoleon* anwesend wäre. Literarisch betrachtet war es ja nun wirklich ein schreckliches Machwerk, das wir heute zur Darbietung gebracht haben, aber seinen guten Zweck hat es voll und ganz erfüllt. Doch ich bringe es einfach nicht übers Herz, einen ganzen Abend dem seichten Mittelmaß zu widmen. Ein Funken wahrer Kunst muss doch wenigstens dabei sein. Herr Nietnagel hat mir zugesagt, dass er ausschließlich Gedichte und Texte vortragen wird, die ganz im Sinne unserer Wohltätigkeitsveranstaltung sind. Und auch so empfindliche Seelen wie die von Frau Unschlicht nicht zu provozieren!«

Margarethe starrte ihr Mutter an. »Wen hast du eingeladen?«, fragte sie und meinte, die Mutter müsse das Toben ihres Herzens hören.

»Johann Nietnagel, ich sagte es bereits«, erwiderte die Mutter. »Warum erregt dich das so? Gewiss, er hat damals mit seinem Gedicht über die Migräne zu einiger Verstimmung herausgefordert und er hat uns mit seiner Weigerung, dieses Drama als Auftragsarbeit zu dichten, brüskiert – aber ich muss zugeben, gerade das imponiert mir.« Damit wandte sie sich Frau General von Klaasen zu, die eben durch die Diele ging, hängte sich bei dieser ein und verschwand mit ihr im Salon.

An der Haustür klingelte es. Das war er.

Einen Augenblick der Gedanke: Ich öffne ihm selbst. Aber dann sah sie an sich hinunter: Wie unmöglich sah sie aus in diesem Empirekostüm! Wie peinlich müsste es sein, wenn gleich der erste Anblick, den sie ihm bot, ihn an das Theaterstück erinnerte, das zu schreiben er abgelehnt hatte. Und was würde er von ihr denken, dass sie sich für eine solche patriotisch-sentimentale Farce zur Verfügung gestellt hatte …

Sie eilte die Treppe hinauf. In ihrem Zimmer zog sie heftig an dem Klingelzug und begann schon einmal selbst, sich aus dem Kleid zu schälen. Im Gegensatz zu den Kleidern, die sie gewöhnlich trug, die sie niemals ohne Zofe ablegen konnte, gelang es ihr bei dem Kostüm. Doch sie brauchte das Mädchen, um sich das Korsett schnüren zu lassen. Wo blieb Emma denn?

Ungeduldig riss sie am Klingelzug.

Welches Kleid sollte sie anziehen? Ratlos stand sie vor ihrem geöffneten Kleiderschrank, entschied sich endlich für ein tief dekolletiertes schulterfreies Abendkleid aus azurblauer Atlasseide mit einem Besatz aus feinsten Brüsseler Spitzen, das so gut mit ihren Augen harmonierte. Dazu wählte sie ein doppelreihiges Perlencollier und die dazugehörenden Ohrringe.

Endlich erschien Emma und entschuldigte sich, dass sie hätte Champagner servieren müssen, zog ihr die Schnüre des Korsetts zu, half ihr in das Kleid, schloss die unzähligen Häkchen, legte ihr die Halskette um. »Wunderschön!«, seufzte sie sehnsüchtig.

Margarethe betrachtete ihr Spiegelbild und runzelte die Stirn. War sie nicht viel zu herausgeputzt?

Eine Wohltätigkeitsveranstaltung – ein Dichter, der kaum genug zum Leben verdienen konnte – und sie trug hier ein Kleid und einen Schmuck, von dem eine Arbeiterfamilie vermutlich jahrelang existieren konnte!

»Schnell, zieh mir das Kleid wieder aus!«, befahl sie dem Mädchen, fegte deren Protest mit einer ungeduldigen Handbewegung hinweg. »Das cremefarbene Gesellschaftskleid ist viel passender. Und rasch, hol mir ein paar frische Rosen, die ich mir ans Kleid und in die Haare stecken kann, so beeile dich doch!«

Vor Ungeduld sog sie an ihren Lippen, bis das Mädchen endlich ihren Wünschen entsprochen hatte. Dann begutachtete sie sich im Spiegel: das schlichte Kleid aus hochwertigstem Baumwollgarn, die roten Rosen, ja, das war gut. Nur die Ohrringe, keine Kette. Jetzt konnte ihr niemand mehr Verschwendungssucht vorwerfen. Aber machten sie die keulenförmigen Ärmel nicht viel zu breit? Hätte sie doch das Schwarze anziehen sollen?

Nein, nicht noch einmal umziehen, sie würde den ganzen Auftritt von Johann Nietnagel verpassen, vielleicht war er sogar schon wieder gegangen? Sie eilte die Treppe hinunter, erreichte den Saal, öffnete leise die Tür. Seine Stimme empfing sie:

»... Das Fenster ist vernagelt durch ein Brett,
Und doch durchpfeift der Wind es hin und wieder,
Und dort auf jenem strohgestopften Bett
Liegt fieberkrank ein junges Weib darnieder.
Drei kleine Kinder stehn um sie herum,
Die stieren Blicks an ihren Zügen hangen,
Vor vielem Weinen ward ihr Mündlein stumm
Und keine Träne mehr netzt ihre Wangen.

Ein Stümpfchen Talglicht gibt nur trüben Schein,
Doch horch, es klopft, was mag das nur bedeuten?
Es klopft und durch die Tür tritt nun herein
Ein junger Herr, geführt von Nachbarsleuten.
Der Armenhilfsarzt ist's aus dem Revier,
Den sie geholt aus Mitleid mit der Kranken,
Indes ihr Mann bei Branntwein oder Bier
Sich selbst betäubt und seine Wutgedanken.

Der junge Doktor aber nimmt das Licht
Und tritt mit ihm ans Bett des armen Weibes,
Doch gelb wie Wachs und spitz ist ihr Gesicht
Und kalt und starr die Glieder ihres Leibes.
Da schluchzt sein Herz, indes das Licht verkohlt,
Von nie gekannter Wehmut überschlichen:
Weint Kinder weint, ich bin zu spät geholt,
Denn eure Mutter ist bereits – verblichen!«

Als wären sie allein, so fühlte Margarethe sich, nur er und sie
und das Gedicht.

Frau Professor Unschlicht schluchzte laut auf. »Wie ergreifend!«, rief sie aus. »Bitte, verehrteste Frau Baronin, lassen Sie doch den Korb noch einmal herumgehen! Wilfried, haben wir noch ein Scheckformular?«

Margarethes Mutter trat nach vorn und sprach verbindliche Worte.

Margarethe hörte sie nicht. Margarethe sah nur Johann Nietnagel. Schmal und dunkel stand er in seinem schäbig glänzenden Frack dort vorn.

Als würde er den Blick auf sich spüren, sah er in ihre Richtung. Erkannte sie. Grüßte mit den Augen. Sein ganzes Gesicht erhellte sich. Andeutungsweise neigte er den Kopf.

Sie hielt seine Augen mit ihrem Blick fest. Dann drehte sie sich langsam um und verließ den Saal, ging wie traumwandelnd in den angrenzenden Wintergarten. Sie wusste, er würde ihr folgen.

Unter Palmen setzte sie sich in einen Korbsessel und wartete. Sie wartete ohne Ungeduld, in dem Gefühl, dass geschah, was geschehen musste. Endlich stand sie auf und trat an die seitliche Fensterfront zur Straße hin, schaute hinaus in die Nacht. Dort im Schein der Gaslaterne, der Mann, der sich raschen Schrittes entfernte, war das etwa er?

Sie eilte zur Tür, durch den Musiksaal in die Diele, dort traf sie auf Emma. »Der Dichter, Herr Nietnagel, ist er schon gegangen?«, fragte sie atemlos.

»Ich weiß nicht, gnädiges Fräulein, ich lauf ja immer hin und her, in die Küche hinunter und wieder herauf, und all die vielen Leute, ich weiß kaum mehr, wo mir der Kopf ...«

Sie ließ Emma einfach stehen. Scheinbar ziellos schlenderte sie durch die ineinandergehenden Repräsentationsräume – Musiksaal, Speisezimmer, Salon, warf sogar einen Blick durch die offene Tür ins Herrenzimmer. Johann Nietnagel sah sie nicht.

Er war ihr nicht gefolgt. Er hatte ihre stille Botschaft nicht verstanden, hatte womöglich geglaubt, sie gehe ihm aus dem Weg, weil sie den Raum sofort wieder verlassen hatte.

Eine bleierne Müdigkeit bemächtigte sich ihrer.

Frau Höhl, die Fabrikantengattin, winkte sie herbei, sie stand mit der Mutter und Frau Professor Unschlicht beisammen. »Sie waren wirklich hinreißend als Königin Luise«, meinte Frau Höhl mit wohlmeinendem Lächeln zu Margarethe. »So überzeugend, so echt und herzergreifend. Überhaupt war dieser ganze Abend ein grandioser Erfolg. Nur eines verstehe ich nicht, meine liebe Frau Baronin – wie konnten Sie nur diesen Dichter dazu einladen! Was für ein Fauxpas, entschuldigen Sie die deutlichen Worte, wir sind ja unter uns. Geradezu ein Affront.«

Ein Stich fuhr Margarethe ins Herz.

Ihre Mutter schaute unergründlich und schwieg.

»Aber wieso!«, rief Frau Professor Unschlicht aus. »Mir ging sein Gedicht ans Herz. Wilfried, habe ich gleich gesagt, schreib einen Scheck über zweihundert Mark aus. Und andere griffen auch noch einmal in die Tasche, nicht so tief natürlich, nicht jeder hat schließlich diese Möglichkeiten, aber letztlich zählt der Wille, nicht wahr?«

»Ah, ich verstehe«, sagte Frau Höhl. »Der Zweck heiligt die Mittel. War das Ihre Absicht, Frau Baronin? Ich kann dem leider ganz und gar nicht zustimmen. Hier geht es um das Prinzip.«

»Aber«, entfuhr es Margarethe, sie stockte, spürte, wie ihr das Blut in den Kopf schoss, »wieso? Was ist gegen Herrn Nietnagel einzuwenden? Er vertritt in Reinkultur eine literarische Strömung der Gegenwart: Er ist ein bedeutender Naturalist.«

»Naturalist!« Frau Höhl lachte verächtlich. »Sie meinen wohl Sozialist!«

Dieses Wort. Kein Schimpfwort hätte schlimmer sein können. Ein Sozialist, ein Vaterlandsverräter. Ein Mitglied der völlig indiskutablen Sozialdemokratischen Partei. Einer, dem die Verbrüderung mit den Proletariern aller Länder – auch dem französischen! – wichtiger war als die Liebe zum Deutschen Reich. Einer, der den Klassenhass säte und den Umsturz wollte, der die bestehende Ordnung infrage stellte, der die Revolution herbeiwünschte, den Untergang von allem, was heilig war.

Sollte das stimmen? Sollte Johann Nietnagel wirklich einer von denen sein? Das konnte nicht, das durfte nicht ...

»Woraus schließen Sie das?«, fragte die Mutter. »Sind Sie sich sicher?«

»Er hat es mir selbst gesagt!«, trumpfte Frau Höhl auf. »Mein Mann raunte mir zu, dass ihm ein Johann Nietnagel als Journalist ein Begriff sei, der gelegentlich für den *Vorwärts* schreibe – Sie wissen, das unsägliche Parteiorgan der Sozialdemokratischen Partei unter der Leitung dieses Vaterlandsverräters Liebknecht! Mein Mann liest das Blatt regelmäßig – aus rein beruflichen Gründen, versteht sich –, um über die sozialdemokratischen Umtriebe im Bilde zu sein und in seiner Fabrik ein scharfes Auge darauf haben zu können, wenn sich womöglich sozialistische Tendenzen breitmachen, um dem sofort Einhalt gebieten zu können. Ich meinte noch, das könne vielleicht eine zufällige Namensgleichheit sein, denn ich konnte nicht glauben, dass Sie einen Sozialdemokraten eingeladen haben. Deshalb sprach ich Herrn Nietnagel an. Er hat es nicht einmal geleugnet!«

»Ach, in der Tat?«, fragte die Mutter. Wie konnte die Mutter so gelassen bleiben, bei dieser Nachricht! »Liebe Frau Höhl, das war mir nicht bekannt. Für mich war er einfach der bedeutende deutsche Naturalist. Ich habe nicht nach seinem Parteibuch gefragt. Ich habe ihn als Dichter geladen, der sich der sozialen Frage widmet. Das tut er mit Bravour und Überzeugung, wie Sie wohl zugeben werden.«

»Wenn ich es Ihnen sage: Er gehört der Sozialdemokratischen Partei an und schreibt für den *Vorwärts!*«, erwiderte Frau Höhl heftig. »Es wäre Ihre Pflicht gewesen, sich entsprechend kundig zu machen und uns die Peinlichkeit zu ersparen, dieser Person zuhören zu müssen!«

Johann Nietnagel – ein Sozialist.

Frau Professor Unschlicht rang nach Luft. »Und mir haben Sie zweihundert Mark entlockt, durch so eine Person!«, rief sie schrill. »Unerhört! Ich hätte es wissen müssen, nach jenem unverschämten Gedicht im Winter! Aber ich wollte nicht kleinlich sein und nicht nachtragend, schließlich ging es um Kunst, und die ist frei, sagt mein Gatte immer. Aber ein Sozialist! Zweihundert Mark!«

»Liebe Frau Professor!«, erwiderte die Mutter. »Ihre zweihundert Mark gehen schließlich nicht an Herrn Nietnagel – er hat übrigens auf ein Honorar für seinen Auftritt verzichtet, als er hörte, welchem Ziele er diene –, Ihre zweihundert Mark fließen wohltätigen Zwecken zu.«

»Das bezweifle und bestreite ich nicht«, erklärte Frau Höhl erregt. »Aber Wohltätigkeit hin oder her, es hat doch alles seinen Grenzen. Wir dürfen doch die vaterländischen Interessen nicht aus dem Auge verlieren. Wir müssen dem Umsturz einen Riegel vorschieben, wo immer wir können, und sei es ganz im Kleinen, sei es nur darin, dass wir nicht gemeine Sache mit Sozialisten machen. Und ihnen auch kein Podium bieten! Ächten müssen wir diese vaterlandslosen Gesellen! Wenn ein Arbeiter in der Fabrik meines Mannes den *Vorwärts* liest, wird er sofort entlassen. Wenn er Mitglied in der Sozialdemokratischen Partei ist, natürlich erst recht. Wehret den Anfängen, pflegt mein Mann zu sagen. In unserer Position hat man doch auch eine erzieherische Aufgabe. Und unser Konzept und Engagement wirkt, kann ich Ihnen sagen, es wirkt! Säuglingsheim, Kinderhort, Kindergarten, werkseigene Versicherung und Altersvorsorge, womöglich ein Platz im Wohnheim oder zukünftig sogar eine Werkswohnung – das alles fällt weg, sobald ein Arbeiter zur SPD hält! Das überlegt sich jeder mehr als dreimal. Wir tun etwas für die vaterländische Gesinnung im Volk. Wir tun etwas gegen die Ausbreitung der Volksseuche Sozialismus. Und Sie, liebe Frau Baronin, ich muss doch sehr bitten, Sie laden einen erklärten Sozialdemokraten ein, seine Machwerke hier vorzutragen!«

Margarethe wandte sich ab. Sie wollte nicht, dass die anderen die Tränen sahen, die in ihren Augen standen.

Der Mann, den sie liebte, war ein Sozialist.

Der Mann, den sie liebte? Nun, da sie erkennen musste, dass eine solche Liebe nicht sein durfte, nicht sein konnte, niemals, nun war sie da. Und mit ihr der Schmerz.

Ohne Gruß trat der Vater ins Frühstückszimmer im ersten Stock der Villa. Laut fiel die Tür hinter ihm ins Schloss. Nicht der gewohnte Kuss auf die Wange der Mutter, auf die Hand Margarethes. Gewitterwolken im Gesicht.

Rasch überdachte Margarethe ihr Verhalten. Konnte sie der Anlass dieser unübersehbar schlechten Laune sein? Aber es war doch unmöglich, dass er ihr Geheimnis erraten hatte!

Doch es war nicht sie, gegen die sich die Aufgebrachtheit des Vaters richtete, es war die Mutter.

»Ich verstehe dich nicht, Augusta!«, sagte er gereizt, noch ehe er am Frühstückstisch Platz genommen hatte. Heftiger als gewöhnlich zog er sich den Stuhl heran. »Du hast doch sonst in allen gesellschaftlichen Dingen ein so untrügliches Gespür, eine so feine Hand. Und nun bringst du mich in eine derart missliche Situation!«

»Guten Morgen, lieber Rüdiger«, erwiderte die Mutter mit jener Stimme, mit der sie auf gesellschaftlichem Glatteis zu manövrieren pflegte. »Kaffee?« Scheinbar gelassen füllte sie die Tasse des Vaters – beim Frühstück ließ Mama nicht servieren, sondern übernahm die Bedienung höchstpersönlich –, danach ihre eigene und die Margarethes. Dann reichte sie das Milchkännchen herum. »Darf man erfahren, wovon du sprichst?«

»Das fragst du noch!« Der Vater warf die Serviette auf den Tisch, ehe er sie entfaltet hatte. »Ein Sozialist in meinem Haus! Wie stehe ich jetzt da! Was werden die Kollegen aus meiner Fraktion dazu sagen, wenn sie davon erfahren! Und erst die Deutschnationalen! Und erfahren werden sie es, verlass dich drauf, das werden sie! Dieser Fabrikant Höhl hat die Affäre gestern spätabends, als du schon zu Bett warst, im Herrenzimmer mit einer Genüsslichkeit und zur Schau getragenen Entrüstung zelebriert, dass es heute weitere Kreise ziehen wird. Meine Geschäftspartner, meine Kunden – ach, es ist mehr als ärgerlich. Vermutlich wird man sogar bei Hofe davon sprechen.«

»Das wäre natürlich ganz schlimm«, meinte die Mutter unergründlich.

Der Vater sog kurz und hörbar die Luft ein, verharrte einen Augenblick mitten in der Bewegung, dann schlug er mit der flachen Hand auf den Tisch, dass das Meissner Porzellan klirrte. »Augusta, mir ist jetzt nicht nach deinen ironischen Bemerkungen! Würdest du mir bitte erklären, was du dir dabei gedacht hast!«

Die Mutter schwieg eine Weile. Dann sagte sie sanft: »Würde es dir genügen, wenn ich dir sage, dass ich einen Fehler gemacht habe? Dass ich es versäumt habe, mich ausreichend zu informieren? Dass ich von meiner guten Absicht so gefangen war, dass ich die Situation und ihre Folgen falsch eingeschätzt habe?«

»Falsch eingeschätzt. Das kann man wohl sagen!«, stöhnte der Vater auf. »Dieser Fabrikant Höhl hat alle Register gezogen. Er macht aber auch aus einer Mücke einen Elefanten! Schließlich hast du diesen Dichter bloß im Dienste einer guten Sache ein paar Verse vortragen lassen, und die gingen jedenfalls zu Herzen und enthielten keine Aufforderung zum Umsturz. Und dieser Höhl führt sich auf, als wollten wir den Nietnagel als Schwiegersohn in die Arme schließen!«

Die Hitze schoss Margarethe in den Kopf. Nackt und bloßgestellt fühlte sie sich, preisgegeben. Krampfhaft hielt sie den zierlichen Henkel der Kaffeetasse umklammert. Unmöglich, sie jetzt zum Mund zu führen. Ihre Hand würde so zittern, dass sie alles verschüttete. Sie wagte nicht den Kopf zu heben.

»So schlimm war es?«, fragte die Mutter mitfühlend.

»Ach, was soll es!«, meinte der Vater wegwerfend und strich sich ein Brötchen. »Du und ich, wir haben schon ganz andere Dinge durchgestanden, was, meine Liebe? Höhl hat natürlich wieder die Gelegenheit ergriffen, sich ins rechte Licht zu rücken. Retter des Vaterlandes – mindestens. Er führt die Arbeiter zum rechten Untertanengeist, zur Vaterlandsliebe und zur Kaisertreue, indem er ihre Lage bessert und so verhindert, dass sozialistische Hetzparolen Fuß fassen können. Mit seinem Sozialwerk entzieht er der Sozialdemokratie den Boden und wacht obendrein mit Argusaugen darüber, dass keiner seiner Arbeiter mit den Roten sympathisiert, während unsereins Sozialisten ein Forum bietet, auf dem sie sich präsentieren – du kannst es dir ja in etwa vorstellen.«

Die Mutter nickte mitfühlend und deutete durch ein Verdrehen der Augen ihre Anteilnahme an.

Der Vater lachte verächtlich auf und biss in sein Brötchen. Noch mit vollem Mund fuhr er höhnisch fort: »Ganz selbstlos ist der gute Höhl natürlich in allem, der wahre Menschenfreund, gerührt vom humanitären Eifer seiner Frau und getrieben von staatsmännischem Verantwortungsgefühl und der Liebe zu Kaiser und Vaterland. Kannst du mir doch nicht erzählen! Ein knallhart kalkulierender Unternehmer, dieser Höhl. Der tut nichts, aber auch rein gar nichts, was sich nicht doppelt und dreifach auszahlt! Gewieft bis zur Gewissenlosigkeit spannt er sogar die Humanitätsduselei seiner Gattin vor den Karren seines wirtschaftlichen Erfolges und schlägt aus scheinbarer Menschenliebe Gewinn! Der ist gefeit vor Arbeitskräftemangel und Streiks in Zeiten der Hochkonjunktur, wenn es gilt, zu produzieren, was das Zeug hält. Dem springt kein Arbeiter ab und läuft zur Konkurrenz, und wenn er den Akkord fünfmal anzieht und unbezahlte Überstunden fahren lässt bis zum Umfallen. Klar, wer schreibt schon seine Wohnung, seine Altersrente und die anderen Vergünstigungen in den Wind, die er unwiederbringlich verliert, wenn er aufmuckt!«

Der Vater lachte noch einmal kurz auf, dann machte er eine abschließende Handbewegung. »Schwamm drüber, Augusta! Entschuldige meinen Ausbruch. Aber du musst verstehen, die Sozialdemokraten sind mir nun einmal redensartlich ein rotes Tuch, da werde ich zum spanischen Stier, der den Torero auf die Hörner nimmt. Du versprichst mir, in Zukunft darauf zu achten, dass unter dem Künstlervolk, das du einlädst, kein rotes Parteibuch mehr zu finden ist, ja?«

»Ich verspreche es dir, Rüdiger«, erwiderte die Mutter. »Es ist auch ganz in meinem Sinne. Und es tut mir leid, mein Lieber, wenn du wegen dieser Sache noch weitere Unannehmlichkeiten bekommen solltest.«

»Pah«, machte der Vater, »das sitze ich aus! Was ist denn mit dir, Margarethe, du bist ja so blass und schweigsam? Ich habe dich doch nicht etwa verschreckt? Oder gar beleidigt? Ich weiß, ich weiß, meine Bemerkung mit dem Schwiegersohn – wirklich geschmacklos von mir, so zu reden.«

»Schon gut, Papa«, würgte Margarethe hervor. »Ich kenne dich ja.«

Ja, sie kannte ihn. Niemals, unter gar keinen Umständen, würde sie seine Einwilligung erhalten. Doch wozu auch, sie wollte es ja selbst nicht: einen Sozialisten, das war undenkbar ...

Der Vater tätschelte ihre Hand. »Es findet sich schon noch der Richtige«, sagte er begütigend. »Es gibt weit mehr Offiziere in Berlin als Hauptmann von Klaasen.«

7

Und das soll ich glauben!«, erwiderte Herr Riefke abfällig und ließ seinen Blick durch die Küche schweifen. »Ich seh doch den Strohsack unterm Bett! Sie haben Schlafgänger aufgenommen, und da muss ich Gebühr für verlangen! Fünfzig Pfennige pro Mann. Allein was das an Wasser kostet und Kanalgebühr und Müllabfuhr, und dann die Abnützung von den Treppenstufen und vom Fußboden.«

Claras Mutter hatte hektische Flecken im Gesicht. »Der Strohsack ist für mich, da schlaf ich drauf«, sagte sie rasch. »Und was den Schlafgänger angeht, gut, na ja, einen hab ich.«

In Wahrheit waren es zwei junge Männer, die sie aufgenommen hatten, um ein bisschen Geld damit zu verdienen. Die schliefen nun beide mit den kleinen Brüdern gemeinsam in der Stube und teilten sich das frei gewordene Ehebett. Aber das ging Riefke doch nichts an! Jeder Pfennig war wichtig, seit der Vater in der Lungenheilanstalt war. Das Überleben war ein Kampf geworden, ein Ringen um jede noch so winzige Ausgabe, um jede Möglichkeit, ein paar Kröten zu ergattern. Wenn jetzt Riefke dafür Gebühr verlangen wollte – unmöglich!

»Dafür ist ja mein Vater nicht mehr da«, sagte Clara rasch. »Einer weniger, dafür ein anderer mehr, das kommt schließlich aufs Gleiche raus. Ich weiß nicht, wie Sie darauf kommen, dafür Geld nehmen zu wollen! Und überhaupt, das war doch noch nie so! Immer wieder haben Nachbarn Schlafgänger gehabt und nichts dafür bezahlt.«

»Das war früher, als der alte Herr Meinert noch gelebt hat, der hat eben ein zu weiches Herz gehabt und eine Schwäche für kleine Leute. Aber jetzt, wo seine Tochter geerbt hat, jetzt sind andere Zeiten angebrochen. Und ich bin der Verwalter. Die gnädige Frau hat das vollste Vertrauen zu mir, und ihr Herr Gemahl, Herr Universitätsprofessor Unschlicht, auch.« Herr Riefke richtete sich stolz auf, zwirbelte seinen Schnurrbart in die Höhe und ließ seine Augen blitzen. »Und ich erweis mich dem würdig, jawohl. Ich bring einen anderen Zug rein in diesen Saustall hier. Ein Schlafgänger kostet von jetzt an Gebühren. Und Mietstundungen gibt es nicht mehr. Das wird jetzt eisern durchgezogen. Punkt. Im Übrigen könnt ihr mir nicht erzählen, es wäre nur ein einziger Schlafgänger. Für wen haltet ihr mich?! Ich weiß genau, es sind zwei. Dafür muss ich die Miete in der Woche um eine Mark erhöhen. Macht insgesamt sechs Mark.«

»Das geht nicht!«, schrie die Mutter auf. »Wie soll ich das denn aufbringen?«

»Gute Frau«, sagte Riefke kalt, »das ist mir piepegal. Wirst schon sehen, was geht! Du kannst ja ausziehen! Am besten sofort. Sonst stehst du nämlich plötzlich mit deiner ganzen Bagage auf der Straße, das kann ich dir verklickern, sobald du einmal nicht auf Heller und Pfennig zahlst! Eine Wohnung wie die hier hab ich noch am gleichen Tag an andere Mieter vergeben. An solche, die pünktlich zahlen können.«

Lisa, die bisher schweigend am Herd gestanden und eine Mehlschwitze hergestellt hatte, fuhr herum. Ihre Augen, groß vor Schreck, suchten Claras. Vergebens versuchte Clara, ihr beruhigend zuzulächeln.

Wenn sie ausziehen mussten! Es war schwer, eine Wohnung

zu finden, auf jede freie Wohnung kamen zig Bewerber, und dann noch so eine gute Wohnung wie die hier, von der aus sie zu Fuß ihre Druckerei erreichen konnte und die nicht vermodert war und eine Küche und eine heizbare Stube mit zwei Fenstern hatte und Wasser und zwei Klosetts im Treppenhaus …

»Wir haben auch immer pünktlich gezahlt!«, erwiderte sie. »Nicht ein einziges Mal sind wir die Miete schuldig geblieben!« Es durfte nicht sein. Sie durften diese Wohnung nicht verlieren.

»Bisher, ja.« Riefke lehnte sich zurück und zwirbelte ausgiebig seinen Kaiser-Wilhelm-Schnurrbart.

Bisher. Wie recht er hatte, dieser Riefke. Von Woche zu Woche war es ein Eiertanz, ob sie die Miete aufbringen konnten. Bisher hatten sie es immer geschafft. Aber eine Mark mehr, wie sollte das gehen?

Rund achtfünfzig, die ihr nach den Abzügen von der Arbeit in der Druckerei blieben, etwa sechs, die die Heimarbeit brachte, wobei schon Lisa und sie viele Stunden mithalfen und die Mutter sich kaum mehr die Zeit zum Schlafen nahm, zwei Mark von den Schlafgängern, dreifünfzig Krankengeld vom Vater. Die paar Pfennige, die die Brüder anbrachten … Einsfünfzig stotterten sie jede Woche für die Schulden ab, die der Vater für seine Ausstattung gemacht hatte. Und jetzt noch eine Mark mehr für die Miete! Sosehr die Mutter auch beim Kochen knauserte und sparte, sechzehnfünfzig die Woche brauchten sie mindestens für's Essen, für Holz, Kohle und Licht, dabei aßen sie nur einmal in der Woche Fleisch, und das war minderwertiges Zeug von der Freibank, Fleisch aus einer Metzgerei konnten sie sich gleich gar nicht leisten. Schon jetzt ließen sie im Krämerladen bei der Molle anschreiben. Lang würde die das nicht mehr mitmachen. Sie hatte schon letztes Mal gemurrt, sie sei doch nicht die Heilsarmee. Und wenn dann die Kinder ein Schulheft

brauchten oder gar Heinz als der Größte eine neue Hose – es
ging einfach nicht.

»Man weiß ja, wie das ist, wenn der Ernährer ausfällt«, erklärte Riefke. »Da fehlt es vorn und hinten, da wird der Hausrat versetzt und beim Krämer angeschrieben, und nach ein paar
Wochen wird die Miete nicht mehr bezahlt. Und so ein Aufenthalt in der Lungenheilanstalt, das dauert. Ein halbes Jahr ist da
nichts. Wenn er überhaupt wiederkommt, der Ernährer.«

Lisa stieß einen unterdrückten Schrei aus. Clara ballte unter
ihrer Schürze die Fäuste.

Riefke blickte versonnen von ihr zur Mutter und schließlich
zu Lisa. Dann lächelte er milde. »Im letzten Hinterhaus wär ein
Kellerzimmer frei. Das geb ich euch für einsfünfzig die Woche.
Das ist die reine Menschenfreundlichkeit, ein Spottpreis – ich
bekäm es auch für zweifünfzig los. Obwohl da das Wasser rein-
läuft, wenn es stark regnet. Neuerdings auch hin und wieder
das Abwasser aus der Abortanlage im Hof, die ist ja leider nicht
mehr ganz dicht. Dafür geb ich es euch spottbillig, wie gesagt.
Man ist ja kein Unmensch. Schließlich braucht ihr ein Dach
über dem Kopf.«

Clara tastete hinter sich, fühlte einen Stuhl, ließ sich darauf
sinken. Ganz langsam, wie durch Watte, hörte sie einen Satz in
ihrem inneren Ohr: Das ist das Ende.

Wenn ich nicht mit Johann nach Lichterfelde gegangen wäre
und Lisa gesagt hätte, sie soll die Eltern anlügen, und wenn ich
den Vater nicht so angeschrien hätte und nicht gesagt hätte, was
ich gesagt hab – vielleicht hätte er dann keinen Blutsturz gekriegt und hätte nicht in die Lungenheilanstalt gemusst ...

»Oh Gott«, jammerte die Mutter. »Oh mein Gott!« Sie rang
die Hände. Gespenstisch hörte man das Knacken ihrer Fingergelenke.

In Lisas Augen bildeten sich Tränen und rannen groß und still die Wangen hinunter.

Wie von fern hörte Clara sich selbst sagen: »Ich hab Ersparnisse. Ich kann die Miete zahlen.«

Riefke lachte höhnisch. »Ersparnisse! Na ja! Wird wohl für ein paar Wochen reichen, was? Aber bestimmt kein halbes Jahr! Ihr könnt mir doch nichts erzählen! Eine Fabrikarbeiterin und eine Heimarbeiterin, die können nicht sich selbst und vier Kinder ernähren und so eine Wohnung halten wie die hier, das könnt ihr vergessen. Was nicht geht, das geht nicht. Nee, nee, das Kellerzimmer im letzten Hinterhaus, das ist genau das Passende für solche wie euch. Dann reicht es, wenn ihr gut wirtschaftet. Aber ihr müsst euch bald entscheiden. Eh ich das Loch jemand anderem gebe, dann ist es weg. Also, ich schreib dann mal für nächsten Samstag die Kündigung aus für die Wohnung hier.«

»Bitte nicht, Herr Riefke!«, flüsterte Lisa flehend und legte ihre Hände zusammen wie zum Gebet. »Bitte nicht!«

Riefke schwieg. Strich sich das Kinn, dass man das kratzende Geräusch der Bartstoppeln hörte. »Na ja«, murmelte er schließlich. »Man hat doch ein Herz.«

Clara hob den Kopf. War da doch noch Hoffnung?

Riefke klimperte mit dem Geld in dem Lederbeutel herum. »Man könnte vielleicht – wenn Lisa fleißig und anstellig ist ...«

»Ich?«, fragte Lisa.

»Lisa?«, fragte die Mutter.

»Na ja«, meinte Riefke noch einmal mit einem tiefen Seufzen, »ich werd meine Gutmütigkeit bereuen, das weiß ich schon jetzt. Aber was will man machen. Es ist so: Meine Mutter, die mir bisher den Haushalt geführt hat, ist nun nicht mehr die Jüngste, sie hat das Reißen in den Gliedern und die Gicht in den

Fingern und kann nicht mehr so. Da liegt sie mir in den Ohren, dass sie wieder ein Dienstmädchen braucht. Vor Jahren hatten wir schon mal eins, aber das hat nichts getaugt. Ein Kreuz war es mit dem Ding, faul und frech. Deshalb wollte ich auch nie wieder eins, wenn es dann auch noch aufsässig ist und den Dreck nur unter den Teppich kehrt und Widerworte gibt!« Er schüttelte stirnrunzelnd den Kopf. Dann fasste er Lisa wieder ins Auge. »Andererseits, du machst mir den Eindruck, dass du parieren gelernt hast und ordentlich arbeiten kannst. Es geht doch nichts über eine gute Erziehung. Und halbtags, das ließe ich mir gefallen.«

Jetzt wandte er sich zur Mutter: »Wenn sie jeden Nachmittag, nach der Schule, man könnte es ja mal versuchen, nur zur Probe ...« Er sprach nicht weiter.

»Und dafür dürfen wir hier wohnen bleiben?«, fragte die Mutter begierig. »Und müssen nichts für die Schlafgänger zahlen? Und was bekommt Lisa als Lohn?«

»Sagen wir mal«, Riefke dachte angestrengt nach, »die Schlafgänger, also, von denen weiß ich nichts. Und die Miete, na ja, die Fenster schließen nicht richtig, was?« Er blinzelte der Mutter listig zu. »Und überhaupt, da ist ein Fehler passiert, als wir die Miete festgesetzt haben, die Wohnung ist ja viel kleiner, was? Hier steht bei der Stube fünfzehn Quadratmeter und bei der Küche zwölf, das kann gar nicht stimmen. Sagen wir mal – die Küche zehn und die Stube zwölf – da könnte ich glatt einen Nachlass von einsfünfzig die Woche gewähren. Mit den Mängeln an den Fenstern und so weiter, also noch einmal 'ne Mark weniger, kommen wir auf zweifünfzig die Woche, mit dem Nachlass der Gebühr für die Schlafgänger also dreifünfzig, die Sie einsparen. Und wenn Sie mal nicht zahlen können – man kann ja schon mal eine Ausnahme machen und ein Auge zudrücken, bleibt dann ja in der Familie, sozusagen. Aber was Lisa angeht, Lohn und Kost bei mir ist nicht drin, sie muss schon daheim essen. Und sagen wir täglich sieben Stunden und am Sonntagvormittag vier. Abgemacht?«

»Abgemacht«, erklärte die Mutter. »Sie sind ein guter Mensch, Herr Riefke.«

»Morgens in die Schule und dann sieben Stunden Arbeit, wann soll sie denn ihre Schularbeiten machen?«, fragte Clara zweifelnd und sah ihre Schwester an.

Lisa stand noch immer in der Pose der Betenden. »Das wird schon gehen!«, sagte sie und nahm die Hände herunter. »Die mach ich dann eben spät am Abend oder früh am Morgen. Ich komm zu Ihnen, Herr Riefke. Wenn wir dann hier wohnen bleiben können und nicht in den Keller müssen. Und vielen Dank! Sie werden es nicht bereuen, das schwör ich Ihnen. Und Widerworte geb ich bestimmt nicht!«

Herr Riefke nickte gnädig. »Also abgemacht!«

Das hatte Riefke sich ja fein ausgedacht, ein Dienstmädchen, ohne einen Pfennig dafür zu bezahlen! Von wegen *guter Mensch!* Merkte die Mutter denn gar nicht, wie Riefke hier auf Kosten der Hausbesitzerin seine Macht ausnützte?

Einen Augenblick schwankte Clara, ob sie gegen diesen Kuhhandel Einwände erheben sollte. Aber was ging es sie an, wenn Riefke die Hausbesitzerin betrog! Hauptsache, sie waren gerettet. Und für Lisa kam es fast aufs Gleiche raus, ob sie bis in die Nacht hinein hier in der Küche saß und Fäden vernähte, oder ob sie Riefkes Mutter zur Hand ging. Mehr Freizeit hatte sie daheim auch nicht. Und drei Mark fünfzig die Woche! So viel verdiente Lisa mit ihrer Mitarbeit beim Nähen jetzt jedenfalls bei Weitem nicht. Und vor allem die Zusage, dass ihnen nicht gekündigt würde, wenn sie mal nicht zahlen konnten ...

Das gab den Ausschlag. Wie zur Bestätigung nickte Clara vor sich hin. In Zukunft würde sie nach der Arbeit in der Druckerei Lisas Part an Hausarbeit und Heimarbeit mit übernehmen, dafür eben weniger schlafen. Und sonntags jetzt immer daheimbleiben und nähen.

Das war ja wohl das Mindeste, was sie tun konnte, um Abbitte zu leisten für das, was sie angerichtet hatte. Wenn es denn sie war, die schuld am Blutsturz des Vaters war.

Kurz schloss sie die Augen und sandte ein Stoßgebet zum Himmel.

Aber den Samstag- und den Sonntagabend ließ sie sich nicht nehmen. Diese beiden Abende gehörten Johann und ihr.

Den ersten Nachmittag als Dienstmädchen hatte Lisa hinter sich. Hoffentlich hatte sie sich gut angestellt, damit Frau Riefke zufrieden war und sie behielt!

Schließlich war Lisa noch ein Kind ...

Aber deswegen konnte sie doch schon anständig arbeiten! Als sie, Clara, selbst elf Jahre alt gewesen war, hatte sie bestimmt nicht weniger zu arbeiten gehabt als ihre Schwester! Schon morgens früh vor der Schule und von mittags bis spät in die Nacht hatte sie mit Hilde daheim das Garn haspeln und spulen müssen, das Vater und Mutter am Webstuhl verarbeitet hatten, und wenn sie darüber eingeschlafen war, dann hatten die Eltern sie mit einem nassen Lappen oder gar einem Schneeball, den sie ihr in den Nacken geschoben hatten, wieder aufgeweckt und an die Arbeit getrieben. Und den Haushalt hatte die Mutter ihr noch obendrein aufgebürdet.

Dagegen waren die paar Stunden als Dienstmädchen fast ein Kinderspiel. In Zeiten wie diesen musste eben jeder ran.

Selbst für die Brüder war es mit der Faulenzerei vorbei. Der zehnjährige Heinz musste neuerdings früh aufstehen, um die Zeitung auszutragen, und in der Nacht zum Sonntag setzte er Kegel auf bis morgens um drei. Und sogar der achtjährige Männe verdiente schon als Laufbursche beim Bäcker ein paar Pfennige.

»Na, Lisa, wie war's?«, fragte Clara.

»Ging so«, erwiderte Lisa aus vollen Backen kauend. Clara hatte der Schwester die kalten Kartoffeln mit Schmalz angebraten. Nun stopfte Lisa das Essen heißhungrig in sich hinein. »Ich hab die Fenster putzen müssen. Frau Riefke hat geschimpft, weil sie Streifen hatten, und ich hab alles noch mal mit Zeitungspapier abreiben müssen, dann war sie endlich zufrieden. Und die Teppiche hab ich klopfen müssen. Die waren vielleicht schwer! Aber als ich mich damit abgequält hab, sie rauszuschleifen und gar nicht gewusst hab, wie ich sie auf die Teppichstange kriegen sollte, ist zum Glück Herr Riefke gekommen und hat sie mir hochgehoben. Und Johannisbeeren hab ich abzupfen müssen. Frau Riefke hat Marmelade draus gekocht. Den Schaum hat sie abgeschöpft. Den hab ich essen dürfen, sogar ein Stück Brot hat sie mir dazu gegeben.« Man hörte an Lisas Ton, was für ein Genuss das gewesen war.

»Und sonst, wie ist sie zu dir?«, fragte Clara weiter.

Lisa zuckte die Achseln. »Geht so. Sie nörgelt herum. Ist schwer, ihr was recht zu machen. Aber«, sie stockte und sah Clara an, »wenn wir dafür hier wohnen bleiben können – das lohnt doch, Clara, oder?«

»Und ob!«, bestätigte Clara. »Was würde aus uns ohne dich, Schwesterchen!«

»Da wären wir verloren«, bestätigte die Mutter.

Lisa lachte. Ihr ganzes Gesicht strahlte. Clara lächelte ihr zu.

»Jetzt muss ich Schularbeiten machen«, erklärte Lisa und griff nach ihrer Schultasche.

»Ja, mach nur!«, sagte die Mutter. Viel weicher als früher war ihre Stimme – und kein Ton gegen die Schule.

Lisa schrieb, die Mutter und Clara vernähten die Fäden der Kaschmirschals. In der Stube schliefen die kleinen Brüder. Selbst Heinz ging jetzt immer freiwillig schon um acht ins Bett, weil er so früh rausmusste.

Die Schlafgänger waren noch wie jeden Abend beim Unterirdischen Paule. Die beiden waren in Ordnung. Sie krakeelten nicht herum, wenn sie nach Hause kamen, sondern legten sich bierselig und friedlich in ihr gemeinsames Bett, und außer einem Frühstück verlangten sie keine Aufwartung, waren überhaupt bloß zum Schlafen da.

Nebenan ratterte die Nähmaschine von Anna.

Gemütlich war es. Besser als früher.

Kein Willy mehr, der nebenan Randale machte. Und kein Vater, der die kleinen Brüder verdrosch, wenn sie was angestellt hatten oder nicht sofort parierten, und der aufpasste, wann seine älteste Tochter am Wochenende nach Hause kam ...

Sie schämte sich für den Gedanken. Aber es war doch wahr!

Sie war dem Vater nicht mehr begegnet nach jener schrecklichen Nacht. Sie war einfach nicht in die Stube gegangen, in der er gelegen hatte, die Mutter hatte es ihr ja auch verboten, damit er sich nicht aufregte. Und schon drei Tage später hatte die Mutter gesagt: Jetzt ist er abgereist, in den Harz!, als sie abends von der Arbeit nach Hause gekommen war.

Seither hatte sie ganz andere Freiheiten.

Letzte Samstagnacht hatte schon fast der Morgen gegraut, als sie sich in die Küche geschlichen hatte. Aber die Mutter, auf ihrer Matratze am Fußboden liegend, hatte tief und fest geschlafen und hatte nicht gemerkt, wie spät sie heimgekommen war. Aber dass sie am Abend zur Schlafenszeit noch nicht da gewesen war, das musste sie natürlich gemerkt haben. Aber sie hatte nichts gesagt. Kein Wort hatte die Mutter darüber verloren – als wäre es nicht geschehen.

Von der Mutter hatte sie nichts zu befürchten, das hatte sie längst gemerkt. Die Mutter wusste, was sie an der Hilfe ihrer Töchter hatte. Vielleicht dachte sie sogar an ihre eigene Jugend und daran, dass sie auch zum Tanzen gegangen war und sich mit dem Vater eingelassen hatte, bevor sie verheiratet war, und dass dann doch alles seinen geordneten Lauf genommen hatte, wie es sich gehörte?

Clara lächelte vor sich hin, schnitt den vernähten Faden ab, faltete den Schal zusammen, legte ihn auf den Stapel und griff nach dem nächsten. Automatisch suchten ihre Augen den ersten der heraushängenden Bruchfäden, automatisch fädelten ihre Finger ihn in die Nadel und vernähten ihn.

Letzten Samstag ...

Es war der erste Abend gewesen, den sie in Johanns Kammer verbracht hatten, ganz allein. An Rausgehen war nicht zu denken gewesen, ein Gewitter war losgebrochen und dann hatte es stundenlang in Strömen gegossen.

Wie der Regen auf die Dachziegel getrommelt hatte ... Sie konnte sich kein schöneres Geräusch vorstellen. Sie hatten gar nicht genug voneinander kriegen können. Dann schließlich hatte er spät am Abend eine Kerze angezündet und gesagt: »Jetzt lese ich dir etwas vor.«

»Ein Gedicht?«, hatte sie gefragt und gehofft, es würde ein Liebesgedicht sein. Wenn schon keins von ihm, dann eben eins von einem anderen Dichter.

Aber er hatte den Kopf geschüttelt, sich wieder zu ihr aufs Bett gelegt und gesagt: »Nein, kein Gedicht. Ich will mal was für deine politische Bildung tun. Hör zu, was der Genosse August Bebel schreibt: ›Frau und Arbeiter haben gemein, Unterdrückte zu sein. Die Formen dieser Unterdrückung haben im Laufe der Zeiten gewechselt, aber die Unterdrückung blieb. Die Frau ist das erste menschliche Wesen, das in Knechtschaft kam. Die Frau wurde Sklavin, ehe der Sklave existierte ...‹«

Ein Liebesgedicht wäre ihr lieber gewesen. Aber auch so war es schön gewesen, seine Stimme, der Regen auf dem Dach, ihr Kopf an seiner Brust, sein Arm, der sie hielt, seine Finger, die mit ihren Haaren spielten. Leider war sie sehr rasch müde geworden und schon nach ein paar Minuten eingeschlafen und erst wieder aufgewacht, als die Nacht schon fast rum war. Sie hatte ihn wach geküsst, nur um ihm zu sagen, dass er weiterschlafen solle.

Und kein Vater mehr, vor dem sie sich beim Nachhausekommen fürchten musste.

Wie schwarz war ihr die Zukunft erschienen. Und nun ging das Leben doch weiter und die Liebe, vor allem die.

Ein strahlender Spätsommersonnentag ging zu Ende, ein Sonntag, wie man ihn sich schöner nicht hätte vorstellen können, wie geschaffen für einen Ausflug ins Grüne, zum Baden im Wannsee, zum Spazierengehen im Grunewald, zum Sitzen am Ufer der Havel, vom Kahnfahren ganz zu schweigen. Sie aber hatte den langen Tag mit der Mutter in der stickigen Stube gesessen und Fäden vernäht. In der Küche war es wegen des Herdfeuers nicht auszuhalten gewesen, und das war nun einmal zum Kochen nötig – sie hatten sich zum Mittagessen sogar ein Stück Rindfleisch von der Freibank und grüne Bohnen mit Kartoffelbrei geleistet, der mit einem winzigen Klecks guter Butter verfeinert war –, also hatten sie sich in der Stube ans Fenster gesetzt. Die Schlafgänger hatten was von Kegeln gesagt und

Gartenwirtschaft, als sie sich morgens davongemacht hatten. Die hatten recht!

Aber sie saß hier drinnen in der stickigen Luft und der Schweiß lief ihr herunter und die heimlichen Tränen über diesen verlorenen Tag. Wie schön wäre es gewesen, ihn mit Johann zu verbringen!

Aber es ging ja nicht. Die Kaschmirschals mussten nun einmal fertig werden. Die Mutter ließ sich neuerdings noch einen Packen mehr aushändigen, und wenn sie den Termin versäumte, wurde ihr die Arbeit der Woche nicht mehr abgenommen und dann gab es keinen Lohn.

Also weiternähen. Bald war Abend. Dann war es geschafft. Dann musste nur noch die Mutter nähen. Denn den Sonntagabend machte sie, Clara, frei, wie sehr die Arbeit auch drängte.

Draußen ertönte Leierkastenmusik, eine Kinderstimme plärrte die Moritat von *Sabinchen war ein Frauenzimmer*. Endlich eine kleine Abwechslung. Kurz lehnte Clara sich aus dem Fenster und sah in den Hof hinunter. Ein paar Gören umringten den Leierkastenmann. Keines von ihnen vergriff sich an den Pfennigen, die aus einigen Fenstern als Dank für die Unterbrechung des öden Einerlei geworfen wurden. Auch Clara warf einen Pfennig hinunter. Mehr konnte sie nicht geben. Eigentlich den auch nicht ...

»Wir haben nichts zu verschenken!«, protestierte denn auch die Mutter.

»Die müssen doch auch leben«, erwiderte Clara und lehnte sich noch einmal aus dem Fenster. Inzwischen folgte ein Lied über die schöne Stadt Berlin, das sie noch nicht kannte. Schon beim zweiten Vers summte sie die eingängige Melodie mit. Das Mädchen dort unten, das den Leierkastenmann begleitete, war bestimmt nicht älter als Lisa. Voll Inbrunst sang es:

»... Blonde, Braune, Schwarze, Rote,
aufgelegt zu Spiel und Scherz,
trägt ja jede in dem Jäckchen
fröhlich ihr Berliner Herz.
Jenes Herz, das alle Zeiten
stets der Liebe schlägt aufs Neu,
das im Glücke froh sich fühlend
und im Unglück brav und treu.«

Als die Musikanten weitergezogen waren und Clara längst wieder über ihren Schals saß, versuchte sie Bruchstücke des Liedes zu erinnern und vor sich hin zu singen: »Jenes Herz, das alle Zeiten stets der Liebe schlägt aufs Neu, das im Glücke froh sich fühlend und das immer brav und treu.«

Ja, das würde sie immer sein: brav und treu.

»Was soll die Singerei«, sagte die Mutter. »Arbeite lieber!«

Clara schwieg.

Ob Johann sie in einen Biergarten einlud? Auf eine Berliner Weiße hätte sie schon Lust. Sollte sie eine rote nehmen? Oder doch eine grüne? In letzter Zeit war Johann großzügiger mit dem Geld – er hatte mehr verdient und war sogar in ein richtiges Zimmer ein Stockwerk tiefer gezogen, das eine Mark in der Woche mehr kostete. Im Dach war es ja bei der Hitze nicht länger auszuhalten gewesen. Wenn es so weiterging mit Johanns Einnahmen, dann konnten sie vielleicht auch bald daran denken, eine Familie zu gründen ...

Nein, nein, sich nicht in Luftschlösser versteigen, nicht an die Zukunft denken, nur an heute Abend! Gestern hatte er keine Zeit für sie gehabt, er hatte auf einer Gesellschaft seine Gedichte vortragen müssen. Sie hatte es ja verstanden, er brauchte das Geld, das er dafür bekam, aber trotzdem, ihr freier Samstagabend ...

Sie hatte ihre Wäsche und Johanns Socken gestopft und ihr Kleid und Johanns Bettwäsche gebügelt, denn die hatte sie ihm letzte Woche mit der großen Wäsche der Familie gemeinsam gekocht, genau wie seine Handtücher und seine Unterwäsche. Dass Jenny das weiter für ihn machte, das ging nun wirklich nicht an, schließlich hatte Johann nun ja sie. Viel Arbeit war es gewesen und müde war sie davon geworden, aber spätabends war sie trotzdem noch zu Johann in sein neues Zimmer gegangen und in sein Bett geschlüpft. Er hatte nach Wein und nach teuren Zigarren gerochen, es war ihr ganz seltsam dabei gewesen. Als läge sie mit einem fremden vornehmen Herrn im Bett.

Er war danach gleich eingeschlafen und hatte sogar ein bisschen geschnarcht. Sie grinste.

Sie wollte lieber doch nicht in einen Biergarten, lieber doch zum Tanzen in ein Gartenlokal. Beim Tanzen waren sie sich so nah wie sonst nur noch im Bett. Beim Tanzen musste man nicht reden. Manchmal wusste sie nicht so recht, was sie mit ihm reden sollte oder was antworten auf die Sachen, von denen er sprach. Und von manchen Sachen erzählte sie ihm auch besser nichts.

Zum Beispiel, dass Lisa immer schmaler wurde, seit sie bei Riefke wie wild schuften musste – oft genug über die vereinbarte Zeit hinaus. Sonst regte er sich nur wieder auf und hielt eine seiner politischen Reden über Ausbeutung und Revolution und darüber, dass Kinderarbeit verboten sei, wonach aber anscheinend kein Hahn krähe, und dann wurde sie immer ganz stumm. Es half doch nichts, die Kinder mussten nun mal mitverdienen, sonst langte es eben nicht.

Sie hatte als Kind auch immer gearbeitet, daheim in Schlesien. Aber Johann nicht. Johann war ja aufs Gymnasium gegangen und hatte Geige spielen gelernt und solche Sachen.

Die Brüder stürmten erhitzt vom Spielen in die Stube, die Mutter ging in die Küche, um das Abendessen zu richten. Clara holte sich einen Krug Wasser und die Waschschüssel, schickte die Jungen hinaus und wusch sich. Sie hatte sich extra eine Seife mit Lavendelduft gekauft, obwohl die eigentlich viel zu teuer war. Johann mochte es, wenn sie gut duftete.

In ihrem feinen Kleid wartete sie zur verabredeten Zeit unten im zweiten Hof auf Johann. Er kam, doch er war nicht allein, Jenny war bei ihm. Einen Augenblick war sie enttäuscht, sie wäre lieber mit Johann allein gewesen, aber beim Tanzen war das nicht so schlimm, da hatte sie ihn ja für sich. Sie zog ihn in die Toreinfahrt. Dort fiel sie ihm ungeniert um den Hals und küsste ihn ab. »Ich hab solche Sehnsucht nach dir gehabt«, flüsterte sie ihm ins Ohr und dann fuhr sie laut fort: »Gehen wir zum Tanzen in eine Gartenwirtschaft? Jenny, kommt Heinrich auch mit?«

»Nee!« Jenny schüttelte den Kopf. »Der hat heut auf einem Vereinsfest mächtig zugelangt und jetzt schläft er seinen Rausch aus. Aber so schlimm, dass er nicht hören würde, wenn die Kinder schreien, ist es denn doch nicht. So hab ich heut Abend frei, die Kinder sind schon im Bett. Wir wollen in eine Versammlung. Clara Zetkin ist in Berlin und spricht, das darf man sich nicht entgehen lassen. Du kommst doch auch mit?«

»Versammlung?«, wiederholte Clara gedehnt. Das durfte nicht sein. Den ganzen Tag hatte sie sich nach diesem Abend gesehnt, und nun eine Versammlung! Ein stickiger Saal, Reden, von denen sie sowieso nichts verstand ...

»Ja«, erwiderte Johann und zog sie noch einmal in die Arme. »Es ist dir doch auch recht, meine kleine Genossin? Ich muss deine berühmte Namensvetterin unbedingt einmal persönlich hören, die ist ja einfach die wichtigste Stimme der proletarischen Frauenbewegung und sie wird über die Forderung der SPD nach dem allgemeinen Wahlrecht für Frauen sprechen.«

»Weil es wirklich keinen vernünftigen Grund gibt, mündige menschliche Wesen wie uns Frauen von den Bürgerrechten auszuschließen!«, fiel Jenny in Johanns Erklärungen ein. »Wir Arbeiterinnen sind jedenfalls nicht gewillt, so eine Entrechtung weiter zu ertragen!«

»Und die proletarischen Frauen stecken in so schlimmen wirtschaftlichen und sozialen Verhältnissen, da muss dringend Abhilfe geschafft werden«, fuhr Johann fort. »Aber wie soll das gehen, wenn die Frauen keine politischen Rechte und Freiheiten haben und damit auch keine Stimme? Das Wahlrecht für Frauen ist der Dreh- und Angelpunkt, damit sich endlich was ändert. Nun, Clara Zetkin wird dafür schon die passenden Worte finden und die proletarischen Frauen mobilisieren, so wie es vor einiger Zeit Lily von Gizycki für die bürgerlichen Frauen versucht hat. An dieser Gizycki ist übrigens eine Sozialistin verloren gegangen, da war ich mir mit Jenny einig.«

»Genau«, stimmte diese zu. »Zur deutschen Arbeiterinnenbewegung sollte sie stoßen, nicht zur bürgerlichen Frauenbewegung, diesen scheinheiligen Weibern, die nichts mit uns zu tun haben wollen! Alle Frauenvereinigungen seien ihnen als Mitglieder willkommen, haben sie behauptet, als sie sich zum *Bund deutscher Frauenvereine* zusammengeschlossen haben, alle – solange sie nicht eindeutig politisch seien! Politisch! Ha! Wer damit gemeint war, ist ja klar! Aber Clara Zetkin hat ihnen Paroli geboten und hat erklärt, wir Arbeiterinnen seien sowieso nicht im Allergeringsten daran interessiert, Anschluss an die Vereinigung zu suchen, wir seien über die Zeit frauenrechtlicher Harmonieduselei längst hinaus! Denn die bürgerlichen Frauen erstrebten nur Reformen im Kampf von Geschlecht zu Geschlecht, die proletarischen Frauen aber erstrebten durch einen Kampf von Klasse zu Klasse in enger Gemeinschaft mit den Männern ihrer Klasse die Beseitigung der bürgerlichen Gesellschaft. Recht so! Wir Arbeiterinnen haben ja die Gleichberechtigung der Frauen längst erreicht, wir stehen in der Fabrik unseren Mann. Aber jetzt wollen wir endlich das Wahlrecht!«

»Das Wahlrecht. Darum geht es«, bestätigte Johann. »Also – gehen wir?«

»Aber – ich wollte doch zum Tanzen – ins Freie – ins Grüne – ich hab mich so darauf gefreut ...«, begann Clara stockend und hängte sich Johann an den Arm.

Er schob sie von sich, runzelte die Stirn. »Gefreut? Ja und – Clara Zetkin freut dich nicht? Hast du denn gar kein Interesse an Frauenwahlrecht und Klassenkampf?«

Tränen stiegen ihr in die Augen, sie versuchte nicht zu weinen, er war so fremd, so verärgert, sie hatte ihn enttäuscht, aber sie, sie war doch auch enttäuscht, galt das nichts?

»Ich will doch nur ein bisschen leben«, flüsterte sie leise.

»Eben!«, sagte Jenny. »Und dafür muss man kämpfen! Denn ohne Kampf für unsere Rechte bekommen wir proletarischen Frauen vom Leben nur die Mühsal und den frühen Tod. Ich dachte, das hättest du kapiert, Clara!«

Die Liebe, dachte Clara, du hast die Liebe vergessen. Aber sie sagte es nicht. Sie konnte nichts mehr sagen. Sie musste aufpassen, dass sie nicht weinte.

»Na«, meinte Johann, »ich will dich nicht zwingen, mitzukommen, wenn dich das nicht begeistert, du bist schließlich ein freier Mensch, was? Also, dann gehen wir eben allein, Jenny! Und wir beide, Clara, wir sehen uns dann nächsten Samstag wieder. Gute Nacht, mein Schatz.« Damit drückte er ihr einen Kuss auf die Lippen und wandte sich um.

Diese Geste, sie war so abschließend, sie konnte nichts darauf erwidern. Sie sah ihm nach und wäre ihm am liebsten nachgelaufen, alles wäre besser, als so zurückzubleiben, auch ein langweiliger Vortrag in einem überhitzten Saal, aber Johann drehte sich nicht noch einmal um. Und sie stand da, schwer wie Blei waren ihre Beine, und sah ihm nach und die Tränen liefen ihr über die Wangen.

Eine Gruppe von Jungen stürmte in den Hof und blieb feixend ein Stück vor ihr stehen. Einer begann zu gröhlen und die anderen stimmten lautstark ein:

> »Weine nicht, es ist vergebens,
> jede Träne deiner Lebens
> fließet in ein Kellerloch,
> deine Keile kriegste doch!«

Dann rannten sie lachend davon.

Clara setzte sich auf die Haustürschwelle und weinte.

Irgendwann setzte sich jemand neben sie. Sie sah nicht auf. Eine schmale Hand legte sich ihr auf die Schulter und drückte sie. »Was ist denn, Clara?«

»Ach, Lisa«, erwiderte sie schluchzend und umarmte ihre Schwester, »ach, Lisa.«

Dann wischte sie sich die Tränen aus dem Gesicht, nahm die Hand ihrer Schwester und zog sie in die Höhe. »Komm, wir beide machen uns jetzt einen schönen Abend. Wir gehen ein bisschen zum Flanieren in den Park.«

Arm in Arm machten sie sich auf den Weg. Es war so gut, eine Schwester zu haben, eine, die zu einem hielt, komme, was da wolle.

Eine Zeit lang gingen sie schweigend durch die Straßen.

Schließlich fragte Lisa: »Warum hast du denn geweint?« Und fügte dann stockend hinzu: »Oder kannst du's nicht sagen?«

»Warum nicht!« Clara seufzte. »Johann ist heut Abend ohne mich zu einer Versammlung. Und ich wollte doch so gern mit ihm tanzen.«

»Ach so«, sagte Lisa. Es klang, als fände sie das nicht so besonders schlimm. Aber Lisa verstand eben noch nichts von der Liebe. Ihre Schwester Hilde hätte es bestimmt verstanden, wenn sie noch leben würde. Sechzehn wäre die jetzt ...

»Ich hatte mich die ganze Woche darauf gefreut, verstehst du?«, erklärte Clara. »Und nun lässt er mich stehen! Ich wär ja zur Not auch mit zu der Versammlung, aber er hat gleich gesagt, dann geht er eben allein mit Jenny zu der Rede von dieser Clara Zetkin. Als müsste ich die kennen, aber ich hab doch noch nie von ihr gehört. Ach weißt du, ich glaube – manchmal bin ich einfach zu dumm für ihn.«

»Du bist doch nicht dumm!«, protestierte Lisa. »Bei meinen Dreisatzaufgaben kannst du mir immer helfen.«

»Ja, dabei schon.« Clara lächelte und strubbelte ihrer Schwester durch die Locken. »Komm, da vorn ist der Park, da setzen wir uns auf eine Bank und schauen in die Bäume, das ist fast so gut, als wären wir richtig im Grünen!«

Sie ließen sich nieder. Die Vögel sangen, der Springbrunnen rauschte, die Rosen blühten. Die Abendsonne malte ein tiefrotes Licht auf die Stämme der Bäume. Wie schön war es hier. Wie schön könnte es sein, dachte Clara, wenn jetzt Johann neben ihr säße und nicht Lisa ...

In plötzlicher Scham über diesen Gedanken griff sie nach Lisas Hand. Wie schlaff sie sich anfühlte! Clara warf ihrer Schwester einen prüfenden Blick von der Seite zu. Ganz eingesunken saß Lisa auf der Bank, schaute nicht die Bäume, nicht die Wasserfontäne und nicht die Blumen an, sondern starrte müde vor sich hin auf den Boden.

»Die Arbeit bei Riefkes Mutter ist wohl sehr anstrengend?«, fragte Clara. »Dass die dich so ausbeutet, ist eine Gemeinheit!«

Lisa zuckte nur die Schultern. Sie schwiegen.

»Sag mal, Clara«, begann Lisa zögernd und sprach dann nicht weiter.

»Ja?«, fragte Clara.

»Herr Riefke, der könnte uns rausschmeißen, aus der Wohnung, oder?«

Clara nickte.

»Und noch nachträglich das Geld für die Schlafgänger verlangen, ist doch so, oder?«

»Oh Gott, ja, daran darf ich gar nicht denken!«, rief Clara aus. »Das wäre die reinste Katastrophe! Aber warum fragst du? Hat Riefke dir etwa damit gedroht?«

»Nein«, erwiderte Lisa leise. »Nur so.«

»Dann ist ja gut«, sagte Clara.

8

Der livrierte Diener legte Margarethe Hasenrücken mit Preiselbeeren und Birnenkompott vor. Sie machte ihm ein Zeichen, dass er ihr nur ganz wenig auftun solle, dennoch wurde die Portion größer, als sie bewältigen konnte. Nach Steinbutt in Hummersauce, Lammkeule mit Stachelbeersauce und grünen Bohnen, Taubenpastete und Kalbskoteletts mit Champignons war es die reinste Tortur, den vom Korsett bedrängten Magen mit einem weiteren Gang traktieren zu müssen. Ein Dessert würde sie sich dann auch noch hineinzuquälen haben.

Ein sechsgängiges Menü war etwas für Herren, die dezent ihren Hosenbund erweitern mochten, nicht aber für Damen, die sich von der Zofe keinen Zentimeter der Schnürung nachgeben lassen konnten, weil sonst das auf engste Taille gearbeitete Abendkleid nicht mehr schloss.

Aber wenn ihre Mutter ein Diner gab, tat sie es nie unter sechs Gängen. Sie war der Meinung, dies der Ehre des Hauses zu schulden.

Margarethe beobachtete, wie der Diener mit der noch halb gefüllten Wildplatte wieder verschwand. Was bei diesem Diner übrig blieb, überschritt selbst den Appetit der Dienerschaft. Die Hälfte würde weggeworfen werden. Was für eine Vergeudung!

Sie könnte morgen Emma mit einem Korb voller Reste zu Anna Brettschneider schicken. Auch diesem auffallend hübschen Mädchen, das neben Frau Brettschneider wohnte, und ihrer Familie konnte sie etwas mitbringen. Ein wahres Fest würde es für sie sein.

Aber nein, das war unmöglich. Wie konnte man Menschen, die sich von Kartoffeln, Kohl und Brot zu ernähren pflegten und oft genug hungrig ins Bett gehen mochten, solche üppigen Reste eines Gastmahls ins Haus tragen? Sie mussten doch von einem ohnmächtigen Hass auf ihre Wohltäter ergriffen werden, die sich solche Delikatessen nicht nur leisten konnten, sondern auch noch im Überfluss übrig behielten!

Anna Brettschneider. Sie hatte sie nicht mehr besucht, nur Emma regelmäßig mit Geld und ein paar Lebensmitteln zu ihr geschickt. Als Geschenk zu ihrem vierundzwanzigsten Geburtstag hatte Margarethe sich von ihrem Vater eine Erhöhung ihres monatlichen Taschengeldes gewünscht. Er hatte es mit Verwunderung zur Kenntnis genommen, aber großzügig erfüllt. Seither war es keine Schwierigkeit mehr, Anna Brettschneider regelmäßig so zu unterstützen, dass sie nicht Gefahr lief, ihre Wohnung wieder aufgeben zu müssen.

Margarethe hatte sich von Emma jedes Mal einen genauen Bericht geben lassen. Dennoch drängte es sie, selbst dort nach dem Rechten zu sehen. Aber das war unmöglich.

Wenn sie dabei Johann Nietnagel über den Weg laufen würde ...

Nicht schon wieder an ihn denken, nicht schon wieder!

Seit vielen Wochen versuchte sie verzweifelt, den Gedanken an ihn aus ihrem Kopf zu verbannen, das Gefühl für ihn aus ihrem Herzen zu reißen. Es ging nicht.

Aber ein weiterer Kontakt mit ihm war ebenfalls unmöglich. Sie würde nur immer tiefer hineingeraten, sie spürte es ja. Und es konnte zu nichts anderem führen als zur Katastrophe.

Sie durfte doch nicht einen Sozialisten lieben, einen erklärten Sozialdemokraten, der die bestehende Gesellschaftsordnung bekämpfte und auf die Revolution hoffte, dem die Solidarität mit allen Proletariern vor der Vaterlandsliebe ging.

Und doch.

Sie hatte heimlich ein paar Artikel der Sozialdemokraten gelesen. Vieles hatte ihr eingeleuchtet, war ihr sogar aus der Seele gesprochen. Die Forderung nach dem Wahlrecht für Frauen, die Papa mit einer verächtlichen Handbewegung vom Tisch fegte – von den Sozialdemokraten wurde sie als einziger der im Reichstag vertretenen Parteien erhoben. Abschaffung aller Gesetze, welche die Frau gegenüber dem Manne benachteiligten, freie Meinungsäußerung, Abschaffung der Todesstrafe, Unentgeltlichkeit ärztlicher Hilfeleistungen und Medikamente, Verbot der Erwerbsarbeit für Kinder unter vierzehn Jahren ...

Die Vorstellung, dass Johann solche Forderungen vertrat, machte sie stolz. Deswegen konnte man ihn doch nicht verdammen!

Aber anderes, was sie gelesen hatte, machte ihr Angst: die Rede von Ausbeutung und von Klassenherrschaft und von der Kraft, die dem Kapitalismus innewohne und notwendig zu seinem Niedergang und zur Herrschaft des Proletariats führe ...

Wüsste sie nur, was Johann zu solchem umstürzlerischen Gedankengut sagte! An allen Enden fühlte sie, wie sehr ihr eine solide Bildung fehlte, wie wenig sie in der Lage war, politische Sachverhalte zu durchschauen, sich ein eigenständiges Urteil zu bilden. Wie nutzlos erschien ihr auf einmal alles, was sie in der höheren Töchterschule und im Mädchenpensionat gelernt hatte. Sollte sie wirklich um der Meinung der anderen willen Johann verurteilen, nur weil er Sozialist war?

Johann, seine Augen, sein Blick, seine Stimme ...

Warum war er ihr bei ihrer letzten Begegnung nicht in den Wintergarten gefolgt? Hatte er ihre Aufforderung nicht verstanden? Das schien ihr unwahrscheinlich. Hatte es also zu bedeuten, dass er sie nicht in Bedrängnis bringen wollte?

Das würde so gut passen zu ihm, zur Genauigkeit seiner Beobachtung, die aus seinen Werken sprach, zu seiner Menschlichkeit. Sie liebte ihn noch mehr dafür.

Es riss sie mitten entzwei.

Niemals, unter keinen Umständen, würde der Vater in eine Verbindung mit einem Sozialisten einwilligen.

Und ohne die Zustimmung des Vaters . . .

»So schweigsam auf einmal, Baronesse?«, fragte ihr Tischherr Dr. Heuchling, ein junger Chemiker, Leutnant der Reserve, der soeben die äußerst florierende Fabrik seines Vaters übernommen hatte. »Die Stille des Genusses, nicht wahr? Der Hasenrücken zergeht auf der Zunge.«

Es war das zweite Mal, dass die Mutter ihr diesen Doktor Heuchling zum Tischherrn bestimmt hatte, einen der gegenwärtig am stärksten umworbenen Junggesellen der Gesellschaft. Anscheinend nahm die Mutter langsam Abschied von der Vorstellung eines hochgeborenen Gardeoffiziers als alleinig möglichen Heiratskandidaten für sie und erweiterte den Kreis der potenziellen Bewerber um herausragende Vertreter der Geldaristokratie. Demnächst würde der greise Vater von Doktor Heuchling wegen seiner Verdienste als Fabrikant (oder mehr noch wegen seiner großzügigen Spenden für die Errichtung der vor Kurzem feierlich eingeweihten Kaiser-Wilhelm-Gedächtniskirche) in den erblichen Adelsstand erhoben werden. So würde auch sein Sohn das begehrte Prädikat erhalten, was ihn zwar nicht dem alten Adel ebenbürtig machte, aber eine Verbindung mit ihm immerhin dem Geruch der Mesalliance enthob.

Wenn die Mutter wüsste, dass ihre Tochter längst ein Auge auf einen Bürgerlichen geworfen hatte, der ganz gewiss niemals geadelt werden würde ...

Margarethe zwang sich zu einem Lächeln. »Es freut mich, dass Ihnen unser bescheidenes Diner mundet, Herr Doktor. Und was die Schweigsamkeit betrifft – erzählen Sie mir doch von Ihrer Fabrik! Ich interessiere mich für die soziale Frage, müssen Sie wissen.«

»Die soziale Frage«, wiederholte er und lockerte unwillkürlich seinen Kragen. »Ja, ein weites Feld. Aber sollte sich eine junge Dame darüber wirklich den Kopf zerbrechen?«

»Oh, durchaus«, mischte sich Julia von Aubach ins Gespräch, eine Margarethe vom Wohltätigkeitsverein und von einigen gesellschaftlichen Kontakten her bekannte junge Dame mit unscheinbarem, aber klugem Gesicht, die zur Linken des Doktors saß. Offensichtlich war sie ihres Tischherrn überdrüssig, eines Offiziers, der sich allzu sehr dem Wein widmete und sich in Monologen über die deutschen Kolonien in Afrika allgemein und die Arbeitsscheu der Hottentotten speziell erging. »Uns Frauen bewegt nun einmal das Menschliche – und was hätten wir für eine Welt, wenn wir das außer Acht ließen?«

»Das Menschliche, natürlich«, beeilte sich der Doktor zu versichern. »Nun, da Sie mich auf meine Fabrik ansprechen, so kann ich Sie in dieser Hinsicht durchaus beruhigen. Wenn Sie die Hungerlöhne anprangern wollen – die es natürlich gibt, wer wollte das bestreiten –, so nehmen Sie die Textilindustrie unter die Lupe oder die Nahrungsmittelerzeugung und die Tabakindustrie. Die chemische Industrie steht da doch anders da. Ich zahle fast das Doppelte von dem, was in einer Spinnerei verdient wird. Kinder unter vierzehn Jahren beschäftige ich gar nicht. Und ich habe einen hohen Bedarf an gelernten Facharbeitern, viele waren ehemalige Apothekergehilfen oder Ähnliches. Mancher von ihnen verfügt sogar über eine gute Schulbildung, hat die Bürgerschule besucht.«

»Entstehen nicht auch giftige Dämpfe in Ihrer Fabrik?«, fragte Fräulein von Aubach und beugte sich vor. Margarethe tauschte einen Blick stillen Einverständnisses mit ihr.

»Giftig, nun ja, jedes Ding ist ein Gift, es ist alles eine Frage der Dosis, hat schon Paracelsus gesagt. Wir haben hohe Fenster, für Ventilation ist also bestens gesorgt – besser, als in so manchem Hinterhof.«

»Beschäftigen Sie auch Frauen in Ihrer Fabrik?«, fragte Margarethe.

»Ja, in gewissem Umfang, als ungelernte Arbeiterinnen. Bei manchen einfachen Tätigkeiten sind Frauen und Mädchen geschickter und flinker als Männer.«

»Und billiger«, meinte Fräulein von Aubach sarkastisch.

Dem Doktor stieg das Blut in den Kopf. »Natürlich. Das ist allenthalben so, und wo kämen wir hin, wenn es anders wäre! Das entspricht ganz und gar der sozialen Notwendigkeit, der Verantwortung des Fabrikherrn für seine Arbeiterschaft und der allgemeinen Praxis. Eine Frau muss schließlich nur ein Zubrot verdienen oder für sich selbst sorgen, ein Mann muss eine ganze Familie ernähren. Da braucht er einen höheren Lohn, selbst wenn seine Arbeit die Gleiche ist.«

»Aber das ist ja gar nicht immer so, dass eine Frau nur für sich selbst oder für einen Zuverdienst sorgen muss«, widersprach Margarethe. »Wie viele Witwen mit Kindern gibt es unter den Arbeiterinnen, wie viele Mütter, die von ihren Männern im Stich gelassen wurden und nicht wissen, wie sie ihre Kinder ernähren sollen! Ich weiß das aus eigener Erfahrung, ich kümmere mich um eine Frau, die in einer solchen Lage ist.«

»Ausnahmen«, brummte Doktor Heuchling.

»Oh nein«, erklärte Fräulein von Aubach lebhaft. »Im Wohltätigkeitsverein haben wir immer wieder mit solchen Fällen zu tun.«

»Genau. Aber um noch einmal auf die giftigen Dämpfe zurückzukommen«, nahm Margarethe den Faden wieder auf, »wenn Arbeiterinnen guter Hoffnung sind – besteht da nicht Gefahr für die Gesundheit des ungeborenen Lebens?«

»Ich kann schließlich nicht jede Arbeiterin fragen, ob sie ein Kind erwartet«, wehrte Doktor Heuchling ab. »Aber ich bitte Sie – ist das ein Thema, das ich mit zwei jungen Damen der Gesellschaft besprechen sollte?«

»Ah, Sie meinen, das verletzt unser weibliches Zartgefühl«, erwiderte Fräulein von Aubach spöttisch. »Nun, ich denke, die Umstände, wie sie Frau von Gizycki so bewegend in ihrem mitreißenden Vortrag angeprangert hat, tun das noch viel mehr!«

Doktor Heuchling rang sichtlich um Fassung und eine passende Entgegnung. Doch da klopfte General von Klaasen an sein Glas und schickte sich an, einen weit ausgreifenden Toast auszubringen, und befreite so Doktor Heuchling von der Notwendigkeit, eine Antwort zu finden.

Ich muss unbedingt mit Julia von Aubach ins Gespräch kommen, dachte Margarethe. Ich wusste gar nicht, was in ihr steckt. Sie scheint ganz und gar eine eigene Meinung zu haben. Und sie war also auch bei dieser Veranstaltung, in der Frau von Gizycki gesprochen hat. Damals war ich voller Pläne, voller Elan, wollte etwas tun, mich engagieren, einen Beitrag leisten …

Und erst meine Vorstellung, einen Fabrikanten zu heiraten, um in seiner Fabrik ein Sozialwerk zu errichten, wie es Frau Höhl tut …

Wie blauäugig ich war. Wie wenig ich gesehen habe, dass ich

damit auf Gedeih und Verderb auf das Wohlwollen meines Gatten angewiesen wäre – und dass der seine eigenen unternehmerischen Interessen dabei verfolgen würde, wie Papa so schlagend dargelegt hat. Wenn ich mir vorstelle, ich müsste mit diesem Doktor Heuchling um die Errichtung eines Kindergartens ringen oder um Schutzbestimmungen für Schwangere! Wenn es ihm nicht in den Kram passte, könnte ich mit Engelszungen reden und würde nichts erreichen, könnte mein eigenes Geld, meine eigene Mitgift nicht dafür einsetzen, wenn er es nicht wollte.

Wie abhängig wir Frauen sind. Wie abhängig meine Mutter trotz ihres ererbten Reichtums von meinem Vater ist, auch wenn sie ihn noch so sanft und geschickt zu beeinflussen versteht.

Und wie abhängig ich von meinem Vater bin. Ich kann den Mann, den ich liebe, nicht heiraten, weil mein Vater es nicht will.

Kann ich es wirklich nicht? Seit ich vierundzwanzig bin, könnte ich rechtlich eine Ehe auch ohne elterliche Erlaubnis eingehen ...

Aber ich stünde ohne einen Pfennig Geld da, das weiß ich gewiss. Papa würde mich verstoßen, mir keinen Pfennig Mitgift auszahlen, das ist so sicher wie das Amen in der Kirche. Und vermutlich würde er mich auch enterben.

Und Johann kann mich nicht ernähren, und schon gar keine Familie ...

Ich aber, ich kann mich nicht selbst ernähren. Jede Arbeiterin kann es. Ich nicht.

Wenn ich damals, vor drei Jahren, ernsthaft versucht hätte, mich durchzusetzen, wenn ich mir nach meiner Volljährigkeit die Möglichkeit erstritten hätte, mich auf das Abitur vorbereiten zu können ...

Was würde es nützen. Einen Beruf zum Geldverdienen hätte ich deshalb immer noch nicht.

Einen Beruf zum Geldverdienen. Wie fremd dieser Gedanke war. Sie, die Tochter des Bankdirektors Baron von Zug – sie sollte sich Gedanken darum machen, ihr Geld selbst zu verdienen? Ihr war der Reichtum in die Wiege gelegt. Immer war klar gewesen: Sie würde sich nie in ihrem Leben finanzielle Sorgen machen müssen.

Aber sie würde auch nie im Leben über ihr Geld frei verfügen.

Es sei denn, sie bliebe unverheiratet und würde eines Tages, nach dem Tod der Eltern ...

Was für schockierenden Gedankengängen hing sie hier nach! Als könnte sie es nicht erwarten, ihre Eltern zu beerben!

Lebhafter Beifall brachte sie an die Tafel zurück. General von Klaasen hatte seinen Toast beendet und setzte sich zufrieden wieder hin. Der Diener räumte das Geschirr ab und servierte als Dessert Rheinische Creme und kandierte Früchte.

Margarethe erinnerte sich ihrer gesellschaftlichen Pflichten. Um seine Verstimmung wiederaufzuheben, verwickelte sie Doktor Heuchling in eine harmlose Plauderei über die Flugversuche Otto von Lilienthals, denen sie am vergangenen Sonntag mit ihren Eltern beigewohnt hatte. Doktor Heuchling schien erleichtert und erging sich bereitwillig in der Schilderung der verschiedensten mehr oder weniger ge- oder missglückten Flugversuche, die er schon erlebt hatte.

»Mein erstes Erlebnis dieser Art hatte ich als Gymnasiast im Garten der Schöneberger Schlossbrauerei. Warten Sie, wann war das? Ich denke, da war ich in der Untersekunda, also 1881, ja, das könnte stimmen. Stellen Sie sich vor, es war doch tatsächlich eine Frau, die damals mit dem Heißluftballon aufstieg, eine gewisse Auguste Securius, ich werde den Namen nie vergessen, es ist einfach zu schockierend, dass eine Frau ein solches Experiment wagt, nicht wahr? Abschreckend, so ein Mannweib! Auch wenn sie mich in meiner Unbedarftheit als Pennäler durchaus faszinierte. Sie stieg allen Ernstes auf, überflog die Hasenheide und landete auf den Köllnischen Wiesen. Wir sind natürlich hingerannt, meine Freunde und ich. Ja, das waren Zeiten!« Er lachte behäbig. Offensichtlich hatte er das Kreuzverhör über seine Fabrik wieder verziehen.

Als die Tafel aufgehoben war, suchte Margarethe die Gesellschaft Fräulein von Aubachs. »Begleiten Sie mich ein wenig in den Garten?«, fragte sie unverblümt und fügte lachend hinzu: »Oder können Sie Ihren Tischherrn nicht entbehren?«

Julia von Aubach verdrehte vielsagend die Augen und hängte sich bei ihr ein. »Wir beide haben dem guten Herrn Dr. Heuchling ganz schön zugesetzt, fürchte ich«, meinte sie gut gelaunt, als sie in die schon herbstlich kühle Nacht hinaustraten. »Manchmal geht wohl der Teufel mit mir durch. Aber seit ich im Wohltätigkeitsverein mitarbeite und vor allem, seit ich das Referat von Frau von Gizycki gehört habe, sehe ich die Welt mit schärferen Augen.«

»Mir geht es auch so«, bestätigte Margarethe. »Obwohl ich sonst noch nie bei einer Versammlung eines Frauenvereins war.«

»Oh, das lässt sich ja nachholen«, erwiderte die andere. »Kommen Sie doch einmal mit mir mit. Ich besuche regelmäßig die Abende des *Allgemeinen Deutschen Lehrerinnenvereins*. Sie haben mir eine ganze Welt eröffnet, meinem Leben Richtung und Sinn gegeben. Und sie unterstützen mich sehr in meinem Bestreben, mich auf eigene Füße zu stellen und Lehrerin zu werden.«

»Lehrerin?«, entfuhr es Margarethe. Sie starrte die andere an. Da hatte sie sich eben noch Gedanken darüber gemacht, keinen Beruf zu haben, und nun sagte ihr diese junge Dame hier, dass sie im Begriff sei, einen zu ergreifen!

Fräulein von Aubach nickte. »Ja, ich weiß, in unseren Kreisen klingt es seltsam, wenn eine Frau offen ausspricht, dass sie sich anschickt, ihren Lebensunterhalt selbst zu verdienen. Degoutant, nicht wahr? Ich habe mich anfangs auch schwer damit getan, öffentlich dazu zu stehen, vor allem, weil meine Mutter mich lange beschwor, von diesem Vorhaben abzulassen, weil es meine Chancen auf dem Heiratsmarkt völlig vernichten würde. Aber habe ich denn welche? Mein Vater war in dieser Hinsicht schonungslos offen.«

»Nämlich?«, fragte Margarethe, von plötzlicher Anteilnahme gepackt.

Fräulein von Aubach schwieg eine Weile, fuhr dann leise fort: »Kurz vor seinem Tod hat er mich zu einer Unterredung gebeten. Er hat mir gesagt, dass er mir kein Erbe hinterlassen könne, keine Mitgift. Und dass ich der Tatsache ins Auge sehen solle, dass ich folglich auch keinen Gatten finden würde, da ich nun einmal auch keine herausragende Schönheit sei. Es bliebe mir also nichts anderes übrig, als mein Leben selbst in die Hand zu nehmen und den einzigen Beruf zu ergreifen, der infrage komme: Lehrerin zu werden.«

»Mon dieu«, flüsterte Margarethe und drückte unwillkürlich den Arm der anderen. »Kommen Sie, setzen wir uns hierher. Sehen Sie, wie die Wasserfontäne im Mondlicht glitzert. Ich liebe das über alles. Und jetzt erzählen Sie mir, wie ist das mit der Ausbildung zur Lehrerin?«

»Ich besuche ein Lehrerinnenseminar«, erwiderte Julia von Aubach. »Aber es ist doch eine eher oberflächliche Angelegenheit. Wir lernen Titel der Weltliteratur auswendig, ohne uns mit den Werken eingehend zu befassen, und das ist nur ein Beispiel unter vielen. Wahrer Wissensdurst wird dort jedenfalls nicht befriedigt. Was will man erwarten, diese Seminare stehen ja nun mal leider auch nicht unter staatlicher Aufsicht. Aber sie dienen immerhin der Vorbereitung auf das Lehrerinnenexamen, und das brauche ich. Ich will so bald als möglich auf eigenen Füßen stehen. Eine Anstellung an einer Höheren Töchterschule für die gehobenen Kreise denke ich sicher bekommen zu können – bei meiner Herkunft, die ja doch so etwas wie ein Aushängeschild für eine gute Schule ist. An einem solchen Institut zu unterrichten, wenn auch nur die unteren Klassen, weil für die wissenschaftlichen Fächer der oberen Klassen bekanntlich nur Herren mit Universitätsstudium eingestellt werden, ja, das kann ich mir gut vorstellen. Das ist eine Aufgabe, der ich aus vollem Herzen zustimmen kann und der ich mit Freude entgegensehe. Ich will so bald als möglich mit der Ausübung beginnen und so meiner Mutter die Sorge um mich nehmen. Deshalb überlege ich auch, das Seminar zu verlassen und mich privat auf das Lehrerinnenexamen vorzubereiten. Das dürfte viel schneller gehen als der Leerlauf im Seminar.«

»Wie stark Sie sind«, murmelte Margarethe voll aufrichtiger Bewunderung. Und plötzlich, ohne nachzudenken, fügte Sie hinzu: »Könnten Sie mir Einblick in den Lehrstoff gewähren, den Sie zu lernen haben?«

Ihr Atem stockte. Was hatte sie da eben gesagt?

Lehrerin ...

Der einzige Beruf, den eine Dame ausüben konnte, ohne der völligen gesellschaftlichen Ächtung anheimzufallen.

Die einzige Möglichkeit, unabhängig zu werden.

Die einzige Möglichkeit, an eine Verbindung mit Johann.

»Oh bitte, gerne«, erwiderte Fräulein von Aubach. »Besuchen Sie mich doch gelegentlich, ich würde mich sehr freuen. Mir scheint, wir haben viel miteinander zu besprechen. Und sei es, um über unsere Tischherren herzuziehen!« Fräulein von Aubach lachte.

»Ach, wie beneide ich Sie!«, seufzte Margarethe tief und blätterte in der kurz gefassten deutschen Grammatik, die Julia ihr auf ihren Wunsch hin leihweise mitgebracht hatte.

»Mich – beneiden? Sie?!« Fräulein von Aubach lachte hellauf. »Das ist nicht Ihr Ernst!« Und damit machte sie eine weite Geste, die alles umfasste: die üppig blühende Rosenlaube, in der sie alleine beim Tee miteinander saßen, den großen parkartigen Garten mit seinen prächtigen Blumenbeeten im September-Sonnenschein, den römischen Brunnen in der Mitte des Kiesplatzes, die herrschaftliche Zug'sche Villa mit ihren Türmen, Altanen, Erkern und gotischen Fensterbögen und zuletzt Margarethe selbst in ihrem rosafarbenen Sommerkleid, das in seiner Eleganz scheinbar schlicht daherkam und an dessen aufwendiger Stickerei eine kleine Stickerin trotzdem viele hundert Stunden gesessen haben mochte.

Noch immer belustigt fuhr Fräulein von Aubach fort: »Wenn das ein Ladenmädchen zu mir sagen würde, das sich zwölf, vierzehn, sechzehn Stunden am Tag die Beine in den Leib steht, so könnte ich es verstehen! Aber Sie? Sie müssen doch wissen, dass es kaum ein Mädchen, kaum eine junge Dame in ganz Deutschland geben kann, die sich nicht an Ihre Stelle träumen würde! In diesen Reichtum geboren zu sein, in diese äußere Sicherheit, die gar nicht weiß, was Sorgen sind! Eltern zu haben, einen Vater und eine Mutter, die einen zärtlich lieben und einem das Leben angenehm zu machen bemüht sind; einen glänzenden Platz in der Gesellschaft auszufüllen, umworben von Offizieren aus besten Familien und Fabrikanten von bestem Vermögen; eine Einladung zum Hofball und die dazugehörende Ballrobe sicher zu wissen und einen Platz bei der Herbstparade mit der eigenen Kalesche in der vordersten Reihe; und dann auch noch so blendend auszusehen . . .« Julia von Aubach brach ab.

»Ich weiß«, sagte Margarethe. »Ich weiß auch, dass es in Ihren Ohren undankbar klingt. Aber dennoch beneide ich Sie. Nicht um das, was Sie besitzen, aber um das, was Sie innerlich haben und sind. Weil Sie ein Ziel haben – und die Konsequenz, es zu erreichen. Weil Sie Ihren Weg kennen und Ihre Kraft, der Sie vertrauen. Sie wollen Lehrerin werden und auf eigenen Füßen stehen, und ohne jeden Zweifel wird Ihnen das gelingen. Ich aber . . .« Sie stockte und fügte dann sehr leise hinzu: »Ich verplempere mein Leben.«

»Sie werden heiraten«, erwiderte Julia von Aubach.

»Ach ja?« Sie erschrak selbst über den harschen Ton ihrer Antwort und tat doch nichts, ihre Stimme zu mildern. »Und ist damit alles gesagt, was über eine Frau zu sagen ist? Heiraten – irgendwen? Hauptsache nur, er ist von Familie und reich – und passt in das Weltbild der Eltern und die Erwartungen der Gesellschaft? Und dann, gesetzt den Fall, ich gehe eine passende Ehe ein, wie es von mir erwartet wird – was bin ich dann? Eine verheiratete Frau, gut und schön! Aber sonst? Wer bin ich?«

Fräulein von Aubach schwieg. Dann sagte sie sehr leise: »Ich glaube, ich weiß, was Sie meinen.«

»Sie kennen doch sicher die Bibelstelle – ich bin nicht sehr bibelfest, aber ich erinnere mich aus dem Gottesdienst«, begann Margarethe tastend neu, »die Geschichte, in der ein reicher Jüngling Jesus fragt, was er tun muss, um ins Himmelreich zu kommen, und in der Jesus sagt, er muss alles verkaufen, was er besitzt, und den Armen geben, und zu den Jüngern fortfährt: *Wahrlich ich sage euch: Leichter geht ein Kamel durch ein Nadelöhr, als dass ein Reicher ins Himmelreich kommt* – oder irgendwie so ähnlich?«

Die andere zögerte. »Macht Ihnen das Sorge? Dann sollten Sie mit Ihrem Pastor reden . . .«

Margarethe machte eine ungeduldige Handbewegung. »Mir geht es nicht um Theologie und das ewige Leben – und unser guter Pastor hat zweifellos eine wunderbare, das Vermögen meiner Eltern schonende Auslegung. Nein, ich meine es anders: Wäre es nicht das Himmelreich auf Erden, seine wahre Bestimmung zu finden, sein Wesen und seinen Platz – und dies alles ganz zu erfüllen, ganz zu sein? Geht es Ihnen nicht so mit Ihrer angestrebten Tätigkeit als Lehrerin?«

Julia von Aubach hob langsam die Schultern. »Wie soll ich sagen – es ist nicht völlig das, was ich gern tun würde. Aber es kommt ihm so nahe, wie es eben für uns Frauen möglich ist. Wenn ich die Wahl hätte, wenn es die berühmte Fee mit den drei Wünschen gäbe, dann würde ich so gerne Abitur machen und studieren. Ich sehne mich danach, tiefer in die Sprachen und vor allem die Literatur einzudringen, mich ernsthaft mit Anglistik und Romanistik zu befassen, wissenschaftlich dazu zu arbeiten! Und dann als Oberlehrerin Mädchen zu unterrichten, die das gleiche ernsthafte Streben, den gleichen Wunsch nach Wissen und Verstehen hätten. Aber das geht nun einmal nicht. So sehr Helene Lange mit ihrem Lehrerinnenverein auch dafür kämpft, Frauen den Weg zur Universität und zum Höheren Lehramt zu eröffnen – für mich wird es zu spät sein. Ich bin nun einmal hundert Jahre zu früh geboren.«

»Hundert Jahre zu früh geboren – wie meinen Sie das?«

»Das ist ein Zitat aus einer Novelle, die ich kürzlich gelesen habe, von Hedwig Dohm. Sagt Ihnen der Name etwas?«

Margarethe schüttelte den Kopf.

»Sie sollten sie lesen! Frau Dohm wohnt übrigens in Charlottenburg. Sie schreibt häufig Artikel zu Frauenfragen in verschiedenen Zeitungen – sehr radikal in ihren Ansichten. Mitunter geht sie mir in ihren Forderungen und Schlussfolgerungen, ihrer Polemik etwas zu weit. Sie prescht mir einfach zu schnell vor, hat zum Beispiel schon vor zwanzig Jahren in einem Buch das Wahlrecht für Frauen gefordert. Da halte ich es doch mehr mit dem Augenmaß für das Erreichbare und mit der Behutsamkeit einer Helene Lange: Erst einmal um das Recht auf Bildung für Frauen kämpfen sowie um ihr Recht auf Erwerbsarbeit – wie viel wäre damit schon gewonnen! Und nicht jetzt schon die völlige Gleichberechtigung und das Wahlrecht fordern, das die radikalen Feministinnen wie Lily von Gizycki gleich auf ihre Fahnen schreiben – damit kommen wir ja doch noch nicht durch und verscherzen uns nur Sympathien.«

Margarethe nickte. Wie neu ihr das alles war, und wie gut Julia sich auskannte, wie klug sie zu urteilen verstand! Sie selbst war von dem Vortrag Frau von Gizyckis einfach nur mitgerissen gewesen ...

»Ja, wie gesagt«, fuhr Julia fort, »ich stehe Hedwig Dohm in manchen Punkten auch kritisch gegenüber. Aber ihre Novelle, von der ich spreche, die Tagebucheintragungen einer alternden Witwe, die nach dem Tod ihres Gatten dem Wahnsinn zutreibt – oder doch eher der Klarsichtigkeit, dem geistigen Durchbruch zur Wahrheit, zur Selbsterkenntnis und zur Erkenntnis der Gesellschaft und der Rolle, welche diese der Frau aufzwingt ... Sätze kommen da vor, die sind mir durch und durch gegangen. Von Seelenmord spricht sie, vom Leben immer nur für andere, nie für sich selbst, von der Sehnsucht zu schöpfen, aber kein Gefäß zu haben, mit dem sich schöpfen ließe, vom Fliegen wollen ohne Flügel, von der Macht in uns, die uns zwingt, uns weiterzuentwickeln, uns zu veredeln und zu vervollkommnen – und vieles mehr. Und da fällt eben auch jener Satz, der mich bis ins Herz getroffen hat, weil er in Worte fasst, was ich schon lange dumpf gefühlt habe, ohne es benennen zu können: ›Dass ich hundert Jahre zu früh geboren wurde, das ist's. Wenn meine Zeit kommen wird, dann bin ich tot, vermodert lange schon.‹ Die Novelle heißt übrigens: *Werde, die du bist!*«

»Werde, die du bist?« Margarethe richtete sich steil auf. »Das ist es!«, rief sie. »Genau das ist meine Sehnsucht! Genau das meinte ich vorhin mit Himmelreich! Aber ich sitze hier in meinem goldenen Käfig und lasse es mir gut gehen wie die sprichwörtliche Made im Speck und habe vergessen, dass ich ein Schmetterling sein könnte! Frei!«

»Eine Fliege«, korrigierte Fräulein von Aubach. »Aus Maden werden Fliegen. Ich habe übrigens von einem Experiment gelesen, das angeblich jemand mit Stubenfliegen gemacht haben soll. Er hat sie in einem Glas gehalten, einem großen Glas mit Glasdeckel. Darin tummelten sich die Fliegen und kannten ihr Lebtag nichts anderes als diese drangvolle Enge. Ihre kleine abgeschlossene Welt. Aber dann nahm der Versuchsleiter den Glasdeckel weg. Die Fliegen hätten hinausgekonnt, davonfliegen in die Weite. Weg. Aber sie bleiben drinnen! Sie wussten ja nichts anderes.«

Mit offenem Mund sah Margarethe Fräulein von Aubach an. »Und keine flog heraus?«, fragte sie fast flüsternd.

»Irgendwann vielleicht – eine? Ich weiß nicht. Was ich sagen will: Die Tür ist offen!«

Margarethe nickte. »Ich weiß, was Sie sagen wollen, ich weiß. Wenn der Käfig nur nicht gar so golden wäre!«

Eine Weile schwiegen sie. Dann erklärte Margarethe: »Wenn es Ihnen recht ist, Fräulein von Aubach, würde ich in Zukunft gern mit Ihnen lernen und mich auf das Lehrerinnenexamen vorbereiten.«

Heute saßen sie einmal zu dritt beim Tee zusammen und der Vater war entspanntester Laune, da ihm am Vormittag ein großer Coup gelungen sei, wie er andeutete, ein Geschäftsabschluss von historischen Dimensionen. Nun lehnte er mit übergeschlagenen Beinen im Ledersessel und erzählte genüsslich Anekdoten aus dem Reichstag, erging sich in ironischen Bemerkungen über die Herren von der Sozialdemokratischen Partei. Die sarkastischen Höhenflüge, die ihm dabei gelangen, bereiteten ihm sichtlich Vergnügen. Jedes Wort gegen die Sozialisten brachte den Stachel in Margarethe zum Brennen. Dennoch tat sie ihrem Vater den Gefallen, herzlich zu lachen. Sie brauchte seine gute Stimmung. Auf eine Gelegenheit wie diese hatte sie lange gewartet, um ihren Eltern von ihrem Plan und von dem Leben zu erzählen, das sie seit Wochen im Geheimen führte – wenn auch nicht von Johann, nein, von dem nicht.

»Ich habe vor, heute Abend mit Julia von Aubach eine Versammlung zu besuchen«, ergriff sie das Wort, als ihr Vater eine Pause in seinem Redestrom einlegte.

»Ach ja? Wie nett, dass du mit Fräulein von Aubach so viel Zeit verbringst«, meinte die Mutter. »Was denn für eine Versammlung?«

»Eine Veranstaltung des *Allgemeinen Deutschen Frauenvereins*«, erwiderte Margarethe möglichst leichthin. »Helene Lange wird sprechen.«

»Allgemeiner Deutscher Frauenverein?«, fragte der Vater und lachte. »Helene Lange? Sind das nicht diese wild gewordenen Lehrerinnen, die dauernd mit irgendwelchen Petitionen daherkommen, Frauen zum Medizinstudium und zum Lehramtsstudium zuzulassen und Lehrerinnen zu erlauben, wissenschaftliche Fächer zu unterrichten? Was hast denn du mit einem Häuflein vertrockneter Lehrerinnen zu tun?«

»Ich habe angefangen, mich selbst auf das Lehrerinnenexamen vorzubereiten«, antwortete Margarethe. »Genauso wie Julia von Aubach. Sie ist viel weiter als ich, hat eine Zeit lang ein Lehrerinnenseminar besucht, aber wieder Abstand davon genommen, weil es ihren Ansprüchen nicht genügt. Nun lernen wir gemeinsam auf die Prüfung hin.«

Der Vater sah sie sprachlos an. Sein Unterkiefer war förmlich heruntergeklappt.

»Es macht Spaß, seinen Kopf wieder einmal zu gebrauchen«, fügte sie rasch hinzu. »Du weißt, ich habe schon immer leicht gelernt. Und ich finde die Vorstellung gut, für alle Fälle einen Beruf zu haben, den ich ausüben könnte.«

»Einen Beruf?«, fragte die Mutter langsam, zögernd. »Du und – Lehrerin? Warst du nicht schon vor zwei, drei Jahren zu dem Schluss gekommen, dass du dir einen Beruf als Lehrerin für dich nicht vorstellen kannst?«

»Ja, Maman. Aber das war damals. Vielleicht war ich einfach zu bequem. Jetzt lockt es mich jedenfalls, etwas zu lernen. Ich bin jetzt eben anderer Meinung.«

»Wie schön«, sagte die Mutter. »Ich auch. Es hat mir schon oft leidgetan, dass ich dich damals in deinem Wunsch, dich in einem Kurs auf das Abitur vorzubereiten, nicht unterstützt habe.«

Überrascht sah Margarethe ihre Mutter an. Wenn sie mit allem gerechnet hätte – damit nicht. Ein stilles Lächeln begegnete ihr und ein nachdenklicher Blick, der in eine weite Ferne zu gehen schien.

»Wie schön?!«, brauste der Vater auf. »Augusta, wie kannst du das sagen! Unsere Tochter – eine Lehrerin, die kleinen Gören die Nase putzt! Ich verstehe dich nicht!«

»Nein«, erwiderte die Mutter ruhig, »das tust du wohl nicht, Rüdiger, und das ist dir nicht zum Vorwurf zu machen. Du kannst es gar nicht verstehen, weil du dir nicht vorstellen kannst, so ein Leben zu führen, wie Damen der Gesellschaft es zu führen gezwungen sind.«

Der Vater runzelte die Stirn. »Gezwungen?«, wiederholte er verärgert. »Ein Leben im Luxus? Ein Leben, dem alle Hindernisse aus dem Weg geräumt sind? Ein Leben an der Sonnenseite? Was für ein Zwang!« Er lachte sarkastisch.

»Eben, ich sage ja, du *kannst* es gar nicht verstehen«, erklärte die Mutter. »Aber vielleicht hilft es dir, wenn du dir vorstellst, ich hätte bei unserer Heirat darauf bestanden, dass du fortan das Leben eines märkischen Junkers führst, der auf seinem Schloss sitzt, den Gutsverwalter die Geschäfte führen lässt und sich darauf beschränkt, zur Jagd zu gehen und hin und wieder die benachbarten Junker zu einer Tabakrunde einzuladen. Wenn du dir vorstellst, wie du dich fühlen würdest, wenn du die Bank nicht hättest und den Reichstag und all deine wichtigen Geschäfte.«

»Aber ich bitte dich! Das ist doch etwas völlig anderes!«, erregte er sich.

»Findest du?«, fragte die Mutter. »Dann versetze dich doch einmal in die Lage einer unverheirateten Dame der Gesellschaft! Du hast deine Aufgabe. Was hat sie? Was hätte ich, wenn ich nicht deine Frau geworden wäre? Glaubst du, mein Geist wäre nicht auch für anderes zu gebrauchen gewesen als für das Entwerfen von Stickmustern, das Bemalen von Wandtellern, die Plauderei bei irgendwelchen Damenkränzchen und die Wohltätigkeit – denn etwas anderes bliebe mir doch nicht!«

»Nun, nun!« Der Vater lächelte milde. »Du hast ja mich!«

Begriff er gar nicht, worum es der Mutter ging? Gebannt sah Margarethe auf ihre Mutter, wartete auf jedes Wort, das diese entgegnen würde.

»Ja, ich habe dich!«, bestätigte die Mutter. »Ich habe die Repräsentationspflichten als Gattin eines Reichstagsabgeordneten und Bankdirektors – und ich habe mir darüber hinaus Aufgaben selbst erschaffen: meine Aufgaben für den Wohltätigkeitsverein, den Verein der Literaturfreunde und ganz besonders für meinen Salon, in dem ich schon manchem avantgardistischen Künstler zum Durchbruch verholfen habe. Aber schwerlich hätte ich als unverheiratete Dame mein Haus zu einem solchen gesellschaftlichen und kulturellen Mittelpunkt machen können. Doch wie du schon sagtest: Ich habe ja dich. Ich habe das Glück, einen wunderbaren Gatten zu haben, der mir bei meinen Aktivitäten freie Hand lässt und sie wohlwollend unterstützt. Wenn dieses Glück nun Margarethe einmal nicht beschieden sein sollte? Wenn es ihr bestimmt sein sollte, unverheiratet zu bleiben – womit soll sie dann ihre langen Tage füllen?«

Wärme stieg in Margarethe auf, ein Gefühl von melancholischer Dankbarkeit für ihre Mutter, die da eine Lanze für sie zu brechen versuchte – und eine tiefe Traurigkeit darüber, der Mutter nicht die ganze Wahrheit offenbaren zu können.

»Unverheiratet?«, meinte der Vater mit einem Auflachen. »Was für ein Unsinn! Bei der Mitgift!«

»Vielleicht möchte ich mich aber nicht meistbietend auf dem Heiratsmarkt versteigern lassen«, warf Margarethe ein und hörte selbst die Schärfe in ihrer Stimme. Sie versuchte sie zu mildern, durfte sie den Vater doch jetzt nicht allzu sehr verstimmen: »Außerdem habe ich nicht gesagt, dass ich entschieden bin, als Lehrerin zu arbeiten. Ich habe nur gesagt, ich lerne und bereite mich darauf vor, das Examen abzulegen.«

Der Vater faltete seine Hände und zog sie so auseinander, dass die Fingergelenke knacksten. »Na, meinetwegen. Du bist volljährig. Ein paar Bücher auswendig zu lernen, hat noch keinem geschadet. Aber tu mir den Gefallen und hänge es nicht an die große Glocke! Ich möchte ungern erleben, dass meine Kollegen mich im Reichstag darauf ansprechen, meine Tochter sei wohl auch an einer dieser hirnverbrannten Petitionen irgend so eines Frauenvereins beteiligt. Dass ich ja nicht deinen Namen unter so einem Wisch finde! Lehrerin! Sich freiwillig mit diesen ungezogenen Gören abzugeben, obwohl man es nicht nötig hätte!« Er schüttelte den Kopf.

Er ahnte ja nicht, was sie vielleicht einmal nötig haben würde.

»Wenn du tatsächlich einmal praktische Erfahrungen sammeln wolltest, käme selbstverständlich nur eine ausgesuchte Höhere Töchterschule infrage, die ausschließlich Mädchen der ersten Kreise aufnimmt«, meinte die Mutter. »Die Schule beispielsweise, die du selbst besucht hast. Immerhin ist sie unter adliger Leitung und hat etliche Lehrerinnen von Familie.«

»Selbstverständlich«, stimmte Margarethe zu. »Ich hatte weiß Gott nicht vor, mich an einer Volksschule zu bewerben!« Sie bemühte sich um ein Lachen. Dann stand sie auf und verabschiedete sich: »Entschuldigt mich bitte, ich muss mich noch umkleiden. Bis morgen früh dann also!« Die erste Hürde war genommen – leichter, als sie es erwartet hatte.

Dass sich ihre Mutter so eindeutig auf ihre Seite geschlagen hatte …

Aber wenn die Mutter ahnen würde, was hinter ihrem Entschluss stand, sich auf das Lehrerinnenexamen vorzubereiten – dann würde sie schwerlich zu ihr halten.

In den vergangenen Wochen des inneren Ringens, im immer neuen Scheitern ihrer verzweifelten Versuche, Johann Nietnagel zu vergessen, war ein Entschluss in ihr gereift: Wenn es so weit kommen sollte, dass sie wieder Kontakt zu Johann hätte und er ihr eines Tages die eine Frage stellen würde, die bewusste, dann wollte sie bereit sein. Sie wollte unabhängig von ihrem Vater sein, auf eigenen Füßen stehen können und wissen, dass sie als Ehefrau ihr eigenes Geld verdienen konnte, ehe sie den Eltern eröffnete, welchen Mann ihr Herz gewählt hatte.

Und wenn dieser Tag nicht kam?

Dann würde sie unverheiratet bleiben. Sie hatte nur dies eine Herz – und wem das gehörte, das wurde ihr von Tag zu Tag klarer. Auch wenn sie ihn niemals sah. Ihn.

»Iller, Lech, Isar, Inn fließen rechts zur Donau hin. Altmühl, Naab und Regen, fließen links entgegen. Das war so ein Vers, mit dem wir uns in der Höheren Töchterschule die Nebenflüsse der Donau merken sollten. Ob das genügt, oder ob wir auch all die kleinen, unbedeutenden Nebenflüsse lernen müssen, von denen kein Mensch je gehört hat – Große und Kleine Laaber zum Beispiel?« Fragend sah Margarethe vom Atlas auf.

Julia von Aubach hob die Schultern. »Ich weiß nicht. Lieber zu viel als zu wenig, würde ich sagen. Leider habe ich unter den Schülerinnen meines ehemaligen Kurses keine Freundinnen, zu denen ich gerne gehen würde, um sie zu fragen, was im Examen wohl verlangt wird – die meisten waren ja doch erheblich jünger als ich, die reinsten Backfische noch, und auch nicht von Familie. Und Sibylle von Maiwald, meine einzige Freundin aus dem Seminar, ist ja leider nicht mehr an der Anstalt. Sie hat sie verlassen müssen, weil sie sich verlobt hat.«

Margarethe horchte auf. »Verlassen *müssen*, weil sie sich verlobt hat?«, wiederholte sie alarmiert.

Julia von Aubach nickte. »Natürlich. Zwar hätte sie die Ausbildung ganz gerne abgeschlossen, nachdem sie diese nun einmal begonnen hatte, und ich habe ihr auch angeboten, sich mit mir gemeinsam privat auf das Examen vorzubereiten. Aber das war ihr denn doch zu viel Mühe für eine Prüfung, die sie als verheiratete Frau niemals brauchen wird.«

Margarethe schluckte. Ein Gedanke schoss in ihr hoch, sie wollte ihn nicht wahrhaben, aber er schob sich in den Vordergrund. Warum hatte sie nie daran gedacht! Ihr wurde heiß. Sie musste Klarheit haben, jetzt sofort. Aber wie es unverfänglich anstellen, ohne dass Fräulein von Aubach merkte, warum sie fragte?

»Ist das denn so unumstößlich, dass sie das Examen nie brauchen wird?«, fragte sie, sich vorsichtig herantastend. »Ich meine – kann sie nicht auch als verheiratete Frau noch Lehrerin sein?«

Fräulein von Aubach lachte hell auf. »Unmöglich! Und warum sollte sie? Sie heiratet einen Ministerialrat!«

»Ja dann!«, erwiderte Margarethe mühsam. War das nicht schon die Antwort? Aber nein, vielleicht hatte sie es nur falsch aufgefasst, sie musste es genauer wissen, selbst wenn Fräulein von Aubach sich wundern würde – darauf konnte sie jetzt keine Rücksicht nehmen. »Doch wenn eine verheiratete Frau nun Lehrerin sein wollte, wäre das denkbar?«

»Das glaube ich nicht!«, erklärte die andere und schüttelte energisch den Kopf. »Keine Schule würde sie einstellen, jedenfalls nicht in Preußen. Eine Volksschule oder staatliche Höhere

Töchterschule sowieso nicht. Und eine private Höhere Töchterschule? Wohl kaum! Eine verheiratete Frau als Lehrerin an einer solchen Anstalt? Etwa gar noch eine Mutter? Eine *schwangere* Lehrerin?! Das kann ich mir nicht vorstellen! Würde eine Privatschule das wagen, der Schulrat würde die Sittlichkeit der Schülerinnen gefährdet sehen und sofort einschreiten. Sobald eine Frau heiratet, muss sie ihr Lehramt niederlegen, etwas anderes habe ich nie gehört.«

Wie ein Schlag in die Magengrube traf Margarethe diese Aussage. Sie beugte ihren Kopf tief über den Atlas, damit die andere die Tränen nicht sah, die ihr in die Augen schossen.

Sie hatte es nicht gewusst. Sie hatte es allen Ernstes nicht gewusst! So seltsam es war: Sie hatte sich nie Gedanken darüber gemacht, warum es keine verheirateten Frauen als Lehrerinnen gab. »Fräulein« hatte sie ihre Lehrerinnen tituliert und sich nichts dabei gedacht. Dass dieser Beruf für verheiratete Frauen schlichtweg nicht zugänglich war! Und sie hatte geglaubt, als Lehrerin das nötige Geld verdienen zu können, um mit Johann eine Familie gründen zu können!

Die ganze Gesellschaft schien verschworen, um eine Höhere Tochter wie sie daran zu hindern, eine Ehe einzugehen, die nicht den Segen der Eltern hatte.

»Aber das ist doch ungerecht!«, stieß sie hervor. »Kein Direktor wählt einen Mann danach aus, ob er verheiratet ist oder ein Junggeselle! Aber eine verheiratete Frau wird nicht als Lehrerin zugelassen!«

»Und darüber erregen Sie sich?« Julia von Aubach lachte noch einmal, doch nun klang ihr Lachen gar nicht mehr heiter. »Meist verhält es sich wahrhaftig umgekehrt: Es sind jene Frauen, die keinen Mann finden und deshalb gezwungen sind, ihren Lebensunterhalt selbst zu verdienen, welche sich um eine

Anstellung an einer Schule bemühen!« Ein bitterer Ton hatte sich in ihrer Stimme eingeschlichen, der nicht zu überhören war.

»Ich weiß«, erwiderte Margarethe leise. »Aber es gibt doch auch den anderen Fall: dass eine Frau einen Mann heiratet, der nicht genug verdient, um eine Familie zu ernähren. Und dass sie dann froh wäre, wenn sie einer anerkannten Berufstätigkeit nachgehen und etwas verdienen könnte, ohne deswegen gesellschaftlich geächtet zu sein. Es ist doch ungerecht, dass das nicht möglich ist! Sie besuchen doch regelmäßig die Versammlung dieses Frauenvereins. Kommt dergleichen dort nie zur Sprache?«

»Doch. Schon. Ich erinnere mich an einen Abend, an dem diese Frage diskutiert wurde. Eine junge Lehrerin, die sich mit dem Gedanken trug, sich zu verehelichen, hatte das Thema auf die Tagesordnung gebracht.«

»Und wie ging es aus? Erzählen Sie!«, bat Margarethe und dachte: Vielleicht ist es ja so, dass dieses Problem kurz vor der Lösung steht ...

Julia lehnte sich im Sessel zurück. »Anfangs verlief die Diskussion recht hitzig. Es gab Stimmen, die vorschlugen, der Verein möge sich des Themas annehmen und ein generelles Recht der Frau – auch der verheirateten Frau und Mutter – auf Berufstätigkeit fordern. Es gab andere Stimmen, die dies als umstürzlerisch geißelten und diejenigen Frauen, die sich dafür stark machen wollten, in die Nähe von Clara Zetkin rückten. Clara Zetkin, Sie wissen, diese ehemalige Lehrerin, die sich dem Sozialismus und der Arbeiterinnenbewegung verschrieben hat und die *Gleichheit* herausgibt, ein sozialistisches Frauenblatt. Natürlich verwahrten sich die angegriffenen Damen auf das Heftigste dagegen, in die Nähe der Zetkin gestellt zu werden.

Wer will auch schon mit einer Sozialistin in einen Topf geworfen werden!«

»Aber wenn doch in diesem Punkt die Sozialistinnen Mitstreiterinnen wären! Wenn es doch um die gemeinsame Sache der Frauen geht!«, entgegnete Margarethe. »Um die Rechte der Frauen! Aller Frauen!«

»Die Rechte aller Frauen?«, Fräulein von Aubach runzelte heftig die Stirn. »Sollen die Damen der oberen Klassen etwa anstreben, es den Fabrikarbeiterinnen gleichzutun, um in eine ähnliche Zwangslage zu geraten wie diese? Gott behüte! Wer durch die Wohltätigkeit Arbeiterfamilien kennengelernt hat, weiß doch, wie die Arbeiterinnen unter der doppelten Last von Fabrikarbeit beziehungsweise Hausindustrie auf der einen Seite und der Haushalts- und Familienarbeit auf der anderen förmlich zusammenbrechen! Und wie dramatisch ihr Haushalt und vor allem die Kindererziehung darunter leiden! Sollen wir etwa diese unmenschliche Doppelbelastung nun für alle Frauen zum Ziel machen? Und die Frauen, die ihrer naturgegebenen Bestimmung in der Ehe folgen und sich ganz ihren Pflichten als Hausfrau, Gattin und Mutter hingeben, zu halben Wesen stempeln, zu unvollkommenen Geschöpfen, die sich vor der Arbeit drücken? Der Mann geht ganz in seinem Beruf auf und lässt sich im Übrigen umsorgen – und die verheiratete Frau soll es im Beruf dem Manne gleichtun und außerdem noch Hausfrau und Mutter sein, als wäre das allein nicht schon Beruf genug? Wie sollte eine solche doppelte Last der Befreiung der Frau dienen!«

»Ich meinte ja auch nicht als Verpflichtung für alle Frauen … Nur als Recht für diejenigen, die es anstreben …«, murmelte Margarethe, verunsichert vom entschiedenen Ton Fräulein von Aubachs.

»Ja, natürlich, das ist mir klar. Aber man muss die Konsequenzen im Auge haben. Das ist auch einer der Punkte, in denen ich den radikalen Feministinnen nicht folgen kann, die die Gleichheit von Mann und Frau propagieren und deshalb tatsächlich auch ein Recht der verheirateten Frau auf Berufstätigkeit anstreben. Aber in diesen Kreisen verkehre ich nicht.«

Radikale Feministinnen? Margarethe horchte auf. Hatte nicht seinerzeit Frau von Klaasen Lily von Gizycki als »radikal« bezeichnet? Also gab es doch Frauen, die sich des Themas annahmen . . .

»Um auf die Diskussion bei dieser Lehrerinnenversammlung zurückzukommen«, fuhr Fräulein von Aubach fort: »Die gemäßigte Mehrheit behielt zum Glück die Oberhand. Einen Schritt nach dem anderen machen, auf dem Boden der Realität bleiben und nicht gleich die Sterne vom Himmel holen wollen! Letztendlich stimmten alle Helene Lange zu, die ein ums andere Mal zu einer wohldurchdachten Strategie aufrief: die Herren gewinnen und nicht verprellen, immer wieder betonen, dass man nicht an die Grundfesten der Gesellschaft rührt, die Heiligkeit und Unantastbarkeit der Familie als unverrückbaren Wert in den Mittelpunkt stellen, Mütterlichkeit als das Wesen der Frau propagieren.«

»Mütterlichkeit?«, wiederholte Margarethe. »Das hat man uns ja schon im Mädchenpensionat gepredigt, dass der wahre Beruf der Frau die Mutterschaft ist.«

»Natürlich – so ist es nun einmal! Weshalb also sollten Frauen, denen es vergönnt ist, in diesem ihrem ureigensten Wesen ihre Erfüllung zu finden, noch etwas anderes anstreben? Aber bekanntlich bleibt es vielen Frauen versagt, einen Gatten zu gewinnen. Verfügen sie deshalb über keine Mütterlichkeit? Oh doch, denn sie ist allen Frauen gegeben! Und genau diese ungenutzte Mütterlichkeit gilt es, für andere gesellschaftliche

Zwecke nutzbar zu machen. Es gilt, den Frauen Möglichkeiten zu eröffnen, in denen sie diese ihre Bestimmung auf andere Art zum Dienste anderer Kinder oder der Gesellschaft allgemein leben können: als Lehrerin – an den Höheren Töchterschulen auch in den oberen Klassen in wissenschaftlichen Fächern –, als Kinderärztin und so fort. Statt einer natürlichen Mutterschaft eben eine geistige Mutterschaft, die das weibliche Element in die Gesellschaft trägt. Unsere Gesellschaft ist verroht und verkümmert durch die einseitige Ausrichtung auf das Männliche. Das weibliche Element tut ihr not – auf vielen Gebieten!«

Margarethe nickte mechanisch. Sie war den letzten Ausführungen Fräulein von Aubachs, die ihr alles andere als neu waren, nur noch mit halber Aufmerksamkeit gefolgt, wie betäubt von der Enttäuschung ihrer Hoffnung.

»Solange wir Frauen so argumentieren, sind wir unangreifbar«, dozierte Fräulein von Aubach weiter, »und können auf die Zustimmung zumindest der Wohlwollenden unter den Herren rechnen, verstehen Sie? Solange sind diese sicher, dass wir ihnen nicht gefährlich werden, nicht wahr? Dass wir ihnen gar nicht gleich sein wollen. Dass wir nicht ernsthaft mit ihnen konkurrieren, auch wenn natürlich Ärzte und Oberlehrer gleich um ihre Pfründe fürchten. Aber zumindest für die meisten Herren stellt dieses Konzept keine unmittelbare Gefahr dar. So können sich die liberaleren unter ihnen an die Forderungen der Frauen gewöhnen. Und dann, eines Tages, wenn die ersten Etappenziele erreicht sind, dann können wir Frauen die nächsten Ziele anstreben. Vielleicht werden Frauen Generationen nach uns tatsächlich einmal das verbriefte Recht auf Berufstätigkeit auch der verheirateten Frau oder sogar das Recht auf Berufstätigkeit der Mutter durchsetzen – wer weiß, in fünfzig oder hundert Jahren vielleicht.«

274

»So lange kann ich nicht warten«, sagte Margarethe leise.

Auf einmal war es ganz still im Raum. Das Ticken der kleinen goldenen Standuhr fiel in die Stille und machte sie noch hörbarer.

»So lange können Sie nicht warten?«, wiederholte Julia von Aubach tastend. »Heißt das …« Sie sprach nicht weiter. Doch genau dieses Schweigen schien zu sprechen.

Margarethe hob den Kopf. Einen Augenblick noch zögerte sie. Einen Augenblick noch beschwor sie sich selbst, der Versuchung zu widerstehen. Aber sie musste sprechen, sie konnte nicht anders. Endlich sich einem Menschen anvertrauen …

»Ja«, flüsterte sie. »Das heißt es. Ich …«, sie stockte, setzte neu an: »Ich liebe einen Mann, dem meine Eltern nie zustimmen werden. Einen Mann, der nicht genug verdient, eine Familie zu ernähren. Und deshalb wollte ich …«

»Oh mein Gott!«, sagte Fräulein von Aubach erschüttert. »Wenn ich das geahnt hätte! Sie haben gehofft, als Lehrerin das nötige Geld verdienen zu können, um diesen Mann ehelichen zu können? Und ich zerstöre diese Hoffnungen und halte Ihnen hier Vorträge über Frauenfragen! Wie herzlos muss Ihnen das erscheinen! Wie unsensibel!«

»Sie konnten es ja nicht wissen«, erwiderte Margarethe stockend. Wie wohl ihr die Art tat, wie die andere auf diese Eröffnung reagierte!

»Sind Sie ganz sicher, dass Ihre Eltern nicht einwilligen werden?«, fragte Fräulein von Aubach voller Teilnahme. »Haben Sie denn mit ihnen darüber gesprochen?«

»Nein.« Sie schüttelte den Kopf. »Das verbietet sich.«

»Er ist wohl nicht von Familie?«

»Das allein ist es nicht. So eng denken meine Eltern nicht. Immerhin kommt er aus gutem Elternhaus, sein Vater ist Jurist,

Bürgermeister, seine Großmutter war von Adel, und er selbst hat studiert ...«

»Was ist es dann?«, forschte Julia von Aubach. Wie ernst ihr Gesicht war und zugleich wie offen und mitfühlend ihr Blick ...

»Er ist Sozialist«, antwortete Margarethe.

Stille. Das Ticken der Uhr. Sie wagte Fräulein von Aubach nicht anzusehen. Sie zitterte.

»Ich verstehe«, erwiderte die andere endlich. »Ja, das ist schwer.«

Margarethe hob die Augen und begegnete einem Blick voller Teilnahme.

»Jetzt verstehe ich auch, was Sie kürzlich mit Ihrem goldenen Käfig gemeint haben«, sprach Julia von Aubach weiter und atmete hörbar aus. »Sie müssten wirklich alles verlassen, was sie besitzen! Mein Gott! Wie stünde Ihr Vater als nationalliberaler Reichstagsabgeordneter da! Das kann er nicht hinnehmen – bei aller Liebe, das kann er gar nicht!«

Margarethe nickte. Sah ins Gesicht Fräulein von Aubachs, als erwarte sie dort ihr Urteil. Oder ihre Rettung.

»Aber wenn Sie diesen Mann doch lieben!«, sagte Julia von Aubach.

Und damit war alles gesagt.

Sie saß mit Julia gemeinsam auf dem Kutschbock der leichten Kalesche und hielt die Zügel der beiden Schimmel in der Hand. Strahlend schien die Sonne vom tiefblauen Himmel – was für ein Wetter für die Herbstparade!

Hinter den vor ihr fahrenden Kutschen her lenkte Margarethe die Pferde über das Tempelhofer Feld, folgte den Gesten und Zurufen der berittenen Schutzleute, die den in unübersehbarer

Abfolge heranrollenden Wagen der Berliner Gesellschaft ihre Halteplätze zuwiesen. Die Stuten waren in all diesem Gedränge unruhig, nervös tänzelten sie, die rechte warf den Kopf zurück und wieherte laut. »Ruhig, Blanca, ruhig!«, rief Margarethe ihr zu und berührte sie leicht mit der Peitsche.

»Pass nur auf, dass die Pferde nicht durchgehen!«, sagte ihr Vater, der mit ihrer Mutter hinter ihnen in der Kalesche saß und mit einem Opernglas die Gesellschaft betrachtete. »Oder soll ich lenken?«

»Ich bitte dich, Papa!«, erwiderte sie mit gespielter Entrüstung. Sie wusste, dass ihr Vater unter keinen Umständen selbst die Zügel in die Hand nehmen würde. Seit einem üblen Reitunfall wegen eines scheuenden Rosses hatte er eine tiefe Abneigung gegen Pferde. Er hatte den Kutscher fahren lassen wollen, aber Margarethe hatte darauf bestanden, es selbst zu tun. Sie wollte Julia einen Platz in ihrer Kalesche sichern, damit Julia an prominenter Stelle der Parade beiwohnen konnte. Die Aubachs besaßen natürlich keine Kutsche.

Julia. Wie selbstverständlich war es in den letzten Wochen geworden, dass sie sich beinahe täglich sahen. Das vertraute Du ging ihnen längst leicht von den Lippen, das Du, dass Margarethe Julia spontan angeboten hatte, nachdem sie ihr zum ersten Mal von Johann Nietnagel erzählt hatte. Noch nie hatte Margarethe eine Freundin gehabt wie Julia. Eine, vor der man nicht Theater spielen musste. Eine, der man alles sagen konnte. Eine, die verstand.

Sogar die Sache mit Johann.

Merkwürdig war das: Ihr kam vor, als habe sie Johann und ihre Liebe zu ihm aus dem Reich der Träume in die Welt der Realität geholt, indem sie Julia davon erzählt hatte. Was ihr Geheimnis gewesen war, was hätte verblassen können oder was sie mit einem Willensentschluss wieder aus der Wirklichkeit hätte verschwinden lassen können, hatte plötzlich ein unverwechselbares Eigenleben gewonnen. Kein Luftgespinst mehr, sondern etwas, was da war und durch nichts mehr aus der Welt geschafft werden konnte, als wäre es nicht gewesen. Etwas, was wuchs und wuchs, je mehr sie darüber sprach.

Jeder Blick von Johann, jedes Wort, das er je zu ihr gesagt hatte – auch ganz zu Beginn ihrer Bekanntschaft, als sie selbst noch gar nicht gemerkt hatte, was sich da anbahnte –, jede Geste: Alles gewann an Bedeutung, alles wurde zum Hinweis auf das, was er für sie empfunden haben mochte. Und ihre eigene Sehnsucht nach ihm verlor den Geruch jungmädchenhafter Schwärmerei, die sie sich manchmal selbst unterstellt hatte, und gewann unter der mitfühlenden Zuhörerschaft der Freundin die Tiefe einer existenziellen Liebe.

Sie wurde nicht müde, mit Julia darüber zu reden.

Oder war es sogar Julia, die dieses Thema suchte, die etwas wie eine romantische Neigung dazu entwickelt hatte? Wie auch immer – je öfter sie mit Julia über Johann sprach, desto fester etablierte er sich im Zentrum ihrer Gedanken.

Dass auch er sie, Margarethe, liebte, stellte Julia erst gar nicht infrage, das setzte sie einfach voraus. Es tat so gut, mit Julia zu reden.

Julia war auch der Meinung, dass es Zartgefühl und Rücksichtnahme von Johann gewesen sei, dass er ihr bei ihrer letzten Begegnung beim Wohltätigkeitsfest nicht in den Wintergarten gefolgt war. Er will dich nicht in eine prekäre Situation und vor allem nicht in eine aussichtslose Lage bringen, hatte Julia gemeint. Das ist wahre Liebe, die nicht das Ihre sucht. Und dann hatte Julia tief geseufzt und auf einmal sehr traurig und sehr sehnsüchtig ausgesehen. Obwohl Julia doch immer sagte, mit dem Thema Liebe habe sie abgeschlossen. Sie wolle eine berufstätige Frau werden, die für sich selbst sorgen könne und einmal nicht von der Mildtätigkeit entfernter Verwandter abhinge, andere Illusionen habe sie sich abgewöhnt.

Neben solchen Gesprächen, in denen sie einander immer näherkamen, trat das gemeinsame Lernen mehr und mehr zurück. Aber seit Margarethe wusste, dass sie als Johanns Frau nicht als Lehrerin würde arbeiten können, war der Elan, mit dem sie sich den Lernstoff anzueignen begonnen hatte, sowieso erlahmt. Was sollte sie mit einer Ausbildung, die ihr doch nicht dazu verhelfen würde, Johann zu heiraten!

Aber was hieß hier heiraten! Sie hatte Johann seit Monaten nicht gesehen und das Letzte, was sie von ihm erlebt hatte, war, dass er der persönlichen Begegnung mit ihr ausgewichen war!

Johann erkannte die Kluft zwischen ihnen an. Johann wollte sie nicht vor die Wahl stellen, alles zu verlieren, Herkunft, Stellung, Reichtum und die Zuneigung der Eltern, um seine Frau zu werden. Johann verzichtete auf seine Liebe, auf die Erfüllung seiner Wünsche um ihretwillen. Johann war sich der Realitäten bewusst, sosehr es ihn auch schmerzen mochte. Das war Selbstlosigkeit.

Und doch, und doch ...

»Achtung! Margarethe! Siehst du nicht den Schutzmann? Er gibt dir Zeichen!«, rief Julia.

Margarethe schreckte auf und dirigierte die Kalesche an die Stelle, die der Schutzmann ihr wies, brachte die Pferde zum Stehen und zog die Handbremse an.

»Erste Reihe!«, sagte Julia glücklich und drückte ihr die Hand. »Wie freue ich mich, dass ich hier mit dir sitzen darf! Seit Papas Tod habe ich das nicht mehr erlebt! Von hier aus können wir wirklich alles sehen.«

Julias Begeisterung fegte die Gedanken hinweg, denen Margarethe nachgehangen hatte. Es ist Herbstparade, sagte sie sich, ein Ereignis, das es wert ist, in vollen Zügen genossen zu werden. Sie blickte in die Runde: Um sie herum die Kutschen mit den Herrschaften von Rang und Namen, nicht weit von ihnen die mit einem bunt blühenden Girlandenbogen und wehenden Fahnen geschmückte Tribüne der kaiserlichen Familie. So weit das Auge reichte, war das unermesslich große Tempelhofer Feld von Zuschauern gesäumt, auf ihrer Seite die Kaleschen der Reichen, weiter entfernt das Volk zu Fuß, die Bürgerlichen, die Kleinbürger, die einfachen Leute.

Ob vielleicht auch Johann ...

»Sieh nur«, sagte Julia und stieß sie an, »dort drüben, das sind die Garde-Dragoner! Bei denen hat mein Vater gedient. Das sieht schon großartig aus, nicht wahr?«

Margarethe nickte. Die Reiter in Paradeuniform auf ihren glänzenden Pferden – wie die Sonne auf ihren Waffen blinkte und glitzerte, auf Helm und Säbel, Uniformknöpfen, Goldschnüren und Orden, auf Zaumzeug und Sporen! Und irgendwo unter all den Gardeoffizieren war auch Hauptmann von Klaasen ...

Über dem ganzen Tempelhofer Feld lag dieses Funkeln und Leuchten, dieser schier überirdische Glanz. Eine festliche Stimmung bemächtigte sich ihrer. Fanfaren erschallten, ein Hoch- und Hurrarufen brandete auf, erreichte auch die Reihen der Vornehmen in ihren Kutschen, erreichte auch Julia und sie. »Hoch!«, riefen sie aus tiefstem Herzen, »Hoch!«, und schwenkten ihre spitzengesäumten Taschentücher.

»Hoch!«, rief auch der Vater, dem sonst jeder Gefühlsüberschwang zuwider war, und erhob sich in der Kutsche, um besser sehen zu können.

Und da – Seine Majestät preschten im gestreckten Lauf auf seinem edlen Ross über das Feld. »Hurra! Hurra!«

Kein Denken mehr, nur noch diese Woge von Enthusiasmus, Stolz und Begeisterung, von Vaterlandsliebe und Liebe für den Kaiser, von Wir-sind-wer und Ich-gehöre-dazu. Hatte sie eben noch ihren eigenen Gedanken nachgehangen, so ging Margarethe nun auf einmal auf im Feuer des allgemeinen Patriotismus.

Die Parade begann, Schwadron um Schwadron, Bataillon um Bataillon zogen unter den Klängen des Parademarsches, unter Pauken und Trompeten vorbei, schwenkten ein, Kavallerie und Infanterie, wehende Standarten, wippende weiße Helmbüsche der Garde schier ohne Ende, weiße Uniformbeine im Stechschritt so genau und exakt, als seien es nicht jeweils Tausende von Soldaten, als sei es ein einziger zusammengeschweißter Mechanismus. Dieser ganze Aufmarsch erzählte von Größe und Macht, von Stärke und Unbesiegbarkeit, von Schönheit und Glanz.

Der Rausch der Begeisterung hielt noch an, als die Parade nach Stunden vorüber war und S. M. an der Spitze des Fahnenregimentes davongeritten waren, um Einzug in Berlin zu halten und sich den Menschen zu präsentieren, die in Massen die Straßen säumten, um einen kurzen Blick auf den Kaiser zu erhaschen, womöglich gar selbst von ihm im Vorüberreiten ins Auge gefasst zu werden.

Ob auch Anna Brettschneider mit ihren Kindern am Straßenrand stand? Oder konnte sie ihre Arbeit nicht unterbrechen, weil sie sonst die Blusen nicht rechtzeitig abliefern könnte?

Dieser Gedanke ernüchterte Margarethe, als hätte ihr jemand einen Eimer kaltes Wasser ins Gesicht geschüttet. Dunkel empfand sie auf einmal Scham.

Dieser Abend konnte die Wende bringen. An diesem Abend würde sie ihm vielleicht begegnen. Ihm.

Seit Tagen fieberte sie dem Augenblick entgegen, an dem sie Johann hoffentlich gegenüberstehen würde.

Dabei hatte sie sich ursprünglich nicht nach dieser Gelegenheit gedrängt. Ganz im Gegenteil, vor Monaten hatte sie das Angebot der Mutter abgelehnt, mit ihr am großen Diner der Gesellschaft der Literaturfreunde teilzunehmen, welcher die Mutter angehörte. Damals war sie noch entschlossen gewesen, jeder möglichen Begegnung mit Johann aus dem Weg zu gehen. Damals.

Aber dann war die Mutter von einer heftigen Erkältung ergriffen worden und hatte sie gebeten, sie auf dem Diner zu vertreten, das die Damen der Gesellschaft der Literaturfreunde jedes Jahr Ende November für die Berliner Dichter gaben. So saß Margarethe nun doch in der Kutsche und fuhr zum Grand Hôtel de Rome unter den Linden.

Wenn die Mutter ahnen würde, was ihre Erkrankung für ihre Tochter bedeutete!

Alles, was zur literarischen Welt Berlins gehörte, war heute Abend geladen – und damit ja wohl auch Johann Nietnagel. Oder wurden Sozialisten etwa von der Einladung ausgeschlossen?

Sie hatte die Mutter nicht danach gefragt. Wie hätte sie das auch tun sollen, ohne sich zu verraten?

Den ganzen Tag hatte sie sich den Kopf darüber zerbrochen, welche Garderobe sie wählen sollte. Nach stundenlangem Probieren hatte sie sich schließlich für ein Kleid von raffiniert schlichter Eleganz entschieden, dessen ganze Wirkung auf dem exquisiten Stoff beruhte. Indische Seide, die aus blauen und roten Fäden in raffinierter Webtechnik so verwebt war, dass der

Stoff je nach Lichteinfall von Blau über Violett bis zu Rot changierte, eine sinnenbetörendes Farbenspiel. Der Schnitt war dagegen ganz zurückhaltend, ohne den üblichen Firlefanz. Die Taille im wahrsten Sinne atemberaubend eng. Das Dekolleté nicht sehr tief – trotz Korsett und polsternden Einlagen war es nun einmal beschämend wenig, was sie auf diesem speziellen Gebiet vorzuweisen hatte –, dafür die Schultern frei. An ihren Schultern war nichts zu mäkeln, sie hatten einen sanften Schwung, waren weder zu knochig noch allzu rund. Als Schmuck nur eine einzige Perle an einem dünnen Goldkettchen – aber was für einen Perle!

In letzter Sekunde hatte sie sich noch dazu entschlossen, einen feinen elfenbeinfarbenen Kaschmirschal mitzunehmen. Falls Johann nicht anwesend sein sollte oder so weit von ihr entfernt platziert, dass er sie sowieso nicht sehen konnte, hatte sie keine Lust, sich auch noch eine Erkältung zuzuziehen.

Die Fahrt zum Hotel war endlos und in der holpernden Kutsche beschwerlich. In der Stadtbahn und der neuen elektrischen Straßenbahn wurde man nicht so arg durchgeschüttelt. Aber in einem solchen Kleid stieg man nicht in die Bahn, und vor dem Grand Hôtel de Rome fuhr man zweispännig in der eigenen Kutsche vor. Papa hatte sie ihr für den Abend zur Verfügung gestellt und für seine Unternehmung eine Mietdroschke genommen.

Endlich hatte das Geruckel ein Ende. Die Kutsche stand, ein livrierter Diener öffnete den Wagenschlag und half ihr heraus, hielt wegen des Nieselregens für die wenigen Schritte bis unter den Portikus einen Schirm über sie und begleitete sie bis zur Hotelhalle. Dort nahm er ihr das Cape ab und wies ihr den Weg in den Saal.

Frau von Holzhausen, die Vorsitzende des Vereins, erwartete

sie und nahm die Erklärung, dass sie anstelle der erkrankten Mutter erscheine, dankbar entgegen: »Es ist einfach zu schwierig, wenn eine Dame ausfällt und nicht für Ersatz sorgt! Unser ganzes Konzept beruht schließlich darauf, dass wir die gleiche Anzahl von Damen haben, wie Dichter geladen sind. Hier, meine Liebe, ziehen sie ein Kuvert, aber bitte öffnen Sie es noch nicht, das gehört zu den Spielregeln.«

Margarethe gesellte sich zu einer Gruppe von Damen, mit denen sie lose Bekanntschaft hatte. Nach den üblichen Begrüßungsfloskeln beteiligte sie sich nicht weiter an der Konversation. Mit Absicht stellte sie sich mit dem Rücken zum Saal. Sie ertrug es nicht, danach Ausschau zu halten, ob Johann unter den Herren sein würde, die sich auf der anderen Seite des Saales eingefunden hatten. Auf einmal schlug ihr das Herz bis zum Hals.

Endlich begann die Zeremonie. Frau von Holzhausen rief eine Dame nach der anderen auf, stellte sie vor, bat sie, den Umschlag zu öffnen und den Namen des Dichters zu verlesen, den sie gezogen hatte. Dann nahm sie eine kurze Würdigung des Werkes des Aufgerufenen vor, während sich die so gebildeten Paare zum Zug formierten.

Es war eine Frau Kommerzienrat Wiberg, die den Namen *Johann Nietnagel* verlas, *ein bedeutender Vertreter des deutschen Naturalismus, dessen Werk sich durch eine äußerst genaue Schilderung gesellschaftlicher Verhältnisse auszeichnet.*

Er war also anwesend. Aber er war nicht ihr Tischherr. Doch vielleicht würde sie als Nächste aufgerufen, käme zu seiner Linken zu sitzen?

Erst zehn Paare nach Johann und der Frau Kommerzienrat war sie daran, ihr Kuvert zu öffnen. »Xaver Hinterbichl«, las sie vor – ein Name, den sie noch nie gehört hatte und der sie unter anderen Umständen zum Lachen gereizt hätte. Doch ihr war nicht zum Lachen. Johann und sie waren in einem Raum vereint und doch unerreichbar weit voneinander entfernt. Ob es nach dem Diner noch die Gelegenheit zu freier Geselligkeit gab? Sie hätte die Mutter danach fragen sollen.

Margarethe versäumte zuzuhören, als Frau von Holzhausen ihre Erläuterung zur Bedeutung von Xaver Hinterbichl abgab, und fand sich nun neben einem Dichter im Zug der Paare wieder, von dem sie noch nie eine Zeile gelesen, von dessen Werk sie nicht die geringste Ahnung hatte. Es war ihr gleich. So weit weg von Johann ...

Xaver Hinterbichl war ein Mann mittleren Alters mit erschreckender Leibesfülle und aufgedunsenem Gesicht, glatt rasiertem Doppelkinn und lebhaft funkelnden kleinen Augen. In unverkennbarem Bayrisch machte er sich mit ihr bekannt, erklärte, noch nicht lange in Berlin zu weilen, es habe ihn aus dem fernen Rosenheim unwiderstehlich in die Reichshauptstadt gezogen, in diese Metropole des Geistes und der Kunst. Das Vergnügen dieses Diners habe er zum ersten Mal. Alsbald verstummte er.

Als endlich alle Paare gebildet waren, zogen sie unter den Klängen der Händel'schen *Wassermusik* in den Speisesaal ein. An zwei langen Tafeln war gedeckt. Der Maître d'Hôtel dirigierte die Herrschaften in der Reihenfolge des Zuges um die Tafeln herum an ihre Plätze.

Johann kam ihr schräg gegenüber zu sitzen.

Kurz nur sah sie zu ihm hin. Einen Moment trafen sich ihre Augen – und es war klar: Sie war ihm alles andere als gleichgültig.

Sie hätte weinen und lachen mögen, beides zugleich.

Mit Mühe erinnerte sie sich ihrer gesellschaftlichen Pflicht und bat ihren Tischherrn mit geheucheltem Interesse, ihr doch von dem Werk zu erzählen, an dem er gerade arbeite.

»Es ist ein Roman«, erklärte er, »die Geschichte einer unmöglichen Liebe. Geschichten von einer Liebesbeziehung zwischen einem einfachen Mädchen und einem besseren Herrn gibt es ja nun wirklich en masse, aber ich drehe den Spieß um. Die Heldin ist eine junge Dame der gehobensten Gesellschaftsschicht, eine Baronesse aus reichem Haus, die sich in einen Mann verliebt, der gesellschaftlich weit unter ihr steht. Ein Mann des Geistes, ein bettelarmer Künstler. Sie kämpft gegen diese Neigung, aber die Liebe ist stärker als alle Vernunft.«

Margarethe war, als würde das Blut aus ihrem Gesicht weichen. Einen Augenblick fühlte sie sich wie ertappt – wie konnte dieser fremde Dichter ihr Innerstes kennen? Ein Roman, erinnerte sie sich mühsam, er erzählt dir von seinem Roman und ahnt nicht, wie sehr du seiner Heldin gleichst. »Und wie geht die Geschichte aus?«, fragte sie und hörte selbst, wie farblos ihre Stimme klang.

»Tragisch«, erwiderte Herr Hinterbichl und entfaltete seine Serviette. Gewichtig fügte er hinzu: »Eine solche Geschichte muss tragisch enden. Alles andere wäre verlogener Kitsch von der Machart einer Marlitt.«

»Aber«, sie stockte, »wäre es nicht vielleicht doch möglich, ich meine, gäbe es nicht doch einen Weg ...«

»Auf keinen Fall!«, erklärte Herr Hinterbichl kategorisch. »Meinen Sie etwa so: Der Geliebte rettet dem Prinzregenten das Leben, als dieser im Starnberger See beinahe ertrinkt, und wird daraufhin in den Adelsstand erhoben, der Papa nimmt den geadelten Schwiegersohn mit offenen Armen auf und stattet das junge Glück mit reichen Mitteln aus – ich bitte Sie!« Damit wendete er sich gierig den mit Trüffeln gespickten Gänseleberschnitzeln zu, von denen er sich eine doppelte Portion hatte auflegen lassen.

Margarethe brachte kaum einen Bissen herunter.

Eine solche Geschichte muss tragisch enden . . .

Sie wusste es ja selbst. Und dennoch.

Schließlich war sie keine Figur in einem Roman! Sie musste nicht literarischen Gesetzen gehorchen. Sie war im wirklichen Leben, und das würde sie von heute an selbst in die Hand nehmen.

Gab es ein wahres Leben ohne Wagnis? Wohl kaum. Und wahr sollte es sein, ihr Leben – wahr und ganz ihr eigenes.

Kurz blickte sie zu Johann hinüber und sah, dass sein Blick auf ihr lag. Unwillkürlich lächelte sie ihm zu.

Das ganze Diner über verhielt sich ihr Tischherr einsilbig und widmete sich umso begeisterter dem Essen, das aus einer von Fisch unterbrochenen Abfolge von Wildgerichten bestand. Auf Margarethes pflichtgemäße Versuche einer Konversation ging er mit nicht mehr ein als hin und wieder einem Ja oder Nein. Erleichtert gab sie schließlich ihre Bemühungen auf.

Je länger sie schweigend an der Tafel saß und winzige Häppchen zum Mund führte, winzige Schlückchen trank, desto mehr fühlte sie sich wie in einer Traumwelt. Die Gespräche um sie herum, die vielen Stimmen, die gedämpfte Kammermusik aus dem Nebenraum, alles rückte mehr und mehr in die Ferne. Wirklich war einzig noch Johanns Gegenwart, sein Blick, den sie immer wieder auf sich spürte.

Über die Tafel hinweg konnte sie kein Gespräch mit ihm beginnen, der Tisch war überbreit, ein gewaltiger Tafelaufsatz aus Porzellan und ein ausladendes Blumengesteck trennten sie von ihm. Und doch war es, als kämen sie sich von Minute zu Minute näher.

Als die Tafel aufgehoben war, fanden sie mit der größten Selbstverständlichkeit zueinander.

»Ich habe Sie in den vergangenen Monaten zutiefst kennengelernt, ohne mit Ihnen zu sprechen«, begann sie ohne Umschweife. »Ich habe jede Zeile gelesen, die Sie veröffentlicht haben.«

»Wirklich?« Sein Gesicht leuchtete auf. »Jede Zeile?«

»Und mehr als einmal. Weit mehr.«

»Dann kennt niemand mein Werk so wie Sie! Das ist mehr, als ich je ...« Er stockte, fügte leise hinzu: »Und das von Ihnen! Wissen Sie, ich hatte von diesem Abend nicht mehr erwartet als ein gutes Essen und eine pflichtgemäße Unterhaltung. Doch dann sah ich Sie – und alles war anders. Auf einmal hatte das Leben eine ganz neue Intensität. Auf einmal schwang da etwas im Raum, was ich noch nie erlebt hatte. Ich konnte den Blick nicht mehr von Ihnen wenden. Aber das haben Sie ja wohl gemerkt.«

»Ja, das habe ich.«

Ein Schweigen entstand, das sie nicht störte – im Gegenteil.

»Ihnen hier zu begegnen ...«, sagte er schließlich. »In meinem Weltbild ist nicht viel Platz für Transzendentes. Aber heute Abend habe ich das Gefühl, dass es keinen Zufall gibt.«

Sie nickte und sah ihn an.

»So mag sich Tristan gefühlt haben, als er den Becher geleert hatte«, sagte er.

Die Hitze stieg ihr ins Gesicht. Tristan und Isolde. Eine deutlichere Liebeserklärung konnte es nicht geben ...

Vielleicht war es ein Trugschluss gewesen, dass sie geglaubt hatte, er würde sie lieben, ein Wunschtraum, wachgehalten nur durch ihre eigene Liebe. Vielleicht hatte er all die Monate kaum an sie gedacht. Aber jetzt, jetzt ...

»Dabei kennen Sie mich kaum«, erwiderte sie.

»Ich habe Sie über den Tod eines armen Kellerkindes weinen sehen. Gibt es etwas Wichtigeres zu wissen?«

Wieder schwiegen sie miteinander.

Erst als Johanns Tischdame, die Kommerzienrätin, auf sie zukam, wurde Margarethe bewusst, wie auffallend dieses stille Beieinanderstehen sein musste. »Ihr Drama hat mich sehr bewegt«, begann sie daher rasch. »Wie Sie das Arbeitermilieu auf der Bühne Realität werden lassen! Diese Enge, dies Bedrückende, Hoffnungslose – man kann sich dem nicht entziehen.«

Er nickte. »Ja, das ist mein Ziel, zu zeigen, was ist – und damit vielleicht aufzurütteln. Einen ganzen Zyklus solcher Dramen habe ich geplant, in denen ich die verschiedensten Milieus beleuchten möchte, ein Panorama des wirklichen Lebens.«

»Nun«, meinte die Kommerzienrätin, »was mich betrifft, so muss ich zugeben, ich fand das Drama etwas deprimierend. Ich war natürlich bei der Uraufführung dabei, Uraufführungen haben so das gewisse Etwas. Man erlebt sozusagen historische Momente der Kunst. Aber bei dem Stück – ich hoffe, Herr Nietnagel, Sie verübeln mir meine Offenheit nicht – fehlte mir das erhebende Element.«

Johann lächelte ironisch. »Ja, mit dieser Meinung stehen Sie nicht allein, Verehrteste. Deshalb wurde das Stück ja auch gleich wieder abgesetzt. Aber wo käme die Kunst hin, wenn sie nach den Gesetzen des Marktes schielte und nach dem Geschmack eines Durchschnittspublikums?«

Gekränkt wandte die Dame sich ab und gesellte sich zu einer Gruppe, die einen im Zenit des Ruhmes stehenden Literaten umringte.

Sie waren wieder allein. In unausgesprochener Übereinkunft suchten sie einen Platz weit ab vom Gedränge auf und ließen sich in zwei Korbstühlen unter Palmen nieder.

Sie hatte ihm so viel zu erzählen, all die verlorene Zeit nachzuholen. Doch dann saßen sie sich still gegenüber. So vertraut
war er ihrem Inneren durch die unzähligen Stunden, in denen
sie an ihn gedacht hatte. Und nun auf einmal war er wirklich
da – und bei aller Nähe doch fremd.

»Ich hätte nicht sagen sollen, was ich vorhin gesagt habe«,
begann er plötzlich. »Verzeihen Sie bitte.«

»Wie meinen Sie das?« Wollte er etwa zurücknehmen, was
er ihr doch mehr als deutlich gezeigt hatte? Noch einmal enttäuscht zu werden, noch einmal zurückgewiesen – nein, das ertrug sie nicht!

»Wir leben in verschiedenen Welten«, erklärte er und sah auf
seine Hände. »Ich will kein Unglück über Sie bringen.«

»Dann dürfen Sie mich Ihrer Nähe nie wieder berauben.«

Ein Ausdruck ungläubigen Staunens erschien auf seinem Gesicht. »Nie wieder?«, fragte er.

»Nie wieder!«

»Aber Sie wissen doch«, stammelte er und brach ab. Setzte
neu an: »Oder wissen Sie nicht, dass ich Sozialist bin?«

»Doch. Das weiß ich.«

»Und dennoch?«, fragte er.

Sie nickte: »Dennoch!«

»Was sind Sie für eine bemerkenswerte Frau«, sagte er. »Oder
– sind Sie etwa selbst eine heimliche Sozialistin?«

»Nein, das bin ich nicht. Bis vor Kurzem habe ich mich auch
nicht um Politik gekümmert – man tut ja auch alles, um uns
Frauen davon fernzuhalten. Aber erklären Sie mir: Warum sind
Sie Sozialist, Herr Nietnagel?«

»Weil ein denkender und fühlender Mann nichts anderes
sein kann«, erwiderte er prompt.

»So ist mein Vater kein denkender und fühlender Mann?«

Johann Nietnagel lachte. »Nun haben Sie mich am Schlafittchen, gnädiges Fräulein!« Er lehnte sich zurück. Die Intensität Ihrer Begegnung war auf einmal wie weggeblasen. Lag es daran, dass sich in der Sitzgruppe jenseits der Palme soeben zwei Damen des Literaturvereines niederließen und sie mit kaum verhohlener Neugier betrachteten? Sie wünschte, er würde weniger Rücksicht darauf nehmen.

»Nein«, sagte Johann Nietnagel, »ich will dem Herrn Baron weder unterstellen, er würde nicht denken, noch, er würde nicht fühlen. Aber eine gewisse Voreingenommenheit des Blickwinkels, meine ich, kann man ihm unterstellen, ohne ihm zu nahe zu treten. Es mag schwer sein, das Leben in seiner ganzen Bandbreite kennenzulernen und zu erfassen, wenn man die Adelsprivilegien in die Wiege gelegt bekam und den Reichtum in den Geldbeutel. Ich könnte mir denken, dass sich die Welt durch die Brille der Reichen und Mächtigen sehr einseitig ausnimmt. Wenn Arbeiter nicht als Menschen wahrgenommen werden, sondern als Produktivkräfte, dann treibt einen freilich das Gewissen angesichts ihrer Arbeitsbedingungen nicht um.«

»Und Sie haben keine Voreingenommenheit des Blickwinkels?«, warf sie ein.

Er quittierte diese Bemerkung mit einem Lächeln. »Diese zumindest nicht – vielleicht eine andere, wer weiß. Den Splitter im eigenen Auge zu sehen ist beinahe unmöglich, nicht wahr? All mein Streben geht danach, das Leben zu sehen, wie es ist, und in meinem Werk die Wirklichkeit unverfälscht abzubilden. Und doch weiß ich, dass mir das nie gelingt und dass ich immer Partei bin, auch da, wo ich darum ringe, unparteiisch zu sein. Tatsächlich kämpfe ich in letzter Zeit zunehmend mit dem Zweifel, ob dieses mein Vorhaben nicht per se zum Scheitern verurteilt sein muss, ob es sie überhaupt gibt, diese Wirklichkeit, nach der ich suche.«

»Wie meinen Sie das?«, fragte sie und beugte sich vor.

»Denken Sie nur an Zeugenaussagen vor Gericht«, erwiderte er. »Jeder Jurist wird Ihnen bestätigen, wie oft diese voneinander divergieren, und nicht nur, weil Zeugen lügen oder vergessen. Nein, es ist vielmehr so: Wenn zwei Beobachter die gleiche Situation sorgfältig wahrnehmen und hinterher schildern, so schildern sie doch nicht das Gleiche. Welcher von beiden hat recht? Oder haben sie beide unrecht und die Wirklichkeit ist ein Drittes, von ihnen Losgelöstes? Gibt es das: eine Wirklichkeit unabhängig vom Beobachter? Was die Theorie betrifft, so renne ich mir den Kopf an dieser Frage ein. Im alltäglichen Leben freilich zweifle ich nicht an dem, was ich um mich herum sehe – und Sie können mir glauben: Ich sehe viel. Die Hinterhöfe einer Mietskaserne sind das reinste Kaleidoskop des Lebens, nicht zuletzt deshalb wohne ich in einem solchen – abgesehen davon, dass ich mir etwas anderes schwerlich leisten könnte. Tag für Tag werden mir dort die Geschichten für meine Gedichte und Stücke vor die Füße gelegt.«

Sie nickte. »Wenn ich sie lese, habe ich allerdings nicht das Gefühl, Sie würden nur schildern wollen«, sagte sie zögernd, tastend. »Verstehen Sie mich nicht falsch: Ich weiß, dass Sie schildern, was Sie sehen, nichts hinzuerfinden, nichts weglassen und keine Schlüsse oder gar Moralanwendungen daraus ziehen. Und trotzdem erscheint mir, als würde gerade dadurch jede Zeile dem Leser ins Gewissen rufen: ›Seht her, was ist! Nun geht hin und ändert es!‹ Mir jedenfalls ergeht es so. Mir erscheint die Schilderung der Wirklichkeit eine leidenschaftlichere Anklage zu sein als jede Polemik.«

»Wie genau Sie verstehen«, sagte er. War nicht etwas wie Bewunderung in seinem Blick? »Das ist es ja, was ich eben meinte. Denn bei allem Zweifel – eines weiß ich gewiss: Wo mein Herz schlägt. Es schlägt für die Unterdrückten, die Unterjochten, die Leidenden. Es schlägt für die Armen. Für die Kinder, die um ihre Kindheit betrogen werden, weil sie in düsteren Kellerlöchern Tüten kleben oder Puppenköpfe anmalen müssen. Für die Männer, deren Arbeit so unmenschlich ist, dass sie sie nur ertragen können, indem sie sich besaufen. Für die Frauen, auf deren Schultern sich alle Last dieser Welt vereint, die Fabrikarbeit oder Hausindustrie, die ohnmächtige Wut ihrer Männer, das Kinderkriegen und die Mühsal des täglichen Ringens um das Überleben ihrer Familien. Deshalb bin ich Sozialist!«

Margarethe nickte. »Ich weiß, wovon Sie sprechen. Seit ich mich um Anna Brettschneider kümmere und im Wohltätigkeitsverein tätig bin, habe ich einen Begriff von diesem Elend und fühle mich aufgerufen, etwas zu tun. Aber muss man deswegen gleich Mitglied in der Sozialdemokratischen Partei sein?«

»Die Sozialdemokratie ist die einzige Partei, die sich der Arbeiter und ihrer Probleme wirklich annimmt«, erwiderte er so laut, dass die Damen nebenan spürbar zusammenzuckten.

Vom Saal her wehte Tanzmusik. »Hören Sie?«, sagte Margarethe. »Ein Wiener Walzer.«

»Darf ich bitten?«, fragte er sofort, erhob sich und verneigte sich.

An seinem Arm schritt sie dem Saal entgegen und spürte die Blicke der Damen wie Nadeln in ihrem Rücken. Es war ihr gleich. Wichtig war nur, dass diese Nähe zwischen ihnen wieder zu spüren war. Leicht drückte er ihre Hand. Es war wie eine heimliche Botschaft.

Sie tanzten den ganzen Abend miteinander. Durch das feine

Leder ihres Glacéhandschuhs spürte sie die Wärme seiner Linken.

Sie wandten den Blick nicht voneinander.

Schwindelig vom ununterbrochenen Drehen hielt sie sich an ihm fest, als die Musik schließlich endete.

»Lassen Sie mich nicht los«, flüsterte sie.

»Nie wieder«, gab er ebenso leise zurück.

Mit Julia hatte sie eine Versammlung besucht, in der zunächst eine Rednerin in bewegenden Worten von Fräulein Hildegard Ziegler erzählt hatte, der Tochter eines schlesischen Pfarrers, die nach dem Lehrerinnenexamen an der Universität Zürich zu studieren begonnen und sich dort nebenher privat auf das deutsche Abitur vorbereitet habe. Auf ihren Antrag hin habe Fräulein Ziegler vom preußischen Kultusminister die Erlaubnis erhalten, als einzige und erste junge Dame in Preußen das externe Abitur an einem Knabengymnasium abzulegen. Vermutlich war der Minister der vielen Eingaben leid gewesen und hatte – zumal die ersten Absolventinnen der Lange'schen Gymnasialkurse in einem Jahr ihren Abschluss anstrebten – gehofft, mit dem Scheitern dieser einen jungen Dame alle weiteren Gesuche von Damen auf Zulassung zur Reifeprüfung mit dem Hinweis auf die erwiesene Unfähigkeit des weiblichen Geschlechts vom Tisch fegen zu können. Fräulein Ziegler hatte denkbar schwierige Bedingungen für die Prüfung gehabt, hatte sie doch nicht einen einzigen ihrer Prüfer gekannt, geschweige denn, dass sie je an deren Unterricht und Examensvorbereitungen teilgenommen hätte. Dennoch hatte sie an einem Gymnasium im hohenzollerschen Sigmaringen mit der Gesamtnote »sehr gut« abgeschlossen und damit für weitere Schülerinnen die Tür zum Abitur einen Spaltbreit geöffnet. Die Erlaubnis, als Gasthörerin an der Universität in Berlin Vorlesungen zu besuchen und eine Promotion anzustreben, war ihr jedoch vom Dekan von Treitschke mit der Begründung verweigert worden, eine Student, der nicht saufen könne, sei unmöglich.

Die Entrüstung, die sich unter den anwesenden Damen über diesen Vorfall erhoben hatte, war unbeschreiblich gewesen. Margarethe jedoch, sosehr das Thema sie auch an und für sich interessierte, war nur mit halbem Herzen bei dieser Veranstaltung gewesen. Immer wieder waren ihre Gedanken und mehr noch ihre Gefühle bei dem gelandet, was nach der Versammlung sein würde ...

Ausführlich hatte im Anschluss an die erste Rednerin Fräulein Lange sodann über den laufenden Kurs der sechs jungen Damen berichtet, die sich für das kommende Jahr auf das Abitur vorbereiteten, und erklärt, sie hege nicht den geringsten Zweifel daran, dass jede Einzelne von ihnen im nächsten Frühjahr das Abitur als Externe an einem Berliner Gymnasium mit Bravour abschließen und so wie Fräulein Ziegler der Welt beweisen werde, wozu der weibliche Geist in der Lage sei.

Doch, die Leistungen dieser jungen Damen waren wirklich eindrucksvoll. Was waren das für zielstrebige Mädchen, die den Mut, die Kraft und vor allem das Durchhaltevermögen aufbrachten, sich gegen alle Widerstände mit Leib und Seele einer Aufgabe zu verschreiben, welche die öffentliche Meinung für unerreichbar hielt! Und wie beschämend unterschied sie, Margarethe, selbst sich von ihnen, sie, die immer nur halbe Sachen machte, sich allzu flüchtig begeisterte, ihre gefassten Vorsätze wieder vergaß!

Nein, sie würde nie zu den Pionierinnen des Frauenabiturs und des Frauenstudiums gehören, sosehr ihr diese auch imponierten.

Und doch, und doch – gehörten nicht auch zu dem Schritt, den sie soeben ging, ebenso viel Mut und Kraft? Die Fesseln der Erziehung und Moral abzustreifen, aus dem engen Korsett des Schicklichen auszubrechen, Standesschranken und politische Feindschaften ebenso zu ignorieren wie die ehernen Regeln darüber, was eine junge Dame aus gutem Haus tun darf und was nicht. Und stattdessen der Wahrheit zu folgen …

Keine Hingabe der Frau ohne Trauschein, weder vor noch außerhalb der Ehe – das war die Moral, die ihr in Fleisch und Blut übergegangen war, die so allgegenwärtig war, dass sie sie bisher kaum bewusst wahrgenommen, geschweige denn je infrage gestellt hatte. Und nun?

Nun fragte sie sich, ob Hingabe ohne Liebe nicht verwerflicher sei als Hingabe ohne Ehe.

Körperliche Hingabe …

Nein, nein, wohin verirrten sich ihre Gedanken! Darum ging es doch nicht! Das würde doch auch Johann klar sein, dass das nicht infrage kam …

Es ging um das Recht, den Geliebten, den Gatten frei von aller Konvention zu erwählen. Um das Recht der Liebenden, einander nahe zu sein.

Mochten die anderen, von denen heute die Rede gewesen war, Pionierinnen der Wissenschaft sein – sie war eine Pionierin der Liebe. Sie ließ sich nicht länger in ihrem goldenen Käfig einschließen, sie öffnete – wenn auch nur ganz heimlich, ganz leise – seine Tür, um dem Mann zu begegnen, den sie liebte. Nur würde sie für diese mutige Tat niemand bewundern, loben und achten.

Nun war es so weit …

Neben Julia trat sie aus dem Haus, in dem die Versammlung stattgefunden hatte. In Gruppen strebten die anderen Damen –

außer ihr fast alles Lehrerinnen oder Schülerinnen von Lehrerinnenseminaren – davon. Keine ging allein für sich, keine wollte sich der Gefahr auf den nächtlichen Straßen aussetzen, der Gefahr von Gaunern und von Männern mit unsittlichen Absichten – und mehr noch der Gefahr von Schutzleuten, die sich wenig Mühe machten, sittsame junge Damen von Straßenmädchen zu unterscheiden und sie als solche festzunehmen.

Sie hatte es so eingerichtet, dass die Eltern ihr Einverständnis, sie abends ohne weitere Begleitung mit Julia auf Versammlungen des Frauenvereins gehen zu lassen, von der Voraussetzung abhängig machten, dass sie mit Julia gemeinsam eine geschlossene Kutsche erster Klasse besteige und sich in dieser Kutsche – nachdem sie Julia vor der Wohnung der Aubachs abgeliefert habe – bis vor die Haustür der Villa fahren lasse. Wenn die Eltern wüssten, dass genau diese Abmachung, die ihrem Schutz und der Aufrechterhaltung des Anstands dienen sollte, ihr die Möglichkeit gab, die engen Regeln eben dieses Anstandes zu durchbrechen!

Eine Kutschfahrt von Julias Wohnung im Zentrum bis zur Villa im Westend dauerte lang ...

Die Frage Johanns am Ende des Abends im Grand Hôtel: »Wie können wir uns wiedersehen, ohne dass Sie kompromittiert werden?« Und ihre Antwort: »Ich werde Ihnen eine Nachricht zukommen lassen.«

Nein, in jenem Augenblick war ihr nicht der Einfall mit der Kutschfahrt gekommen, aber schon auf der Heimfahrt vom Grand Hôtel hatte sie ihn gehabt und sofort am nächsten Tag mit Julia besprochen. Julia war erschrocken darüber gewesen, hatte Einwände erhoben – und schien doch zugleich wie elektrisiert davon gewesen zu sein, dass sie eine so entscheidende Rolle dabei spielen sollte. Im Stillen hatte es Margarethe gewundert, dass die Freundin schließlich eingewilligt hatte. Gleich nach Julias Zustimmung hatte Margarethe Johann einen Brief geschrieben, ihn darin aber gebeten, ihr nicht zu antworten, da die Post durch die Hände ihrer Mutter ging. Doch er würde da sein, sie zweifelte nicht daran. Er würde da sein, und wenn er alle Hebel dafür in Bewegung setzen musste. Sein Blick beim Abschied ...

Ihr Herz schlug schnell, als sie sich mit Julia dem Droschkenstand näherte.

»Da steht er!«, flüsterte Julia aufgeregt. »Das ist er doch, neben der ersten Kutsche?«

Margarethe nickte stumm. Unmöglich, jetzt zu sprechen.

Warum stand Johann ausgerechnet unter einer Gaslaterne! Was mochten die hinter ihnen herkommenden Lehrerinnen denken, wenn sie sie zusammen sahen? Vielleicht hätte sie ihm schreiben sollen, er möge in der Kutsche warten? Aber wie hätte sie dann die richtige Kutsche ausfindig machen können?

»Mein Gott, willst du wirklich, mit ihm ganz allein, im Dunkeln, was alles geschehen kann – allein mit einem Mann auf so einer Kutschfahrt mitten in der Nacht ...«, flüsterte Julia und verzögerte den Schritt, griff nach Margarethes Hand. »Noch ist Zeit, dass du es dir anders überlegst!«

»Ach Julia, was du gleich denkst!«, erwiderte sie mit einem halben Auflachen, das ihr im Halse stecken blieb. »Du hast zu viele Romane gelesen!«

»Ich mach mir ja nur Sorgen«, seufzte Julia. »Und andererseits: Es ist so romantisch!« Dies klang fast sehnsüchtig.

Dann standen sie Johann gegenüber. Kaum wagte Margarethe ihn anzusehen.

Johann erwies sich als der Situation gewachsen. Er verbeugte sich mit der Sicherheit eines Herrn aus guter Familie und hielt ihnen den Wagenschlag auf. »Ich habe den Damen bereits eine

Kutsche reserviert!«, sagte er so vernehmlich, dass die ein Stück hinter ihnen gehenden Lehrerinnen es zweifellos hörten. »Gnädiges Fräulein, Baronesse. Es ist mir eine Ehre, Ihnen sicheres Geleit anbieten zu dürfen!«

Sie reichte ihm die Hand, damit er ihr auf den Tritt half. Er drückte sie leicht. Dann saßen sie im wechselnden Dämmerlicht der vorbeiziehenden Laternen, Julia und sie nebeneinander in Fahrtrichtung, er ihnen gegenüber. Sie konnte sein Gesicht nicht erkennen, es lag tief im Schatten. Dennoch spürte sie seine Augen auf sich.

Julia war es, die – eine Spur zu gewollt – ein Gespräch in Gang brachte, das sie im Wesentlichen selbst bestritt, und davon sprach, wie sehr sie Fräulein Ziegler bewunderte und wie grandios sie es fand, dass junge Damen Homer, Tacitus und Vergil im Original lasen und den Männern damit zeigten, dass der Frauenverstand für das Erlernen der alten Sprachen geeignet sei. Und dann kamen sie schon vor Julias Wohnung an.

Johann half Julia galant beim Aussteigen und kletterte in die Kutsche zurück. Mit klopfendem Herzen wartete Margarethe: Würde er sich gleich neben sie setzen? Wie sollte sie sich verhalten, wenn er ihr zu nahe rückte, wenn er ihre Hand berührte – oder mehr als ihre Hand?

Vielleicht hätte sie doch auf Julias Warnungen hören sollen? Auf welches Glatteis begab sie sich hier ...

Johann setzte sich ihr gegenüber.

Vorsichtig atmete sie tief aus. Ihre Wangen brannten. Wie gut, dass er das nicht sah.

Sie schwiegen. Eine Befangenheit war in ihr, wie sie sie noch nie erlebt hatte. Das erste Mal mit ihm ganz allein. Und nun wusste sie nichts zu sagen ...

»Ihren Brief erhalten zu haben, hat mich sehr glücklich gemacht«, sagte Johann endlich. »Sie können sich gar nicht vorstellen, wie sehr ich auf eine Nachricht von Ihnen gehofft habe – und gleichzeitig kaum zu hoffen wagte.«

»Ich hatte es versprochen«, erwiderte sie.

»Ja, das habe ich mir auch immer wieder gesagt. Aber wir wissen beide, wie schwierig es für einen junge Dame Ihrer Kreise ist, ein solches Versprechen einzulösen. Und woher konnte ich wissen, dass Sie es, bei Lichte betrachtet, nicht bereuen?«

»Sie kennen mich schlecht«, sagte sie spröde.

»Dann helfen Sie mir, Sie besser kennenzulernen! Erzählen Sie mir von sich?«

Und sie erzählte, tastend und unsicher anfangs, doch etwas war an seiner Art des Zuhörens, was ihr das Sprechen immer selbstverständlicher machte.

Wie absurd doch die Angst gewesen war, die plötzlich von ihr Besitz ergriffen hatte, als Julia ausgestiegen war! Hatte sie etwa an Johanns Integrität gezweifelt? Schämen könnte sie sich deswegen.

Diese Situation im flackernden Halbdunkel, ohne sein Gesicht recht sehen zu können, im Gerüttel der Kutsche, das Klappern der Pferdehufe im Ohr – irreal, eine andere Welt. Sie erzählte von sich wie noch nie einem Menschen, fast, als spräche sie zu sich selbst. Und doch war es etwas durch und durch anderes, gehört zu werden, sich verstanden zu wissen, und nicht von irgendwem, von ihm.

Obwohl sie wusste, dass er sie kaum sehen konnte, fühlte sie sich gesehen wie noch nie. Endlich einmal nicht die Fassade, nach der sie gewöhnlich beurteilt wurde, endlich einmal nicht ihr Äußeres, endlich einmal der Kern. Es war, als entdecke sie diesen Kern erst selbst, indem sie ihn Johann Nietnagel zeigte.

Viel zu schnell war der weite Weg zurückgelegt, viel zu schnell hielt die Kutsche vor ihrer Villa an. Sie reichte ihm die Hand. Durch das feine Leder spürte sie seine Lippen. Nur einen kurzen Augenblick dauerte dieser Handkuss länger als üblich, nur einen Hauch war er näher. Dann ließ Johann sie frei und öffnete den Verschlag.

»Übermorgen besuche ich nachmittags Fräulein von Aubach und fahre Punkt sechs mit der Kutsche zurück. Wenn Sie mir da einen Wagen bestellen wollen ...«, sagte sie rasch und stieg aus.

– 9 –

Dass sie das einmal erlebte! So viel Glück. Jahrelang hatte sie davon geträumt, einmal eine Zirkusvorstellung mitzuerleben. Nun war es Wirklichkeit. Mehr als zwei Stunden waren ihr verflogen wie im Rausch. Die wilden Tiere und ihre Dompteure, die Artisten, Jongleure und Clowns, und immer wieder die Kunstreiter auf den bunt geschmückten Pferden.

Ihrer Schwester gefielen die Clowns am besten. Wenn der dumme August über seine viel zu großen Füße stolperte, lachte Lisa aus vollem Hals. Auf einmal wurde Clara bewusst, dass sie ihre Schwester seit Monaten nicht mehr so herzlich hatte lachen sehen.

Es war so lieb von Johann, dass er nicht nur sie zum Zirkus Busch eingeladen hatte, sondern auch Lisa. Sogar einen Sitzplatz hatten sie hoch oben im Zweiten Rang und nicht nur einen Stehplatz auf der Galerie, alles konnten sie sehen, weit weg dort unten: die Manege und die Bühne, die Kaiserloge und das Orchester. Die Kaiserloge war leer. Aber trotzdem – sich vorzustellen, dass man an einem Ort war, eine Veranstaltung besuchte, wo der Kaiser und seine Familie manchmal zuschauten ...

Clara schob ihre Hand in Johanns, flocht ihre Finger zwischen die seinen. Er drückte sie leicht. Dann zog er seine Hand zurück.

»Schau nur, schau!«, rief Lisa und zeigte zur Manege hinunter, wo die Reiter nun Pyramiden auf den Pferden bildeten, ein Mann auf den Schultern des anderen, und dann zwei Pferde nebeneinander und ein weiterer Mann auf den Schultern je eines der oben Stehenden. Unglaublich!

Dann war es vorbei. Die Musik endete, die Künstler verbeugten sich wieder und wieder, die Zuschauer klatschten, pfiffen und johlten. Es waren viele Kinder hier: die Kinder der Reichen, die es sich leisten konnten, am Sonntagnachmittag ihre Familien in den Zirkus auszuführen. Und Johann, Lisa und sie. Drei Mark hatte es Johann sich kosten lassen. Drei Mark – dafür musste man vier Tage vierzehn Stunden am Tag Fäden vernähen oder zweieinhalb Tage an der Druckmaschine stehen. So großzügig war er.

»Danke, Johann!«, rief sie und fiel ihm im Gedränge um den Hals, gab ihm einen Kuss. Das gehörte sich nicht in aller Öffentlichkeit, aber es war ihr gleich. Ihm nicht. Verlegen machte er sich von ihr los.

»Bitte«, sagte er und nickte. »Es freut mich, dass es dich glücklich macht.«

»Das tut es. Es ist überhaupt der glücklichste Tag meines Lebens.«

Johann sagte nichts. Warum schaute er nur so ernst? Irgendwie bedrückt sah er aus. Aber davon wollte sie sich jetzt ihr Glück nicht verderben lassen.

Im Gewühl der nach draußen strebenden Menge schoben sie sich dem Ausgang zu und gelangten ins Freie. Es wurde schon dunkel. Clara gab ihrer Schwester einen sachten Schubs. »Also, Lisa, bis heut Nacht dann!« Lisa nickte, bedankte sich noch einmal überschwänglich bei Johann und eilte davon. Es war vereinbart, dass Lisa heute noch an Claras Stelle Kaschmirschals vernähte. Weil sie in die Sonntagnachmittagsvorstellung gegangen waren, hatte Clara heute nicht das Pensum erledigen können, das sie sonst am Sonntag fertigstellte. Aber die Abendvorstellung wäre noch teurer gewesen.

Johann hatte einen Vorschuss auf sein neues Buch bekommen, einen Gedichtband, der demnächst gedruckt wurde. Sonst wäre diese Unternehmung unmöglich gewesen.

Sie hängte sich bei ihm ein. »Und nun?«, fragte sie gut gelaunt. »Bummeln wir noch ein bisschen durch die Stadt und dann gehen wir heim und heizen in deinem Zimmer gut ein, damit es so richtig kuschelig warm wird?«

»Nun lade ich dich noch zum Spaten ein«, erklärte Johann, ohne ihre Anspielung auch nur mit einem Lächeln zu quittieren.

»Zum Spaten?« Mit offenem Mund sah sie ihn an. »Ist das nicht ein Bierhaus für die besseren Leute?«

»Na und?«, erwiderte er heftig.

Sie schluckte. Das hätte sie wohl nicht sagen sollen. Er gehörte ja dazu, zu den besseren Leuten, auch wenn er im Hinterhof wohnte und eine Liebste hatte wie sie. Er war der Sohn eines Bürgermeisters und ein studierter Herr und ein Dichter. Nur sie, sie gehörte nicht zu denen.

»Entschuldigung«, murmelte sie verlegen. Er zuckte die Achseln.

An seinem Arm ging sie durch die festliche Nacht. Adventsonntag – noch zweieinhalb Wochen bis Weihnachten. Aber es war noch nicht richtig kalt geworden, kein Gedanke an Schnee. Die Spree lag schwarz und geheimnisvoll da, vereinzelte Lichter spiegelten sich in ihr. Auf dem Platz zwischen der Dombaustelle und dem Schloss aber war der Weihnachtsmarkt in vollem Gange, es roch nach Bratwurst, gebrannten Mandeln und Lebkuchen, nach Hustenbonbons und Glühwein. Händler priesen ihre Waren an, arme Kinder liefen zwischen den Holzbuden herum und riefen immer wieder: »Zehn Pfennige! Nur zehn Pfennige!« Damit boten sie die selbst gebastelten Spielwaren an, die sie im Bauchladen mit sich führten, Schäfchen aus Büscheln ungesponnener Wolle mit grob geschnitzten Holzköpfen, bunte Papierlaternen und hölzerne Ratschen, die einen Höllenlärm veranstalteten.

Clara wäre gerne stehen geblieben, hätte vielleicht einem Mädchen sogar ein Spielzeug für ihre kleinen Brüder abgekauft, aber Johann strebte mit raschen Schritten der Schlossbrücke zu, hatte keine Augen für all diese Verlockungen, lief, als müsse er den Weg bis zur Bierhalle möglichst schnell zurücklegen. Die Schlossbrücke mit ihren schönen Marmorfiguren, hell erleuchtet durch die elektrischen Bogenlampen, die Linden in ihrer Pracht, endlich die Friedrichstraße – so gern wäre sie gemächlich geschlendert, aber er stürmte vorwärts, sie konnte kaum mit ihm Schritt halten.

In das Ausschanklokal der Münchner Brauerei traute sie sich nur mit großer Überwindung hinein. Im Sommer, da hatte sie ihr gutes Kleid gehabt, da hatte sie sich überall hin getraut, aber jetzt in dem alten schwarzen Wollkleid, das sie schon so oft umgearbeitet hatte, damit man die geflickten und abgewetzten Stellen nicht so sah ...

Und hier drinnen waren doch Herren im Zylinder und sogar ein paar Offiziere und da und dort eine Dame im Samtjakett mit Pelzkragen. Johann dirigierte sie in die hinterste Ecke der großen Halle, ins Gewölbe, wo sie unter einem ausgestopften Hirschkopf mit mächtigem Geweih zwei freie Stühle fanden. Der Kellner brachte das Bier im bayrischen Maßkrug mit Zinndeckel, so etwas hatte sie noch nie gesehen. Als sie zu trinken versuchte, klappte ihr der Deckel gegen die Nase. Sie lachte.

Johann lachte nicht.

»Nun sag schon«, forderte Clara ihn auf. »Dich drückt doch was. So ein wunderschöner Tag, so eine Freude hast du mir gemacht, und du machst ein Gesicht, als müsstest du zu einer Beerdigung!«

»Vielleicht muss ich das ja auch«, erwiderte er leise und blickte auf seine Hände, die er krampfhaft gefaltet hielt. »Und du leider auch. Und das ist mir schwer.«

»Jetzt aber mal halblang!«, protestierte sie, aber eine Ahnung flog sie an, eine Ahnung, die ihr den Atem nahm.

»Clara«, begann er zögernd und stockte schon wieder. »Ich mag dich, weißt du. Ich möchte, dass es dir gut geht. Im Frühling, als ich dich sah und als wir zusammen tanzten, du warst so frisch, so voller Leben und Natürlichkeit, und da draußen im Garten, auf dem Feld – da hast du mich verzaubert. Und ich verdanke dir viel. So schöne Stunden hatten wir zu zweit. Aber …«, er stockte.

»Aber jetzt ist es vorbei«, flüsterte sie heiser. Sie hatte es doch gewusst, sie hatte es immer gewusst, so ein Glück ließ sich nicht halten. Aber es ging doch nicht ohne ihn, sie liebte ihn doch …

»Du hast was anderes verdient als mich«, würgte Johann hervor.

Sie schüttelte den Kopf. Tränen liefen ihr über das Gesicht, benetzten ihre Lippen. Er nahm sein Taschentuch und wischte sie ab.

»Du brauchst doch einen Mann, mit dem du eine Familie gründen kannst«, sagte Johann.

Im Saal war es laut, Stimmengewirr erfüllte die Luft, sie konnte ihn kaum hören, aber die Botschaft, die hörte sie trotzdem. Das große »Aus!«.

»Kinder«, fuhr er eifrig fort. »Einen eigenen Hausstand. Einen tüchtigen Mann, der regelmäßig seinen Lohn nach Hause bringt. Und ich wünsche dir von Herzen einen guten Mann, einen Genossen, der anständig verdient und der nicht säuft und der dich gut behandelt und der ein guter Vater ist.«

»Ich will aber nur dich«, flüsterte sie.

Er schwieg und sah sie nicht an, starrte auf seine Hände. Und das war Antwort genug.

»Warum?«, fragte Clara.

»Ich sage dir doch ...«, begann er.

Sie fegte seine Antwort mit einer Handbewegung beiseite. »Nicht das! Ich will die Wahrheit wissen! Hast du eine andere?«

Er schüttelte den Kopf.

»Wirklich nicht?« Dann war ja noch Hoffnung ...

Johann sah sie an, auf einmal ganz offen. »Ich will dir alles sagen, Clara. Du und ich, das geht nicht auf Dauer. Es fällt mir schwer, mir das selbst zuzugeben, ich bin Sozialist, ich kämpfe dafür, dass die Klassengesellschaft aufgehoben wird, dass die Unterdrückung ein Ende hat, ich träume von einer Zukunft, in der alle Menschen gleich sind und frei und brüderlich. Aber trotzdem, es sind die Interessen, die Bildung, der ganze Hintergrund, aus dem wir kommen. Wir zwei, wir leben nicht das gleiche Leben. Ich habe gedacht, wenn ich im Hinterhof wohne und die Armut mit den Armen teile, dann bin ich einer von ihnen. Aber so ist es nicht, etwas trennt uns. Auch wenn wir genauso frieren und hungern, es wird nie das Gleiche sein. Ich werde nie eine Heimat haben im Hinterhof. Ich werde nie zu den Genossen Arbeitern wirklich dazugehören. Ich werde mich immer fremd fühlen, ein geborgtes Leben führen und mich nach dem wahren sehnen. Auch mit dir, Clara. Und das will ich nicht mehr. Um meinetwillen. Und auch um deinetwillen.«

Sie verstand nicht alles, was er sagte. Aber sie fühlte es. »Und es gibt wirklich keine andere?«, wiederholte sie noch einmal.

Er hob die Schultern. »Ich will dir auch das sagen, auch das. Ich glaube, du hast ein Recht darauf. Ja, es gibt eine Frau. Aber es ist nicht so, wie du jetzt vielleicht denkst. Ich bin ihr bisher nicht näher gekommen als bis zu einem Handkuss – und vielleicht werde ihr nie näher kommen. Sie ist eine von den ganz Reichen, eine aus der obersten Klasse. Eine schier unüberbrückbare Kluft trennt uns. Ob wir die je werden überschreiten können, ob sie es kann – ich weiß nicht.«

»Und wenn sie es doch tut? Bist du dann glücklich?«

»Glücklich?«, stöhnte Johann auf. »Wie soll ich denn glücklich sein, wenn ich eine Frau unglücklich mache?«

Meinte er sie? Oder meinte er die andere?

Sie wünschte so sehr, diejenige zu sein, derentwegen nun Tränen in seinen Augen standen. Aber sie wusste, sie war es nicht.

Die vierte Nacht schon lag sie schlaflos. Todmüde, mit brennenden Augen und zerschlagenen Gliedern kroch sie abends ins Bett, aber kaum lag sie neben Lisa auf dem Strohsack, begann das Gedankenkarussell von Neuem. Und was sich bei Tag durch die ununterbrochene Arbeit noch mühsam unter Kontrolle halten ließ, brach in der Nacht hemmungslos über sie herein.

Wenn sie nur einmal einen Augenblick Ruhe fände, einen Augenblick fliehen könnte vor diesen Fragen!

Warum. Warum musste das geschehen. Warum mir. Was habe ich falsch gemacht. Warum liebt er mich nicht mehr. Wie soll ich leben ohne ihn. Ist es wirklich endgültig vorbei, für immer und ewig?

Es konnte nicht sein, durfte nicht sein. Sie liebte ihn doch.

Gestern hatte sie einen verzweifelten Versuch gemacht, ihn

zurückzuerobern. Oder wenigstens zu verstehen, was da mit ihr und ihm geschehen war. Es war ihr weder das eine gelungen noch das andere.

Nach der Fabrikarbeit war sie in sein Haus gegangen, hatte an seine Tür geklopft. Sie hatte es einfach tun müssen, sie hatte es nicht mehr anders ausgehalten. Er war sogar da gewesen, hatte sie hereingebeten.

Aber kein Kuss, keine Umarmung, keine Berührung. Steif und förmlich hatte er ihr seinen einzigen Stuhl angeboten und war selbst stehen geblieben, an den Pfosten seines Bettes gelehnt, jenes Bettes, in dem er und sie so oft . . .

Sie hatte die Augen überhaupt nicht von den Kissen wenden können, in denen sie so glücklich gewesen waren. Und keinen Ton hatte sie herausgebracht.

Er hatte ihren Blick trotzdem verstanden. »Es ist vorbei, Clara«, hatte er gesagt, »für immer vorbei. Es tut mir leid.«

»Aber warum?«, war es aus ihr herausgebrochen und weinend hatte sie hinzugefügt: »Ich brauche dich doch.«

Er hatte nur den Kopf geschüttelt und leise gesagt: »Vielleicht hätte ich das mit dir nie anfangen dürfen.«

»Wie kannst du das sagen!«, hatte sie ihn angeschrien. »Warst du nicht glücklich mit mir?«

»Doch, das war ich«, hatte er geantwortet und ganz kurz gelächelt.

»Na, siehst du, dann können wir auch wieder, auch wieder, du und ich . . .« hatte sie zu stammeln begonnen. Und dann war etwas über ihre Lippen gekommen, etwas, wofür sie sich hasste – und doch auch wieder nicht: »Du musst mich ja auch nicht heiraten. Wir können ja weiter einfach so . . . Und wenn du diese andere da liebst, aber sie doch nicht bekommst, dann kannst du ja mich . . .«

Sie schämte sich so.

Johann hatte ihr den Rücken zugedreht, war ans Fenster gegangen und hatte in die Nacht hinausgestarrt. »Lass, Clara«, hatte er schließlich gesagt, »lass. Das wäre nicht gut für dich und nicht gut für mich. Ich bin doch kein Lebemann. Und du bist keine ...«

Er hatte das Wort nicht ausgesprochen. Wenigstens das nicht.

Trotzdem, es hing in der Luft, unausgesprochen zwischen ihnen. Das durfte doch nicht sein, nicht nach diesen sieben Monaten, in denen sie zusammengehört hatten, so selbstverständlich, so gut!

»Bedenke doch«, hatte er noch gesagt, »wenn dein Vater aus der Lungenheilanstalt zurückkommt.«

Da war sie aufgesprungen und aus seinem Zimmer gestürzt.

Vielleicht hatte sie doch zu früh aufgegeben? Hätte nicht einfach davonlaufen dürfen?

Weihnachten würde der Vater womöglich heimkommen. Er hatte geschrieben, es sei noch nicht entschieden, aber vielleicht würde er entlassen. Sie wusste selbst, dass sie dann kein Verhältnis mit Johann haben durfte. Aber sie hatte doch gehofft, verlobt zu sein.

Lisa stöhnte im Schlaf, schlug heftig um sich. Ihr Ellbogen traf Clara an der Nase. Clara schubste zurück. Jetzt lag Lisa wach, das konnte man an ihrem Atem hören. Und dann hörte man noch etwas: Lisa weinte.

Was hatte so ein zwölfjähriges Ding schon groß zu weinen! Nur weil der Lehrer ihr in der Schule sechs mit dem Rohrstock hintendraufgezählt hatte, weil sie schon wieder ihre Gesangbuchverse nicht gelernt hatte und im Unterricht nicht gehört hatte, als sie aufgerufen worden war. Es gab Schlimmeres als ein paar Striemen am Hintern, doch davon wusste Lisa noch nichts.

Überhaupt war Lisa selbst schuld, wenn sie abends immer nur müde vor sich hinstarrte und morgens bis zur letzten Sekunde im Bett rumlag, statt ihre Hausaufgaben zu machen. Sie, Clara, passte doch darauf auf, dass Lisa die nötigste Zeit für die Schule blieb. Aber Lisa war so störrisch geworden und ließ sich nichts mehr sagen. Dafür hatte sie sich jetzt eben ein paar gefangen.

Kinderleid. Was war das gegen das Leid, das sie, Clara, aushalten musste: dass der Mann, den sie liebte, der einzige, den sie je lieben würde, nichts mehr von ihr wissen wollte!

Hätte sie ihr letztes Geld ausgeben sollen, um sich ein gutes Winterkleid und einen Wintermantel zu kaufen, damit er sich nicht schämen musste, wenn er mit ihr in den Zirkus oder in die Bierhalle ging?

Ach, sie wusste ja selbst, das war es nicht.

Aber was war es dann?

Als der Wecker klingelte, quälte sich Clara mit Mühe aus dem Bett. Wie Blei lastete der kommende Tag auf ihr, schier undenkbar, ihn zu beginnen. Doch dann, mit dem Augenblick, in dem ihr Fuß den kalten Boden berührte, spulte sich von selbst das Programm ab, das sie jeden Morgen erfüllte:

Nach den Zündhölzern tasten und die Petroleumlampe entzünden. Durch den eiskalten finsteren Flur in die Stube tappen und Heinz und Männe wecken, die Brüder, die in ein paar Minuten als Zeitungsausträger beziehungsweise als Laufbursche beim Bäcker ihren Dienst beginnen mussten. Männe hatte es gut, die Bäckersfrau schenkte ihm jeden Morgen eine frische Schrippe, noch ofenwarm. Eine Schrippe – ein Frühstück, das sich die übrige Familie nicht einmal am Sonntag leisten konnte. Trotzdem maulte er gottserbärmlich, als er in die Kälte musste.

Dann zurück in die Küche. Die Mutter war inzwischen aufgestanden und hatte ihren Strohsack unter dem Bett verstaut.

Clara schürte den Herd an und lief ins Treppenhaus. Vor den beiden Klosetts auf dem Treppenabsatz hatte sich wie immer bereits eine Schlange ungeduldig wartender Hausbewohner eingefunden, keine Zeit, sich anzustellen, das musste auf später verschoben werden. In der Küche saß die Mutter schon wieder über ihren Kaschmirschals. Lisa lag immer noch im Bett.

»Steh auf!«, forderte Clara die Schwester auf. »Jetzt kannst du noch für die Schule lernen! Oder willst du wieder Keile bekommen?« Lisa gab keine Antwort und drehte sich zur Wand.

Clara legte Holz nach und blies in das Feuer, bis es loderte. Dann setzte sie den Wasserkessel auf und schob den Topf mit der Mehlsuppe auf den vordersten Herdring. Die Suppe hatte sie schon am Vorabend gekocht. Sie schmeckte fad, aber jeden Morgen Brot zum Sattessen, wer konnte sich das schon leisten!

Aus dem mit Fliegengitter luftig verschlossenen Vorratsschränkchen holte sie den Brotlaib und schnitt für die Geschwister und sich je eine Scheibe ab, die sie mitnehmen konnten. Ihre eigene Scheibe machte sie dicker. Schließlich war sie auch älter und verdiente Geld. Es war sogar Schweineschmalz da, das sie draufstreichen konnte. Sie streute Salz darüber, wickelte ihr Brot in Zeitungspapier ein und legte ein paar gekochte Kartoffeln dazu. Das musste reichen für einen langen Tag in der Druckerei. Sie hatte sowieso keinen Hunger. Gestern hatte sie ihr Brot wieder mit nach Hause gebracht, die Brüder hatten sich darauf gestürzt.

Clara zog sich an und flocht sich die Haare. Lisa lag immer noch im Bett. »Jetzt aber raus!«, schimpfte Clara und riss der Schwester die Bettdecke weg. Widerstrebend stand Lisa auf.

Endlich war der Herd heiß, das Wasser kochte. Clara brühte Zichorienkaffee und schöpfte sich einen Teller voll Mehlsuppe. Auch die Mutter bediente sich. Lisa verschwand nach draußen.

Nacheinander tauchten die beiden Schlafgänger auf und setzten sich zum Frühstück. Keiner sprach.

Clara löffelte die Suppe in sich hinein, füllte sich die Blechkanne voll Kaffee, nahm die Brotzeit und ihr warmes Umschlagtuch, zog die Stiefel an und verschwand mit einem kurzen »Bis heut Abend!«, das niemand beantwortete. An einem der beiden Wasserklosett auf halber Treppe stand keiner mehr an. Es war lausig kalt hier drin. Über Nacht war der Frost gekommen.

Clara hastete durch die kalten Straßen, achtete nicht auf die anderen Arbeiterinnen und Arbeiter, auf die Zeitungsausträger und Straßenkehrer, auf die Schutzleute und Botenjungen, auf die Kutschen, Handkarren und Fuhrwerke, Pferdeomnibusse und Pferdestraßenbahnen. Nicht einmal die puffenden Dampftriebwagen konnten ihre Aufmerksamkeit erregen. Ihre Gedanken waren schon wieder bei Johann.

Jetzt lag er noch im Bett. Johann schlief gerne lang. Ob er grad aufwachte? Und ob er dabei an sie dachte, an sie, die so oft dieses Bett mit ihm geteilt hatte? Ihr Geruch musste doch noch in seinem Bettzeug hängen, es war nicht frisch gewaschen, sie hatte es gestern gesehen. War das nicht, als wäre sie ein Stück weit noch bei ihm?

Diese andere, die Reiche, der er nie näher gekommen war als zu einem Handkuss, wer sie wohl war? Wer immer es sein mochte – sie hasste diese Fremde, oh, sie hasste sie so sehr!

Die da oben, die blieben eben doch immer unter sich. Da konnte einer sozialistische Reden schwingen und im Hinterhof wohnen und sich als Arbeiterfreund ausgeben, aber wenn es drauf ankam, dann besann er sich wieder auf seine Herkunft!

Es sind die Interessen, die Bildung, der ganze Hintergrund, aus dem wir kommen, wir zwei, wir leben nicht das gleiche Leben ...

Das fiel ihm aber früh ein, dem Johann, diesem hundsgemeinen Kerl! Und so einer bildete sich was auf seine Klugheit ein und auf seine soziale Gesinnung! Ha! Als ob er das nicht von Anfang an gewusst hätte! Sie hatte schließlich nie behauptet, die Tochter eines Arztes oder eines Professors zu sein und auf eine Höhere Töchterschule gegangen zu sein! Er hatte doch gewusst, dass sie eine einfache Arbeiterin war! Und trotzdem hatte er mit ihr getanzt und war mit ihr aus dem Garten raus und aufs Feld und hatte sie in sein Bett geholt!

Aber so waren sie, die Oberen, die Besseren, die sich was einbildeten auf ihre Herkunft und ihre Bildung! Sie hätte auf Jenny und Heinrich hören sollen, die sagten doch immer, die oberen Klassen beuten uns aus, die Kapitalisten scheren sich einen Dreck um uns, die pressen uns aus wie Zitronen und dann werfen sie uns weg.

Und Johann war auch nicht besser, trotz seiner Reden! Auch bloß so einer, der sich ein kleines Mädel fürs Bett sucht! Einer, der es ausbeutet und dann wegwirft, wenn es ihm passt.

Die höheren Töchter, die hatten sich was mit ihrer Jungfräulichkeit, um alles in der Welt musste die geschützt werden, nicht weiter als bis zum Handkuss, ha, das war mal wieder typisch! Aber die Herren, die wollten nun einmal mehr – und wo holten sie es sich? Bei den Mädchen aus dem Volk! Als hätten die nur einen Körper, den man benutzen kann wie einen Fußabstreifer, als hätten die nicht auch ein Herz und eine Seele!

Er hatte doch gewusst, dass sie ihn liebte! Und dass sie sich Hoffnungen machte! Und dass sie ohne ihn nicht mehr leben konnte! Und hatte sie bloß fürs Bett haben wollen, fürs Bett und sonst für nichts.

Ich wünsche dir von Herzen einen guten Mann, einen Genos-

sen, der anständig verdient und der nicht säuft und der dich gut behandelt und der ein guter Vater ist.

Mit einer Selbstverständlichkeit hatte er das dahingesagt, als wäre es ganz klar, dass er das nicht sein könne, der Genosse, der ein guter Mann für sie wäre. So weit ging sein Hochmut, dass er es nicht einmal merkte, was er da sagte!

Ich bin doch kein Lebemann ...

»Was um alles in der Welt bist du dann?! Wie soll man das denn nennen, was du mit mir getan hast?!«, schrie sie laut. Ein Arbeiter, der ihr entgegenkam, sah sie an, als gehöre sie in die Irrenanstalt. Aber das tat sie nicht, sie war nicht verrückt, sie hatte nur sehen gelernt! Und hassen.

Sie merkte kaum, dass sie bei der Druckerei ankam. Sie merkte kaum, dass sie mit der Arbeit begann. Sie hörte nicht, wie Ernst, der neue Drucker, sie ansprach und ein paar Scherze mit ihr versuchte. Sie tat nur immer und immer wieder den gleichen Handgriff und hielt dabei im Stillen immer neue Zornesreden.

Doch irgendwann hatte der Zorn sich erschöpft. Was blieb, war das Leid.

Am Abend gab es wie jeden Freitag den Lohn im Kontor. »Na, Clara, gehst du jetzt auf den Weihnachtsmarkt und kaufst ein Geschenk für deinen Schatz?«, fragte Ernst gut gelaunt, als er herauskam und seine Lohntüte einsteckte, während sie noch vor der Tür wartete, bis die Reihe an ihr war.

Sie schüttelte den Kopf. »Ich hab keinen Schatz«, sagte sie harsch.

»Was?«, fragte er verblüfft. »Hast doch neulich noch erzählt von deinem Dichter!«

»Er ist nicht mehr mein Dichter.« Warum sprach sie darüber? Seltsamerweise tat es gut.

»Das ist doch!«, rief Ernst aus. »So ein nettes Mädel wie dich gibt man doch nicht mehr her!«

Sie lächelte wider Willen. Das müsste Johann hören …

»Oder sag mal«, forschte Ernst und druckste herum, ehe er über die Lippen brachte: »Ist es etwa so, hat er dich in andere Umstände gebracht und jetzt lässt er dich sitzen?«

»Nein. So ist es nicht.« Sie wunderte sich selbst, dass sie mit Ernst darüber sprach – mit einem Mann! Merkwürdig war das und schien doch selbstverständlich.

»Na, dann ist ja gut!«, brummte er. »Sein Glück!«, fügte er dann trotzig hinzu. »Sonst hätte ich ihn mir nämlich vorgenommen, diesen Dichter, und wenn ich mit ihm fertig gewesen wäre, dann hätte er ausgesehen, wie durch die Stopp-Zylinder-Schnellpresse gedreht!«

Sie lachte.

»Na siehst du. Jetzt lachst du schon wieder«, stellte Ernst befriedigt fest. »Sag mal, magst du denn dann jetzt mit mir mitkommen, ich kehr jetzt nämlich in einer Bierhalle ein. Wäre mir ein Vergnügen, dir was auszugeben.«

Sie schüttelte den Kopf und dann war die Reihe an ihr. Als sie aus dem Kontor wieder herauskam, war Ernst schon weg.

Clara nahm ihren Korb und lief los, beschloss noch zum Weihnachtsmarkt zu gehen. Sie brauchte Geschenke für ihre Geschwister. Von der Mutter bekamen die Kleinen nur Wollsocken oder Handschuhe oder Mütze und Schal, die Mutter blieb seit Wochen die halben Nächte auf, um das alles rechtzeitig für Heiligabend zu stricken, aber Kinder wollten doch gern auch was zum Spielen oder zum Naschen. Und sie hatte heute ihr Geld.

Freilich würde sie dann diese Woche nichts für ihr Sparbuch zurücklegen können.

Trotzdem. Sie würde es tun. Außerdem war es eine Wohltat,

einmal an etwas anderes zu denken als an Johann. Für ihn hatte sie schon vor Monaten ein feines weißes Hemd zu nähen begonnen.

Jetzt würde sie es ihrem Vater schenken.

Der Vater – ob er noch böse auf sie war? Ob er noch mal was sagen würde zu ihrem Streit und dazu, was sie über den Zeitpunkt der Hochzeit der Eltern gesagt hatte?

Ihr war nicht wohl bei dem Gedanken an die Begegnung mit ihm. Aber nach so langer Zeit, da musste doch seine Wut verflogen sein, oder?

Wenigstens würde er jetzt mit ihrem Lebenswandel zufrieden sein: niemand mehr, der sie zum Tanzen und zu einem Ausflug ausführte, niemand mehr, bei dem sie die halbe Nacht blieb ...

Hure hatte er sie genannt.

Nein, das war sie nicht. Das musste sie sich nicht nachsagen lassen. Sie war nur ein Mädchen, das geliebt hatte. Und nicht genauso wiedergeliebt worden war.

Sie wischte sich die Tränen aus dem Gesicht.

Auf dem Weihnachtsmarkt kaufte sie einem der armen Kinder eine Ratsche für Männe ab, die ohrenbetäubenden Lärm machte, einem anderen einen bunt angemalten Holzkreisel für Kalle. Für Lisa eine blaue Schleife ins Haar. Was gab es für Heinz?

Suchend schlenderte sie zwischen den Holzbuden herum. Es duftete nach gebrannten Mandeln und Tannen. Ein Leierkastenmann spielte *Leise rieselt der Schnee.* Als sie in die nächste Gasse einbog, empfing sie *Morgen Kinder wird's was geben* aus einem anderen Leierkasten. Ob sie sich eine Zuckerstange leisten sollte? Unschlüssig näherte sie sich einem Stand mit Süßigkeiten. Da sah sie ihn.

Er stand an einem Stehtisch vor der nächsten Bude, vor sich

einen Becher mit dampfender Schokolade. Zwei Damen standen mit ihm im Schein unzähliger Lampions am Tisch, sehr vornehme Damen mit Pelzkragen, Pelzmuff und Pelzkappe, denen man den Reichtum und den Adel von Weitem ansah, eine ältere Dame und eine jüngere, die ihr irgendwie bekannt vorkam. Die beiden sprachen mit Johann wie von Gleich zu Gleich, sie hingen geradezu an seinen Lippen, während er sprach. Und er redete ganz selbstverständlich mit ihnen, als sei er einer von ihnen. Als sei er vielleicht sogar noch mehr als sie. Dann wandte sich die ältere Dame der Bude zu und suchte sich unter dem Angebot an Lebkuchen, Plätzchen und Stollen das Beste aus. Die jüngere aber blieb bei Johann stehen.

Clara, außerhalb der vielen kleinen Lichtkegel in die Dunkelheit einer Bude gedrückt, ließ die beiden nicht aus den Augen. Wie sie dort standen und sich ansahen. Etwas war zwischen diesen beiden da, etwas, was ihr den Hals zuschnürte und die Tränen in die Augen trieb. Die beiden da, ihr Johann und die junge Dame, sahen sich an, als wären sie ganz allein auf der Welt. Als gäbe es keinen Weihnachtsmarkt und keine ältere Dame, die ihnen nur mal eben den Rücken zukehrte. Und als gäbe es nicht sie, Clara, im Dunkel.

Clara wandte sich ab. Sie hatte genug gesehen. Jetzt wusste sie, wen sie hasste.

Als Letztes schob sie das Bett in der Küche beiseite und wuchtete den Strohsack, auf dem die Mutter zu schlafen pflegte, oben auf. Dann schrubbte sie den Fußboden auch unter dem Bett. Einmal im Jahr, immer an Heiligabend, wurde gründlich reinegemacht. So war es schon daheim gewesen, in Schlesien.

Da war das lose Dielenbrett, festgeklemmt mit geschwärzten Papierschnipseln. Das Versteck, das einmal die Unterlagen des sozialistischen Frauenagitationskomitees vor dem Zugriff der Polizei geschützt hatte. Jetzt waren diese gefährlichen Hefte längst einen Raum weitergewandert. Anna hielt sie versteckt, seit Jenny im Frühsommer erklärt hatte, bei Clara seien sie nicht mehr sicher genug, nun, da Clara ein Verhältnis mit Johann hatte, einem Sozialisten.

Inzwischen barg dieses Versteck längst andere Schätze.

Mit einem Messer fuhr Clara in den Spalt, hob das Brett an und nahm heraus, was darin lag. Die vertrocknete Rose, die Johann ihr im Botanischen Garten gepflückt hatte. Den Kranz verwelkter Margeriten, den er ihr bei einem Ausflug in die Hasenheide geflochten hatte. Die Andrucke mit zweien seiner Gedichte, die sie aus der Druckerei mit nach Hause gebracht hatte. Die Eintrittskarte für den Zirkus.

Clara hielt sie in der Hand. Der Tag, als Johann sie und Lisa in den Zirkus eingeladen hatte – so glücklich hatte er begonnen. Und so schrecklich geendet.

Einen Augenblick war ihr danach, die Sachen ins Feuerloch des Herdes zu stecken. Aber dann legte sie sie doch sorgfältig zurück und klemmte das Brett wieder fest. Eines Tages würde sie das alles verbrennen, vielleicht. Aber nicht heute, nicht jetzt.

Dieser Schmerz in ihrer Brust, er wollte einfach nicht stiller werden.

Sie griff nach der Bürste, tauchte sie in die Seifenlauge und scheuerte aus Leibeskräften.

Als sie mit Putzen fertig war, begann sie alles Nötige zum Plätzchenbacken zurechtzulegen. Mehl, Zucker, drei Eier, Margarine, sogar ein kleines Stück Butter. Sie wollte die Plätzchen im Ofenloch haben, ehe die Mutter mit dem kleinen Kalle von der Fleischbank heimkehrte, an der man heute stundenlang anstehen musste, um ein Stück Fleisch zu einem erschwinglichen

319

Preis zu ergattern, ehe Lisa von Riefke nach Hause kam und die Brüder von ihren verschiedenen Botengängen, mit denen sie sich wenige Pfennige verdienten.

Das Mehl abmessen und sieben, etwas Backpulver darüberstreuen, eine Vertiefung hineindrücken, Zucker und Eier mit dem Löffel verrühren. Ob Johann von jemandem Plätzchen geschenkt bekam? Sie könnte ihm doch ein paar ...

Rasch schob sie den Gedanken wieder weg. Dass er womöglich sagte: Nein, Clara, bitte nicht!, nein, das würde sie sich nicht auch noch antun.

Butter und Margarine dazu. Kneten.

Tränen rannen ihr über das Gesicht, die Nase lief. Mit den Händen voller Teig konnte sie sie nicht putzen.

Tränen. Dabei war Weihnachten. Sogar einen kleinen Christbaum würden sie haben, Lisa hatte ihn gestern von Riefke geschenkt bekommen, weil er krumm war. Aber trotzdem, ein Christbaum und sogar ein paar Kerzen. So etwas hatten sie an Heiligabend noch nie gehabt. Und trotzdem diese bleierne Traurigkeit. Was war ein Christbaum ohne den Liebsten.

Ein eifersüchtiger Stich fuhr ihr in die Brust. Würde er vielleicht bei seiner reichen Dame Weihnachten feiern, Geschenke für sich unter einem riesigen Christbaum vorfinden und dieser blöden Kuh zum Dank ein Gedicht schenken? Womöglich gar ein Liebesgedicht – wo er ihr nie eines gemacht hatte?

Heftig klatschte sie den Teig auf die Tischplatte. Dann siebte sie Mehl darüber und begann ihn auszurollen. Förmchen wie Sterne oder Herzen hatten sie nicht, aber ein Schnapsglas tat es auch.

Weihnachten genehmigte sich der Vater immer einen doppelten Schnaps. Ob er den in seiner Lungenheilanstalt auch trank? Er hatte nicht heimkommen können, der Vater. Mitte Januar vielleicht, hatte er nach Hause geschrieben, und dass der Doktor gesagt hatte, er dürfe nie wieder in einer Spinnerei arbeiten. Die staubige Luft in der Spinnerei hätte ihn so krank gemacht.

Sie war also doch nicht schuld daran, dass er Blut gehustet hatte. Es lag an der Fabrik.

Was sollte der Vater denn machen, wenn er nicht mehr in die Spinnerei konnte? Er hatte ja nichts anderes gelernt und er wurde schon alt, war schon über vierzig. Alte Arbeiter verdienten viel weniger als junge. Und wenn sie als Ungelernte schaffen mussten, verdienten sie noch mal so wenig.

Die Tür ging auf, Lisa wirbelte herein, so aufgeregt und mit leuchtenden Augen wie seit dem Zirkus nicht mehr. Vor sich her trug sie ein wunderschönes Damenkleid aus dunkelblauem Wollstoff. »Stell dir vor, Clara«, sprudelte sie heraus, »ich bin auf der Treppe der vornehmen Dame begegnet, weißt du, der, die immer Anna Geld und Sachen gibt, sie hat zu mir gesagt, ich soll mitkommen, sie hat was für mich. Und dann hat sie mir das Kleid hier geschenkt und Anna zwei Mark gegeben, damit sie für mich ein Kleid draus näht. Aber Anna sagt, der Rock ist so weit, wenn sie da zwei Bahnen rausnimmt, fällt das kaum auf. Aus den Bahnen kann sie für mich ein Kleid machen und für dich den Rock umnähen, dann hast du auch ein Kleid daraus. Ganz weicher Stoff ist es, der kratzt nicht einmal! Und aus dem Unterrock macht Anna mir einen weißen Matrosenkragen, dann hab ich ein Kleid wie ein Mädchen aus dem Vorderhaus! Und du auch! Komm doch mit, Clara, komm, die Dame ist nebenan, eine richtige von ist es, eine Baronesse, du musst dich bedanken!«

Betäubt wischte Clara sich die Hände an der Schürze ab, nahm das kostbare Kleid andächtig in die Hand und folgte ihrer Schwester durch den Flur. Wie kam diese Wohltäterin von Anna Brettschneider dazu, auch ihnen etwas zu schenken? So ein Kleid, das war ja ein Wert, da blieb einem die Luft weg. Wenn sie das Kleid nur schon gehabt hätte, als sie mit Johann in den Spatenbräu gegangen war ...

Ach was, getrennt hätte er sich ja trotzdem. Am Kleid lag es nicht, das wusste sie nur zu gut.

Hinter Lisa trat sie in Annas Stube. Ein Christbaum stand auf einem Hocker, diese fremde Baronesse hängte eben kleine Süßigkeiten daran, hatte Clara den Rücken zugekehrt.

»Ich wollte dann Danke sagen, für das Kleid«, begann Clara und wusste nicht so recht, was sie noch sagen sollte.

Die Baronesse drehte sich um. Da erkannte Clara sie und gleichzeitig wusste sie auch, warum die ihr auf dem Weihnachtsmarkt schon irgendwie bekannt vorgekommen war.

Die, die da ...

Clara starrte die feine Dame an. »Sie also sind es!«, brach es aus ihr heraus. »Sie sind die, die mir meinen Johann weggenommen hat!«

Die Baronesse zuckte zusammen, wurde blass. Clara sah es mit Genugtuung. Wenigstens das gelang ihr, die da so zu treffen, dass sie blass wurde!

Clara schleuderte das Kleid auf den Boden, der Baronesse genau vor die Füße. »Glauben Sie bloß nicht, dass ich das anziehe! Mit etwas, was Sie angehabt haben, verbrenne ich mir meine Haut nicht!«, schrie sie los. »Eine wie Sie, die einem anständigen Mädchen den Schatz ausspannt, aber nicht einmal mit ihm ins Bett will!«

Der Baronesse schoss das Blut in den Kopf. Das war das Letzte, was Clara sah, ehe sie aus der Stube stürmte. Krachend fiel die Tür hinter ihr ins Schloss.

– 10 –

S ti-ille Nacht, heilige Nacht, alles schläft, einsam wacht ...«
Margarethe griff voll in die Tasten, benutzte viel Pedal, zog bewusst alle Register des Gefühls. Ihre Mutter fand dieses Lied unerträglich kitschig und entschieden zu volkstümlich, niemals
wurde es im privaten Familienkreis oder bei der Weihnachtsfeier des Wohltätigkeitsvereins gesungen, doch zur Bescherung
des Dienstpersonals gehörte es nun einmal. Im Geheimen hatte
es für Margarethe schon immer den Inbegriff der Weihnacht
dargestellt, deshalb hatte sie seit Jahren mit heimlichem Vergnügen die Pflicht übernommen, die Feier für die Dienerschaft mu-
sikalisch zu gestalten. Doch heute war es schwer, die Gedanken
zu zügeln, den Aufruhr im eigenen Inneren zu verbergen, Weih-
nachtsstimmung zu heucheln.

Die Dienstboten sangen voller Inbrunst. Der Bariton des Vaters bildete ein nicht zu überhörend gefühlvolles Fundament.
Er verhehlte nicht seinen Spaß daran, die von seiner Frau vor-
gezeichneten Pfade künstlerisch wertvollen Liedgutes zu verlassen. »Schlaf in himmlischer Ru-uh, schla-af in himmlischer Ruh.«

Himmlische Ruh? Es gab kaum etwas, wovon sich Margarethe weiter entfernt fühlte.

Die mehr als vier Meter hohe Tanne strahlte im verschwen-
derischen Licht der fünfzig Wachskerzen, glitzerte und glänzte
vor altem, wertvollem Schmuck. Die Dienerschaft stand um den

Baum, während Margarethes Eltern und ihre Königsberger Großmutter, die Jahr für Jahr die Weihnachtstage bei ihnen zu verbringen pflegte, in Lehnstühlen davorsaßen. Wie stets hatte der Vater die Weihnachtsgeschichte vorgelesen, unterbrochen von passenden Liedern. Nun näherte sich die Feier dem Abschluss.

»Christ, der Retter ist da-a, Chri-ist der Retter ist da!«

Margarethe begann den letzten Vers. Wie schön hatte sie es sich vorgestellt, dieses Lied mit Anna Brettschneider und deren Kindern zu singen! Aber dann, nach dem Zwischenfall mit dieser Person ...

Clara Bloos hieß sie, hatte Anna Brettschneider gesagt.

Nein, nein, nicht immerfort daran denken, nicht jetzt. »Stille Nacht ...«

Eine wie Sie, die einem anständigen Mädchen den Schatz ausspannt.

Also hat Johann ein Mädchen gehabt und hat mir nichts davon gesagt. In was für eine erbärmliche Situation hat er mich gebracht! Entwürdigend.

Wie konnte ich mich so in ihm täuschen!

Seine Liebesschwüre, seine Gedichte, seine leidenschaftlichen Küsse ...

Habe ich allen Ernstes geglaubt, ich wäre die Erste?

Man weiß doch, wie sie sind, die jungen Männer. Ein Mann hat nun einmal seine Bedürfnisse, pflegt Großmama zu äußern, wenn die Rede auf irgendeine Liaison eines Offiziers kommt. Wäre mir lieber zu erfahren, Johann sei Stammkunde in einem Freudenhaus gewesen?

Eine Liaison. Nichts von Gewicht. Vermutlich hat so gut wie jeder unverheiratete Mann seine kleinen Liebschaften. Hauptmann von Klaasen wird etliche Verhältnisse dieser Art mit kleinen Näherinnen oder Ladenmädchen hinter sich gebracht haben und es hätte mich nicht im Mindesten gestört.

Aber Johann!

Er kann sie nicht geliebt haben. Ein hübsches, frisches Gesicht, eine gute Figur, nun ja. Mehr Busen als ich ... Aber bestimmt nicht viel Grips. Und dieses Milieu!

Was für eine gewöhnliche Person. Mir das Kleid vor die Füße zu werfen! Nicht das geringste Benehmen.

Das kann doch einem Mann wie Johann nicht genügen!

Da siehst du, Baronesse von Zug, welchen Angriffen du dich aussetzt, wenn du den Platz verlässt, auf den du geboren bist.

Johann hat dieser Person den Laufpass gegeben. Für mich. Ist das nicht der beste Beweis seiner Liebe?

Was willst du noch, Margarethe? Erwartest du, dass er als Mönch gelebt hat, als er noch gar nichts von dir und deiner Liebe wusste?

Aber was hat er der über mich erzählt? Sie wusste von mir. Ich nicht von ihr.

»Chri-ist in deiner Geburt«, endete die Strophe. Mechanisch spielte Margarethe von vorn. Erst nach einigen Takten merkte sie, dass niemand mitsang, dass bereits der letzte Vers beendet war. Rasch modellierte sie ein Nachspiel, das sie geschickt ausklingen ließ. Sie musste sich zusammenreißen.

Die Bescherung begann. Jeder der Dienstboten erhielt aus der Hand von Margarethes Vater einen Umschlag, in dem genau abgezählt außer einer Karte ein Monatslohn als Weihnachtsgeschenk verwahrt war. Aus der Hand der Mutter bekam jeder Dienstbote ein von Margarethe liebevoll verpacktes Geschenk, das die Mutter mit viel Sorgfalt auszusuchen pflegte. Ein dreibändiges Konversationslexikon für Albert, den Diener, der stets nach Höherem strebte. Eine Pfeife mit einer Dose Tabak für den

Kutscher und Gärtner Hans, eine Auswahl an Kräuterlikören für seine Frau, die im Haus und Garten bei den groben Arbeiten eingesetzt wurde und alle Wehwehchen mit diversen Kräutern zu behandeln pflegte. Einen warmen Wintermantel für die alte Köchin, die an Rheumatismus litt, und ein Paar feine Stiefeletten für das Hausmädchen Wanda, die alle vierzehn Tage dem Tanzvergnügen mit ihrem Schatz entgegenfieberte. Ihrer Zofe Magda hatte die Mutter eine weiße Schürze mit schöner Stickerei und ein Samtjäckchen ausgesucht, während Margarethe für ihre Zofe Emma einen Winterhut aus Webpelz mit dazu passendem Muff erstanden hatte und zwei Zirkuskarten.

Auch für Johann hatte sie eine Zirkuskarte gewählt, die sie ihm nach der Bescherung bei Anna Brettschneider hatte überreichen wollen, gemeinsam mit einem bibliophilen Band französischer Gedichte und der gelungensten aller von ihr gezeichneten Weihnachtskarten. Immer wieder und wieder hatte sie das Motiv geübt: keine Anbetung des Kindes im Stall mit betend kniender Maria und einem am Rand stehenden, die Laterne haltenden Josef wie üblich, sondern die innige Verbundenheit der drei – Josef, Maria und Kind –, welche die Ärmlichkeit des Stalls vergessen ließ. Ob Johann verstand, worum es ihr dabei gegangen war?

Das Zirkusbillet hätte ihr nächstes Treffen in den Tagen zwischen Weihnachten und Silvester ermöglichen sollen. Schreckliche Tage würden das, in denen es keine Möglichkeit sonst gäbe, sich zu sehen, da keine Frauenversammlungen stattfanden, zu denen sie mit Julia hätte gehen und sich in der Kutsche nach Hause fahren lassen können, und da sie auch nicht einfach Julia besuchen konnte, waren doch die Tage angefüllt mit familiären und gesellschaftlichen Verpflichtungen. Im Zirkus hätten sie sich treffen können, Johann und sie. Eine Reihe schräg hinter seinem Platz hatte sie Karten für sich und ihre Großmutter gekauft, sodass sie ihn die ganze Zeit über im Profil gesehen hätte – und in der Pause hätten sie sich wie zufällig begegnen und wenigstens ein paar Worte und Blicke wechseln können. Doch nun hatte sie ihm das Geschenk gar nicht gegeben.

Punkt zwölf Uhr war sie mit Johann in der Toreinfahrt der Mietskaserne verabredet gewesen. Doch nach dem Zusammenstoß mit der unsäglichen Person, dieser Clara Bloos, war an ein Treffen mit Johann nicht mehr zu denken gewesen, hatte sie nur noch die Mietskaserne hinter sich lassen wollen. Und ihn nicht sehen, um keinen Preis.

Jetzt bereute sie es doch, nicht auf Johann gewartet zu haben. Was mochte er darüber denken, dass sie nicht gekommen war, dass sie ihm ein Geschenk schuldig geblieben war? Er wusste ja nichts von dem Vorfall! Und er hatte ihr doch das Bändchen eigener handgeschriebener Gedichte ...

Es waren die wunderbarsten Liebesgedichte, die sie je gelesen hatte. Und in jeder Zeile fand sie sich und ihn.

Was waren dagegen diese unverschämten Worte einer kleinen Arbeiterin, die sich eingebildet hatte, Johann liebe sie! Eine wie diese vulgäre Clara Bloos stach sie doch zehnmal aus.

Nur eine Bettgeschichte, die er um ihretwillen beendet hatte. Nichts, was ihm zum Vorwurf zu machen war.

Wirklich nicht? Mussten sie so sein, die Männer? Hatten sie etwa keinen freien Willen, die Freiheit, sich zu entscheiden? Um einer Liebe willen zu entsagen? Und ohne Liebe nicht ...

Irritiert schob sie den Gedanken beiseite. Was wusste sie schon von den Männern ...

»Zirkuskarten! Oh, gnä's Fräulein, ich danke Ihnen!«, rief Emma glücklich.

»Die Vorstellung ist in drei Tagen am Nachmittag«, erklärte

Margarethe und zwang ihre Gedanken erneut zurück unter den Christbaum. »Ich gebe dir frei, damit du hingehen kannst. Ich weiß auch schon, wen du mitnimmst!« Sie blinzelte dem Mädchen zu und dachte dabei: Wie gut Emma es hat. Sie muss ihren Liebsten vor niemandem verstecken. Und sie ist sich seiner sicher.

»Sie sind immer so freundlich zu mir, gnä's Fräulein«, sagte Emma nach einem tiefen Knicks. »Sogar Sitzplätze, und so weit vorn! Da wird mein Paule sich freuen!«

»Na, ich hoffe doch, du selbst auch«, erwiderte Margarethe.

»Nun singen wir noch miteinander *O du fröhliche*«, erklärte die Mutter, »und dann ist unsere kleine Weihnachtsfeier beendet. Margarethe, würdest du uns bitte begleiten?«

Margarethe setzte sich an den Flügel und spielte. Der Satz war einfach, ohne jede Anstrengung griffen ihre Finger die Akkorde, als verlaufe der Weg vom Notenblatt unmittelbar in ihre Hände.

Eine wie Sie, die einem anständigen Mädchen den Schatz ausspannt, aber nicht einmal mit ihm ins Bett will.

Sollte Johann wirklich so über mich geredet haben?

Nein, unmöglich. Eine so ordinäre Redeweise ist nicht Johanns Art, das ist die Art dieser Person. So ordinär und unverblümt sind nur die Menschen des Volkes.

Aber ist nicht ein Funken Wahrheit in dem, was sie sagt, diese Person? Was ist meine ganze Liebe wert, wenn sie immer wieder zögert und zaudert und sich fürchtet und das Letzte nicht wagt? Das Letzte – nicht nur den Körper, wie diese Person in ihrer Beschränktheit meint. Nein, alles. Die Familie, die Sicherheit, die Gesellschaft, die ganze Existenz. Mein Leben.

Das wäre wirklich Liebe.

Nicht aus Naivität blauäugig hineinschlittern in ein Liebesabenteuer, wie es tausendfach ahnungs- und charakterlosen höheren Töchtern geschieht und wie es tausendfach tragisch oder abgeschmackt endet. Sondern sehenden Auges und hoch erhobenen Hauptes einen Schritt tun, den die Welt verurteilt, aber den das eigene Herz und Gewissen adelt.

Das ist Liebe. Das ist groß.

»Freu-eu-e-e, freue dich, o Christenheit!«, sangen die Dienstboten aus vollem Hals.

Während die Dienerschaft sich noch einmal der Reihe und dem Rang nach mit Handschlag und Verbeugung oder Knicks bei den Eltern bedankte, ging Margarethe still durch die Glastür in den dunklen Wintergarten, trat an eines der großen Fenster, blickte in die Nacht hinaus. Schemenhaft standen im Garten die Bäume im Licht der Straßenlaternen. Um den römischen Brunnen herum brannten wie jedes Jahr zu Weihnachten Fackeln, die in den Kies gesteckt waren.

Es wird Zeit, dass ich den goldenen Käfig verlasse. Die Tür ist auf. Lange genug habe ich mich wie eine dämliche Fliege verhalten, die das nicht merkt.

Leichter geht ein Kamel durch ein Nadelöhr ...

Es ist der Reichtum, den ich hinter mir lassen muss. Dieses leere Leben im Luxus, das mich betäubt, mich einlullt, mir die Tage zwischen den Fingern zerrinnen lässt, sodass sie vergehen, ohne dass ich es merke ... ohne dass ich mich selbst in ihnen spüre ... ohne dass mein Leben einen Sinn hat ...

Wie es mich hält ... Wie es mich fesselt ...

Frei will ich sein, frei ...

Nun denn!

»Du strahlst ja, als sei dir soeben wirklich das Christkind begegnet«, sagte die Großmutter, als ihr Margarethe, ins Weihnachtszimmer zurückgekehrt, ein gesegnetes Weihnachtsfest wünschte.

»Das ist es ja auch«, erwiderte Margarethe und drückte der alten Dame einen herzlichen Kuss auf die Hand. »Das ist es ja auch.«

Das stundenlange Diner im kleinen Familienkreis erlebte Margarethe wie im Taumel. Sie spürte fiebrige Wärme in den Wangen, fühlte ihren Herzschlag, meinte sogar das Blut in ihren Ohren rauschen zu hören.

Ach Johann, Johann! Ein Leben mit dir, an deiner Seite ...

Heißt es nicht irgendwo: Wer sich gibt, der wird sich finden ... – oder heißt es: Wer sein Leben verliert, der wird es gewinnen ...?

Dieses Leben hier ... Das war doch nicht wirklich ich!

Tief atmete sie auf.

Beim Dessert allerdings überfielen sie wieder die Skrupel: Was tue ich meinen Eltern an?

Wird es meiner Mutter das Herz brechen? Wie unversöhnlich wird mein Vater sich erweisen? Einen armen bürgerlichen Dichter als Schwiegersohn könnte er mir möglicherweise eines Tages verzeihen. Einen Sozialisten – niemals.

Ob Johann vielleicht bereit wäre, aus der Sozialdemokratischen Partei auszutreten, keine Artikel mehr für den *Vorwärts* zu schreiben, sich in Zukunft in politischer Abstinenz zu üben? Würde das meinen Vater versöhnen?

Ach, was denke ich da! Ein Johann, der seine Überzeugung verraten würde, und sei es um meinetwillen, wäre nicht mehr der Johann, den ich liebe.

Die Liebe. Es geht um die Liebe.

Aber wovon sollen wir leben? Werden wir überhaupt Geld genug haben, um wenigstens den einfachsten Hausstand zu gründen? Ich kann meinen Schmuck verkaufen, den Großteil meiner Kleider ...

Doch was ist, wenn wir Kinder bekommen? Wie soll Johann eine Familie ernähren?

Nein, nein, nein, nicht jetzt diese kleinlichen Sorgen, nicht diese Ängstlichkeit – in einem solchen Augenblick!

»Kommst du, Margarethe?«, riss die Mutter sie aus den Gedanken. »Es ist Zeit für unseren Liedvortrag.« Und dann zu Vater und Großmutter gewandt: »Ihr wisst, wie sehr mir dieser süßliche Weihnachtskitsch missfällt, um den man ja nun mal leider nicht herumkommt. Daher habe ich für unsere eigene Feier ein Stück aus der Kantate für den dritten Weihnachtsfeiertag von Johann Sebastian Bach ausgewählt, das einen wohltuenden Kontrast zu Eia popeia darstellt. Margarethe wird nun also die Arie vortragen: *Von der Welt verlang ich nichts, wenn ich nur den Himmel erbe.*«

»Na, ein bisschen mehr erbt sie ja zum Glück schon«, sagte der Vater mit trockenem Auflachen.

»Ich bitte dich, Rüdiger!«, ermahnte die Mutter ihn mit strafendem Blick – den er, unübersehbar amüsiert, mit spöttischem Lächeln quittierte – und setzte sich an den Flügel. Margarethe nahm neben ihr Aufstellung und schloss kurz die Augen. Das Klaviervorspiel begann und dann setzte Margarethe ein und sang mit ihrem vollen Alt die Arie, die sie in den vergangenen Tagen mit der Mutter einstudiert hatte. Aber es war nicht mehr die Arie, die sie geübt hatte. Es war etwas ganz Neues.

»*Von der Welt verlang ich nichts, wenn ich nur den Himmel erbe. Alles, alles geb ich hin, weil ich g'nug versichert bin, dass ich ewig nicht verderbe.*« Ja, Johann, hörst du mich? Alles geb ich hin, mit Freuden, für dich. Für unsere Liebe. Für ein Leben mit dir. Für meinen Teil am Himmel. Und ich will mir keine Sorgen mehr machen. Ich will daran glauben, dass ich nicht verderbe. Eine solche Liebe wie meine kann nicht ins Verderben führen.

Und das andere, Reichtum, Name, Rang – was ist das schon! »*Von der Welt verlang ich nichts, wenn ich nur den Himmel erbe.*«

»Mon dieu«, sagte die Großmutter, als Margarethe geendet hatte, und langte nach ihrem Taschentüchlein, »singt das Kind ergreifend!«

Die Mutter aber warf Margarethe einen überraschten Blick zu und erklärte: »So kenne ich dich gar nicht. Diese Tiefe des Gefühls! Aber nun genug der Lobhudeleien! Wir wollen uns die Geschenke überreichen!«

Ein Hin und Her sorgsam verpackter Schächtelchen begann. Als Margarethe das Geschenk ihrer Großmutter – eine Schmuckschatulle aus Ebenholz mit Elfenbein und Perlmutteinlagen – öffnete, sog sie unwillkürlich scharf die Luft ein: Auf schwarzem Samt lagen ein mit funkelnden Brillanten völlig überladenes Diadem und ein ebensolches Kollier von monströser Pracht.

Ihre Finger zitterten, als sie das Diadem herausnahm. Doch sie drückte es sich nicht ins Haar, sondern drehte und wendete es, sodass die Diamanten in immer neuem Farbenspiel glitzerten. Wie groß sie waren. Wenn sie diese Brillanten einem Juwelier verkaufte …

Was mochten sie wert sein? Wie viele dieser Steine würde sie benötigen, um eine Wohnung anzumieten und einzurichten, wie lange könnte sie mit Johann vom Erlös leben?

Noch eben hatte sie gedacht, sie würden bettelarm sein. Und nun dieser Schmuck.

»So stumm?«, fragte die Großmutter. »Ich sehe schon, du bist genauso fassungslos wie ich, als ich diesen Schmuck zum ersten Mal sah. Sei getrost, liebe Margarethe. Du musst mir nicht vorspielen, dass du diese Scheußlichkeit schön fändest.« Die Großmutter ließ ein kleines spöttisches Lachen hören und fuhr fort: »Ich habe den Schmuck von meiner Schwester Melusine geerbt, die ja nun einmal kinderlos verstorben ist. Mein Schwager hat Melusine vergöttert und ihr zu jeder passenden und unpassenden Gelegenheit Schmuck geschenkt, und der Armen blieb nichts anderes, als – sozusagen mit zusammengebissenen Zähnen – dankbar zu lächeln und diese Monstrositäten zu tragen. Nun ja, das hat man davon, wenn man einen neureichen Emporkömmling heiratet, einen Schwerindustriellen, der das Teure zwangsläufig auch für das Edle hält. Es geht eben nichts über den richtigen familiären Hintergrund. Ich habe weiß Gott nicht vor, mich lächerlich zu machen, indem ich dieses Zeug trage, und ich sehe schon, du denkst über diesen Schmuck wie ich. Du hast alle Freiheit, ihn nach deinem Geschmack umarbeiten zu lassen, oder meinetwegen auch, ihn zu versetzen!«

Die Hitze schoss Margarethe in den Kopf. Ihre Großmutter – was wusste sie? Hatte sie etwa in der Großmutter eine stille Komplizin gefunden, die ihr den Weg zu Johann ebnete?

»Ertappt, nicht wahr?« Die Großmutter lächelte mit sichtbarer Zufriedenheit. »Es freut mich, dass du einen feinen Geschmack hast und das Pompöse verachtest wie ich. Das zeigt wahren Adel. Ich hoffe sehr, auf den achtest du auch, wenn du die Wahl deines Gatten triffst. Alter Adel und eine untadelige Kinderstube sind immer noch die beste Gewähr für eine passende Beziehung. Sonst kommst du noch in die unangenehme Lage, solchen Schmuck tragen zu müssen wie meine bedauernswerte Schwester!«

Doch keine Komplizin. Aber die Rettung.

In diesen Tagen zwischen den Jahren lebte sie in einem merkwürdigen Interim, zwischen den Zeiten, zwischen den Welten. Jeden Gegenstand, den sie in die Hand nahm, betrachtete sie mit neuen Augen. Sie saß am Flügel und dachte: Vielleicht zum letzten Mal. Sie öffnete ziellos die Schubladen ihres alten Sekretärs und schloss sie wieder, fuhr mit den Fingerspitzen das Muster der Intarsien nach, als wolle sie es für immer in ihrem Gedächtnis eingravieren. Selbst kleine Eigenheiten der Eltern, die sie bisher reichlich lächerlich gefunden hatte, beobachtete sie mit Rührung: die Art, wie der Vater die Backen aufblies und gedankenverloren seinen Schnurrbart zwirbelte, wie die Mutter nach jedem Menügang die Mundwinkel abtupfte und zum Ende des Essens mit übertriebener Genauigkeit die Serviette faltete, die doch nach jeder Mahlzeit in die Wäsche gegeben wurde. Vielleicht sehe ich das alles zum letzten Mal.

Dann quälte sie wieder der Gedanke, Johann könnte zutiefst gekränkt sein, weil sie ihn an Heiligabend versetzt hatte. Was mochte er deswegen von ihr denken – da er doch den wahren Grund nicht kannte?

Unzählige Male setzte sie sich an ihren Sekretär, um ihm einen Brief zu schreiben. Doch ebenso oft entschied sie sich dagegen: Sie wollte ihm von Angesicht zu Angesicht von dem Zusammenstoß mit Fräulein Bloos erzählen. Sie wollte sehen, wie er darauf reagierte. Sie wollte die Sicherheit, dass seine Beziehung zu diesem Mädchen ein für alle Mal beendet war. Sie war fest davon überzeugt, dass sie es erkennen würde, wenn diese Person ihm noch etwas bedeuten sollte.

Und wenn es so wäre?

Sie weigerte sich, daran zu denken, was sie dann tun müsste.

Was für ein bitterer Zufall, dass ihr eigener Entschluss, sich ganz mit Johann zu verbinden, gerade mit einem Ereignis zusammentraf, das ihr erstmals Grund gab, an der Ausschließlichkeit seiner Liebe zu ihr zu zweifeln!

Könnte sie nur mit Johann sprechen!

Hätte Johann in der Tür gestanden und gesagt: Komm mit mir!, sie hätte ihm die Frage nach Clara Bloos gestellt – und wenn sie die Antwort befriedigt hätte, so wäre sie ihm gefolgt ohne zu zögern. Aber Johann kam nicht, und keine Zeile von ihm erreichte sie. Natürlich nicht. Er hatte ja keine Möglichkeit, sie zu besuchen oder ihr zu schreiben, ohne dass ihre Eltern es gemerkt hätten.

Und sie? Sie wartete. Sie litt.

Wie ein Soldat, dachte sie, der den Befehl zum Feldzug erwartet. So mögen mein Vater, meine Onkel, meine Vorfahren sich gefühlt haben, ehe es in den Krieg ging. Dieses Abschiednehmen in jeder Minute, die mögliche Endgültigkeit vor Augen. Aber sie durften hoffen, zurückzukehren. Ich darf es nicht.

Sie fand nicht den Mut, sich mit Johann zu verabreden, weil sie es ihren Eltern nicht hätte verheimlichen können – verbrachte man doch diese Tage ganz und gar en famille. Sie fand nicht den Mut, ihren Eltern die Wahrheit zu offenbaren, zu sehr fürchtete sie die unvermeidliche Szene und mehr noch, die Eltern könnten eine Möglichkeit finden, sie zu hindern. In ihren Albträumen sah sie sich bereits eingeschlossen, in ein Damenstift gesteckt, in einer Irrenanstalt verschwunden.

So verstrichen die Tage. So begann das neue Jahr.

Dann endlich kam in Gestalt Julias von Aubach der Anstoß, auf den sie gehofft hatte. Obwohl sie nicht geahnt hatte, welcher Art er sein würde, erkannte sie ihn sofort.

Die Freundin kam zum Tee und erzählte, die Mutter habe sich auf dringendes Anraten des Arztes eines schweren Bronchialleidens wegen zu einem längeren Aufenthalt im Harz entscheiden müssen und sei bereits abgereist.

»Dann bist du ja ganz allein in der Wohnung!«, rief Margarethe aus.

Julia nickte. »Es sei denn, du hast Lust, für eine Zeit zu mir zu ziehen«, erwiderte sie. »Wir könnten zusammen lernen. Ich würde mich freuen – so ganz ungestört mit dir!«

Die Freundin hatte noch nicht zu Ende gesprochen, da wusste Margarethe, dass dies der Weg war. Der Augenblick des Zögerns entstand nur aus der Frage, ob sie Julia einweihen sollte. Doch schon hatte sie sich dagegen entschieden. Sie wollte die andere nicht hineinziehen – und sie fürchtete deren Erschrecken. Also stimmte sie mit unverfänglichen Worten zu und versprach, sich am nächsten Vormittag bei ihr einzufinden.

»Drei Tage vor meinem traditionellen Winterball?«, fragte die Mutter indigniert, als Margarethe beim Essen den Eltern mitteilte, sie werde für einige Zeit zu Julia von Aubach ziehen. »Aber den Ball wirst du doch wohl mitmachen!«

»Nein, Maman, mir ist nicht nach einem Ball.«

»Dir ist nicht nach einem Ball! Du redest wie eine säuerliche Nonne! Was glaubst du überhaupt, für wen ich mir die ganze Mühe mache, diesen Ball auszurichten?! Im Übrigen ist es kein Geheimnis, dass die Aubachs nur über begrenzte Mittel verfügen. Was für ein Unsinn, dass du Julia zur Last fallen willst! Sie sollte viel besser zu uns ziehen, das entlastet ihr Budget und sie wäre mir herzlich willkommen.«

»Bitte, Maman, Julia bereitet sich auf ihr Examen vor und hat mich gebeten, ihr dabei zu helfen. Wir wollen ungestört lernen!«

Die Mutter war verstimmt. Den Vater interessierte der Wortwechsel nicht. Beides erleichterte es Margarethe, ihren Plan umzusetzen.

Mit Emmas Hilfe begann sie sogleich mit dem Packen. Sie hatte nicht geahnt, wie schwer ihr die Entscheidungen fallen würden, die sie zu treffen hatte. Allen Schmuck, der Inhalt ihrer Geldkassette, die persönlichen Unterlagen, einige Zeichnungen, Fotografien und Bücher, an denen ihr lag, das war leicht. Doch welche Kleidung? Sie wählte die einfacheren Kleider, doch auch einige der wertvollsten. Emma wunderte sich sehr, dass sie auch Sommerkleider einpacken sollte. »Die will ich Julia schenken«, behauptete Margarethe leichthin.

Wenn der endgültige Schritt getan war, wenn der Vater davon Kenntnis erhalten hatte, wer konnte wissen, ob sie dann noch die Erlaubnis bekam, ihre restlichen Habseligkeiten von daheim abzuholen ...

Sie schlief nicht in dieser Nacht. Immer wieder stand sie auf und legte noch etwas zurecht, was Emma am Morgen in die Koffer verstauen sollte. Schließlich wanderte sie mit einem Leuchter in der Hand auf bloßen Sohlen durch die ganze Villa. Im Zimmer ihres Vaters saß sie lange in seinem Lehnstuhl und schaute auf das lebensgroße Bildnis ihrer Mutter, das an der Wand hing. Schließlich verkroch sie sich zitternd wieder in ihrem Bett.

Was war, wenn Johann doch noch mit dieser Clara Bloos ein Verhältnis hatte?

Aber sie wusste aus deren eigenem Mund, dass Johann es beendet hatte!

Was war, wenn Johann sie, Margarethe von Zug, gar nicht wollte?

Ach, wie absurd war diese Befürchtung nach diesem Dezember, nach den vielen Kutschfahrten im Dunkeln, die sie gemeinsam gemacht hatten, zwei-, dreimal in der Woche, Fahrten, bei denen sie sich immer nähergekommen waren, Fahrten, die ihr die Sicherheit seiner Liebe gegeben hatten!

Und doch – hätte er nicht irgendwie eine Möglichkeit finden können, mit ihr in Kontakt zu treten?

Steckte etwa gar diese Person hinter seinem Schweigen? Hatte die ihn womöglich zurückerobert?

Sie holte das schmale Bändchen handgeschriebener Liebesgedichte hervor. Sie kannte die Verse längst auswendig. Dennoch las sie sie noch einmal. Es war seine Handschrift. Es waren seine Worte. Er hatte diese Zeilen für sie ersonnen, für sie geschrieben. Aus jedem Vers sprach er. Sie streichelte sacht über das Papier. Und alle Zweifel verschwanden wieder.

Wie in eine Umarmung ließ sie sich in die Erinnerung an die letzte ihrer vielen nächtlichen Kutschfahrten mit ihm fallen, bei der er ihr dieses Bändchen überreicht hatte.

Längst hatte er ihr nicht mehr gegenübergesessen. Längst hatte er nicht mehr nur ihre Hand geküsst ...

Sie hatten den Kutscher viele Umwege fahren lassen.

Margarethe drückte ihr Kopfkissen fest an sich, streichelte über den glatten Damast.

Es dämmerte schon, als sie in einen kurzen Schlaf fiel.

»Willst du nach Übersee reisen, Margarethe?«, fragte der Vater am Morgen, als er das Frühstückszimmer betrat. »Was die Damenwelt so alles für unverzichtbar hält, werde ich nie verstehen. Deine Koffer verschandeln die ganze Diele! Mir sehr unlieb, ich erwarte jeden Augenblick den Besuch eines Geschäftspartners.«

»Verzeih mir, Papa«, sagte Margarethe und umarmte ihn stürmisch. Kaum brachte sie die Worte heraus: »Bitte verzeih!«

»Na, na«, machte er und tätschelte ihr leicht den Rücken. »So schlimm ist das nun auch wieder nicht! Hans kann dich mit deinem Gepäck fahren, ich brauche meine Kutsche heute Morgen nicht.«

– 11 –

Was für ein Samstagabend. Da stand sie nun frisch gebadet in ihrem schäbigen schwarzen Sonntagskleid und wusch Wäsche. Und draußen in den Bierhallen und auf den Tanzböden der Stadt vergnügten sich die Menschen. Samstagabend – der Abend hatte immer Johann und ihr gehört, und nicht nur der Abend, auch die Nacht.

Sie sehnte sich so nach seiner Berührung. Jede Pore ihrer Haut, jede Zelle ihres Körpers, alles sehnte sich nach ihm. Es war so schön gewesen. Nicht nur für sie, auch für ihn – das ließ sie sich nicht ausreden. Sie hatte doch gespürt, wie wild er nach ihr war. Und wie er gar nicht genug kriegen konnte. Wie er immer wieder wollte, auf immer neue Arten. Auch wenn er jetzt genug davon hatte und nichts mehr davon wissen wollte, der hundsgemeine Kerl.

Sollte er doch verrecken! Und sollte er seine dreckige Wäsche in Zukunft selbst waschen und seine Socken flicken und seinen Fußboden schrubben, der Dichter, der feine Herr, sie würde es jedenfalls nicht mehr tun!

Wie oft hatte sie ihm das gemacht und er hatte nicht mehr dafür übrig gehabt als ein kurzes Lächeln oder vielleicht auch mal ein Danke!, aber das war's schon gewesen, und oft hatte er es nicht einmal gemerkt. Und sie hatte es auch noch gerne getan – alles aus Liebe!

Sollte er doch in seinem Dreck verkommen!

Sie griff nach dem nächsten Kleidungsstück aus dem wirren Haufen, der am Boden lag. Die Hose von Heinz. Montagmorgen hatte sie wieder trocken zu sein, sonst musste er in seiner Sonntagshose in die Schule, und wer wusste, ob er sie da nicht zerriss. Die Jungen passten einfach nicht richtig auf ihre Sachen auf, das war nicht in sie hineinzukriegen.

Sie sah kurz zu Heinz, der mit Männe am Küchentisch saß. Eigentlich mussten die beiden Hausaufgaben machen, aber sie alberten bloß herum. »Nun schreib endlich dein Zeug!«, sagte sie. »Musst doch gleich los zur Kegelbahn!«

Heinz stöhnte und verdrehte die Augen. Er hasste das Kegelaufsetzen. Oft wurde es zwei Uhr oder sogar drei, bis er in der Samstagnacht ins Bett kam, aber was wollte man machen, so war das eben. Und die Männer gaben ihm dafür ein ordentliches Trinkgeld, je besoffener sie waren, desto mehr.

Einmal war sie auch mit Johann auf einer Kegelbahn gewesen, im Sommer draußen in einem Gartenlokal in Schöneberg. Johann hatte die Kugel dauernd gegen die Bande gespielt oder sie aufhüpfen lassen oder mit viel zu wenig Schwung an den Kegeln vorbeirollen. Aber einmal hatte er auch alle Neune getroffen und gelacht und gesagt: »Ein blindes Huhn findet auch einmal ein Korn!« Und dann hatte er sie geküsst und sie waren aus dem Garten raus und immer weiter bis ins Freie, und da, hinter einer Hecke, sie roch den Duft des Jasmins noch heute ...

Da war es für sie zum ersten Mal so ganz richtig gewesen. Da war das passiert, wofür es keine Worte gab. Oder jedenfalls keine, die wirklich passten. Denn solche Worte, wie Olga sie dafür gebraucht hatte, nein, die machten es nur klein.

Vielleicht würde sie es nie wieder erleben. Mit einem anderen als Johann konnte sie es sich nicht vorstellen.

Und mit ihm jetzt auch nicht mehr. Nicht, nachdem er sie so abserviert hatte. *Die Männer wollen doch alle nur das eine: dass man die Beine für sie breit macht. Und danach wollen sie nur noch ihr Bier.*

Auch wenn es bei Johann nicht das Bier war – trotzdem. Was wusste der schon von Liebe!

Heftig warf sie die Hose ins Wasser, das sie vom Baden einfach in der Zinkwanne gelassen hatte. Hoch spritzte es auf. Mit dem Spritzwasser wischte sie sich auch die Tränen aus dem Gesicht. Dann begann sie die Flecken mit Kernseife einzureiben. Über Nacht musste das alles einweichen, morgen in aller Frühe musste sie die Sachen dann auswaschen und über dem Herd zum Trocknen aufhängen, damit sie Montag früh wieder angezogen werden konnten.

Der Haufen nahm kein Ende.

Vielleicht hätte sie doch mit Ernst zum Tanzen gehen sollen.

Er hatte sie eingeladen. Angegrinst hatte er sie und gesagt: »Gehst du denn mal mit mir aus, Mädchen, kostet dich nichts als ein freundliches Gesicht.« Aber sie hatte doch nicht Ja sagen können, sonst dachte er noch, sie würde sich was aus ihm machen. Und das tat sie nicht, denn sie hatte nur *ein* Herz, und das gehörte einem anderen, auch wenn der es gar nicht mehr haben wollte. Also hatte sie den Kopf geschüttelt und gesagt, dass sie leider keine Zeit hätte.

Keine Zeit! Wenn sie nicht zu Hause wäre, würde die Mutter die Wäsche waschen. Aber wenn man da war, dann wurde man eingespannt, da gab es nichts, und die Mutter zog es vor, drüben bei Anna zu sitzen und Schals zu vernähen, war ja auch nicht so anstrengend wie Waschen. Seit Anna für die Mutter das Kleid der Baronesse umgearbeitet hatte, war die Mutter dauernd drüben bei der Nachbarin.

Gut war es geworden, das Kleid, und das von Lisa auch. Richtig vornehm sahen die beiden darin aus, und Lisa war einfach wunderschön. Sie, Clara, hatte noch immer nur ihren schwarzen Fetzen. Aber sie bereute es nicht, das Kleid nicht genommen zu haben, sondern es dieser blöden Ziege vor die Füße geschmissen zu haben. Wie die erst blass geworden war und dann knallrot, das war immerhin etwas, damit ließ es sich doch leichter leben.

Wie kam die überhaupt dazu, Lisa etwas zu schenken! Und wie kam die Mutter dazu, von so einer ein Geschenk anzunehmen!

Heinz und Männe begannen sich lautstark zu streiten. »Gib her, das ist meins!«, schrie Heinz.

»Ich will's aber auch mal!«, schrie Männe zurück.

Sie begannen zu rangeln. »Passt doch auf!«, fuhr Clara sie an. »Ihr habt eure guten Sachen an! Ich flick sie euch nicht!« Und dann, plötzlich misstrauisch: »Was habt ihr da eigentlich?« Mit einer blitzschnellen Bewegung griff sie nach dem Ding, um das die beiden stritten. Dann hielt sie es in der Hand und starrte es an.

Die Brüder waren auf einmal ganz still.

Ein Messer im Lederetui – und was für eins! Fast ein Dolch. Es konnte nicht Heinz gehören, er musste alles Geld, das er verdiente, der Mutter abliefern, und die gab ihm nur wenige Pfennige davon zurück, davon konnte er sich das nicht gekauft haben, nicht einmal im Leihhaus, und dabei sah es niegelnagelneu aus. »Wo hast du das her?«, fragte sie.

Einen Augenblick schwieg Heinz verlegen. Dann grinste er und machte eine unmissverständliche Handbewegung.

Sie klatschte ihm eine Ohrfeige ins Gesicht und schrie ihn an: »Wenn du beim Klauen erwischt wirst, dann wirst du von der

Polizei verhaftet, und was glaubst du, was dann los ist!« Eigentlich wusste sie das selbst nicht genau. Kamen Kinder schon ins Gefängnis?

»Ich lass mich schon nicht erwischen«, gab Heinz trotzig zurück.

Da schlug sie noch einmal zu, diesmal noch heftiger. »Wenn das unser Vater wüsste! Wenn er es erfährt, wenn er heimkommt, der prügelt dich durch, dass du noch nach einer Woche nicht weißt, wie du sitzen sollst!«

»Du, du sagst es ihm doch nicht?«, stammelte Heinz, nun ernsthaft geängstigt.

»Wart es nur ab!«, drohte sie ihm. Sollte er ruhig Angst haben, das tat ihm nur gut. Klauen! Die ganze Familie in Verruf bringen! Das kam dabei heraus, wenn die Brüder den ganzen Tag auf der Straße herumhingen. Daheim in Schlesien hatte es keine streunenden Kinder gegeben. Daheim hatten alle Kinder im Haus gesessen und den Eltern bei der Heimarbeit geholfen.

Heinz stand auf und nahm seine Jacke. »Ich muss dann zur Kegelbahn«, murmelte er und verdrückte sich. Männe beugte sich über seine Schiefertafel.

Clara wandte sich wieder der Wäsche zu, seifte ein Stück nach dem anderen ein, behandelte manche Flecken noch eigens mit Gallseife, tauchte alles in die lauwarme Brühe. Sie musste aufpassen, dass die Zinkwanne nicht überlief. Gleich war sie fertig. Dann griff sie nach dem Stück, das zuunterst im Haufen gelegen hatte, Lisas Unterhose. Da sah sie den Blutfleck.

Blut. Lisa schon? Aber sie war doch noch ein Kind! War das möglich? Sie selbst war vierzehn gewesen, als es so weit gewesen war.

Und Lisa hatte gar nichts davon gesagt. Wusste sie überhaupt, was es damit auf sich hatte? Die Mutter hatte es Lisa bestimmt nicht erklärt, auf die Mutter konnte man bei so was nicht bauen. Und sie selbst hatte es der Schwester auch nicht gesagt, irgendwie hätte sie sich da geniert, solange die Schwester noch ein Kind war, und sie hatte ja gedacht, es wäre noch so viel Zeit bis dahin.

Womöglich hatte die Kleine Angst deswegen, bildete sich ein, es wäre was Schlimmes mit ihr, sie wäre krank ...

So war es ihr selbst damit gegangen, damals. Tagelang hatte sie geglaubt, sie müsste sterben. Mit der Mutter darüber zu reden, hatte sie gar nicht erst versucht – was konnte man mit der schon besprechen! Jenny war es schließlich gewesen, der sie sich anvertraut hatte und die sie beruhigt und ihr alles erklärt hatte. Und nun hatte sie ihre kleine Schwester in die gleiche Falle laufen lassen.

Wie hatte Lisa sich damit geholfen? Wenn sie was gesagt hätte, dann hätte sie ihr doch ein paar von ihren Binden gegeben, die sie sich aus Lumpen genäht hatte, und Lisa gezeigt, wie man sich selbst welche machte, und ihr erklärt, dass man sie immer gleich mit kaltem Wasser auswaschen musste, weil das Blut sonst nicht mehr rausging.

Die Tür ging auf, Lisa kam nach ihrer Arbeit bei Riefke heim. Clara warf ihr einen prüfenden Blick zu. Müde sah sie aus, die Kleine, blass. Und die Schatten unter ihren Augen noch ein Stück dunkler als sonst.

Wahrscheinlich hatte sie Bauchweh.

Clara schob ihr einen Teller Brotsuppe hin. »Da, iss erst mal ordentlich! Und du, geh ins Bett, Männe!«

»Aber ...«, begann der einen Einspruch, doch sie sah ihn so drohend an, dass er seine Schulsachen packte und verschwand. Offensichtlich wollte er nicht auch noch Bekanntschaft mit ihrer rechten Hand machen.

Clara zog sich einen Stuhl heran und setzte sich zu Lisa an den Tisch. »Wie geht es dir?«, fragte sie vorsichtig.

Lisa zuckte die Achseln und löffelte weiter ihre Suppe.

»Ich wusste gar nicht, dass es bei dir schon so weit ist«, begann Clara.

»Wie weit?«, fragte Lisa.

»Na ja, die Regel eben«, murmelte Clara. »Jeden Monat kommt das jetzt. Es ist ganz normal, weißt du, alle Frauen haben das.« Sie hatte nicht gedacht, dass es so schwer sein würde. Über so was redete man nicht, das hatte man eben.

»Ach so – das«, erwiderte Lisa gedehnt. »Ich weiß schon, ich hab's ja auch bei dir gemerkt, so blöd bin ich nicht, wie du denkst. Aber ich? Nee! Das kriegt man doch viel später, oder?«

Clara starrte Lisa an. »Aber – das Blut in deiner Unterhose …«, brachte sie mühsam hervor.

Lisa wurde fahl. Und plötzlich sprang sie auf, stürzte zur Spülschüssel und erbrach sich in heftigen Stößen.

Sie lief mit Lisa am Wannsee entlang. Die Sonne schien, es war warm. Sie zog ihre Schuhe und Strümpfe aus, schürzte ihren Rock. Lisa, barfuß, im kurzen Kleid, platschte schon mit den Füßen im See. An den Händen hielten sie sich und rannten im seichten Uferwasser. Sie lachten.

Auf einmal machte Lisa sich los und ging weiter in den See hinein, bis zu den Knien. Das Wasser benetzte den Saum ihres Kleides. Und plötzlich sank Lisa ein. Sank tiefer, bis zu den Hüften, der Taille, der Brust. Lisas Mund öffnete sich zum Schrei, aber kein Ton kam über ihre Lippen. Sie, Clara, versuchte die Schwester zu erreichen, aber ihre Füße klebten am Boden. Sie konnte sie nicht lösen. Sie beugte sich vor und versuchte Lisa die Hand hinzustrecken, aber die Entfernung war zu groß.

Lisas Gesicht fahl. Der Mund weit aufgerissen. Aber kein Ton. Lisa sank tiefer und tiefer. Das Wasser erreichte ihr Kinn, ihre Augen. Dann trieben nur noch die blonden Haare auf dem See ...

Clara schreckte auf. In wilder Angst fasste sie neben sich. Erst als sie Lisas Arm berührte, beruhigte sie sich. Nur ein Traum.

Aber sofort war das andere wieder da, das, was sie die ganze Nacht vom Schlaf abgehalten hatte, bis sie nun am Morgen doch noch eingedämmert war.

Das andere. Etwas Übergroßes, Drohendes. Etwas, was ihr wie ein ganzer Fels auf der Brust lastete. Etwas, was sie nicht zu Ende denken konnte.

Sie streichelte über den Arm ihrer Schwester. Lisa entzog ihn ihr, drehte sich zur Wand, stellte sich schlafend. Aber Clara wusste, dass Lisa in dieser Nacht genauso wenig geschlafen hatte wie sie.

Wenn Lisa nur reden würde! Dabei wusste sie selbst nicht einmal, ob sie ertragen könnte zu hören, was Lisa sagen würde. Das Blut ...

Da, hinter einer schwarzen undurchdringlichen Wand, war ein Gedanke. Sie spürte ihn. Aber es ging nicht. Sie konnte ihn nicht fassen.

Der Wecker schrillte. Heute, am Sonntag, galt er nur Lisa. Sie musste ihren Dienst bei Riefke antreten.

Clara stand mit der Schwester auf. Vorsichtig kletterten sie über die Mutter, die sich am Fußboden auf ihrem Strohsack liegend noch einmal zur Seite gedreht und in ihrem Kissen vergraben hatte. Clara entzündete ein Talglicht und tat die Verrichtungen, die sie jeden Morgen tat, schürte den Herd an, setzte den großen Kessel Wasser auf für die Wäsche. Mit Lisa wechselte sie kein Wort, keinen Blick. Und doch waren all ihre Gedanken bei der Schwester.

Erst als sie mit Lisa allein am Frühstückstisch saß, während die Mutter nach draußen verschwunden war, kamen mühsam die Worte über ihre Lippen, Worte, die nicht den Weg über ihren Kopf genommen hatten: »Sag doch, Lisa, was ist los mit dir? Hat dir jemand was getan?«

Lisa antwortete nicht. Stumm stierte sie auf den Becher mit Kaffee, den sie in ihren Händen umklammert hielt.

»Lisa«, begann Clara noch einmal.

»Lass mich doch in Ruhe!«, schrie Lisa auf und vergrub ihr Gesicht in den Händen.

Eben wollte Clara die Hand nach ihrer Schwester ausstrecken, sie streicheln, wollte aufstehen und sie in den Arm nehmen. Eben hatte sie das Gefühl, dass Lisa reden würde. Da kam die Mutter wieder herein und sagte: »Los, Lisa, es ist spät! Du musst zu Riefke! Wenn er dich rausschmeißt, sind wir geliefert.«

Da stand Lisa auf, nahm ihr Schultertuch und ging ohne ein Wort.

Clara erhob sich auch und begann die Wäsche zu waschen. Bald durchzogen Wasserdampf und der Geruch von Seifenlauge die Küche. Ein Stück nach dem anderen rubbelte Clara auf dem Waschbrett. Die Gedanken ließen sich nicht wegwaschen. Die Brüder kamen zum Frühstück und erfüllten die Küche mit Lärm. Clara hörte es kaum. Die Brüder zogen nach draußen ab, um im Schnee zu spielen, der über Nacht gefallen war. Clara merkte es nicht. Die Schlafgänger kamen und nahmen ihr Frühstück ein, versuchten das eine oder andere Wort mit ihr zu wechseln. Sie antwortete nicht und die Männer verschwanden wieder, kaum dass sie aufgegessen hatten.

Dann zog die Mutter sich das neue blaue Kleid an, wickelte sich in ihr warmes Umschlagtuch und nahm ihr Gesangbuch. Den Kirchgang ließ die Mutter sich nie nehmen, und wenn noch so viel Arbeit war. Der Kirchgang am Sonntag war das Einzige, was die Mutter sich gönnte.

Wie still es auf einmal war. Nicht einmal Annas Nähmaschine war zu hören.

Clara fischte das nächste Kleidungsstück aus der trüben Brühe, um es am Waschbrett zu bearbeiten. Es war Lisas Unterhose.

Clara ließ sie zurück in die Lauge fallen. Ihre Füße setzten sich wie von selbst in Bewegung. Sie ging aus der Küche, durch den Flur, die Treppe hinunter, aus dem Haus. Die Sonne schien, doch sie erreichte nicht den engen Hof. Durch den Schnee zogen sich Wege, die Füße getrampelt hatten. Clara ging weiter, durch die Toreinfahrt in den zweiten Hof, durch die nächste Toreinfahrt in den vordersten Hof.

Dort im Erdgeschoss des Vorderhauses gleich neben der Durchfahrt, das Fenster dort, das war das Zimmer, in dem Riefke und seine Mutter wohnten, in dem sie aßen und in dem ihre Betten standen. Clara wusste es von Lisa, die ihr die Wohnung bis ins Kleinste geschildert hatte. Hier pflegte die alte Frau Riefke am Fenster zu sitzen und den Hof zu beobachten, nur nicht sonntags während der Kirchzeit, da saß sie in der Kirche und tat fromm. Riefke selbst dagegen ging nie in die Kirche.

Die dichten Vorhänge am Fenster waren zugezogen, nicht den kleinsten Spalt ließen sie frei. Schwerer dunkelbrauner Samt, der kein Licht durchließ. Vorhänge, die man bestimmt nicht geschlossen hielt, wenn man aufstand und frühstückte und sich zum Kirchgang ankleidete.

Vorhänge, die man schloss, wenn man etwas tat, was kein Mensch sehen sollte. Etwas, wobei man nicht beobachtet werden durfte.

In Claras Hals war es eng, ausgetrocknet wie Papier.

Lange stand sie da und sah diese geschlossenen Vorhänge an. Noch immer gab es kein Wort für das, was sich da wie eine dumpfe Ahnung in ihr bildete, jedem Zugriff entzogen. Aber sie spürte, es wuchs. Und irgendwann plötzlich würde es auch im Bewusstsein sein und dann durfte sie nicht so tun, als wäre nichts, dann musste sie etwas machen – aber was?

Riefke. *Wenn der dich rausschmeißt, sind wir geliefert.*

Plötzlich bückte sie sich, formte einen Schneeball und donnerte ihn gegen die Fensterscheibe. Noch einen und noch einen und noch einen.

Dann drehte sie um und lief zum zweiten Hinterhaus. Sie musste mit Jenny reden. Jenny würde wissen, worum es ging. Jenny würde auch das verstehen, wofür es keine Worte gab.

Clara rannte die Treppe bis in den zweiten Stock hinauf, rannte den Flur entlang, ließ sich nicht die Zeit, an Jennys Küchentür anzuklopfen, wollte sie gleich aufreißen. Die Tür war abgeschlossen.

Clara lehnte sich mit der Stirn gegen die Tür. Jenny war nicht da.

Natürlich, Jenny hatte ja erzählt, dass sie heute alle zur Kindstaufe nach Werder fahren würden, Jennys Schwester war dort mit einem Krämer verheiratet und hatte ihr erstes Kind geboren, groß gefeiert werden sollte, Jenny hatte Apfelkuchen dafür gebacken, erst in der Nacht würden sie zurückkommen …

Aber sie brauchte Jenny doch!

Ein Stöhnen bildete sich in ihrer Brust. Sie barg ihr Gesicht in der Ellbogenbeuge und so, gegen Jennys Tür gelehnt, begann sie zu weinen.

Hinter ihr schlugen Türen, streitende Stimmen wurden laut, eine schallende Ohrfeige, Kindergeplärr.

Clara wischte sich mit dem Schürzenzipfel die Tränen aus

dem Gesicht, dann wandte sie sich um und ging den Flur zurück. Im Treppenhaus stockte sie. Zwei Stockwerke höher wohnte Johann.

Johann. Ob sie ihm ...

Nein. Nicht Johann. Kein Mann. Unmöglich.

»Du hörst mir ja überhaupt nicht zu! Jetzt hab ich es dich schon zum dritten Mal gefragt!«, beschwerte sich Ernst.

»Was?«, fragte Clara und schaute ihn verständnislos an.

»Ach, vergiss es!«, meinte er und schüttelte den Kopf, nahm sie mit einem langen, prüfenden Blick ins Auge. »Sag mal, Mädchen, bist du in Schwierigkeiten?«

»Ich?«, erwiderte sie, als sei das ganz abwegig.

»Mir könntest du es sagen. Wenn du Hilfe brauchst, meine ich.«

Hilfe, ja, die brauchte sie. Den ganzen Tag schon zerbrach sie sich den Kopf. Aber wenn ihr jemand helfen konnte, ihr und Lisa, dann nur Jenny. Mit der könnte sie reden, auch darüber, dass sie ja nicht einmal wusste, ob ihr halber Verdacht richtig war, so unvorstellbar, wie er war.

Mit einem Mann sprach man doch nicht über Blut in der Unterhose der kleinen Schwester ...

Sie schüttelte den Kopf.

Ernst zuckte die Schultern. »Dann eben nicht!« Damit wischte er sich die Hände an einem Lappen ab und ging. Die Druckmaschine nach der Arbeit sauber zu machen, war Claras Aufgabe.

In fieberhafter Hast polierte Clara die Metallteile mit einem weichen Tuch, fegte den Boden, stapelte das Papier ordentlich. Dann rannte sie los.

Draußen schneite es, doch es war wärmer geworden, der

Schnee auf der Fahrbahn verwandelte sich in bräunlichen Matsch. Immer wieder rutschte Clara aus, einmal fiel sie hin, schlug hart auf, rappelte sich sofort wieder hoch. Ihre Schuhe hatten viel zu glatte Sohlen, die waren nicht für so ein Wetter.

Völlig außer Atem kam sie am Mietshaus an. Als sie von der Straße durch die Toreinfahrt und den Aufgang zu Riefkes Wohnung vorbeilief, durchzuckte sie heiß der Gedanke: Da drinnen, da ist jetzt Lisa. Und Riefke.

Wenn man wüsste, woran man war!

Doch was sollte man tun, wenn man es wusste? Riefke konnte sie jederzeit alle auf die Straße setzen. Jetzt, mitten im Winter. Er konnte das Geld für monatelange Untervermietung nachverlangen. Konnte ihnen alles Mögliche anhängen.

Riefke hatte die Macht. Und der Vater hatte geschrieben, dass seine Kur noch einmal verlängert worden war. Der Vater kam noch nicht heim. Und die Mutter in ihrer Beschränktheit konnte man sowieso vergessen.

Aber Lisa, Lisa – wenn das stimmte, was sie von Stunde zu Stunde mehr zu befürchten begann, auch wenn ihr Hirn sich noch immer weigerte, es zu glauben ... Wenn es stimmte, dann durfte man Lisa doch nicht länger bei Riefke lassen, keinen Tag, keine Minute!

Jenny würde wissen, was zu tun war. Und vielleicht konnte Jenny sogar das, was ihr selbst unmöglich war: mit einem Mann darüber reden, mit ihrem Mann. Heinrich mit seiner Erfahrung in der Partei und in der Gewerkschaft, der ließ sich nicht so schnell einschüchtern, der konnte reden und auftreten und auch einem wie Riefke einheizen. Wo Heinrich jetzt doch sogar bald Meister wurde und vor nichts Angst hatte, nicht einmal vor einem Hauswart, der Feldwebel der Reserve war.

Endlich hatte sie Jennys Wohnung erreicht, riss die Küchentür auf. Die Küche war leer. »Jenny!«, rief sie laut. Keine Antwort. Sie sah in die Kammer, in die Stube. Kein Mensch da.

Aber weit konnte Jenny nicht sein, wahrscheinlich nur beim Budiker oder in ihrem Keller. Länger konnte sie nicht weg sein, jetzt im Winter ging Jenny nicht in ihren Garten, und es war doch schon dunkel und die Kinder mussten bald ins Bett.

Aber kein Essen auf dem Herd. Und Heinrich kam doch bestimmt bald nach Hause ...

Eine flatternde Angst stieg in Clara auf, sie musste wissen, wo Jenny war, sie konnte nicht länger warten, keinen Augenblick.

Raus aus der Küche und an die nächste Tür geklopft, bei der Nachbarin Wiesmüller. Die saß in ihrer Stube fast vergraben unter lauter Damenhüten, überall lagen Hüte, auf den Betten und auf der Kommode und auf dem Fußboden, auf dem Tisch dagegen häuften sich Bänder, Federn, Kunstblumen und ähnlicher Kram, mit denen die Frau in Heimarbeit die Hüte dekorierte. Unter dem Tisch aber kauerten Jennys Kinder und spielten mit den Resten.

»Clara! Clara!«, rief Moritz und hängte sich an sie. »Papa ist im Krankenhaus, etwas ist auf ihn draufgefallen, und Mama ist bei ihm. Sie kommt doch bald wieder heim?« Weinerlich sah er sie an.

Clara kauerte sich auf den Boden, nahm den Jungen in den Arm und konnte nichts anderes denken als: Jenny ist nicht da. Ich kann nicht mit ihr reden.

»Ja, ja«, begann die Wiesmüller, »so ein Unglück, ach Gott, so ein Unglück!« Sie schüttelte den Kopf. »Geh nur gleich zu ihm, hab ich zu Jenny gesagt, als sie aus der Fabrik nach ihr geschickt haben, ich pass auf deine Kinder auf, geht ja nicht anders, in der Not muss man zusammenrücken. Ach Gott, ach Gott.«

»Was ist passiert?«, würgte Clara hervor.

»Ein Unfall eben, ich weiß auch nicht viel mehr, eine Kette muss gerissen sein, irgendein Eisending ist runtergerutscht und Heinrich gegen das Bein geschlagen, die Arbeitersamariter haben ihn in die Charité gebracht, er war nicht bei Bewusstsein, hieß es.«

Clara verbarg ihr Gesicht im Haar des Jungen und drückte ihn an sich.

»Bei meinem Vater war es auch so«, fuhr die Wiesmüller im Jammerton fort, »aber damals war alles noch viel schlimmer, da gab es noch keine Unfallversicherung und keine Krankenversicherung und nichts. Zwei Stockwerke tief ist er gefallen, weil das Brett so glitschig war, auf dem er von einem Gerüst zum nächsten balancieren musste, da ist er eben abgerutscht. Die Wirbelsäule und die Schulter hat es ihm zerschmettert, gelähmt ist er geblieben bis an sein Lebensende! Meine Mutter hat ihn pflegen müssen, füttern und wickeln und alles, es war ein Elend. Und diese Not! Allein, was das Krankenhaus gekostet hat, wo sie ihn nach dem Unfall hingebracht haben! Jahrelang hat meine Mutter an den Schulden abgestottert, nicht einen Heller hat mein Vater vom Fabrikanten bekommen! Nicht auszudenken, was ich in meiner Kindheit mitgemacht habe. Wir hatten nicht einmal Kartoffeln oder Steckrüben genug zum Sattessen. Und in der Schule habe ich täglich Tatzen auf die Finger bekommen, bis die ganz blau waren, weil meine Schiefertafel zerbrochen war und es kein Geld gab für eine neue. Und mit neun musste ich in die Fabrik. Eine Invalidenversicherung gab es ja auch noch nicht – und was es heutzutage alles gibt. Das ist heutzutage was anderes, da hat Heinrich Glück, wenn er auch zum Invaliden wird, ich will es ja nicht verschreien, aber bei so was weiß man nie. Dann kriegt er wenigstens ein paar Mark, ohne dass er dem Unternehmer eine Schuld nachweisen muss, und mein Vater, der hat gar nichts gekriegt, sogar die Medizin hat er selbst zahlen müssen, die er gegen seine Schmerzen nehmen musste! Ja, so war das früher, und da war die Not bei uns riesengroß. Da hat Jenny noch Glück. Bringst du jetzt die Kinder ins Bett, ich kann nicht, ich muss die Hüte fertig machen, und du siehst ja selbst, was hier noch zu tun ist. Ein Stück Brot hab ich ihnen schon gegeben, Jenny gibt es mir zurück, das weiß ich.«

Wie betäubt nahm Clara die kleine Stine auf den Arm und Moritz an die Hand und ging mit ihnen nach nebenan. Wie betäubt zog sie die beiden aus und steckte sie ins Bett, erzählte sogar noch Dornröschen und merkte nicht, was sie tat.

Heinrich. Wenn es wirklich so schlimm war, wie es sich anhörte, was kam dann auf Heinrich zu und auf Jenny ...

Jetzt war Jenny es, die Hilfe brauchte.

Und sie selbst und Lisa, sie beide mussten schauen, wo sie blieben.

Seit Stunden hatte sie nach einer Gelegenheit gesucht, mit der Mutter zu reden. Aber erst hatten die Brüder ewig in der Küche herumgelungert, dann war Lisa von Riefke zurückgekommen. Sie hatte es nicht über sich gebracht, Lisa anzusehen.

Wenn sie daran dachte, warum am Sonntag die Vorhänge zugezogen gewesen sein mochten, dann wurde sie verrückt.

Ihre kleine Schwester, gerade mal zwölf Jahre alt. Und Riefke, dieses Monstrum.

Lisa durfte dort nicht bleiben. Und deshalb musste die Mutter davon erfahren.

Jetzt war Lisa eben noch einmal zu ihrer Schulfreundin, die drei Türen weiter wohnte, weil sie die Rechenaufgaben nicht konnte. Jetzt war die einzige Gelegenheit, unter vier Augen mit der Mutter zu reden. Und jetzt fand sie den Anfang nicht.

»Hast du gemerkt, wie blass Lisa geworden ist, seit sie bei Riefke ist«, begann sie mühsam, »wie still?«

»Als ich neun war, musste ich ins Bergwerk«, erwiderte die Mutter, ohne von ihrer Näherei aufzusehen. »Zwölf Stunden am Tag, sechs Tage die Woche. In den engen Gängen die schweren Loren ziehen, weil ein Erwachsener drinnen nicht stehen konnte.«

Das sagte die Mutter immer, wenn man sich über etwas beklagte.

»Aber jetzt geht es um Lisa!«, entgegnete Clara heftig. »Sie ist in Not.«

»Wir waren alle in Not. In Oberschlesien im Bergwerk. Und als dann dein Vater kam und mich ans Spinnrad und an den Webstuhl geholt hat, da hab ich gedacht ...«

»Herrgott, Mutter, hör doch mal zu! Es ...«, sie stockte, würgte an den Worten, brachte sie dann laut und überstürzt hervor: »... es war Blut in ihrer Hose.«

»Na und. Irgendwann kommt es.«

»Nein. Nicht das. So weit ist Lisa noch nicht. Ich hab sie gefragt. Es ist was anderes.«

»Die Hände waren mir aufgerissen, jeden Abend, von den rauen Seilen. Und wenn das geeitert hat, dann wusste man nicht mehr, wie man zupacken sollte. Aber man musste ja, sonst hat es Schläge gegeben, und was für welche. Mit einer Haselnussrute, die war immer in Wasser eingeweicht, damit sie besser Blut zieht. Da hatte ich auch Blut in der Hose.«

»Zwischen den Beinen, Mutter! Zwischen den Beinen! Hörst du nicht?«

»Schrei nicht so. Ich bin nicht taub.«

»Am Sonntag, während die alte Riefke in der Kirche war und Lisa bei Riefke . . . Da waren die Vorhänge zugezogen. Ich hab es gesehn.«

»Wenn Lisa ihre Arbeit nicht anständig macht und die Vorhänge nicht aufzieht, ist sie selbst schuld. Dann gibt er ihr eben ordentlich was drüber. Haselnussrute, in Wasser eingeweicht, das zieht Blut und brennt wie Feuer. Daran ist noch keiner gestorben.«

»Begreifst du denn nicht?«, schrie Clara. »Sie muss weg dort! Du musst sie von Riefke wegnehmen! Du musst es machen, denn Vater ist ja nicht da!«

Jetzt fuhr die Mutter auf. »Von Riefke wegnehmen? Das geht nicht! Dann setzt er uns auf die Straße. Das ganze Geld, das wir schulden! Die Schlafgänger hab ich nicht bezahlt und zweimal bin ich die Miete schuldig geblieben und zahl doch sowieso nur die Hälfte und er hat immer gesagt, er schreibt es an. Nee, nee, wenn er das alles verlangt, dann sind wir geliefert.«

»Aber es geht doch um Lisa«, erwiderte Clara. Auf einmal hatte sie fast keine Stimme mehr.

»Dienstmädchen, was ist schon groß dabei. Sitzt in der Küche und schält Kartoffeln. Die alte Riefke ist keine schlechte Frau.«

»Aber sie ist nicht immer da! Sonntags ist sie in der Kirche.«

»Die alte Riefke ist eine gottesfürchtige Frau. Jeden Sonntag in die Kirche und jeden Mittwoch in die Bibelstunde, da tut man nichts Unrechtes, auch wenn's nur die lutherische ist.«

»Aber Riefke selbst, der ist ein Teufel. Und sonntags ist Lisa mit ihm allein und die Vorhänge sind zugezogen und Blut war in ihrer Unterhose. Begreifst du denn gar nichts?«

»Bergwerk, das ist schlimm«, sagte die Mutter. »Wenn die Hände eitern . . .«

Lisa kam herein und zog sich Rock und Bluse aus, streifte die Holzschuhe ab und stieg ohne ein Wort zu sagen ins Bett.

Die Gelegenheit, allein mit der Mutter zu reden, war vorbei. Aber das hatte ja sowieso keinen Sinn.

»Der rechte Oberschenkel ist völlig kaputt, eine offene tiefe Wunde, der Knochen mehrfach gebrochen«, sagte Jenny und wischte sich mit dem Handrücken die Nase ab, »drei Monate muss er im Streckverband liegen, hat der Arzt erklärt, darf sich nicht aus dem Bett rühren, hängt da an den Strippen, Gewichte am Bein, und wer weiß, ob es nicht eitert. Schmerzen hat er ganz fürchterliche gehabt, aber sie haben ihm Morphium gegeben, da dämmert er nur noch so vor sich hin. Man kennt ihn gar nicht wieder.«

»Und wie lange wird es dauern, bis er . . .« Clara traute sich den Satz nicht zu vollenden.

»Na, wie gesagt . . . Mindestens ein Vierteljahr in der Charité. Wenn keine Komplikationen hinzukommen. Er tut, was er kann, behauptet der Arzt. Die größte Gefahr ist, dass der Knochen sich entzündet, das wäre sehr schlimm. Was daraus folgen würde, das kann er nicht absehen, das muss man abwarten, hat er gesagt. Aber selbst wenn alles so glatt geht wie nur möglich, selbst dann – bis alles wieder richtig wird und Heinrich so arbeiten kann wie vorher – ein Jahr vielleicht, sagt der Arzt. Aber ich soll ihn nicht drauf festnageln, da steckt man nicht drin.«

Jenny zerknüllte ihre Schürze und stierte vor sich hin. Dann flüsterte sie heiser: »Ein Jahr! Wo er jetzt doch gerade Meister werden sollte! Keine Ahnung, ob sie ihn dann überhaupt noch als Meister nehmen, selbst wenn er gesund wird. Wenn!«

Clara schwieg. Was sollte man dazu sagen. Es verschlug einem die Sprache, so ein Unglück. Stumm drückte sie der Freundin die Hand.

»Ein Jahr!«, brach es aus Jenny heraus. »Verstehst du, was das bedeutet? Das Krankengeld jetzt am Anfang oder dann das Geld von der Unfallversicherung – das reicht doch nicht, wenn man den Notgroschen nicht angreifen will! Ich weiß ja nicht, wie es ausgeht und ob Heinrich überhaupt wieder wird – da muss ich doch schaun, dass ich das Geld zusammenhalte und lieber noch was dazu spare! Es kann schließlich sein, dass er ein Invalide wird und nie mehr arbeiten kann – und wie wir dann auskommen sollen, mag ich mir gar nicht vorstellen. Aber das andere, was passieren kann, nein, daran kann ich gar nicht ...« Jenny brach ab.

So schlimm stand es also. Dass man sogar fürchten musste, Heinrich könnte an der Verletzung sterben ...

»Du kannst die Stube vermieten«, murmelte Clara. Hilflos rettete sie sich in die Planung: »Sie ist doch so schön eingerichtet, die kannst du an einen Studenten oder eine Lehrerin vermieten, da kriegst du mehr als nur mit Schlafgängern. Mit Verköstigung und Wäschewaschen und allem, kannst du ein schönes Stück Geld dafür verlangen. Wenn du das Sofa rausnimmst und ein Bett reinstellst, das geht. Solang Heinrich in der Klinik ist, braucht er ja kein Bett. Und wenn du Heimarbeit annimmst, dann geht es schon irgendwie. Bei uns geht es doch auch.«

Bei uns – wie das klang. Himmelhoch über ihr hatte Jenny immer gestanden, und nun auf einmal waren sie auf der gleichen Stufe. Im nächsten Monat wäre Heinrich Meister geworden, hätte bestimmt dreißig oder vierzig Mark verdient, oder sogar noch mehr? Und nun ...

Was für ein Sturz.

»Hausindustrie, ja, da hab ich mich schon drum geküm-mert«, erwiderte Jenny und trocknete sich mit der Schürze die Tränen ab. »Ich hab ja eine Nähmaschine, wenigstens das. Und Nähen gelernt hab ich, ich war ja mal Mantelnäherin in der Fa-brik. Ich war bei einer Zwischenmeisterin, die Arbeitshemden zum Nähen zu vergeben hat, aber weißt du, was man da ver-dient? Eine Mark für das Dutzend, das ist doch verrückt! Und davon noch das Nähgarn zahlen und das Öl für die Maschine und für das Licht! Ich hab ihr gesagt, dass sie eine Halsabschnei-derin ist, da hat sie mich angegiftet, mehr würde ich nirgendwo bekommen, ich würde es schon sehen, und sie wäre auf mich nicht angewiesen. Ich hab dann doch noch was andres gefun-den, Knabenanzüge, morgen fang ich damit an, dafür gibt's ein bisschen mehr − aber ein Skandal ist es immer noch. Ich hab Anna Brettschneider gefragt und die sagt, die Preise sind nun mal so. Diese gottergebene Art, es macht mich rasend! Aber was soll's: Jetzt erleb ich wieder am eigenen Leib, was Ausbeutung ist! Fabrik war ja schon schlimm − aber Hausindustrie, das ist die schlimmste Ausbeutung überhaupt! Und kein Inspektor kommt und sieht wenigstens manchmal dem Unternehmer auf die Finger. Da muss man doch was tun! Aber diese Näherinnen sind wie die Schlachtlämmer, die bringen es nicht fertig, sich zu wehren. Und ich hab genug am Hals, ich kann nicht noch einen Streik organisieren. Also werd auch ich für diesen Hun-gerlohn nähen, was bleibt mir übrig. Jetzt im Winter ist ja we-nigstens Saison in der Konfektionsindustrie, da kriegt man was. Und fürs Nähen gibt es immer noch mehr als fürs Tütenkle-ben.«

»Oder Fäden vernähen«, ergänzte Clara. Sie war froh, dass Jenny wieder politisierte. Da blitzte ein Stück von der wahren Jenny durch, von der, auf die sie so sehr gesetzt hatte und die seit Tagen hinter all dieser Verzweiflung nicht mehr wiederzufinden gewesen war. Ob sie Jenny jetzt vielleicht doch etwas von Lisa erzählen konnte?

Aber dann liefen Jenny schon wieder die Tränen über die Wangen. Sie hob sich die kleine Stine auf den Schoß und drückte ihren Kopf an sich. »Die armen Kinder«, weinte sie. »Besser sollten sie es mal haben, als wir es als Kinder hatten, das hatten Heinrich und ich uns geschworen. Ich hab ja als Kind immer in der Gastwirtschaft bedienen müssen und mit dreizehn musste ich in die Fabrik, weil sie meinen Vater ins Gefängnis gesteckt haben, weil es aufgeflogen ist, dass sich die Sozis heimlich in seiner Wirtschaft getroffen haben. Es war ja unter dem Sozialistengesetz. Mit dreizehn in die Fabrik, nein, das wünsch ich meinen Kindern nicht. Acht Jahre Schule und dann eine Lehre, nicht nur für den Jungen, auch für Stine, da waren Heinrich und ich uns einig. Und nun? Was ist, wenn Heinrich vielleicht gar nicht wieder gesund wird? Oder wenn noch was Schlimmeres ... Man weiß ja nie, ob diese Ärzte einem überhaupt die Wahrheit sagen! Nee, nee, da nähe ich lieber für einen Hungerlohn, als dass ich jetzt schon ans Eingemachte gehe! Ganz gleich, wie krumm ich mich arbeiten muss!«

Clara schwieg. Wenn Heinrich wirklich zum arbeitsunfähigen Invaliden würde oder wenn er gar sterben würde! Dann drohte Jenny und ihren Kindern die Armut. Wie schnell das gehen konnte, hatte man ja bei Anna Brettschneider gesehen.

Sie schauderte zusammen.

Wenn sie nicht so arm wären, dann hätte Lisa damals nicht schon mit elf Jahren bei Riefke als Dienstmädchen anfangen und jetzt noch bei ihm arbeiten müssen, viel zu jung, um zu begreifen, worauf es hinauslief, wenn einer hinter ihr her war. Viel zu jung, um sich zu wehren. Viel zu jung, um mit dem fertig zu werden, was ihr angetan worden war.

Wenn es denn wirklich so war. So richtig glauben konnte sie es immer noch nicht, es war einfach unvorstellbar. Sie hatte noch mal mit Lisa darüber zu reden versucht, aber aus der war kein Wort herauszubekommen.

Und die Mutter hatte einfach nichts begriffen.

Sie hatte so sehr darauf gehofft, sich einen Rat von Jenny holen zu können. Aber es ging nicht. Jenny war mit ihrem eigenen Leid vollauf beschäftigt. Jenny konnte jetzt nicht für sie da sein, das war nun mal so.

Sie, Clara, musste die Sache allein in die Hand nehmen und ihrer Schwester helfen. Wenn sie nur wüsste, wie!

Die Nacht verging nicht. Ruhelos wälzte Clara sich hin und her. Früher, mit Johann, da waren die Nächte immer viel zu kurz gewesen.

Wenn er jetzt ganz allein in seinem Bett lag, weil die andere, diese dämliche Dame, zu fein war, sich zu ihm zu legen – ob er dann daran dachte, wie schön es mit ihr gewesen war, seiner Clara? Ob er sich dann auch sehnte, wenigstens ein kleines bisschen? Er konnte doch nicht einfach vergessen, was gewesen war, und es abtun, als wäre es nichts gewesen.

Pah! Er würde schon sehen, wie das war, wenn man sich verzehrte und nur hingehalten wurde oder die kalte Schulter gezeigt bekam, so wie es hieß, dass die Damen der Gesellschaft es machten. Die mit einem Mann nur mit Trauschein ins Bett gingen und auch dann noch steif wie ein gefrorener Fisch blieben, sodass sich die Herren zu Tausenden kleine Näherinnen und Büglerinnen und Ladenmädchen suchten, bei denen sie das bekamen, was sie zu Hause nicht fanden.

Nicht weit weg, in Meyers Hof im ersten Hinterhaus, da wohnte Marlene, mit der sie in eine Klasse gegangen war. Früher war Marlene ein Arbeiter-Kellerkind gewesen und hatte sich als Weißnäherin nicht genug zum Leben verdienen können. Aber seit letztem Sommer ließ sie sich von einem Grafen aushalten: Eine sonnige Stube im zweiten Stock, Küche und Kammer spendierte der ihr und Geld genug, dass sie sich schöne Kleider kaufen und jeden Tag Südfrüchte und Fleisch und Kuchen essen konnte. Das half darüber hinweg, dass viele im Haus sie wegen ihres Lebenswandels schief ansahen. Sich aushalten lassen wie ein gefallenes Kleinbürgermädchen ohne Ehre, so was tat ein Arbeitermädchen nicht, das auf sich hielt – das fand sie, Clara, auch. Aber besucht hatte sie Marlene trotzdem mal und sich ihre schöne Wohnung angeschaut, als sie ihr auf der Straße begegnet war und die sie eingeladen hatte.

Marlene hatte ihr jedenfalls erzählt, wie das war mit den feinen Damen: dass die nicht nur um nichts in der Welt vor der Ehe mit einem Mann ins Bett durften, sondern dass sie nicht einmal wissen durften, was das überhaupt ist und wie Kinder gemacht werden, und dass sie keine Ahnung hatten, wenn sie in ihre Hochzeitsnacht gingen. Und dass sich die Gattin ihres Grafen so benahm, dass der neben seiner Gräfin eben noch sie brauchte.

Nicht näher als zu einem Handkuss! Dass sie nicht lachte! Johann würde schon sehen.

Aber wenn er dann angekrochen kam und sie wieder in sein Bett holen wollte und es so machen, wie er es am liebsten hatte, dann würde sie ihm sagen, dass sie ihn jetzt nicht mehr haben wollte. Denn ohne Liebe, ohne Liebe tat sie's nicht – und hatte es doch überhaupt nur begonnen, weil sie eben ihrem Herzen gefolgt war und gemeint hatte, er würde sie auch lieben. Wenn du's nötig hast, dann geh doch in den Puff und zahl dafür!, würde sie sagen. Das Gesicht wollte sie sehen, das er dann machte.

Ein Mann konnte nicht lange ohne das, hieß es immer. Ein Mann hatte seinen Trieb. Und dass das so war, dafür wusste sie Beispiele genug. Wie die Mädchen in der Fabrik darüber geredet hatten und erst recht die Frauen hier im Haus, wenn sie darüber jammerten, dass sie schon wieder schwanger waren, weil sich ihr Mann benahm wie ein Tier und es einfach nicht lassen konnte, sie zu besteigen ...

Riefke. Warum war der nicht verheiratet? Ein Mann mit so einer guten Stellung und einer Hausverwalterwohnung im Vorderhaus, der konnte jederzeit eine Frau finden, die Finger leckten sich die Frauen nach einem mit so einer Wohnung. Aber er lebte allein mit seiner Mutter. Das war doch nicht normal.

Was machte der mit seinem Trieb?

Gab es das, dass einer auf junge Mädchen aus war, auf ein ganz junges Mädchen, auf eines, das fast noch ein Kind war? Von so etwas hatte sie noch nie gehört. Keine in der Fabrik oder in der Druckerei oder in der Mietskaserne hatte je über so was geredet.

Ganz und gar unmöglich kam es ihr vor. Und trotzdem, und trotzdem, sie bildete sich das doch nicht ein ...

Ihre kleine Schwester. Sie wurde rasend, wenn sie daran dachte. Und die Mutter hörte nicht oder wollte nicht hören. Und der Vater nicht da.

Lisa einfach an der Hand nehmen und mit ihr weggehen, irgendwohin. In der Druckerei war gestern ein Mädchen rausgeflogen, weil sie dabei erwischt worden war, wie sie dem Meister das Frühstück geklaut hatte. Die hatte nicht als Auflegerin gearbeitet, sondern hatte am Tisch hinter der Schnellpresse die

Papierbögen in Empfang genommen und die Löschpapierbögen zwischen die frisch gedruckten Blätter gelegt. Das war eine leichtere Arbeit, weil man dabei sitzen durfte, das konnte bestimmt auch schon Lisa.

Lisa am Montag mit zur Arbeit nehmen und sagen, sie wäre schon dreizehn und sie sollten sie einstellen. Aber nein, mit dreizehn durften Kinder nur sechs Stunden arbeiten, das Bisschen, was Lisa dafür bekommen würde, langte nicht. Sie musste behaupten, Lisa wäre vierzehn, dann verdiente sie mehr, so konnten sie sich eine Schlafstelle suchen und sich gemeinsam durchschlagen.

Aber Lisa sah nicht aus wie vierzehn, und außerdem verlangten die im Kontor Papiere zu sehen, und da stand, dass Lisa erst zwölf war. Und wenn die Mutter nach ihnen suchte, würde sie als Erstes in der Druckerei nachfragen und dann wären sie schon entdeckt.

In jeder Fabrik in Berlin, in der sie bisher gearbeitet hatte, war es Pflicht gewesen, seine Papiere vorzulegen.

Also weg von Berlin, irgendwohin Richtung Heimat, nach Görlitz vielleicht, und hoffen, dass dort keiner nach Papieren und nach dem Alter fragte und dass man dort Arbeit fand?

Aber die Eltern waren von Schlesien weg, weil dort die Not zu groß gewesen war. Woher sollte sie wissen, ob sie dort Arbeit finden würden und nicht verhungern mussten?

Außerdem – was wäre mit den kleinen Brüdern?

Wenn Lisa einfach nicht mehr bei Riefke erscheinen würde, dann würde die Mutter mit den Brüdern aus der Wohnung rausgesetzt.

Die Mutter allein mit den paar Mark, die sie verdiente, und den paar Mark von der Krankenkasse konnte sich und die Brüder nicht durchbringen. Nachts müssten sie ins Obdachlosenasyl gehen und tagsüber auf der Straße bleiben. Und das mitten im Winter.

Das ging nicht.

Und die alte Frau Riefke? Ob man mit der reden konnte, wo die doch eine gottesfürchtige Frau war? Aber die würde ihr nicht glauben, sondern zu ihrem Sohn halten und würde es dem sagen und der ...

Es gab keinen Ausweg.

Es sei denn ...

Ihr Herz schlug schneller.

Es sei denn, Riefke wäre tot.

Sie begann sich Möglichkeiten auszudenken: Die Diphterie könnte ihn erwischen, oder eine Lungenentzündung. Ein Herzanfall könnte ihn umbringen, wenn er sich wieder einmal zu sehr aufregte. Eine Fischgräte könnte in seinem Hals stecken bleiben, sodass er jämmerlich erstickte. Eine Dampfstraßenbahn könnte ihn überfahren. Er könnte von einer Brücke in die Spree fallen, ins eiskalte Wasser. Bei Glatteis könnte er ausrutschen und mit dem Hinterkopf aufschlagen.

Oder, wenn er aufs Dach vom Vorderhaus musste, weil der Sturm wieder Dachziegel zerbrochen hatte und die neuen morgen geliefert würden, wie Lisa erzählt hatte ...

Wenn nun die Leiter zufällig eine kaputte Sprosse hatte ...

Zufällig hatte die Leiter aber bestimmt keine kaputte Sprosse.

Sie könnte aber eine bekommen. Wenn man nachhalf. Ansägen könnte man eine Sprosse, so ansägen, dass er es nicht merkte, aber dass sie durchbrechen würde, wenn er drauf trat. Eine Sprosse ganz weit oben ...

Sie hatte einmal beobachtet, wie Riefke aufs Dach geklettert war. Er hatte im obersten Stock am Küchenbalkon eine Leiter an die Regenrinne angelegt und war hinaufgestiegen.

Sie wusste, wo die Leiter stand, mehr als einmal hatte sie sie im Keller des Hauses gesehen, in dem Jenny wohnte. Im Flur lehnte sie an der Wand gegenüber von Jennys Kellerabteil.

Schweiß brach ihr aus.

Das ist Mord, sagte eine Stimme in ihr.

Das ist die einzige Rettung, widersprach eine andere.

Wie soll ich damit leben, so etwas getan zu haben, erhob die erste Einspruch.

Wie kann ich damit leben, nichts getan zu haben, übertönte sie die zweite.

Sie sah alles vor sich. Wie sie aufstand und das Brotmesser nahm und sich in den Hof und den Keller schlich und die Leiter ansägte. Wie Riefke die Leiter anlegte und hinaufstieg. Wie die Sprossen durchbrachen und er hinunterstürzte.

Und wie Lisa frei war.

Sie zitterte. Fest presste sie die eiskalten Fäuste gegen den Mund, um nicht laut zu wimmern.

»Für dich, Lisa, für dich!«, flüsterte sie tonlos. Dann setzte sie sich vorsichtig auf, stieg über die Mutter am Fußboden hinweg, tastete nach ihren Schuhen, ihrem Schultertuch und nach dem Brotmesser. Vom Haken neben der Tür nahm sie den Schlüsselbund, an dem noch immer der Hausschlüssel hing, den Johann ihr heimlich hatte nachmachen lassen, damit sie auch nachts zu ihm ins Haus konnte, in das gleiche Haus, in dem Jenny wohnte, in das gleiche Haus, in dem die Leiter stand. Leise schlich sie sich aus der Küche.

Sie musste ihre Schwester retten – das war der einzige Gedanke, der noch in ihrem Kopf war.

Flur – Treppenhaus – Hof – Durchgang – Haustür – Treppe – Kellerflur.

Keine Wohnungen hier unten in diesem Haus, nur Vorratskeller und Kohlenabteile und die Waschküche für die Herrschaften im Vorderhaus. Niemand begegnete ihr. Niemand fragte, was sie hier mache. Niemand hielt sie zurück.

Die kleine Lampe in ihrer Hand zitterte nicht. Sie hatte keine Angst. Sie fühlte gar nichts. Es war nicht wirklich sie, die hier ging.

Neben der Leiter kniete sie nieder und holte das Brotmesser unter dem Tuch hervor. Plötzlich sah sie es deutlich vor sich: wie Riefke die Leiter auf dem obersten Balkon an die Dachkante anlegte, wie er die Sprossen hinaufstieg, wie die Sprossen zerbrachen, wie er stürzte und stürzte und stürzte ... Wie er unten im Hof auf dem Pflaster aufschlug ...

Ob sein Kopf platzte?

Ein Zittern überkam sie, sodass sie das Messer nicht ansetzen konnte.

Was war eigentlich, wenn jemand anderes die Leiter nahm und auf sie kletterte? Es war verboten, die Leiter zu benutzen, aber wer in den Hinterhöfen hielt sich schon an Verbote! Dann würde ein Unschuldiger sterben, vielleicht sogar ein Kind.

Sie zitterte so sehr, dass ihr das Messer aus der Hand glitt.

Was hätte sie beinahe getan!

Sie konnte es nicht machen. Es ging nicht.

Sie war keine Jeanne d'Arc der Hinterhöfe. Sie konnte ihre Schwester nicht retten.

12

Die *Räuber*, ein Schauspiel in fünf Akten, *Die Verschwö-*
rung des Fiesco zu Genua, ein republikanisches Trauerspiel in
fünf Aufzügen, *Kabale und Liebe*, ein bürgerliches Trauerspiel in
fünf Aufzügen«, haspelte Julia den Prüfungsstoff für das Fach
Literatur herunter, während Margarethe im Heft verfolgte, ob
die Schiller'schen Dramen in der richtigen Reihenfolge wiedergegeben wurden, »*Don Carlos, Infant von Spanien*, ein drama-
tisches Gedicht in fünf ...«

Draußen ging der Türklopfer. Margarethe horchte auf, verfolgte, wie das Dienstmädchen mit wenigen Schritten den kleinen Flur durchquerte und die Tür öffnete. Ihr Puls beschleu-
nigte sich.

»... zerfallend in *Wallensteins Lager, Die Piccolomini* und
Wallensteins Tod«, fuhr Julia unbeirrt fort, um dann doch den
Kopf zur Tür zu drehen: »Ob er das sein mag?« Kurz trafen sich
ihre Blicke.

Margarethe hatte der Freundin nicht gebeichtet, warum sie
mit so großem Gepäck zu ihr gekommen war, hatte ihr nichts
von ihrem im Stillen gefassten Entschluss erzählt – zu groß war
die Scheu gewesen, die Freundin in ein Vorhaben zu ziehen, das
in den Augen der Gesellschaft als unerhörtes Vergehen gelten
musste. Wenn die Eltern von dem Skandal erfuhren, dass ihre
Tochter zu einem sozialistischen Dichter durchgebrannt war,

wenn die Damen der Gesellschaft sich entrüsteten, wenn der Stab über das Verhalten der Baronesse von Zug gebrochen würde, dann sollte Julia von Aubach guten Gewissens sagen können, sie sei in Margarethes Pläne nicht eingeweiht gewesen, sie habe von alldem nichts gewusst. Wenn es denn wirklich so weit kam …

Sie hatte Julia gegenüber lediglich in beiläufigem Ton erwähnt, dass sie Johann eine kurze Nachricht geschrieben und ihm ihren Aufenthaltsort mitgeteilt habe. Julia hatte das mit einem raschen Blick und kurzen Heben der Augenbrauen quittiert und ansonsten mit Stillschweigen übergangen, einem so vollkommenen Stillschweigen, dass Margarethe sich schon zu fragen begonnen hatte, ob Julia die Mitteilung in all ihrer Tragweite überhaupt zur Kenntnis genommen hatte. Diese Bemerkung Julias nun und vor allem der Blick ließen keinen Zweifel mehr daran.

Auf einmal wünschte Margarethe, sie hätte die Freundin in alles eingeweiht.

Martha, das Mädchen, kam herein und blieb zögerlich an der Tür stehen. »Da ist ein fremder Herr draußen«, sagte sie und ihr Ton verriet, dass ihr das Erscheinen dieses Herrn mehr als suspekt erschien, »der seine Aufwartung machen möchte. Ein Herr Nietnagel. Soll ich sagen, dass Sie keine Zeit haben, gnädiges Fräulein?«

»Nein. Ich lasse bitten«, erwiderte Julia kühl.

Wie oft hatte Margarethe sich den Augenblick ausgemalt, wenn sie Johann endlich wieder gegenüberstehen würde – unzählige Male in den letzten Tagen und Nächten. In ihrer Vorstellung waren sie dabei immer allein gewesen. Nun war es ganz anders.

Eiskalt waren ihre Hände. Sie presste sie im Schoß zusammen, um ihr Zittern zu verbergen.

Auch Johann schien gehemmt. Er sah sie nicht an, als er eintrat, verneigte sich umständlich vor Julia, trug ihr in beinahe gestelzten Worten seine besten Wünsche für das neue Jahr vor. Dann endlich wandte er sich zu ihr und neigte sich über ihre Hand. Seine Stimme war nicht so voll und warm wie sonst, sondern merkwürdig farblos.

Julia war es, die mühsam eine Konversation in Gang brachte, während Johann einsilbig auf der vordersten Kante seines Stuhles balancierte und Margarethe völlig die Worte fehlten. Martha wartete neben der Tür stehend auf Anweisungen und schien entschlossen, über die Tugend der beiden jungen Damen zu wachen.

Schon nach wenigen Minuten erhob sich Julia. »Ich bedauere sehr, Herr Nietnagel«, sagte sie verbindlich, »gerne hätten wir die Gesellschaft eines von uns so hochgeschätzten Dichters weiter genossen, aber ich muss noch selbst einen Pflichtbesuch abstatten und meine Mutter weilt zur Kur, Sie verstehen? Martha, führe den Herrn hinaus und dann mach dich fertig, du musst mich begleiten!«

Was sagt sie da?, dachte Margarethe völlig verwirrt, von einem Besuch war nie die Rede, nur vom Lernen für Julias Prüfung. Warum komplimentiert sie Johann wieder hinaus, ehe wir überhaupt anfangen konnten, miteinander zu reden?

Erst als Johann sich über ihre Hand beugte, schoss ein Gedanke in Margarethe hoch und im gleichen Augenblick fühlte sie sich von Blut übergossen. Er stellte ihr eine Frage mit den Augen. Sie stimmte mit einem kurzen Senken der Lider zu.

Das Mädchen geleitete Herrn Nietnagel mit unübersehbarer Zufriedenheit darüber, dass der Empfang bereits wieder vorbei war, aus dem Zimmer und kam kurz darauf mit Mantel, Pelzmütze und Muff für Julia zurück. Julia ließ sich von Martha in den Mantel helfen und sagte dabei beiläufig, ohne Margarethe anzusehen: »Ich muss in die Dorotheenstadt, es wird wohl so zwei Stunden dauern, bis ich zurück bin, entschuldige, dass ich dich so lange ganz allein lasse. Bis heute Abend also!«, und weg war sie.

Vom Fenster aus sah Margarethe, wie die Freundin aus der Haustür trat, auf der Treppe anmutig den Rock raffte und davonschritt, gefolgt von Martha. Margarethe lehnte die heiße Stirn an die Scheibe. Sie war allein.

Da, hatte es nicht schon wieder an der Wohnungstür gepocht, nicht das herrische Dröhnen des Messingklöppels, sondern ein sachteres Klopfen? Rasch fuhr sie sich über das Haar, zupfte ihre Locken zurecht, rückte an ihrem Kleid, eilte in den Flur, riss die Tür auf.

Er war es. Er trat ein. Er schloss sachte die Tür hinter sich. Sie standen einander im dämmrigen Flur gegenüber. Sie ging vor ihm her ins Zimmer. Einen Atemzug lang sahen sie sich an. Dann lag sie in seinen Armen.

»Ich hatte solche Angst, dass du mich nicht mehr sehen willst«, flüsterte er unter Küssen. »Weil du an Heiligabend nicht zum Treffpunkt gekommen bist und weil ich nichts von dir gehört habe – oh, Margarethe!« Er stöhnte auf und presste sie an sich. »Tausendmal habe ich mir gesagt: Sie war verhindert. Tausendmal habe ich mich gefragt: Warum lässt sie mir dann keine Nachricht zukommen? Was habe ich getan, womit habe ich dieses grausame Schweigen verdient?«

»Ich hatte am Mittag des Vierundzwanzigsten einen schockierenden Zusammenstoß mit einer Clara Bloos«, erwiderte sie leise und grub ihre Finger in seine Haare. »Danach konnte ich dich nicht treffen, ich konnte nicht. Sie hat mir vorgeworfen, ich würde ihr den Schatz ausspannen!«

Er fuhr zurück, starrte sie an. »Das war es also!«, stieß er fassungslos hervor. »Oh, Margarethe! Es tut mir leid, dass du das … So leid …« Er brach ab, setzte neu an: »Ich, ich wusste nicht, wie ich es dir sagen sollte, ja, ich hatte ein Verhältnis mit Clara, ehe ich dich, ehe wir … Es ist vorbei mit Clara, ich schwöre dir, vorbei… Kannst du mir verzeihen?«

»Was denn?«, fragte sie und weinte und lachte zugleich. »Dass du ein Mann bist?«

Sie küssten sich wie noch nie. Und alles war klar.

»Dass ich dich wiederhab!«, sagte er und drückte sie so fest, dass ihr der Atem wegblieb. »Jetzt lasse ich dich nie mehr los!«

»Nie mehr«, bestätigte sie.

Irgendwann dirigierte er sie auf den Diwan. Sie schloss die Augen, überließ sich seinen sachten Fingern, seinen suchenden Lippen. Jeden Millimeter ihres Gesichtes erkundeten diese, ruhten auf ihren Lidern, fanden ihren Mund.

Er nestelte an den kleinen Knöpfen, die im Nacken ihren Stehkragen verschlossen, blies ihr heißen Atem in die bloße Neige ihres Halses. »Verzaubert hast du mich, Geliebte, meine Braut«, flüsterte er unter Küssen.

»Deine Braut?«, fragte sie und schob ihn ein wenig von sich.

»Ja. Meine Braut. Willst du alles, was du hast, aufgeben für mich – und meine Frau werden?«

»Und ob ich das will!«, antwortete sie.

Er zog sie mit einem Laut an sich, der fast wie ein Aufschluchzen klang. Lang hielt er sie so, dann vergrub er sein Gesicht in ihrem längst gelösten Haar. »»Wie glücklich du mich machst mit deiner Zärtlichkeit. Du duftest süßer noch als jeder Salbenduft.‹«

»Sonst dichtest du ganz anders«, erwiderte sie leise.

»Es sind ja auch nicht meine Worte«, gab er zurück.

»Nicht deine Worte?«, fragte sie.

Er küsste ihre Schläfe und fuhr mit dem Zeigefinger die Linie ihrer Nase nach. »Sie stehen in der Bibel. Ich habe sie in den langen Nächten auswendig gelernt, in denen ich mich nach dir sehnte und nicht wusste, ob du dich von mir abgekehrt hast. Literarisch ist die Bibel ein unerschöpflicher Schatz, der einem in allen Lebenslagen helfen kann.«

Sie setzte sich auf. »Diese Verse stehen in der Heiligen Schrift?«, rief sie aus. »Wie schön und wie richtig! Da gehören sie hin.« Kurz schloss sie die Augen, öffnete sie wieder, sah ihn an. »Dann sollen diese Worte heute unser Trauspruch sein!«

Er richtete sich steil auf. »Unser Trauspruch? Wie meinst du das?!«

Sie blickte ihm ruhig in die Augen. »Du hast schon richtig verstanden, Johann. Lass uns den Schritt gehen, den Schritt, von dem es kein Zurück mehr gibt.«

»Heute? Hier?« Ungläubig sah er sie an.

»Heute«, erwiderte sie. »Aber nicht hier. Nicht in Julias Wohnung.«

Er nickte. Ein tiefer Ernst war auf einmal in seinem Blick. »Du weißt, was du tust!« Es war keine Frage, es war eine Feststellung, und unüberhörbar klang großer Respekt in seiner Stimme. Ein Respekt, der ihr gefiel. Er verstand, worum es ging. Er wusste, dass sie im Begriff war, alle Brücken hinter sich abzubrechen – für ihn, für ihre Liebe, und auch für sich.

»Gehen wir also zu mir?«, fragte er. »Freilich musst du wissen, mein Zimmer ist äußerst bescheiden, nicht gerade das Brautgemach, das dir zustünde ...«

»Was macht das!« Sie zuckte die Schulter und griff nach der Haarnadel, um ihre Locken wieder aufzustecken. »Nur eines noch ...«

Sie sah ihn kurz an und wieder weg. Es kostete unendliche Mühe, die Worte zu wählen, nun auch noch diese Worte herauszubringen gegen alle Schranken des Schicklichen, der Erziehung, der Moral. »Ich bin nicht sehr bewandert in diesen Dingen. Man tut ja auch alles, um uns höhere Töchter darin unwissend zu halten. Aber ich habe einmal einen Beitrag gelesen über Malthusianismus. Es war indirekt angedeutet, dass es Mittel und Wege gibt ...«

»... zur Geburtenkontrolle«, vollendete er ihren Satz. »Margarethe von Zug, was bist du für eine bemerkenswerte Frau!«

Johann schlief. Gleichmäßig hob und senkte sich seine Brust. Bei jedem Ausatmen streifte sie sein Atem wie eine sachte Liebkosung.

Margarethe lag ganz still, träumte mit offenen Augen vor sich hin. Die einsame Kerze auf dem Leuchter tauchte das kleine Zimmer in flackernd warmes Licht, verhüllte gnädig seine Schäbigkeit. Wie eine winzige Insel im endlosen Ozean erschien Margarethe dieser Ort, ein Fluchtpunkt jenseits von Raum und Zeit. Kaum vorstellbar, dass draußen das Leben unverändert weiterging, dass just in diesem Augenblick Bäckerjungen die Brötchen austrugen, Dienstmädchen die Öfen anschürten, Männer den frisch gefallenen Schnee von den Gehwegen räumten. Daheim würde jetzt die Köchin ...

Nein, nicht an daheim denken! Es gab kein Daheim mehr außerhalb dieser vier Wände, auch wenn die Eltern noch nicht wussten, dass sie ihr einziges Kind verloren hatten.

Heute Nacht, in der zweiten Nacht in seinem kleinen Zimmer, hatte sie sich mit Johann vermählt. Jetzt war sie seine Frau, nicht vor Recht und Gesetz, aber vor ihrem Gewissen. Und vor Gott?

Ja – auch vor dem.

Der Mensch sieht, was vor Augen ist, Gott aber sieht das Herz an.

Sie konnte sich Gott nicht so klein denken, so in menschlichen Kategorien unterteilend, wie der Pastor ihn machte, der sie konfirmiert hatte.

Heute Nacht ...

Sie war froh, dass Johann ihr mehr Zeit gelassen hatte, als sie es ursprünglich gewollt hatte. Sie war froh um die erste Nacht der vorsichtigen Annäherung, der Zartheit. Die Nacht, in der sie die Sicherheit verspürt hatte, dass sie sich dem richtigen Mann anvertraut hatte, dem Mann, der besser auf sie achtete, als sie selbst es tat.

Wie absurd es war, dass man höhere Töchter ohne jede Aufklärung und Vorbereitung in die Hochzeitsnacht gehen ließ! Jedenfalls glaubte sie nicht, dass sie von ihrer Mutter in die Geheimnisse der Liebe eingeweiht worden wäre, auch nicht, wenn sie offiziell geheiratet hätte. Aber sie hatte sich längst heimlich zu informieren gewusst ...

Und doch. Es zu erleben, war so ganz und gar anders.

Etwas war in ihr aufgebrochen. Noch wusste sie nicht so genau, was es war. Aber es würde sie verwandeln.

Nun war sie kein Mädchen mehr, nun war sie eine Frau. Johanns Frau.

So lange hatte sie auf ihn gewartet. Und nun auf einmal ...

Sacht strich sie über seinen Arm. Ihr Mann.

Aber noch wussten ihre Eltern nicht, dass sich ihre Tochter mit einem Mann vermählt hatte, den sie nie billigen würden. Noch wähnten die Eltern sie bei Julia von Aubach.

Julia – heute musste sie Julia unbedingt aufsuchen. Sie hatte Julia vor zwei Tagen nur einen kurzen Brief hinterlassen, als sie die Wohnung mit Johann verlassen hatte, eine Nachricht, die alles in der Schwebe ließ, die unverfänglich war, selbst wenn das Dienstmädchen sie in die Finger bekommen sollte, vor deren Neugier Julia sie wiederholt gewarnt hatte. Was für eine Gratwanderung: die Hilfe der Freundin in Anspruch zu nehmen, ohne sie über Gebühr zur Mitwisserin zu machen, zur Komplizin.

Komplizin – wie das klang. Als sei es ein Verbrechen, was sie getan hatte. Es war doch ihre größte Heldentat gewesen, der aufrichtigste und mutigste Schritt ihres Lebens.

Oder doch nicht? Aufrichtiger wäre es gewesen, die Eltern in Kenntnis zu setzen.

Dann eben keine Heldentat! Aber eine Tat.

Vorsichtig richtete Margarethe sich auf, stützte den Ellbogen auf, den Kopf in die Hand. Diese Linie von Johanns Schulter war so schön, dass es schier schmerzte. Früher, in Florenz, das sie mit ihren Eltern besucht hatte, hatte sie ihre Mutter sich über »diese Schulterlinie« von Michelangelos David in schier anbetungsvollem Ton äußern hören. Sie selbst hatte die tote Schönheit dieser steinernen Schultern völlig unberührt gelassen. Die lebendige vor ihr ließ es nicht.

Auf einmal hielt es sie nicht mehr in dem schmalen Bett. Behutsam schälte sie sich aus der klumpigen Decke, behutsam stand sie auf. Es war kalt im Zimmer. Sie wickelte sich in ihr Pelzcape, schob zwei Holzscheite in den Kanonenofen und hoffte, die Glut würde noch ausreichen, um sie zu entflammen, denn sie hatte nicht die geringste Ahnung vom Feuermachen. Dann griff sie nach Papier und Stift, die auf dem kleinen Tisch lagen, kauerte sich mit angezogenen Beinen auf den einzigen Stuhl und begann zu zeichnen: Johanns Gesicht, ganz dem Schlaf hingegeben, sein wirres Haar, die Linie seiner Schulter.

Sie wusste, dass nur Dilettantismus war, was sie hervor-
brachte – hatte sie je etwas anderes getan, als in den verschiedensten Künsten und Fertigkeiten zu dilettieren? Von allem ein
wenig und nichts ganz. Aber darauf kam es jetzt nicht an. Das
Einzige, was jetzt zählte, war, die Unvergleichlichkeit des Augenblicks festzuhalten, ihn sich auch auf diesem Weg noch einmal zu eigen zu machen, unvergänglich.

Als würde er ihre intensiven Blicke spüren, wurde Johann
unruhig, seine Augäpfel bewegten sich hinter den geschlossenen Lidern. Dann schlug er sie auf und sah sie an.

»Nicht rühren!«, befahl sie. »Bleib so, wie du bist!« Schraf-
fierend versuchte sie sein Gesicht zu modellieren.

»Ist das noch etwas, womit du mich überraschst?«, fragte er
schläfrig. »Bist du eine Malerin?«

»Nein«, sagte sie und verwischte die Schraffur mit dem Finger, »nur eine liebende Frau.«

»Nur!« Er lachte und richtete sich auf.

»Du solltest doch stillhalten!«, beschwerte sie sich.

Gehorsam legte er sich wieder hin. »Gehen wir heute zum
Rathaus und bestellen das Aufgebot?«, fragte er.

»Heute?« Der Stift entglitt ihr und fiel zu Boden. Sie bückte
sich nach ihm. »Ach, heute nicht. Lass uns, lass mir noch etwas
Zeit.«

»Zeit?«, fragte er und setzte sich im Bett auf, bedachte sie mit
einem entgeisterten Blick. »Würde nicht jede junge Dame deiner Kreise – nach dem, was wir heut Nacht getan haben ...« Er
kam ins Stocken.

Jede junge Dame. Ja. Gewiss. Und doch ...

»Sobald das Aufgebot bestellt ist, muss ich damit rechnen,
dass mein Vater davon erfährt«, sagte sie rau. »Ich will nicht,
dass meine Eltern durch Dritte davon hören. Deshalb«, sie

schluckte, befeuchtete mühsam ihren trockenen Rachen, »habe ich mir vorgenommen, sofort vom Standesamt aus gemeinsam mit dir meine Eltern aufzusuchen und sie in Kenntnis zu setzen. Nicht vorher, damit mein Vater nicht seine Beziehungen und seine Machtmittel spielen lassen kann, um uns zu hindern. Nicht später, weil das ein ungeheuerlicher Affront gegen meine Eltern wäre.« Fröstelnd zog sie den Pelz enger um sich. »Aber sobald wir das tun, beginnt der Kampf. Lass uns noch ein wenig das Glück.«

»Es tut mir leid, Julia, dass ich so plötzlich, während du aus warst …«, begann Margarethe, kaum dass das ältliche Dienstmädchen den Raum verlassen hatte.

»Aber ich bitte dich!«, fiel ihr Julia ins Wort und warf einen warnenden Blick zur Tür, der deutlich machte: Sie rechnete damit, dass Martha dahinter auf Horchposten stand. Und sie hatte Julia doch so viel zu erzählen, was nur für deren Ohren bestimmt war! Dass sie sich für Johann entschieden hatte und dass sie eine Wohnung suchen wollte und …

»Es war ja auch nicht sehr geschickt von mir, dich allein zu lassen, da du doch zu mir gezogen warst, um mit mir zu lernen«, plauderte Julia in unverfänglichem Ton weiter. »Kein Wunder, dass es dich nach Hause zog, gerade jetzt am Jahresanfang, wo die Familie so im Vordergrund steht und ein gesellschaftliches Ereignis das andere jagt, nicht wahr? Reden wir nicht mehr davon! Ich hoffe, du hattest es schön bei den Deinen und bist nun wieder voller Elan, dich mit mir in die Materie der Literaturgeschichte zu vergraben.«

»Das bin ich. Danke für dein Verständnis«, erwiderte Margarethe warm und bewunderte einmal mehr die souveräne Versiertheit, mit der Julia alle Klippen umschiffte. Mehr aber noch war sie dankbar und erleichtert zu merken, dass Julia ihr wirklich nicht grollte – und sie nicht verachtete. »Eine solche Freundin zu haben!«, fügte sie leise hinzu und fasste nach Julias Hand.

Ein kurzer Händedruck war alles, womit Julia erkennen ließ, dass sie verstand, worum es ging. »Mit der Klassik bin ich inzwischen durch. Widmen wir uns heute der deutschen Romantik?«

»Gerne«, erwiderte Margarethe, nun wieder mit vernehmlicher Stimme. Irgendwann musste Martha das Lauschen doch einmal zu langweilig werden? »Auch wenn es mich enttäuscht, dass in dem Buch, nach dem du dich auf die Prüfung vorbereiten musst, keine einzige Dichterin erwähnt ist. Als habe es eine Bettina von Arnim nicht gegeben.«

»Frauen – wer nimmt die schon für voll!«, antwortete Julia. Der bittere Ton in ihrer Stimme ließ Margarethe aufhorchen. »Wenn ein Mann einen Roman schreibt, in dem er seine eigenen Erfahrungen aus Kindheit und Jugend verdichtet, so gilt es als ein Kunstwerk, für das er bewundert und geachtet wird. Wenn eine Frau das Gleiche tut, so gilt es als dilettierende Selbstbiografie, die mitleidig – oder bestenfalls wohlwollend von oben herab – belächelt wird. Aber so geht es Frauen in allen Dingen. Ihr Werk kann gar nichts taugen – es wurde ja von einer Frau geschaffen!«

»Das ist eine Ungeheuerlichkeit, wie so vieles auf dem Gebiet der Geschlechter!«, erklärte Margarethe. »Dieser alles durchziehenden Frauenverachtung sollte sich dein Lehrerinnenverein in aller Pointierung annehmen und sich nicht mit zaghafter Taktiererei aufhalten!«

»Zaghafte Taktiererei? Mag sein!«, erwiderte Julia mit plötzlicher Schärfe. »Aber Erfolg versprechend und das Einzige, was gegenwärtig möglich ist! Ich bin für die Strategie der kleinen Schritte statt brachialer Gewalt. Was meinst du, wäre gewonnen, wenn wir Frauen mit unseren Anliegen die öffentliche Meinung gegen uns aufbringen, die fortschrittlichen Redakteure der einflussreichen Zeitungen zum Beispiel und auch jene liberal gesinnten Landtags- und Reichstagsabgeordneten, welche die Petitionen des Frauenvereins in den Debatten bisher wohlwollend unterstützt haben? Was wäre gewonnen?«

»Vielleicht Klarheit. Und Kampfesmut«, erwiderte Margarethe.

»Kampfesmut«, wiederholte Julia mit Verve. »Bei Gott, den wirst du brauchen! Meine Güte, Margarethe! Ich wollte dir die Möglichkeit verschaffen, dich ungestört mit Johann auszusprechen, dir mit ihm klar zu werden. Musstest du denn gleich mit ihm gehen? Weißt du überhaupt noch, was du tust? Du warst doch bei ihm, in seinem Zimmer – auch in der Nacht? Propagierst du jetzt etwa die freie Liebe – oder wie ist das zu verstehen?!«

Es war, als würde ihr mit einem Mal, ohne jede Vorwarnung, der Boden unter den Füßen weggezogen. Stumm schaute sie ihre Freundin an, machte dann eine entsetzte Kopfbewegung hin zur Tür.

»Keine Sorge!«, sagte Julia harsch. »Martha hat ihren Horchposten verlassen und ist Milch holen gegangen. Hast du nicht Bolles Milchwagen auf der Straße klingeln hören? Aber wenn du schon Martha fürchtest – wie viel mehr musst du die vielen Menschen fürchten, die dich mit Johann in der Mietskaserne sehen könnten! Gehört sie nicht dieser schrecklichen Frau Professor Unschlicht, mit der auch deine Eltern verkehren? Ich dachte, ich helfe dir, eine überlegte Entscheidung zu treffen! Ich dachte, ich helfe dir, in allen Ehren, wenn auch gegen den Willen deiner Eltern und die Zustimmung der Gesellschaft, die Liebe deines Lebens zu heiraten! Ich habe wenig Neigung, dir zu helfen, dich in den Abgrund zu stürzen!«

Sie eilte die Treppen zu Julias Wohnung hinauf. Sie musste die Neuigkeit der Freundin gleich mitteilen, sofort. Es würde hoffentlich helfen, auch den letzten Schatten zwischen ihnen auszuräumen.

Seit sie Julia versichert hatte, dass sie morgen mit Johann das Aufgebot bestellen würde, stand die Freundin wieder uneingeschränkt an ihrer Seite. Margarethe war sehr erleichtert darüber.

Julia war ihre Freundin, ihre einzige. Der einzige Mensch außer Johann, auf den sie bauen konnte.

Und dass Julia darüber entsetzt gewesen war, dass sie zwei Nächte in Johanns Zimmer verbracht hatte, konnte sie ihr nicht ernsthaft verübeln. Sie brauchte ja nur daran zu denken, wie sie selbst früher über ein solches Verhalten geurteilt hätte.

Es war Julia hoch anzurechnen, dass sie nicht den Stab über sie gebrochen hatte.

Julia selbst öffnete die Tür. Nach einer kurzen Umarmung ging Margarethe an ihr vorbei ins Wohnzimmer. »Julia, stell dir vor, ich habe eine Wohnung gefunden!« Margarethe entledigte sich ihres Pelzcapes, des Muffs und des Hutes und warf alles achtlos über die Sessellehne. Martha, das Dienstmädchen, war offensichtlich Einholen.

»Eine Wohnung? Lass hören!«, forderte Julia.

»Ja, in der Königgrätzer Straße nahe am Halleschen Tor«, erzählte sie und setzte sich. »Das Haus ist nichts Extraordinäres, alles ganz schlicht und einfach, aber sauber und ordentlich. Die Wohnung liegt im vierten Stock. Ich werde also Übung bekommen im Treppensteigen!« Margarethe lachte. So leicht war auf einmal alles, mühelos und klar.

»Und – wie viele Zimmer?«

»Drei Zimmer, allerdings sehr kleine. Ich habe im Kopf schon die Einrichtung fertig. Zwei kleine Räume zur Straße hin, durch eine Tür miteinander verbunden. Eines wird Johanns Arbeitszimmer, das andere mein Salon und das Esszimmer zugleich. Und nach hinten Schlafzimmer und Küche, sogar eine winzige Mädchenkammer gibt es. Ein Bad leider nicht – und an fließend warmes Wasser, Zentralheizung oder einen Gasherd ist gar nicht zu denken.« Sie zuckte die Schulter. »Aber immerhin hat die Wohnung ihr eigenes Wasserklosett, an ein gemeinsames Klosett im Treppenhaus oder gar im Hof könnte ich mich denn doch nicht gewöhnen – das finde ich an Johanns Zimmer wirklich schwer auszuhalten! Das Ganze eng wie eine Puppenstube, die Wohnung würde zweimal in unseren Musiksaal in der Villa passen, aber was brauchen wir mehr? Die Aussicht ist jedenfalls hinreißend. Vom Erker am Salon blickt man bis zum Kreuzberg. Und nach hinten sieht man die Züge auf dem Bahngelände. Anhalter Bahnhof, Potsdamer Bahnhof – der Nabel der Welt.«

»Und sei es im vierten Stock«, erwiderte Julia mit einem Lächeln. Wie sie das sagte, so ganz ohne Verachtung, als wäre nicht der soziale Abstieg augenfällig allein schon durch diese Lage der Wohnung – Margarethe hätte die Freundin umarmen mögen dafür. Stattdessen lachte sie noch einmal.

»Weiß Johann es schon?«, fragte Julia.

»Aber nein! Ich war ganz allein dort und dann bin ich gleich hierhergekommen. Johann hat doch zu schreiben begonnen, du weißt, seinen neuen Roman. Da will ich ihn nicht stören. Er sagt ja, ich sei seine Muse – aber die beste Muse taugt nicht, wenn sie dem Künstler keine Zeit zum Arbeiten lässt!«

»Wohl wahr«, bestätigte Julia.

»Ich glaube, dieser Roman wird sein Durchbruch«, meinte Margarethe träumerisch und flocht gedankenverloren einen kleinen Zopf in die Fransen der Tischdecke. »Ich habe die ersten Kapital gelesen, sie ergreifen mich sehr, trotz aller naturalistischen Schlichtheit. Oder vielleicht gerade deswegen. Er spielt in Hamburg vor gut drei Jahren, du weißt, zur Zeit der Choleraepidemie.«

Julia nickte.

»Johann hat sehr genau recherchiert, ist mehrfach in Hamburg gewesen, hat das Gängeviertel besucht, mit vielen Arbeitern und Seeleuten gesprochen, die Auskunft der Hamburger Genossen eingeholt, die Enquete über die Ursachen der Cholera gelesen. Wie es immer die Ärmsten sind, die der katastrophalen Wohnverhältnisse wegen von den Seuchen am schlimmsten betroffen werden, wie es immer die Ärmsten sind, die durch die unhygienischen Bedingungen und das verseuchte Trinkwasser zugrunde gehen, während die Reichen in ihren Villen ...« Auf einmal konnte sie nicht weitersprechen. Die Reichen in ihren Villen ...

»Das Thema wird jedenfalls auf großes Interesse stoßen. Ich wünsche es euch sehr, dass Johann mit diesem Roman Erfolg hat«, sagte Julia langsam. »Ein Mann will doch seine Familie ernähren können. Alles andere beschädigt doch seinen Selbstwert.« Und dann sehr nüchtern: »Könnt ihr euch die Wohnung denn leisten?«

»Ich habe meinen Schmuck schätzen lassen«, erwiderte Margarethe und merkte unwillig, wie ihr die Röte in den Kopf stieg. »Das Ergebnis hat meine kühnsten Erwartungen überstiegen.« Und dann, nach einer Pause: »Was meinst du, wie viel Geld ich für meinen Haushalt benötigen werde?«

Julia quittierte diese Frage mit einem Lachen aus vollem Hals. »Du?«, fragte sie erheitert. »Wie soll ich das wissen! Das Sparen wird dir nicht gerade in die Wiege gelegt sein!«

»Das heißt doch nicht, dass ich es nicht könnte!«, erwiderte Margarethe gekränkt.

Julia zuckte die Schulter. Sie schwiegen.

»Weißt du, was mir am schwersten fallen wird?«, sagte Margarethe schließlich. »Nicht mehr mit vollen Händen geben zu können. Anna Brettschneider zum Beispiel ist doch auf meine Unterstützung angewiesen. Früher«, sie stockte, setzte dann neu an: »Es ist noch gar nicht so lange her, da dachte ich, meine Bestimmung könnte es sein, als reiche Dame ein Sozialwerk aufzubauen, Arbeiterinnenheime und Kindergärten zu gründen, eine Kantine zu finanzieren ...«

»Dann hättest du diesen Chemiker heiraten müssen«, erwiderte Julia trocken, »wie hieß er doch gleich?«

»Dr. Heuchling.«

»Noch ist Zeit!«, erklärte Julia.

»Wie kannst du das sagen!«, fuhr Margarethe hoch.

Julia lächelte und erhob sich, denn draußen dröhnte der Türklopfer.

Margarethe lauschte. Sollte es etwa Johann sein, Johann, der die Zeit der Trennung nicht ertrug, bis sie sich morgen am Rathaus treffen wollten, um das Aufgebot zu bestellen, Johann, den es unwiderstehlich zu ihr zog?

Aber nein, es war eine Frauenstimme, die vom Flur hereindrang, war es nicht sogar ...

Die Tür ging auf, und Julia führte Margarethes Mutter herein.

Margarethe war so außer Fassung, dass sie vergaß, aufzustehen.

»Nun, sehr erfreut scheinst du nicht über meinen Besuch, meine Liebe«, sagte die Mutter leichthin und ließ sich in dem Sessel nieder, den Julia ihr anbot. »Ich will auch euer eifriges Lernen nicht lange stören. Du weißt ja, wie das ist: Wenn der Prophet nicht zum Berg kommt, kommt der Berg zum Propheten.«

»Ich wusste nicht, dass ich ein Prophet bin«, erwiderte Margarethe spröde. Wenn die Mutter hier erschienen wäre, als sie bei Johann war und Martha geglaubt hatte, sie sei zu Hause – in welch eine Lage hätte sie ihre Freundin gebracht! Noch nachträglich wurde ihr heiß bei diesem Gedanken.

Die Mutter griff nach der dargereichten Teetasse und trank in winzigen Schlucken. Das Schweigen wurde drückend. Julia war es, die es mit gewohnter Versiertheit durchbrach und Margarethes Mutter nach ihren Gesellschaften fragte.

»Deshalb bin ich hier«, antwortete diese. »Meine Damen, ich zähle sehr auf euch. Auf Sie, Fräulein von Aubach, und auf dich, Margarethe! Ich muss kurzfristig für einen englischen Geschäftspartner meines Mannes ein Dinner ausrichten, Samstagabend schon. Mr Hamilton spricht ausschließlich Englisch, und Sie, Fräulein von Aubach, sind im Englischen nicht zu übertreffen. Ich hoffe sehr, ich darf Sie übermorgen als Tischdame für Mr Hamilton erwarten? Sie würden mir wirklich aus großer Verlegenheit helfen. Und dich, Margarethe, habe ich für Herrn Dr. Heuchling vorgesehen. Dr. von Heuchling – seine Nobilisierung ist vollzogen.«

Dieser Blick ihrer Mutter, beinahe flehentlich.

Trauer stieg in Margarethe auf, schnürte ihr die Kehle zu.

Sie hatte sich alles zurechtgelegt, hatte es mehr als einmal mit Johann besprochen. Morgen früh wollten sie das Aufgebot bestellen, dann zu ihren Eltern ins Westend fahren, um die Mittagszeit da sein, die ihr Vater gewöhnlich zu Hause verbrachte, und den Eltern eröffnen, dass sie heiraten würden.

Doch auf einmal war es völlig unmöglich, länger zu schweigen.

»Maman«, sagte sie leise, neigte sich vor und legte ihre Hand auf die der Mutter, »Maman, ich werde Herrn Dr. Heuchling nicht heiraten, nobilitiert oder nicht. Und ich glaube nicht, dass ihr mich am Samstag bei eurem Dinner dabeihaben wollt. Nicht nach dem, was ich euch mitteilen werde.«

Die Mutter richtete sich steil auf, sah ihr alarmiert in die Augen. »Uns mitteilen?«, fragte sie.

Margarethe zog ihre Rechte zurück, verkrampfte die Hände in ihrem Schoß. »Ich wollte es euch morgen sagen, Papa und dir. Morgen wollte ich mit Johann zu euch kommen. Doch nun . . .« Sie stockte. Schluckte. »Doch nun, wo du hier bist, ich kann es dir nicht vorenthalten, Maman, du wirst entsetzt sein, aber bitte, bitte, hör mir zu.«

»Johann?«, wiederholte die Mutter.

Margarethe nickte. »Johann Nietnagel. Der Dichter. Wir werden heiraten. Morgen bestellen wir das Aufgebot.«

Keine Antwort. Kein Ton. Nicht der geringste Laut.

Margarethe schaute auf ihre Hände, sah, wie die Knöchel weiß wurden. Mühsam hob sie den Kopf, zwang sich, die Mutter anzuschauen.

Die Mutter schien erstarrt. Blass war ihr Gesicht, doch langsam bildeten sich rote Flecken an ihrem Hals. Ihre Augen blickten so ausdruckslos, dass Margarethe sich zu fragen begann, ob die Mutter überhaupt verstanden hatte.

Das Schweigen lastete endlos. Dann formten die Lippen der Mutter ein einziges Wort: »Warum?«

»Wir lieben uns«, erwiderte Margarethe. Indem sie das aussprach, gewann sie Sicherheit. »Maman, du hast doch immer gesagt, ich soll auf die Stimme meines Herzens hören. Und die Liebe ist das Einzige, was wirklich zählt im Leben einer Frau, auch das hast du gesagt, weißt du noch? Ich liebe Johann, Maman, ich liebe ihn!«

»Einen Sozialisten«, sagte die Mutter tonlos.

»Ja. Einen Sozialisten. Ich liebte ihn schon, ehe ich das wusste. Seine politische Haltung ändert nichts an meiner Liebe.«

»Das kannst du nicht tun!«, brach es aus der Mutter heraus.

»Maman, ich habe es schon getan!«

Die Mutter griff sich an den Hals, riss hektisch an ihrem Stehkragen herum. »Dein Vater«, würgte sie hervor. »Weißt du, was du deinem Vater damit antust? Niemals wird er, nie, nie ...«

Dann schlug sie die Hände vor das Gesicht.

Es dauerte lang, ehe Margarethe am Zucken der Schultern begriff, dass ihre Mutter weinte.

Die Lokomotive pfiff. Zischend und ratternd fuhr der Stadtbahnzug an. Weißer Dampf hüllte den Waggon ein und verzog sich wieder. Die Stahlstreben der Bahnhofshalle glitten vorbei, die Wintersonne schien Margarethe ins Gesicht. Geblendet schloss sie die Augen.

Sofort war das Bild da: der Standesbeamte in seiner Schreibstube, der das Aufgebot entgegennahm – die Ärmelschoner über den Unterarmen, das vorgeknöpfte Chemisette mit dem Vatermörder, die steife Haltung, ganz Würde und Sachlichkeit und unbestechliche Staatsmacht. Wie er Johanns Papiere prüfte, Johanns Namen und Adresse in seine Liste eintrug, ohne die geringste Anteilnahme oder auch nur eine Spur von Interesse. Und dann der Augenblick, als er ihren Namen las und stockte: »Ba-

ronesse Margarethe von Zug – *der* Baron von Zug?« Dann hatte
er ihre Geburtsurkunde geprüft, als könne er darin einen Hin-
derungsgrund für dieses ungeheuerliche Aufgebot finden. »Das
vierundzwanzigste Lebensjahr bei der Braut ist vollendet beziehungsweise beim Bräutigam das fünfundzwanzigste längst
überschritten«, hatte er beinahe widerstrebend festgestellt,
»also keine elterliche Zustimmung mehr vorgeschrieben.« Und
dann war der Blick auf ihre Taille erfolgt, das Zucken um seine
Mundwinkel. Anzüglich. Voller Hohn.

Ihr war, als sei sie schmutzig durch diesen Blick, für alle Zeit
besudelt.

Was half es, dass sie sich dagegen auflehnte, dass sie es mit
Sarkasmus versuchte: Nun ja, in das enge Weltbild dieses Subal-
ternen passt es eben nicht anders, als dass es nur einen einzigen
Grund gibt, warum eine Baronesse von Zug einen Johann Nietnagel zu heiraten gewillt sein könnte! Was half es? Diesen Blick
wurde sie dennoch nicht los. Und zu wissen, dass er ihr in Zukunft tausendfach begegnen würde, genau dieser Blick. Genau
diese Haltung.

Wie sollte sie das ertragen?

»Was für ein Kleingeist!«, hatte Johann achselzuckend gesagt, als sie aus dem Rathaus ins Freie getreten waren. »Aber das
tangiert uns nicht!«

»Nicht im Geringsten!«, hatte sie sich zu versichern beeilt
und doch selbst gehört, wie spröde und farblos ihre Stimme dabei geklungen hatte. Wie hätte sie Johann sagen können: Oh
doch, ganz im Gegenteil, es trifft mich entsetzlich!? Auch wenn
es die Wahrheit war.

Sie hasste sich selbst dafür.

Sie hatte geglaubt, sie würde glücklich sein und stolz auf
sich, wenn sie endlich diesen Schritt vollzogen hatte, sich zu ih-

ren Gefühlen auch nach außen bekannt, mutig ihr Leben und ihre Zukunft in die eigenen Hände genommen hatte. Und nun war da nichts als Panik.

Die Tränen ihrer Mutter gestern ...

Noch nie zuvor hatte sie ihre Mutter weinen sehen, niemals. Die Baronin von Zug – immer charmant, immer gefasst, immer jeder Situation gewachsen. Und nun ihre Tränen.

Wie gerne hätte sie da ihre Mutter umarmt, wie gerne hätte sie ihr alles erzählt, alles gebeichtet. Aber dazu war es nicht mehr gekommen. Auf einmal war die Mutter aufgestanden und hatte fluchtartig Julias Wohnung verlassen.

Am liebsten wäre Margarethe jetzt auch aufgesprungen. Am liebsten hätte sie die Tür ihres Zweiter-Klasse-Einzel-Coupés aufgerissen und wäre aus dem fahrenden Zug gesprungen. Doch unaufhörlich brachte die Stadtbahn sie dem Westend näher. Ihrem Zuhause, das nie mehr ihr Zuhause sein würde.

Wie sie wohl empfangen würden? Ob die Mutter dem Vater erzählt hatte, was auf ihn zukam? Sicher, sicher, es war unvorstellbar, dass die Mutter das für sich behalten hatte ...

Stand dies wirklich alles dafür? Und war ihre Liebe überhaupt groß genug – und Johanns?

Wie sollte man sich der Liebe sicher sein, woher wissen, dass sie mehr war als eine Illusion, die nach einigen Wochen oder Monaten wieder verflog? Woher wissen, dass sie über den Abgrund trug? Dass sie all dies ertrug – den Hohn und die Ausgrenzung, den Abstieg und die Armut und mehr noch das Wissen um den Schmerz, den man den eigenen Eltern zugefügt hatte, den Dolchstoß mitten ins Herz von Vater und Mutter.

War nicht unerträglich egoistisch, was sie hier tat? Größenwahnsinnig, zu glauben, man könne sich über die Erfahrung von Generationen stellen, über den Rat derer, die einen liebten? Blind und verblendet?

Romeo und Julia: Wären sie glücklich miteinander geworden, wenn nicht ein tragisches Schicksal sie zum unsterblichen Liebespaar gemacht hätte? Wären sie glücklich geblieben, noch nach zehn Jahren, nach zwanzig?

»Du bist so still«, sagte Johann, griff nach ihrer Hand und flocht seine Finger zwischen die ihren.

»Ich habe Angst«, erwiderte sie gepresst.

»Ja. Ich auch«, sagte er und drückte ihre Hand. »Angst um dich.«

Sie seufzte tief auf und lehnte ihren Kopf an seine Schulter, schloss die Augen.

Dann gingen sie durch die Straßen, schritten die schier endlose Backsteinmauer der Kaserne entlang. Sie hatte sich bei Johann eingehängt. Ein Gardeoffizier ritt auf seinem Fuchs aus dem Tor. Die Sonne funkelte auf seinem Helm. War es nicht gar Hauptmann von Klaasen? Sie bedeutete Johann, mit ihr die Straße zu überqueren, um einem Zusammentreffen auszuweichen.

Endlich erreichten sie die Villa ihrer Eltern. Vergebens suchte Margarethe nach den Worten, die sie sich seit Tagen zurechtgelegt hatte. Da war nichts mehr, kein Wort, kein Gedanke, kein Gefühl. Fröstelnd zog sie den Pelzumhang fester.

Wäre nicht Johann gewesen, sie wäre umgekehrt.

Willenlos ging sie an seiner Seite den Weg durch den Vorgarten, willenlos stieg sie die Stufen zum Eingang hinauf. Johann war es, der an der Klingel zog. »Nun denn!«, sagte er leise und legte seine Hand auf ihre Linke, die sich an seinem Unterarm festgekrampft hatte.

Albert öffnete die Tür, weiß im Gesicht.

Sie brachte keinen Ton heraus, sah nur den alten Diener an, der so lange der Familie diente, wie sie zurückdenken konnte. Ehe er sprach, wusste sie, wie schrecklich sein würde, was er zu sagen hatte.

Er räusperte sich. »Ich bedaure sehr, Herr Nietnagel, ich habe Order, Sie nicht vorzulassen«, erklärte er farblos. »Für Sie gilt das natürlich nicht, gnädiges Fräulein. Die Herrschaften erwarten Sie. Es tut mir leid: Sie allein.«

Sie spürte das Zittern, das Johanns Körper wie ein Schauer durchfuhr. »Das ist doch!«, brach es aus ihm heraus. »Lassen Sie mich durch!« Er machte einen Schritt auf Albert zu.

»Nicht, Johann«, widersprach sie und hielt ihn am Arm zurück. »Nicht! Wir beide sind hier nicht erwünscht. Lass uns gehen!«

Auf einmal war es ganz leicht.

Sie zog den widerstrebenden Johann mit sich die Stufen hinab und auf die Straße hinaus. »Noch heute setzen wir eine Zeitungsannonce auf und geben unsere Verlobung bekannt«, erklärte sie. »Als meine Adresse schreiben wir die Wohnung in der Königgrätzer Straße. Morgen ziehe ich dort ein. Ich will Julia aus dem Sturm heraushalten, der jetzt losbrechen wird.«

»Was bist du für eine starke Frau!«, sagte Johann voller Bewunderung.

»Stark?« Sie lachte. »Meine Vorfahren waren Ritter. Ich erkenne einen Fehdehandschuh, wenn er mir hingeworfen wird. Und jetzt komm! Ich möchte von dir ins Café Josty ausgeführt werden und unser Aufgebot feiern.«

13

Seit die Mutter zum Kirchgang aufgebrochen war, lief Clara in der Küche hin und her wie ein gehetztes Tier. Frau Riefke war evangelisch. Zur evangelischen Elisabethkirche, zu der sie gehörte, war es näher als zur katholischen Sebastiankirche, in welche die Mutter ging. Trotzdem würde Frau Riefke sich längst auch aufgemacht haben.

Und Lisa war mit Riefke allein. Sie musste etwas tun, um ihrer Schwester zu helfen. Wenigstens musste sie sehen, ob die Vorhänge wieder zugezogen waren.

Draußen war ein strahlender Wintertag. Kalt biss der Frost in die Wangen. Hell leuchtete der Himmel über dem Dunkel der Hinterhöfe. Clara rannte bis in den ersten Hof. Sie sah schon von Weitem die zugezogenen Vorhänge.

Sie biss die Zähne zusammen.

Sollte sie doch noch mal versuchen, mit Jenny zu reden? Aber seit Jenny Heimarbeit angenommen hatte, um wenigstens ein paar Mark zu verdienen, trampelte sie den ganzen Tag auf der Nähmaschine, und überhaupt kam man nicht an sie ran. Nicht einmal über Politik redete Jenny mehr, nur noch über Heinrich und den Unfall. Wie hinter einer Mauer war Jenny verschwunden hinter ihrem Leid.

Der wollte sie nicht mit ihren Ängsten kommen – wenn eine Freundin selbst am Ende war, durfte man ihr doch nicht noch was zusätzlich aufpacken. Deshalb hatte sie ihr noch immer nichts von Lisa gesagt.

Langsam ging Clara zurück. Einen Stein. Sie könnte einen Stein ins Fenster werfen. Vielleicht würde das Riefke so erschrecken, dass er mit dem aufhörte, was er tat.

Am besten band sie einen Zettel um den Stein, auf dem etwas draufstand. Eine Drohung. Nur was?

»Verbrecher!« Das Wort passte. Denn ein Verbrechen war es, was Riefke da machte, was auch immer genau er tat.

Vom Blumenbeet las sie einen Stein auf. Er war festgefroren, sie musste daran reißen, bis sie ihn losbekam. Sie rannte damit zurück in ihre Küche. Den Zettel riss sie aus dem Schulheft von Heinz. Einen Bindfaden fand sie in der Schublade vom Küchentisch, mit dem sie den Zettel am Stein festband.

So bewaffnet kehrte sie in den Hof zurück. Auf dem Weg überlegte sie sich genau, wie sie es am besten machen musste. Den Stein so werfen, dass er nicht das Bett traf, Lisa hatte gesagt, die Betten standen rechts an der Wand. Schließlich wollte sie nicht ihre eigene Schwester mit einem Stein am Kopf treffen. Aber der schwere Vorhang würde den Stein doch auffangen, sodass nichts passieren konnte, oder?

Doch wie konnte sie so fliehen, dass Riefke sie nicht entdeckte?

Wenn sie durch den Hof zurückrannte, konnte es sein, dass er sie sah, falls er schnell genug am Fenster war. Wenn sie sich durch das Tor auf die Straße flüchten wollte, lief sie ihm womöglich direkt in die Arme, falls er zur Tür herauskam. Blieb nur die Hintertür zur Dienstbotentreppe auf der Seite des Vorderhauses, auf der Riefke wohnte. Wenn sie sich ganz dicht an der Wand hielt, konnte er sie nicht sehen, ohne das Fenster zu öffnen und sich hinauszulehnen, und das brauchte Zeit.

Und wenn jemand anderes sie sah? Aber sie glaubte nicht, dass einer sie an Riefke verriet. Er war nicht gerade beliebt. Darauf musste sie es eben ankommen lassen.

Alles lief nach Plan. Sie warf den Stein, hörte das Bersten der Fensterscheibe, das Klirren des Glases, den dumpfen Aufschlag.

Sie huschte die Hauswand entlang, verschwand in der Tür, rannte die enge Stiege hinauf, die an den Küchentüren der Reichen vorbeiführte, rannte bis zum Dachboden. Einige Kammern gingen hier ab, doch am Ende fand sie einen Winkel voller Gerümpel. Sie verkroch sich hinter einer zerkratzten Kommode und wartete. Frierend zog sie ihr Tuch enger um sich. Es war bitterkalt.

Sie lauschte. Von draußen klangen Kirchenglocken, das Rumpeln eines Fahrzeuges, Pferdehufe. Irgendwo wurde Fleisch geklopft. Einmal kamen eilige Schritte die Treppe herauf, es waren Frauenschritte, sie machten ihr keine Angst. Eine Tür ging, kurz darauf wurde sie wieder geschlossen, die Schritte entfernten sich wieder. Nur ein Dienstmädchen, das aus seiner Kammer etwas geholt hatte.

Riefke kam nicht.

Clara wartete so lange, bis sie sicher war, dass keine Gefahr mehr bestand. Dann ging sie nach Hause zurück, ohne zu Riefkes Fenster zu sehen.

Die Mutter war schon vom Kirchgang zurückgekehrt, als Clara wieder in die Küche kam, und schimpfte über ihre Abwesenheit. Clara sagte nichts. Heute würde Riefke Lisa in Ruhe lassen. Heute würde er genug damit zu tun haben, den Schreck zu verdauen und das Fenster notdürftig zu reparieren.

Und wer wusste, vielleicht traute er sich in Zukunft überhaupt nicht mehr, weil er Angst hatte. Verbrecher, die so was machten wie Riefke, kamen in den Knast – oder?

Buletten gab es heute zum Sonntag mit Kartoffelbrei und Sauerkraut, ein Festessen. Wenn Lisa nicht endlich kam, würden sie ohne sie mit dem Essen beginnen müssen, damit die Buletten nicht schwarz wurden.

Mit einem unruhigen Blick auf den Wecker nahm Clara die Pfanne vom Herd. Am Sonntag endete Lisas Dienst bei Riefke um zwölf, und jetzt war es schon eine halbe Stunde später. Warum war Lisa noch nicht da?

Angst kroch in ihr hoch. Hatte sie den Stein am Ende gar in die falsche Richtung geworfen und aus Versehen ihre Schwester getroffen? Aber wenn Lisa verletzt wäre, dann hätte doch die alte Riefke nach ihnen geschickt, wenn schon nicht Riefke selbst!

Die Brüder und die Mutter stürzten sich auf das Essen, schlangen es heißhungrig in sich hinein. Clara legte eine Bulette für Lisa auf einen Teller und brachte ihn im Vorratsschränkchen in Sicherheit. Sie selbst bekam kaum einen Bissen herunter.

»Wenn Lisa nicht kommt, kann ich doch ihr Fleisch haben!«, meinte Heinz hoffnungsvoll. »Wer nicht will, der hat schon!«

»Untersteh dich!«, fuhr sie ihn an und hob drohend die Hand. Er duckte sich grinsend.

Den Abwasch erledigte sie in fliegender Hast. Lisa war noch immer nicht da.

Clara nahm ihr Wolltuch, schnürte ihre Stiefel und rannte nach draußen. Von Weitem sah sie schon, dass die zerbrochene Fensterscheibe bei Riefke notdürftig mit Pappe geflickt war. Hinter dem Fenster zeichnete sich wie gewöhnlich das Konterfei der alten Frau Riefke ab.

Clara trat unter das Fenster. »Oh«, rief sie zu der Alten hinauf und bemühte sich um einen unschuldigen Ton, »eine

Scheibe zerbrochen? Waren bestimmt die Gören mit dem Ball, was?«

Frau Riefke gab keine Antwort.

»Ich wollte fragen, warum Lisa heut so lang bleiben muss«, rief Clara weiter und formte einen Trichter mit ihrer Hand. Die alte Riefke war ein bisschen schwerhörig. »Ihre Zeit ist doch schon längst vorbei.« Schnell fügte sie noch eine Lüge hinzu, die ihre Frage glaubwürdiger machte: »Ich will mit ihr nämlich zur Eisbahn!«

Frau Riefke öffnete das Fenster und erwiderte erbost: »Ich dachte, sie ist krank! Als ich aus der Kirche kam, war sie schon nach Hause! Das ist doch – macht meinem Sohn weis, sie wär krank und müsste ins Bett, und dann treibt sie sich sonst wo herum! Na, die soll mir mal unter die Finger kommen! Der werd ich's schon zeigen, eine Unverschämtheit ist das, eine reine Unverschämtheit!«

Clara spürte, wie ihre Knie weich wurden. Ein dumpfer Druck in der Brust, ein Ziehen im Bauch. »Sie war weg, als Sie heimgekommen sind?«, fragte sie heiser.

»Sag ich doch! Angeblich krank! Und macht sich einen faulen Lenz! So ein Luder! Nicht einmal die Betten waren gemacht und die Kartoffeln geschält. Wofür hab ich denn ein Dienstmädchen!«

Ohne ein Wort drehte Clara sich um und ging durch die Toreinfahrt auf die Straße. Sie hörte Frau Riefke hinter sich herkeifen. Wie eine Maschine ging Clara immer weiter, die Straße hinab. An der Friedhofsmauer blieb sie stehen und lehnte sich gegen den kalten Stein. Lisa war weg.

Sie hatte geglaubt, Lisa zu helfen, indem sie einen Stein ins Fenster warf. Aber Lisa war verschwunden.

Bilder stiegen in ihr auf, Schreckgespinste voller Grauen:

Riefke, der Lisa erwürgt. Riefke, der Lisa mit dem Messer die Kehle durchschneidet. Riefke, der sich eine leblose Lisa über die Schulter wirft und sie verschwinden lässt. Im Keller vergräbt. Im Schrank versteckt. In den Fluten der Spree versenkt. Auf die Gleise der Eisenbahn wirft.

Sie biss sich die Lippen wund.

Noch einmal eine Schwester zu verlieren, das konnte sie nicht aushalten, das ging nicht. Laut stöhnte sie auf und schlug sich mit der Faust gegen die Stirn.

Nicht Lisa. Nicht Lisa.

Es durfte nicht sein. Und es war ihre Schuld. Sie hatte nicht gut genug auf Lisa aufgepasst.

Oder – war Lisa weggelaufen? Sie klammerte sich an diesen Gedanken als einzige Hoffnung.

Rastlos begann Clara durch die Straßen zu irren und Passanten anzusprechen: Hatte jemand ein blondes junges Mädchen gesehen? Sie bekam bald missmutige Antworten, bald mitleidige. Einen Hinweis auf Lisa erhielt sie nicht.

Ein Herr im Gehrock kam ihr entgegen, sie überwand ihre Scheu vor den besseren Leuten und seiner zur Schau gestellten Autorität – vielleicht war er ein Professor an einem Gymnasium oder ein Beamter im Ministerium – und sprach ihn an. Tatsächlich blieb er stehen und ließ sich erklären, worum es ging. Doch dann fertigte er sie ab mit einem: »Wie lang ist deine Schwester schon vermisst? Seit heute um elf? Mach dich nicht lächerlich! Man weiß doch, wie die Gören sind! Sie wird was ausgefressen haben und sich nicht nach Hause trauen, weil sie sich vor einer Tracht Prügel fürchtet. Spätestens, wenn es dunkel wird, kommt sie daheim angekrochen! Und wenn nicht, dann soll dein Vater morgen zur Wache gehen und Anzeige erstatten!« Damit ließ er sie stehen.

Betäubt ging sie weiter. Da war etwas, ein Gedanke, aber er entglitt ihr, sie konnte ihn nicht festhalten, in ihrem Kopf war alles so wirr. . . . *und sich nicht nach Hause trauen, weil sie sich vor einer Tracht Prügel fürchtet . . .*

Früher, als sie kleiner gewesen war, hatte sich Lisa manchmal aus Angst vor dem Vater versteckt.

Aber der Vater war doch gar nicht da!

Ganz oben im Haus, auf dem Dachboden, auf dem Podest über dem Treppenhaus, dort, wo man nicht hinsehen konnte, selbst wenn man auf dem Boden war, dort war Lisas Versteck gewesen. Dorthin hatte sie sich geflüchtet aus Angst vor Strafe oder aus Kummer. Sie, die große Schwester, war die Einzige gewesen, die davon gewusst hatte. Sie hatte es nie verraten.

Clara rannte. Hart schlugen ihre genagelten Schuhe auf das Pflaster. Die kalte Luft biss ihr in die Lunge. Sie rannte, so schnell sie konnte. Erreichte ihre Mietskaserne, ihr Haus, stürmte die Treppe hinauf, fünf Stockwerke und das Dachgeschoss, ohne einmal Atem zu holen. Dann war sie auf dem Dachboden.

Der wackelige Stuhl, die hohe Kommode, beides stand noch zu Füßen des Podestes wie früher. Im Staub die frischen Abdrücke von Schuhen.

Keuchend kletterte Clara auf Stuhl und Kommode, keuchend zog sie sich auf das Podest. Im hintersten Winkel kauerte Lisa unter dem kleinen Dachfenster und starrte sie aus verweinten Augen verstört an.

Blut auf ihren Armen, Blut an ihren Händen, Blut auf ihrer Schürze.

»Lisa!«, schrie Clara und kroch ihrer Schwester entgegen, erreichte sie, zog sie in die Arme, drückte ihren Kopf an sich. »Du blutest ja.«

»Ich kann es nicht«, flüsterte Lisa heiser. »Ich hab es versucht. Aber es geht nicht.« Sie wies auf das Rasiermesser, das sie in der Hand hielt und auf ihren linken Unterarm mit den zahlreichen Schnittwunden, aus denen Blut sickerte. »Ich kann es nicht.«

Clara brachte keinen Ton mehr heraus. Ihr Atem ging noch immer rasch, ihr Herz raste. Sie presste die Schwester an sich und streichelte ihr wieder und wieder übers Haar.

»Wenn ich tot bin, dann kann Riefke euch doch nicht aus der Wohnung werfen, nur weil ich nicht mehr zu ihm will«, flüsterte Lisa. »Ich halt es doch nicht mehr aus. Aber wenn ich nicht mehr hingeh, sitzen wir alle auf der Straße. Wenn ich tot wär. Aber es geht so schwer.«

»Lisa«, weinte Clara, »Schwesterchen!« Und trotz aller Erschütterung war da auch die große Erleichterung: Lisa lebte. Von jetzt an würde sie viel besser auf Lisa aufpassen, viel besser.

Lange kauerten sie so, eng umschlungen. Dann zog Clara Lisa in die Höhe. »Komm«, sagte sie. »Ich helfe dir. Ich schwöre es dir. Du musst nicht mehr zu Riefke. Und jetzt müssen wir erst mal deinen Arm verbinden. Komm, wir gehen zu Jenny.«

»Aber Riefke ...«, wandte Lisa zitternd ein.

»Vergiss Riefke!«, antwortete Clara heftig. Sie würde etwas tun. Ganz bestimmt. Dem hier ein Ende machen. Sie wusste nur nicht, wie.

Jenny. Ganz gleich, was mit Heinrich war und wie sehr Jenny selbst litt. Jetzt musste Jenny helfen.

Clara wickelte Lisa die Schürze um den blutenden Arm. Gemeinsam kletterten sie nach unten. Gemeinsam gingen sie in Jennys Haus, klopften an ihre Tür. Die Tür war zu. »Jenny ist in die Charité!«, rief die Nachbarin aus ihrer offenen Küche. »Jetzt ist ja Besuchszeit! Kannst du mir ihre Gören abnehmen, ich komm gar nicht zum Arbeiten, so, wie die mich stören!«

»Nein, kann ich nicht«, erwiderte Clara harsch und zog Lisa wieder hinter sich her. Wenn Jenny in der Charité war, dann mussten sie eben später wieder zu ihr und erst einmal daheim Lisa das Blut abwaschen und die Wunden verbinden.

Auf der Treppe schwankte Lisa auf einmal und drohte zu stürzen. Clara fing sie auf und hielt sie fest, schaute angstvoll in das blasse Gesicht der Schwester. Was sollte sie machen, wenn die ihr hier mitten auf der Treppe ohnmächtig wurde? Von unten kamen Schritte die Treppe herauf. Dann erschienen zwei Leute im Treppenauge.

Johann und eine Dame. *Die* Dame.

Clara stockte. Ihre Augen suchten Johanns und fanden sie nicht. In offenkundiger Verlegenheit schaute er weg, drehte den Kopf zur Seite. So war das also. Von ihm war keine Hilfe zu erwarten, auch nicht in der Not. Es war ihm peinlich, ihr zu begegnen. Weil *die* dabei war. Voll Verzweiflung starrte Clara die Baronesse an.

Diese erwiderte kurz und kühl ihren Blick. Dann glitten ihre Augen an ihr vorbei und blieben an Lisa hängen. »Aber das Kind blutet ja!«, rief sie. »Johann, so sieh doch! Sie ist verletzt und kaum mehr bei Sinnen! Wir müssen was tun!«

Nun kam auch Bewegung in Johann. »Clara! Lisa!«, rief er und war mit wenigen Sprüngen bei ihnen.

Auf einmal war keine Kraft mehr in Claras Beinen. Halt suchend drückte sie sich an die Wand.

»Nun kommt erst einmal! Kommt mit zu mir!«, bestimmte Johann, legte seinen Arm um Lisa und schob sie die Treppe hinauf. Lisa ließ sich willenlos führen. Clara schleppte sich mit zitternden Knien hinterher.

Es ging nicht um sie. Es ging um Lisa.

Johann brachte sie in sein Zimmer und dirigierte Lisa auf sein

Bett. Das Bett, das sie, Clara, mit ihm geteilt hatte. Sie schob den Gedanken beiseite. Es hatte keine Bedeutung mehr, nicht jetzt. Die Baronesse folgte ihnen schweigend und blieb an die Tür gelehnt stehen.

»Ich muss Lisa die Wunden auswaschen«, sagte Clara.

Johann zeigte auf die Schüssel und einen Krug mit Wasser, nahm aus seiner Kommode ein Handtuch. Die Baronesse hob den Rock ihres vornehmen Kleides und riss von ihrem Unterrock Streifen von Batist. »Hier«, sagte sie, »nehmen Sie das zum Verbinden!«

Lisa ließ alles mit sich geschehen. Sie weinte still vor sich hin.

»Wer hat Lisa diese Wunden beigebracht?«, fragte Johann erregt.

»Das war sie selbst. Weil sie sich nicht mehr anders zu helfen wusste«, erwiderte Clara leise. »Sie wollte ... wollte ... sterben.« Als das Wort über ihre Lippen kam, fuhr ihr ein Schauer den Rücken hinunter und ließ sie zusammenfahren. Wie wenig hatte gefehlt!

Schwester. Meine Schwester ...

»Warum?«, fragte Johann.

»Riefke«, brachte Clara mit äußerster Mühe hervor. »Er hat ihr, ich glaube, er hat sie ...« Sie konnte das Wort nicht aussprechen. Hilfeflehend sah sie ihn an.

»Was hat er?«, drängte Johann. Warum verstand er denn nicht!

»Das Blut«, stammelte sie unbeholfen, »ich hab es schon vor Tagen gesehen, in ihrer Unterhose, und dabei ist sie noch gar nicht so weit, verstehst du ...? Ein Verbrecher ist er, dieser Riefke ... Und heute, der Vorhang war zu, als Frau Riefke in der Kirche war, er hat sie, ich fürchte, Riefke hat sie ...«

»Nicht!«, fuhr Lisa auf wie von Sinnen. »Nicht! Sag es nicht!«

»So rede doch!«, schrie Johann. »Lisa! Was hat Riefke ...?«

»Hör auf, Johann!«, unterbrach ihn die Baronesse. Weiß war sie auf einmal im Gesicht. Das zu sehen, war irgendwie gut: Endlich ein Mensch, der verstand. »Hör auf! Siehst du denn nicht, wie schwer es für das Kind ist?«

Lisa begann zu stammeln: »Er setzt uns alle auf die Straße, wenn ich nicht mehr hingeh! Wir schulden ihm Geld, er sagt, er fordert alles zurück, und wenn wir nicht sofort zahlen, auf Heller und Pfennig, dann wirft er uns raus. Mitten im Winter, auf der Straße, und meine Brüder, Kalle ist doch noch so klein. Und nachts ins Obdachlosenasyl, Herr Riefke hat gesagt, Hunderte Leute in einem stinkenden Raum, auf dem blanken Fußboden müssen wir schlafen, weil es nicht einmal genug Strohsäcke für alle gibt, dafür Flöhe und Wanzen und Läuse und lauter Besoffene ...« Ihre Stimme versagte.

Johann sprang auf. »Dieser Riefke!«, brüllte er los. »Dieser hundsgemeine Kerl!«

»Wir schulden ihm doch Geld«, wimmerte Lisa und drückte sich in die äußerste Ecke des Bettes.

Clara presste die Zähne zusammen. Stumm fasste sie nach der Hand ihrer Schwester.

»Was für Geld?«, fragte Johann.

»Darum geht es jetzt doch nicht!«, ging die Baronesse dazwischen.

Johann verstummte. Keiner sagte mehr ein Wort.

Ab und zu gab Lisa ein leises Wimmern von sich.

Clara nahm Lisa in die Arme, drückte ihren Kopf an sich, streichelte hilflos über ihre Haare. Was sollte sie denn nun tun, denn nun tun, denn nun tun ...

Johann begann im Zimmer auf und ab zu laufen. Vier Schritte hin, vier Schritte zurück, immer wieder.

Die Baronesse stand an die Wand gelehnt, noch immer weiß im Gesicht, beide Hände vor den Mund geschlagen.

Das war besser als dieses Hin- und Hergerenne von Johann.

Dann plötzlich nahm die Baronesse die Hände herunter und sagte: »Das Kind muss zum Arzt!«

Zum Arzt, ja. Darauf war sie gar nicht gekommen.

Der Gedanke war eine Erleichterung. Jemand, der wüsste, was man da jetzt machen sollte ... Clara nickte. »Ja. Soll ich den Armenarzt holen? Oder soll ich sie rüberbringen ins Lazarus-Krankenhaus?«

»Weder noch!«, erwiderte die Baronesse heiser und räusperte sich. »Hier ist ein Arzt mit Verantwortungsbewusstsein und Einfühlungsvermögen nötig, nicht irgendein Rohling, für den Lisa einfach nur ein Fall ist. Hier geht es nicht nur um die Wunden am Handgelenk. Hier geht es darum, festzustellen, ob ...« Die Baronesse brach ab, fügte mühsam hinzu: »Sie verstehen, Fräulein Bloos? Wenn es Ihnen recht ist, dann bringen wir Lisa zu meinem Hausarzt.«

Clara nickte wieder. Ein Arzt für die Reichen, ein richtiger Arzt, der nicht so herumkommandierte wie der Armenarzt, den Clara kannte ...

»Aber, Margarethe«, wandte Johann ein und beendete schlagartig seine Wanderung, »das kannst du doch nicht machen! Wer weiß, welcher Situation du dich da aussetzt, jetzt, nach der Verlobungsanzeige ... Und was soll er denken, wenn er hört, dass du hier bei mir warst.«

So ist das also, dachte Clara. Die beiden sind ein Paar. Die unnahbare Dame ist gar nicht so unnahbar. Nur bis zum Handkuss – von wegen!

Sie wunderte sich selbst, dass sie keine Wut verspürte, nicht den Drang, aufzuspringen, der anderen mit den Fingernägeln ihr feines Gesicht zu zerkratzen, ihr die kunstvollen Locken zu zerfetzen.

Was die beiden da miteinander hatten – was spielte das jetzt noch für eine Rolle!

»Was sollen so kleinliche Gedanken!«, erwiderte die Baronesse heftig. »Hauptsache, er hilft Lisa! Außerdem weiß er, dass ich in der Wohltätigkeit engagiert bin!« Damit kniete sie vor Lisa nieder, nahm deren beide Hände und fragte eindringlich: »Kommst du mit mir zu Doktor Schneider, Lisa? Es ist ein weiter Weg, er wohnt im Westen, in der Bülowstraße, aber er ist ein guter Arzt. Er wird deine Wunden versorgen und er wird dich auch sonst untersuchen. Aber ich bleibe dabei, das verspreche ich dir, und ich passe auf dich auf. Und deine Schwester auch. Keiner wird dir etwas tun, Lisa. Keiner!«

Lisa nickte.

Die Baronesse erhob sich wieder. »Was ist? Gehen wir? Oder müssen Sie erst Ihre Eltern fragen, Fräulein Bloos?«

Keinen Augenblick zögerte Clara. Keinen Augenblick war die Versuchung da, der die kalte Schulter zu zeigen. Die da war die Einzige, die jetzt helfen konnte, die Einzige, die offensichtlich zu wissen schien, was zu tun sei. Die da wusste, wie man Lisa retten konnte, die Schwester, die ihr geblieben war.

Clara erwiderte: »Nein, meine Eltern müssen wir nicht fragen. Mein Vater ist nicht da. Und meine Mutter – nein. Wir ziehen uns nur rasch etwas anderes an, Lisa und ich. Und – danke, gnädiges Fräulein. Vielen Dank!«

Der Doktor hatte sich als Erstes Lisas Wunden am Arm angesehen, sie mit Alkohol desinfiziert und neu verbunden. Sie seien nicht weiter schlimm, hatte er gesagt, das werde wieder heilen. Zum Glück seien weder eine Sehne noch ein größeres Blutgefäß verletzt. Was das war, wusste Clara nicht, aber offensichtlich war es gut so.

Dann hatte er Lisa ganz vorsichtig untersucht und hatte es ihr so erklärt, dass sie es still mit sich hatte machen lassen. Nun wusch er sich die Hände. »Du kannst dich wieder anziehen, Lisa«, sagte er freundlich, setzte sich hinter seinen riesigen Schreibtisch aus dunklem Eichenholz und schrieb etwas auf.

Clara ließ ihn keine Sekunde aus den Augen. Sie war froh, dass die Baronesse dabei war. Johann wartete im Vorzimmer.

Nun legte der Doktor die Feder weg, sah erst die Baronesse an, dann sie und zum Schluss Lisa. Sehr ernst sah er aus. »Lisa ist vor wenigen Stunden vergewaltigt worden, und das nicht zum ersten Mal.«

Vergewaltigt. Das war es, das Wort. Das war die Gewissheit, dass sie sich das alles nicht eingebildet hatte, so unvorstellbar es war. Ihre Schwester, ein eben erst zwölfjähriges Mädchen!

Clara biss in den Knöchel ihres Zeigefingers, um nicht zu schreien.

Ihr war so kalt.

»Das ist ein verabscheuungswürdiges Verbrechen«, fuhr der Doktor fort. »Wer einem Kind so etwas antut, der gehört von Gesetz wegen ins Zuchthaus. Lisa, sagst du mir, wer das war, der das getan hat? Sagst du mir seinen Namen?«

Lisa schüttelte den Kopf, drückte sich tiefer in den Sessel.

»Aber du kennst ihn?«, fragte der Doktor behutsam.

Lisa gab keine Antwort.

Ich weiß, wer es war!, wollte Clara sagen, doch dann sah sie den Blick, den der Doktor mit der Baronesse wechselte. Die Worte erstarben ihr, ehe sie die Zunge erreichten.

»Wie sind die Wohnverhältnisse, Baronesse?«, erkundigte sich der Doktor leise. »Gibt es Schlafgänger? Haben Sie Einblick in die Familienverhältnisse?«

»Sie meinen doch nicht etwa ...«, brach es aus Clara heraus. Ein abwägender Blick von ihm ließ sie verstummen.

»Es liegt nicht an der Familie«, erwiderte die Baronesse. »Aber wir haben einen begründeten Verdacht.«

»Nicht! Ihr sollt es nicht sagen!«, schrie Lisa, ganz außer sich.

»Nun beruhige dich doch, wir sind hier ganz unter uns«, sagte der Arzt. »Du weißt, wie er heißt?«

Lisa schwieg. Weinte.

Auf einmal wollte Clara nichts anderes mehr, als ihre Schwester an der Hand nehmen und sie von hier wegbringen.

»Nun hör mir mal gut zu, Lisa«, sagte der Doktor. »Der, der dir das hier angetan hat, muss bestraft werden. Er hat ein schlimmes Verbrechen an dir begangen. Du willst doch, dass er bestraft wird? Aber das geht nur, wenn du seinen Namen sagst.«

Lisa schüttelte stumm den Kopf.

Der Arzt seufzte. »Nun gut. Ich werde jetzt ein Attest schreiben, dass du krank bist und nicht in die Schule gehen kannst.«

»Und nicht arbeiten!«, sagte Clara rasch.

»Arbeiten?« Der Doktor hob die Augenbrauen. »Sagten Sie nicht, Lisa sei erst zwölf?!«

»Sie geht ja auch nicht in die Fabrik, nur halbtags als Dienstmädchen!«, rechtfertigte Clara sich rasch.

Der Doktor schüttelte missbilligend den Kopf. Ein Reicher wie der hatte eben keine Ahnung, wie das war, wenn Kinder halt mitverdienen mussten. Hätte Lisa bloß lieber weiter Fäden vernäht, als zu Riefke zu gehen ...

»Sorgen Sie dafür, dass Ihr Vater mich morgen aufsucht!«, befahl der Doktor. »Was Ihrer Schwester angetan wird, kann ich nicht auf sich beruhen lassen. Ich werde es zu ihrem Schutz der Polizei melden. Doch vorher muss ich Ihren Vater sprechen!«

»Unser Vater ist in einer Lungenheilanstalt im Harz«, erwiderte Clara, eingeschüchtert von dem strengen Ton.

»Wie lange noch?«, fragte der Doktor.

»Ich weiß nicht genau, nicht mehr lang, höchstens noch ein paar Wochen.«

Der Arzt stand auf, ging ein paar Schritte im Raum auf und ab, blieb vor der Baronesse stehen. »Das bringt mich in einen Gewissenskonflikt«, sagte er halb zu dieser, halb zu sich selbst – als seien Lisa und sie überhaupt nicht anwesend. »Der Vater sollte in einem solchen Fall unbedingt anwesend sein. Eine Anzeige, ohne dass der Erziehungsberechtigte eingebunden ist . . . Das wäre auch für das Mädchen nicht gut . . .« Er verstummte. Dann straffte er sich. »Ich werde die Anzeige bis zur Rückkehr des Vaters zurückzuhalten.«

Er drehte sich zu Clara um. »Aber Sie tragen Sorge dafür, dass Lisa dem Täter auf keinen Fall mehr begegnet! Auf gar keinen Fall! Kann ich mich darauf verlassen?« Scharf sah er sie an.

Sie nickte. »Ja, das verspreche ich.«

Der Doktor wandte sich fragend an die Baronesse. »Fräulein von Zug? Können Sie dafür bürgen?«

»Ja. Ich bürge dafür«, antwortete diese.

Der Doktor nickte. »Ich nehme Sie beim Wort, Baronesse.«

Knapp wie ein Offizier sprach er nun zu Clara: »Ihr Vater soll sich sofort bei mir melden, sobald er zurück ist! Unverzüglich! Ich gebe Ihnen hier sieben Tabletten für Ihre Schwester mit, sie reichen für eine Woche. Jeden Abend eine Tablette vor dem Schlafengehen – auf gar keinen Fall mehr! Haben Sie verstanden?«

»Ja, Herr Doktor«, antwortete Clara und stand auf. Gerne

hätte sie gefragt, wofür die Tabletten wären, aber sie traute sich nicht. Ohne es zu sagen, machte der Doktor mit seiner ganzen Haltung unmissverständlich klar, dass die Sprechstunde jetzt beendet war.

»Was bewirken die Tabletten?«, fragte die Baronesse.

»Es handelt sich um ein Schlafmittel. Lisa hat Schlaf jetzt bitter nötig«, erwiderte der Arzt in ganz anderem, verbindlichen Tonfall. »Die Wunden am Arm heilen schnell. Aber die Wunden an der Seele sind schwer. Ich will, dass das Mädchen erst einmal zur Ruhe kommt. Mehr kann ich leider nicht tun. Entschuldigen Sie bitte, Baronesse, wir haben für heute Abend Karten für den *Fidelio*. Wenn ich Sie jetzt bitte hinausbegleiten dürfte?«

»Wenn das nur gut geht«, jammerte die Mutter. »Ach Gott, ach Gott, wenn das nur gut geht! Vom Dienst ist sie weggelaufen und war angeblich krank, aber du hast der alten Riefke gesagt, dass das gar nicht stimmt und sie nicht nach Hause ist. Wenn jetzt Riefke an die Tür klopft und uns rauswirft, mitten in der Nacht, ach Gott, ach Gott!«

»Mutter!« Beinahe schrie Clara, konnte nur mit Mühe ihre Stimme beherrschen, um Lisa nicht zu wecken. »Hast du immer noch nicht begriffen, was er Lisa angetan hat?«

»Das wollte ich nicht«, weinte die Mutter. »Alle Heiligen sind meine Zeugen, das wollte ich nicht.«

»Nein«, erwiderte Clara bitter. »Aber du hast auch nicht gehört, als ich es dir gesagt habe. Im Stich gelassen hast du uns, Lisa und mich, vor lauter Angst vor Riefke. Und Lisa und ich, wir wussten nicht mehr aus noch ein.«

»Was sollte ich denn tun? Er ist doch der Hauswart und er ist ein Feldwebel und hat uns doch in der Hand. Ach Gott, ach Gott! Die Welt ist schlecht.«

»Nicht die Welt ist schlecht!«, widersprach Clara aufgebracht. »Menschen wie Riefke sind schlecht. Und denen muss das Handwerk gelegt werden. Aber du kuschst ja immer nur!«

Die Mutter heulte. »Solang sie nicht ins Bergwerk muss, hab ich immer gedacht, solang sie nur nicht ins Bergwerk muss. Bergwerk, das ist schlimm.«

»Ach, Mutter, hör schon auf! Lisa muss schlafen.«

Clara blickte zu ihrer Schwester hinüber. Die lag entspannt schlafend im Bett, wie Clara es an Lisa seit Monaten nicht mehr gesehen hatte. Die Tablette vom Herrn Doktor musste ein Wundermittel sein.

Eine halbe Stunde, nachdem sie die Tablette geschluckt hatte, war Lisa tief und fest eingeschlafen.

Ihre arme, arme Schwester. Was die alles mitgemacht hatte. Und was sie selbst mitgemacht hatte. Fast wäre sie zur Mörderin geworden aus lauter Not.

Vorhin hatte sie noch einmal gewünscht, er wäre von der Leiter gestürzt, dieser hundsgemeine Riefke. Aber sie wusste ja, wenn sie wirklich die Leiter angesägt hätte und Riefke deswegen zu Tode gekommen wäre, dann hätte sie das nicht ausgehalten. Und dann wäre sie selbst auch noch ins Zuchthaus gekommen, und es war viel besser, wenn Riefke dorthin kam.

Aber erst mussten sie warten, bis der Vater wieder da war.

Lisa, Lisa, Lisa …

Sie hatte mit der Baronesse ausgemacht, dass Lisa das Haus nicht mehr verlassen sollte. Und dass Lisa keinen Augenblick allein sein durfte.

Aber wenn Riefke kam, um sie zu holen, was sollte man dann machen? Die Mutter war dem doch nicht gewachsen.

Erst einmal hatten sie die Bescheinigung von Doktor Schneider …

Aber wie lange hielt das vor?

Die Baronesse hatte versprochen, sich um eine Lösung zu bemühen.

Die Baronesse ...

Heute Morgen noch hätte sie sich nie vorstellen können, dass sie einmal froh darüber sein würde, die zu kennen! Jetzt wüsste sie nicht, was sie ohne die tun sollte. Denn eines war klar: Die Baronesse hatte ihnen mehr geholfen als Johann. Was hatte der schon groß getan? Auf der Treppe wäre er bestimmt an Lisa und ihr vorbeigegangen, ohne überhaupt zu merken, dass Lisa blutete und dass sie in Not waren.

Nach dem Arztbesuch hatte Johann dann Lisa und sie allein nach Hause begleitet. Die Baronesse hatte sich von ihnen getrennt, weil ihre Freundin auf sie wartete.

Wie schon auf dem Hinweg waren sie wieder mit der Pferdestraßenbahn gefahren. Sie hatte neben Johann auf der Holzbank gesessen, fast wie früher. Aber ganz anders.

Immer wieder hatte Johann betont, wie gut es gewesen sei, Doktor Schneider aufzusuchen. Als wäre es seine Idee gewesen. Da war sie plötzlich wütend geworden. »Du sei mal schön still!«, hatte sie zu ihm gesagt. »Das war ganz allein die Idee der Baronesse! Du hast es ja gar nicht gewollt, weil du Angst um ihren Ruf gehabt hast!«

Johann war rot geworden und hatte irgendetwas gemurmelt. Vielleicht war es sogar eine Entschuldigung gewesen.

Was die Baronesse an so einem wie Johann fand, wollte sie ja überhaupt einmal wissen. Viel war ja wohl nicht los mit einem, der ein Mädchen fallen ließ wie eine heiße Kartoffel, nur weil er sich in eine andere verliebte – und sich einen Dreck drum kümmerte, wie es dem verlassenen Mädchen damit ging! Verlobt hatte sich die Baronesse mit ihm ...

Hatte die Baronesse keine Angst, dass ihr mit ihm das Gleiche passieren könnte wie ihr, Clara? Und dann hatte die Baronesse ihren Ruf ruiniert, auf den die Damen der Gesellschaft so viel Wert legten.

Ob sie die Baronesse vielleicht vor Johann warnen sollte?

Aber die machte nicht gerade den Eindruck, als hätte sie irgendwelche Warnungen nötig. Johann würde sich warm anziehen müssen, wenn er der dumm kam!

Verlobt ...

Es klopfte an der Tür. Clara zuckte zusammen. Ihr Pulsschlag schoss hoch.

»Wenn das mal nicht Riefke ist«, flüsterte die Mutter voll Angst. Sie hatten den Riegel vorgeschoben. Vielleicht hätten sie auch den Schrank vor die Tür rücken sollen?

Clara straffte sich, holte tief Luft. Wenn es Riefke wäre und er mit Gewalt eindringen wollte, dann würde sie so laut schreien, dass das ganze Haus zusammenlief. Mit diesem Vorsatz erhob sie sich. »Wer ist da?«, fragte sie durch die Tür.

»Ich bin's, Jenny!«, kam die Antwort.

Vor Erleichterung wurde ihr schwach. Sie schob den Riegel zurück, öffnete die Tür, sah Jenny, die kleine Stine auf dem Arm, Moritz am Rockzipfel. Auf einmal zitterte Clara so, dass sie sich am Türrahmen festhalten musste.

»Was ist denn los? Warum schließt ihr euch ein?«, fragte Jenny. »Meine Nachbarin hat gesagt, du hast mich gesucht?«

Clara fasste nach der Hand der Freundin. »Komm rein, Jenny«, sagte sie. »Du kannst dir nicht vorstellen, was uns passiert ist!«

– 14 –

Margarethe stand im Erker ihrer neuen Wohnung, die Stirn an die kalte Scheibe gelehnt, und schaute in das Verkehrsgetümmel der Königgrätzer Straße hinunter. Pferdegetrappel und Wagengeratter, Straßenbahnquietschen und schrilles Glockenläuten, Stimmengewirr und vereinzeltes Lachen und Rufen tönten zu ihr empor. Die Einfachfenster waren undicht, ließen den ungewohnten Lärm ebenso durch wie den eisigen Luftzug. Sie fröstelte. Daheim hatten sie doppelte Fenster, die tadellos schlossen.

Drüben auf der anderen Straßenseite ging der Postbote mit seiner Tasche. An ihrem Haus war er schon gewesen und hatte wieder nichts für sie gebracht. Mehr als eine Woche war es nun her, dass die Verlobungsanzeige in den Berliner Tageszeitungen gestanden hatte, aber nicht ein einziges Gratulationsschreiben hatte sie erhalten, obwohl doch die Königgrätzer Straße als ihre Adresse angegeben war.

Sie hatte es ja geahnt: Die Gesellschaft würde ihre Verlobung mit Missachtung strafen, gleichsam nicht zur Kenntnis nehmen. In Wahrheit würde man sich den Mund darüber zerreißen. Und sie behandeln, als sei sie gestorben. Es hatte so kommen müssen, sie hatte nicht ernsthaft etwas anderes erwarten dürfen. Dennoch tat es weh.

Wie es den Eltern wohl ging?

Was Emma darüber erzählt hatte ...

Am Nachmittag jenes Samstags, an dem die Anzeige erschienen war, am Nachmittag des Tages, an dem sie mit ihren Koffern in diese völlig leere, kalte Wohnung eingezogen war und nicht einmal gewusst hatte, wo sie so schnell ein Bett hernehmen solle, hatte Emma plötzlich vor ihrer Tür gestanden und gesagt: Gnädiges Fräulein, wenn Sie mich haben wollen, dann komm ich zu Ihnen. Und ich hab all Ihre Sachen dabei unten auf einem Fuhrwerk, was soll ich denn jetzt damit machen?

Sie hatte Emma in die Wohnung gezogen und gefragt, wie es denn gewesen sei, ob die Eltern die Anzeige in der Zeitung gesehen hätten. Und Emma hatte erzählt.

Wie der Herr Baron gebrüllt habe, als er die Zeitung aufgeschlagen habe, die Fensterscheiben hätten gezittert und die Gläser im Vertiko geklirrt, angst und bange sei einem geworden, die ganze Dienerschaft sei herbeigestürzt, aber er habe nur gebrüllt: »Raus! Alle raus! Und dass mir keiner mehr meine Tochter ins Haus lässt! Ich habe keine Tochter mehr!« Und dann sei er die Treppe hinaufgestürmt und in das Zimmer der Baronesse und habe die Schränke aufgerissen und den Inhalt auf den Boden geschmissen und die Bücherregale leer gefegt. Und als er sie, Emma, gesehen habe, da habe er geschrien: »Du bist entlassen, hier hast du deinen Monatslohn, wir brauchen keine Zofe für eine Baronesse, die gestorben ist! Bring diesen Krempel deiner ehemaligen Herrin, wenn du willst, sonst schmeiß ich ihn eigenhändig auf die Straße, heute Abend ist dieses Zimmer leer und kein Schnipselchen erinnert mehr an die Tochter, die ich einmal hatte, hast du das verstanden!« Da habe sie eben alles eingepackt, Magda habe ihr dabei geholfen und Albert habe ein Fuhrwerk besorgt und mit Hans die Möbel heruntergetragen, auch das Klavier, und das sei jetzt alles auf dem Fuhrwerk und was das gnädige Fräulein denn befehlen würde.

»Und meine Mutter?«, hatte sie statt einer Antwort gefragt und ein Zittern war über sie gekommen, das sie nicht mehr hatte beherrschen können.

»Die gnädige Frau hat sich in ihrem Zimmer eingeschlossen und keinen zu sich gelassen, nicht einmal Magda«, hatte Emma erwidert. Was ist denn jetzt mit den Sachen, gnädiges Fräulein, der Himmel ist so finster, das sieht nach Schnee aus und das wär gar nicht gut für das Klavier.

So war also das Klavier zu ihr gekommen, auf dem sie als Kind geübt hatte, bevor sie auf dem Flügel hatte spielen dürfen, und all die Möbel und Sachen aus ihrem Zimmer in der Villa. Die kleine Wohnung war so gut wie vollgestellt davon. Nicht unbedingt zweckmäßig möbliert, aber sie war dankbar für diese Lösung, vor allem für das Bett, den Kleiderschrank und das Klavier. Am meisten aber war sie dankbar dafür, dass Emma nun bei ihr war. Sie selbst hätte ja nicht einmal gewusst, wie sie sich einen Kaffee kochen sollte, geschweige denn eine Suppe.

Und die Treue dieses Mädchens zu spüren, das tat gut. Der einzige Mensch außer Julia, der sie nicht mit Verachtung strafte für den Schritt, den sie getan hatte, war ihre Zofe.

Selbst Doktor Schneider gestern Abend …

Sicher, er hatte sich korrekt verhalten. Und doch hatte sie diesen Augenblick des Zögerns sehr wohl bemerkt, als sie mit ihm in seinem Haus von der Wohnung im ersten Stock, wo sie an der Tür geläutet hatte, zur Praxis im Parterre hinuntergegangen war und er Johann vor seiner Praxistür gesehen hatte: dieses kurze Abwägen, ob er Johann die Hand reichen solle. Er hatte es bei einem knappen Neigen des Kopfes bewenden lassen. Und dass sie nicht in den Salon der Familie Schneider gebeten worden war ...

Freilich, sie hatte dem Dienstmädchen an der Tür gesagt, dass sie den Herrn Doktor in einer medizinischen Angelegenheit zu sprechen wünsche. Dennoch war sie sicher, dass sie unter anderen Umständen in den Salon komplimentiert worden wäre. So aber war der Hausarzt selbst im Flur erschienen und hatte sie sofort in seine Praxis hinuntergeführt, vor der Johann, Fräulein Bloos und Lisa gewartet hatten. Auf der Treppe hatte sie noch versucht, ihm mit wenigen Worten anzudeuten, um was für eine Ungeheuerlichkeit es gehen könnte.

Es war ihr nicht möglich gewesen, den Verdacht auszusprechen, was Lisa vielleicht angetan worden war. Er hatte es dennoch verstanden. War mitten auf dem Absatz stehen geblieben, hatte sie mit einem abwägenden Blick ins Auge gefasst und gesagt: »Verstehen Sie mich bitte nicht falsch, wenn ich Ihnen diese Frage stelle, verehrte Baronesse, aber Sie als junge Dame – darf ich in Ihrer Gegenwart ohne Scheu von den Abgründen geschlechtlichen Lebens sprechen, die sich da auftun könnten?«

Die Abgründe des geschlechtlichen Lebens ...

Margarethe schauderte zusammen.

Vergewaltigung, Unzucht, Missbrauch ...

Worte waren das bisher gewesen, fremde, dunkle Worte, hin und wieder in Zeitungsartikeln gelesen, kaum je in ihrer Gegenwart gebraucht. Und nun ...

Die Liebe, die sie mit Johann entdeckte, die sie mit ihm feierte, ihr eigenes, sich gleichsam scheu entfaltendes Glück – und das, was Lisa angetan worden war ...

Wie Himmel und Hölle voneinander entfernt.

Ihre eigene behütete, lichte Welt, die Welt, aus der sie kam – und dagegen dieser finstere Morast ...

Unvorstellbar.

Und doch, und doch ... War die Welt, zu der sie gehörte, wirklich so licht?

Nein, nein, was dachte sie da! Dieses Dunkle, Gewaltsame, Triebhafte war nur die Art der primitiven Wüstlinge, entarteten Verbrecher, geisteskranken Individuen – oder?

Aber wie war das mit den Herren ihrer Kreise, mit den Offizieren und ihren sogenannten Liebschaften, mit den Studenten und jungen Akademikern – was taten diese den kleinen Näherinnen und den hübschen Zimmermädchen an, die man mit einer Summe abfand, wenn sie schwanger wurden ...

Ach, das war nun wirklich etwas ganz und gar anderes! Oder? Zwischen Vergewaltigung und Verführung lagen doch Welten!

Wenn sie nur wüsste, was sie denken sollte ...

Frierend umschlang sie sich selbst mit den Armen.

Ein Kind. Lisa war ein Kind.

Abgründe, hatte Doktor Schneider es genannt.

Und ein zwölfjähriges Mädchen war schutzlos in diese Abgründe geschleudert worden! Ausgeliefert ...

Sie hatte nicht gewusst, dass es Menschen gab, die einem Kind so etwas antaten. Noch nie hatte sie etwas Vergleichbares gehört oder gelesen. Ganz unvorstellbar wäre es ihr gewesen.

Wie gelähmt empfand sie sich, wenn sie daran dachte. Sich selbst fremd.

Warum hatte sie keine Tränen? Hatte auch gestern, als sie von diesem Verbrechen erfahren hatte, keine einzige Träne für Lisa gehabt? Wie erstarrt war sie gewesen vor diesem Unfassbaren. Als könne sie nicht mehr fühlen.

Wie mochte es in Lisa aussehen?

Sie konnte es sich nicht vorstellen. Es ging nicht. Wie eine undurchdringliche Wand war es in ihr.

Das Einzige, was sie sicher wusste, war: Sie musste helfen. Doch wie?

Doktor Schneider hatte nicht so gewirkt, als erfahre er von einem solchen unfassbaren Verbrechen zum ersten Mal. Aber selbst er hatte keinen anderen Rat gewusst als seine Schlaftabletten ...

Der Satz des Arztes, den er ihr zum Abschied gesagt hatte – Vergessen Sie nicht: Vor allem muss sichergestellt sein, dass der Täter keinen Zugriff mehr auf das Mädchen hat!

Doktor Schneider hatte recht: Erst einmal musste Lisa vor Riefke geschützt werden. Sie, Margarethe von Zug, hatte ihr Wort darauf gegeben. Wie es einlösen?

Wenn sie noch daheim wäre, könnte sie ihre Mutter und ihren Vater fragen, und jeder würde ihr auf seine Art raten und sie tatkräftig unterstützen ...

Nein, nein, nicht an die Eltern denken!

Sie presste die Hände ineinander. Nicht nach hinten sehen!, befahl sie sich selbst. Sich lieber in die übernommene Aufgabe stürzen und nach einer Lösung suchen. Tun, was sie tun konnte. Noch einmal sollte kein Kind auf ihrem Gewissen lasten ...

Clara hatte versprochen, dafür zu sorgen, dass Lisa nicht mehr zu Riefke musste und dass Lisa nie allein zu Hause war. Aber das reichte nicht.

Lisa musste dort weg. Oder besser noch: Riefke musste weg.

Ein Gedanke stieg in ihr auf: Frau Unschlicht! Natürlich – das war die Person, die Riefke entfernen konnte, indem sie ihm fristlos kündigte!

Auf eine solches Sittlichkeitsverbrechen musste auch Frau Unschlicht mit Entsetzen reagieren. Und wenn Frau Unschlicht auch noch erfuhr, dass Riefke sie betrog und falsch mit ihr abrechnete, würde sie ihn mit Sicherheit aus der Wohnung werfen! Damit wäre Lisa vor Riefke in Sicherheit.

Auf einmal überstürzten sich in ihr die Ideen, Fragen und Lösungen: Sie würde zu Frau Unschlicht gehen und sie ins Bild setzen. Aber wenn Riefke dann floh und sich seiner gerechten Strafe entzog? Sie würde Frau Unschlicht bitten, bei der Kündigung nur von den finanziellen Unregelmäßigkeiten zu reden und nicht von den unsittlichen Übergriffen.

Entschlossen wandte Margarethe sich vom Fenster ab, durchquerte mit wenigen Schritten den Raum und betrat den winzigen Flur. Sie nahm Mantel und Muff und rief nach Emma.

Es war eine ungeheure Erleichterung, etwas tun zu können.

Eine halbe Stunde später stieg sie die repräsentative Marmortreppe des neuen herrschaftlichen Mietshauses am Kurfürstendamm hinauf und stand mit Emma vor der Tür der prunkvollen Acht-Zimmer-Wohnung im ersten Stock, die sie von einem geselligen Abend her kannte. Sie wusste, dass das ganze Haus den Unschlichts gehörte – erstanden von dem Erbe, das Frau Unschlicht gemacht hatte.

Margarethe zog an der Klingel, gab dem öffnenden Dienstmädchen ihre Karte und bat um eine Unterredung bei der Frau Universitätsprofessor.

»Ich werde Sie bei der gnädigen Frau melden«, versprach das Mädchen mit einem Knicks. Kurz darauf kam sie zurück, sichtlich sich mit ihrem Auftrag unwohl fühlend. »Es tut mir leid, die gnädige Frau kann Sie leider nicht empfangen«, druckste sie hervor und blickte verlegen zu Boden. »Nicht jetzt und auch zu keinem anderen Zeitpunkt, lässt sie ausrichten. Ich soll Ihnen sagen, sie pflege keinen Umgang mit Sozialisten.«

Es war, als treffe sie eine Faust mitten ins Sonnengeflecht. Die Luft blieb ihr weg. Schmerzhaft krampfte sich ihr Magen zusammen. Als die Tür sich schloss, taumelte sie.

»Gnädiges Fräulein, soll ich Ihnen …«, stammelte Emma.

Doch Margarethe drehte sich heftig um und stürmte die Treppe hinunter. Erst an der Haustür verlangsamte sie ihren Schritt. Frau Unschlicht würde zweifellos vom Fenster aus beobachten, wie sie das Haus verließ. Sie sollte sie nicht fliehen sehen.

Hoch erhobenen Hauptes trat Margarethe ins Freie, raffte mit tausendfach geübter Eleganz ihren Rock, stieg die Stufen hinab, schritt den Gehweg entlang wie eine Siegerin. In ihr aber kochte und brodelte es.

Diese unverschämte Person! Wer glaubte sie zu sein, dass sie einer Baronesse von Zug die Tür weisen konnte! Die Tochter eines Gastwirtes, die in ihren jungen Jahren betrunkenen Arbeitern das Bier hingestellt hatte und sich dafür den Allerwertesten hatte tätscheln lassen! Ein Schankmädchen, dessen ganzes Verdienst darin bestand, dass die sauren Wiesen und wertlosen Ackerflächen, die zur Schöneberger Wirtschaft des Vaters gehört hatten, zu Bauland von unerhörten Spekulationspreisen geworden waren! Ein Spatzenhirn mit Volksschulbildung, das sich mit hübschem Gesicht, guter Figur und vor allem einem prall gefüllten Geldbeutel einen Wissenschaftler gekapert hatte, der es zum Ordinarius gebracht hatte! Eine beschränkte Person mit verführerischem Dekolleté und Schlafzimmerblick, deren geistiger Horizont nicht über den eines Milchmädchens hinausreichte, die sich etwas Besseres dünkte und nicht einmal merkte, wie peinlich sie war! *Sie pflege keinen Umgang mit Sozialisten.* Diese Ziege wusste nicht einmal, was ein Sozialist war, geschweige denn, dass sie jemals eine Zeile aus der Feder eines Sozialisten gelesen hatte! Und diese dämliche Person hatte die Stirn, sie nicht zu empfangen!

Erst als sie aus dem Blickwinkel der Unschlicht'schen Wohnung heraus war, lehnte Margarethe sich Halt suchend an eine Litfaßsäule. Auf einmal zitterte sie.

Frau Unschlicht war immer eifrig bedacht gewesen, zum Personenkreis zu gehören, den Baronin von Zug in ihr Haus lud. Wie ein Aushängeschild ihres gesellschaftlichen Ranges war der Verkehr im Zug'schen Haus für die Frau Universitätsprofessor gewesen, da andere angesehene Familien wie General von Klaasens sie ihrer penetranten Dummheit wegen schon längst nicht mehr einluden. Wenn Frau Unschlicht sie, Margarethe, so vor den Kopf zu stoßen wagte, dann konnte das nur eines bedeuten: Sie war sich sicher, damit ganz im Sinne von Baron und Baronin von Zug zu handeln.

Bedeutete das also, dass sich ihr Vater öffentlich in dem Sinne geäußert hatte, wie Emma es von dem Morgen berichtet hatte, als er die Verlobungsanzeige gelesen hatte: Ich habe keine Tochter mehr? Und dass auch die Mutter diese Haltung zu erkennen gab?

Es musste so sein. Es gab keine andere Erklärung für das Verhalten von Frau Unschlicht.

Oh mein Gott ...

»Gnädiges Fräulein? Ist Ihnen nicht gut?«, fragte Emma besorgt. »Soll ich eine Kutsche anhalten?«

»Nein. Lass«, antwortete Margarethe und lachte zornig auf. »Wir nehmen den Pferdeomnibus. Die Zeit der Kutschfahrten ist vorbei. Das passt nicht zur Braut eines Sozialisten!«

»Stell dir vor, Frau Unschlicht, diese unsägliche Person, hat mich nicht empfangen!«, rief Margarethe aus, noch ehe sie die Tür zu Johanns Zimmer hinter sich geschlossen hatte. Sie stürmte in den kleinen Raum, riss sich die Pelzkappe vom Kopf, nahm sich das Pelzcape ab und warf beides aufs Bett. »Sie pflege

420

keinen Umgang mit Sozialisten, hat sie mir durch ihr Dienstmädchen ausrichten und mich im Treppenhaus stehen lassen! Die gleiche Person, die mir im letzten Jahr um alles in der Welt die imitierte Brosche von Königin Luise, die ich beim Theaterspielen trug, abkaufen wollte, die gleiche Person, die auf den Empfängen meiner Mutter und bei sonstigen gesellschaftlichen Zusammentreffen keine Gelegenheit ausließ, um ihre Nähe zu mir zu demonstrieren – die gleiche Person will mich jetzt nicht mehr kennen! Nur, weil ich mich mit dir verlobt habe! Ah, es ist so abscheulich! Eine solch abgrundtief abgeschmackte Farce!«

Johann wandte sich vom Tisch, an dem er schreibend gesessen hatte, zu ihr um und machte ein bedrücktes Gesicht. »Ich habe es ja gewusst. Ich bringe dir nur Unglück«, murmelte er.

»Unglück! Wie kannst du das sagen!« Sie trommelte mit den Fäusten auf seine Schultern ein. »Hör auf damit, hörst du! Wir lieben uns und wir tun nur das, was das Recht aller Liebenden ist! Es bist nicht du, der mir Unglück bringt! Es ist diese durch und durch verlogene Gesellschaft!«

Er umfing ihre Taille mit seinen Armen und barg sein Gesicht an ihrer Brust. Sie ließ es, auf ihn einzutrommeln, und zog seinen Kopf einen Augenblick fest an sich.

»Die Liebe ist der alleinige Lebensinhalt einer Frau, um dieses Zentrum dreht sich ihre ganze Existenz – das ist es, was man uns im Mädchenpensionat gepredigt hat«, sagte sie dann voll bitterem Hohn und schob ihn wieder von sich, sah ihm in die Augen. »Das Weib ist seelisch und physiologisch eine Kapsel über einer Leere, die erst ein Mann kommen muss zu füllen. Wusstest du das?« Sie lachte sarkastisch. »Der richtige Mann natürlich, der eine und einzige, das war dabei unausgesprochen immer klar. Doch wehe, wenn ein Weib Ernst damit macht!

Wenn sie sich wirklich dem Richtigen hingibt, dem Einen und Einzigen und nicht dem, den der Vater für sie ausgesucht oder dem er zumindest zugestimmt hat – und den die Gesellschaft für eine angemessene Partie hält! In meinem Falle ein Rittmeister von edler Geburt oder wenigstens ein Fabrikant von edlem Vermögen.«

»Und auf keinen Fall, unter gar keinen Umständen, ein Sozialist«, ergänzte Johann und stand auf, nahm sie in die Arme. »Aber vielleicht hätten wir doch nicht gleich die Verlobungsanzeige aufgeben sollen.«

»Damit die Wahrheit dann langsam wie Gift in den gesellschaftlichen Klatsch träufelt und mit hämischen Blicken bei Bällen und Teegesellschaften kolportiert wird?«, erwiderte sie. »Nein, nein! Dann lieber wie ein Fanal! Ha! Wenn es möglich wäre, würde ich dich bitten, noch heute in meiner Wohnung einzuziehen, und auch das in die Zeitung setzen! Damit alle Welt sieht, dass wir uns in freier Liebe zugetan sind und nicht in der Konvention! Aber wir würden Gefahr laufen, wegen Erregung öffentlichen Ärgernisses bestraft zu werden. wir würden die Wohnung verlieren, der Vermieter hat sich gleich versichern lassen, dass alles seine legale Richtigkeit hat, wer will auch Gefahr laufen, wegen Kuppelei bestraft zu werden, weil er an ein unverheiratetes Paar vermietet!«

Johann lachte. In seinen Augen blitzte es auf. »Freie Liebe – in aller Öffentlichkeit! Bei Gott, du brächtest es fertig! Das ist die Morgenröte der Revolution auf dem Gebiet der Geschlechter! Mag sein, in der Gesellschaft, die kommt, mag sein, dass es da Frauen und Männer geben wird, die mit Stolz diesen Weg gehen werden. Gegenwärtig sind wir davon freilich meilenweit entfernt, nicht nur im adeligen und bürgerlichen Lager, sondern auch unter den führenden Sozialdemokraten, die in ihren

Moralvorstellungen nicht weniger eng sind als die Kleinbürger. Nein – so, wie die Dinge bei uns liegen, bei dir und bei mir, gibt es keinen mutigeren Schritt als eben den, den du getan hast. Doch nun trifft dich der Sturm mit Wucht.«

Sie straffte sich. »Soll er doch! Und eine Person wie Frau Unschlicht ist die Letzte, die mich zum Wanken bringen kann! Meine Vorfahren waren Soldaten, die in der Schlacht die Entscheidung gesucht haben, den Ruhm gefunden und oft genug auch den Tod, aber die sich nie in der Etappe versteckt haben in der Hoffnung, der Kampf möge sie nicht behelligen. Und auch wenn man den Kampfesmut gewöhnlich nur den Männern zuspricht – wir Frauen haben nicht weniger davon.«

»Was dich betrifft, allemal«, sagte er. »Das bewundere ich auch so an dir. Unter anderem. Unter tausend deiner Eigenschaften, die ich verehre und liebe.«

Sie schöpfte tief Atem. Das war einer der Augenblicke, in denen ihr alle Zweifel verschwanden, in denen sie unverrückbar wusste, die richtige Entscheidung getroffen zu haben. Und doch – da gab es noch etwas, was sie wissen musste, unbedingt, jetzt sofort. »Hast du das schon einmal einer anderen gesagt?«, fragte sie und heftete ihre Augen auf sein Gesicht.

»Einer anderen?« Entsetzt sah er sie an.

»Nun ja, diesem Fräulein Bloos zum Beispiel. Du brauchst nicht zusammenzuzucken, ich habe nicht vor, dir über dein Verhältnis mit ihr Vorhaltungen zu machen! Aber ich will jetzt die Wahrheit wissen – die ganze Wahrheit, hörst du? Du hast sie geliebt?«

»Geliebt?«, wiederholte er, löste sich von ihr, ging ans Fenster, lehnte sich gegen das Fensterbrett. »Es gab eine Zeit, da hätte ich auf diese Frage wohl mit Ja geantwortet«, sagte er langsam, »und es wäre wahr gewesen auf seine Art. Ich mochte sie, ja. Ich habe schöne Tage mit ihr verbracht und – verzeih – schöne Nächte. Ich war gern mit ihr zusammen. Aber wenn ich nicht mit ihr zusammen war, habe ich kaum an sie gedacht. Sicher, da gab es Vorfreude auf das nächste Zusammentreffen, aber dann war da wieder anderes wichtiger. Meine Arbeit vor allem. Aber seit ich dich kenne, Margarethe, ist mir alles voll von dir. Jeder Augenblick. Jeder Atemzug. Auch wenn ich nicht immer an dich denke, sondern an den Roman, den ich schreibe, du begegnest mir in allem. Und alles ändert sich durch dich, auch und gerade mein Schreiben. Ich weiß nicht, wie ich das anders sagen soll. Clara hatte ich gern und das ist vorbei. Dich aber, Margarethe, dich liebe ich. Und ich wünsche mir nichts so sehr, als dass es nie vorbeigehen möge. Und Sätze wie den eben habe ich zu Clara nie gesprochen noch sonst je zu einem Menschen. Ist dir das Antwort genug?«

Sie nickte und sah ihm in die Augen. Ohne seinen Blick loszulassen, griff sie sich ins Haar und zog die Nadeln heraus, schüttelte leicht den Kopf, sodass die Pracht ihrer Haare über Rücken und Brust fielen. Dann fasste sie sich in den Nacken und öffnete einen nach dem anderen die kleinen Knöpfe, die den Stehkragen und den Rücken des Kleides verschlossen.

Eine Dame kennt keine erotischen Gefühle, das Leibliche ist die Sache des Mannes. Wo hatte sie diesen Satz gehört – und fraglos als Wahrheit genommen?

Nun, dann war sie eben keine Dame. Aber eine Frau.

Viel später lehnten sie halb sitzend, halb liegend nebeneinander auf dem Bett und hielten sich an der Hand. So schön war es, so nah. Als gebe es keine Grenze mehr zwischen ihm und ihr.

Warum dann diese plötzliche Traurigkeit?

Lisa.

Schlagartig ließ Margarethe Johanns Hand los, zog sich die Decke bis zum Kinn, umschlang ihre Knie mit den Armen.

Lisa im Bett von Riefke ...

Das Schicksal dieses Kindes ...

Und ihr Versuch bei Frau Unschlicht, Riefke zu entfernen, war fehlgeschlagen. Noch immer war Riefke der Hauswart der Mietskaserne, der gleichen Mietskaserne, in der Lisa lebte, unter dem mehr als zweifelhaften Schutz einer Mutter, die Johann ihr als reichlich beschränkt geschildert hatte, und einer Schwester, die den ganzen Tag in der Fabrik zubrachte!

Lisa war auf ihre Hilfe angewiesen, die Hilfe der Baronesse von Zug. Sie hatte es versprochen. Lisa verließ sich auf sie.

Aber *sie* ...

»Lisa muss hier weg!«, erklärte sie unvermittelt.

Johann nickte. »Am besten noch heute. Aber − so schnell wird woanders keine auch nur einigermaßen passable Wohnung zu finden sein. Bei der Wohnungsnot in Berlin!«

»Dann nehme ich Lisa vorerst zu mir!«, erwiderte Margarethe. Erst nachdem sie es ausgesprochen hatte, überlegte sie: Wie sollte das denn gehen? In Emmas Mädchenkammer passte doch kein zweites Bett ... Emma würde mit Lisa das Bett teilen müssen ...

Johann richtete sich auf. »Das würdest du machen? Aber das ist ja die beste Lösung schlechthin!« Er drückte ihre Hand. »Allerdings ...« Nachdenklich verstummte er.

»Allerdings?«

Er rieb sich die Stirn. »Das Problem der Familie wird das letztlich nicht lösen. Solange diesem Kerl nicht das Handwerk gelegt ist, werden sie in Angst vor ihm leben. Und wenn sie selbst die Wohnung kündigen würden, müssten sie erst recht Angst haben, Geld nachzahlen zu müssen.«

Warum sprach er jetzt von diesen Dingen? Sie folgte seinen Gedanken nur widerstrebend. Hier ging es zunächst einmal um Lisa – und nur um Lisa!

»Aber Riefke muss doch zu knacken sein!«, fuhr Johann fort. »Er hat in seine eigene Tasche gewirtschaftet! Ich habe einen Freund noch aus Studientagen, Dr. Friedhelm Grünröder, er ist Jurist. Ich werde ihn fragen. Herrje!« Er schlug sich mit der Faust auf die flache Hand. »Es will mir nicht in den Kopf, dass dieser Verbrecher unbehelligt herumläuft! Doktor Schneider war doch bereit, vor der Polizei den Sachverhalt zu bezeugen!«

»Aber dafür, wer der Täter war, kann er nicht zeugen«, erwiderte Margarethe. »Und da Lisa nicht in der Lage ist, darüber zu reden, ist Riefke nicht zu überführen.«

»Man muss sie eben überzeugen, dass sie reden muss!«, erregte sich Johann.

»Das sagt sich so leicht«, widersprach sie. »Wenn ich mir vorstelle, mir wäre so etwas passiert …« Frierend zog sie sich die herabgeglittene Decke wieder um die Schultern. »Als zwölfjähriges Mädchen«, fügte sie tonlos hinzu. »Das ist so … so …« Auf einmal liefen ihr die Tränen über die Wangen.

Weinend flüsterte sie: »Wie soll man die Vorstellung aushalten, dass einem Kind so etwas angetan wird? Einem Mädchen, das man kennt …«

Sie war sicher gewesen, Lisa im Bett vorzufinden, in den wohltuenden Schlaf des Vergessens versetzt durch die Tabletten Dr. Schneiders. Doch als Johann nach kurzem Anklopfen vor ihr die Tür zur Wohnküche von Lisas Familie öffnete, fand Margarethe Lisa neben ihrer Mutter am Tisch sitzend vor, über einen Kaschmirschal gebeugt, an dem sie irgendeine Näharbeit verrichtete. Schreckhaft zuckte Lisa zusammen und hob den Kopf, Angst im

Gesicht. Doch dann, als sie erkannte, wer hereingetreten war, huschte ein kurzes Lächeln über ihre blassen Züge. Sie erhob sich, machte einen stummen Knicks, dann setzte sie sich wieder und nahm erneut ihre Näharbeit auf.

Auch Frau Bloos stand nun auf, wischte umständlich mit ihrer Schürze einen Stuhl ab und schob ihn Margarethe hin: »Gnädiges Fräulein, wenn Sie sich setzen wollen. Ich vergesse Ihnen nicht, was Sie für Lisa und mich getan haben, die schönen blauen Kleider, wollen Sie eine Tasse Kaffee, sind sogar fünf richtige Bohnen drin, das gibt einen Geschmack fast wie echt. Entschuldigen Sie nur, alles liegt voll, aber ich muss ja heut die Schals abgeben, wenn ich zu spät komme, gibt es keinen Lohn mehr. Hier, bitte sehr.«

»Ach, lassen Sie nur«, wehrte Margarethe den Kaffee aus dem gesprungenen und angeschlagenen Becher ab. Der Zichoriengeruch war ihr ebenso zuwider wie die verbeulte blecherne Kaffeekanne, die nicht aussah, als würde sie je gespült. »Wir kommen ja nur, Herr Nietnagel und ich, weil wir uns überlegt haben, wie wir Lisa in Sicherheit bringen können.«

»Lisa ist in Sicherheit. Sie ist ja bei mir«, erwiderte die Frau und fädelte ihre Nadel ein, vernähte hastig den Faden, schnitt ihn ab, fädelte bereits wieder den nächsten durchs Öhr. »Der Herr Doktor hat ihr ja so einen Zettel gegeben, was mit A, ich weiß das Wort nicht mehr, jedenfalls steht drauf, dass sie krank ist und nicht arbeiten darf und nicht zur Schule gehen darf. Da kann sie ja jetzt zu Hause bleiben und niemand kann ihr was, der Lehrer schon gar nicht.«

»Aber Sie lassen sie hier nähen, obwohl sie sich erholen soll!«, warf Johann vorwurfsvoll ein.

»Wo doch die Schals fertig werden müssen!«, sagte die Frau. »Und überhaupt, eine Mutter darf ja wohl immer noch über ihr

Kind bestimmen und ich schick sie ja nicht ins Bergwerk, sie sitzt hier gemütlich auf dem Stuhl und das mit den Kratzern am Unterarm ist nicht so schlimm, das heilt wieder, hat Clara gesagt.«

»Ja, das heilt wieder«, stimmte Margarethe zu und zwang sich zu ruhigem, freundlichen Tonfall, so schwer es ihr fiel. »Aber die Angst, Riefke zu begegnen, die verfolgt sie hier doch auf Schritt und Tritt! Das müssen Sie doch verstehen!«

»Sie braucht ja nicht raus«, beharrte die Frau verstockt. »Ich bring heut Nachmittag die Schals selbst zur Fabrik.«

»Und dann ist Lisa allein daheim, das geht doch nicht!«, protestierte Johann.

»Allein! Allein!«, regte Frau Bloos sich auf. »Was halten Sie von mir! Da ist Anna Brettschneider und die Meiersche und der alte Uli und ...«

»Ist ja gut!«, ging Margarethe dazwischen. »Aber stellen Sie sich doch mal vor, wenn es plötzlich klopft und Riefke vor ihr steht, was soll Lisa denn da machen?«

Lisa sah schreckhaft zur Tür. Margarethe zog es das Herz zusammen. Sie legte dem Mädchen die Hand auf den Arm. »Keine Angst, Lisa«, sagte sie sanft. »Das lasse ich nicht zu, dass dir das geschieht. Ich habe einen Vorschlag, weißt du. Ich bringe dich an einen Ort, von dem Riefke keine Ahnung hat und den er nie und nimmer herausfindet. Ich bringe dich zu mir in meine neue Wohnung. Willst du bei mir wohnen? Du kannst mit meinem Dienstmädchen in der Kammer schlafen und ihr ein bisschen zur Hand gehen. Und wenn das Wetter schön ist, darfst du auch mal in den Tiergarten, der ist nicht zu weit weg. Na, was meinst du?«

Lisa sah sie groß an. »Das würden Sie tun?«, fragte sie leise und sehnsüchtig. »Mich nehmen? Oh ja, bitte, das will ich!«

»Aber sie muss doch hier nähen! Ich brauch das Geld«, jammerte ihre Mutter. »Jetzt, wo sie nicht mehr als Dienstmädchen arbeitet und Riefke vielleicht wieder die volle Miete verlangt und sie nicht mehr in die Schule muss, es kommt doch auf jeden Pfennig an!«

Lisa sank förmlich in sich zusammen. Stumm vernähte sie den nächsten Faden.

»Herrgott!« Johann schlug mit der flachen Hand auf den Tisch. »Begreifen Sie denn gar nichts, gute Frau?! Wie soll Lisa denn hier zu Ruhe kommen!«

»Ruhe ist was für die Reichen, die kennt unsereins nicht. Hier plärrt immer eins von den Kindern oder die Frauen zetern oder husten sich die Seele aus dem Leib oder die Männer brüllen und verkloppen ihre Frau oder ihre Kinder, das war schon immer so, das ist unsereins gewöhnt.«

Am liebsten hätte sie die Frau an den Schultern gepackt und gerüttelt. Aber das half ja auch nicht weiter. »Erlauben Sie denn jetzt, dass Lisa mit zu mir geht?«, fragte Margarethe mühsam beherrscht.

»Wenn mein Mann da wäre, das wäre seins, das zu entscheiden«, murmelte Frau Bloos. »Wofür ist er denn der Vater und der Haushaltungsvorstand und der, der sagt, wo's langgeht. Aber er ist ja nicht da. Macht sich ein schönes Leben in der Lungenheilanstalt, und unsereins weiß hier nicht ein noch aus. Und wenn er heimkommt, war alles falsch, was ich gemacht habe, das weiß ich schon jetzt. Und dann macht er mir Vorwürfe und regt sich so auf, dass er ins Wirtshaus muss, um sich zu beruhigen, und das ganze schöne Geld ist weg. Nee, nee, das Leben meint es nicht gut mit unsereins.«

»Aber es wäre das Beste für Lisa, das würde Ihr Mann bestimmt auch sagen«, warb Margarethe um Zustimmung. Da hatte sie gedacht, Frau Bloos würde ihr vor Dankbarkeit schier um den Hals fallen, und nun dieser Widerstand. Hilfe suchend sah sie Johann an und fand ihre eigenen Ratlosigkeit und ihren eigenen Zorn in dessen Gesicht.

Da klangen rasche Schritte im Flur, die Tür wurde aufgerissen, Fräulein Bloos stürzte herein, völlig außer Atem. Noch in der Tür bleib sie abrupt stehen. »Johann!«, rief sie aus. »Baronesse! Sie! Und ich hab gedacht, ich muss rasch nach Lisa sehen ...« Luftschöpfend hielt sie inne und schloss die Tür hinter sich. »Ich hab ja nur eine Stunde Mittagspause, ich bin mit der Straßenbahn gefahren, um nicht so lange zu brauchen, und hier hochgerannt, so schnell ich konnte, und muss gleich wieder los, aber es hat mir keine Ruhe gelassen. Ich hab so Angst, Riefke könnte hier auftauchen!«

»Die Angst haben wir auch«, stimmte Johann zu. »Deshalb sind wir hier. Wir wollen – die Baronesse will Lisa zu sich nehmen, da wäre sie in Sicherheit und könnte sich erholen. Aber deine Mutter weiß nicht so recht, ob sie zustimmen soll.«

»Lisa zur Baronesse? Das würden Sie tun?« Ein kurzer Blick traf Margarethe, ein kurzes Stocken. Dann rief Fräulein Bloos aus: »Aber das ist ja das Beste, was uns geschehen kann! Los, Lisa, zieh dein blaues Kleid an und deine Stiefel und nimm dein Schultertuch und schnür dir ein Bündel, dein bisschen Wäsche und deine Socken, und dann nichts wie weg hier!«

»Aber ...«, begann ihre Mutter einen Einspruch, doch Fräulein Bloos fuhr ihr über den Mund: »Mutter! Das lässt du jetzt meine Sache sein und die von der Baronesse und von Johann, die verstehen mehr davon als du! Wenn Vater wieder da ist, der wird das Gleiche sagen.«

Margarethe atmete auf. Diese Clara Bloos war eine patente Person, die eine Situation ergriff, das musste man ihr lassen.

Dass Johann sie gern gehabt hatte, gut, das mochte angehen. Immerhin hatte Clara Bloos ihre fünf Sinne beieinander und sah nicht schlecht aus. Wäre es ihr, Margarethe von Zug, lieber, er hätte weniger Geschmack bewiesen? Wohl kaum! Doch geliebt, wirklich geliebt hatte er diese Clara Bloos nicht.

Fräulein Bloos runzelte die Stirn. »Aber wie bekommen wir jetzt Lisa durch die Toreinfahrt, ohne dass Frau Riefke sie sieht, wo die doch immer am Fenster herumlungert?«

»Wenn Lisa mit mir gesehen würde, das wäre in der Tat nicht gut«, stimmte Margarethe zu. »Schließlich soll Riefke nicht herausbekommen, dass Lisa bei mir ist.«

Johann nickte. »Am besten geht Clara mit Lisa voraus und wir folgen etwas später und treffen uns ein paar Straßen weiter.«

»Genau!«, fiel Margarethe ein. »Und falls jemand fragt, wo sie hingehen, dann sagt Fräulein Bloos, dass sie ihre Schwester ins Krankenhaus bringt, weil sie verletzt ist!«

»Dann treffen wir uns an der Pforte vom Lazarus-Krankenhaus!«, schlug Fräulein Bloos vor, »das liegt mir sowieso fast auf dem Weg. Auf geht's, Lisa, beeil dich! Ich muss los, sonst komm ich noch zu spät zur Druckerei! Und du, Mutter, du sagst jedem, der es hören will, dass Lisa im Krankenhaus ist, hast du verstanden? Im Lazarus-Krankenhaus! Dass du ja nichts davon sagst, dass sie bei der Baronesse ist, hörst du?«

»Ich bin ja nicht taub«, erwiderte Frau Bloos und schüttelte den Kopf. »Nicht taub und nicht blöd. Im Lazarus-Krankenhaus. Weil sie verletzt ist. Ach Gott, ach Gott, wenn das nur alles gut ausgeht und wenn es dem Vater nur recht ist! Und wer hilft mir jetzt die Fäden vernähen?«

Margarethe musste sich zusammennehmen, die Frau nicht laut anzuschreien.

– 15 –

An der Tür wandte sich Lisa noch einmal um, schaute zur Mutter zurück. Die Mutter sah von ihrer Näharbeit nicht auf.

Clara bemerkte, wie Lisas Blick zur Baronesse irrte. Diese nickte ihr zu: »Bis gleich, Lisa! Wir treffen dich vor dem Lazarus-Krankenhaus.«

Doch noch immer stand Lisa, als warte sie auf etwas.

»Komm! Wir müssen uns beeilen! Ich verpasse sonst das Ende der Mittagspause!« Clara fasste nach der Hand ihrer Schwester. Diese machte sich steif. Was sollte sie tun, wenn Lisa nicht mitkam?

Da hob die Mutter den Kopf und sagte: »Nun geh schon, Lisa! Geh!« Und Lisa setzte sich in Bewegung.

Auf der Treppe begegneten sie einer Horde von Kindern, Heinz und Männe unter ihnen, die mit ihren rappelnden Schulranzen die Stufen heraufstürmten.

»Wieso bist du denn hier, Clara, wo gehst du mit Lisa hin?«, rief Heinz und blieb stehen.

»Ins Lazarus-Krankenhaus. Lisa ist verletzt«, erwiderte Clara so laut, dass sie sicher sein konnte, alle Kinder hatten es gehört. Die Gelegenheit kam ihr gerade recht, um in der Nachbarschaft die Geschichte zu verbreiten, die sie sich zu Lisas Bestem ausgedacht hatten. Ehe Heinz noch mehr Fragen stellen konnte, eilte sie weiter. Lisa stolperte hinter ihr die Treppe hinunter. Unübersehbar leuchtete der weiße Verband an Lisas Handgelenk unter dem Ärmel des blauen Kleides hervor. Das würde Stoff genug für Vermutungen und Ausschmückungen in der Mietskaserne geben, und wenn Riefke die Leute nach Lisa ausfragte, würde er die wildesten Geschichten hören und nie und nimmer erraten können, dass die Baronesse Lisa zu sich genommen hatte.

Eilig durchquerten sie den einen Hof, dann den nächsten. Doch in der Tordurchfahrt zum vorderen Hof blieb Lisa plötzlich stehen und presste sich dicht an die Hauswand. »Was ist? Nun komm schon!«, drängte Clara. Aber Lisa schüttelte stumm den Kopf.

Wenn sie das Ende der Mittagspause verpasste, würde die Tür zur Druckerei geschlossen sein. Sie würde läuten müssen und bekäme Lohnabzug ... Schon wollte Clara Lisa hart anfahren, sie am Arm packen und hinter sich herzerren, da stockte sie. Wie blass Lisa war! Lisa presste sich beide Hände vor den Mund, als wolle sie sich selbst hindern zu schreien.

»Was ist denn Lisa, was ist?«, fragte Clara und legte die Hand auf die Schulter der Schwester. Diese deutete mit dem Kopf zum ersten Hof hin. Clara folgte dem Blick der Schwester und verstand: Riefke stand in seinem geöffneten Fenster und machte sich an der zerbrochenen Scheibe zu schaffen.

»Vielleicht sieht er uns nicht«, versuchte Clara eine Beruhigung. »Und wenn schon! Wir gehen einfach weiter und tun so, als würden wir ihn nicht sehen. Ich bin doch bei dir.«

»Ich kann nicht«, flüsterte Lisa.

»Lisa«, begann Clara hilflos. Da trat eine Frau in die Durchfahrt, sah sie beide, stockte.

»Was ist mit dem Mädchen?«, fragte sie und war mit wenigen Schritten bei Lisa. »Was hast du, mein Kind?«

Lisa schüttelte stumm den Kopf und biss in den Knöchel ihres Daumens. Die Frau drehte sich zu Clara um. »Kann ich euch helfen?« Ihr Blick war forschend.

Ein Augenblick des Zögerns, ein Moment von Misstrauen, schon wollte Clara schroff ablehnen, doch dann – sie wusste selbst nicht, wieso – erwiderte sie: »Ja, bitte!« Sie kannte diese Frau nicht, war sich nur dunkel bewusst, sie schon öfter hier gesehen zu haben, eine von den besseren Herrschaften, eine, die sich eine Wohnung im ersten Hinterhaus leisten konnte.

Eine Frau von über fünfzig Jahren, mit der sie nichts verband als diese Frage: Kann ich euch helfen?

»Meine Schwester hat Angst vor Riefke, sie traut sich nicht durch den Hof, wenn er am Fenster steht, und ich muss sie doch zum Krankenhaus bringen, sie ist ja verletzt ...«

Ihr schien, dass die Frau auf einmal Lisa noch schärfer ansah. Etwas ging vor in ihrem Gesicht. »Deine Schwester arbeitet doch als Dienstmädchen bei Riefke?«, fragte sie. Die Frage schien beiläufig klingen zu sollen, tat es aber nicht. Doch darüber nachzudenken war keine Zeit.

Clara nickte. »Das ist es ja. Wir fürchten, er wird sie nicht gehen lassen. Aber sie muss ins Krankenhaus.«

»Ich verstehe. Ins Krankenhaus, ja.« Die Frau brach ab, schien nachzudenken. Dann setzte sie in bestimmtem Tonfall neu an: »Hör zu! Ich läute jetzt bei Herrn Riefke. Ich werde dafür sorgen, dass er mich einlässt. Sobald Herr Riefke vom Fenster weg ist, könnt ihr auf die Straße gehen. Aber beeilt euch! Ich weiß nicht, wie lange ich ihn aufhalten kann.« Ohne auf einen Dank zu warten, ging die Frau weiter.

Noch ganz betäubt von der unverhofften Hilfe beobachtete Clara, wie die Frau den Hof überquerte und in der Durchfahrt zur Straße ins Treppenhaus abbog. Dann sah sie, wie Riefke sich vom Fenster wegdrehte und in der Tiefe des Raumes verschwand.

»Jetzt, Lisa!«, flüsterte sie und nahm die Hand der Schwester. Erleichtert stellte sie fest, dass Lisa sich widerstandslos von ihr führen ließ. Sie liefen über den Hof. Als sie in den Torbogen eintraten, hörten sie vom Treppenhaus her die Stimme von Riefke: »Was sagen Sie, der Wasserhahn?«, und die Stimme der Frau: »Wollen Sie mich hier im zugigen Treppenhaus stehen lassen, bei der Kälte?«, eine gemurmelte Entschuldigung Riefkes, das Zuschlagen der Tür. Lisas Hand zitterte in Claras.

Auf dem Gehsteig begannen sie zu rennen. Sie rannten die Straße hinunter, bogen in die Bernauer Straße ein, rannten weiter, immer weiter, erreichten die Pforte des Krankenhauses. Von der Versöhnungskirche schlug die Turmuhr. »Oh weh!«, stöhnte Clara. »Ich komme noch zu spät!«

»Geh nur, Clara«, sagte Lisa. Ihre Stimme war auf einmal wieder fest und sicher. »Renn! Ich warte hier allein auf die Baronesse.«

»Meinst du wirklich?«, fragte Clara zögernd.

»Ja. Sie hat gesagt, sie kommt. Also wird sie kommen.«

»Also gut!«

Ein letzter prüfender Blick noch in das Gesicht der Schwester. Dann rannte Clara los, rannte über die Straße, rannte die Friedhofsmauer entlang. Als sie die Straßenecke erreichte, sah sie die Baronesse an Johanns Arm von links den Gehsteig herankommen.

Clara bog rechts ums Eck, rannte weiter, immer die Mauer entlang, rannte, rannte. Sie hatte keine fünf Pfennige mehr, um noch einmal Straßenbahn zu fahren. Ihre genagelten Schuhe lärmten auf dem Pflaster. Ihre Gedanken lärmten in ihrem Kopf, Bilder drängten sich ihr auf: die Angst in Lisas Augen, Riefke im

Fenster, die Frau, deren Namen sie nicht wusste, die Baronesse am Arm von Johann …

Je länger sie rannte, umso mehr beruhigten sich ihre Gedanken. Als sie endlich die Druckerei erreichte, war nur noch einer übrig: Lisa war in Sicherheit.

Unmittelbar bevor das Tor geschlossen wurde, stürmte sie hindurch. Keine Zeit mehr, ihre Brotzeit zu sich zu nehmen, keine Zeit mehr, auch nur einen einzigen Schluck von ihrem mitgebrachten Kaffee zu trinken. Sie riss sich das Schultertuch herunter und eilte zu ihrer Maschine, stieg den Tritt hinauf, noch völlig außer Atem. Im Keller pfiff der Kessel. Die Transmissionsriemen begannen sich zu drehen, ratternd setzten sich die Maschinen in Bewegung.

Es war eine hohe Auflage, die heute an der Schnellpresse gedruckt wurde, die Clara bediente. Alles war noch vom Morgen her eingerichtet, sofort ging die Arbeit weiter. Einen Papierbogen nehmen, in die Papierzufuhr einlegen, darauf achten, dass er richtig anlag, weiter, den nächsten. Das Kleid klebte ihr am Rücken, sie war vom schnellen Lauf völlig verschwitzt. Ihre Beine zitterten von der Anstrengung. Die kalte Luft, die sie massenweise in sich hineingepumpt hatte, brannte ihr noch nachträglich in der Brust. Im Magen ein großes Loch. Doch weder der wütende Hunger noch der viel wütendere Durst taten der großen Erleichterung Abbruch, die sie erfüllte. Sie war rechtzeitig zu ihrer Arbeit zurückgekehrt – und sie war zu Hause im rechten Augenblick dazugekommen, um dafür zu sorgen, dass die Mutter nicht alles verdarb und in ihrer Beschränktheit das einzig Richtige verhinderte: dass die Baronesse Lisa zu sich nehmen konnte.

Tief atmete sie aus und blies sich eine Strähne aus der erhitzten Stirn.

»Na, Clara, ganz schön außer Puste heute, was?«, fragte Ernst und griff nach dem letzten Blatt, das eben durch die Maschine gelaufen war, begutachtete kritisch den Druck. »Da muss ich Farbe nachfüllen«, murmelte er vor sich hin, »und die fünfte Düse weiter aufdrehen. Und hier drücken sich die Buchstaben zu fest durch. Da muss ich den Aufzug mit Seidenpapier unterfüttern …« Er machte sich an der Maschine zu schaffen und hielt sie an. Dann sah er wieder Clara an: »Aber zufrieden schaust du aus!«

Sie lachte. »Bin ich ja auch!«

Er grinste. »So! Das freut mich! Dann hab ich heut ja vielleicht Glück!«

»Glück?«, fragte sie. »Was hat mein Gesicht mit deinem Glück zu tun?«

»Mehr als du denkst«, erwiderte er und ihr schien fast, ein Hauch von Röte färbte seine Haut. »Aber damit ich dir das erklären kann, kommst du vielleicht doch einmal mit mir auf ein Bier? Oder besser noch auf eine Erbswurstsuppe dazu, ich lad dich ein, bei Aschinger, Brötchen kann man da essen, so viel man will. Hast ja heut gar kein Mittagessen gehabt, was?«

Überrascht sah sie ihn an. »Was du alles merkst!«

Er zuckte die Schultern und beugte sich tiefer über die Maschine. »Also, was ist? Magst du heut nach der Arbeit?«

»Warum nicht!«, erwiderte sie. »Heut nach der Arbeit.«

»Dass du auch noch mal heimkommst!«, sagte die Mutter, als Clara zwei Stunden später als sonst nach Hause kam. »Denk bloß nicht, dass noch was zu essen da ist!«

»Ich brauch nichts«, erwiderte Clara und ließ sich auf den Küchenstuhl fallen. »Ich hab schon eine Erbswurstsuppe gegesssen. Und fünf Schrippen!«

»Das ist doch!« Die Mutter warf heftig den Kaschmirschal auf den Tisch. »Unsereins arbeitet sich hier die Finger wund für ein paar Pfennige, und das Fräulein Tochter wirft das Geld zum Fenster hinaus! Erbswurstsuppe! Fünf Schrippen!«

»Ich hab's nicht selbst gezahlt«, erwiderte Clara und begann sich die Stiefel aufzuschnüren, lehnte sich dann behaglich auf dem Stuhl zurück. Wie durchwärmt fühlte sie sich von dem Abend mit Ernst. Ja, warm war es auch gewesen in dem Lokal unter den Stadtbahnbögen, die Luft geschwängert von Essensdüften und Rauch, das Hintergrundgeräusch der vielen wohlgelaunten Stimmen, ab und zu das Dröhnen der Stadtbahn direkt über ihren Häuptern, die frisch gebackenen Schrippen, die warme Suppe und das kühle Bier – und dicht vor ihr das Gesicht von Ernst. Seine braunen Augen, die waren vielleicht sogar das Wärmste gewesen an diesem Abend. Nicht solche Dichteraugen wie die von Johann, aber auf ihre Art gut. Verlässlich.

Einen Augenblick hatte sie sogar überlegt, ihm die Sache mit Lisa und Riefke zu erzählen und ihn um Rat zu fragen, was sie denn jetzt weiter tun solle. Dann hatte sie es doch gelassen. Einmal wieder nur einen Abend genießen, nichts weiter . . .

»Nicht selbst gezahlt?«, fuhr die Mutter auf. »Was heißt jetzt das wieder? Hast du noch nicht genug von der Sache mit Johann? Reicht's dir nicht, dass der dich sitzengelassen hat? Wirfst dich gleich dem Nächsten an den Hals und lässt dich aushalten?!«

»Aushalten!«, entgegnete Clara scharf. »Was du gleich wieder draus machst! Nur wenn ich mich zu einer Suppe einladen lasse! Was hältst du eigentlich von mir! So eine bin ich nicht, und Ernst ist auch nicht so einer. Ein Drucker aus meinem Betrieb. Hat das Zeug zum Meister.«

»So«, machte die Mutter, halb beruhigt, halb gekränkt. Dann

schob sie nach: »Es ist ja nur, weil dein Vater bald heimkommt. Und wenn er hier alles in Unordnung vorfindet, wo er sich doch so aufgeregt hat über die Sache mit dir und Johann – und jetzt noch das mit Lisa ... Wenn er sich nur nicht noch mal so aufregt, dass er gleich wieder Blut spuckt!«

»Vater kommt zurück?«

Die Mutter nickte. »In einer Woche. Er hat geschrieben.«

»Das ist gut«, sagte Clara und wunderte sich selbst, als sie ihren eigenen Worten nachlauschte. Gut? Eigentlich hatte sie sich doch vor der Rückkehr des Vaters gefürchtet! Aber jetzt, wegen Lisa ...

»Gut? Ich weiß nicht«, murmelte die Mutter bedrückt. »Er darf ja nicht mehr in der Spinnerei arbeiten, wegen dem Staub. Was soll denn da werden? Staub gibt es doch in jeder Fabrik. Und was wird er sagen, wenn Lisa nicht im Haus ist? Und wenn man sich Sachen über sie erzählt. Man erzählt sich immer Sachen.«

»Was denn für Sachen? Lisa kann doch nichts dafür!«

»Es bleibt immer Dreck hängen, wenn man mit Dreck beworfen wird. Das war schon immer so. Das ist so sicher wie das Amen in der Kirche.«

»Mutter! Hör auf!«

Die Mutter zuckte die Achseln. »Und ob deinem Vater das recht ist mit der Baronesse. Eine feine Dame, muss ich schon sagen! Vertreibt sich die Nacht mit einem fremden Mann. Ich hab's gehört, man redet im Haus darüber, mehr als einmal ist sie bei ihm über Nacht im Zimmer geblieben. Und das sind die besseren Leute, die man unsereins immer als Vorbild hinhält! Pah! Auch nicht besser als eine von der Straße.«

»Wie du nur redest, Mutter! Sie ist mit Johann verlobt. In nicht mal zwei Wochen ist die Hochzeit!«

Die Mutter schüttelte den Kopf. »Und das sagst du so! Meinst du, ich hab's nicht gemerkt, was da gelaufen ist zwischen ihm und dir? So blöd bin ich nicht! Froh war ich nur, dass es dein Vater nicht gesehen hat – Mord und Totschlag hätte es da gegeben. Und ich …« Die Mutter stockte, fuhr mit veränderter, fast weicher Stimme fort: »Man hat doch ein Herz und war auch einmal jung. Gehofft hab ich halt, dass es gut ausgeht und er dich heiratet. Ein Studierter, aus dem bestimmt mal was wird – das wär doch was gewesen! Da wärst du rausgekommen aus diesem ganzen Elend hier und hättest ein Leben gehabt, wie es sich unsereins nicht mal erträumen kann … Man wünscht seinem Kind schließlich Glück …«

Mit offenem Mund sah Clara ihre Mutter an. Solche Worte von der – das hatte sie nie erwartet.

»Na, jedenfalls hab ich gehofft, wenn dein Vater zurückkommt, dann seid ihr verlobt!«, erklärte die Mutter, nun wieder harsch. »Aber nichts ist! Und dem Weibsstück, das dir deinen Liebsten weggenommen hat, bringst du deine Schwester ins Haus! Hast du denn gar keinen Stolz im Leib? Und keine Ehre?«

Clara schwieg. Dumpf schlug ihr Herz. Etwas an diesen Worten …

»An uns liegt's nicht«, sagte die Mutter. »Wir haben dich ordentlich erzogen. Was hat dein Vater an Schlägen an dich hingewendet, wenn du nicht anständig warst! Daran hat's nicht gefehlt.«

Clara sprang von ihrem Stuhl auf, lief zum Herd, machte sich sinnlos zu schaffen.

»Aber vielleicht bereut er es ja doch, dein Johann, dass er dich ausgemustert hat, und hat es sich anders überlegt und will dich zurück«, hörte sie die Stimme der Mutter in ihrem Rücken.

»Er war vorhin hier. Ganz enttäuscht war er, weil du nicht da
warst. Aber du musstest dich ja rumtreiben!«

Clara fuhr vom Herd herum. »Johann war da?«

»Sag ich doch! Aber nicht, dass du ihm jetzt nachläufst! Einen Mann muss man kommen lassen! Er ist heut Abend sowieso
nicht zu Hause, hat er gesagt. Er hat dir einen Zettel geschrieben. Da liegt er!« Die Mutter machte eine Kopfbewegung zu einem gefalteten Zettel, der auf dem Küchentisch lag.

Clara griff danach, faltete mit fliegenden Fingern den Zettel
auseinander, las: »Liebe Clara! Schade, dass ich dich nicht an-
treffe. Ich muss dringend mit dir wegen Lisa reden. Wir müssen uns überlegen, wie wir Riefke anzeigen und seiner Verurteilung und gerechten Strafe zuführen können. Das sind wir Lisa
schuldig. Aber da sie nicht darüber redet, müssen wir versuchen, Zeugen für Riefkes Verbrechen an ihr zu finden. Jeder
Hinweis kann wichtig sein. Bitte überlege, wen wir befragen
könnten, und höre dich in der Mietskaserne um. Sei vorsichtig
dabei, Riefke darf davon nichts erfahren. Morgen mehr – wir
treffen uns bei Jenny, wenn du von der Arbeit kommst. Jenny
habe ich auch um Mithilfe gebeten. Johann. PS. Lisa ist wohlbe-
halten in der Wohnung der Baronesse angekommen.«

»Und?«, fragte die Mutter.

Mit weichen Knien tastete Clara zum Stuhl, ließ sich darauf
fallen. »Es geht um Lisa«, sagte sie spröde und griff nach einem
Kaschmirschal, nahm sich eine Nähnadel aus dem Nadelkissen.

Schweigend arbeiteten sie.

Dieser Augenblick wahnwitziger Hoffnung ...

Clara versuchte den Gedanken niederzukämpfen. Das mit Johann war vorbei und blieb vorbei, wann würde sie das endlich
begreifen!

Sie hatte es ja längst begriffen. Nur ihr Herz, ihr Herz ...

»Au!«, jammerte sie und steckte sich den Finger in den Mund. Sie hatte sich heftig in die Kuppe gestochen.

»Mach mir bloß den Schal nicht blutig«, drohte die Mutter.

Clara saugte und leckte an dem Finger, bis das Blut versiegt war. Dann machte sie sich wieder an die Arbeit.

»Ach, beinahe hätte ich es vergessen!«, sagte die Mutter. »Da war noch jemand für dich da. Eine ältere Frau, eine bessere. Sie wohnt im ersten Hinterhaus rechts, hat sie gesagt, im dritten Stock. Und sie ist dir und Lisa heut begegnet, hat sie gesagt. Ich weiß nicht, was sie will. Sie hat so seltsame Fragen gestellt. Angeblich muss sie unbedingt mit dir reden. Du sollst gleich zu ihr kommen.« Die Mutter schüttelte den Kopf. »Was das nun wieder soll!«

»Und das sagst du jetzt!« Clara sprang auf. »Wo es doch schon so spät ist!«

»Ganz gleich, wie spät es ist, du sollst zu ihr kommen. Weiß ja nicht, ob das gut ist.«

»Wenn es um Lisa geht!«, erwiderte Clara. »Wie heißt sie, diese Frau?«

»Wie sie heißt? Ja, wart mal. Sie hat ihren Namen gesagt. Aber wie der gleich mal wieder war? Wer soll sich das merken. Irgendwas mit W. Walther oder Werner. Jedenfalls, im dritten Stock vom ersten Hinterhaus rechts!«

Clara griff nach ihrem Schultertuch und eilte davon, hastete durch den dunklen Flur, die kaum beleuchtete Treppe hinunter, eilte über den Hof.

Als sie das Treppenhaus des ersten Hinterhauses betrat, schloss sie geblendet die Augen. Hell brannte hier das Gaslicht. Rasch stieg Clara in den dritten Stock hinauf. Drei Wohnungstüren gingen hier ab. Clara las die Namen: Ein Walter oder Werner war nicht darunter, aber ein Doktor Weidemann. Doktor?

Davon hatte die Mutter nichts gesagt. Aber noch einen Namen mit W gab es nicht. Zögernd griff sie nach dem Klingelzug.

Die Glocke bimmelte. Beinahe unmittelbar danach hörte Clara Schritte hinter der Tür. Eine uralte Frau im schwarzen Kleid öffnete ihr. »Entschuldigung, da habe ich mich wohl vertan ...«, stammelte Clara.

»Kommen Sie nur rein, Fräuleinchen«, erwiderte die Alte. »Die gnädige Frau erwartet Sie! Sie sind doch Clara?«

Clara nickte und folgte der Alten.

Gnädige Frau! So war das also – die Alte hier war ein Dienstmädchen und Frau Doktor Weidemann war eine so Vornehme, dass sie sich bedienen ließ!

Die Alte öffnete eine Tür und verkündete: »Clara ist jetzt da!«, dann ließ sie sie eintreten. Clara fand sich in einem geräumigen Wohnzimmer von unvorstellbarer Pracht. Unzählige Gaslampen strahlten im Kronleuchter, wurden von den Kristallgehängen widergespiegelt und tauchten den Raum in verschwenderisches Licht. Vielfarbige Teppiche bedeckten den Boden, so dick waren sie, dass man schier darin versank. Schwere dunkelrote Samtvorhänge hingen, mit goldenen Kordeln drapiert, vor den beiden Fenstern und eine dazu passende mit Goldfäden bestickte Samtdecke lag über dem schweren Tisch. Schwarze geschnitzte Stühle voller Ornamente und Schnörkel umstanden den Tisch, ein ebensolcher fünftüriger Bücherschrank mit geschliffenen Kristallglastüren prangte an der Wand, gefüllt mit Lederbänden in Goldschnitt, dekoriert mit bronzenen Büsten und einer bronzenen Tischuhr. In einer Eckvitrine glänzten geschliffene Weingläser aus buntem Glas und bemalte Porzellanfiguren. Auf der schwarzen Anrichte mit ihren gedrechselten Säulen prunkte ein gewaltiger Tafelaufsatz aus Porzellan, daneben waren silberne Nippes auf Spitzendeckchen dekoriert. Und dort stand sogar – Gipfel der Vornehmheit – ein Klavier. In einem Sessel vor einem der beiden Fenster, halb hinter Zimmerpalmen verborgen, saß die Frau, der Clara am Mittag begegnet war, und las ein Buch. Nun ließ sie es sinken.

Unwillkürlich knickste Clara. »Entschuldigung, dass ich so spät ...«, begann sie, doch die gnädige Frau winkte ab und wies auf den zweiten Sessel, der dem Ihren gegenüber vor dem anderen Fenster stand. »Nicht der Rede wert, Clara. Ich danke Ihnen, dass Sie es noch möglich machten. Gunda, wenn du uns jetzt bitte das Kännchen Schokolade bringen würdest?«, wandte sie sich dann freundlich an die Alte, die mit gemurmelter Zustimmung das Zimmer verließ.

»Gunda hat mir mein Lebtag treu gedient. Nun ist sie auch im Alter bei mir. Es geht nichts über Dienertreue«, erklärte die gnädige Frau lächelnd, als sie wohl Claras staunenden Blick bemerkt haben mochte. »Doch weshalb ich mit Ihnen sprechen wollte, Clara – ich darf Sie doch Clara nennen?«

Clara nickte. Wie betäubt fühlte sie sich von der fremden, unfassbar reichen Umgebung.

»Unsere Begegnung von heute Mittag will mir nicht aus dem Sinn«, erklärte Frau Doktor Weidemann. »Ich habe schon versucht mit Ihrer Mutter zu reden ...« Sie brach ab.

»Mit meiner Mutter kann man nicht reden«, erwiderte Clara nüchtern.

Frau Doktor Weidemann zeigte ein feines Lächeln.

Die Tür ging wieder auf, die alte Gunda brachte ein Tablett mit silbernem Kännchen und silbernen Löffelchen und feinen Porzellantassen und einer Kristallschale mit Schlagsahne und einer Kristallschale voll verlockender Plätzchen. Clara konnte den Blick gar nicht davon wenden. Das Wasser lief ihr im Mund zusammen, als Gunda ihr eine Tasse Schokolade einschenkte und einen dicken Klecks Sahne darauf häufte. Das Getränk war nur lauwarm, wahrscheinlich hatte es schon länger gestanden. Trotzdem hatte sie noch nie etwas so Köstliches getrunken. Sie schloss die Augen vor Genuss.

»Hier, bedienen Sie sich, die Plätzchen sind noch von Weihnachten übrig«, ermunterte Frau Doktor Weidemann sie und rückte ihr die Schale näher. »Gunda und ich brauchen bis zur Passionszeit, um sie aufzuessen. Sie backt immer noch zwanzig verschiedene Sorten im Advent, genau wie früher, als mein Mann noch lebte und meine Töchter noch zu Hause wohnten!« Ihre Augen wanderten zur Wand, wo zahlreiche Fotos in vergoldeten Rahmen auf der dunkel gemusterten Tapete hingen. Einige waren mit Trauerflor behängt und zeigten einen eindrucksvollen Herrn mit Backenbart. »Das war mein Gatte, mein Theodor«, stellte sie vor. »Er war leitender Arzt am Lazarus-Krankenhaus. Wegen der Nähe zu Klinik haben wir auch im Vorderhaus gewohnt. Nach seinem Tod war mir das viel zu geräumig, meine Töchter waren ja auch schon verheiratet. Also bin ich hierher gezogen und erfreue mich an der Aussicht in den schönen Garten. Ich sitze oft in diesem Sessel am Fenster.«

Warum erzählt sie mir das?, dachte Clara und nahm sich ein Nussplätzchen, spülte es mit Schokolade hinunter, griff nach einem Plätzchen mit Marzipan. So etwas kannte sie bisher nur aus dem Schaufenster der Konditorei, an der sie jeden Tag vorbeilief.

»Auch gestern Vormittag habe ich hier gesessen«, fuhr Frau Doktor Weidemann fort. »Normalerweise gehe ich sonntags ja in den Gottesdienst, aber wenn sich ein Wetterumschwung ankündigt, macht mir mein Rheumatismus Probleme. Also hab ich es vorgezogen, im Warmen zu sitzen und eine gute Predigt zu lesen.«

Gestern während der Kirchzeit? Clara horchte auf.

»Plötzlich hörte ich vom Hof ein lautes Klirren«, fuhr Frau Doktor Weidemann fort. »Wie es so ist, man erschrickt – und unwillkürlich sieht man aus dem Fenster. Was ich sah, war ein Loch in der Scheibe eines Fensters zur Wohnung von Herrn Riefke. Und ein Fräulein, das sich eilig zur Tür der Hintertreppe verdrückte.«

Claras Mund war plötzlich trocken, trotz aller eben genossenen Schokolade. Sie sah Frau Doktor Weidemann an, begegnete einem sehr forschenden Blick.

»Haben Sie noch mehr gesehen?«, flüsterte Clara.

Die Frau Doktor nickte langsam. »Ich habe gesehen, wie Herr Riefke den Vorhang zurückzog, das Fenster aufriss und sich hinausbeugte. Aber das Fräulein war längst verschwunden. Und dann«, Frau Weidemann machte eine Pause und sah Clara fest in die Augen, »und dann schien es mir, ich hätte noch einen Schatten gesehen hinter Herrn Riefke, aber ich konnte nicht mehr erkennen, als dass er sich rasch umdrehte und eine heftige Bewegung machte, als verwehre er jemandem den Zutritt zum Fenster – und dann zog er sehr schnell wieder den Vorhang zu.«

Frau Doktor Weidemann schwieg. Inzwischen hatte sie ihren Blick gesenkt, sah auf ihre Hände. Nach längerer Pause fuhr sie fort: »Kurz darauf sah ich das Dienstmädchen von Riefke mit unordentlichem Haar und halb geöffneter Kleidung aus dem Torbogen kommen und in offensichtlicher Aufregung durch unseren Hof laufen.«

Wieder schwieg sie. Clara drückte sich in den Sessel. Sie zitterte.

Schließlich sprach Frau Doktor Weidemann weiter: »Es ging mir den ganzen Sonntag nicht aus dem Sinn. Ich habe hin und her überlegt. Wäre es nicht meine Aufgabe als Nachbarin gewesen, vielleicht sogar meine Staatsbürgerpflicht, Herrn Riefke zu sagen, dass ich die vermutliche Täterin gesehen hatte, die ihm die Scheibe eingeschlagen hatte? Aber etwas hielt mich zurück.«

Clara presste die Hände aneinander, zerknüllte ihre Schürze. Stumm sah sie Frau Doktor Weidemann an.

»Wie Sie wissen, sah ich die beiden Mädchen heute morgen wieder. Vor allem aber sah ich die Todesangst in den Augen Ihrer Schwester«, sagte diese leise. »Und ich sah den Verband an ihrem Arm und Handgelenk. Clara, ich bitte Sie, vertrauen Sie mir. Ich habe ein Ehrenamt in einem Sittlichkeitsverein. Sie ahnen nicht, was ich schon alles gehört und gesehen habe. Es gibt nichts Menschliches und vor allem nichts Unmenschliches, was ich mir nicht vorstellen kann. Sagen Sie mir die Wahrheit?«

Wenn sie früher die Freundin besucht hatte, war ihr Jennys Küche immer wie eine Insel des Friedens erschienen, ein Ort, an dem sie Ruhe und Freude fand und fröhlich willkommen geheißen und bewirtet wurde. Nun blickte Jenny kaum auf, als Clara eintrat, nickte ihr nur mit einem flüchtigen Lächeln kurz zu und trat weiter die Nähmaschine. Wie erschöpft sie aussah, dunkle Schatten unter den Augen ...

Clara war den ganzen Heimweg von der Druckerei gerannt, um Jenny für ein paar Minuten für sich zu haben, ehe Johann dazukommen würde. Außer Atem ließ sich Clara auf einem Stuhl nieder.

»Johann hat mir gesagt, dass ihr Riefke drankriegen wollt«, sprach Jenny zur Nähmaschine hin. »Ich bin dabei. Das Schwein muss zur Verantwortung gezogen werden. Ich hab nicht viele Leute fragen können, ob sie was gesehen haben. Ich komm ja kaum mehr vor die Tür mit dieser ganzen Näherei hier!« Und damit wies sie mit dem Kopf auf den Tisch, auf dem sich die zugeschnittenen Teile für Knabenanzüge im Matrosenstil türmten.

Clara nickte.

Jenny fuhr fort: »Aber mir ist trotzdem jemand eingefallen, der uns vielleicht helfen könnte.«

»Ja?«, fragte Clara hoffnungsvoll. »Oh, sag!«

»Ich es erzähl gleich nachher, wenn auch Johann – Oh, was war das? Stine, hab ich dich getreten?«

Unter der Nähmaschine erscholl jämmerliches Wehgeschrei.

Clara bückte sich und zog Jennys kleine Tochter hervor, die anklagend ihr Händchen in die Höhe hielt. »Wart mal, ich puste!«, sagte sie tröstend und machte heile, heile, Segen.

»Wenn du mir auch immer zwischen den Beinen rumkriechst!«, schimpfte Jenny, ohne ihre Näherei zu unterbrechen.

Das kleine Mädchen drückte sich schluchzend an Claras Brust. Sofort kam auch Moritz an, der eben noch zufrieden auf der Fensterbank mit den Bauklötzen gespielt hatte, die ihm sein Vater einmal selbst hergestellt hatte.

»Wie geht es denn Heinrich?«, fragte Clara und legte ihren Arm auch um Moritz.

Jenny seufzte. »Schmerzen hat er halt. Aber der Arzt sagt, wir sollen froh und dankbar sein, dass er bisher keine Knochenentzündung bekommen hat. Jetzt muss man abwarten, ob alles gut heilt und zusammenwächst. Aber selbst wenn, ist nicht einfach wieder alles in Ordnung. Dann muss er erst wieder laufen lernen und anfangen seine Muskeln zu kräftigen und so. Und ob er mal wieder richtig arbeiten kann und schwer heben so wie früher, darauf wollte sich der Arzt schon gleich gar nicht festlegen. Ich soll beten, hat er gesagt. Beten! Das mir! Wo ich solchen Aberglauben nur zum Lachen finde – oder zum Heulen, wie man's nimmt. Die Religion ist das Opium des Volkes, hat Marx gesagt, damit sollen die kleinen Leute nur gefügig gemacht werden, damit man sie besser kontrollieren kann. Und da kommt dieser Quacksalber mir mit *beten*, anstatt dass er ordentlich seine Arbeit macht! Wahrscheinlich, damit ich den Mund halte und keine Fragen stelle, wenn Heinrich was zustößt, sondern mir einbilde, ich wär selbst schuld dran, ich hätte nicht genug gebetet ...«

Clara schwieg. Einen von Jennys Kreuzzügen gegen die Kirche und gegen die angebliche Volksverdummung durch Religion heraufzubeschwören, hatte sie keine Lust. Ganz hilflos fühlte sie sich dann immer, weil sie selbst doch auch manchmal betete, auch wenn sie nicht jeden Sonntag in die Kirche rannte wie ihre Mutter. Aber so ganz ohne Religion und ohne die Vorstellung, dass da vielleicht doch einer war, der einen hörte, wenn man verzweifelt war ...

Aber sich mit Jenny darüber zu streiten, dazu fehlte ihr die Kraft. Und zu der Sache mit Heinrich konnte sie schon erst recht nichts sagen, das verschlug ihr irgendwie die Sprache.

So war es ihr fast recht, als Moritz sie anbettelte: »Erzählst du mir was?« – obwohl sie doch darauf brannte, von Jenny zu hören, was die sich wegen Lisa überlegt hatte. Aber die wollte ja erst drüber reden, wenn Johann da war. Also antwortete Clara: »Na gut, Moritz!« Jenny hatte nur noch so wenig Zeit für die Kinder, da war sie es der Freundin schuldig, sich ein wenig zu kümmern. »Hör zu: Es war einmal eine alte Geiß, die hatte sieben junge Geißlein und die hatte sie lieb, wie eben eine Mutter ihre Kinder lieb hat ...«

Die beiden Kleinen kuschelten sich an sie. Jenny ratterte auf der Maschine. Clara erzählte.

Die Verbindungstür zur Stube ging auf und Fräulein Weishaupt, Jennys Untermieterin, kam herein. Grüßend nickte Clara ihr zu und stockte: Sie hatte die junge Lehrerin als frisches, fröhliches Geschöpf in Erinnerung, doch nun sah das Fräulein blass und erbärmlich aus und ihre Augen schienen rotgeweint. Sie ging an den Herd und schöpfte sich kochendes Wasser aus dem Haff, brühte sich einen Tee. Es roch nach Kamille. Clara verzog das Gesicht.

»Dieses Geratter der Nähmaschine macht mich ganz irre!«, stöhnte Fräulein Weishaupt und griff sich an die Stirn. »Kann man hier gar keine Ruhe haben?«

»Nehmen Sie die Matratze aus dem Bett und lehnen Sie sie gegen die Tür, dann hören Sie es nicht so«, erwiderte Jenny, ohne ihre Arbeit zu unterbrechen.

»Aber wie soll ich dann liegen!«, klagte das Fräulein und verschwand mit ihrem Tee.

»Was ist denn mit der los?«, fragte Clara, als sich die Tür hinter ihr geschlossen hatte. »Ist sie krank?«

»Liebeskummer«, erwiderte Jenny trocken. »Ihr Leutnant hat sich mit einer anderen verlobt, einer mit Mitgift.«

»Oh«, machte Clara.

Auch anderen Fräuleins geht es so wie mir mit Johann. Sogar solchen, die gebildet sind und sich ihr Brot als Lehrerin verdienen und sich so eine gute Stube ganz für sich allein leisten können … Und immer, weil die Männer glauben, sie hätten was Besseres gefunden!

»Erzähl weiter, Tante Clara!«, quengelte Moritz.

»Weiter!«, erklang es wie ein Echo von Stine.

»Ist ja gut! Nicht lange danach kam die Geiß nach Hause. Doch wie ist sie erschrocken! Die Haustür stand auf …« So erzählte sie das Märchen bis zum Schluss.

»Der Wolf ist tot! Der Wolf ist tot!«, rief Moritz begeistert, zog Stine von Claras Schoß, fasste sie bei beiden Händen und begann mit ihr hüpfend und sich drehend um den Tisch zu tanzen: »Der Wolf ist tot!«

Da klopfte es.

Johann!, dachte Clara. Schon bei dem Gedanken stieg ihr Wärme ins Gesicht.

Nicht doch!, schalt sie sich selbst. Er kommt nicht, um dich zu sehen. Er kommt, um mit Jenny und dir zu reden, weil er Lisa helfen will. Und das ist immerhin viel. Und doch ...

Sie konnte auf einmal nicht zur Tür sehen, bückte sich und hob die Hose des Matrosenanzuges auf, die vom Tisch gerutscht war.

»Ah! Baronesse!«, hörte sie die Stimme von Jenny, ein jäher Stich durchfuhr sie, sie blickte auf: Johann war nicht allein gekommen, er hatte seine Verlobte mitgebracht. Für diese ließ Jenny sogar ihre Näharbeit sein, stand auf und rückte ihr einen Stuhl zurecht.

Johann nickte Clara zu und streckte ihr die Hand hin: »Ich bin froh, dass du da bist, Clara!«

Diese Worte ...

Es war, als wäre alles vergessen – dass er mit ihr Schluss gemacht hatte und dass er jetzt die Baronesse hatte und dass sie wütend auf ihn war ...

Als wäre alles wie früher und als wären sie allein, nur er und sie.

In ihren Wangen glühte es.

»Einen schönen Gruß soll ich Ihnen bestellen, von Lisa«, sagte die Baronesse. Diesen Blick, den die ihr zuwarf ...

Auf einmal fühlte sie sich ertappt.

»Lisa?«, erwiderte sie mühsam und zwang sich, das, was da

eben in ihr aufgegangen war, wieder zuzumachen. Lisa. Sie waren hier nur wegen Lisa. Sie räusperte sich. »Wie geht es ihr?«

»Sie hat viel geschlafen. Das machen wohl die Tabletten von Doktor Schneider. Und heute Nachmittag habe ich sie mit Emma in den Tiergarten geschickt, weil so schön die Sonne schien und so herrlicher Schnee ist.«

»In den Tiergarten in den Schnee, mitten unter der Woche! Das lass ich mir gefallen!«, meinte Jenny mit einem trockenen Auflachen.

Endlich gelang es Clara wieder, sich zu fassen. Ihre Schwester hatte es gut bei der Baronesse. Das war jetzt das Wichtigste.

»Ich habe gedacht, das würde ihr helfen«, erklärte die Baronesse. »Die beiden hatten ganz rote Wangen von der Winterluft, als sie wieder nach Hause kamen. Sie haben einen Schneemann gebaut, hat Emma erzählt. Lisa redet nicht viel. Aber ich denke, das kommt mit der Zeit.«

»Danke«, sagte Clara. Und dann straffte sie sich und fügte rasch hinzu, was zu sagen sie sich dafür vorgenommen hatte, wenn sie die Baronesse wiedersah, weil die sich doch so um Lisa kümmerte – auswendig gelernt hatte sie es, und deshalb spulte sie es jetzt ab, so schwer es auch fiel: »Ich wollt Ihnen auch noch sagen, Baronesse, dass es mir leidtut. Dass ich Ihnen Weihnachten das Kleid vor die Füße geschmissen habe, meine ich, und was ich da gesagt habe …« Sie spürte, wie sie den Faden verlor. Es wäre ihr lieber gewesen, Johann stünde nicht dabei.

»Lassen wir das! Hier geht es um Lisa«, erwiderte die Baronesse knapp.

Das war immerhin leichter gegangen, als sie gedacht hatte.

Johann nickte. »Ja. Habt ihr was in Erfahrung gebracht, was uns nützen kann, Riefke vor Gericht zu bringen?«

»Also, das war so …« Clara erzählte von ihrer Begegnung mit Frau Doktor Weidemann und dass sie der alles erzählt hatte und dass die ihnen helfen wollte, nur leider nichts Genaues gesehen hatte. Aber dass sie mit der Frau Rosenstengel reden wollte, die in ihrem Haus im Erdgeschoss wohnte und dauernd zum Fenster raussah. Sie schloss: »Und deshalb wollte ich nachher gleich noch zu ihr und sie fragen, ob sie schon mit Frau Rosenstengel geredet hat und was die gesagt hat.«

Johann rief aus: »Wenn Frau Rosenstengel Riefke mit Lisa gesehen hätte, in eindeutiger Situation – das wäre Gold wert! Wenn es so wäre, dann hätten wir Riefke am Schlafittchen. Am besten gehen wir gleich miteinander zu dieser Frau Doktor Weidemann, kommst du auch mit, Margarethe?«

»Aber gewiss doch«, erwiderte die Baronesse. »Ich wage kaum zu hoffen, dass wir womöglich schon am Ziel sind! Das haben Sie großartig gemacht, Clara!«

»Ich hab ja gar nichts gemacht«, wehrte sie ab. »Aber Jenny hat auch noch was!« Erwartungsvoll sah sie ihre Freundin an.

Diese nickte. »Ja, mir ist da was eingefallen, was von Bedeutung sein könnte.« Sie ließ die Matrosenjacke sinken, an der sie inzwischen die Knöpfe annähte, und begann: »Es ist schon lange her, vier, fünf Jahre, wir waren frisch verheiratet, Heinrich und ich, und ich hab noch in der Fabrik gearbeitet, da wohnte hier gleich nebenan eine Familie Meier. Einen ganzen Haufen Kinder hatten sie, er war Dreher bei Borsig, ein Kollege von Heinrich, aber obwohl er einigermaßen verdient hat, das Geld war trotzdem immer knapp, kein Wunder bei sieben oder acht Kindern. Da hat die Älteste eben schon kräftig mitschaffen müssen, ein Mädchen von elf, zwölf Jahren, Käthe hieß sie und war ein hübsches Ding. Und dann, als sie mal wieder die Miete nicht zahlen konnten, hat Riefke angeboten, dass sie nachmittags als Dienstmädchen bei ihm arbeiten kann und er dafür die halbe Miete erlässt.«

»Wie bei Lisa!«, rief Clara aufgeregt.

»Ja«, sagte Jenny, »wie bei Lisa, und ich hab mir schon bittere Vorwürfe gemacht, dass ich da nicht mehr dran gedacht habe und euch nicht gewarnt habe, als Riefke Lisa als Dienstmädchen genommen hat, das kannst du mir glauben. Aber ich hatte es einfach vergessen. Ich hatte damals ja auch nicht verstanden, worum es ging, keine Ahnung hab ich gehabt, wer denkt denn an so was! Erst jetzt, nachdem du mir das von Lisa erzählt hattest, fiel es mir wieder ein, siedend heiß. Jedenfalls ging es mit Käthe beim Riefke eine Weile gut, soweit ich mich erinnern kann. Bis zu dem Abend, an dem ihr Vater sie fast totgeschlagen hat.« Sie stockte.

»Wieso? Red weiter!«, drängte Clara.

»Unser Nachbar Meier, das war ein Rabiater, wo der hingelangt hat, da ist nichts mehr gewachsen. Und er hat seine Kinder oft verprügelt, die waren still vor Angst, wenn er abends heimkam, mir hat es die Seele im Leib rumgedreht, aber was will man machen, wie die Leute ihre Kinder erziehen, das ist ihre eigene Sache. Aber an dem Abend, da war es zu wild. Wir haben Käthe schreien hören und schließlich nur noch wimmern und wir haben Meier brüllen hören und wir haben gehört, wie er immer wieder auf sie eingedroschen hat. Wir haben uns beide nur noch angesehen, Heinrich und ich, und ich hab gesagt: »Der schlägt die doch tot!«, und da sind wir beide rüber. Und Heinrich ist dem Meier in den Arm gefallen und hat ihn festgehalten, wie ein Stier hat sich der gewehrt und hat gebrüllt, was uns einfällt und es geht uns gar nichts an und seine Tochter will sich weigern, weiter bei Riefke zu arbeiten, und die wird er schon lehren und wenn sie auf allen vieren zu Riefke kriechen muss. Es war schrecklich. Das Mädchen war übel zugerichtet und hat in der Ecke gekauert und sich mit beiden Händen den Kopf gehalten und immer nur geschluchzt: »Und wenn du mich totschlägst, ich geh da nicht mehr hin!« Heinrich hat dann den Meier so weit zur Vernunft gebracht, dass der versprochen hat, dem Mädchen nichts mehr zu tun, und da sind wir wieder gegangen und die halbe Nacht haben wir Käthe noch weinen gehört.«

»Mein Gott!«, flüsterte die Baronesse. »Das ist ja furchtbar.«

»Ja, furchtbar, das war es«, bestätigte Jenny. »Ich hab am nächsten Tag in der Fabrik immer dran denken müssen. Aber als ich abends nach Hause kam, da war die Wohnung von Meiers leer. Einfach ausgezogen waren sie, Hals über Kopf, und keiner wusste, wohin. Und keiner wusste, warum. Das Größte war, dass sogar Meier selbst es nicht wusste! Als er spät abends aus der Wirtschaft heimkam, war seine Frau mit den Kindern verschwunden und er hatte keine Ahnung davon gehabt! Und nicht einmal ein Bett oder auch nur eine Decke hatte seine Frau in der Wohnung für ihn gelassen! Der hat vielleicht getobt! Wir haben ihn dann die Nacht bei uns auf dem Sofa schlafen lassen und haben uns gedacht, seine Frau hatte genug von der Prügelei und hat ihn verlassen, aber wo sollte sie denn hin ohne Ernährer? So war es dann auch nicht, Heinrich hat erzählt, am nächsten Abend stand sie bei Fabrikschluss mit allen Kindern am Tor und Meier hat ihr erst mal eine geknallt und dann ist er mit seiner Familie abgezogen. Und kurz drauf ist er dann auch bei Borsig rausgeflogen und Heinrich hat ihn aus den Augen verloren. Und Riefke hat gewütet, weil sie nicht ordentlich gekündigt hatten und noch Miete schuldig waren und mit ihren paar Habseligkeiten einfach abgehauen sind, als er grad nicht da war und seine Mutter auch nicht. Und wir haben nie wieder was von Meiers gehört.«

»Dann hilft uns das auch nichts!«, stöhnte Johann. »Meier – so ein Name! Den gibt es doch wie Sand am Meer! Keine Chance, die ausfindig zu machen und zu fragen, was damals war!«

»Ja,« sagte Jenny, »aber vor ein paar Tagen habe ich Käthe wiedergesehen, als ich Heinrich besucht hatte und die Treppe im Krankenhaus runtergegangen bin. Die hat sie nämlich grad gewischt. Sie arbeitet als Putzfrau in der Charité. Ich hab sie nicht gleich erkannt, sie war damals ja noch ein Kind und jetzt war sie ein junges Fräulein, aber sie hat gesagt: »Du bist doch Jenny, oder?«, und da bin ich bei ihr stehen geblieben und hab sie gefragt, wie es ihr geht und hab ihr von Heinrich erzählt. Sie war ganz erschüttert, als sie gehört hat, wie schwer verletzt Heinrich ist, und hat gesagt, dass sie uns ewig dankbar ist, weil wir ihr damals gegen ihren Vater geholfen haben. Ich wollt sie ja noch fragen, was da eigentlich war und weshalb sie partout nicht mehr zu Riefke wollte, aber dann hat oben im Flur ein Schwindsüchtiger Blut gespuckt und sie musste hin und es wegputzen und ich musste ja auch nach Hause zu den Kindern. So hab ich nicht erfahren, was damals gewesen ist, aber jetzt, nach der Sache mit Lisa, jetzt fällt es mir wie Schuppen von den Augen. Nie wär ich auf so was gekommen! Aber es passt alles zusammen.«

Clara presste die Hand vor den Mund. Hätten sie das alles doch vorher gewusst, vorher, bevor Lisa zu Riefke kam! Nie und nimmer hätte sie dann zugelassen, dass ihre kleine Schwester Dienstmädchen bei Riefke wurde!

»Herrgott!«, schrie Johann und sprang auf. »Dann hat der Mistkerl das nicht nur einmal gemacht! Wer weiß, wie viele Mädchen er so auf dem Gewissen hat! Aber jetzt kriegen wir ihn! Ich schwöre, wir kriegen ihn! Jenny, kannst du morgen mit mir in die Charité? Wir müssen mit dieser Käthe sprechen, unbedingt!«

Jenny schaute stumm auf den Haufen zugeschnittener Matrosenjacken und -hosen und seufzte tief. Dann nickte sie. »Wenn ich die Nacht durcharbeite, wird es schon gehen!«

»Ich helfe dir, ich bleibe heute Nacht bei dir und nähe Knöpfe an und solche Sachen, die man mit der Hand machen muss«, erklärte Clara. »Mensch, Jenny! Ich dank dir! Ich dank dir so sehr!« Sie fiel der Freundin um den Hals. Auf einmal musste sie weinen. Und es war ihr gleich, wer es sah.

– 16 –

Sie hatten Heinz Bloos am frühen Nachmittag zur Charité geschickt, damit er herausbekam, wie lange die Putzfrauen arbeiten mussten, und Käthe darauf vorbereitete, dass Jenny und eine andere Dame mit ihr reden wollten. Heinz hatte die Aufgabe mit Bravour erfüllt und die zwanzig Pfennige, die Margarethe ihm dafür gegeben hatte, mit zufriedenem Grinsen eingesteckt. Früher hätte sie ihm eine Mark für einen solchen Botendienst gegeben, aber nun musste sie aufs Geld sehen.

Mit Jenny gemeinsam wartete Margarethe vor dem Krankenhausgebäude, in dem Käthe Meier arbeitete. Jenny hatte Johann überzeugt, dass es besser war, wenn er nicht mitkam – und stattdessen lieber sie, Margarethe. Weil so ein Gespräch nur unter Frauen nun einmal einfacher sei.

»Hoffentlich ist Fräulein Meier bereit, vor Gericht auszusagen, was ihr damals bei Riefke zugestoßen ist«, sagte Margarethe und merkte, als sie ihren eigenen Worten nachlauschte, dass sie schon nicht mehr den geringsten Zweifel daran hatte, in welche Richtung gehen würde, was Käthe zu erzählen hätte. »Nun, nachdem diese angebliche Zeugin, die Frau Doktor Weidemann zu gewinnen gehofft hatte, nichts gesehen hat, wird diese Aussage doppelt wichtig, um Riefke zu überführen.«

»So ein Pech aber auch!«, murmelte Jenny. »Da sitzt diese Frau Rosenstengel Tag für Tag am Fenster und schaut in den Garten, und dann ist sie gerade an dem Tag krank, auf den es ankommt, und liegt im Bett und hat nichts gesehen!«

Margarethe nickte. Verzweifeln könnte man darüber. So nahe waren sie dem Ziel scheinbar schon gewesen, und dann waren die Hoffnungen, dass Lisa Gerechtigkeit widerfuhr, wieder zerstoben. Frau Rosenstengel hatte nichts weiter zu berichten gewusst, als dass seit einiger Zeit – sie konnte sich nicht recht erinnern, seit wann – immer Sonntagvormittag und Mittwochnachmittag die Vorhänge bei Riefke zugezogen worden waren. Aber mehr hatte sie nie gesehen.

Hätte nicht der Himmel auf Lisas Seite sein können, auf der Seite des armen Kindes?

Auch Frau Doktor Weidemann hatte so eine Bemerkung gemacht.

Was für eine Frau! Länger als Johann und Fräulein Bloos war Margarethe am Vorabend bei Frau Doktor Weidemann geblieben und hatte sich ausführlich mit ihr unterhalten. In ihr hatte sie eine Gleichgesinnte erkannt oder mehr noch, ein Vorbild: eine, die schreckliche Zustände nicht nur beklagte, sondern alles in ihrer Macht Stehende tat, um sie zu ändern. In ihrem Sittlichkeitsverein kämpfte Frau Doktor Weidemann, wie sie sagte, für die Abschaffung der Prostitution. Aber das tat sie nicht aus moralischer Entrüstung über die Prostituierten, sondern aus Zorn über die verlogene Doppelmoral der Männer. Sie engagierte sich gegen die schreckliche Ausbeutung und unglaubliche Missachtung der betroffenen Frauen. Und wie frei sie über die Missstände und Verbrechen sprach! Ohne Herumdrucksen und ohne Verlegenheit nannte sie die Dinge beim Wort, nachdem sie sich mit einer kurzen Nachfrage bei Margarethe vergewissert hatte, ob sie über dergleichen Themen offen reden dürfe.

Was sie alles erzählt hatte – Margarethe hatte es die Sprache verschlagen. Dass die wenigsten Prostituierten dieses Gewerbe aus freiem Willen ergriffen hätten. Dass viele Mädchen und Frauen diesen einzigen Ausweg aus blanker Not gewählt hätten, um nur überleben oder ihre Kinder ernähren zu können. Dass unzählige ahnungslose Mädchen vom Lande, die sich in der Stadt eine Anstellung suchen wollten, bereits bei ihrer Ankunft am Bahnhof von Kupplern abgeschleppt würden, dass die Mädchen gutgläubig mit diesen mitgehen würden, weil ihnen eine Dienstbotenstelle versprochen würde, dass sie sich stattdessen jedoch unversehens in einem Bordell wiederfänden, in dem sie zur Prostitution gezwungen würden. Dass oft Dienstmädchen oder andere junge Mädchen aus dem Volke, die den Verführungen von Herren der besseren Stände erlegen seien und sich mehr oder weniger freiwillig mit ihnen eingelassen hätten, keinen anderen Weg mehr fänden als den auf die Straße oder ins Freudenhaus – vor allem, wenn diese sauberen Herren ihrer Verantwortung im Falle einer Schwangerschaft nicht gerecht würden und für Mutter und Kind nicht sorgen würden. Dass die Prostitution sittenwidrig und angeblich verboten sei, aber der Männer wegen trotzdem geduldet und reglementiert werde, da diese ja anscheinend nicht ohne eine solche Einrichtung existieren könnten. Dass – um die Männer vor Ansteckung mit Syphilis oder anderen Geschlechtskrankheiten zu schützen – die Prostituierten unter absolut menschenunwürdigen Umständen zwangsweise auf Geschlechtskrankheiten untersucht würden. Und dabei seien es doch die Männer, die mit ihrem unkontrollierten Triebleben die verheerende Syphilis verbreiten und nicht nur an Prostituierte, sondern auch an ihre treuen Ehefrauen und ungeborenen Kinder weitergeben würden.

Was Frauen und Mädchen alles angetan wurde! Was manche Frauen und Mädchen von Männern zu erdulden hatten …

Sätze hatte Frau Doktor Weidemann gesprochen, die Margarethe durch und durch gegangen waren, die sich in ihrem Kopf drehten: »Die Tugendhaftigkeit der höheren Tochter gilt als absolutes Gut, ihre Keuschheit wird auch von den Herren geschützt, selbst fraglos noch vom Bräutigam« – aber keiner spricht von den Mädchen des Volkes, die dafür mit Leib und Seele bezahlen und oft genug noch mit ihrem Leben! Weil die Herren zwar eine jungfräuliche Braut heiraten möchten, aber beileibe nicht selbst bis zur Ehe keusch leben wollen. Diese verlogene Moral muss ein Ende haben!

Margarethe fasste sich an die Stirn, presste die mittleren Finger ihrer Rechten dagegen, schloss kurz die Augen. Sie musste noch einmal mit Frau Doktor Weidemann reden, unbedingt.

Einer Frau wie ihr war sie noch nie begegnet. Um dieser Bekanntschaft willen war sie mehr als froh, Fräulein Bloos zu ihr begleitet zu haben.

Clara Bloos ...

Dieser Moment gestern, als sie selbst mit Johann in Jennys Küche getreten war und Clara Bloos, die sich eben nach einer heruntergefallenen Hose gebückt hatte, Johann und sie erblickt hatte ...

Was da im Gesicht des Mädchens vor sich gegangen war wie in einem offenen Buch ...

Mein Gott, dieses einfache Mädchen hatte Johann geliebt. Sie liebte ihn immer noch.

Und Johann?

Schöne Tage und schöne Nächte hatte er mit ihr verbracht, hat er gesagt. Schöne Nächte ...

Meine Jungfräulichkeit hätte er nie angetastet, wenn ich selbst ihn nicht dazu aufgefordert hätte, das weiß ich genau. Und was wir taten, das war vor uns selbst eine Eheschließung, ein Bund für alle Zeit. Und am nächsten Morgen wollte er sofort zum Standesamt.

Aber mit Clara Bloos ...

Und keiner spricht von den Mädchen des Volkes ...

Ein Zittern durchfuhr Margarethes Körper. Sie zog ihr Pelzcape enger.

»Da kommt sie!«, rief Jenny und wies auf eine zierliche blonde Frau, die aus dem Portal trat und sich suchend umblickte. »Käthe! Hier sind wir!« Sie winkte der jungen Frau zu.

Margarethe suchte sich zu fassen, sich auf die Aufgabe des Augenblicks zu konzentrieren. Sie schob alle Gedanken beiseite und sah Käthe Meier entgegen. Jetzt ging es darum, Lisa vor Riefke zu beschützen.

Diese kam näher, bedachte Jenny mit einem warmen Lächeln und Margarethe mit einem misstrauisch taxierenden Blick und knickste vor ihr.

»Schön, dass Sie sich Zeit für uns nehmen wollen«, sagte Margarethe und bemühte sich um einen freundlich-verbindlichen Ton. Sie streckte der Jüngeren die Hand hin. »Gehen wir in ein Lokal in der Nähe, damit wir in Ruhe reden können! Leider kenne ich mich mit der Gastronomie hier in der Gegend nicht aus, ich hoffe, wir finden etwas Passables, wohin man sich auch ohne Herrenbegleitung wagen kann. Kommen Sie?«

Käthe schien sehr unsicher, was sie darauf antworten sollte, doch Jenny hängte sich bei ihr ein und sagte: »Ich freu mich so, dich wiederzusehen! Stell dir vor, ich hab inzwischen zwei Kinder, Moritz und Stine, das sind zwei ganz liebe. So eine glückliche Familie waren wir, ja, und dann kam der Unfall ...«

Käthe erkundigte sich nach Heinrich und erzählte, dass sie ihn besucht habe, nachdem sie von Jenny erfahren hatte, dass er in der Charité liege, und unter solchen Gesprächen, die Margarethe erleichtert dem Geschick von Jenny überließ, kamen sie vor einem Speiselokal an, dessen Eingang rund wie ein riesiges Bierfass gestaltet war und in dessen Fenster ein hebräischer Schriftzug prangte, von dem Margarethe wusste, dass er auf koschere Küche verwies. Sie zögerte. Ein jüdisches Speiserestaurant? Ob das die richtige Umgebung war? Ob sie sich da hineinbegeben konnte − ohne männlichen Geleitschutz, nur in Begleitung zweier junger Frauen, die so gar nicht ihresgleichen waren?

Noch während sie überlegte, ging die Tür auf und eine gut gekleidete Dame in Gesellschaft eines distinguiert aussehenden Herrn trat heraus. Nun gut, das mochte angehen. Sie strebte der Tür zu, doch plötzlich blieb Käthe stehen und erklärte: »Da kann ich nicht rein!«

»Warum?«, fragte Margarethe und erwartete schon halb, die junge Frau würde sich an der hebräischen Inschrift stoßen, doch diese wies auf ihr schäbiges geflicktes Kleid und ihr völlig verwaschenes Schultertuch. »In dem Aufzug! Da lassen die mich doch gar nicht rein!«

Hieran mochte etwas Wahres sein ...

»Komm, nimm mein Schultertuch«, sagte Jenny geistesgegenwärtig, griff unter ihren Umhang und holte ein großes schwarzes Wolltuch mit aufwändig gehäkelter Umrandung hervor. »Steck dein Schultertuch in deinen Korb und zieh dir meines um, das verdeckt dein Kleid!«

»Meinst du wirklich?« Beinahe andächtig wickelte Käthe sich in Jennys Tuch. So betraten sie zu dritt das Lokal. Der befrackte Kellner taxierte sie mit geübtem Blick, doch hatte er offenkundig Schwierigkeiten, eine passende Kategorie für dieses seltsame Trio zu finden. »Ein ruhiger Tisch, an dem wir ungestört speisen können!«, befahl Margarethe mit aller ihr zu Gebote stehenden Arroganz, und dieser Ton überzeugte ihn. Er führte sie an einen runden Tisch im hintersten Winkel des Restaurants. Wenigstens war das Tischtuch von makellosem Weiß und hing so tief herab, dass von Käthes schäbigem Kleid nichts mehr zu sehen war.

Nach einem kurzen Blick auf die Speisekarte beschloss Margarethe, allen möglichen Peinlichkeiten zuvorzukommen und eine Bestellung aufzugeben, ohne ihre Begleiterinnen zu fragen. Sie entschied sich für den als österreichische Spezialität angepriesenen Kaiserschmarrn mit Preiselbeerkompott und drei Kännchen englischen Tee. Die Gespräche mehrerer Herren an den Nachbartischen verrieten ihr, dass dieses Lokal vor allem von Ärzten der Charité bevölkert war. Sie atmete auf: Hier drohte ihnen keine Pöbelei. Erleichtert wandte sie sich wieder dem Gespräch zu, das ganz von Jenny gelenkt wurde. Diese Frau war wirklich geschickt darin, wie sie Käthe die unverkennbare Befangenheit darüber nahm, mit einer fremden Damen zu speisen, die zur höchsten Gesellschaft gehörte.

»Wohnst du denn noch zu Hause, Käthe?«, erkundigte Jenny sich eben. »Oder bist du etwa schon verheiratet?«

»Weder noch«, antwortete Käthe. »Zu Hause, nein, da hab ich es nicht mehr ausgehalten. Und heiraten – wozu? Um das gleiche Elend zu erleben wie meine Mutter? Nein, bleib mir damit vom Leib! Zehn lebende Kinder und fünf tote zu haben wie meine Mutter und nie genug Geld, nie wissen, woher man das Brot nehmen soll und die Kohlen und die Milch für die Kleinsten. Nee, bloß nicht! Und dauernd Hiebe und Tritte kassieren und angebrüllt werden und nie ein gutes Wort!«

»Es muss ja nicht so sein«, sagte Jenny und legte ihr die Hand auf den Arm. »Es hängt ja davon ab, wen du nimmst. Musst ihn dir halt genau vorher anschaun, deinen Liebsten.«

»Ich hab keinen Liebsten und ich brauch keinen«, erklärte Käthe schroff. »Mir kommt keiner ins Bett. Ich hab jetzt einen guten Schlafplatz bei einer Witwe mit zwei Töchtern in meinem Alter, wir haben nur ein einziges Zimmer zusammen, aber das ist groß und liegt nicht im Keller und ich hab sogar ein Bett ganz für mich allein. Und ruhig geht es dort zu, kein böses Wort. Die Mädchen arbeiten als Ladenmädchen, vierzehn Stunden am Tag müssen sie stehen und dürfen sich keinen Augenblick zwischendurch setzen, auch nicht, wenn kein Kunde da ist, die sind völlig am Ende, wenn sie abends heimkommen und wollen nur noch die Füße hochlegen. Da lesen wir sonntags in Ruhe oder spielen auch mal Karten oder stricken und häkeln und singen dazu, und bei schönem Wetter spazieren wir auch mal durch den Park oder die Spree entlang. So was hab ich früher nicht gekannt.«

»Und deine Mutter?«, fragte Jenny.

»Manchmal besuch ich sie, aber immer nur, wenn ich sicher sein kann, dass mein Vater nicht zu Hause ist, und bring ihr was Leckeres mit und lass ein paar Pfennige da, nichts Großes, ich verdien ja nicht viel. Aber sie ein bisschen unterstützen, das will ich schon. Sie ist immerhin meine Mutter.« Käthe seufzte.

Margarethe überlegte, wie sie das Gespräch in die gewünschte Richtung bringen könne, aber ihr schien es besser, es noch eine Weile so laufen zu lassen, bis Käthe Zutrauen gefasst habe.

»Nee, nee, den Fehler wie meine Mutter, den mach ich nicht«, erklärte Käthe weiter. »Ich seh ja, wie sie ihr Leben lang dafür büßt, dass sie sich mit einem Kerl eingelassen hat! Freilich − mit dir und deinem Heinrich, das war etwas anderes, Jenny. Das weiß ich noch, wie ruhig und herzlich bei euch alles war. Und dass ihr damals dazwischen seid, als mein Vater mich totschlagen wollte, das vergess ich euch nicht.«

Das ist die Gelegenheit!, dachte Margarethe. Hoffentlich hakt Jenny hier ein! Doch da kam der Kaiserschmarrn, und das Gespräch verstummte. Sie bemühte sich, nicht hinzusehen, wie gierig Käthe ihre Portion verschlang, wie sie über dem Teller hing und in unfassbarer Geschwindigkeit alles in sich hineinschaufelte. Aber dann nahm sie doch den Ausdruck seliger Schwelgerei in deren Gesicht wahr und es machte ihr Spaß. Sie vergaß ihre Kinderstube und schob Käthe ihre nicht einmal berührte Portion hin, als diese ihren Teller leer gegessen hatte, und sagte: »Hier, wenn es Ihnen nichts ausmacht, wäre ich dankbar, wenn Sie das auch noch essen. Es ist mir peinlich, es übrig zu lassen. Aber ich habe einen etwas angegriffenen Magen.«

Käthe verspeiste alles und blühte sichtlich auf. »Also? Worum geht's jetzt?«, fragte sie plötzlich ganz nüchtern. »Was willst du von mir, Jenny? Und warum bringst du mir hier so eine vornehme Dame an, die bestimmt bessere Gesellschaft gewöhnt ist als eine Putzfrau von der Charité? Die Einladung zum Essen, die ist doch nicht für umsonst!«

»Es geht um Lisa, die kleine Schwester meiner besten Freundin«, antwortete Jenny. »Die Baronesse hat sich im Auftrag eines Wohltätigkeitsvereins um sie gekümmert. Lisa lebt zurzeit bei der Baronesse. Weil sie in unserer Mietskaserne nicht mehr sicher ist.«

»Was hab ich damit zu tun?«, fragte Käthe.

»Lisa war seit ein paar Monaten Dienstmädchen bei Riefke. Und du hast doch damals gesagt, lieber soll dein Vater dich totschlagen, als dass du noch mal zu Riefke gehst ...«

Es war, als würde ein Vorhang vor Käthes Gesicht fallen. Ihr Blick wurde starr, ihr Ausdruck verschlossen.

So viele Jahre ist es her, dachte Margarethe – und noch immer diese Reaktion! Heilt denn die Zeit nicht alle Wunden?

»Hör auf!«, presste Käthe hervor. »Darüber will ich nicht reden!«

»Aber Käthe«, beharrte Jenny. »Hör doch erst mal zu! Lisa hat versucht sich was anzutun, die Pulsadern wollte sie sich aufschneiden, Riefke hat sie, hat ihr ...«

»Du sollst aufhörn, hab ich gesagt!«, wiederholte Käthe heftig und laut. Die Herren im Lokal drehten sich um und reckten die Köpfe.

»Wir wollen Riefke anzeigen«, fuhr Jenny unbeirrt fort, »ihn vor Gericht bringen, büßen soll er für seine Schandtaten, das musst du doch auch wollen, aber wir müssen es ihm beweisen, und da haben wir gedacht ...«

Käthe stand auf und ging mit beinahe hölzernen Bewegungen zur Tür.

»Käthe, warte doch!«, rief Jenny und eilte hinterher.

Einen Augenblick saß Margarethe wie betäubt, dann winkte sie dem Kellner, zahlte rasch und folgte den beiden. Draußen, ein paar Häuser weiter, fand sie Jenny, die auf eine blasse, an die Gaslaterne gelehnte Käthe einredete.

»Lassen Sie es gut sein, Jenny!«, befahl Margarethe harsch. Dieses hilflose Gesicht von Käthe, das auf einmal so unglaublich jung und verletzlich aussah wie das Gesicht eines ängstlichen Kindes – das konnte sie nicht ertragen.

Margarethe drückte Käthe ihre Visitenkarte in die Hand. »Hier, nehmen Sie diese Karte! Es steht meine Adresse darauf. Ein Anwalt steht mir zur Seite. Wenn Sie wollen, dass Riefke das Handwerk gelegt wird, oder wenn Sie selbst Hilfe brauchen, melden Sie sich bei mir! Und bitte verzeihen Sie.«

Käthe drehte sich um und ging ohne ein Wort davon.

Margarethe sah ihr nach. Nein, da gab es keinen Zweifel, dass es damals bei Käthe um Ähnliches gegangen war wie bei Lisa.

Dass noch nach Jahren die Verletzung so spürbar blieb . . .

Ihr wurde kalt. Was wusste sie schon von einem solchen Leben . . .

Und keine Hilfe für Lisa.

Dieser Riefke musste doch zur Verantwortung gezogen werden! Dass es so schwer war, Lisa und Käthe Gerechtigkeit widerfahren zu lassen!

Aber – ob Lisa damit wirklich gedient war?

Dieser nagende, kaum fassbare Zweifel, der sie beschlich . . .

Aber wenn Riefke immer so weitermachte – das konnte man doch nicht zulassen! Und wenn er nicht hinter Schloss und Riegel saß, wie sollte Lisa sich dann je wieder sicher fühlen? Und wie sollte man sie und ihre Familie vor diesem Verbrecher schützen?

Margarethe saß an dem Schreibtisch ihrer Mädchentage in dem Raum, der Johanns Zimmer werden würde, und schrieb in sorgfältigster Kalligrafie die Namen der Hochzeitsgäste auf die Tischkarten, die sie selbst mit Aquarellfarben bemalt hatte. Viele waren es nicht: drei Freunde von Johann, darunter der Anwalt Dr. Grünröder mit Gattin – und von ihrer Seite nur Julia von Aubach und Hermine Weidemann. Kaum zu glauben, dass sie die Witwe des Krankenhausarztes Doktor Weidemann erst seit wenigen Tagen kannte: Schon in der kurzen Zeit war sie ihr zur Freundin geworden. Und könnte doch gut und gern ihre Mutter sein.

Zu fest drückte sie die Kalligrafiefeder auf, Tinte spritzte, das mit viel Sorgfalt bemalte Kärtchen war verdorben. Heftig warf Margarethe es in den Papierkorb und griff nach einem neuen. Sie hatte für solche Kalamitäten von vornherein zwei mehr bemalt, als sie benötigte – oder war es aus der aberwitzigen Hoffnung gewesen, in letzter Minute noch Karten für zwei weitere Gäste anfertigen zu müssen?

Die Hoffnung stirbt zuletzt!, sagte sie sich selbst mit bitterer Ironie. Was war sie doch für eine Traumtänzerin, dass ihr die Realitäten ihres Lebens noch immer nicht in Fleisch und Blut übergegangen waren! Dass sie noch immer – ganz gleich, was sie Johann gegenüber äußerte und wie sie sich gab – in einem heimlichen Winkel ihres Bewusstseins hoffte, die Eltern könnten einlenken, könnten auf den Brief antworten, den sie ihnen vor über einer Woche geschickt hatte, könnten doch noch zu ihrer Trauung erscheinen, um Johann und ihr ihren Segen zu geben. Oder wenigstens einen Gruß schicken, ein kleines Zeichen der Versöhnung. Aber auch die Nachmittagspost hatte wieder keine Antwort von ihnen gebracht. Und dieses Schweigen war Antwort genug.

Wie viel konsequenter war da Johann! Er hatte seine Eltern nicht einmal von seiner bevorstehenden Heirat in Kenntnis gesetzt, weil sie vor Jahren mit ihm gebrochen hatten, als er sich zur Sozialdemokratie bekannt und damit auf eine Anstellung als Gymnasialprofessor verzichtet hatte. Er setzte sich nicht der Hoffnung aus. Er wurde nicht enttäuscht.

Aber er war ein Mann. Die Familie war ihm nicht so wichtig wie ihr …

Margarethe tauchte die Feder in das Tintenfässchen, setzte sie vorsichtig auf das neue Kärtchen, malte ein vollkommenes J. Da klingelte es. Sie lauschte, hörte Emma die Tür öffnen, hörte deren überraschten Ausruf: »Frau Baronin! Gnädige Frau!« Der Federhalter entglitt ihren Fingern. Sie sprang auf. Dann ließ Emma ihre Mutter eintreten.

Einen langen Augenblick standen sie sich stumm gegenüber, sie und ihre Mutter, unsicher, fremd. Dann sagte die Baronin leise: »Mein Kind«, und Margarethe flog auf sie zu. Wäre die Mutter nicht im letzten Augenblick kaum merklich zurückgewichen, sie wäre ihr um den Hals gefallen. So nahmen sie einander nur an beiden Händen.

»Dass du gekommen bist!«, sagte Margarethe, weich vor Dankbarkeit und Glück. »Und Papa? Weiß er, dass du hier bist?« Die Mutter nickte flüchtig und sah sich im Raum um.

Er wusste es! Er wollte einlenken! Sich versöhnen? Vielleicht gar zu ihrer Hochzeit kommen?!

»Komm, ich zeige dir alles!« Sie zog die Mutter hinter sich her durch die Verbindungstür in den zweiten Raum, über den winzigen Flur ins Schlafzimmer und in die kleine Küche, in der Emma mit Lisa Käsegebäck für den Empfang nach der Trauung herstellte, und dann zurück in Johanns Zimmer, wo sie sich in den beiden Sesseln niederließen.

So sehr ihr diese Wohnung bisher Freude gemacht hatte, so dürftig fand sie sie nun auf einmal, mit den Augen der Mutter betrachtet. Außer dem Esstisch mit den Stühlen im Renaissancestil – nur Fabrikware aus Nussbaumholz und doch eben noch ihr ganzer Stolz – waren es alles die Möbel aus ihrem früheren Mädchenzimmer. Die Wände waren nur weiß gestrichen, keine Tapeten, geschweige denn Seiden- und Damastbespannungen wie daheim, nicht einmal Teppiche auf den abgetretenen Holzdielen. »Hier wird einmal Johann seine Werke verfassen«, rettete sie sich und wies auf ihren zierlichen Damenschreibtisch im Rokokostil, »er arbeitet neuerdings an einem Roman.«

»Das ist doch keine Umgebung hier«, erklärte die Mutter indigniert.

»Du meinst, weil es Möbel sind, denen man ansieht, dass sie für eine Dame geschaffen wurden?«, fragte Margarethe. »Aber das stört Johann nicht. Solche Nichtigkeiten tangieren ihn nicht.«

»Ich rede nicht von Herrn Nietnagel. Ich rede von dir«, erwiderte die Mutter. »Margarethe, ich bitte dich! Du weißt nicht, was du tust! Jetzt siehst du alles durch die rosarote Brille der Verliebtheit. Die Enge erscheint dir als Nähe, der Mangel als löbliche Einfachheit, die Beschränkung als Freiheit. Aber was ist, wenn die Verliebtheit vorbei ist?«

»Wie du redest!«, fuhr Margarethe auf.

Doch unbeirrt fuhr die Mutter fort: »Lass dir das von einer Frau mit Lebenserfahrung gesagt sein: Die Verliebtheit geht immer vorbei, sie ist kein Gefühl von Dauer, kann es gar nicht sein. Sie ist ein frommes Trugbild, und Trugbilder zerrinnen. Eines Tages wachst du aus deinem Gefühlstaumel auf und siehst deinen Gatten und die Welt, in der du ihm zu Liebe lebst, wie sie sind. Und was du dann sehen wirst, wird dir nicht gefallen. Aber dann ist es zu spät. Ein für alle Mal zu spät. Niemals, nie, wird dein Vater dir verzeihen, dass du Johann Nietnagel geheiratet hast. Niemals, nie, wird er dir deine Mitgift auszahlen oder dich auch nur mit einem einzigen Pfennig unterstützen. Auch nicht, wenn du längst all deinen Schmuck versetzt hast und die Miete für diese schäbige kleine Wohnung nicht mehr zahlen kannst und deine Kinder krank sind und du nicht mehr ein noch aus weißt! Enterben wird er dich und juristisch eine Möglichkeit finden, dass du leer ausgehst, das sage ich dir!«

»Wir brauchen euer Geld nicht. Wir schaffen es schon!«

Die Mutter lachte ein freudloses Lachen. »Du weißt ja gar nicht, wovon du redest! Du hast nicht die geringste Ahnung von Haushaltsführung, und ans Sparen bist du dein Lebtag nicht gewöhnt!«

»Das lässt sich lernen. Mutter, was sollen diese kleinlichen Gedanken! Haben wir nichts Wichtigeres zu besprechen?«

»Kleinlich?«, erwiderte die Mutter. »In der Tat! Es ist kleinlich, wenn man keine Gäste einladen kann, weil man nicht weiß, wie man sie bewirten soll. Es ist kleinlich, wenn sich alle Gedanken nur noch ums Geld drehen statt um geistige Dinge, wenn der Sinn für Philosophie und Dichtung, für Musik und Kunst verkümmert, weil du die Abende an den Betten deiner Kinder verbringen musst und die Tage gefüllt sind von Arbeit und Last. Es ist kleinlich, wenn die Kinder mit dem Pöbel gemeinsam auf die Volksschule gehen müssen und die Söhne nicht einmal das Einjährige machen können, geschweige denn studieren oder eine Offizierslaufbahn einschlagen, weil die Mittel für das Schulgeld fehlen und erst recht für ein Studium oder das Offizierspatent. Das ist das kleinliche enge Leben einer Kleinbürgerin. Aber du warst für anderes geboren, für anderes erzogen! Für Weite und Schönheit, für Kunst und Kultur, dafür, der Mittelpunkt einer geistvollen Gesellschaft zu sein. Einen Salon hättest du führen können, der womöglich selbst meinen in den Schatten gestellt hätte, der vielleicht gar an den einstigen Glanz des Salons einer Varnhagen von Ense herangereicht hätte, einen Salon, in dem sich Wissenschaftler, Diplomaten, Philosophen, Literaten, Musiker und andere Künstler gegenseitig zu geistigen Höhen beflügelt hätten! Und das alles wirfst du einfach hin! Siehst du das nicht?«

»Ich sehe, dass ich meine Seele nicht verkaufen darf.«

»Du verkaufst nicht deine Seele, nur weil du nicht den ersten Mann heiratest, in den du dich verliebt hast! Aber du triffst deine Eltern ins Herz, wenn du ihn heiratest. Und niemals werden sie sich davon erholen. Von mir will ich ja gar nicht reden ...« Die Mutter machte eine Pause und tupfte sich mit ihrem Taschentuch die Augenwinkel. »Aber dein Vater! Er leidet ohne Ende. Ahnst du überhaupt, was du ihm antust? Einen Sozialisten zu heiraten! Einen Gleichmacher und Gottesleugner, ein erklärtes Mitglied der unsäglichen SPD! Einen Autor für dieses linke Schandblatt, den *Vorwärts!* Einen Mann, der nur darauf wartet, dass die Ordnung und Wirtschaft, zu deren vornehmsten Repräsentanten dein Vater gehört, zusammenbricht! Das ist ein Todesstoß für ihn.«

Eine Schwindel erfasste Margarethe, sie klammerte sich an der Armlehne des Sessels fest. Kaum brachte sie heraus: »Ist er krank?«

»Krank? Schlimmer als krank. Du hast sein Herz gebrochen! Tagelang hat er nicht mehr gesprochen, nicht einmal mit mir. Und das Erste, was er sagte, als er wieder sprach, war das Verbot, deinen Namen zu erwähnen. Wochenlang hielt ich mich daran. Es hat mich schier zerrissen, das darfst du mir glauben. Aber nun – ich habe einen günstigen Moment abgewartet, ich habe ihn in einer weichen Stimmung angetroffen, habe die Gelegenheit genutzt ... Margarethe, kurz und gut: Er ist bereit, dir zu verzeihen!«

»Verzeihen?«, wiederholte sie heiser.

Die Mutter beugte sich vor. »Siehst du, er steht natürlich ganz unmöglich da – vor S. M. und dem Hof, vor seinen Kollegen im Reichstag und der Partei, vor seinen Kunden und Geschäftspartnern, vor Verwandten und vor den Kreisen, in denen wir verkehren. Aber wenn Gras über die Sache gewachsen ist ... Über alles wächst Gras, wenn man es geschickt anstellt. Eine längere Auslandsreise, wir beide könnten zusammen reisen, Venedig, Florenz, Rom, Triest, Wien, Prag ... Venedig jetzt im Karneval, du wolltest doch immer schon einmal zum Karneval nach Venedig!«

Ungläubig sah sie ihre Mutter an. Diese fuhr eifrig fort: »Wir steigen in den besten Hotels ab, es wird eine wunderbare Reise, wir können gut und gern ein Jahr unterwegs sein. Vielleicht machen wir auch noch eine Fahrt mit dem Orientexpress und eine Schiffsreise auf dem Nil. Und wenn wir dann zurückkehren, denkt kaum jemand mehr daran, dass es diese unselige Verlobungsanzeige gegeben hat. Und letztendlich wird es positiv gewertet werden, wenn man sieht, dass dein Vater in der Lage war, dich von diesem verhängnisvollen Schritt zurückzuhalten. Wenn man sieht, dass sein Machtwort Gültigkeit hat – auch bei einer Tochter, die rechtlich seine Genehmigung zur Heirat nicht mehr braucht.«

»Mutter!«, rief Margarethe aus.

Auf deren Wangen hatten sich rote Flecken gebildet. »Kurz und gut: In der Gesellschaft wird man eine Zeit lang diesen Skandal genüsslich zelebrieren und dann wird man zur Tagesordnung übergehen. Im Übrigen haben wir unterwegs Gelegenheit genug, Herren kennenzulernen, die keine Berliner Zeitung gelesen haben, vor denen du also nicht kompromittiert bist, und wenn sie erst Interesse gewonnen haben ...«

»Ich fasse es nicht«, brachte Margarethe tonlos hervor.

»Nun ja, es ist alles ein wenig viel für dich. Ich war schließlich auch einmal jung und weiß, welche Streiche einem das Herz spielen kann. Schließlich wird uns Frauen auch eine gewisse Übersteigerung der Gefühle geradezu anerzogen. Aber bedenke doch, Margarethe: Du musst ein Ziel vor Augen haben. Letztes Jahr dachte ich, du hättest deine soziale Verantwortung entdeckt. Mir schien es, du wärest dafür auserwählt, Gutes zu bewirken, die einfachen Menschen des Volkes zu unterstützen und zu erziehen. Für die Kinder der Armen segensreich zu wirken.«

Margarethe schluckte. Diese Worte der Mutter ...

»Was für ein Sozialwerk könntest du aufbauen, wenn du an der Seite des richtigen Gatten wirken würdest!«, sprach die Mutter eindringlich weiter. »Hunderte, was sage ich, Tausende armer Menschen könntest du retten! Säuglingsheime und Kindergärten errichten, Wohnheime für junge Arbeiterinnen und Erziehungsheime für verwahrloste Jugendliche, eine Erziehungsstätte für gefallene Mädchen und was nicht noch alles! Der ewige Dank unzähliger Frauen, Männer und Kinder wäre dir gewiss. Dein Vater wäre bereit, deine Arbeit durch eine Stiftung großzügig zu unterstützen, damit du von vornherein die notwendigen Mittel dafür hast, und im Falle deiner Verehelichung würde er einen Ehevertrag aushandeln, der dir die Verfügung über dein Vermögen und über die Stiftung sichern würde. Du kannst ein Engel der Armen sein. Kurz und gut, wenn du jetzt nicht selbstsüchtig bist, nicht nur an dein eigenes kleines Glück denkst, sondern an die große Aufgabe, an das Wohl von vielen, dann kannst du tausendmal mehr erreichen als an der Seite von Johann Nietnagel.«

Margarethe schloss die Augen. Ein Wanken war in ihr, als würde der Boden unter ihr beben. War es so, wie die Mutter sagte? War es selbstsüchtig, Johanns Frau zu werden? War es ihre Aufgabe, mit dem Geld ihrer Eltern und womöglich dem eines reichen Gatten Gutes zu wirken, eine soziale Utopie zu verwirklichen? So war doch einmal ihre Idee gewesen ...

Damals, als sie so lange krank gewesen war, war sie nicht nur deshalb wieder gesund geworden, weil sie diesen Vorsatz gefasst hatte? Und dann hatte sie ihn wieder aus den Augen verloren, weil sie nichts mehr im Kopf gehabt hatte als Johann, ihr privates kleines Glück ...

Wurde sie sich selbst untreu, verriet gar so etwas wie ein Gelübde?

Wenn ihr nur jemand sagen könnte, ob die Mutter recht hatte! Wenn ihr nur jemand diese Zweifel nähme! Wenn nur Johann da wäre!

»Ich habe zwei Betten im Schlafwagen reservieren lassen«, erklärte die Mutter. »Lass Emma rasch das Nötigste zusammenpacken und dann auf zum Anhalter Bahnhof! Es ist ja zum Glück nur ein Katzensprung von hier! Mein Gepäck wartet schon dort.«

»Und Johann ...«, flüsterte Margarethe wie betäubt. Sollte sie wirklich der Mutter glauben, der Mutter folgen? Sie konnte nicht denken, es ging nicht.

»Du schreibst ihm einfach ein paar Zeilen und bittest ihn um Verständnis, dass du ihn nicht heiraten kannst, gibst ihn wieder frei. Ihm gegenüberzutreten ist natürlich ganz unmöglich, ich weiß, wie das ist, wir Frauen sind nun einmal weicher und gefühlvoller als die Männer, werden leicht schwach, wenn man uns bestürmt, fühlen uns schuldig, wenn man uns Vorwürfe macht, und erst recht, wenn wir wissen, dass wir Schmerz zufügen ... Kurz und gut: Das gilt es zu vermeiden. Deshalb ein Brief. Wenn er ihn erhält, sind wir längst unterwegs nach München. Er hat keine Adresse. So musst du auch keine Antwort fürchten. Um alles Weitere wird sich dein Vater kümmern. Er wird Herrn Nietnagel auch eine gewisse Abfindung zukommen lassen, womöglich hat er ja Auslagen gehabt. Außerdem wird ihn das friedlicher stimmen. Mach dir keine Sorgen, es ist alles geklärt. Wenn wir zurückkommen, hältst du dich einfach den Literatenkreisen fern oder lebst noch eine Weile auf unserem Gut. So musst du Herrn Nietnagel nie wiedersehen, ihm niemals gegenübertreten.«

Wie im Traum stand Margarethe auf. Wie im Traum ging sie zur Tür. Ihr schwindelte so, dass sie sich am Türrahmen festhalten musste. »Emma!«, rief sie in den Flur.

»So ist es gut!«, bestätigte die Mutter. »Du bist ein kluges Kind. Emma soll sich beeilen und nur das Nötigste packen. Was sie vergisst oder nicht zur Hand hat, kaufen wir unterwegs. In einer Stunde müssen wir los. Ich warte hier so lange.«

Sich die Hände an der Schürze abtrocknend kam das Mädchen aus der Küche und sah Margarethe fragend an: »Gnädiges Fräulein?«

»Den Mantel der Frau Baronin!«, befahl Margarethe. »Meine Mutter möchte gehen!«

Endlich war der Schwindelanfall vorüber. Sie drehte sich um und sah in das fassungslose Gesicht ihrer Mutter. »Du kennst ja die Bibel und weißt, was Jesus nach der dritten Versuchung in der Wüste gesagt hat«, erklärte sie rau. »Dann muss ich es jetzt nicht wiederholen.«

Viel zu früh wachte sie auf, schweißnass. Sie warf sich von einer Seite zur anderen, drehte das Deckbett um, streckte bald einen Fuß oder die Arme unter der Decke hervor, bald zog sie diese wieder bis zum Kinn. Der Abschied von ihrer Mutter ging ihr nicht aus dem Kopf. War es ein Abschied für immer?

Das Bibelwort, auf das sie angespielt hatte: *Hebe dich hinweg von mir, Satan* . . .

Diesen Satz würde die Mutter ihr nie verzeihen.

Und doch. War der Besuch ihrer Mutter nicht genau das gewesen: eine teuflische Versuchung? Und beinahe wäre sie schwach geworden . . .

Es war ja so viel Wahres an dem, was die Mutter gesagt hatte. Das war das Schlimmste. Wie sollte man Wahrheit und Lüge noch auseinanderhalten? Als sie wegen der Sache mit Riefke Frau Unschlicht besucht hatte, hatte sie ja selbst gemerkt, wie ihr die Hände gebunden waren, weil sie sich von ihrer Herkunft losgesagt hatte. Nicht mehr als zwei, drei Sätze hätte es sie früher gekostet, Lisa zu helfen. Nun konnte sie es nicht.

Aber das war es nicht, worum es der Mutter ging. Die Eltern wollten nichts anderes, als dass sie sie nicht desavouierte, indem sie Johann heiratete. Den Eltern ging es nicht um sie, ihre Tochter, den Eltern ging es nur darum, wie sie selbst dastanden. Die Liebe ihres Lebens sollte sie verraten und damit sich selbst. Ohne Abschied Johann verlassen. Wortbrüchig werden, den Geliebten tödlich verletzen und dann auch noch feige davonlaufen! Verstand die Mutter nicht, dass sie nicht mehr leben könnte, wenn sie das täte?

Doch war sie wirklich dem Leben gewachsen, das sie wählte, wenn sie Johann ihr Jawort gab? Diese Zweifel an sich, an ihrer Fähigkeit zur Beschränkung. Diese Zweifel daran, ob sie als Margarethe Nietnagel eine Aufgabe finden würde, die ihrem innern Drängen entsprach, etwas wirklich Sinnvolles zu tun …

Und mehr noch die Angst, den Bruch mit den Eltern nicht ertragen zu können, mit den Eltern, die sie doch immer geliebt hatten, den Eltern, die sie doch liebte …

Mit den Fäusten trommelte sie sich gegen die Stirn. Man müsste in den Kopf hineingreifen können und die Gedanken herausreißen, die einen quälen.

Es ging doch um die Liebe. Es ging um das Einzige, worin sie sich sicher war in diesem ganzen Wust von Zweifeln und Halbheiten. Es ging um das, worin sie sich selbst spürte. Um ihre innerste Wahrheit.

Entschieden warf sie die Bettdecke zurück und setzte sich auf. Sie tastete nach den Sicherheitshölzern, zündete die Kerze im Leuchter an, schlüpfte in ihre Pantoffeln, warf sich den Morgenmantel über. Viel zu dünn war er für die eisigen Temperaturen in ihrer nicht beheizbaren Schlafkammer. Daheim brannte im Winter der Kaminofen in ihrem Zimmer die ganze Nacht, wurde spät abends vom Flur aus noch einmal beheizt.

Mit der Kerze in der Hand ging Margarethe die wenigen Schritte über den Flur zur Küche. Als sie die Tür öffnete, stockte sie: Lisa kauerte vor der geöffneten Ofentür des Herdes und starrte in die lodernden Flammen. Nun zuckte sie zusammen und sah schuldbewusst auf.

»Kannst du auch nicht schlafen?«, fragte Margarethe. »Schön, dass du den Herd schon angefeuert hast. Gibt es heißes Wasser?«

»Ein bisschen braucht es noch«, erwiderte Lisa erstickt. Ihrer Stimme war deutlich anzuhören, dass sie geweint hatte.

Margarethe ließ sich auf dem einen Küchenstuhl nieder und wies auf den anderen: »Setz dich doch!«

Das Mädchen setzte sich auf die äußerste Kante des Stuhles und krampfte die Hände zwischen den Knien zusammen.

»Bald kommt dein Vater zurück«, versuchte Margarethe ein Gespräch.

Lisa sank noch mehr in sich zusammen. »Muss ich dann heim?« Diese Angst in ihrer Stimme ... Vielleicht war das die Gelegenheit, Lisa zu einer Aussage zu bewegen?

»Wir wollen dafür sorgen, dass du auch daheim in Sicherheit bist«, begann Margarethe. »Und dass deiner Familie von Riefke keine Kündigung und keine Geldforderung droht. Aber dafür muss Riefke ins Zuchthaus. Die Behauptung, du seiest im Krankenhaus, lässt sich ja nicht ewig aufrechterhalten. Lisa, kannst du nicht doch vor der Polizei erzählen, was er mit dir gemacht hat?«

Lisa schüttelte stumm den Kopf. Sie schien noch kleiner zu werden. So verloren sah sie aus, dass es einem beinahe das Herz zerriss.

»Ist schon gut«, murmelte Margarethe tröstend und wusste doch: Nichts war gut. Vielleicht gab es keine andere Lösung, als dass sich die Familie eine neue Bleibe suchte? »Jetzt frühstücken wir erst einmal!«, erklärte sie. Sie holte die Kaffeemühle und die Kaffeedose vom Wandbrett, füllte Bohnen in die Mühle und streckte sie Lisa hin: »Da! Mahl schon mal den Kaffee!«

Die Tür zur kleinen Gesindekammer hinter der Küche öffnete sich, eine noch völlig verschlafene Emma kam herein, eng in ihr warmes Schultertuch gewickelt. »Ist es schon so spät?«, fragte sie erschrocken.

»Nein, nein, wir konnten nur nicht schlafen«, erklärte Margarethe. »Machst du gleich das Frühstück, Emma? Und bring mir einen Krug warmes Wasser!« Damit verließ sie die Küche wieder.

Später am Vormittag saß sie im Wohnzimmer am Esstisch und bestickte die Schleppe für ihr Brautkleid. Früher hatte sie sich ihr Brautkleid als einen sündhaft teuren Traum aus endlosen Bahnen schwerer Atlasseide und feinsten Brüsseler Spitzen vorgestellt. Nun hatte sie einfach eines ihrer weißen Sommerkleider hervorgeholt und sich eine Schleppe dazu besorgt, die sie selbst annähte und mit einem silbernen Rosenmuster bestickte. Wozu hatte sie schließlich an der Höheren Töchterschule fünf Stunden wöchentlich Handarbeitsunterricht gehabt!

Aber ganz gleich, ob neu oder alt – ein Brautkleid mit Schleier und Schleppe musste es sein. Und eine kirchliche Trauung.

Johann hatte keine Kirche gewollt. »Du weißt, ich bin konsequenter Materialist«, hatte er erklärt, »und als solcher bin ich Atheist. Ich glaube nicht an Gott. Da kommt es mir ausgesprochen lächerlich vor, kirchlich zu heiraten. Warum sollten wir es tun?«

»Weil ich es möchte«, hatte sie schlicht erwidert. »Es ist mir wichtig. Ich möchte um Gottes Segen für unsere Ehe bitten. Es bedeutet mir etwas – und wenn es dir nichts bedeutet, so kannst du es doch um meinetwillen tun. Sieh du es als Zeremonie und lass mir den Glauben, dass es mehr ist! Außerdem ist es mir auch meinen Eltern gegenüber wichtig.«

»Deinen Eltern?«, hatte er verwundert gefragt. »Hoffst du immer noch, dass sie einlenken werden und zu unserer Trauung kommen?«

»Nein. Aber ich weiß, dass sie eine Ehe nur ernst nehmen, wenn sie kirchlich geschlossen ist«, hatte sie geantwortet. »Mit Bismarcks Einführung der standesamtlichen Trauung waren sie nie einverstanden. Eine Ehe, die nicht in der Kirche getraut wurde, ist für sie ein Konkubinat. Und ich will, dass sie wissen, dass ich in einer Ehe lebe, an deren Gültigkeit sie nicht den geringsten Zweifel anmelden können.«

»Das verstehe ich«, hatte Johann erwidert. »Gut, heiraten wir also kirchlich! Aber lass mich den Pastor auswählen, ja? Einen der üblichen Salbader könnte ich nicht ertragen. Doch unter den Pfarrern gibt es auch andere – ganz wunderbare engagierte Männer und kluge Köpfe, die der sozialen Frage zutiefst aufgeschlossen gegenüberstehen. Paul Göhre zum Beispiel hat einige Monate inkognito als Fabrikarbeiter gelebt, um die Welt und die Probleme der Proletarier kennenzulernen. Nun – Göhre ist leider Pfarrer in Frankfurt an der Oder, den kriegen wir nicht, aber einen, der in seine Richtung schlägt, würde ich gerne finden.«

Sie hatte eingewilligt. Ihr Pastor daheim, der sie konfirmiert hatte, und die Luisen-Kirche in Charlottenburg, in deren schönem klassizistischen Innenraum Schinkelscher Prägung sie so viele Gottesdienste mit den Eltern besucht hatte, konnte es ja sowieso nicht sein. Dann mochte es ruhig dieser Arbeiter-Pfarrer sein, den Johann inzwischen ausgewählt hatte. Heute Abend wurden sie zum Traugespräch erwartet.

Draußen klingelte es an der Tür. Ein kurzer Blick zur Standuhr: Konnte das schon Johann sein? Er sollte doch das Brautkleid nicht sehen! Nein, es war erst elf Uhr und sie hatten sich für Mittag verabredet. Beruhigt ließ sie das Kleid liegen.

Dann klopfte Emma und fragte mit zweifelnder Miene, ob sie eine gewisse Käthe Meier empfangen wolle.

»Käthe? Aber ja!« Margarethe erhob sich und ging dem Fräulein entgegen. Kaum hätte sie Käthe Meier wiedererkannt: im hochgeschlossenen schwarzen Kleid, das eng über der zweifellos geschnürten Taille anlag, die sorgfältig frisierten Haare von einem kleinen Kompotthut gekrönt – eher wie die Frau eines kleinen Beamten aussehend als wie eine Putzfrau aus der Charité.

»Wie schön, dass Sie mich besuchen«, sagte Margarethe verbindlich und bemühte sich angestrengt, nicht in den Ton zu verfallen, den sie von ihrer Mutter kannte, wenn diese wohlwollend und immer ein wenig von oben herab mit Personen aus dem Volke sprach, um sich ihre Nöte anzuhören. Sie spürte selbst, dass es ihr nicht ganz gelang, einen natürlichen Ton anzuschlagen, wie es ihr einer jungen Dame aus ihrer eigenen Klasse gegenüber selbstverständlich gewesen wäre. Sie fühlte sich befangen und fremd, verbarg ihre Verlegenheit, indem sie Käthe einen Stuhl zurechtrückte. »Hier, setzen Sie sich doch!«

Die Stäbe von Käthes Korsett knackten unüberhörbar, als diese sich niederließ. Margarethe suchte das ironische Lächeln zu unterdrücken, dass sich ihr darüber wie von allein ins Gesicht stehlen wollte. Billige Korsetts mit Eisengestänge waren einfach ein Graus. Sie selbst trug stets nur Korsetts aus Fischbein, die waren geräuschlos und obendrein viel leichter und geschmeidiger, aber sie hatten natürlich ihren Preis. »Erzählen Sie! Was führt Sie zu mir?«

Käthe umklammerte den Henkel ihres Korbes, den sie sich auf den Schoß gesetzt hatte. Sie hielt den Kopf gesenkt und stierte stumm in ihren mit einem rotkarierten Tuch bedeckten Korb. Dann plötzlich zog sie den Stoff beiseite und holte das schwarze umhäkelte Schultertuch von Jenny hervor. »Hier«, sagte sie. »Das wollt ich zurückgeben. Weil – ich hab da gar nicht dran gedacht, dass ich es ja noch umhab. Und es gehört doch Jenny. Aber dahin, in die Mietskaserne – keine zehn Pferde bringen mich dahin zurück!«

»Sie hätten es ja Heinrich in der Charité geben können«, erwiderte Margarethe.

Käthe sank förmlich in sich zusammen. Sofort bereute Margarethe ihre Worte. Wie konnte sie nur so dumm und gedankenlos sein! Auf einmal schien ihr, da hätte eben eine Tür aufgehen wollen – und sie hatte sie zugeschlagen.

»Ja, da, da bin ich gar nicht draufgekommen«, stammelte Käthe. »Dann, dann mach ich das und dann – dann geh ich mal wieder. Und entschuldigen Sie auch . . .«

»Nicht doch!«, beeilte sie sich zu widersprechen. »Ich nehme das Tuch gerne in Gewahrsam und sorge dafür, dass Jenny es bekommt.« Auffordernd streckte sie die Hand aus. Käthe zögerte, dann nahm sie das Schultertuch aus dem Korb und übergab es ihr. Kurz trafen sich ihre Blicke, dann irrten Käthes Augen wieder zur Seite. In ihrem blassen Gesicht schien es zu arbeiten. Ihre Finger pulten nervös an der Bastumwicklung des Korbes. Diese dunklen Ringe unter den Augen hatte Käthe doch bei ihrer ersten Begegnung nicht gehabt?

Margarethe überlegte verzweifelt: War Käthe womöglich gekommen, weil sie sich die Sache mit Riefke überlegt hatte, und wusste nun nicht, wie sie es anstellen sollte, darüber zu reden? Wie konnte sie, die Ältere und Höherstehende, das Eis brechen, dem Mädchen die Lippen lösen? Tausend Möglichkeiten hatte sie auf Lager, ein gesellschaftliches Geplauder, das ins Stocken geraten war, wieder in Gang zu bringen, peinliches Schweigen bei geselligen Gelegenheiten zu vermeiden und Gesprächslücken zu überbrücken. Aber nichts und niemand hatte sie vorbereitet auf eine Situation wie diese.

»Keine zehn Pferde bringen Sie mehr in die Mietskaserne, haben Sie gesagt«, wiederholte sie tastend. »Ist es wegen Herrn Riefke?«

Käthe presste die Lippen zusammen. Nickte. Sah nicht auf.

»Das kann ich gut verstehen«, sagte Margarethe.

»Nie wieder will ich den sehen. Das hab ich mir geschworen. Nie wieder«, flüsterte Käthe.

»Ja«, sagte Margarethe wieder. Dieser Ton in Käthes Stimme, dieses Ringen um jedes Wort ...

Sie spürte: Das war der Anfang davon, dass Käthe über Riefke und sein unsägliches Verbrechen zu sprechen begann.

Auf einmal fühlte Margarethe sich ungeheuer hilflos. Auf einmal wusste sie nicht, ob sie ertragen könnte, was Käthe sagen würde. Und erst recht nicht, wie sie darauf reagieren sollte. Gab es überhaupt eine Antwort, die einer solchen Situation angemessen war? Der Atem wurde ihr eng. Unsicher wiederholte sie: »Das verstehe ich.«

Käthe fuhr auf. »Nichts verstehen Sie! Nichts! Sie in Ihrem Schloss, aus dem Sie kommen, mit einem Baron als Vater! Keiner hat Ihnen zu nahe treten dürfen, dafür verwett ich meinen Kopf! Nie hat einer Sachen mit Ihnen gemacht, über die man überhaupt nicht reden kann! Und Ihnen gesagt, dass er sie umbringt, wenn Sie drüber reden! Und dass er sich Ihre kleinen

Schwestern vorknöpfen wird, wenn Sie nicht mehr mitmachen wollen! Und nie hat Ihr Vater sie fast totgeschlagen, weil Sie zu diesem Mistkerl nicht mehr hinwollten! Nie haben Sie sich gewünscht, er hätte sie wirklich totgeschlagen, weil dann wenigstens alles vorbei wäre und Sie nicht mehr leben müssten mit diesem ganzen Scheißdreck, der an einem klebt wie Pech! Und dann behaupten Sie, Sie würden mich verstehen!«

So plötzlich, wie der Ausbruch begonnen hatte, so plötzlich war er wieder vorbei. Käthe schlug die Hände vors Gesicht.

Alles in Margarethe war in Aufruhr. Ihr Herz schlug gegen die Verstrebungen des Korsetts, das Blut pochte in den Ohren, ein schwerer Druck lastete auf ihrer Brust. »Sie haben recht.« Mühsam rang sie um Luft. »Sie haben recht. Verzeihen Sie.«

Lange sagte keine von ihnen beiden mehr ein Wort.

Dann plötzlich erklärte Käthe mit fester Stimme: »Ich will nicht, dass es noch mehr Mädchen so geht. Ich hab immer gedacht, er hat das nur mit mir gemacht. Aber nun, dieses Mädchen, von dem Sie erzählt haben ...«

»Lisa«, brachte Margarethe hervor.

»Wie alt ist sie?«

»Zwölf Jahre.«

»Zwölf. So jung war ich damals auch. Und wenn ich denk, ich hätte damals mit der Polizei ...« Sie hob den Kopf und fixierte Margarethe, reckte trotzig das Kinn. »Da ist es schon besser, ich mach das!«

Margarethe schluckte. »Was?«, fragte sie.

»Na, Riefke bei der Polizei anzeigen, was denn sonst!«, antwortete Käthe ungeduldig. »Wovon reden wir denn die ganze Zeit?«

Tief seufzte Margarethe auf. »Das ist gut. So können wir Riefke dorthin bringen, wohin er gehört: vor Gericht.«

»Aber ich geh da nicht allein hin, zur Polizei, mein ich. Wie es bei der Sitte zugeht, das weiß ich. Was mir da Eva so erzählt hat ... nee, nee!«

»Eva?«, fragte Margarethe betäubt und konnte so schnell gar nicht folgen.

»Na ja doch, Eva, mit der wohn ich zusammen, eine von den beiden Töchtern meiner Vermieterin. Die ist nämlich letztes Jahr aufgegriffen worden. Auf dem Heimweg von ihrem Laden. So ein Ladenmädchen muss sich ja fein anziehen und herausputzen, Locken mit der Brennschere brennen und so, da will man natürlich nicht in den Regen kommen, deshalb hat sie sich in einem Hauseingang untergestellt, weil es so geschüttet hat. Und da hat ein Schutzmann sie aufgegriffen, für ein liederliches Frauenzimmer hat er sie gehalten, und sosehr sie auch gebettelt hat und geschrien und immer gesagt, dass sie ein anständiges Mädchen ist und er sie verkennt, zur Sittenpolizei hat er sie geschleift. Und da war sie dann in einem Wartezimmer mit lauter Mädchen und Frauen, die meisten von ihnen Freudenmädchen, bis aufs Hemd hat sie sich ausziehen müssen und in einer Reihe stehen, damit der Herr Doktor nicht warten musste, und dann ging es los und er hat kein Federlesen gemacht und eine nach der anderen untersucht und erst als er festgestellt hat, dass sie ja Jungfrau war, haben sie sie wieder laufen lassen.«

»Um Himmels willen!«, flüsterte Margarethe.

»Aber kein Wort der Entschuldigung«, fuhr Käthe fort, »sie war völlig fertig, als sie heimkam und kriegt es noch heute mit der Angst, wenn sie einen Schutzmann nur von Weitem sieht. Und von einem Mädchen, das vor ihr dran war, hat sie erzählt. Die hat Anzeige erstatten wollen, weil ein Kerl sie unsittlich belästigt hatte, Sie wissen schon, aber dieser Hundsfott hat einfach frech behauptet, sie hätte ihn angemacht, und da haben sie sie auch zur Zwangsuntersuchung geschleppt. Und deshalb geh ich zur Polizei nicht allein hin. Um nichts in der Welt.«

Solche Geschichten, solche Zustände, gab es das wirklich, mitten in Berlin? Margarethe holte tief Luft. »Ich habe Ihnen ja gesagt, wir haben einen Anwalt, der wird Sie begleiten und aufpassen, dass alles seine Ordnung hat und man Sie anständig behandelt.«

»Anwalt«, wiederholte Käthe gedehnt. »Ich will ja nichts sagen. Aber so ein Rechtsverdreher ... Und ist doch auch ein Mann. Vor Männerohren von solchen Sachen reden ... Nee, nee, den nehm ich nicht mit, da reichen mir schon die Polizisten. Eine Frau will ich dabeihaben. Wenn Sie, gnädiges Fräulein ... Sie sind doch eine Baronesse. Da ist doch ein Polizist gleich ganz anders ...«

»Dann müssen wir bald gehen«, sagte Margarethe trocken. »Nächste Woche bin ich nur noch Frau Nietnagel.«

Nur noch ... Hatte sie das wirklich gesagt? Nur noch!

»Tja. Wenn ich schon mal den Entschluss gefasst habe, dann am besten gleich«, sagte Käthe. »Dann hab ich es wenigstens hinter mir! Versprechen Sie mir nur, dass Sie drauf aufpassen, dass die mit mir nicht das Gleiche machen wie mit Eva, das ist das Einzige, worum ich Sie bitte!« Dann stockte sie. »Aber ich weiß ja nicht, ob eine wie Sie, Sie sind ja noch nicht verheiratet, und was man so hört, wie das bei den oberen Zehntausend so ist, unsereins nimmt ja kein Blatt vor den Mund, aber Sie, ob Sie das alles so hören können ...« Ein abschätzender Blick traf Margarethe. Er trieb ihr das Blut in die Wangen.

»Das lassen Sie meine Sorge sein«, erwiderte sie.

Sie hätten nicht allein hierher kommen dürfen. Sie hätte doch darauf bestehen müssen, Doktor Grünröder mitzunehmen. Oder wenigstens Hermine Weidemann zur Unterstützung holen. Warum war ihr das bloß nicht eher eingefallen!

Kaum hatten sie die Polizeiwache betreten, hatten sich die Gesetze dieses Raumes über sie gelegt wie ein Netz, das sie gefangen hielt und das sich enger und enger zog. Sie war nicht mehr die selbstbewusste Baronesse. Sie war ein kleines Mädchen, das zum Vater zitiert worden war, weil es etwas verbrochen hatte.

Nun stand sie stumm neben Käthe am Tresen, der wie eine Schranke den Dienstbereich der Polizisten vom öffentlichen Bereich der Bittsteller und Delinquenten abteilte, und die Situation war so unerträglich, wie sie unerträglicher nicht sein könnte. Und sie wusste nicht, was sie dagegen tun sollte. Wie gelähmt fühlte sie sich.

Umständlich hatte der Polizeibeamte Wächterer die Personalien von Käthe Meier aufgenommen und dabei so laut wiederholt, dass jeder im Raum sie gehört haben musste, nicht nur die anderen Beamten, sondern auch die verhutzelte Frau, die ihren Ehemann abgängig meldete, das Dienstmädchen, das sein Gesindebuch abstempeln ließ, und der kleine Gauner, der als Taschendieb auf frischer Tat verhaftet worden war.

»Also, Fräulein Meier, sie wollen eine Anzeige erstatten, haben Sie gesagt«, tönte der Polizeibeamte Wächterer gewichtig und zwirbelte seinen Kaiserbart. »Wie lautet denn die Anklage?«

Käthe pulte am Henkel ihres Korbes und schwieg.

»Wenn Sie nicht reden, kann ich nichts aufnehmen!«, erklärte der Beamte harsch. »Es warten noch andere Dienstaufgaben auf mich!«

»Hören Sie«, ergriff Margarethe mit Mühe das Wort, sie bekam den Tonfall der Herrschenden nicht hin, wie eine Bittstellerin flehte sie: »Es ist eine heikle Angelegenheit, können wir nicht in einem anderen Raum reden, mit etwas mehr Diskretion?«

»Heikle Angelegenheit, soso! Ist wohl der Herr Verlobte durchgebrannt, hat die Ehe versprochen und jetzt soll Kranzgeld eingeklagt werden?«

»Wie kommen Sie denn auf so was!«, protestierte Käthe.

»Alles schon da gewesen!«, blaffte der Polizist. »Also, worum geht es? Wie heißt das Delikt, für das Sie jemanden anzeigen wollen?«

»Vergewaltigung«, flüsterte Käthe. »Glaub ich jedenfalls.«

»Vergewaltigung – *glauben* Sie?«, rief der Polizist mit Entrüstung. Dienstmädchen, Hutzelfrau und Gauner drehten den Kopf zu ihnen ebenso wie die beiden anderen Polizeibeamten.

Wir müssen hier weg!, dachte Margarethe. Raus hier!

Aber sie stand starr.

»Vielleicht war's ja ne Vergewohltätigung«, meinte der Gauner.

»Du bist hier nicht gefragt«, verbot ihm der fettleibige zweite Polizist, der eben das Dienstmädchen abfertigte, das Wort, doch ein breites zustimmendes Grinsen lag auf seinem Gesicht.

»Das müssen Sie schon wissen, ob das nun eine Vergewaltigung war oder nicht, bevor Sie hier Anzeige erstatten!«, ereiferte sich der Polizeibeamte Wächterer in voller Lautstärke. »Vergewaltigung, das sagt sich leicht dahin. Aber das ist ein schwerwiegendes Delikt, das hängt man einem Mann nicht einfach an, nur weil man mal auf einer Parkbank oder in einer Toreinfahrt schwach geworden ist und nun die Folgen davon im Bauch trägt und sich nicht traut, seinen Eltern reinen Wein ein-

zuschenken! Erst schöne Augen machen und rumpussieren –
und dann daherkommen mit *Vergewaltigung, glaub ich!* Das erfüllt leicht den Tatbestand einer üblen Nachrede, das lassen Sie
sich mal gesagt sein, Fräulein Meier! Überlegen Sie es sich dreimal, ob ich das aufnehmen soll, denn ein Zurück gibt es dann
nicht mehr!«

»Aber so war das doch nicht!«, brach es aus Käthe heraus.

Margarethe schluckte. Was für einen Verlauf nahm das hier!
Sie wusste, sie musste etwas tun, eingreifen, Käthe zu Hilfe
kommen, aber sie fand noch immer keine Worte.

»Nicht?«, erwiderte der Polizist. »Na, das werden wir schon
eruieren, von Amts wegen, wenn Sie hier allen Ernstes auf ihrer
Anschuldigung bestehen. Wie heißt denn der Beschuldigte?«

»Riefke«, würgte Käthe hervor, »Franz Adolf Riefke. Er ist
Hauswart in der Mietskaserne, in der ich früher mit meinen Eltern gewohnt habe.«

»Franz Adolf Riefke?«, schaltete sich nun der rotgesichtige
Fettwanst ein, der das Gesindebuch abgestempelt und das
Dienstmädchen entlassen hatte. »Unteroffizier Riefke? Unmöglich! Das ist ein Ehrenmann. War 70/71 dabei, wir haben gemeinsam vor Sedan gestanden und die Franzmänner das Fürchten gelehrt. Und wir sind zusammen im Soldatenverein, haben
mit einer Abordnung Bismarck besucht, Feldwebel Riefke hat
die Fahne getragen. Für den lege ich meine Hand ins Feuer. Pass
bloß auf, was du hier behauptest und wen du in den Dreck
ziehst, Fräuleinchen, das rat ich dir gut! Riefke macht sich doch
nicht unsittlich über ein Frauenzimmer her!«

»Ich war ja auch noch ein Kind!«, schrie Käthe auf. »Zwölf
Jahre war ich alt!«

Plötzlich war es totenstill im Raum. Atemlos starrten die Anwesenden. Nur der Zeiger der Wanduhr tickte.

»Ich tät mich schämen, so was zu sagen!«, erklärte die alte Frau. »Schämen tät ich mich!«

Der fettleibige Polizist schlug mit der Faust auf den Tresen. »Fräulein Meier hat einen Unteroffizier verleumdet! Kommt nach Jahren daher und will ihm so was anhängen! Warum hat sie es denn damals nicht gleich gesagt, heh? Warum hat ihr Vater seinerzeit nicht Anzeige erstattet? Zwölf Jahre will sie alt gewesen sein! Wer soll denn das glauben? So ein Luder, so ein proletarisches! Wahrscheinlich eine heimliche Sozialistin! Oder eine Jüdin! Wer weiß, was sie für eine Rechnung mit Riefke offen hat und jetzt kommt sie an mit dieser Niedertracht und zieht einen ehrbaren Kleinbürger in den Schmutz!«

»Ruhe! Erst einmal muss ich den Tatbestand aufnehmen«, fuhr Polizist Wächterer seinem Kollegen über den Mund, »damit alles seinen Gang geht nach Gesetz und Ordnung. Ich habe meine Vorschriften, und an die halte ich mich. Recht spricht dann das Gericht. Franz Adolf Riefke, sagen Sie? Wohnhaft?«

Käthe zitterte. Ihr Gesicht war weiß. Hilfeflehend sah sie Margarethe an. Mit eiskalten Fingern griff sie nach Margarethes Hand und presste sie.

Da endlich erwachte Margarethe aus ihrer Erstarrung. Da endlich besann sie sich auf das, was sie jetzt zu tun hatte. Sie war eine Geborene von Zug, und das würde sie jetzt unter Beweis stellen.

»Du sagst hier nichts mehr, Käthe!«, bestimmte sie. »Kein Wort!« Und dann warf sie den Kopf zurück und blickte dem Beamten in die Augen: »Ich bestehe darauf, dass Sie uns zu Ihrem Vorgesetzten führen! Ich werde mich darüber beschweren, wie menschenverachtend hier mit einem jungen Fräulein umgegangen wird!«

»Beschweren? So!«, meinte der Polizist und warf ihr einen

taxierenden Blick zu, der schnell unsicher wurde. »Wer sind Sie überhaupt und warum begleiten Sie die Klägerin?«

»Ich habe als Mitglied des Wohltätigkeitsvereins *Misericordias* Einblicke in die Verhältnisse der besagten Mietskaserne und das Treiben des Hauswarts Riefke«, erwiderte sie so arrogant wie nur möglich. Wieso war ihr das nicht schon früher gelungen? Sie reckte den Kopf noch ein wenig höher. »Mein Name ist Baronesse von Zug.«

Dem Polizisten klappte schier die Kinnlade herunter. »Die Tochter von, von – *dem* Baron von Zug?«, stammelte er bestürzt.

»Von wem sonst! Ich bin die Tochter des Reichstagsabgeordneten und Bankdirektors Baron von Zug. Ich bin hier in meiner Funktion als Mitglied des Wohltätigkeitskomitees. Und ich verlange, dass Sie jetzt augenblicklich Ihren Vorgesetzten holen!«

»Au Backe!«, ließ sich der Taschendieb nicht ohne Schadenfreude hören.

»Du hältst hier den Mund, Freundchen!«, fuhr der Fettleibige ihn an und schnaufte laut.

Der Polizist Wächterer dienerte und verschwand durch eine Tür in der Seitenwand. Margarethe legte den Arm um Käthe und führte sie zur Bank, drückte sie darauf nieder. »Bringen Sie ein Glas Wasser!«, befahl sie herrisch dem Fettleibigen. »Sie sehen doch, in welche Verfassung Sie Fräulein Meier gebracht haben!« Sofort wurde ihr Wunsch erfüllt. Hätte sie nur gleich zu diesem Ton und diesem Auftreten gefunden!

Nach einiger Zeit öffnete sich die Tür und ein Polizeileutnant mittleren Alters und würdiger Statur trat herein. »Baronesse von Zug!« Er schlug die Hacken zusammen und beugte sich über ihre Hand. »Bitte, kommen Sie doch mit mir in mein Büro! Ich entschuldige mich, dass Sie nicht sofort vorgelassen wurden. Der Beamte Wächterer versicherte mir, dass er zunächst von Ihrer Identität keine Ahnung hatte. Ein unglückliches Missverständnis, das ich höflichst zu entschuldigen bitte.«

»Darum geht es nicht«, erwiderte sie kühl. »Es geht darum, wie hier mit einem jungen Fräulein umgegangen wird, das Anzeige erstatten will, weil sie sich bei der Polizei erhofft, wozu die Polizei doch da sein sollte: Dem Unrecht zu wehren und dem Recht zum Sieg zu verhelfen.«

»Unglücklich«, murmelte der Polizeileutnant mit allen Anzeichen der Verlegenheit. »Ganz unglücklich. Aber bitte kommen Sie doch, verehrteste Baronesse. Und Sie auch, Fräulein ...«

»... Meier«, soufflierte der Polizist.

»Fräulein Meier«, ergänzte der Leutnant. »Hier entlang!«

– 17 –

So groß bist du geworden! Nee aber auch!«, sagte der Vater ein ums andere Mal und hob den kleinen Kalle hoch, setzte ihn sich auf die Knie, ließ ihn reiten. »Da ist man ein paar Monate in der Lungenheilanstalt, und dann kommt man heim und aus den Kindern sind Leute geworden.«

»Leute«, wiederholte Kalle und griff dem Vater in den Bart. Der wischte sich verstohlen eine Träne aus dem Augenwinkel.

Clara beobachtete ihren Vater von der Seite. Kaum wiederzuerkennen war er. Was er von den Brüdern behauptete, traf auf ihn viel mehr zu! Alles Hagere und Angestrengte war aus seinem Gesicht verschwunden, die ehemals eingefallenen Wangen hatten sich gerundet, die Hautfarbe vom Blassen ins Gebräunte verändert, keine dunklen Ringe mehr unter den Augen, kein fiebriger Glanz in ihnen. Doch auffallender als das alles war diese Frische, Freudigkeit und Gerührtheit, die er ausstrahlte.

So einen Vater ließ man sich gefallen ...

»Ich hab euch auch was mitgebracht«, erklärte er geheimnisvoll. »Nur wenn ihr brav wart natürlich. Ihr wart doch brav?« Er versuchte eine strenge Miene aufzusetzen, doch die Fältchen um die Augen sprachen eine andere Sprache. Heinz freilich schien das nicht zu merken, ängstlich flehten seine Augen Clara an. »Du sagst ihm doch nichts?«, flüsterte er hastig,

494

während der Vater umständlich sein Bündel aufschnürte. »Ich mein – von dem Messer?«

Sie schüttelte andeutungsweise den Kopf. »Nein, mach ich nicht«, flüsterte sie zurück. »Aber wenn ich dich noch einmal beim Klauen erwische, dann sag ich es ihm!«

Heinz seufzte erleichtert auf. Ihr selbst ging es kaum anders. Der Vater schien nicht noch einmal auf den Streit zurückkommen zu wollen, den sie vor seinem Blutsturz gehabt hatten. Jedenfalls hatte er ihr ganz freundlich die Hand gegeben und sogar ihre Wange getätschelt.

»Ich hab nämlich geschnitzt in der Lungenheilanstalt«, erläuterte der Vater, als er einige in Zeitungspapier gewickelte Päckchen aus seinem Bündel herausgefischt hatte. »Holz gab es dort für umsonst. Und wir mussten ja jeden Tag viele Stunden im Freien verbringen, in Liegestühlen auf der Veranda, und die frische Luft einatmen. Da war es schön, was mit den Händen zu tun zu haben. Na, mal sehen, was haben wir den hier?« Betont geheimnisvoll wickelte er das Papier vom ersten Päckchen. »Ein Schäfchen! Für wen das wohl sein mag?«

»Meins!«, krähte Kalle und langte danach.

»Deins? So, so. Na, wenn du meinst!« Der Vater gab dem Kleinen das Schäfchen in die Hand. »Aber ein Schäfchen allein, das fürchtet sich doch!« Mit diesen Worten brachte er noch ein Schäfchen hervor und noch eines und noch eines.

Kalle juchzte, glitt dem Vater von den Knien und begann sofort, unterm Tisch mit den Holztieren zu spielen. Wie hübsch sie aussahen, geradezu echt! Clara staunte. Dass ihr Vater zu solchen Kunstwerken fähig war, hätte sie nie geglaubt.

»Und für mich?«, fragte Männe begierig.

Der Vater strich ihm kurz durchs Haar. »Tja, für dich hab ich was Besonderes. Sieh her!« Er brachte eine geschnitzte Lokomotive mit Kohleanhänger und Personenwaggon hervor, die Männe andächtig in Empfang nahm. »Sogar die Räder drehen sich«, sagte er überwältigt und ließ den Zug auf dem Küchentisch fahren.

»Was denkst denn du!«, antwortete der Vater selbstzufrieden. »Und für dich, Heinz, ist das Messer, mit dem ich das alles geschnitzt habe«, erklärte der Vater. »Ein ordentlicher Junge braucht doch ein Messer!«

Heinz warf Clara einen entsetzten Blick zu, doch sie nickte beruhigend. Da griff er nach dem Messer und strahlte, konnte es kaum fassen, als sein Vater ihm auch noch ein geschnitztes Pferd überreichte. »Wie der Hengst, den der Kaiser zur Parade reitet!«, rief er aus.

»Genau so«, bestätigte der Vater und lehnte sich zurück. »Aber jetzt wollen wir mal sehen, was ich für die holde Weiblichkeit dabeihab!« Drei Päckchen legte er auf den Tisch, schob eines der Mutter hin, eines Clara. Fein gearbeitete Haarspangen mit eingebranntem Muster waren darinnen, mit denen sich die Haare zu einer schönen Frisur aufstecken ließen.

Nein, nach so einem Geschenk hatte sie von dem Vater wirklich nichts mehr zu befürchten. »Danke, Vater«, sagte sie leise, »vielen Dank!« – und hoffte, er würde verstehen, dass sie ihm nicht nur für die Spange dankte.

Sie trat vor die halb blinde Spiegelscherbe, die an der Wand hing, zog die alten rostigen Haarnadeln aus ihrer Frisur, drehte die Haare zu einem dicken Strang und steckte sie mit der neuen Spange fest. Doch so sehr sie sich auch drehte, sie konnte sich nicht von hinten sehen.

»Hier, nimm den«, meinte der Vater grinsend und gab ihr seinen Rasierspiegel. Glücklich betrachtete sie sich. Sollte sie die Spange für sonntags und fürs Ausgehen lassen, oder konnte sie die auch einmal werktags tragen, in der Druckerei? Sie konnte sich denken, dass Ernst eine Bemerkung dazu machen würde, wie gut sie damit aussah ...

»Das dritte ist für Lisa«, sagte der Vater. »Sie ist wohl noch bei Riefke? Wann kommt sie denn heim?«

Clara hielt dem Atem an. Das war er, der Augenblick. Jetzt mussten sie es dem Vater sagen. Er ahnte doch von nichts.

Hin und wieder hatte Lisa ihm im Auftrag der Mutter eine Karte in die Lungenanstalt geschrieben. Die letzte zu Weihnachten. Daher wusste er auch, dass Lisa Dienstmädchen bei Riefke war. Aber von all dem, was seit Weihnachten geschehen war, hatte der Vater nicht die geringste Ahnung. Wie es ihm beibringen?

»Lisa ist doch nicht bei Riefke! Lisa ist doch im Lazarus-Krankenhaus«, antwortete Heinz und ließ sein Pferd um die Kaffeebecher herumreiten.

»Im Krankenhaus?«, rief der Vater aus. »Warum? Hat sie es etwa auch mit der Lunge?«

»Nee«, erwiderte Heinz, offensichtlich zufrieden mit der Wichtigkeit seiner Rolle. »Sie hat sich doch verletzt. Hier!«, und er wies auf seinen linken Unterarm.

»Verletzt? Was hat das zu bedeuten?«, forschte der Vater.

Schweigen. Selbst Kalle unter dem Tisch hörte auf mit den Schäfchen zu brabbeln.

»Nun red doch endlich!«, fuhr der Vater die Mutter an.

Diese saß stumm da und drehte ihre Handspange in den abgearbeiteten Händen.

»Stimmt das, was der Junge sagt?«, schob der Vater drängend nach.

»Na ja ...«, machte die Mutter unbestimmt.

»Na ja? Herr Gott, so mach doch endlich dein Maul auf!

Muss man dir jede Silbe aus der Nase ziehen?«, brauste der Vater auf. An seinem Temperament hatte wohl auch die Lungenheilanstalt nichts geändert.

Clara bückte sich und zog Kalle unter dem Tisch hervor, sammelte die Schäfchen ein. »So«, sagte sie vernehmlich, »die Schäfchen müssen jetzt in den Stall gebracht werden und der ist in eurem Bett, Kalle! Und ihr beiden verschwindet auch ins Bett, Männe, Heinz!«

»Aber es ist viel zu früh und ich will noch mit meinem Zug spielen!«, protestierte Männe. »Und überhaupt, jetzt ist Vater wieder da, da hast du mir gar nichts zu sagen!«

»Hab ich nicht?«, fuhr sie auf ihn los und hob drohend die Hand.

»Komm schon, Männe«, murmelte Heinz und zog seinen Bruder am Arm. »Wir spielen noch im Bett mit dem Zug und dem Pferd! Jetzt komm! Und du auch, Kalle!« Damit streckte er dem Kleinen die Hand hin. »Gute Nacht dann auch!« Ein kurzer Blick zu ihr, ernst und erwachsen auf einmal. Clara nickte ihm zu. In der Not war auf Heinz Verlass.

»Reden sollst du!«, ging der Vater auf die Mutter los, ehe sich die Tür hinter den Jungen geschlossen hatte. »Was ist mit Lisa?«

»Mach mir bloß keine Vorwürfe, du!« Der Mutter war das Blut in den Kopf gestiegen. »Du warst ja nicht da! In der Lungenheilanstalt warst du, und ich hab hier sehen müssen, wie ich über die Runden komme! Nicht einmal die Hälfte vom Krankengeld, weil du dir auch noch ein Taschengeld vorbehalten hast. Drei Mark fünfzig, wie soll denn das reichen? Und die Kinder wachsen und haben Hunger und passen nicht mehr in ihre Kleider und die Schuhe sind abgelaufen und haben Löcher in den Sohlen und kein Geld ist da für den Schuster! Da hab ich eben Schlafgänger genommen, was hätt ich sonst tun sollen, kann mir das mal einer sagen?«

»Ist ja gut!«, lenkte der Vater ein. »Aber was hat das mit Lisa zu tun?«

»Na ja, wie er mir draufgekommen ist mit den Schlafgängern, Riefke, da hat er gesagt, das kostet extra Miete und ich muss es nachzahlen und ich hab's ja nicht gehabt, woher auch? Dreifünfzig, und davon gingen noch die Raten für deine Anschaffungen ab! Das soll mir mal einer vormachen, wie man davon eine Familie ernährt! Und da hat Riefke gesagt, wenn Lisa als Dienstmädchen zu ihm kommt, dann ist er nicht so und verlangt nichts für die Schlafgänger und erlässt mir die halbe Miete. Hab ich mir doch nichts dabei gedacht. Lisa war elf, inzwischen ist sie zwölf, da wird sie ja wohl als Dienstmädchen arbeiten können! Ich musste mit neun ins Bergwerk.«

»Weiß ich doch«, sagte der Vater. »Weiß ich doch alles. Natürlich ist Lisa alt genug zum Arbeiten und als Dienstmädchen allemal!«

»Siehst du!«, sagte die Mutter und sah Clara an. »Siehst du! Der Vater hätte es auch nicht anders gemacht! Ich kann nichts dafür!«

»Das sagt ja auch keiner, Mutter«, erwiderte Clara. »Es hat ja keiner wissen können, wie es kommt. Obwohl«, sie stöhnte auf und schlug sich die Hände vors Gesicht, »ich wollte, ich hätte es geahnt! Nie hätte ich es dann zugelassen, nie!«

»Was?«, fragte der Vater. »Sagt mir endlich mal einer, worum es hier geht?«

»Um Lisa«, antwortete Clara heiser. Ihre Stimme war auf einmal wie tot.

»Ich hab's nicht gewollt«, jammerte die Mutter. »Die Heilige Jungfrau Maria ist mein Zeuge, ich hab's nicht gewollt und nicht gewusst. Und dann, als es geschehen war, Clara hat gesagt, Lisa muss weg hier, und da war diese Baronesse vom Wohltätigkeitsverein, die der Brettschneider immer was gibt, die hat gesagt, sie nimmt Lisa zu sich, dich hab ich ja nicht fragen können, du warst ja nicht da, hast mich hier mit allem allein gelassen ...«

»Baronesse?«, wiederholte der Vater. »Ich verstehe kein Wort! Und dein ewiges Lamento steht mir bis hier! Kaum bin ich zu Haus, geht es wieder los! Als wär's eine Böswilligkeit von mir, dass ich krank geworden bin! Als wär's nicht darum gewesen, weil ich mich für die Familie kaputt gearbeitet habe! Und das ist der Dank dafür!«

Clara wäre am liebsten aus der Küche gegangen, aber sie konnte es doch nicht der Mutter überlassen, dem Vater klarzumachen, was mit Lisa geschehen war.

»Ich dachte, du sorgst dich um Lisa«, ging sie dazwischen, ehe der Streit der Eltern ausuferte.

»Und?«, fragte der Vater. »Was ist jetzt los mir ihr?«

»Riefke hat sie vergewaltigt«, sagte sie tonlos. »Mehr als einmal. Sie spricht nicht drüber. Aber wir waren mit ihr beim Arzt. Der hat es festgestellt.«

Der Vater war weiß geworden. Trotz Sonnenbräune sah sein Gesicht fahl aus. Einen langen Augenblick saß er wie starr. Dann schoss ihm das Blut in den Kopf und er sprang auf. »Den bring ich um!«, brüllte er los. »Das Schwein stech ich ab!« Er stürzte zum Küchenschrank, riss die Schublade auf und holte das Fleischmesser heraus, fuchtelte wild damit herum.

Clara war wie betäubt. Sie konnte nichts tun, nicht eingreifen, ihn nicht hindern, es ging nicht. Die Katastrophe war da und war nicht mehr aufzuhalten.

»Na wunderbar!«, schrie die Mutter auf. »Stech ihn ab! Bring ihn um, Riefke, das Schwein! Dann kommst du ins Zuchthaus, dein Leben lang sitzt du in Moabit und hast ausgesorgt, hast deinen Blechnapf und brauchst dich um nichts mehr zu kümmern! Oder du wirst aufgehängt und dann bist du tot und wir können dich auch vergessen. Und ich hock hier ganz allein mit den Kindern und krieg keinen Pfennig und lande auf der Straße und mach für fremde Männer die Beine breit, damit die Kleinen nicht verhungern! Ist es das, was du willst? Dann los! Stech ihn ab!«

Der Vater warf das Messer zu Boden und ließ sich auf den Stuhl fallen, verbarg das Gesicht in den Händen.

Es brauchte Zeit, bis in Claras Bewusstsein eindrang, dass die Gefahr abgewendet war. Sie sah ihre Mutter voller Hochachtung an. Das, was die da eben vollbracht hatte, das war mehr, als sie ihr je zugetraut hätte.

Still saßen sie beieinander. Nur das Zucken der Schultern des Vaters verriet, dass er weinte. Sie liebte ihn dafür.

Irgendwann klopfte es an der Tür. Keiner von ihnen reagierte. Da öffnete sich die Tür. Clara hob den Kopf und sah Frau Doktor Weidemann. Mechanisch stand Clara auf.

»Ich störe wohl«, meinte die Frau Doktor. »Es tut mir leid. Aber es ist so wichtig, dass ich denke, Sie sollten es wissen. Herr Riefke ist soeben von der Polizei abgeführt worden.«

»Abgeführt?«, flüsterte Clara.

»Abgeführt?«, schrie der Vater. »Wer sagt das?«

»Ich war selbst Zeugin«, sagte die Frau Doktor und nahm sich unaufgefordert einen Stuhl. »Ich bin gerade durch die Hofeinfahrt gekommen, als Herr Riefke von einem Polizeibeamten zum Polizeiwagen geführt wurde. Gestatten Sie, dass ich mich vorstelle. Frau Doktor Theodor Weidemann, Witwe. Ich wohne im ersten Hinterhaus im dritten Stock und ich habe Ihre Töchter kennengelernt. Ich bin, wenn ich so sagen darf, in das unsägliche Verbrechen eingeweiht worden, das Lisa erleiden musste. Und weil ich im Sittlichkeitsverein arbeite und Baronesse von Zug, die sich mit großem Engagement Ihrer Tochter Lisa angenommen hat, Vertrauen zu mir gefasst hat, bin ich sozusagen in die Sache involviert. Baronesse von Zug war heute Nachmittag bei mir und berichtete, sie habe eine gewisse Käthe Meier zur Polizeistation begleitet. Es war wohl ein schwerer Gang für Fräulein Meier, Baronesse von Zug war sehr in Erregung deswegen. Man weiß ja, wie wenig feinfühlig unsere Polizei ist, und da sind wir Fräulein Meier zu großem Dank verpflichtet, dass sie das auf sich genommen hat. Sie hat gesagt, sie will, dass Herrn Riefke das Handwerk gelegt wird und dass er nie wieder einem Mädchen so etwas antun kann wie Ihrer Tochter Lisa – oder wie ihr selbst, als sie früher sein Dienstmädchen war.«

Der Vater knirschte mit den Zähnen. »Dieser Mistkerl! Verhaftet, sagen Sie? Der soll zahlen!«

»Das soll er«, nickte die Frau Doktor. »Auch deshalb bin ich hier. Wir wissen ja nun noch nicht, ob Herr Riefke wirklich in Haft genommen ist oder ob er nur verhört wird. Ich hoffe doch sehr, dass er nicht wieder auf freien Fuß kommt! Jedenfalls meine ich, dass es nun an der Zeit ist, Anzeige gegen ihn zu erstatten. Bedenken Sie bitte, dass Lisa und Sie alle sonst durch ihn in Gefahr sind!«

»Gefahr?«, fragte der Vater verständnislos.

»Na ja«, schaltete Clara sich ein. »Weil er doch die Mietrückstände verlangen könnte. Oder uns raussetzen, wenn wir nicht zahlen!«

»Oder Lisa unter Druck setzen, wenn sie wieder hier ist, damit sie weiter schweigt«, ergänzte Frau Doktor Weidemann. »Oder gar, dass er sich noch mal an ihr vergreifen könnte!«

»Den bring ich um, wenn er sich dem Mädchen auch nur nähert!«, brüllte der Vater auf.

»Jesus Maria«, jammerte die Mutter.

»Du bist ja nicht immer bei Lisa, Vater!«, sagte Clara. »Dass Lisa dem begegnet, kannst du gar nicht verhindern, wenn sie erst wieder zu Hause ist und Riefke auf freiem Fuß! Sie kann ja nicht ewig bei der Baronesse bleiben, sie muss ja auch wieder in die Schule!«

»Da muss man doch was machen können«, stöhnte der Vater.

»Darum geht es ja eben«, ergriff Frau Doktor Weidemann wieder das Wort. »Das ist ein Fall für die Justiz. Wofür haben wir Gesetze, die solche Barbarei verbieten und unter strenge Strafe stellen! Und deshalb müssen Sie ihn anzeigen. Sie als der Vater sollten für Ihre Tochter Anzeige erstatten, damit Herr Riefke wirklich ins Zuchthaus kommt. Und lange drin bleibt. Wir haben uns Gedanken darüber gemacht, wie Herr Riefke zu überführen wäre. Deshalb haben wir ja Fräulein Meier eingeschaltet. Und die Baronesse kennt einen Anwalt, der Sie bei der Anzeige unterstützen wird.«

»Und der Arzt, dieser Doktor Schneider, kann es beschwören. Er hat auch gesagt, er muss das bei der Polizei melden. Und du sollst sofort zu ihm kommen, wenn du aus der Lungenheilanstalt zurück bist«, fügte Clara hinzu.

Anzeige, Polizei ...

Ihr schauderte. Nie hatte sie mit der Polizei zu tun haben wollen, nie. Und nun mussten sie doch mit der zu tun haben. Weil es keinen anderen Weg gab.

Aber ihre arme kleine Schwester! Wie sollte sie denn über so schwierige Sachen mit einem Polizisten reden, der wer weiß was für ein finsteres Gesicht machte, wenn sie noch nicht einmal mit ihr, ihrer eigenen Schwester, darüber reden konnte?

Auf einmal wurde ihr heiß vor Angst um Lisa. Und sie hätte ihre Schwester so gerne beschützt und wusste nicht, wie.

Der Vater hatte sich nicht dazu durchringen können, zur Polizei zu gehen oder zu Doktor Schneider oder zu dem Anwalt. Wohl zehnmal hatte er nach seinem Mantel gegriffen und ebenso oft sich wieder auf den Küchenstuhl fallen lassen. Dann hatte er Trost im Bier gesucht. Es war Herr Dr. Schneider gewesen, der den Stein ins Rollen gebracht hatte. Ein Brief hatte den Vater heute erreicht mit der knappen Mitteilung des Arztes, er könne jetzt eine Meldung nicht länger hinauszögern und werde deshalb am nächsten Morgen betreffs Lisa Strafanzeige gegen Unbekannt erstatten wegen schwerer unzüchtiger Handlung an einem Kinde. Für ein Gespräch stehe er während seiner kassenärztlichen Sprechzeiten zur Verfügung. Die Familie möge sich bereithalten, von der Polizei vernommen zu werden. Wenn Lisa noch einmal bei ihm zur Konsultation vorstellig würde, könne er ihr gegebenenfalls eine weitere Vernehmungsunfähigkeit attestieren, doch ohne eine neuerliche ärztliche Begutachtung sei dies nicht möglich. Hochachtungsvoll Dr. Friedrich Schneider.

Clara hatte die Eltern in heller Aufregung mit dem Brief vorgefunden, nachdem sie aus der Druckerei nach Hause gekommen war. Wer soll denn so was verstehen, hatte der Vater immer wieder geschimpft, das ist doch Chinesisch und nicht Deutsch! Warum denn gegen Unbekannt? Wir wissen doch, wer der Mistkerl ist!

Auch Clara war aus dem Brief nicht so ganz schlau geworden, aber so viel verstand sie doch: Jetzt ging es los. Die Entscheidung war ihnen aus der Hand genommen. Jetzt würde die Polizei nicht mehr zu vermeiden sein. Jetzt musste Lisa reden, ob sie das wollte und konnte oder nicht.

Schwere unzüchtige Handlung an einem Kinde – hieß das so? Wenigstens war Riefke von der Wache nicht wieder nach Hause gekommen. Sie hatten ihn eingebuchtet, wenn auch die alte Riefke herumerzählte, das wäre nur ein Missverständnis und er wäre bald wieder frei.

Bald wieder frei! Bloß nicht!

Clara stieg in den vierten Stock des Hauses in der Königgrätzerstraße hinauf und studierte das Namenschild: »Margarethe von Zug«. Es war nur ein Pappschild, mehr hatte ja auch nicht gelohnt. In ein paar Tagen würde dort stehen: »Johann Nietnagel«. Aber noch war die Baronesse die Baronesse und nicht die Frau Nietnagel. Wer hätte gedacht, dass sie einmal zu der gehen würde! Aber danach hatte niemand gefragt: Der Vater hatte sie zur Baronesse geschickt, um Lisa heimzuholen.

Gern tat sie das nicht.

Halbherzig zog sie am Knauf des rostigen Klingeldrahts. Nichts rührte sich. Sie musste dreimal ziehen, ehe die Glocke endlich anschlug. Kurz darauf wurde die Tür geöffnet und Lisa stand ihr gegenüber.

Die Schwester riss die Augen auf. »Clara!« Und dann nach einem kurzen Stocken: »Muss ich jetzt nach Hause?«

»Nun lass mich erst mal rein, Lisa!« Clara schob sich in den Flur. Da ging die gegenüberliegende Zimmertür auf. Johann.

Ein Stich fuhr ihr in die Brust. So unvermittelt ihn zu sehen – darauf war sie nicht gefasst gewesen. Sie reckte das Kinn. »Ich komm wegen Lisa. Doktor Schneider hat geschrieben, er muss jetzt bei der Polizei Anzeige erstatten.«

Lisa stieß einen unterdrückten Schrei aus und presste sich beide Hände vor den Mund.

»Nun kommt erst mal alle herein!«, rief aus dem Zimmer die Baronesse.

Sie drängten sich in den Raum. Die Baronesse wies ihr einen Stuhl am Tisch zu, während Lisa an der Tür stehen blieb. Clara streckte der Baronesse wortlos den Brief von Doktor Schneider hin. Die Baronesse überflog ihn und reichte ihn an Johann weiter.

»Lisa, bitte geh in die Küche und koche uns einen Lindenblütentee!«, befahl die Baronesse, als gäbe es jetzt nichts Wichtigeres als einen blöden Tee.

»Dein Vater muss am besten mit Lisa gleich morgen Vormittag zur Polizei, nachdem Doktor Schneider dort war, Clara«, meinte Johann, als sich die Tür hinter Lisa geschlossen hat. »Ehe die Polizisten bei euch in der Küche stehen!«

»Auf keinen Fall!«, fuhr die Baronesse auf. »Auf gar keinen Fall wird Lisa zu diesem Zeitpunkt von der Polizei vernommen! Das werde ich zu verhindern wissen!«

Clara starrte die Baronesse an. Nicht die Polizei? Gab es etwa doch einen anderen Weg?

»Johann, du musst sofort deinen Freund Grünröder verständigen!«, erklärte die Baronesse.

»Aber wieso? Du warst doch selbst der Meinung, man muss Anzeige erstatten?!«, fragte Johann.

»Da hatte ich noch keine Erfahrung mit der Polizei!«, erwiderte die Baronesse heftig. »Aber seit ich mit Fräulein Meier dort war, habe ich mir eines geschworen: Ich werde nicht zulassen, dass es Lisa dort genauso ergeht wie der! Eine solche Belastung ist keinem Kind zuzumuten!«

Clara schluckte. Diese Art, wie die Baronesse sich für Lisa einsetzte ... Als wäre Lisa nicht nur irgendein Arbeitermädchen aus dem Hinterhof, noch dazu die Schwester der Verflossenen ihres Bräutigams.

»Natürlich muss gegen Riefke Anzeige erstattet werden, die Familie und vor allem Lisa werden sonst keine Ruhe kriegen«, fuhr die Baronesse fort. »Aber das muss sorgfältig geplant werden. Und dafür brauchen wir Grünröder. Er soll Lisas Vater zur Polizei begleiten und die Sachlage darstellen. Lisa geht da auf keinen Fall mit! Ich begleite Lisa morgen zu Doktor Schneider und werde dafür sorgen, dass er ihr Attest verlängert. Irgendwann wird sie mit der Polizei reden müssen, das weiß ich auch. Aber nicht, bevor die Polizei keinen Zweifel mehr daran hat, was vorgefallen ist! Und nicht bevor Lisa selbst dazu bereit ist. Und wenn ich sie verstecken muss!«

»Das ist gut«, seufzte Clara auf. Ganz leicht war ihr auf einmal zumute. Und sie erzählte, was sie von Frau Doktor Weidemann darüber gehört hatte, wie Riefke abgeführt worden war, und dass es im Haus hieß, es wäre aber nicht für lange.

An der Tür klopfte es schüchtern und Lisa kam mit einem Tablett herein. Sie begann den Tisch zu decken und schaute dabei nicht auf. Dann aber sah sie Clara voller Angst an. »Muss ich jetzt mit dir nach Hause?«, fragte sie noch einmal.

»Ja. Es ist so: Der Vater ist wieder daheim«, erwiderte Clara. »Er hat mir aufgetragen ...«

»Nein!«, ging die Baronesse dazwischen. »Du bleibst vorläufig hier, Lisa!«

Ein Strahlen huschte über Lisas Gesicht und ließ es kurz aufleuchten. Sie faltete ihre Hände wie zum Gebet. »Danke«, flüsterte sie.

Da hielt es Clara nicht. Sie stand auf und nahm ihre Schwester in die Arme, drückte deren Kopf an ihre Schulter.

»Lisa, du kannst jetzt wieder in die Küche gehen«, erklärte die Baronesse. »Und du, Johann, geh bitte am besten gleich zu Grünröder und bitte ihn, noch heute Abend zu uns zu kommen! Ich will die Sache genau mit ihm durchsprechen, damit uns nicht der kleinste Fehler unterläuft!«

Puh!, dachte Clara. Die hat Haare auf den Zähnen, der kommt so schnell keiner in die Quere! Da wird sich Johann noch umschaun, wenn er nach deren Pfeife tanzen muss! Aber mir soll's recht sein. Für Lisa ist es gut. Für die sorgt sie ja, als wär's ihr eigenes Kind.

Ach nein, was denke ich da! Unsere Eltern haben nie so für uns gesorgt, wie die Baronesse es für Lisa tut.

Auf dem Heimweg aus der Druckerei beeilte sie sich. Was sie heute noch alles vorhatte! Die Haare wollte sie sich waschen und die vorderen Strähnen aufwickeln, damit sie vorne schöne Locken bekam. Und ihr Schultertuch stopfen, seit Wochen hatte sie ein Loch darin, aber heute musste das gestopft werden, unbedingt. Und einen neuen Kragen an ihr altes Kleid nähen, mit dem sie täglich zur Arbeit ging. Ein Stückchen weißen Baumwollstoff hatte sie ganz billig dafür erworben, den wollte sie über den alten Kragen drübernähen, der war schon so abgewetzt und an den Rändern durchgeschubbert, dass es eine Schande war.

Wenn sie Weihnachten der Baronesse nicht das Kleid vor die Füße geworfen hätte, dann könnte sie sich jetzt in einem feinen blauen Kleid sehen lassen …

Nein, nein. Das war richtig gewesen, dass sie das Kleid nicht genommen hatte und dass sie es der Baronesse gezeigt hatte, damals. Obwohl sie der Baronesse inzwischen gesagt hatte, dass es ihr leidtat. Und das stimmte ja auch, weil die Baronesse gut zu

Lisa war und sich so um Lisa kümmerte. Aber trotzdem. Bereuen tat sie, Clara, es doch nicht. Weil sie ein Recht auf ihre Wut gehabt hatte. Was gesagt werden musste, das musste gesagt werden, und das hatte sie getan. Und damit war gut.

Auch in ihrem alten Arbeitskleid zog sie die Blicke von Ernst auf sich. Heute hatte sie sie immer wieder gespürt, diese Blicke. Sie hatte getan, als würde sie nichts merken. Aber sie hatte drauf aufgepasst, dass sie sich nicht den Rotz mit der Hand abwischte und dass sie nicht so die Stirn in Falten zog, wenn sie die Papierbögen auflegte, und dass sie sich in der Pause nicht breitbeinig auf die Bank flezte, sondern sich schön gerade hinsetzte und die Füße nebeneinander stellte wie ein vornehmes Fräulein.

Dabei wusste sie schon lange, dass er sie gern ansah. Aber heut war es was anderes. Richtig warm war ihr heut geworden unter seinen Blicken. Zurückgeschaut hatte sie kein einziges Mal.

Seltsam – früher, in der Fabrik, da war sie nicht verlegen darum gewesen, Blicke zu erwidern, selbst die anzüglichsten nicht. Aber heute ...

Die Blicke von Ernst waren nicht anzüglich. Die Blicke von Ernst machten, dass sie sich als was Besonderes fühlte. Und dass sie nicht zurückschaute. Obwohl sie kurz davor gewesen war, immer wieder.

Jedenfalls wollte sie morgen Locken haben. Und endlich mal wieder fühlen, dass sie lebte. Nun, nachdem die größte Sorge um Lisa erst einmal vorbei war, weil die noch bei der Baronesse bleiben durfte. Das hatte sie gestern dem Vater schon klargemacht, dass das besser für Lisa war, und er hatte es sogar eingesehen.

Nein, einmal nicht an Lisa denken. Einmal an sich selbst.

Sie erreichte die Mietskaserne, rannte zu dem Haus, in dem Jenny wohnte, stürmte die Treppe hinauf. Jenny hatte sich so gute Lockenwickler gemacht – feine aus Battiststoff genähte und mit Watte gefüllte Schläuche, mit denen man die Haare aufdrehen und über Nacht trocknen lassen konnte –, die wollte sie sich ausleihen.

Schon auf dem Flur hörte sie die Nähmaschine von Jenny rattern. Ohne eine Antwort auf ihr kurzes Anklopfen abzuwarten, riss Clara die Tür auf. Jenny, mit dem Rücken zur Tür vor dem Fenster an der Nähmaschine sitzend, fuhr herum, sprang beinahe auf dabei und sank dann offensichtlich enttäuscht auf den Stuhl zurück. »Ach, du bist es, Clara!«

»Das klingt ja, als hättest du jemand Besseren erwartet!«, erwidert Clara, halb belustigt, halb verärgert und bückte sich nach der kleinen Stine, die sich ihr sofort an den Rockzipfel gehängt hatte.

»Ach ja. Nicht böse sein, Clara! Aber ich hab so gehofft, es wär Fräulein Weishaupt!«

»Deine Untermieterin? Was willst du von der?«

»Nichts will ich von der«, sagte Jenny und nahm ihre Arbeit wieder auf. »Nur wissen, dass alles in Ordnung ist. Ich hab kein gutes Gefühl. Sie ist gestern nach der Schule nicht heimgekommen. Das hat sie doch noch nie gemacht – über Nacht wegzubleiben!«

»Die wird sich mit ihrem Leutnant versöhnt haben«, meinte Clara grinsend und ließ sich mit Stine auf einem Stuhl nieder, um das kleine Mädchen auf ihren Knien reiten zu lassen, »freu dich doch für sie!«

»Wenn es das ist, dann will ich mich ja auch freuen«, erwiderte Jenny zögernd. »Nur wissen will ich eben, dass alles in Ordnung ist. Ich hab mir schon überlegt, ob ich zur Polizei soll.«

»Bloß nicht! Wie steht denn dann das Fräulein da, wenn sie von ihrem Liebsten zurückkommt und du hast sie inzwischen bei der Polizei abgängig gemeldet! Was soll sie denen dann sagen? Nee, Jenny, das lass mal schön bleiben!«

Jenny seufzte. »Hast ja recht. Deshalb tu ich es auch nicht. Und du? Wie steht's bei dir? Und mit Lisa?«

»Lisa ist noch bei der Baronesse und will auch gar nicht nach Hause. Na ja, so gut wie dort hat sie's sonst nirgendwo. Vor allem passt die Baronesse auf, dass keiner Lisa zu nahe kommt, schon gar kein Polizist. Mein Vater war inzwischen mit dem Anwalt auf der Wache, aber wie es dort war, darüber schweigt er sich aus. Und ich wollte dich fragen, ob du mir deine Lockenwickler leihst. Ich wollte heut nämlich Haare waschen und sie mir aufdrehen.«

Jenny unterbrach ihr Nähmaschinengetrampel und wandte sich überrascht zu Clara um. »Mitten unter der Woche?«

»Warum nicht?«, fragte Clara zurück.

Jenny zuckte die Schultern. »Da im Büfett sind sie, oben links in der Blechdose, nimm sie dir ruhig. Ich hab eh keine Zeit für solchen Schnickschnack.«

»Danke. Wo ist übrigens Moritz?«

»Draußen mit den Großen. Irgendwo auf der Straße oder im Hof, was weiß ich! Bleibt mir ja nichts anderes übrig, als ihn ziehen zu lassen und zu hoffen, dass er heil wiederkommt, wenn der Hunger ihn heimtreibt. Ich muss ja froh sein, wenn er mir hier nicht auch zwischen den Beinen herumkriecht und quengelt und Stine an den Haaren zieht!«

»Tine aua!«, kommentierte diese sofort.

Clara lachte und drückte das Mädchen an sich.

»Eine Schande ist das«, fuhr Jenny fort und trat noch heftiger in die Maschine. »Die Damen der oberen Klassen hätten alle

Zeit der Welt, sich um ihre Kinder zu kümmern, haben ja sonst nichts zu tun, könnten ihnen vorlesen und mit ihnen spazieren gehen und was weiß ich nicht noch alles, aber sie sind zu faul dazu oder sich zu gut. Und geben ihre Kinder ab an Ammen und Kinderfrauen und Dienstmädchen und lassen sie sich nur vorführen zum Gutenachtkuss, ehe sie in die Oper gehen oder sonst ins Vergnügen. Und wir Proletarierinnen, die wir für unsere Kinder aus der Fabrik zu Hause bleiben, damit sie nicht umkommen, wir täten nichts lieber, als für sie zu sorgen und sie so zu erziehen, dass mal was Richtiges aus ihnen wird. Aber wir haben keine Zeit dazu, weil das Geld fehlt, weil unsere Männer nicht genug nach Hause bringen oder krank sind. Und deshalb müssen wir uns an der Nähmaschine abstrampeln oder mit anderer Hausindustrie abarbeiten, und wenn die Kinder dabei stören, dann kriegen sie was hinter die Ohren und das war's. Und die Größeren müssen auch noch mitarbeiten! Und wenn einem das Herz bricht dabei!«

»Es wird ja wieder besser«, versuchte Clara einen Trost. »Wenn Heinrich wieder gesund ist, dann musst du nicht mehr nähen!«

»Es geht doch gar nicht nur um mich!«, brauste Jenny auf und riss heftig den Faden ab, mit dem sie die Hosennaht genäht hatte. »Begreifst du das denn nicht? Es geht um die Zwänge, denen wir unterliegen! Um die Versklavung der Arbeiterklasse in diesem beschissenen Kapitalismus!«

»Schon. Ich muss dann«, murmelte Clara unbehaglich. »Und dank dir – du weißt schon!« Sie setzte die Kleine auf den Boden, nahm sich die Lockenwickler aus dem Büfett und verschwand. Zum Politisieren war ihr wirklich nicht.

Manchmal wünschte sie, Jenny wäre eine gewöhnliche Freundin. Eine, mit der man über so Sachen reden könnte, über die junge Frauen und Mädchen eben gern redeten. Darüber zum Beispiel, wie man sich am besten bei der Arbeit zurechtmachte, um einem zu gefallen, der dort war und der einen so anschaute ...

Sie lächelte.

Auf dem Weg zu ihrem Haus wappnete sie sich innerlich gegen jede Art von Zumutungen, mit denen die Mutter sie erwarten mochte. Dieser Abend sollte ihr selbst gehören. Unter diesem Vorsatz öffnete sie die Tür – und erstarrte.

Ein fettleibiger Polizist thronte an ihrem Küchentisch und starrte ihr finster entgegen.

»Nun mach doch die Tür zu! Die ganze Wärme geht ja flöten!«, jammerte die Mutter. »Und es muss ja auch nicht gleich jeder sehen, dass hier ...« Sie verstummte.

»Name?!«, bellte der Polizist ihr entgegen und zückte seinen Schreibblock.

»Clara«, brachte sie hervor und tastete nach einem Stuhl, ließ sich drauffallen. Die Knie gaben ihr nach. Ein Polizist in ihrer Küche.

»Clara *was*?«

Mühsam gab sie ihm Nachnamen, Geburtsdatum und Geburtsort an – was sollte das Ganze? Diese merkwürdige Leere in ihrem Kopf ...

»Du behauptest also, deine Schwester Lisa sei von dem Hauswart Riefke gewaltsam entjungfert worden«, sagte der Polizist. Es klang wie eine Drohung.

»So hab ich das nicht gesagt«, stotterte sie unsicher.

»Nicht! Dachte ich es mir doch! Die Zeugen verwickeln sich in Widersprüche!«, erklärte er gewichtig und begann zu schreiben.

»Das mit dem Entjungfern, das hat ja der Arzt gesagt, nur anders ausgedrückt hat er es eben, und ich, ich hab Blut in ihrer Unter...« Sie brach ab. Sie konnte es nicht aussprechen, nicht vor diesem Mann da.

Er funkelte sie an. »Weiter! Ich muss das zu Protokoll nehmen!«

Sie schluckte. Rang mit sich. Schwieg.

»Wenn du jetzt nicht redest, muss ich dich für morgen früh auf die Polizeiwache bestellen. Dort wirst du reden!«

»Aber morgen früh muss ich in die Druckerei!«, protestierte sie. »Da darf ich nicht fehlen! Sonst verlier ich noch meine Arbeit, und es ist eine gute Arbeit, so eine krieg ich nicht noch mal!«

»Dann lass dir gefälligst nicht jedes Wort aus der Nase ziehen!«, fuhr er sie an. »Also: Blut in ihrer Unter...?«

»...hose«, ergänzte sie heiser. Sie konnte ihn nicht ansehen, es ging nicht.

»Und was hast du dabei gedacht?«

»Erst hab ich ja gedacht, es ist so weit.«

»Was – wie weit?« Er starrte sie an. Sie wand sich.

»Na«, kam ihr die Mutter zu Hilfe, »so weit eben! Versteht ihr Männer denn gar nichts! Sie sind doch auch von einer Mutter geboren!«

»Du halt dich da raus!«, polterte der Polizist gegen die Mutter los. »Noch so eine Bemerkung, und du wirst belangt wegen Beamtenbeleidigung!« Und dann streng zu Clara: »Du hast also geglaubt, es ist die Menstruation.«

»Weiß nicht. Das Wort kenn ich nicht«, antwortete sie unsicher. »Ihre Tage eben. Aber sie ist noch nicht so weit. Sie ist noch zu jung. Es war Riefke. Das hat der Herr Doktor doch auch gesagt.«

»Lüge! Herr Dr. Schneider hat Anzeige gegen Unbekannt erstattet!«, widersprach er harsch. »Weil er nämlich nur den Tatbestand feststellen kann, aber nicht den Täter!«

Clara verkroch sich förmlich in sich. Könnte sie hier nur weg!

»Hat deine Schwester dir gesagt, dass sie von Riefke entjungfert worden ist?«, fuhr der Polizist sie an.

Sie schüttelte stumm den Kopf.

»Antworte!«

»Nein. Das hat sie nicht gesagt.«

»Aber dein Vater hat zu Protokoll gegeben, er wisse es von dir! Weil er selbst es gar nicht wissen kann. Weil er zum fraglichen Zeitpunkt in der Lungenheilanstalt war! Ist diese Behauptung also aus der Luft gegriffen?«

»Nein, ist sie nicht!« All ihre Kraft nahm sie zusammen: »Ich hab ja gesehen, wie am Sonntagvormittag die Vorhänge bei Riefke zugezogen waren!«

»So?«, meinte er. »Und das ist alles? Hat du gesehen, wie Herr Riefke sich Lisa unsittlich genähert hat? Hast du irgendetwas in dieser Art gesehen? Antworte!«

»Nein, das hab ich nicht gesehen. Aber ...«

»Und da soll jetzt wegen zugezogenen Vorhängen Herr Riefke verurteilt werden?! Wo die Geschädigte selbst laut ärztlichem Attest nicht vernommen werden kann! Kein Gericht dieser Welt nimmt dir das ab, das lass dir gesagt sein! Und wer weiß, was für ein frühreifes kleines Luder deine Schwester ist und was sie so heimlich treibt in dunklen Winkeln und Toreinfahrten! Und dann hast du eine Klage am Hals wegen Verleumdung eines verdienten Unteroffiziers, der 70/71 seine Haut hingehalten hat für unser Vaterland!«

»Aber so eine ist Lisa doch nicht«, flüsterte sie heiser.

»Dass du das sagst, kann ich mir schon denken! Aber das hat vor Gericht keinen Wert, das lass dir gesagt sein«, erklärte der

Polizist wegwerfend und fügte dann gewichtig hinzu: »Ich nehme zu Protokoll: Die Zeugin kann aus eigener Anschauung keine Angaben darüber machen, wer ihre Schwester Lisa entjungfert hat.« Damit steckte er sein Schreibzeug ein und ging.

Clara saß wie gelähmt.

»Männer!«, sagte die Mutter voll bitterer Verachtung, als sich die Tür hinter ihm geschlossen hatte. Dann plötzlich sprang sie auf, nahm den nassen Spüllappen aus der Schüssel und schleuderte ihn mit aller Kraft gegen die Tür.

Clara schöpfte heißes Wasser in die Kanne, mischte es mit kaltem. Gestern – nach der Befragung durch diesen hundsgemeinen Kerl von einem Polizisten – hatte sie keine Ruhe mehr gehabt, sich die Haare zu waschen. Ein Gefühl hatte sie gehabt, als müsse sie die Wände hochgehen. Polizei! Sie hatte doch gewusst, dass man mit der lieber nichts zu tun haben sollte!

Dieser widerliche Kerl! Nicht auszumalen, wenn der die arme Lisa verhört hätte! Was für ein Glück, dass die von der Baronesse beschützt wurde!

So wütend war sie gewesen, dass sie sich nicht anders hatte helfen können, als das Bolzenbügeleisen heiß zu machen und ihre Wut an der verknitterten Wäsche auszulassen, die seit Tagen darauf wartete, geplättet zu werden. Auch über ihre Arbeitsschürze war sie gefahren, aber seither sah man leider die Fett- und Schmierflecken darauf nur noch deutlicher. Geschämt hatte sie sich in der Druckerei dafür, aber was sollte sie machen, sie hatte ja nur die eine Schürze.

Heute wollte sie endlich nachholen, was sie sich für den gestrigen Abend vorgenommen hatte. Über der Spülschüssel ließ sie sich das Wasser durch die Haare laufen, dann begann sie sie mit

Kernseife einzuschäumen. Sie mochte diesen strengen Geruch nach Sauberkeit.

Damen sollte es geben, die sich die Haare mit Eigelb wuschen und mit Bier, damit sie glänzten. Eine solche Verschwendung konnte sie sich kaum vorstellen. Aber ein kleines bisschen Essig würde sie ins Spülwasser tun, das gab auch einen schönen Glanz.

»Was ist denn in dich gefahren! Hast deine Haare doch erst Weihnachten gewaschen!«, brummte die Mutter kopfschüttelnd. »Wenn du sonst nichts zu tun hast!«

Clara gab keine Antwort. Sie hatte keine Lust auf Streit mit der Mutter. Und darauf, der zu sagen, für wen sie sich die Haare wusch, hatte sie erst recht keine Lust. Schweigend rubbelte sie die langen Haare mit dem Handtuch ab, bürstete sie aus und rollte Strähne für Strähne über Jennys Lockenwickler. Dann knotete sie sich ein Tuch darüber und begann in dem warmen Seifenwasser, das von der Prozedur noch in der Schüssel war, ihre Arbeitsschürze zu schrubben. Wenn sie die über dem Herd zum Trocknen aufhängte, konnte sie sie morgen früh vor der Arbeit noch rasch bügeln.

Die Tür ging auf, der kleine Moritz schob sich herein. »Ja, Moritz, das ist ja eine Überraschung. Kommst uns besuchen?«, sagte Clara und nickte dem Sohn der Freundin zu. »Aber was ist denn, du schaust ja ganz ängstlich?«

Moritz schob die Unterlippe vor. »Mama schickt mich. Ich soll dich holen. Sie sitzt da und weint. Und geschrien hat sie auch.« Seine Stimme zitterte.

Heinrich!, war Claras erster Gedanke. Ist was mit ihm? Haben sich die Knochen etwa doch noch entzündet?

Sie riss ihr Schultertuch vom Haken und hielt Moritz die Hand hin: »Komm!« Mit dem Jungen eilte sie zu Jennys Wohnung, wappnete sich gegen alles, was ihr dort begegnen würde. Doch darauf, Johann und die Baronesse in Jennys Küche vorzufinden, war sie dennoch nicht gefasst.

Sie ärgerte sich selbst über den jähen Stich in ihrer Brust.

Warum tat es immer noch weh, die beiden zusammen zu sehen? Sie waren doch ihre Verbündeten bei dem Versuch, Lisa zu helfen ... Und schließlich wollte sie den Johann doch schon lange nicht mehr! Und dass er in zwei Tagen die Baronesse heiratete, war ihr gleich, so gleich wie nur was!

Jenny hob den Kopf und wandte Clara ein tränenüberströmtes Gesicht zu. »Danke, dass du gleich kommst! Ich war so allein, ich musste mit jemandem reden, da hab ich den Jungen nach dir geschickt, aber dann ist Johann gekommen, und die Baronesse. Da hab ich's denen erzählt, sie sind auch ganz erschüttert über den Brief ...« Sie verstummte und deutete mit einem Kopfnicken auf einen Zettel, den die Baronesse in ihrer Hand hielt.

»Von Heinrich?«, fragte Clara fast tonlos.

»Nein, nein! Von Fräulein Weishaupt!«, brach es aus Jenny. »Ich hab ja gleich gemerkt, dass was nicht stimmt. Sorgen hab ich mir gemacht, weil sie nicht heimgekommen ist. Und vorhin hat es mich nicht mehr gehalten und ich bin rüber in ihr Zimmer, um zu sehen, ob da etwas ist, was mir Aufschluss gibt, und da hab ich ihn gefunden, den Brief, mitten auf dem Tisch hat er gelegen, mein Name drauf, damit ich's gleich seh, aber ich war ja nicht eher in dem Zimmer, man will ja nicht neugierig sein und sie hat es ja immer selbst in Ordnung gehalten. Ach, wär ich nur gleich rüber!«

»Das hätte nichts geändert«, erklärte Johann. »Du hättest nichts machen können! Genauso, wie wir jetzt nichts machen können!«

»Worum geht es denn überhaupt?«, fragte Clara. Beinahe schrie sie.

»Hier! Lesen Sie selbst!«, sagte die Baronesse und hielt ihr den Brief hin. »Was ist das doch für eine Welt!«

»Liebe Jenny«, las Clara. »Wenn Sie das lesen, lebe ich nicht mehr.«

Clara ließ sich auf einen Stuhl fallen. Die Buchstaben verschwammen vor ihren Augen. Dennoch las sie weiter: »Sie waren immer anständig und nett zu mir, dafür will ich Ihnen danken. Gäbe es mehr Menschen wie Sie, die Welt wäre anders. Aber auch Sie können mir jetzt nicht mehr helfen. Deshalb lege ich mich vor einen Zug. Ich kann nicht mehr. Ich bin in anderen Umständen und Leutnant Riemüller will mich nicht heiraten. Er hat sich mit einer reichen Fabrikantentochter verlobt und ging sogar so weit, mir zu sagen, es sei gegen seine Ehre, ein gefallenes Mädchen zu ehelichen und eine sittenlose Person zur Mutter seiner Kinder zu machen. Gefallenes Mädchen! Sittenlose Person! Ich, die seinen Liebesschwüren glaubte und ihm auf sein Drängen ihre Jungfräulichkeit schenkte! Das brach mir das Herz. Ich weiß, Sie würden sagen, auch mit gebrochenem Herzen kann man leben, Hauptsache, man lebt. Aber wie? Für mich gibt es keinen Ausweg. Meine Anstellung als Lehrerin würde ich verlieren, sobald meine Schwangerschaft bekannt würde, und nie wieder würde ich als Lehrerin unterrichten dürfen, weil ich keinen einwandfreien Leumund mehr habe. Als Gouvernante würde ich aus dem gleichen Grund niemals genommen werden. Und nach Hause kann ich nicht. Meine Mutter hätte vielleicht bei aller Empörung über meinen Fehltritt doch Mitleid mit mir, aber sie könnte mir nicht helfen, denn mein Vater würde mir die Tür weisen. Nie könnte sie ihn umstimmen, nie könnte ich Gnade vor ihm finden. Er ist Amtmann in einer Kleinstadt und streng auf seinen Ruf bedacht. Ich weiß, was mir von ihm drohen würde. Es gibt keinen Weg. Ich würde mit dem Kind im Elend verkommen und schließlich bliebe mir nichts anderes, als meinen Körper zu verkaufen. Dann würde ich mir selbst zum Ekel. Liebe Jenny, ich bin so verzweifelt, ich kann nicht anders. Ich trete jetzt vor meinen Gott und hoffe, dass er ein gnädigerer Richter ist als diese Gesellschaft. Haben Sie Dank für alles und verzeihen Sie mir. Ihre Gesine Weishaupt.«

Clara legte den Brief sacht auf den Tisch zurück. Sie fror. »Jesus Maria«, flüsterte sie tonlos und bekreuzigte sich. »Das arme Fräulein!«

»Das arme Fräulein!«, wiederholte die Baronesse heftig. »Weiß Gott, das kann man sagen! Dieser feige Schurke von einem Leutnant! Der heiratet jetzt seine reiche Braut und freut sich an deren Mitgift und dabei hat er eine Frau und ein Kind auf dem Gewissen, aber danach kräht kein Hahn! Gott im Himmel, was ist das für eine Welt! Alles bleibt an den Frauen hängen, die Schande und die Not, und die Herren der Schöpfung zieht keiner zur Verantwortung! Zehn uneheliche Kinder können sie zeugen und hoch angesehene Beamte im Ministerium sein, aber ein Fräulein mit einem unehelichen Kind verliert die Anstellung als Lehrerin! Und eine verheiratete Frau darf gar nicht erst Lehrerin sein!«

»So ist sie, die verlogene bürgerliche Gesellschaft mit ihrer doppelten Moral«, erklärte Johann.

»Wenn nur endlich das ganze System zusammenbricht!«, rief Jenny.

»Was ihr nur alle redet«, sagte Clara. »Fräulein Weishaupt ist tot.«

»Na, Clara, hast ja heut wieder nur Kartoffeln dabei«, sagte Ernst und blieb bei ihr stehen. »Das ist doch nichts, das hält doch nicht vor!«

»Ach«, erwiderte sie, »was soll ich machen! Mein Vater ist wieder daheim, aber er hat noch keine Arbeit gefunden, er muss ja drauf achten, dass die Luft gut ist in der Fabrik, in die er geht, und in welcher ist das schon der Fall! Und Krankengeld bekommt er nicht mehr, weil er ja gesund ist, das hat ihm die Lungenheilstätte bescheinigt. Und er sagt, er braucht jeden Tag ein richtiges Stück Fleisch oder Wurst und Milch und Butter, sonst kommt die Schwindsucht zurück. Und sein Bier am Abend lässt er sich auch nicht nehmen. Du kannst dir ja vorstellen, wie das ins Geld geht!«

Ernst nickte mitfühlend. Durch dieses Nicken ermuntert, fuhr sie fort: »Dabei liefere ich ja alles daheim ab, was ich verdiene, nur eine Mark behalte ich zurück zum Sparen, das lass ich mir nicht nehmen. Und meine Mutter vernäht Tag und Nacht Fäden. Aber trotzdem bleibt für uns zwei eben nicht mehr als dreimal am Tag Kartoffeln. Kohle, Holz und Petroleum, was eben alles im Winter gebraucht wird, du kannst es dir ja denken! Nicht einmal Brot können wir uns mehr leisten. Die Kleinen kriegen noch einen Schluck Milch zu den Kartoffeln oder ein bisschen Quark oder auch mal einen Hering gemeinsam, die sind ja noch am Wachsen. Aber Mutter und ich – was soll's! Schlank steht mir doch auch!« Sie versuchte ein unbeschwertes Lachen.

»Klar steht es dir, das Feine, Ätherische, da will ich gar nichts dagegen sagen«, meinte Ernst und strich mit seinem Blick über ihr Gesicht und ihre Figur, als würde er sie streicheln. »Aber alles hat doch seine Grenzen, und die ist bei dir jedenfalls erreicht! Nicht dass du noch umfällst vor Hunger! Stehst an der Maschine, und plötzlich sackst du mir zusammen! Ist ja alles schon vorgekommen bei so einem zarten jungen Mädchen!«

Zart – so hatte sie noch nie jemand genannt, auch Johann nicht. Und was bedeutete *ätherisch*?

»Wird schon nicht«, meinte sie und lächelte ihm zu. So leichthin war ihr auf einmal. Vielleicht machte das ja der Hunger. Oder doch mehr sein Blick.

»Weißt du was?«, erklärte er. »Ich lad dich jetzt zum Essen ein! Gehst mit mir in die Wirtschaft und ich spendier dir einen Eintopf mit ordentlich Fleisch drin und drei Schrippen dazu! Oder willst du lieber Buletten?«

»Aber das geht doch nicht«, wandte sie ein. »Was das kostet! Und an einem ganz gewöhnlichen Tag, in der Mittagspause ...«

»Na und!« Er lachte. »Ich hab's doch!«

»Ja aber, wie ich ausseh, in meinem alten geflickten Kleid und nur das abgetragene Schultertuch!«

»Willst du wissen, wie du aussiehst? Wunderschön siehst du aus, ganz gleich, was für ein Kleid du anhast! Dabei hat es so einen schönen weißen Kragen. Und die Haare so hübsch gelockt und aufgesteckt mit deiner neuen Haarspange, feiner geht es gar nicht! Und jetzt komm!«

»Na, wenn sich da nicht was anbahnt«, sagte grinsend einer der Drucker, die auf der Bank saßen und ihre mitgebrachten Mahlzeiten auspackten. »Nachtigall, ick hör dir trapsen!«

»Ich hör noch ganz was anderes«, kicherte eines der jungen Mädchen, das eben Kaffee auf dem Kanonenofen heiß machte. »Läuten da nicht gerade irgendwo die Glocken?«

»Freilich läuten die Glocken, ist ja Mittag!«, fuhr Clara ihr über den Mund. »Kümmert ihr euch mal um eure Stullen!« Damit nahm sie ihr Schultertuch und nickte Ernst zu.

Gemeinsam traten sie nach draußen. Es hatte zu regnen aufgehört, beinahe mild war die Luft.

Ernst schaute kritisch zum Himmel. »Kein Regen – da brauchen wir nicht gleich die nächste Kneipe zu nehmen! Ich weiß eine Wirtschaft, da war ich schon öfter, da gibt es Riesenportionen und schön fett ist das Essen. Eine Viertelstunde zu laufen ist es halt, aber das reicht grad mit der Zeit, das Essen wird gleich serviert, hast du Lust?«

Clara nickte und hängte sich bei ihm ein. Früher hatte sie sich bei Johann so eingehängt. Morgen heiratete er ...

Sollte er doch! Sie war fertig mit ihm. Und überhaupt war er evangelisch, und da hätte ihr Vater nie seine Unterschrift dafür hergegeben, dass sie einen Evangelischen heiratete! Der Teufel wäre los gewesen, wenn der Vater erfahren hätte, dass Johann evangelisch wäre – der hätte sonst was mit ihr gemacht, aber ihr jedenfalls nicht erlaubt, Johann zu heiraten.

»Wo kommst du denn eigentlich her, Ernst?«, fragte sie und lächelte ihn von der Seite an. »So wie du redest, bist du auch kein echter Berliner! Du klingst mir doch eher nach Schlesien.«

»Weiß Gott!« Er lachte. »Hast schon richtig gehört: Ich bin aus Schlesien.«

»Ich bin auch aus Schlesien. Und katholisch.«

»Genau wie ich. Das hängt einem hier ja an in Berlin, wie einen Menschen zweiter Güte schauen sie einen an und machen blöde Witze über die Beichte und dass die Katholiken so was Falsches haben, weil sie denken, sie können ruhig sündigen, am Sonntag wird ihnen ja doch alles vergeben. Aber das juckt mich nicht!«

»Mich auch nicht. Und wie bist du hierhergekommen? Mit deinen Eltern?«

»Nee, allein. Nach meiner Zeit bei den Soldaten wollte ich

mal was von der Welt kennenlernen, und da hab ich mir gedacht, die Reichshauptstadt, das ist gerade das Richtige für mich. Hier ist man doch am Puls der Zeit und kann am Sonntag den Kaiser die Linden herabreiten sehen und kann zur Wachablösung gehen und kann die Genossen Bebel und Liebknecht reden hören, die man sonst nur aus der Zeitung kennt, und kann jeden Samstag auf einem anderen Tanzboden das Bein schwingen und findet die hübschesten Mädchen.«

Der Blick, den ihr dabei zuwarf, ließ keinen Zweifel daran, wen er damit meinte. Sie lächelte.

»Meiner Mutter war's zwar nicht recht«, fuhr Ernst fort, »aber mein Vater hat gesagt: Geh nur, ein Mann muss seinen Weg machen! Das rechne ich ihm hoch an. Und dass er mich eine Lehre hat machen lassen, obwohl es immer schmal war bei uns daheim und wir manches Mal auch nur Kartoffeln zu essen hatten wie du. Ohne Lehre wäre ich jetzt nicht Drucker und würde gutes Geld verdienen, sondern müsste als ungelernter Arbeiter für schlechtes Geld schuften, wie es mein Vater tun musste. Dabei war der für Höheres bestimmt gewesen, sein Vater war ja gelernter Apothekergehilfe und hat ihn auf die Bürgerschule gehen lassen, fast neun Jahre war er dort und sollte das Einjährige machen und eine Ausbildung. Aber als mein Vater vierzehn war, da ist eine chemische Fabrik gegründet worden, so was war ja damals ganz neu, da haben sie meinen Großvater als Facharbeiter übernommen. Aber kaum hatte der dort angefangen zu arbeiten, da ist in der Fabrik was in die Luft geflogen und mein Großvater war tot. Keinen Pfennig hat meine Großmutter bekommen, es war ja noch vor dem Reichshaftpflichtgesetz, aber ob das was genützt hätte, weiß ich auch nicht, da hieß es ja doch meist, ein Verschulden des Unternehmers sei nicht nachgewiesen. Jedenfalls stand meine Großmutter als Witwe allein da ohne

Geld, da war natürlich nichts mehr mit Schule, mein Vater musste ein gutes Jahr vor dem Einjährigen raus aus der Bürgerschule und rein in die Fabrik – in die gleiche, in der sein Vater ums Leben gekommen war. Da war es vorbei mit dem Traum vom besseren Leben als Angestellter in einem Kontor.«

Ernst seufzte. Clara drückte seinen Arm etwas fester.

»Aber den Drang zur Bildung, den hat er behalten, mein Vater«, schob Ernst nach, »er hat sich immer beim Kolporteur Bücher bestellt und ist in die Volksbücherei zum Zeitunglesen und hat dafür gesorgt, dass ich in der Schule ordentlich gelernt habe, auch wenn's nur die Volksschule war. Wenn ich nicht lauter Einser und Zweier im Zeugnis hatte, dann hat's Senge gesetzt, die war nicht von schlechten Eltern! Na ja, hat mir nicht geschadet, hab was gelernt.«

»Ich nicht«, sagte Clara leise. »Ich musste in Schlesien ja so oft von der Schule daheimbleiben und beim Spulen und Haspeln helfen und den Haushalt machen und so. Und an Lehre war schon gleich gar nicht zu denken, ich bin ja auch nur ein Mädchen.«

»Das ist eine Gemeinheit, wie es den Kindern der Hausindustriellen ergeht!«, erregte er sich. »Ich kenn es, da waren viele in meiner Klasse, die es nicht anders hatten und die bis weit in die Nacht hinein in der stickigen Stube daheim mitarbeiten mussten. Und im Schulunterricht sind sie dann eingeschlafen vor Erschöpfung und der Lehrer hat seinen Stock tanzen lassen, das war ein Elend. Aber die Eltern können auch nichts dafür. Es sind die Verhältnisse. *Das Sein bestimmt das Bewusstsein,* hat Karl Marx gesagt, verstehst du, Clara?«

Sie nickte. Eigentlich verstand sie es nicht so ganz, aber das machte nichts. Sie hörte ihm so gerne zu.

»Erst wenn der große Kladderadatsch kommt und diese kapitalistische Gesellschaft hier zusammenbricht wie ein Kartenhaus und die Morgenröte einer neuen Gesellschaft heraufzieht – erst dann wird es anders!«, erklärte Ernst mit Begeisterung. »Erst dann gibt es Brot und Bildung und Gerechtigkeit für alle, für Männer und Frauen und Kinder!«

»Schön hast du das gesagt!«, seufzte sie und dachte daran, dass sie ganz ähnliche Worte schon von Johann und Jenny gehört hatte. Die beiden redeten immer gleich von der Gesellschaft, sogar gestern, als sie den Brief von Fräulein Weishaupt ... Nein, daran wollte sie jetzt lieber nicht denken und daran, dass spät am Abend noch die Polizei bei Jenny gewesen war und die Nachricht vom Tod des armen Fräuleins gebracht hatte ... Nicht jetzt!

Sie hielt sich im Gehen ein wenig näher an Ernst. »Aber erzähl mir doch noch ein bisschen mehr von dir daheim!«

Er zuckte die Schultern. »Ich schick ihnen hin und wieder Geld nach Hause, weil mein Vater nicht mehr arbeiten kann. Die giftigen Dämpfe haben seine Lunge zerfressen und seine inneren Organe geschädigt, sagt der Doktor. Bodenlos ist es, dass das nicht als Betriebskrankheit anerkannt worden ist, sodass er eine Rente kriegen würde, wo er doch in der chemischen Fabrik jeden Tag diesen Dreck einatmen musste. Er hat immer gesagt, ich muss was lernen, wo die Luft nicht so schlecht ist. Deshalb bin auch Drucker geworden. Und wegen der Bildung. Weil man da immer was zu lesen hat. Ich nehme mir ja die Andrucke mit nach Hause und studiere sie auch in der Pause.«

»Ich auch«, sagte Clara.

»Vor allem die Gedichte, was?«, meinte Ernst und grinste sie an.

Das hatte er beobachtet? Was wusste er eigentlich noch alles über sie? Und die Haarspange hatte er auch bemerkt ...

»Hier ist es!«, erklärte Ernst und wies auf ein Haus. *Privat Mittagstisch* war mit weißer Farbe auf die Scheiben der unteren Fensterreihe gemalt, *Couvert 55 Pfennige.*

So viel! Clara stockte schier der Atem. Ernst ließ es sich was kosten, sie auszuführen!

Drinnen empfingen sie Wärme, Rauch und der Dunst von Essen. Die Tische waren sogar mit weißem Tischtuch gedeckt, und mit einem Blick hatte sie erkannt, dass das hier keine Wirtschaft war, in der Arbeiterinnen verkehrten. Die meisten Herren hatten keine blauen Arbeiterblusen an, sondern dunkle Jacketts, die wenigen anwesenden Frauen trugen gute schwarze Kleider oder hochgeschlossene weiße Blusen und Jäckchen darüber, mochten im Kontor arbeiten oder vielleicht sogar Lehrerinnen sein. Einen Augenblick kam es ihr vor, als müssten alle auf sie sehen und sagen: Was will die hier! Die gehört nicht zu uns! Doch dann warf sie den Kopf zurück. Ernst hatte sie hierher eingeladen und gab eine Menge Geld dafür aus, da wollte sie auch was davon haben!

Als Tagesgericht gab es Eisbein mit Sauerkraut, unklar spürte sie, dass sie sich damit nach dem Hungern der letzten Tage übernehmen würde, und entschied sich lieber für den Eintopf mit Rindfleisch, während Ernst sich das Eisbein servieren ließ.

Auf dem Rückweg hängte sie sich selig an seinen Arm. Vor Sattheit waren sie schweigsam geworden. Erst eine Straße vor der Druckerei fragte Ernst: »Was ist? Morgen ist Samstag. Willst du nicht doch mal mit mir tanzen gehen? Ist ja bald Fastenzeit, dann ist nichts mehr mit Tanzen für gute Katholiken.«

Morgen, am Samstag? Dem Tag, an dem Johann die Baronesse heiratete?

Wie hatte sie sich vor diesem Tag gefürchtet ...

Nun lächelte sie. »Warum nicht!«, sagte sie. »Gern.«

Sie näherten sich der Toreinfahrt zur Druckerei. Da löste sich ein Schatten aus dem Dunkel und kam auf sie zu. Erst als er ins Freie trat erkannte sie: Es war ihr Bruder. »Heinz!«, rief sie aus. »Was machst du denn hier?«

Er schaute verzweifelt. »Ich komm von daheim«, murmelte er. »Als ich aus der Schule kam, weißt du, wen ich da gesehen habe? Riefke!«

»Riefke? Haben sie den etwa wieder laufen lassen?!«, schrie sie auf.

Heinz nickte. »Sag ich doch. Ich bin gleich umgekehrt und zu dir. Weil du's wissen musst, hab ich gedacht.«

Riefke frei! Clara presste die Fäuste gegen die Zähne. Es gab keine Gerechtigkeit auf der Welt. Nicht für Mädchen wie Lisa und Käthe Meier.

– 18 –

Grau und verhangen hatte der Tag begonnen, doch nun auf einmal waren die Wolken aufgerissen, und eine strahlende Sonne schien vom blauen Himmel. Auf dem Trittbrett der Kutsche verharrte Margarethe mitten in der Bewegung, ihre Hand in Johanns, der sie ihr entgegenstreckte, um ihr beim Aussteigen behilflich zu sein. Sie hielt ihr Gesicht in die Sonne, sah einen Augenblick in das blendende Licht und spürte das gleiche reine Leuchten in sich. Vorbei die Ängste der Nacht, in der sie ein letztes Mal von Zweifeln geschüttelt worden war. Vorbei. Sie war seine Frau.

So frei fühlte sie sich und so leicht, als müsse sie fliegen können ohne eine von Lilienthals Flugmaschinen.

»Nun, Frau Nietnagel? Wollen wir uns auf dem Trittbrett trauen lassen?«, fragte Johann.

Sie lachte und ließ sich ihm so entgegenfallen, dass sie gestürzt wäre, hätte er sie nicht aufgefangen. Er drehte sich mit ihr um seine Achse und küsste sie dabei auf den Mund. Die Schleppe wehte hinter ihr her. »Was für ein Glück, dass deine feine Verwandtschaft uns so nicht sieht!«, sagte er und lachte.

»Ja, was für ein Glück!« Mit dankbarem Staunen nahm sie wahr, dass ihr diese Worte ganz ohne Stachel über die Lippen kamen. »Aber jetzt bitte wieder würdig, mein Gemahl! Dort warten der Pastor und die Trauzeugen auf uns.«

»Gottes Segen, Frau Nietnagel«, sagte der Pastor warm. »Von ganzem Herzen!« Es tat wohl zu spüren, dass dieser Pastor ihre Wahl nicht verdammte, sondern sie viel mehr guthieß, ja sie vielleicht für ihren Schritt sogar bewunderte.

»Du siehst hinreißend aus«, flüsterte Julia ihr zu und drückte kurz ihre Hand. »Alles Glück dieser Welt und des Himmels dazu!«

»Noch aufgeregt?«, fragte Doktor Grünröder.

»Jetzt nicht mehr«, erwiderten Margarethe und Johann zugleich.

»Das ideale Ehepaar!«, meinte Julia. »Wie wird es erst nach zwanzig Jahren sein, wenn ihr schon am ersten Tag beide wie aus einem Mund sprecht?«

Sie lachten.

Die Glocken begannen zu läuten. »Tut mir auf die schöne Pforte, lasst in Gottes Haus mich ein«, sprach der Pastor. »Ach, wie wird an diesem Orte meine Seele selig sein.«

Das soll sie und das wird sie, dachte Margarethe: selig sein.

Feierliche Orgelklänge aus der Kirche. Hinter dem Pastor zogen sie ein. Die Vorhalle. Der Kirchenraum. Leuchtendes Licht durch bunte Glasfenster. Prächtig strahlende Akkorde, dunkel brausende Bassläufe, dann, ganz für sich allein, eine zarte Melodie von tänzerischer Leichtigkeit, die schließlich in einen Dialog mit einer zweiten, tiefen Stimme eintrat, ein Werben und sich Finden und gemeinsames Voranschreiten, und dann wieder die ganze Fülle machtvoller Akkorde, als würde sich der Himmel öffnen und hereinbrechen in diese leuchtende Kirche.

Was für ein Augenblick. Margarethe sah ihren Bräutigam an und spürte, dass er das Gleiche fühlte wie sie. Wie sehr liebte sie ihn für diesen Gleichklang.

Hand in Hand schritten sie durch das Kirchenschiff, vorbei an zahllosen Gesichtern, die sich ihnen zuwandten.

Sie hatte geglaubt, in einer fast leeren Kirche heiraten zu müssen, da doch ihre Familie und weitere Verwandtschaft und Bekanntschaft ebenso fehlten wie die Gesellschaft, zu der sie gehört hatte: nur die kleine Hochzeitsgesellschaft, sonst niemand. Doch weit gefehlt! Dort saßen bekannte Dichter mit rauschenden weißen Bärten, hier junge Herren, wohl Studienfreunde oder Genossen von Johann, mit ihren Gattinnen. Auf der anderen Seite des Kirchenschiffes aber waren mehrere Reihen gefüllt mit Bewohnern der Mietskaserne und anderen kleinen Leuten, Frauen vor allem und Kindern. Anna Brettschneider mit ihren Kindern erkannte sie und Jenny – und dort Käthe Meier.

Tränen der Rührung stiegen in Margarethe auf. Ihr war klar: All diese Frauen gaben einen halben Tagesverdienst dran, den sie doch so bitter benötigten, oder mussten eine Nacht mit ihrer Heimarbeit durchschuften, um die Zeit wieder einzuholen, die sie aufwandten, um bei ihrer und Johanns Trauung dabei zu sein. Konnte es ein größeres Geschenk geben? Ein besseres Zeichen von Verbundenheit mit Johann – und ihr?

Beschenkt und geehrt fühlte sie sich durch dieses Opfer der Frauen.

Neben Johann nahm sie auf den Stühlen im Altarraum Platz und wusste all diese Menschen hinter sich. Noch einmal brauste die Orgel zu voller Klangfülle auf. Noch einmal ging Margarethes Blick in die Höhe zu dem leuchtenden Licht. Und auf einmal fühlte sie sich hineingesogen, hinaufgezogen, schien dort oben zu schweben und zugleich hier unten zu sein, verbunden mit Johann, verbunden mit diesen Menschen, verbunden mit allem. Zeitlos. Ewig. Liebend. Geliebt.

Etwas pikste sie in den Nacken. Margarethe griff hinter sich, tastete das Kissen ab, auf dem ihr Kopf ruhte, spürte eine kleine harte Spitze. Sie richtete sich halb auf, fasste nach dieser Spitze und zog eine feine Feder aus dem Kissen, deren Kiel sich durch Inlett und Bezug gebohrt hatte. Sie blies in die Feder, sah zu, wie deren Härchen sich sträubten. Dann neigte sie sich über Johann und fuhr sacht mit der Feder die Linie seiner Wangenknochen nach. Er schlug die Augen auf.

Sie umrundete seine Augen, strich über seine Schläfe, die Stirn, ließ die Feder seinen Nasenrücken hinabgleiten, seine Lippen berühren. Am Kinn verfing sie sich, gegen den leichten Widerstand der Bartstoppeln zog Margarethe die Feder über die Wange, zeichnete mit ihr jede Wölbung und Biegung des Ohres nach, fand weiter den Hals hinab zu der kleinen Grube am Schlüsselbein.

Ein Schauer ließ Johann zusammenfahren. Aber dann lag er wieder still, seine Augen auf sie gerichtet. Sie folgte dem Schwung seiner Schulter mit der Feder, bis es Johann nicht mehr hielt.

Sie wurden nicht müde, einander zu feiern, ihre Liebe zu feiern. Und die Ehe.

Nichts mehr verbergen müssen, nichts verheimlichen und nichts verstecken, keine angstvollen Blicke den Gang hinauf- und hinunterwerfen, ob auch niemand sah, wie sie sein Zimmer betrat, kein dichter Schleier auf der Straße, kein heimliches Aneinanderdrängen in der Kutsche voller Sorge, der Kutscher könne es merken. Und keine Zweifel mehr.

Draußen war der Winter mit Macht zurückgekehrt, klirrender Frost zeichnete Eisblumen an die Scheiben der Einfachfenster, hier drinnen aber in der Stube, ihrem Liebesnest, war es warm. Der Kachelofen, der halb in diesem Raum stand und halb im Nachbarraum, wurde auf Margarethes Geheiß von Lisa stets kräftig von nebenan aus beheizt. Hier herein kamen Lisa und Emma nicht, sie hatte es ihnen schlicht untersagt, doch stets drehte sie trotzdem den Schlüssel im Schloss, um sich sicher zu fühlen.

Johann hatte mit Emma gemeinsam das Bett hierher in seine Stube getragen, denn in der unbeheizbaren Schlafkammer war es bitterkalt. Nun war der Raum noch enger und restlos mit Möbeln überfüllt, aber was machte das! So viel schöner war dieses Zimmerchen als die Säle in der Villa im Westend, wo die Weite des Raumes die Menschen vereinzelte, jeden für sich ließ.

Nebenan hörte sie Geräusche, dann ein zaghaftes Klopfen an der Tür. »Der Tee wäre dann fertig, gnädige Frau!«, sagte Emma durch die Tür. Man meinte förmlich zu hören, wie sie knickste.

Gnädige Frau ... Noch immer musste Margarethe lächeln, wenn sie so angeredet wurde.

»Ist gut, Emma, danke! Du kannst dann zur Markthalle gehen!«, rief Margarethe zurück. Sie stand auf und warf sich ihr Negligé und den seidenen Morgenmantel über. Wie sie die Freiheit genoss, bis in den Nachmittag hinein ohne Korsett zu sein, mit dem Zwang zur jederzeitigen gesellschaftlichen Repräsentabilität auch den Zwang zu diesem Folterinstrument abgelegt zu haben! Und dann auch noch offene Haare zu haben, statt einer sorgfältig und sittsam hochgesteckten Frisur! Ein Vers eines Droste-Hülshoff-Gedichtes ging ihr durch den Kopf:

>»Nun muss ich sitzen so fein und klar
>gleich einem artigen Kinde.
>Und darf nur heimlich lösen mein Haar,
>und lassen es flattern im Winde!«

»Nie wieder«, flüsterte sie und lachte in sich hinein.

»Was nie wieder?«, fragte Johann.

»Sitzen so fein und klar gleich einem artigen Kinde«, erwiderte sie.

»Wahrhaftig nicht!« Er lachte. »Und was dein Haar betrifft – es ist wunderschön, eine unfassbare Pracht. Ich würde es übrigens gern mal im Winde flattern sehen.«

»Warum nicht? Ich hab schon mit so vielen Konventionen gebrochen, warum nicht auch mit dieser! Im Frühling im Grunewald, wenn der Wind nicht mehr so eisig kalt ist wie heute. Bis dahin musst du hiermit vorliebnehmen!« Und sie warf den Kopf zurück und schüttelte ihre Locken.

Barfuß ging sie zur Tür und öffnete sie. Auf dem Tisch in ihrem Zimmer stand ein einfaches Tablett mit dem schmucklosen weißen Geschirr, das sie angeschafft hatte, weil es entschieden preisgünstig gewesen war. Kein Vergleich mit dem Meißener Porzellan oder dem hauchfeinen chinesischen Teeservice, das sie von daheim gewöhnt war. Aber die Servietten waren makellos gebügelt und kunstvoll gefaltet, eine Kerze brannte im silbernen Leuchter und ein Kristallväschen mit Christrosen machte selbst den einfachen Butterkuchen, den Emma frisch gebacken hatte, zu einem Fest.

Emma hatte im Haushalt der Baronin von Zug gedient, man musste ihr nicht mehr sagen, worauf sie zu achten hatte.

Margarethe nahm das Tablett, trug es in Johanns Stube, deckte das kleine Tischchen und schenkte den Tee ein. Sie genoss diese einfachen Handgriffe, die sie ihr Leben lang nie selbst gemacht hatte – tat sie sie doch für Johann und sich. Sie war sich bewusst, wie Johann sie dabei beobachtete. Mit Bedacht ließ sie ihr Haar nach vorne fallen, sodass es ihr Gesicht fast verdeckte und ihr bis weit über die Taille hinab reichte.

So wenig braucht es zum Glück, dachte sie.

»Weißt du, wovon ich manchmal träume?«, sagte Johann.

»Von mir natürlich«, antwortete sie und ließ sich im Sessel nieder. Ihr Morgenmantel hatte sich über dem tief dekolletierten Negligé geöffnet, sie zog ihn nicht zu.

»Natürlich.« Er lachte. »Ohne Unterlass. Seit ich mich in dich verliebt habe, bist du die Königin meiner Träume. Dass die nun Wirklichkeit geworden sind, kann ich immer noch nicht so ganz fassen. Aber wenn ich mir vorgestellt habe, wie ich mir mit dir zu leben wünschen würde, wenn ich denn mit dir leben dürfte, dann ...«

Sie sah ihn an.

»... dann habe ich mir manchmal einen Ort weit weg von Berlin erträumt. Einen Ort in unverfälschter Natur. In den Bergen vielleicht. Einen Ort ganz ohne Etikette, ohne Künstlichkeit und ohne gesellschaftliche Schranken, ohne verlogene Moral und ohne Klassen – kurz: ohne Korsett in jeglicher Bedeutung des Wortes. Einen Ort, wo Männer und Frauen zusammenleben in Einfachheit und Gleichheit und jeder dem nachgeht, was die ureigenste innere Regung ist. Einen Ort der Freiheit und der Künste. Gemeinsam mit anderen: Freigeistern, Philosophen, Dichtern, Musikern, Malern und anderen Künstlern ...« Er brach ab.

»Wie schön«, sagte sie leise.

Johann seufzte. »Ja, schön. Wenn es diesen Ort gäbe, irgendwo auf der Welt, und wenn ich gleichgesinnte Männer fände, ihn zu gründen – lieber heute als morgen würde ich mit dir dorthin aufbrechen.« Träumerisch sah er vor sich hin.

»Oh ja!« Sie schloss die Augen. Ein Bild entstand in ihr, eine Almhütte in Tirol, die sie in einem Urlaub mit den Eltern einmal erwandert hatte – die Wiesen in ihrer Blütenpracht, der

Bach mit dem stiebenden Wasserfall, die Wälder und schroffen Felsen, der Blick ins tief eingeschnittene Tal und auf die schneebedeckten Gipfel. Und diese Ruhe, eine Stille, wie sie in Berlin unvorstellbar war, eine Stille, welche die Zeit anzuhalten schien. Dort mit Johann zu leben und mit anderen Männern und Frauen, die sich von der Konvention losgesagt hatten, für die nicht mehr zählte, woher man kam und was man besaß und welchen Namen man trug ...

Menschen, die sie nicht dafür verdammten, dass sie ihrem Elternhaus den Rücken gekehrt und einen Sozialisten geheiratet hatte.

Doch – ein Schaudern rieselte ihr über den Körper und ließ sie zusammenfahren – was hatte sie eigentlich zu einer solchen Gruppe beizutragen? Was hatte sie Originäres, Ursprüngliches, was über ihr Aussehen und ihre gewandten Umgangsformen hinausging? Würde sie unter Künstlern und Philosophen je etwas anderes sein als die schöne Frau des Dichters Johann Nietnagel – so wie sie bisher die schöne Tochter des Reichstagsabgeordneten Baron von Zug gewesen war?

Nur eine Frau ...

In den Augen der anderen, in den Augen der Männer, mochte das genügen. Aber in ihren?

Alles hatte sie aufgegeben und gewagt, um ihre Liebe zu leben und Johanns Frau zu werden. Nun war sie es. Und noch immer nichts Eigenes.

Hatten die Gouvernanten im Mädchenpensionat am Ende etwa doch recht gehabt, wenn sie gesagt hatten, eine Frau sei die Hülle, die ein anderer füllte, das Blatt, das ein anderer beschrieb? Aber sie hatte doch die Feder selbst in die Hand nehmen wollen!

Nun auf einmal sah sie in unbarmherzig kaltem Licht: den

goldenen Käfig zu verlassen, hatte nicht ausgereicht. Sie hatte ihn mit einer Rosenlaube getauscht.

Johann hatte alles: die Liebe und sein Werk und die Überzeugung, für die er kämpfte.

Sie hatte nur die Liebe – und das, was sie dieser Liebe geopfert hatte.

Nur? Wie konnte sie so denken! In der Hingabe der Liebe fühlte sie sich ganz, da war sie vollkommen und groß. Da hatte sie doch keine Zweifel!

Trotzdem erkannte sie plötzlich: Lieben allein reichte ihr nicht.

Sie suchte noch nach etwas anderem, was ihrem Leben Sinn geben würde. Was war es – ein Werk?

Wo war das, was sie der Welt zu geben hatte? Niemand außer ihr allein?

Ein Werk. Aber das war nichts, was man von einer Frau erwartete. Das war nichts, was man einer Frau auch nur zubilligte.

Jedem Manne, ja. Aber nicht einer Frau.

Den halben Himmel verschloss man einer Frau – aus keinem anderen Grund als wegen ihres Geschlechts.

Kinder zu bekommen, ihre Kinder zu lieben, ihrer Familie zu dienen, das war das einzige Werk, das einer Frau anstand, der einzige Lebenssinn, der ihr erlaubt war.

Aber – wenn sie keine Kinder bekam? Oder wenn ihr Johann entrissen würde, jetzt, heute, in diesem Augenblick – was bliebe von ihr? Welche Spur würde sie auf der Erde hinterlassen? Und wer war sie überhaupt? Nicht Margarethe von Zug und nicht Margarethe Nietnagel – sondern ganz für sich genommen sie selbst?

»Aber immer wenn ich an dieses schöne Utopia denke, nagt an mir zugleich mein sozialistisches Gewissen«, nahm Johann den Faden wieder auf. »Wie kann ich solchen Träumen nachhängen, wenn hier die arbeitende Klasse leidet und mich als Sprachrohr braucht? Als den Dichter, der die gesellschaftlichen Verhältnisse anprangert, indem er sie zeigt, wie sie sind? Als den Genossen, der politische Artikel schreibt und die Anliegen der schweigenden Masse zur Verbreitung bringt? Als den mitreißenden Redner auf Versammlungen?«

»Vielleicht – alles zu seiner Zeit«, erwiderte sie. Klein erschienen ihr auf einmal seine Skrupel angesichts des Abgrundes, der sich soeben vor ihr geöffnet hatte.

Er nickte. »Alles zu seiner Zeit. Wie weise du bist, junge Frau! Nein, nein, runzle nicht die Stirn, das war ernst gemeint und von Herzen. Alles hat seine Zeit. Krieg hat seine Zeit und Frieden hat seine Zeit, politischer Kampf hat seine Zeit und wahre Kunst hat ihre Zeit, unverfälschte Kunst, die nicht einem Zweck untergeordnet wird, die nur ihren eigenen Gesetzen, ihrer innersten Wahrheit folgt …«

»… und Butterkuchen hat seine Zeit«, warf sie scheinbar leicht ein und reichte ihm ein Stück.

Nach einem Gespräch über die Wahrheit der Kunst war ihr jetzt nicht, nicht bei dem, was ihr durch den Kopf schoss und mehr noch durch das Herz. Ob sie mit Johann darüber sprechen konnte? Aber wie in Worte fassen, was sie bedrängte, in Worte, die er verstand, er – ein Mann? Denn wenn er sie nicht verstünde, nein, das ertrüge sie nicht.

Männer!

Die hatten immer ein Ziel. Oder gleich mehrere. Und wenn sie litten, dann weil sie ihr Ziel nicht erreichten oder weil sich ihre Ziele ausschlossen oder weil sich ihnen Hindernisse in den

Weg stellten. Würde ein Mann dieses Erschrecken vor der Leere verstehen können? Diesen Abgrund?

»Du!« Spielerisch schlug er nach ihr. »Ich ergehe mich hier in geistigen Höhenflügen, und du holst mich in die Niederungen des Butterkuchens!« Er schob sich ein Stückchen in den Mund und kaute. »Übrigens ist er ganz vorzüglich. Deine Emma ist eine wahre Perle, wie man das in der Bourgeoisie auszudrücken pflegt. Aber weißt du, ich wollte es dir schon seit Tagen sagen«, er setzte sich auf, »es ist mir nicht recht, mich als ›gnädiger Herr‹ aufzuspielen und ein Dienstmädchen zu haben. Mich bedienen zu lassen – das passt einfach nicht zu meiner egalitären Gesinnung. Dieses Herrschaftsverhältnis über die Dienstboten ist doch ein Relikt aus der feudalen Gesellschaft! Ich mache mich als Sozialist vor mir selbst unglaubwürdig, wenn wir ein Dienstmädchen beschäftigen. Und deshalb sollten wir Emma kündigen.«

»Nun hör aber auf!«, fuhr sie ihn an. Etwas Heißes, Wildes stieg in ihr auf, etwas, was sie nicht kannte. Plötzlich schrie sie los: »Willst du ein bezahltes Dienstmädchen auf die Straße setzen und dafür mich als unbezahltes die Arbeit machen lassen?! Unterstützt vielleicht noch von Lisa, einem Kind? Entspricht das besser deiner Vorstellung von herrschaftsfreiem Leben, ja? Dir eine Ehefrau zu halten, die hinter dir herräumt und dich bekocht, deine dreckige Wäsche wäscht und für dich sauber macht? Dann geh doch gleich unter die Sklavenhalter! Oder willst etwa du selbst aufräumen, putzen und den Boden schrubben, einkaufen, backen und kochen, waschen, stopfen und plätten? Bisher hast du dazu keine Anstalten gemacht! Du schürst ja nicht einmal den Ofen an oder trägst die Kohlen herauf!«

»Nun werde doch nicht gleich so unsachlich!«, protestierte Johann.

»Unsachlich, ach ja? Wie stellst du dir das denn vor! Wer sollte denn die ganze Hausarbeit machen, wenn wir Emma nicht hätten?«

»In anderen Familien geht es doch auch«, murmelte er. »Und solange ich allein gelebt habe ...«

»... hat sich mit Sicherheit immer eine Frau gefunden, die das eine oder andere für dich gemacht hat«, vollendete sie bitter seinen Satz. »Und du hast es vermutlich nicht einmal zur Kenntnis genommen, oder vielleicht war es dir allenfalls ein kurzes Lächeln wert! Im Übrigen war deine Wirtschaft in einem Zustand, den ich nun wirklich nicht erstrebenswert finde, um es einmal vorsichtig auszudrücken. Ich will jedenfalls nicht so leben. Und ich will weder dein Dienstmädchen sein noch mein eigenes! Ich bin nicht deine Frau geworden, um Putzfrau zu werden!« Damit sprang sie auf und stürmte zur Tür, stieß sich hart am Pfosten des Bettes, das ihr im Weg stand, der Schmerz raubte ihr fast den Atem, sie stürzte aus dem Raum durch den Flur ins Schlafzimmer.

Um Fassung ringend stand sie am Fenster, starrte durch die Eisblumen. Wohin mit dem Aufruhr in ihrem Inneren, wohin mit dem Zorn und dem Schmerz?

Dort drüben fuhren die Züge nach Süden. Ihre Mutter hatte gewollt, dass sie in einen dieser Züge stieg und floh. Ihre Mutter hatte sie davor gewarnt, sich auf das erbärmliche Niveau kleinbürgerlichen Lebens einzulassen.

Ein Leben ohne Dienstmädchen! Ohne Hilfe einen ganzen Haushalt am Hals haben!

Was bildete Johann sich überhaupt ein! Noch war allein sie es, die Emma bezahlte, die alle Ausgaben bestritt!

»Was bildest du dir überhaupt ein!«, schrie sie zornig, so laut, dass er es bestimmt auch über den Flur hörte.

»Es tut mir leid«, sagte er leise, dicht hinter ihr. Sie hatte nicht gemerkt, dass er ihr gefolgt war. Sie drehte sich nicht um.

»Da habe ich wohl nicht ganz zu Ende gedacht«, fügte er kleinlaut hinzu und legte behutsam seine Hand auf ihre Schulter.

Sie drückte ihre Stirn gegen die kalte Scheibe und spürte, wie das Eis schmolz.

»Also, ich nehme das zurück«, erklärte er vorsichtig. »Emma bleibt.«

Sie schwieg. Von Süden kam ein Zug und fuhr in den Bahnhof ein. Fröhlich kräuselte sich die Rauchwolke in der kalten Winterluft.

»Und was du von Sklavenhalter gesagt hast ... Bebel führt ja auch aus, ehe der erste Mann zum Sklaven wurde, wurde es die Frau ... du musst mir glauben, dass ich dich nicht ...«

»Ach, lass doch jetzt deinen Bebel!«, erwiderte sie und drehte sich zu ihm um. »Nimm mich in die Arme, Johann! Und halte mich!«

»Stillgestanden! Die Augen geradeaus!«, kommandierte der Feldwebel.

Sie streckte sich, richtete sich aus, starrte nach vorn. Neben sich spürte sie Käthe Meier, dann Fräulein Bloos, Jenny und all die anderen Mädchen und jungen Frauen das Gleiche tun. Eine lange Reihe, angetreten wie gemeine Soldaten, erstarrt zu Salzsäulen.

»Alle Prostituierten vorgetreten!«, schnarrte der Feldwebel.

Keine rührte sich.

Der Feldwebel schritt die Front ab, seinen Stock unter dem Arm. »Was?«, bellte er. »Keine liederlichen Weibsbilder unter euch? Das könnt ihr eurer Großmutter weismachen, aber nicht mir! War

*70/71 in Frankreich dabei! Habe mit dem Soldatenverein Bismarck besucht und die Fahne getragen! Also, vorgetreten, sag ich!«
Ihre Muskeln verkrampften sich. Sie spürte ihre Hände kalt werden vor Starre. Aus den Augenwinkeln schielte sie zu den anderen. Überall die gleiche Bewegungslosigkeit.
Der Feldwebel marschierte die Reihe entlang. Seine Stiefel knallten auf dem Kopfsteinpflaster. Er kam immer näher, fast hatte er sie erreicht. Nicht zu mir, nicht zu mir!, hämmerte es in ihrem Kopf. Zwei Schritte nur noch! Da – vor Käthe blieb er stehen.
»Und?«, schrie er diese an. »Tritt vor! Du bist doch eine von denen!« Blitzschnell schlug er mit dem Stock zu.
Käthe krümmte sich. Blut sickerte aus ihrem Mundwinkel.*

Margarethe fuhr aus dem Traum hoch. Mit rasendem Herzen saß sie im Bett und presste sich beide Hände vor den Mund, fand lange nicht in die Gegenwart dieser Nacht. Schließlich tastete sie zitternd neben sich, fühlte Johanns Arm, hörte seinen regelmäßigen Atem. Nur ein Albtraum, weiter nichts.

Ihr Mund fühlte sich klebrig an, die Zunge stumpf, ein widerlich fader Geschmack nistete darin. Vorsichtig stieg sie aus dem Bett und schlich im schwachen, durch einen Spalt im Vorhang hereindringenden Gaslicht der Straßenlaterne zum Schreibtisch, nahm die darauf stehende Wasserkaraffe und schenkte sich ein Glas ein. Hastig stürzte sie das abgestandene Wasser herunter. Ihr Nachthemd war feucht, ein kalter Schweißfilm stand ihr auf dem Rücken und zwischen ihren Brüsten. Sie suchte nach einem Tuch, mit dem sie sich abtrocknen könnte, bekam ihren Unterrock zu fassen, der über dem Stuhl lag, behalf sich mit ihm.

»Was ist?«, fragte schlaftrunken Johann. Nun hatte sie ihn also geweckt.

»Nichts«, antwortete sie. »Nur ein Albtraum.«

»Dann komm her!« Im Dunkel konnte sie mehr ahnen als sehen, wie er die Arme nach ihr ausbreitete. Sie tastete zum Bett zurück und kroch zu ihm, drängte sich an ihn. Fest schlang er seine Arme um sie. Schon nach kurzer Zeit verrieten seine Atemzüge, dass er wieder eingeschlafen war.

Sie drückte ihr Ohr an seine Brust, sodass sie seinen Herzschlag hörte, beschwor ihr eigenes Herz, sich diesem ruhigen Rhythmus anzupassen. Aber es half nichts.

Käthe Meier. Nie und nimmer hätte sie es diesem Mädchen antun dürfen, so ungeschützt in die Fänge der Polizei zu geraten. Sie war doch älter als Käthe, war die Tochter eines Reichstagsabgeordneten, sie hätte es wissen müssen! Aber sie hatte es nicht gewusst.

Diese entwürdigende Situation auf der Polizeistation – immer und immer wieder kreisten ihre Gedanken darum. *Vergewohltätigung* ...

Furchtbar genug, dass dieser Gauner eine solche widerliche Bemerkung gemacht hatte. Aber das Grinsen des Polizeibeamten dazu!

Wenn sie nur wüsste, wie sie Käthe dafür Abbitte tun könnte, sie in diese Lage gelockt zu haben! Ihr ein Kleid schenken ...

Aber nein, das wäre nur eine Beleidigung mehr. Das, was Käthe bei der Polizei hatte erleiden müssen, ließ sich durch kein Geschenk aus der Welt schaffen.

Warum hatte sie nicht von Anfang an dafür gesorgt, dass sie zum Polizeileutnant vorgelassen wurden! Warum hatte sie nicht Hermine Weidemann und Doktor Grünröder gebeten, mit auf die Wache zu kommen! Unzählige Male schon hatte sie sich diese Fragen gestellt, diese Vorwürfe gemacht, sie hörten nicht auf. Wie lange sie tatenlos zugesehen hatte, als Käthe Meier auf der Polizeistation gedemütigt wurde!

Wenigstens war dann das Gespräch mit dem Leutnant einigermaßen sachlich verlaufen. Wenigstens hatte der Leutnant die Anschuldigungen ernst genommen, die Käthe gegen Riefke vorbrachte. Wenigstens war Riefke zum Verhör abgeholt und festgehalten worden. Aber nun hatten sie ihn wieder freigelassen! Clara hatte ihr eine Postkarte geschrieben, auf der das gestanden hatte. Sie begriff es nicht. Da war so ein Täter wie Riefke, der zwei unschuldige zwölfjährige Mädchen missbraucht und in die Verzweiflung getrieben hatte, und die Polizei ließ ihn bis zur Gerichtsverhandlung laufen. Weil angeblich keine Flucht- und Verdunkelungsgefahr bestünde und weil sich einflussreiche Regimentskameraden für ihn verbürgt hätten, darunter sogar ein Polizist, hatte Doktor Grünröder in Erfahrung gebracht.

Vielleicht aber auch, weil es nur um einfache Mädchen ging und nicht um Sachwerte, um Eigentum und Besitz.

Schreien könnte sie. Galt denn vor Polizei und Justiz die Seelenqual von Mädchen und Frauen so wenig?

Und wie sollte es bloß mit Lisa weitergehen?

Noch hatte sie verhindern können, dass Lisa wieder nach Hause musste in diese unsäglichen Zustände dort, in die Obhut einer Mutter, bei der man von Obhut kaum sprechen konnte, und eines Vaters, der womöglich nicht viel intelligenter war als seine Frau. Diese Eltern waren doch nicht in der Lage, Lisa zu beschützen! Aber sie konnte Lisa schließlich nicht gegen den Willen ihrer Eltern bei sich behalten, und es wurde Zeit, dass das Kind wieder in die Schule ging. Ganz abgesehen davon, dass sie es sich auf Dauer nicht leisten konnte, Lisa mit durchzufüttern, geschweige denn ihr ein Taschengeld für ihre Hilfsdienste im Haushalt zu geben. Nein – mehr Dienstboten als Emma konnte sie nicht bezahlen.

Die Einnahmen Johanns erwiesen sich als erschütternd niedrig. Ohne ihr eigenes, aus dem Verkauf des Schmuckes erlöstes Geld könnten sie nicht existieren. Doch alles das ging von der Substanz ihres kleinen Vermögens ab, und sie hatte keine Ahnung, wie es einmal weitergehen könnte, wenn es aufgebraucht wäre.

Wenn sie dann vielleicht wirklich kein Dienstmädchen mehr beschäftigen könnten ...

Entschlossen schob sie diesen Gedanken wieder beiseite. Schließlich schrieb Johann an einem vielversprechenden Roman, dessen Seiten sie im Entstehen nur so verschlang und die sie tief berührten. Dieser Roman würde sein Durchbruch werden. Er musste es!

Sie zwang ihre Gedanken zurück zu Lisa. Sie musste eine Lösung finden. Wenn Lisa in die Mietskaserne zurückkehrte, durfte Riefke dort nicht mehr sein, unter keinen Umständen. Wenn er schon nicht im Gefängnis saß, dann musste er wenigstens aus der Mietskaserne entfernt sein.

Frau Professor Unschlicht − die Einzige, die jetzt etwas ausrichten konnte.

Was für ein Verhängnis, dass diese Person für sie unerreichbar war!

Aber jemand anders konnte vielleicht mit Frau Unschlicht sprechen?

Frau Doktor Schneider − die war doch mit Unschlichts gut bekannt. Und bei Schneiders war sie selbst nicht zur Persona non grata geworden. Als sie mit Lisa ein zweites Mal bei Doktor Schneider gewesen war, um das Attest für deren Vernehmungsunfähigkeit verlängern zu lassen, war ihr der Gedanke gekommen, seine Gattin aufzusuchen. Mit einem gewissen Herzklopfen hatte sie gewartet, ob sie überhaupt empfangen würde oder ob sich womöglich die unsägliche Szene, die sie bei Frau Unschlicht erlebt hatte, wiederholte. Doch Frau Doktor Schneider hatte sie sofort in ihren Salon bitten lassen.

Ja, mit der Gattin des Hausarztes könnte sie reden. Und der dürfte es doch möglich sein, Frau Unschlicht zu überzeugen, Riefke auf der Stelle zu entlassen.

Erleichtert seufzte sie auf: Das war die Lösung! Dass Riefke vorübergehend festgenommen worden war, würde die Frau Professor entsetzen. Dass er sie hintergangen und sich auf ihre Kosten bereichert hatte, noch mehr.

Wie zur Bestätigung nickte Margarethe vor sich hin.

Wieso hatte sie nicht viel eher an die Arztgattin gedacht? Das Gespräch mit Frau Doktor Schneider war recht angenehm verlaufen, ohne jeden Unterton hatte diese ihr sogar zur Hochzeit gratuliert hatte und kein Wort darüber verloren, dass Johann Sozialist war.

Beinahe schämte sich Margarethe dafür, wie sehr sie über diese Begegnung erleichtert war, eine Begegnung von Gleich zu Gleich, denn einst hatte ja Sophie Schneider, eine geborene Baronesse von Zietowitz, ebenfalls unter ihren Stand geheiratet – wenn auch keinen erklärten Sozialisten ...

Warum bloß war ihr so wichtig, wie sich eine Unschlicht oder eine Schneider ihr gegenüber verhielten? Sie hatte doch der Gesellschaft, aus der sie kam, den Rücken gekehrt! Wieso sehnte sie sich immer noch nach deren Anerkennung oder zumindest Tolerierung? Wie unvollkommen das von ihr war ...

Und wie belanglos es im Vergleich zu der schrecklichen Tatsache war, dass sie keinen Kontakt mehr zu ihren Eltern hatte, dass sie die Liebe der Eltern verloren hatte!

Dieser Schmerz in ihr darüber, wie eine Wunde, die sich nicht schloss – nein, nein, nicht daran rühren!

Lisa. Selbst wenn Riefke von Frau Unschlicht hinausgesetzt wurde, blieben Sorgen genug.

Es konnte nicht mehr lange dauern, dann würde Lisa vor der Polizei aussagen müssen. Zumindest würde die Polizei sie befragen.

Wie konnte man verhindern, dass sie ähnlich grässliche Erfahrungen machte wie Käthe? Wie konnte man sie schützen vor einem Polizeiapparat und einer Justiz, die einzig und allein aus Männern bestanden – aus frauenverachtenden noch dazu? Dieses ganze Klima auf der Polizeistation ... Sie schauderte.

Wenn es nur Frauen gäbe, die von Berufs wegen bei den Vernehmungen vergewaltigter Frauen und Mädchen dabei wären und diese unterstützen würden, dafür sorgen würden, dass sie nicht durch den Polizeiapparat nach der tatsächlichen Vergewaltigung auch noch eine seelische erleben müssten! Wenn es nur Frauen als Polizistinnen gäbe, die diese Fälle aufnehmen und verfolgen würden – und Rechtsanwältinnen, die solchen weiblichen Opfern zur Seite stehen könnten! Und wenn die Richter und Staatsanwälte in Sittlichkeitsprozessen Frauen wären – wie anders könnte dann alles sein! Dann könnte Mädchen und Frauen Gerechtigkeit widerfahren, ohne dass ihnen neue Wunden geschlagen würden.

Was für absurde Gedanken! Und doch, und doch ...

Warum um alles in der Welt eigentlich nicht?!

Man müsste etwas tun ...

Johann schrieb wie im Rausch. Er saß über den zierlichen Damenschreibtisch gebeugt und seine Feder flog nur so über das Blatt. Jedes Mal, wenn er sie eintauchte, um neue Tinte zu fassen, schien dies ein Akt der Verzögerung zu sein, der ihn unnötig aufhielt. Die dunklen Haare waren ihm in die Stirn gefallen, er strich sie zurück, wieder und wieder – offensichtlich ohne es zu bemerken.

Margarethe beobachtete ihn von der Seite und lächelte. Dann widmete sie sich wieder dem Stopfen von Johanns Unterhemd. Im Grunde würde sie sehr viel lieber lesen. Oder Klavier üben. Die Etüde *Winterwind* beherrschte sie noch lange nicht so gut, wie sie es gerne würde ...

Aber so klein und hellhörig wie die Wohnung war, würde Klavierspiel Johann bei seiner Arbeit nur stören.

Also lesen.

Aber Johann besaß nicht viel Wäsche, sie musste das Hemd flicken, er würde es sonst trotz des Risses anziehen und damit immer weiter kaputt machen.

Von Emma konnte sie nicht erwarten, dass sie neben aller Hausarbeit auch noch das Stopfen übernahm – und von Lisa wollte sie es nicht verlangen. Wie Johann sich das vorgestellt hatte ohne Dienstmädchen!

Männer. Die gingen anscheinend immer davon aus, dass schon irgendwo eine Frau sei, die sich um ihre Annehmlichkeiten und Bequemlichkeiten kümmerte, und machten sich nicht die geringsten Gedanken darüber, wie viel Mühe das war und was das für diese Frau bedeutete.

Selbst ihre Mutter, die sich wahrhaftig nie im Leben die Finger mit Hausarbeit schmutzig gemacht, geschweige denn Wäsche gewaschen oder Böden geschrubbt hatte, hielt doch immer unmerklich alle Fäden der komplexen Haushaltsführung in der Hand und sorgte so mit viel Umsicht und Zeitaufwand für das stete Wohlbefinden des Vaters – ohne dass es dem je auffallen würde. Wäre nicht auch die Mutter lieber etwas anderes, Eigenständiges?

»Wär' ich ein Jäger auf freier Flur,
ein Stück nur von einem Soldaten,
wär' ich ein Mann doch mindestens nur,
So würde der Himmel mir raten ...«

Auch die Droste-Hülshoff vor mehr als fünfzig Jahren hatte schon dieses Gefühl gekannt. Margarethe stieß heimlich die Luft aus, riss den Faden ab, faltete das Unterhemd und griff nach einer Socke. Was sollten diese Gedanken – sie war nun einmal eine Frau und kein Mann und musste das Beste draus machen. Schließlich könnte sie nicht Johanns Frau sein, wenn sie keine Frau wäre! Johann wenigstens hatte die Sache mit dem Dienstmädchen eingesehen. Nur schnell noch die Socke stopfen und bei ihrem Unterrock den Saum annähen, dann konnte sie endlich wieder lesen. Einen sehnsüchtigen Blick warf sie auf das Tischchen, auf dem sich Bücher und Frauenzeitschriften türmten – von Helene Langes gemäßigt bürgerlicher Zeitschrift *Die Frau,* die Julia ihr ans Herz gelegt hatte, über die neu gegründete *Die Frauenbewegung* Minna Cauers und Lily von Gizyckis, dem von Julia kritisch beäugten publizistischen Organ des linken Flügels der bürgerlichen Frauenbewegung, bis sogar hin zum sozialistischen Blatt *Die Gleichheit* von Clara Zetkin.

Wie atemlos getrieben fühlte sie sich, wenn sie die Frauenzeitschriften las, konnte gar nicht schnell genug vorankommen, fand Beobachtungen bestätigt, die sie gemacht hatte, Gefühle benannt, die sie gespürt hatte, Gedanken zu Ende gedacht und kühn weiterentwickelt, die sich ihr erst unklar und vage zu bilden begonnen hatten. Wie Dornröschen kam sie sich vor, das – endlich wach geküsst – feststellte, hundert Jahre verschlafen zu haben.

Manchmal widmete sie sich auch den Büchern über Nationalökonomie, die sie sich aus Johanns Beständen herausgesucht hatte. Sie hatte Mühe, sie zu verstehen. Womit nur hatte sie die ganze Zeit ihrer Jugend vertrödelt?

Und warum hatte ihr Vater ihr nie von den Dingen erzählt, auf die es ankam? Ihr nie die Wirkmechanismen der Wirtschaft und der Finanzmärkte erklärt, nicht für die mindeste politische Bildung bei ihr gesorgt – er, ein Bankdirektor und nationalliberaler Reichstagsabgeordneter? Und wenn sie ihn gefragt hatte, so hatte er lächelnd geantwortet: Belaste deinen hübschen Kopf nicht mit so trockener Materie!

Und sie hatte sich damit abspeisen lassen. Hatte sie jemals ernsthaft darum gerungen und gekämpft, dass er sie an seinem Wissen teilhaben ließ? Nicht einmal das Schachspiel, das er doch so liebte und von dessen Wirkung auf die Herausbildung der Geisteskräfte er so überzeugt war, hatte er ihr beigebracht!

Ein wütender Ärger erfasste sie, auf sich, auf ihren Vater, auf die ganzen Umstände. Wer eigentlich war schuld daran, dass die Frauen so unwissend gehalten wurden? Dass man den Mädchen den Zugang zu jeder wesentlichen Bildung verwehrte, mehr noch, dass man sie so erzog, dass sie diesen Mangel nicht einmal wahrnahmen, dass sie glaubten, so müsse es sein? Dass sie nichts anderes mehr im Sinn hatten, als schön zu sein und einem Mann zu gefallen?

Es war so unsäglich!

Sicher, sie hatte eine recht umfassende Bildung auf den Gebieten der Literatur, der Musik und der bildenden Künste – nicht zuletzt durch die Soireen ihrer Mutter und die Anregungen, die sie dort erhalten hatte. Aber ihr fehlte jede Grundlage einer systematischen Bildung, immer und immer wieder spürte sie das. Hätte sie nur eine Wissenschaft von Grund auf gelernt, sich in logischem Denken geschult, wie sehr würde ihr das jetzt nützen!

Aber sie wusste, sie war nicht die Einzige, der es so ging, immer wieder fand sie diese Klage über fehlende wissenschaftliche Ausbildung auch bei den Artikeln, die sie las. Es war nicht ihr privates Versagen, es war das System, das Mädchen und Frauen von der Bildung ausschloss.

Die Jungen wussten gar nicht zu schätzen, was für ein ungeheures Privileg sie hatten, ein Gymnasium besuchen zu dürfen, gar auf einer Universität studieren zu können! Und dann schrieben sie es ihrem überlegenen männlichen Geist zu, wenn sie dort etwas gelernt hatten! Bildeten sich ein, nur sie hätten wissenschaftlichen Verstand, weil nur sie ihn hatten entwickeln dürfen, weil nur sie ihn nutzen und zeigen durften! Glaubten, nur sie könnten wahre Künstler sein, weil nur sie Zugang zu Kunstakademien hatten, in denen ihre Begabung gefördert und gefordert wurde!

Die Männer beanspruchten den ganzen Himmel für sich allein, und den Frauen ließen sie die Niederungen der Leiblichkeit, des »natürlichen Lebens«.

Wenn sie damals, vor Jahren, ernsthaft darum gerungen hätte, den Gymnasialkurs besuchen zu können, den Helene Lange jungen Damen zur privaten Vorbereitung auf das Abitur anbot – damals, als das Geld, die Zeit und jede Möglichkeit dazu vorhanden gewesen waren, als es nur gegolten hätte, durch ausdauerndes Schmeicheln und unermüdliches Argumentieren den Vater zu überreden, sie dabei finanziell zu unterstützen! Aber dazu war sie nicht entschlossen genug gewesen oder auch einfach zu bequem.

Nun fehlten ihr diese Voraussetzungen an allen Enden.

Vielleicht hätte sie eine Chance gehabt, als eine unter Millionen junger Damen: sie als reiche Tochter eines adeligen Reichstagsabgeordneten, als Privilegierte. Doch jetzt war diese Chance vertan. Denn jetzt war sie verheiratet.

Als verheiratete Frau einen privaten Gymnasialkurs am Institut bei Helene Lange zu besuchen, sich als Externe um die Zulassung zur Abiturprüfung zu bewerben – absurd. Sie musste sich nicht erst erkundigen, ob das möglich sei, sie wusste, dass sie nichts anderes zu erwarten hatte als völliges Unverständnis. Und ein Hohngelächter.

Sie war verheiratet. Sie hatte das Ziel eines Frauenlebens erreicht. Niemand würde verstehen, dass sie damit nicht zufrieden war, niemand – jedenfalls kein Mann, kein Gymnasialprofessor, kein Universitätsprofessor, kein Ministerialbeamter: keiner von den Wächtern über die Pforten des Tempels der Bildung.

Aber es war doch die Liebe gewesen, die sie zu diesem Schritt bewogen hatte, die Liebe, das Einzige, was in ihrem Leben je durch und durch aufrichtig und wahr gewesen war, das Einzige, zu dem sie voll und ganz gestanden hatte!

Sie schaute zu Johann hinüber. Nein, es konnte nicht falsch sein, diesem Gefühl gefolgt zu sein. Nicht die Liebe war falsch. Und nicht sie selbst war falsch. Es waren die Verhältnisse, die falsch waren.

Ein Satz aus dieser Novelle von Hedwig Dohm, auf die Julia sie aufmerksam gemacht hatte, fiel ihr ein, sie legte ihre Näharbeit beiseite und griff nach dem Band, blätterte darin, endlich fand sie, was sie suchte, sie hatte sich die Stelle unterstrichen, so wichtig war sie ihr schon beim ersten Lesen erschienen: *Warum musste ich leben, wie ich gelebt habe? Weil ich ein Weib bin und weil auf uralten erzenen Gesetzestafeln geschrieben steht, wie das Weib leben soll? Aber die Schrift ist falsch, falsch ist sie!*

Sie musste etwas tun, um diese falsche Schrift zu tilgen. Sie musste die richtige Schrift finden. Und sie war nicht allein damit. Da gab es die anderen Frauen der Frauenbewegung, da gab es die Autorinnen, deren Artikel und Bücher sie zu verschlingen begonnen hatte, da gab es die Vorträge und Versammlungen, in die sie längst nicht mehr nur mit Julia gemeinsam ging ... Und je mehr sie las und zuhörte und mit anderen Frauen sprach, desto mehr begriff sie: Sie war nicht die Einzige, die nach sich selbst suchte hinter der Fassade des Äußerlichen und hinter der Rolle, die eine jede zu spielen hatte. Sie hatte Schwestern.

Es klingelte an der Wohnungstür. Margarethe horchte auf, ließ ihr Buch sinken, hörte Emma zur Tür gehen. Sie hatte dem Mädchen eingeschärft, keinerlei Besuch vorzulassen. Johann sollte völlig ungestört seinem Schaffensdrang folgen können. Als fernes Murmeln drangen Emmas Worte an ihr Ohr, und dann plötzlich ein lautes Rufen: »Johann, bist du da? Ich bin es, Jenny! Ich muss mit dir reden! Unbedingt!«

Johann am Schreibtisch hob den Kopf, sah Margarethe mit einem Blick an, der sich nicht recht zu orientieren wusste: »Was war das? Habe ich nicht gerade Jenny gehört?«

»Ja. Aber ich habe Emma und Lisa aufgetragen, jeden Besuch abzuwimmeln.«

»Doch nicht Jenny!« Johann sprang auf, riss die Tür auf und stürzte hinaus. Ein heißer Stich der Eifersucht durchzuckte Margarethe: Was war an dieser Jenny so wichtig, dass Johann sogar sein Schreiben unterbrach? Dann schob sie den Gedanken beiseite, verärgert über ihre eigene Kleinlichkeit. Diese Jenny war eine Genossin aus alten Zeiten, nichts weiter.

Sie erhob sich, ging Jenny bis nach nebenan entgegen und

reichte ihr die Hand. Sie bot ihr einen Stuhl am Esstisch an und ließ sich selbst daran nieder. Johann blieb stehen, an das Fensterbrett gelehnt, wie er es liebte.

»Was gibt es, Jenny?«, fragte Johann ohne Umschweife. »Was treibt dich von deiner Näherei zu uns? Ist was mit Heinrich?«

Jenny schüttelte den Kopf. »Nein, Gott sei Dank nicht. Mit ihm wird es besser, die Ärzte sagen, in fünf, sechs Wochen kann er nach Hause. Arbeiten kann er dann freilich noch nicht. Es wird noch lange dauern, bis er wieder richtig auf dem Damm ist, sagen die Ärzte, aber immerhin: Er wird wieder. Der Knochen hat sich jedenfalls nicht entzündet, das ist die Hauptsache. Und eines Tages kann er wieder arbeiten. Ich bin ja so froh!« Sie seufzte tief auf. »Dann muss ich jetzt auch nicht mehr jeden Pfennig dreimal umdrehen, weil ich nicht weiß, wie's mal weitergeht, und mir einen Notgroschen ansparen muss. Da komm ich jetzt schon über die Runden. Und deshalb nehme ich mir jetzt auch wieder Zeit für die politische Arbeit, die war mir ja ganz abhanden gekommen. Vor ein paar Tagen bin ich auf einer Versammlung der Näherinnen zur Vertrauensfrau gewählt worden!« Dies sagte sie mit unüberhörbarem Stolz.

»Vertrauensfrau?«, fragte Margarethe.

»Na«, ein etwas abschätziger Blick von Jenny traf sie, »weil doch die Polizei die Agitationskomitees verboten hat, mussten wir uns ja was Neues einfallen lassen, um die Arbeiterinnen zu organisieren, was? Sobald sich bloß zwei, drei Proletarierinnen zusammenschließen, um ihre Interessen voranzutreiben, wittert die Polizei gleich einen politischen Verein, und der ist für Frauen, Kinder und Lehrlinge ja bekanntlich verboten!«

»Kinder und Lehrlinge!«, meinte Margarethe mit zornigem Auflachen. »Schon bezeichnend, in was für einen Topf die Herren uns Frauen werfen!«

»So ist es!« Jenny nickte. »Aber gegen eine einzelne Frau können sie das Vereinsgesetz nicht anwenden. Verhaften können sie sie, das ja, aber nicht verbieten und schließen wie eine Vereinigung. Deshalb sind wir eben dazu übergegangen, ein Netz von gewählten weiblichen Vertrauenspersonen aufzubauen. Und so eine bin jetzt ich.«

»Gratuliere!«, sagte Johann. »Das passt zu dir, Genossin!«

Jenny lachte. »Das will ich wohl meinen! Und es ist grad der richtige Augenblick. Denn seit gestern sind wir ja im Streik!«

»Streik?«, fragte Johann.

»Sag bloß, du weißt noch nichts davon?«, entrüstete sich Jenny. »Da sieht man mal wieder: Uns fehlt die richtige Presse, damit es bekannt wird! Aber genau deswegen bin ich ja hier. Du musst uns helfen, Johann. Du musst für uns schreiben und Reden halten!«

Zeitungsartikel schreiben und gar noch Reden halten für irgendeinen Streik – mitten im Entstehen seines Romans? Wie kam diese Person zu so einer Forderung, wusste sie nicht, dass sie einen Dichter vor sich hatte? Nur mit Mühe verkniff Margarethe sich eine Bemerkung.

Johann kam nun doch an den Tisch und zog sich einen Stuhl heran. »Erzähl, Jenny«, sagte er und ließ sich nieder. Aber in seiner Stimme schwang etwas wie ein Seufzen, Margarethe hörte es wohl.

»Es kann doch nicht sein, dass du nichts davon mitgekriegt hast in deinem jungen Eheglück!«, erregte sich Jenny. »In Hamburg, Stettin und Breslau streiken die Konfektionsarbeiterinnen, das weißt du ja wohl, aber nun ist es zu uns nach Berlin rübergeschwappt, und in Halle, Erfurt und Dresden stehen die Zeichen auch auf Sturm, hab ich gestern auf der Versammlung gehört.«

Johann strich sich das Kinn. »Jetzt wird also auch in Berlin gestreikt – und ich dachte, die Fünferkommission würde noch zögern! Da habe ich wohl die neueste Entwicklung verpasst – ich gebe zu, ich lebe etwas zurückgezogen in letzter Zeit und habe seit Tagen keine Zeitung mehr gelesen.«

Margarethe zog unwillkürlich die Augenbrauen zusammen. Das klang ja geradezu, als würde er sich ihrer Flitterwochen und seiner Schreibklausur schämen! Wie absurd!

»Dass die Ausbeutung der Konfektionsarbeiterinnen nicht so weitergehen konnte, das war ja schon längst abzusehen«, fuhr Johann fort. »Aber was dazu zu schreiben ist, ist alles längst schon geschrieben – seit Monaten sind die Zeitungen und Broschüren voll vom Elend der Heimarbeiterinnen, sogar die Bürgerlichen und die Adligen haben ihr Herz entdeckt, beklagen die Zustände und fordern Abhilfe.«

»Morgen wird sogar im Reichstag darüber debattiert«, stimmte Jenny zu.

Johann zuckte die Schultern. »Debattiert, immerhin! Aber bis die Regierung sich einfallen lässt, ihrer Verantwortung gerecht zu werden und zu handeln ... Also, was sind die Forderungen bei eurem Streik?«

»Lohntarife sollen eingeführt werden. Du weißt ja selbst, wie ungerecht das Schwitzsystem ist und was für Hungerlöhne die Verleger zahlen! Und wie eng es in den Wohnungen zugeht und wie ungesund das Ganze ist, wenn das Wasser die Wände runterläuft!«

»Das ist wahr«, warf Margarethe ein und beugte sich vor. Entschlossen ignorierte sie, dass nicht sie angesprochen war. Mochte Jenny auch eine altverdiente Genossin von Johann sein – sie ließ sich von der nicht an den Rand drängen! Schon gar nicht bei einem Thema, das an ihr soziales Gewissen rührte.

»Wirklich menschenunwürdig.« Sie sah wieder Anna Brettschneider vor sich in ihrer unsäglichen Kellerwohnung oder die
trostlose Küche, in der sie Frau Bloos mit Lisa beim Nähen angetroffen hatte.

»Und deshalb fordern die Sozialdemokraten Betriebswerkstätten«, sagte Johann mit Nachdruck. »Das ist auch der einzige
Weg!«

»Genau! Helle, gut belüftbare Räume, Nähmaschinen und alles Material sollen zur Verfügung gestellt werden, wenn wir
schon unsere Arbeitskraft bis zum Umfallen drangeben! Eine
Gewerbeaufsicht muss her wie in der Fabrik – aber eine, die
nicht nur auf dem Papier steht! Weibliche Inspektoren müssten
es sein, die wissen, worauf zu achten ist, die was von der Sache
verstehen und bei denen sich eine Arbeiterin auch traut, mit ihren Problemen anzukommen. Und diese Inspektorinnen müssen ordentlich prüfen, ob die Vorschriften eingehalten werden
und jeder Arbeiterin auch genug Luft zum Atmen bereitsteht
und die Werkstatt nicht nur eine reine Brutstätte für Schwindsucht und andere ansteckende Krankheiten darstellt! So wie es
bisher dort ist, wo Zwischenmeister ein paar Frauen in ihren
Küchen und Kellerlöchern nähen lassen – da holt man sich doch
den Tod!«

Jenny machte eine Zustimmung heischende Pause und fügte
dann mit einem Augenzwinkern hinzu: »Wenn nur noch viele
Frauen gemeinsam in großen Betriebswerkstätten arbeiten und
nicht mehr jede Frau allein daheimsitzt oder zu fünft oder
sechst in irgendwelchen Hinterzimmern, dann können wir uns
auch besser organisieren! Dann können wir uns viel wirkungs-
voller gegen die Ausbeutung zur Wehr setzen, als wenn jede allein vor sich hin werkelt und keinen Kontakt zu ihren Leidens-
genossinnen hat.«

Johann nickte.

»Aber«, wandte Margarethe zögernd ein, »wenn die Arbeit nur noch außer Haus gemacht werden soll – ist das nicht gegen die eigenen Interessen der Mütter unter den Arbeiterinnen? Ich meine, wenn man kleine Kinder zu betreuen hat, kann man doch gar nicht in einer Betriebswerkstätte Geld verdienen! Wenn ich an Anna Brettschneider denke – die ist froh, eine Arbeit daheim zu haben und ihre Kinder dabei beaufsichtigen zu können. Diese Möglichkeit, die Lohnarbeit mit den Familienpflichten zu verbinden, dürft ihr den Frauen doch nicht nehmen!«

»Du musst das Große sehen, das Ganze«, widersprach Johann. »Solang jede Frau für sich allein arbeitet und gar keine Chance hat, über den Tellerrand zu sehen, wird sie immer heillos ausgebeutet werden! Die einzige Lösung hierfür ist der Wegfall der Hausindustrie und die Einführung großer Betriebswerkstätten, einen anderen Weg gibt es nicht. Angebot und Nachfrage regieren den Markt, und verhängnisvollerweise ist auf diesem Sektor ein verheerendes Überangebot von Frauen und Mädchen, die sich durch Nähen etwas verdienen wollen. Aber viele von denen müssen gar keine Familie ernähren, viele müssen nur ein Zubrot verdienen – oder wollen es. Denn oft genug sind Gattinnen und Töchter der Kleinbürger, ja sogar der höheren Kreise darunter, die für ein Taschengeld nähen oder sticken wollen, um sich den einen oder anderen Luxus leisten zu können! Und die drücken die Preise in schandbarer Weise, weil sie bereit sind, auch für weniger als einen Hungerlohn zu arbeiten – sie müssen ja trotzdem nicht hungern! Kurz: Diese Lohndrückerei muss ein Ende haben! Die ganzen Zustände müssen mit Stumpf und Stiel ausgerottet werden.«

»Du redest immer vom Großen, vom Ganzen«, erhitzte Margarethe sich.»Aber auf meine Frage gehst du nicht ein. Bleiben wir doch bei Anna Brettschneider oder meinetwegen auch bei Frau Bloos! Wo sollen die hin mit ihren kleinen Kindern, wenn sie zum Nähen aus dem Haus gehen müssen? Sollen sie die Kinder am Tischbein festbinden oder ins Bett fesseln oder riskieren, dass sie sich verbrühen, verbrennen, erdrosseln, zu Tode stürzen?!« Sie funkelte ihn an. Begriff er nicht? Konnte er sich so wenig in die Situation einer Frau und Mutter denken?

»Dann muss man eben Bewahranstalten für Kinder haben oder eine andere Lösung finden!«, fegte Johann den Einwand vom Tisch.»Frauen, die Lohnerwerb nötig haben, gehören in die Fabriken und weg von der Hausindustrie!«

»Genau!«, fiel Jenny ein.»Es gibt viel zu wenig Volkskindergärten! Nur durch die Arbeit in der Fabrik oder Betriebsstätte werden die Frauen von den Männern wirtschaftlich unabhängig, nur so werden sie deren ebenbürtige Genossinnen im Kampf des Proletariats! Solange sie kein eigenes Geld verdienen oder sich in Heimarbeit für ein paar Pfennige ausbeuten lassen, werden die Frauen ja doch nur unterjocht von den Männern! Die Arbeit außer Haus ist das Einzige, was die proletarische Frau befreien kann. Ohne die Teilhabe an der gesellschaftlichen Produktion ist die Frau zu politischer und sozialer Sklaverei verurteilt, das hat die Genossin Zetkin in ihrer einmaligen Klarheit deutlich gemacht. Und deshalb streiken wir für die Abschaffung der Hausindustrie in der Konfektionsindustrie und für die verpflichtende Einführung von Betriebswerkstätten!«

Wie konnte Jenny eine so drängende Frage nach der Vereinbarkeit von Mutterpflichten und Berufstätigkeit mit einer bloßen Deklamation sozialistischer Propaganda beantworten?! Ärger stieg in Margarethe auf.»Und warum arbeiten Sie dann in keiner Fabrik?«, fragte sie scharf.

»Jaaa«, sagte Jenny gedehnt und die Begeisterung, die eben noch aus ihren Augen gefunkelt hatte, erlosch. »Mein Mann wollte es nicht. Als wir unseren Großen bekommen haben, hat er gesagt: Du bleibst zu Hause und kümmerst dich um das Kind, schließlich verdiene ich gut und bin Manns genug, eine Familie ernähren!«

Jenny seufzte und fügte fast verschämt hinzu: »Na ja, so sind sie, die Männer, so schnell ändern wir die nicht. Die wollen immer zeigen, dass sie's drauf haben, und haben Angst, schlecht dazustehen, wenn ihre Frau in die Fabrik geht. Auch in den Gewerkschaften und in der Partei wird die Erwerbstätigkeit von Frauen immer wieder angefochten, da heißt es gleich, wir Frauen seien Lohndrückerinnen und der Kampf müsse dahin gehen, dass die Männer so viel verdienen, dass die Frauen nicht arbeiten müssen und dass wir uns den Mutterpflichten widmen können. Da hatte er starke Rückendeckung, mein Heinrich. Und ich wusste ja auch nicht, wohin mit unserem Moritz, schließlich hab ich ihn lieb und wollte das Beste für ihn, und dass er ordentlich erzogen wird. Es geht doch nichts über Mutterliebe für ein Kind. Wenn man die Kleinen sieht, um die sich keiner kümmert, da zerreißt es einem ja das Herz!«

Margarethe nickte. Auf einmal war ihr, als entdecke sie hinter Jenny, in der sie immer nur die streitbare Genossin von Johann gesehen hatte, die Frau. Und etwas wie Nähe entstand in ihr.

»Da hab ich halt durch den Mittagstisch ein bisschen was dazuverdient«, fuhr Jenny fort, »und mich im Übrigen fortgebildet und für die SPD agitiert, das hab ich mir nicht nehmen lassen. Da hat mich mein Mann nicht dran gehindert, wie's so vielen Frauen geht, die nicht auf die Versammlungen dürfen, weil ihre Männer es ihnen verbieten. So einer ist Heinrich nicht, da hätte ich den gar nicht erst geheiratet! Aber jetzt, wo Heinrich im Krankenhaus liegt und ich Geld ranschaffen muss, jetzt steck ich noch viel mehr in dieser verdammten Zwickmühle. Was soll ich denn machen?! Ich würde doch meine zwei nicht allein lassen! Obwohl – viel Zeit hab ich nicht mehr für sie, seit ich nähe. Oft denke ich, ich bin zwar da, aber sie haben nichts mehr von mir und ich schon gar nicht von ihnen. Aber besser als sie allein zu lassen ist es allemal. Man hört ja wirklich immer wieder von den schrecklichsten Unfällen, die Kindern passieren. Und was sie für eine Angst hätten, wenn man sie einfach ins Zimmer sperrt, und wie sie verwildern würden, die reinsten Tiere, davon redet ja schon kaum einer! Und sie zu einer Haltefrau geben, die sie dann doch nur als Sklaven bei ihrer eigenen Heimarbeit beschäftigt und sich ansonsten einen Dreck um sie kümmert ... Nee, das täte ich nie.«

»Deswegen willst du doch wohl nicht die Sache verraten, Jenny?«, fragte Johann aufgebracht. »Die Forderung nach Betriebswerkstätten ist ein Kernpunkt! Wie willst du sonst den Auswüchsen beikommen, dass Kinder bis weit in die Nacht in der dumpfen Stube zur Mitarbeit gezwungen werden und – jeglicher Kontrolle und Aufsicht durch einen Inspektor entzogen – bis weit über das Äußerste hinaus von ihren eigenen Eltern ausgebeutet werden, weil die Familie sonst nicht überleben kann?! Schau doch nach Thüringen, nach Schlesien, wo Kindheit ungehört und ungesehen verkümmert im Sklavendasein der Hausindustrie! Wollen wir das auch in Berlin?«

»Nein«, gab Jenny ihm beinahe heftig recht. Etwas wie Trotz lag in ihrer Stimme: »Einen Tarif für anständige Löhne wollen wir und anständige Arbeitsbedingungen in Betriebswerkstätten. Und vielleicht – vielleicht kommt auch einmal der Tag, an dem wir um Kindergärten und Kinderkrippen kämpfen, irgendwann,

vielleicht. Eins nach dem anderen. Der Klassenkampf geht vor.
Manche Arbeiterinnen haben ja auch Verwandte, die ihnen die
Kinder abnehmen, und stehen nicht so allein da wie ich, weil
meine Mutter mit vierzig gestorben ist, so aufgebraucht von der
vielen Arbeit, wie sie war. Also – wir streiken für Betriebswerkstätten. Das ist der Beschluss. Dahin geht die Agitation!«
Johann nickte befriedigt.
Wie schnell sie sich plötzlich wieder einig waren, diese beiden da, Johann und Jenny. Der Sozialismus war ihnen offensichtlich wichtiger als die Frauenfrage – selbst Jenny, die doch
unübersehbar an der Benachteiligung und Doppelbelastung litt.
Wollte sie nicht wahrhaben, dass bei dieser Argumentation wieder die Frauen draufgingen?
»Könnt ihr euch den Streik denn leisten?«, fragte Johann.
Jenny seufzte.»Das ist es ja, weshalb ich hier bin. Kaum eine
von den Arbeiterinnen hat Rücklagen, woher auch! Ein paar
Tage hält man wohl durch, aber wenn dann der Hunger kommt,
und dann jetzt, bei dieser Kälte, man braucht doch auch Holz
oder Kohlen. Streikbüros sollen eingerichtet werden, aber die
Kassen – wem sag ich das ...«
»Immerhin habt ihr die öffentliche Meinung auf eurer
Seite«, erklärte Johann.»Da sollte es doch möglich sein, bei einer solchen Sache ...«
»Eben!«, fiel Jenny eifrig ein.»Deshalb bin ich ja hier. Damit
du was schreibst!«
»Fragt sich nur, ob Schreiben alleine was bringt«, murmelte
er und verfiel in nachdenkendes Schweigen.
Margarethe strich sich die Stirn. Betriebswerkstätten hin oder
her – die Lage der Konfektionsarbeiterinnen musste geändert
werden, das sprach ihr aus dem Herzen. Dafür wollte sie sich
gern engagieren. Und wenn es zu einem Nebeneinanderher von

Betriebswerkstätten und Heimarbeit kam und durch diesen Streik alle Näherinnen mehr Lohn erhielten, sodass sie sich gesündere Wohnungen und eine bessere Ernährung leisten konnten, dann war das auf jeden Fall ein Schritt in die richtige Richtung – für die Frauen und für ihre Kinder. Dass durch einen Streik mit einem Federstrich die gesamte Hausindustrie abgeschafft würde, glaubte sie sowieso nicht. Aber den Gedanken mit der Forderung nach mehr Volkskindergärten müsste man verfolgen, um die Frauen bei der Kindererziehung zu entlasten, das wäre doch ein echtes Frauenthema.

Eins nach dem anderen!, rief sie sich selbst zur Ordnung. Erst einmal überlegen, was sie tun konnte, um diesen Streik hier zu unterstützen.

»Man müsste die Frauen gewinnen«, sagte sie langsam. »Solche Frauen wie die aus dem Wohltätigkeitsverein meiner Mutter. Mehr noch – alle wohlhabenden Frauen. Die Damen der Gesellschaft. Die Adeligen. Die Bürgerlichen. Die, für die diese Kleidung gemacht wird. Die Damen, die Konfektion für sich und ihre Familien einkaufen.«

Johann sah sie an mit einem Ausdruck von Staunen, der ihr nicht schlecht gefiel. Von diesem Ausdruck beflügelt fuhr sie fort: »Wenn diese Damen geschlossen erklären würden, keine Konfektion mehr zu kaufen, die unter so menschenunwürdigen Bedingungen hergestellt wird, das würde doch die Konfektionäre aufwachen lassen. Das wäre etwas, woran sie nicht vorbeikönnten! Dann würden die Konfektionäre selbst darauf drängen, dass sich die Zustände ändern.«

»Das ist es!«, sagte Johann. »Einfach genial!« Margarethe spürte, wie Stolz sie erfüllte. Jenny mochte eine alte Genossin sein. Aber zum Staunen brachte sie Johann nicht mit ihren auswendig gelernten Phrasen.

»Na, ich weiß ja nicht!«, warf Jenny achselzuckend ein. »Ein paar Tage sind die feinen Damen Feuer und Flamme, halten es wohl auch mal eine Woche lang aus, keine Kleidung zu kaufen. Aber wenn dann der Frühling kommt und die neuen Modejournale zeigen, dass alles, was im letzten Jahr getragen wurde, ganz und gar veraltet ist, dann hält es sie doch keinen Tag länger! Dann stehen sie doch wieder in den Konfektionsgeschäften und Kaufhäusern, und keine fragt mehr danach, unter welchen Qualen und unmenschlichen Bedingungen die Kleider genäht worden sind, die ihnen doch so gut gefallen! Und mehr bezahlen wollen sie auch nicht, nur damit eine arme Näherin genug zum Essen hat, sondern gehen dorthin, wo sie die schönsten Sachen für das wenigste Geld bekommen!«

»Man muss die Damen eben gezielt ansprechen«, nahm Johann Partei für Margarethes Idee, »man muss ihnen ihre Verantwortung vor Augen führen.«

»Verantwortung?« Margarethe nickte. »Die auch, ja – bei den besseren unter den Damen, bei denen, die es mit ihrer Wohltätigkeit ernst meinen wie meine Mutter. Aber mit Verantwortung allein wirst du wohl kaum Frau Professor Unschlicht und ihresgleichen so erreichen, dass es länger als eine Woche hält, da muss ich Jenny recht geben. Dann musst du lieber in deinen Artikeln zu Herzen gehend schreiben, an das Muttergefühl der Frauen appellieren.«

Johann nickte. Das Staunen in seinem Gesicht war inzwischen dem Ausdruck von Hochachtung gewichen. Wie fortgetragen fühlte sie sich davon.

»Oder besser noch – man muss die Damen bei ihren ureigensten Ängsten treffen!«, fuhr sie fort. »Die Furcht vor Bakterien greift um sich, seit Robert Koch einen Erreger nach dem anderen identifiziert hat. Wer sagt denn, dass wir uns mit der

Kleidung nicht den Tod ins Haus holen, wenn die Blusen auf dem Bett diphteriekranker Kinder gelegen haben, weil die Mutter nähte, während die Kinder mit dem Tod rangen? Wer sagt, dass wir nicht an Tuberkulose erkranken, weil wir ein Kleid tragen, das ein schwindsüchtiges Mädchen genäht hat? Masern, Syphilis, Scharlach und was weiß ich nicht noch alles ... Das wäre ein Schreckgespenst, oder? Das würde die Damen aufrütteln! Sorgt für gesunde Arbeitsbedingungen der Näherinnen, die eure Kleidung herstellen, damit ihr durch die Kleidung nicht krank werdet – das ist doch ein Botschaft!«

»Das ist die Wucht!«, sagte Jenny voller Andacht. »Dann sind sie vielleicht auch bereit, recht viel Geld zu spenden, damit unsere Streikkassen gefüllt werden. Denn Geld ist das, was wir am meisten brauchen. Ohne Geld haben wir keine Chance, den Streik durchzustehen!«

»Ich könnte gleich heute versuchen, Doktor Schneider zu erreichen, und ihn fragen, ob solche Wege der Krankheitsübertragung möglich sind«, fuhr Margarethe fort. »Natürlich brauchen wir eine ärztliche Autorität an unserer Seite. Bei Doktor Schneider bin ich nicht in Acht und Bann gefallen, ihn kann ich gewinnen.«

Johann legte ihr kurz die Hand auf ihre Rechte. Wie wohl diese Geste tat! Dann drückte er ihre Finger. Und sie begriff, das war mehr als nur Nähe und Verbundenheit. Das war die Besiegelung einer Kampfgemeinschaft.

»Aber man darf nicht nur schreiben«, erklärte sie und spürte ein Feuer in sich, wie sie es noch nie empfunden hatte. »Man muss die Frauen direkt ansprechen. Ich werde es zu meiner Sache machen. Ich werde tun, was ich kann, damit die Frauen nicht mehr hinnehmen, dass die Kleidung, die sie auf ihrem Körper tragen, unter menschenunwürdigen Bedingungen hergestellt wird! Und dass sie kräftig spenden, um den Kampf der Näherinnen auch finanziell zu unterstützen!«

Lange vor Beginn der Reichstagsdebatte hatte sie mit Julia das monumentale neue Reichstagsgebäude erreicht. Zum ersten Mal saß sie auf der Zuschauertribüne im Zwischengeschoss – Plätze in der vordersten Reihe hatten sie sich gesichert – und sah in den imposanten Plenarsaal hinunter, überwältigt von seiner der Renaissance nachempfundene Pracht, die sich im gedämpften Oberlicht der gläsernen Kuppel entfaltete: hölzerne Architektur an den Wänden, reiche Säulen und Pfeiler aus Holz, teilweise in allegorischer Gestalt, logenartig vorgebaute Tribünen, der Wandfries mit den Wappen der deutschen Bundesstaaten, die beiden der Abstimmung dienenden *Hammelsprung-Türen*, von denen ihr Vater des Öfteren gesprochen hatte ...

Heute würde sie ihn sehen, wenn auch nur von ferne ...

Sie war froh, nicht allein hier zu sein. Julia war sofort bereit gewesen, sie zu begleiten, und ebenso bereit, sich mit ihr für die Unterstützung der streikenden Arbeiterinnen zu engagieren. Julia wollte sich dafür einsetzen, die Damen der gemäßigten bürgerlichen Frauenvereine in der Sache der Näherinnen zu mobilisieren. Margarethe hatte sich vorgenommen, die Vereinssitzungen der radikaleren Feministinnen, zu denen Julia keinen Kontakt pflegte, zu besuchen, um dort für eine Unterstützung des Streiks zu werben. Nun nutzten sie die Zeit bis zum Beginn der Debatte, um gemeinsam eine Strategie zu entwerfen und Argumente zu sammeln.

»Ich fürchte nur, sosehr die bürgerlichen Frauen auch ein offenes Ohr für die Nöte der Näherinnen haben, werden sie einen Streik doch für ein unrechtmäßiges Mittel halten«, gab Julia zu bedenken, »oder sich zumindest fürchten, ihn öffentlich gutzuheißen. Streik, das klingt immer gleich nach Sozialismus und Umsturz, nach Revolte und Aufruhr. Die bürgerlichen Frauenvereine müssen sich hüten, in den Verdacht zu kommen, mit den Sozialistinnen gemeinsame Sache zu machen, sonst geraten sie noch in den gleichen Verfolgungsstrudel wie die Arbeiterinnenvereine und werden als ›politische‹ Vereine polizeilich verboten wie diese. Denn ›politisch‹, das meint ja doch immer vor allem ›sozialistisch‹! Deshalb ist die bürgerliche Frauenbewegung ja gezwungen, so sorgfältig Abstand zur proletarischen Frauenbewegung zu halten.«

Margarethe nickte, als sei ihr dies seit Langem klar. Dabei war sie immer wieder beeindruckt von Julias Kenntnis auf diesem Gebiet.

»Wir müssen jedenfalls versuchen, unsere Argumente ganz auf der menschlichen Ebene zu halten«, fuhr Julia fort, »auf der Not und dem Elend der Näherinnen, denen keine fühlende Frau tatenlos zusehen kann. Mir liegt schließlich auch nicht daran, in den Geruch zu kommen, die bestehende Ordnung und unsere christliche Religion anzugreifen wie die Sozialisten!« Sie stockte und fügte mit leichtem Erröten hinzu: »Entschuldige. Das geht nicht gegen Johann. Ich hoffe, du weißt, wie ich es meine.«

»Ich weiß«, erwiderte Margarethe. Und doch blieb ein Stachel.

»Sie kommen!«, flüsterte Julia und wies mit dem Kopf in den Plenarsaal. Margarethe blickte in die Tiefe. Ihr Puls schoss in die Höhe, als sie unter den Abgeordneten, die in den Reichstag einzogen, ihren Vater entdeckte. Unwillkürlich lehnte sie sich weit zurück, damit die Brüstung sie verdeckte und er sie nicht sehen konnte, falls er zur Tribüne heraufsah. Und doch spürte sie zugleich, wie sehr sie sich genau das zutiefst wünschte ...

Erst als sie den Präsidenten die Sitzung eröffnen und eine Interpellation betreffend der Verhältnisse der Arbeiterinnen der Wäschefabrikation und der Konfektionsbranche ankündigen hörte, wagte sie wieder einen Blick nach unten. Ihr Vater hatte längst wie alle anderen Abgeordneten Platz genommen, sie sah von ihm nicht mehr als seinen Rücken und seinen schmalen Hinterkopf mit dem leicht ergrauten Haupthaar. Wie er dort saß, aufrecht und gelassen, ein Edelmann durch und durch!

Auf einmal wünschte sie, sie hätte sich eben nicht vor ihm versteckt. Würde er doch den Kopf drehen, zum Rang heraufschauen und sie erkennen!

Einen Augenblick könnte sie ihm dann von ferne in die Augen blicken. Was gäbe sie für ein Lächeln von ihm!

Aber das war eine Illusion, eine Wunschvorstellung, die nie in Erfüllung gehen würde, sie wusste es ja. Er hatte keine Tochter mehr.

Sie presste die Hand vor den Mund.

Dass es so wehtat, den Vater wiederzusehen ... Den Vater, der immer ihr Vater bleiben würde, auch wenn er sich von ihr losgesagt hatte. So ein Band wie das, das sie miteinander verband, das ließ sich nicht wirklich trennen, auch wenn sie selbst es zerschnitten hatten, sie und er.

Ein trockenes Schluchzen wollte in ihr aufsteigen, sie konnte es gerade noch unterdrücken. Musste er den Blick nicht spüren, der sich in seinen Rücken brannte?

Der Abgeordnete, der neben ihrem Vater saß, erhob sich und schritt zum Rednerpult. Auch ohne dass er vom Präsidenten als Interpellant Freiherr Heyl zu Herrnsheim angekündigt worden wäre, hätte Margarethe den hessischen Adeligen erkannt: Mehr als einmal hatte er an den Soireen ihrer Mutter teilgenommen.

Mit großer Spannung hatte sie seine Rede erwartet, gehörte

er doch der nationalliberalen Fraktion ihres Vaters an, doch nun waren ihre Gedanken noch immer bei ihrem Vater. Mühsam erinnerte sie sich an das Versprechen, das sie Johann gegeben hatte, sie werde ihm detailliert über alles berichten, was im Reichstag verhandelt werde, ein Versprechen, mit dem sie seine Skrupel darüber zerstreut hatte, dass er es vorzog, daheimzubleiben und an seinem Roman zu schreiben, zu dem es ihn mit Macht drängte.

Da hörte sie den Freiherrn sagen:»Meine Herren, es ist natürlich, dass alle deutschen Frauen eine lebhafte Sympathie für die Arbeiterinnen, welche sich in einem solchen Elend befinden, haben ...«, und auf einmal war sie mitten drin in der Verhandlung. Was für eine Grundlage, auf der sich im Frauenverein sprechen ließ, auf der sie Mitstreiterinnen gewinnen konnte!

Fieberhaft machte sie sich Notizen, versuchte möglichst jedes Wort mitzubekommen, hörte mit Staunen, dass der Abgeordnete die Forderungen der Arbeiterinnen als vollauf berechtigt bezeichnete, dass er weibliche Fabrikinspektoren forderte, wie es sie im Großherzogtum Hessen bereits gebe, hörte, wie er gegen das Trucksystem wetterte, das den Arbeiterinnen Garn und anderes Material zu überhöhten Preisen verkaufte, wie er mit bewegenden Worten das Elend der Mantelnäherinnen schilderte, die sieben bis acht Monate beinahe unbeschäftigt seien, und dachte: Die Sache der Arbeiterinnen ist so gut wie gewonnen.

Wie leicht würde es sein, mit solcher Rückendeckung Geld für die Streikenden einzusammeln, die Spendenbereitschaft der Vermögenden zu wecken! Und sie würde sich damit nicht dem Verdacht aussetzen, für den Sozialismus zu werben, sondern konnte sich auf den Freiherrn berufen. Wenn ein Abgeordneter der Partei ihres Vaters sich so für die Forderungen der Arbeiterinnen erklärte – dann musste es doch auch ihrem Vater willkommen sein, wenn sie sich dafür stark machte, ihm vielleicht sogar imponieren! Vielleicht könnte dies sogar ein Anknüpfungspunkt sein?

Wenn sie ihre Sache gut machte …

Eifrig schrieb sie mit. Inzwischen sprach der Zentrumsabgeordnete Dr. Hitze, auch er mit Wohlwollen für die Sache der Arbeiterinnen wie sein Vorredner. Doch auf einmal nahm seine Rede eine unerwartete Wendung, begann er über Arbeitgeber und Meister zu sprechen, die sich sittlich gegen Arbeiterinnen vergangen hätten, und forderte: »Wir sollten die Verführung des Arbeitgebers und Meisters unter dieselbe Strafe stellen wie die Verführung des Mündels durch den Vormund. Das ist auch ein sittliches Verhältnis besonderer Art, das des Arbeitgebers zum Arbeitnehmer, welches eine schwere sittliche Verantwortung einschließt.«

Margarethe durchfuhr es kalt. Riefke! So häufig also schien es vorzukommen, dass Arbeitgeber die von ihnen abhängigen Mädchen oder Frauen unsittlich belästigten, verführten oder vergewaltigten, dass es sogar im Reichstag zur Sprache kam!

Eine Erregung erfasste sie, dass sie fast zu zittern meinte.

Waren denn Mädchen und Frauen Freiwild? Schutzlos preisgegeben einer rohen Übermacht von Männern? Hatte nur der Reichtum, der Rang und hohe Name ihres Vaters und die Fürsorge ihrer Mutter sie so geschützt, dass sie niemals solchen Übergriffen ausgesetzt gewesen war, wie sie offensichtlich Zigtausende junger Mädchen und Frauen erleiden mussten?

Es ging gar nicht nur um bessere Arbeitsbedingungen und höhere Löhne, um soziale Probleme, welche die Arbeiter nicht weniger betrafen als die Arbeiterinnen – es ging um diese unglaubliche Missachtung, diese zutiefst frauenverachtenden Übergriffe, denen Mädchen und Frauen aus keinem anderen Grund ausgesetzt waren, als weil sie weiblich waren. Lisa und Käthe Meier, Eva, von der Käthe erzählt hatte, ihre eigene Erinnerung an die Polizeistation, Hermine Weidemanns Anklagen gegen die Prostitution und die schreckliche Tatsache, dass ahnungslose Mädchen vom Lande in Bordelle abgeschleppt würden – alles schoss ihr zugleich durch den Kopf. Der Atem wurde ihr eng.

Und dann stieß auch der konservative Abgeordnete Schall in das gleiche Horn, sprach von den Töchtern des Volkes, die nach Hilfe schrien, von den Mädchen, die durch zu niedrige Löhne auf Abwege getrieben würden, aus Armut keine andere Möglichkeit hätten, als ein Verhältnis anzufangen, und von dem Fall einer bekannten Berliner Konfektionsfirma, in welcher der Arbeitgeber Mädchen, die sich über zu geringen Lohn beklagt hätten, geraten habe, sie wären ja jung und hübsch und könnten auf die Straße gehen.

Irgendwo hinter sich hörte sie einen unterdrückten Aufschrei einer weiblichen Stimme, die ihre eigene Empörung zum Ausdruck brachte, unwillkürlich drehte sie sich um, sah in erregte, engagierte, teilweise sogar tränenüberströmte Gesichter gut gekleideter Damen – und sah ihre Mutter.

Mit keinem Gedanken hatte sie damit gerechnet, ihrer Mutter hier auf der Zuschauertribüne des Reichstags zu begegnen. Aber dort saß sie, nur zwei Reihen schräg hinter ihr. Und hatte sie gesehen.

Einen Atemzug lang begegneten sich ihre Blicke. Einen Atemzug lang stand die Zeit still. Dann drehte die Mutter den Kopf zur Seite.

Margarethe wandte sich zurück. Ihr Herz raste. Von der weiteren Rede des konservativen Politikers bekam sie nichts mit und auch die von ihr mit viel Spannung erwartete Rede des Abgeordneten der Sozialdemokraten, Herrn Fischer, rauschte weit entfernt an ihrem Ohr vorbei.

Wie sollte sie sich verhalten, wenn sie der Mutter begegnete? Was sollte sie sagen? Und – würde die Mutter ihr überhaupt die Hand geben? Oder sie ungegrüßt stehen lassen, um den Damen des Wohltätigkeitsvereins, mit denen sie der Debatte beiwohnte, zu demonstrieren, dass sie mit ihrer Tochter nichts mehr zu schaffen habe?

Hebe dich hinweg von mir, Satan.

Wie hatte sie nur auf diesen Bibelvers anspielen können!

»Seltsam, dass sich dieser Fischer so skeptisch äußert«, flüsterte Julia ihr zu. »Findest du nicht auch? Ich hatte gedacht, er würde eine flammende Rede über die Not der Arbeiterinnen halten, sich freuen über die Unterstützung durch die anderen Parteien und sie dankbar im Interesse der Arbeiterinnen aufgreifen, und nun kritisiert er hier herum! Verstehst du das?«

Sie schüttelte benommen den Kopf.

Nachher, wenn die Sitzung vorbei war, musste sie den Versuch machen, mit der Mutter zu sprechen. Wenigstens mit der Mutter, wenn schon nicht mit dem Vater. Sich für diesen unsäglichen Bibelvers entschuldigen ...

Wie die Mutter wohl über den Streik der Konfektionsarbeiterinnen dachte? Wie schön wäre es, mit der Mutter gemeinsam an der Unterstützung dieses Streiks zu arbeiten!

Der Streik. Sie war hier, um sich für die Aufgabe zu rüsten, die sie versprochen hatte, und nun hing sie nur ihren privaten Gedanken nach! Mühsam zwang sie ihre Aufmerksamkeit auf die Rede des Staatsministers von Berlepsch: »Ich bin der Ansicht, dass, wenn die öffentliche Meinung ebenso wie heute der

Reichstag sich über die Frage ausspricht, ein solcher Druck auf die Unternehmer nicht ohne Wirkung bleibt. Wir haben es schon oft erlebt, dass lediglich die Stimmung der öffentlichen Meinung dem Streik zum Sieg verholfen hat in Fällen, wo der Streik ebenso begründet war, wie er es in diesem Fall meines Erachtens ist.«

Sie konnte kaum glauben, was sie hörte. In fliegender Hast schrieb sie diese Sätze auf. Mit ihnen würde sie ihre Rede im Frauenverein beginnen, auf sie würde sie sich beziehen, wenn sie einen Leserbrief an die Zeitung schrieb. Oder gleich einen Artikel? Auf einmal war sie wieder ganz bei der Sache. Sie würde ihren Beitrag zur Besserung der Lage der Arbeiterinnen liefern.

Und niemand, nicht ihre Mutter und nicht einmal ihr Vater, könnte sie dafür tadeln, wenn der Herr Handelsminister höchstpersönlich diesen Kampf für ehrenwert erklärt hatte.

Aber sie würde nicht vergessen, dass es nicht nur um Lohn und Betriebswerkstätten ging. Sie würde nicht vergessen, dass es um die Lage der Frauen überhaupt ging.

Noch war es unklar in ihr, unausgeformt, aber auf einmal spürte sie, dass sich da etwas in ihr wie von selbst zusammenfügte, etwas, was sich schon lange angebahnt hatte und was sie ein Leben lang nicht mehr loslassen würde.

Kaum dass der Präsident die Sitzung für geschlossen erklärt hatte, stand Margarethe als Erste auf und drängte sich mit unhöflicher Eile an Julia vorbei in den Hauptgang. Nur ja nicht die Gelegenheit versäumen, der Mutter zu begegnen! Sosehr sie sich auch vor einer Zurückweisung fürchtete: Sie musste wissen, ob die Mutter sie grüßen würde, ihr vielleicht sogar die Hand reichen – sie musste.

Ihr Blick glitt über die Reihen, blieb an dem Platz hängen, an dem sie vorhin ihre Mutter gesehen hatte. Der Sitz war leer.

Suchend blickte Margarethe den Gang entlang. Erst einige wenige Zuhörerinnen hatten sich erhoben, nur vereinzelte strebten bereits dem Ausgang zu. Ihre Mutter war nicht darunter.

Es war, als würde ihr der Boden unter den Füßen weggezogen. Mühsam hielt Margarethe sich an der Balustrade fest. Die Mutter hatte die Sitzung vorzeitig verlassen, um ihr nicht begegnen zu müssen.

»Was ist mit dir? Du bist ja ganz blass? Ist dir nicht wohl?«, fragte Julia.

Margarethe schüttelte nur stumm den Kopf.

– 19 –

Der braucht gar nicht mehr zum Essen heimzukommen!«, drohte der Vater.

»Wer weiß, was ihn aufgehalten hat«, ergriff Clara Partei für ihren Bruder. »Sonst ist Heinz doch immer zur Stelle, wenn es Abendessen gibt! Ich halte ihm die Suppe warm.«

Sie wollte aufstehen und den Topf auf den Herd zurückstellen, doch ihr Vater erwischte sie am Arm. »Nichts da! Wer nicht pünktlich ist, kriegt nichts! Höchstens ein paar hinter die Ohren!« Damit nahm er sich die letzte Kelle Kartoffelsuppe. Und dabei hatte er als Einziger ein Stück Wurst in seiner Suppe gehabt!

Sie starrte ihn voller Hass an. Doch ehe er aufsah, senkte sie den Blick.

Die Freude über die Rückkehr des Vaters und die Erleichterung, dass er ihr keine Vorwürfe machte, waren längst verflogen. Tag für Tag lief er von Fabrik zu Fabrik und suchte nach einer Arbeit, die seinen Lungen nicht schadete und die einigermaßen bezahlt war. Und Abend für Abend kam er ohne Arbeit, dafür immer schlechter gelaunt zurück. Nicht auszuhalten war das. Dabei richtete er seine Wut nie gegen sie. Er richtete sie gegen Heinz, und das war noch schlimmer.

Kein Wunder, dass der Bruder sich immer weniger zu Hause sehen ließ.

Die Tür ging auf, Heinz stürmte herein, ganz aufgeregt, außer sich. »Was mir ...«, begann er, doch ehe er weiterkam, war der Vater schon aufgesprungen und hatte ihm rechts und links eine Ohrfeige verpasst: »Die ist fürs Zu-spät-Kommen! Und die auch! Du gehst heut ohne Essen ins Bett!«

»Aber ...«, begann Heinz und hielt sich mit beiden Händen die Backen.

»Sofort!«, brüllte der Vater.

Heinz drehte sich wortlos um und ging zur Tür. Doch ehe er sie hinter sich schloss, sagte er noch: »Riefke hat mich geschnappt!« Damit fiel die Tür ins Schloss.

Riefke.

Wie ein Pfeil traf es Clara in der Brust. Sie sprang auf, rannte Heinz hinterher, fand ihn in der Stube, wo er sich in voller Kleidung, die dreckstarrenden Stiefel noch an den Füßen, aufs Bett geworfen hatte. Sie setzte sich auf die Bettkante, legte ihm die Hand auf die Schulter, spürte das Zucken, das sein Weinen verriet, und tat, als würde sie es nicht merken. Heinz war keiner, der sich gerne beim Heulen ertappen ließ.

»Du hast gesagt, Riefke dich geschnappt«, begann sie endlich, als das Zucken aufgehört hatte. »Was heißt das?«

»Was schon«, sagte er zur Wand. »In unserm Hof haben wir Verstecken gespielt, wir haben ja gedacht, Riefke ist vorn in seiner Wohnung, er kann uns nichts. Ich hab mich im Kellerabgang versteckt. Und plötzlich kam er aus der Schusterwerkstatt hinter mir und hat mir den Arm auf den Rücken gedreht, dass ich gedacht habe, er bricht ihn mir. Und hat mich gefragt, wo Lisa ist.«

»Und was hast du gesagt?«

»Na, dass sie im Lazarus-Krankenhaus ist, was denn sonst!«

Er setzte sich auf und sah sie an. »Ich weiß genau, dass das nicht stimmt. Lisa ist nicht in der Klinik. Aber du hast es mir so gesagt und allen anderen auch. Also hab ich gedacht, es ist die richtige Antwort. Oder?«

Sie nickte und drückte ihm die Hand. »Danke, Heinz. Wir müssen Lisa beschützen, weißt du?«

»Klar. Ich bin ja nicht blöd. Aber wenn ich ihn angelogen hab, bricht er mir den Arm, hat Riefke gesagt. Wie lange braucht er, um herauszubekommen, dass Lisa gar nicht in der Klinik ist?«

Ihr wurde heiß. Würden sie Riefke an der Pforte des Krankenhauses Auskunft geben, wenn er nach Lisa fragte? Nein, das glaubte sie nicht. Aber am Sonntag, wenn Besuchszeit war, brauchte er bloß einen Blumenstrauß zu kaufen und hinzugehen und zu sagen, er wolle Lisa besuchen und in welchem Saal sie denn liege, dann würden sie bestimmt in ihrer Liste nachsehen und ihm sagen, eine Lisa Bloos gebe es nicht in der Klinik.

»Sonntag«, sagte sie zögernd und schluckte. »Ich glaube, am Sonntag kann er es rauskriegen. Mensch, Heinz!« Sie zog ihren Bruder in die Arme.

»Na ja, fünf Tage Galgenfrist«, meinte der. »Dann tauche ich unter!«

»Dass die ihn auch wieder freigelassen haben«, murmelte Clara verzweifelt. »Und ich hatte gehofft, der sitzt für Jahre hinter Gittern!«

»Es gibt keine Gerechtigkeit in der Welt!«, jammerte die Mutter laut. Clara drehte sich um. Sie hatte nicht bemerkt, dass die Mutter hereingekommen war. »Ich hab ja gleich gesagt, wir hätten nicht ...«

»Komm, Mutter!« Rasch sprang Clara auf, griff die Mutter an den Schultern und schob sie aus der Stube, ehe die weiterredete. Heinz wusste schon viel mehr, als gut für ihn war.

In der Küche zurück, scheuchte sie ihre beiden kleinsten Brüder ins Bett, dann setzte sie sich zum Vater, der inzwischen, den Kopf in die Hände gestützt, trüb vor sich hin starrte.

»Ich hätte nicht zur Polizei gehen dürfen«, klagte der Vater. »Das hat alles nur schlimmer gemacht. Aber ihr habt es ja unbedingt so gewollt! Ich hab gleich gedacht, lass die Finger davon, aber ihr habt ja keine Ruhe gegeben. Und dann dieser Doktor Schneider mit seinem Brief und seiner Anzeige! Ein Arzt soll einem doch helfen, heißt es immer. Feine Hilfe ist das! Und dieser Rechtsverdreher, dieser Doktor Grünröder, der mir immer vorgesagt hat, was ich sagen soll, und mir den Mund verboten hat, was ich nicht sagen soll! Ganz wirr im Kopf bin ich davon geworden und zum Schluss wusste ich selbst nicht mehr, was ich gesagt habe. Wenn Riefke rauskriegt, dass ich ihn angezeigt habe, dann kann ich den Strick nehmen.«

»Kriegt er es denn raus?«, wimmerte die Mutter. »Sagen die ihm das bei der Polizei?«

»Was weiß denn ich!« Der Vater donnerte die Faust auf die Tischplatte. »Ich weiß nur, dass ich dann geliefert bin! Und ausziehn können wir auch nicht, dann fordert der doch alles nach, was wir schulden!« Dann fügte er in anderem Tonfall hinzu: »Was wollte er überhaupt von Heinz?«

»Er hat ihn nach Lisa ausgefragt«, antwortete Clara. »Gedroht hat er ihm, dass er ihm den Arm bricht, wenn er ihn anlügt. Heinz hat gesagt, sie wär im Lazarus-Krankenhaus.«

»Was Blöderes ist ihm wohl nicht eingefallen!«, brüllte der Vater los.

»Das kommt von mir!«, schrie sie zurück. »Irgendwas musste ich ja sagen, als ich Lisa weggebracht habe!«

»Riefke bringt mich um«, stöhnte der Vater. »Und euch setzt er auf die Straße! Wenn er nicht noch was Schlimmeres macht mit dem Jungen. Heinz den Arm brechen, das sähe dem ähnlich ...«

Clara durchfuhr es eiskalt. An eine Gefahr für die Brüder hatte sie bisher noch nicht gedacht ...

Der Vater schrie:»Was weiß denn ich, auf was für Gemeinheiten so ein Schwein nicht alles kommt!« Damit stand er auf und ging zum Büfett, griff nach der rostigen Dose mit dem Zichorienkaffee, begann darin zu wühlen.

»Nicht!«, fuhr die Mutter auf. »Lass die Finger davon! Das haben Clara und ich zurückgelegt, vom Mund haben wir es uns abgespart, für den Fall, dass Riefke die Miete nachfordert!«

Starr, gefühllos sah Clara zu, wie der Vater ein Markstück nach dem anderen aus dem Kaffeeersatz pulte, bis er sie alle beisammen hatte, die kostbaren fünf Mark und sechsunddreißig Pfennige, den Notgroschen. Sie konnte nichts mehr denken, nichts mehr fühlen, es ging nicht.

Die Mutter hängte sich dem Vater an den Arm, versuchte ihm das Geld zu entreißen, er stieß sie zurück, sodass sie taumelnd auf einen Stuhl fiel. Dann war der Vater draußen. Die Mutter weinte still vor sich hin. Plötzlich hob sie den Kopf und forderte schrill:»Geh ihm nach, Clara! Beim Unterirdischen Paule wird er sein, oder im Kammkrug oder beim Ollen Fritz. Geh ihm nach, ehe er alles versäuft!«

Langsam schüttelte Clara den Kopf. »Du weißt doch selbst: Wenn Vater saufen will, dann hält ihn nichts und niemand davon ab! Der kommt nicht eher heim, bis die fünf Mark sechsunddreißig versoffen sind. Und wenn du's nicht glauben willst, dann lauf ihm doch selbst nach, dich schlägt er wenigstens nicht!« Damit stand sie auf und griff nach ihrem Schultertuch.

»Wo gehst du denn hin, wenn du ihn nicht suchen willst?«, klagte die Mutter.

»Ich geh zu dem einzigen Menschen, der mir jetzt noch einfällt«, sagte Clara. »Irgendwas muss man doch gegen diesen hundsgemeinen Riefke machen können, wenn uns schon die Polizei nicht hilft! Ich geh zur Baronesse.«

Sie rannte durch die nächtlichen Straßen, rannte und rannte. Nur nicht stehen bleiben, nur nicht Atem schöpfen, nur nicht sich zum Ausruhen an eine Straßenlaterne lehnen! Sonst könnte jetzt am Abend ein Schutzmann sie zur Sitte schleifen ...

Sie taumelte vor Erschöpfung, die Luft stach ihr in den Lungen, aber sie rannte weiter. Kein Geld für die Bahn. Und der Weg so weit, so endlos weit. Langsamer wurde sie und langsamer. Schließlich schleppte sie sich nur noch mit Mühe voran. Aber sie erreichte das Haus in der Königgrätzer Straße, erreichte das Dachgeschoss. Hier sank sie gegen die Tür und rang nach Atem.

Mit zitternden Händen zog sie an dem verbogenen Klingeldraht, keine Glocke ertönte, sie riss heftig an dem Klöppel, endlich hörte sie in der Wohnung das blecherne Bimmeln.

Zum Glück war es nicht Lisa, die ihr öffnete, sondern Emma, das Dienstmädchen. Und auf einmal war keine Kraft mehr übrig. Nur noch Tränen.

Der Wecker schrillte. Clara drehte sich vom Rand des Bettes, an den sie sich aus Gewohnheit gedrückt hatte, in die Mitte und breitete wohlig Arme und Beine aus. Das ganze Bett für sich allein! Was für ein Luxus!

Dennoch spürte sie auf einmal die Sehnsucht nach Lisa geradezu körperlich. Aber wünschen, dass Lisa wieder daheim wäre, nein, das konnte sie nicht. Nicht, wo Riefke nach ihr gefragt hatte.

Dass die Polizei den wieder hatten laufen lassen! Dabei hatte die Baronesse gesagt, das hieß, die Frau Nietnagel, die Aussage von Käthe Meier sei so deutlich gewesen wie nur was. Und trotzdem hatten sie Riefke wieder freigelassen – bis zur Gerichtsverhandlung. So war das, wenn einer Unteroffizier war und vor Sedan mit dabei gewesen war und jedes Jahr zum Herbstmanöver eingezogen wurde und Freunde bei der Polizei hatte und die besten Bürgschaften bringen konnte.

Wie sollte es jetzt denn weitergehen? Wenn jetzt auch noch Heinz in Gefahr war. Oder Kalle, der Kleine ...

Nein, nein, nein, so etwas durfte sie gar nicht denken, nicht den Gedanken zulassen, sonst wurde er gar noch Wirklichkeit! Schnell schlug sie das Kreuz. Noch mal und noch mal.

Die Baronesse hatte gesagt, sie habe längst zu erreichen versucht, dass Riefke fristlos gekündigt würde, damit er endlich weg wäre von der Mietskaserne. Sie habe die Frau des Arztes gebeten, für sie mit Frau Professor Unschlicht zu sprechen, worum diese sich auch bemüht habe. Unglücklicherweise sei jedoch das Ehepaar Unschlicht nach Paris verreist, irgendwas vorlesen sollte der Professor dort an etwas, was mit S anfing, Clara hatte sich das nicht alles gemerkt. Aber sobald die Unschlichts zurückkämen, sei es so gut wie sicher, dass Riefke umgehend rausgesetzt würde, hatte die Baronesse gesagt.

Hoffentlich ging das bloß schnell! Darin war sie sich mit der Baronesse einig gewesen.

Die Baronesse – die Frau Nietnagel. Dass die jetzt so hieß, daran konnte sie sich noch nicht gewöhnen. Aber dass die nun Johanns Frau war und mit dem in einem Bett schlief, das war ihr inzwischen egal. Wenigstens war sie gut zu Lisa.

Aber wenn Frau Unschlicht noch lange in Paris war ...

Sie trauten sich ja kaum mehr aus der Wohnung, aus Angst, Riefke über den Weg zu laufen. Und wenn es an der Tür klopfte, dann blieb ihnen schier das Herz stehen, weil er es sein konnte, der die ausstehende Miete verlangte oder ihnen kündigte oder irgendetwas mit ihnen machte, sie wussten auch nicht, was. Und wollten es gar nicht wissen.

Wenn er erst herausbekäme, dass Heinz ihn angelogen hatte und dass Lisa gar nicht im Krankenhaus war, dann wäre jedenfalls alles aus.

Stöhnend erhob sich die Mutter von ihrer Matratze und tappte zum Fenster, öffnete es. »Gott sei Lob und Dank!«, rief sie aus. »Es hat geschneit! Und wie! Alles ganz dick zugeschneit. Und es schneit noch immer!« Sie lehnte sich weit hinaus, drehte den Kopf zum Himmel.

»Und es wird den ganzen Tag weiterschneien!«, schloss die Mutter hoffnungsvoll und machte das Fenster wieder zu. »Da werden sie Schneeschipper brauchen. Arbeit genug für den ganzen Tag. Und wenn es so weitergeht mit dem Schneien, vielleicht auch noch Arbeit für morgen! Ich weck gleich den Vater. Gelobt sei Jesus Christus!« Sie bekreuzigte sich und eilte aus der Küche.

»In Ewigkeit, Amen«, murmelte Clara hinter ihr her und setzte sich im Bett auf. Schnee – das war wirklich eine gute Nachricht. Da konnte der Vater wenigstens einen Teil von dem Geld, das er versoffen hatte, wieder reinarbeiten. Und wenn er abends nach einem Tag schwerer Arbeit an der Winterluft heimkam, dann war er müde und zufrieden und wollte nur noch eine warme Suppe und ging nicht auf Heinz los.

Rasch stand sie auf, schürte den Herd an, tat die morgendlichen Verrichtungen. Der Vater trank nur einen lauwarmen Muckefuck mit Milch, der vom Vortag übrig war, und schob sich den Kanten Brot in die Tasche, den sie für ihn aufgehoben hatten, dann machte er sich davon, um gleich bei den Ersten zu sein, die sich als Tagelöhner meldeten. Was für ein guter Morgen. Während Clara dem kleinen Kalle das Kleidchen und die Strümpfe anzog und die Haare kämmte, sang sie mit ihm und machte sogar noch ein Fingerspiel:»Das ist der Daumen – der schüttelt die Pflaumen – der hebt sie auf – der trägt sie nach Haus – und der kleine Schelm ...«

»... isst sie alle auf!«, krähte Kalle und lachte glücklich. Sie gab ihm einen Kuss auf die Backe:»Spiel schön mit deinen Schäfchen!«, nahm ihr Schultertuch und ging.

Draußen lief sie eigens nicht in der Spur derer, die vor ihr über den Hof gehastet waren, sondern daneben im unberührten Tiefschnee. Dieses Geräusch, das kannte sie noch von daheim, aus Schlesien. Und sogar die Luft hatte heute etwas von Heimat.

Im nächsten Hof begegnete sie Jenny, die ihr entgegeneilte, Stine auf dem Arm, Moritz hinter sich herziehend, der immer wieder stehen bleiben und in den Schnee fassen wollte.»Wohin gehst du denn mit den Kindern?«, fragte Clara.

»Ich bring sie zu Anna Brettschneider, die hat mir versprochen, auf die beiden aufzupassen, die hat ja jetzt Zeit, wo gestreikt wird. Sogar in den Park kann sie mit den Kindern gehen, da werden sie sich freuen. Hörst du, Moritz, da könnt ihr einen Schneemann bauen und eine Schneeballschlacht machen, aber jetzt müssen wir erst mal zu Anna. Ich muss ins Streikbüro!«

»Streikbüro?«

»Sag bloß, du weißt es noch nicht! Die Konfektionsarbeiterinnen streiken doch und überall haben wir Streikbüros geöffnet, damit alles seine Ordnung hat und jeder eine Streikkarte bekommt. Und wer Geld braucht, der kriegt es. Unsere Streikkassen füllen sich, jeden Tag gehen große Beträge ein, die bürgerlichen Frauen spenden und sammeln für ihre proletarischen Schwestern. Dass ich das einmal erlebe, das hätte ich nie gedacht!«Jenny strahlte.»Das ist die Solidarität unter den Frauen! Dass die einmal größer sein könnte als die Klassenschranken – nein, wer hätte das für möglich gehalten! Na, da gibt es jetzt jedenfalls eine Menge zu tun. Ich arbeite in einem Streikbüro und Anna nimmt mir so lange die Kinder ab. Mach's gut, Clara, ich muss mich beeilen!« Damit zog Jenny Moritz weiter.

»Mach's gut!«, rief auch Clara hinter ihr her.

Doch, von dem Streik hatte sie schon gehört, Ernst hatte in der Druckerei davon gesprochen, aber dass Jenny und Anna daran beteiligt waren, davon hatte sie noch nichts gewusst. Obwohl sie es sich ja hätte denken können, jedenfalls bei Jenny. Schließlich war die neuerdings Vertrauensfrau und redete seither noch mehr von Politik als sowieso schon. Aber Clara fiel es schwer, ihr dabei richtig zuzuhören. So war das in letzter Zeit – alles ging irgendwie an ihr vorbei vor lauter Sorgen wegen Lisa und Riefke.

Nur wenn sie in der Druckerei war, da war er anders. Da war Ernst.

Sie lächelte vor sich hin und strebte durch die Toreinfahrt. Als sie den Durchgang zum ersten Hof erreichte, wurde sie langsamer, drückte sich in den Schatten der Mauer, spähte vorsichtig in den Hof. Erleichtert atmete sie auf. Keine Spur von Riefke, und auch seine Mutter ließ sich nicht am Fenster sehen. Unschuldig lag der Schnee auf den Beeten und Wegen, nur auf dem Hauptweg war er niedergetreten. Sie rannte, kam durch die Einfahrt, ohne jemandem zu begegnen, erreichte die Straße, bog um die Ecke – und stieß beinahe mit Riefke zusammen. Er stand da, auf eine Schneeschaufel gelehnt, die er in einen zusammengeschippten Schneehaufen gesteckt hatte, und ruhte sich aus.

»Pass doch auf!«, fuhr er sie an.

»Entschuldigung«, murmelte sie hastig und wollte an ihm

vorbei, doch er hielt sie zurück:»Warte! Was ich dich fragen wollte, wegen Lisa ...«Seine Stimme war schroff wie immer – aber die Augen irrten unsicher zur Seite.

»Die ist noch im Krankenhaus!«, erwiderte sie schnell und bereute im gleichen Augenblick ihre Worte.

»Weiß ich ja!« Er kratzte sich ausgiebig am Rücken.»Lazarus, hab ich gehört.«

Sie schwieg.

»Wann kommt sie denn raus?«

Sie zuckte die Schultern.

»Meine Mutter will es wissen«, sagte er. Kam diese Erklärung nicht eine Spur zu lautstark?»Wann wieder mit ihr zu rechnen ist. Man ist ja kein Unmensch. Krank ist krank. Aber man will doch wissen, woran man ist.«

»Ich weiß ja auch nichts«, log sie.»Die Ärzte sagen nichts.« Und rasch, aus einer Eingebung des Augenblicks, fügte sie hinzu:»Und besuchen kann man sie nicht, weil's ansteckend ist. Es darf keiner zu ihr. Und wenn's der Papst persönlich wär!«

»So?«, fragte er. Klang es misstrauisch? Oder vielleicht erleichtert? Sie wurde nicht schlau aus ihm.

»Mir ist es ja gleich«, beteuerte Riefke und holte seine Pfeife aus der Tasche, begann sie umständlich zu stopfen.»Ob wir ein Dienstmädchen haben oder nicht, ist mir schnurzpiepegal. Aber meine Mutter jammert und will eine andere haben, wenn Lisa nicht bald wiederkommt.«

»Bald bestimmt nicht. Wo's doch so ansteckend ist«, erwiderte Clara rasch.»Aber ich muss dann, sonst komm ich zu spät zur Arbeit!« Sie rannte davon. Ehe er noch mehr fragen oder etwas wegen der Miete sagen konnte.

War richtig gewesen, was sie geantwortet hatte? Hätte sie etwas anderes sagen müssen? Es war doch gut, zu behaupten, dass

Lisa nicht besucht werden durfte, oder? Aber was war, wenn Riefke sich trotzdem an der Pforte vom Lazarus-Krankenhaus nach Lisa erkundigte?

Wenn ihr nur jemand sagen würde, wie sie sich verhalten sollte! Aus dem kleinen Bäckerladen kam das alte Dienstmädchen von Frau Doktor Weidemann und nickte ihr freundlich zu. »Guten Morgen, Clara. Hast es aber eilig heute, was?«, rief sie ihr hinterher.

»Guten Morgen!«, rief Clara zurück. Sie rannte über die Kreuzung, blickte zum Krankenhaus. Dort war die Pforte ...

Frau Doktor Weidemann!, fiel ihr plötzlich ein. Ihr Mann war doch Arzt am Lazarus gewesen. Bestimmt hatte die Frau Doktor dort noch Freunde unter den Ärzten, gute Bekannte. Vielleicht kannte sie auch den Pförtner.

Auf einmal wusste Clara, was sie tun würde. Am liebsten wäre sie sofort umgekehrt, gleich zur Frau Doktor gerannt. Aber das ging ja nicht, sie musste zur Druckerei. Doch heute Abend würde sie zur Frau Doktor gehen und sie bitten, ihr zu helfen. Damit Riefke im Krankenhaus die Auskunft bekam, dass Lisa in einer Abteilung lag, wo sie nicht besucht werden konnte.

Jetzt würde doch noch alles gut. Erst einmal.

Als Clara heimkam, fand sie in der Küche Heinz und Männe über ihren Schulaufgaben, während Kalle am Boden herumkroch und seine Schäfchen in der Eisenbahn spazieren fuhr.

»Mutter ist nicht da!«, erklärte Heinz. »Ich pass auf Kalle auf. Mutter sagt, wenn Riefke kommt, sollen wir so laut schreien, dass das ganze Haus zusammenläuft.«

Clara nickte ihm zu. »Gut machst du das, Heinz! Und jetzt komm kurz mit mir!«

»Kalle auch!«, erklärte der Kleine.

»Nein, du bleib bei Männe!«, antwortete sie so bestimmt, dass er sich fügte.

»Was Neues von Riefke?«, flüsterte Heinz, kaum dass sich die Tür hinter ihnen geschlossen hatte.

»Er hat mich heute früh abgepasst und nach Lisa gefragt«, erwiderte sie leise. »Und da ist mir eingefallen, wie wir verhindern können, dass er herausbekommt, dass du ihn angelogen hast. Ich war grad bei Frau Doktor Weidemann, deren Mann war Arzt im Lazarus-Krankenhaus. Sie hat mir versprochen, dass sie dafür sorgt, dass Riefke an der Pforte erfährt, dass Lisa auf einer Abteilung für ansteckende Krankheiten liegt, wo sie keinen Besuch empfangen darf. Der Portier ist ihr nämlich zu Dank verpflichtet, sagt sie, weil sie ihm den guten Anzug vom Herrn Doktor geschenkt hat, als der gestorben ist. Also müssen wir fürs Nächste keine Angst haben, dass unsere Notlüge auffliegt.«

»Puh!«, stöhnte Heinz erleichtert auf und lehnte sich an die Flurwand. Dann sah er Clara an. »Sagst du mir denn jetzt, was mit Lisa ist? Riefke hat ihr was getan, oder?«

Sie nickte stumm. Und dann, obwohl sie sich vorgenommen hatte, niemandem davon zu erzählen, fügte sie flüsternd hinzu: »Sie ist bei der Baronesse. Ich mein, bei Frau Nietnagel. Dort ist sie vorerst in Sicherheit. Aber du darfst es keinem Menschen sagen, keinem!« Heinz hatte ein Recht darauf, dass sie ihm vertraute.

»Mach ich schon nicht!«, erklärte Heinz und sah sie ernst an.

»Ein Bruder wie du!«, murmelte sie und fuhr ihm kurz durch die Haare. »Komm, gehen wir wieder rein!«

Heinz setzte sich an den Tisch und beugte sich über seine Rechenaufgaben. Männe hielt das Gesangbuch in der Hand und leierte einen Vers vor sich hin, den er zu lernen aufhatte: »Herr, erbarm, erbarme dich. Lass uns deine Güte schauen; deine Treue zeige sich, wie wir fest auf dich vertrauen. Auf dich hoffen wir allein: Lass uns nicht verloren sein.«

»Lass uns nicht verloren sein«, flüsterte Clara leise mit. Ein Schauer rieselte ihr den Rücken hinunter. Hoffen, glauben, vertrauen – was blieb ihr sonst? Auch wenn sie keine Kirchgängerin war und seit Weihnachten nicht mehr in der Kirche gewesen war. Aber sosehr sie sich auch abmühte, sie konnte Lisa nicht wirklich beschützen, und ihre Brüder auch nicht. Mächtigeren Beistand brauchte die Schwester als sie ... Mächtigen Beistand brauchten sie alle ...

Unwillkürlich bekreuzigte sie sich. Dann nahm sie den großen Kochtopf und füllte ihn randvoll mit Kartoffeln und Wasser, stellte ihn auf den Herd. Wenn sie schon nichts anderes hatten als Kartoffeln, sollten sie von denen wenigstens so viel essen können, bis sie einigermaßen satt waren.

Sie stand noch zum Herd gewandt, als der Vater nach Hause kam. Sie warf ihm einen abschätzenden Blick zu: rot gefrorene Backen und ein aufgeräumtes Gesicht, nichts vom üblichen Missmut. Er legte mit geheimnisvoller Miene ein in Zeitungspapier gewickeltes Päckchen auf den Tisch und begann sich die nassen Stiefel auszuziehen, warf Jacke und Mütze über die Trockenleine. »Na, was ich da wohl mitgebracht habe?«, fragte er und wies auf das Päckchen. Die Kleinen blickten neugierig darauf, während Heinz sich über seinem Rechenbuch förmlich unsichtbar machte.

»Schäfchen!«, rief Kalle.

Der Vater lachte und schüttelte den Kopf. »Schäfchen aus Holz kann man doch nicht essen!«

»Was zu essen? Darf ich aufmachen?«, fragte Männe.

»Erst lern fertig!«, antwortete der Vater.

»Ich kann's schon!«, behauptete Männe und streckte die Hand nach dem Päckchen aus.

»Dann sag deinen Vers auf! Welchen musst du lernen?« Damit nahm der Vater dem Bruder das Gesangbuch weg.

»Zehn und elf«, antwortete der und machte ein Gesicht, dem Clara ansah, wie ungemütlich ihm wurde. Doch tapfer begann er herunterzuleiern: »Alle Tage wollen wir dich und deinen Namen preisen ...«, eine Pause, dann ein zögerliches: »Und zu allen Zeiten dir ...« Er wusste nicht weiter, sah ängstlich seinen Vater an, dann sie, hilfeflehend. Schon wollte sie ihm heimlich einsagen, da fuhr der Vater inbrünstig fort:

»... Ehre, Lob und Dank erweisen. Ja, das wollen wir! Ehre, Lob und Dank. Und jetzt lern weiter, Männe, bis du's ohne Stocken kannst! Hier ist das Gesangbuch. Derweil darf Kalle das Päckchen auspacken!«

Clara stieß vorsichtig die Luft aus. Eine Szene wie diese hätte leicht für den Bruder in einer Tracht Prügel enden können. Aber der Vater war heute offensichtlich in friedfertiger Stimmung.

Kalle kletterte auf einen Stuhl und machte sich eifrig über das Päckchen, zerrte und riss an der Zeitung. »Fisch!«, rief er aufgeregt. »Fisch! Den kann man essen!«

»Und ob!«, bestätigte der Vater zufrieden.

Clara staunte: zwei große, fett gebratene Makrelen. »Das reicht ja für alle«, sagte sie andächtig. »Danke, Vater! Was für ein Fest!«

»Ein Fest, ja«, wiederholte dieser und rieb sich die Hände über dem Herd. »Bin auf dem Heimweg an einer Bude vorbeigekommen, wo sie Fische gegrillt haben. Da konnte ich nicht dran vorübergehen. Damit ihr auch was Anständiges in den Magen bekommt. Immer nur Kartoffeln, das ist doch nichts. Da fehlt einem die Kraft.«

»Du hast wohl gut verdient heut beim Schneeschippen«, stellte sie fest.

Er nickte. »Das auch, ja. Dabei haben sie mich im Zentrum eingeteilt, da war ich erst sauer, denn den Weg bekommen wir ja nicht bezahlt, und andere durften hier ganz in der Nähe schippen, an der Friedhofsmauer entlang und vor dem Krankenhaus. Am liebsten hätte ich mit einem getauscht, aber das wollte natürlich keiner. Na ja, der Mensch denkt, Gott lenkt. Ich hab also die Zähne zusammengebissen und bin zum Treffpunkt unter der Berolina am Alexanderplatz und hab mir meine Schneeschippe geben lassen. Und wie dann Mittag war und die anderen Pause gemacht haben, hab ich noch ein Stück weitergeschaufelt, bis ich nicht mehr konnte und ich mich in einer Hofeinfahrt an die Wand lehnen musste. Und was sehe ich da?«

Er machte eine dramatische Pause und sah sie nach einer gespannten Nachfrage heischend an.

»Was denn?«, tat sie ihm mit ehrlichem Interesse den Gefallen.

»Einen Zettel an der Wand!«, erklärte er. »Einen Zettel, auf dem stand: Weber gesucht!«

»Weber gesucht?!«, rief sie aus. »Sag bloß ...« Atemlos sah sie ihn an.

Er nickte mit breitem Grinsen. »Ich hab die Stelle. Montag fang ich an. Automatischer Jacquard-Webstuhl, das Neueste vom Neuen, geht alles mit Lochstreifen, die kompliziertesten Muster. Erst werd ich eingearbeitet, da verdien ich noch weniger, aber dann ist der Lohn gut, besser als in der Spinnerei. Weil ich ein gelernter Weber bin. An so einen Automaten, da können sie nicht jeden ranlassen, das kann nicht Hinz und Kunz. Das ist eine qualifizierte Tätigkeit und nichts für Frauen und Ungelernte.«

»Vater!«, rief sie aus und umarmte ihn. »Was für ein Glück! Jetzt hat die Not ein Ende!«

Er nickte. »Ja. Jetzt hat die Not ein Ende. Mit dem Staub ist es auch nicht so schlimm in der Weberei wie in der Spinnerei, da wird meine Lunge schon mitmachen. Und deshalb wollen wir Gott Ehre, Lob und Dank erweisen, was Männe? Hast du's dir gemerkt?«

»Ja!«, antwortete Männe. »Ehre, Lob und Dank erweisen. Gibt es denn dann öfter mal so einen Fisch, Vater?«

»Oder auch Fleisch«, bestätigte er. »Und Käse oder Milch. Na, und du, Heinz, bist ja ganz stumm? Hast noch Aufgaben, was?«

Heinz blickte kurz auf. »Rechnen«, antwortete er vorsichtig.

»Rechnen. So. Ja, das ist wichtig. Rechnen und Beten, das braucht man fürs Leben. Und auch sonst, was man in der Schule so lernt, damit was Ordentliches wird aus einem. Lern nur fleißig, das sag ich dir! Damit du ein gutes Zeugnis kriegst. Denn ein gutes Zeugnis brauchst du, wenn du mal eine Lehrstelle bekommen willst!«

»Lehrstelle?«, fragte Heinz ungläubig. Ein staunendes Strahlen schlich sich auf sein Gesicht.

»Lehrstelle?!«, rief Clara aus. Nie war bisher davon die Rede gewesen, dass einer von ihnen eine Lehre machen dürfte! Immer war klar gewesen: Man musste Geld verdienen so bald als möglich. Und nun – was für eine Chance für Heinz!

»Lehrstelle, sag ich doch!« Der Vater lächelte breit und klopfte Heinz auf die Schulter. »Ich möchte, dass du mal eine Lehre machst. Bist doch mein Ältester! Und wo ich doch jetzt besser verdiene! Da sollst du was Anständiges lernen. Denn ohne dass man was gelernt hat und eine Arbeit bekommt, die nur Gelernte machen können, ist man nichts im Leben, das lass dir gesagt sein. Nichts als ein Stück Dreck!«

– 20 –

Wenn jede von uns das Ihre dazu beiträgt, Hilfsgelder für die Streikkasse der armen Näherinnen zu spenden oder zu sammeln und ihnen dadurch zu helfen, ihren Kampf durchzuhalten, so muss es doch möglich sein, dass die Gerechtigkeit und die Menschlichkeit siegen! Bedenken Sie, meine Damen, selbst der Herr Staatsminister von Berlepsch hat diesen Streik als berechtigt bezeichnet! Der ganze Reichstag hat sich für die Näherinnen erklärt! Sollen wir da noch zögern und zaudern? Nein, die Arbeiterinnen brauchen unsere volle Unterstützung, unser Geld, unsere Fantasie, unseren Einsatz! So kann die gerechte Sache siegen. Nie wieder soll unsere Haut ein Seidenkleid berühren, dessen Näherin gehungert hat! Nie wieder wollen wir uns mit einem Mantel kleiden, wenn die Frau, die ihn hergestellt hat, sich trotz höchstem Arbeitseinsatz der Prostitution hingeben muss, um ihre Kinder zu ernähren! Nie wieder wollen wir das Leben unserer Kindern durch den Kauf von Kleidchen gefährden, die von der verzweifelten Näherin aus blanker Not auf dem Bett ihrer an Diphterie oder Scharlach sterbenden Kleinen gelagert worden sind!«, schloss Margarethe ihre Rede.

Lang anhaltender Beifall und zustimmende Zurufe waren die Antwort. Hermine Weidemann, die in der vordersten Reihe saß, gab ihr mit den Augen zu verstehen, dass die Rede ein voller Erfolg sei.

Margarethe konnte es kaum fassen: Sie hatte ihre erste Rede gehalten – und sie war damit mehr als wohlwollend aufgenommen worden! War es nicht geradezu als ein Sieg zu bezeichnen, ein Sieg für die Sache, die sie verfocht – und ein Sieg für sie? Zwei Tage lang hatte sie durch praktische Arbeit geholfen, hatte Geld gesammelt und Bekannte um Spenden gebeten, war von Streikbüro zu Streikbüro gelaufen, um das Geld zu verteilen, hatte hier Hilfsdienste geleistet und dort. Nun endlich hatte sie ihre Stimme gefunden.

Freilich hatte sie mit dieser Stimme keinen riesigen Saal füllen müssen, hatte nicht vor Tausenden gesprochen, sondern nur vor ein paar Dutzend Frauen, die in die Veranstaltung des Frauenvereins gekommen waren. Dennoch: Was für ein Anfang!

Die Vorsitzende des Vereins nickte ihr anerkennend zu: »Hervorragend«, raunte sie. »Sie müssen unbedingt einen entsprechenden Artikel für die Zeitschrift *Die Frauenbewegung* verfassen!«

Wie im Traum nickte Margarethe.

»Ich spende fünfzig Mark!«, rief asthmatisch keuchend eine korpulente Dame.

»Ich auch!«, tat eine andere es ihr gleich.

»Ich hundert!«, rief eine weitere. »Bei wem können wir das Geld abliefern?«

»Ich bin gerne bereit, die Gelder einzusammeln und an die Streikbüros weiterzuleiten«, sagte Margarethe und fügte rasch hinzu: »Selbstverständlich werde ich dafür eine Quittung ausstellen und eine genaue Abrechnung vorlegen.«

»Ich werde Frau Schwerin bitten, ihre engen Beziehungen zur *Deutschen Gesellschaft für Ethische Kultur* spielen zu lassen«, warf eine vierte Dame ein. »Ich denke sicher, dass sie die Herrschaften zur Mitwirkung gewinnen kann.«

»Man könnte auch eine Suppenküche für die Näherinnen und ihre Kinder eröffnen«, gab eine weitere zu bedenken.

»Aber ja!«, fiel sofort der nächsten ein. »Bei mir in der Nachbarschaft hat eben ein Restaurant geschlossen, weil das Haus demnächst abgerissen wird, um Platz für einen Neubau zu schaffen. Soweit ich weiß, ist die Kücheneinrichtung noch vorhanden. Ich werde mich darum kümmern, dass wir diese leer stehenden Räume vorübergehend nutzen können, und meine Köchin dafür abstellen.«

»Mein Dienstmädchen kann auch dabei helfen!«

»Meines auch!«

»Ich werde mich um den billigen Einkauf der Lebensmittel kümmern! Vielleicht sind auch Ladeninhaber bereit, Waren zu spenden.«

»Und wie wäre es, wenn wir Kleiderspenden sammeln und zur freien Verfügung stellen würden?«, schlug Hermine Weidemann vor. »Kindersachen vor allem – die Kleinen wachsen ja aus allem so schnell heraus.«

»Ich spende Kohlen! Mein Schwager führt eine Kohlenhandlung! Bei dieser Kälte kommt keine Arbeiterin ohne Brennmaterial über die Runden!«, und so gingen die Vorschläge immer weiter.

Margarethe kam kaum nach, Namen und Adressen zu notieren. Ihre Wangen glühten.

»Gut!«, ergriff schließlich die Vorsitzende das Wort. »Ich sehe, diese Sache ist auf den Weg gebracht. Ich schlage vor, dass sich jede von Ihnen, die sich weitergehend engagieren möchte, nach der Versammlung bei Frau Nietnagel meldet. Am besten gründen Sie unter ihrer Leitung eine Kommission, welche die Arbeit koordiniert. Wir haben uns alle davon überzeugt, dass die Angelegenheit bei Frau Nietnagel in guten Händen ist. Ich jedenfalls spreche ihr mein volles Vertrauen aus – auch in Hinblick auf die Verfügung über das eingehende Geld.« Beifälliges Gemurmel gab diesen Worten recht. Margarethe fühlte sich wie getragen davon.

»Dann stimmen wir doch ab, ob wir Frau Nietnagel die Leitung der Kommission und die Führung der Spendenkasse übertragen wollen!«, forderte die Vorsitzende die Damen auf. Das Ergebnis war einstimmig.

Margarethe konnte es kaum fassen: Nun hatte sie ein offizielles Amt. Siehst du, Johann, dachte sie, jetzt arbeite ich für eine Sache, die uns beiden am Herzen liegt! Kümmere du dich ruhig um deinen Roman, ich kümmere mich um das hier!

»Doch nun zu einem anderen Punkt unserer Tagesordnung: dem Bürgerlichen Gesetzbuch!«, fuhr die Vorsitzende fort.

»Wie Sie sicher wissen, ging gestern die Lesung dieses neuen Gesetzeswerkes, welches das Recht im ganzen Deutschen Reich auf eine einheitliche Grundlage stellen soll, in die erste Runde. Verschiedene Frauenvereine beziehungsweise deren Rechtskommissionen haben den Entwurf eines Bürgerlichen Gesetzbuches auf die Rechte der Frauen hin durchgesehen. Das Ergebnis ist niederschmetternd. Ein Schlag ins Gesicht der Frauenbewegung. Eine Festschreibung der alten Benachteiligung der Frau. Daran ändert auch nichts, dass hin und wieder freundliche Worte gefunden sind, dass jetzt nicht mehr von väterlicher Gewalt die Rede ist, sondern von elterlicher Gewalt. Was ändert das, wenn das Gesetz trotzdem dem Vater das letzte Entscheidungsrecht in allen Fragen der Sorge und Erziehung der Kinder einräumt? Wenn das scheinbar im Interesse der Frau eingeführte Recht, dass sie einen Arbeitsvertrag eingehen darf, zugleich wieder zunichtegemacht wird, indem dem Gatten eingeräumt wird, selbigen Vertrag jederzeit ohne eine Einhaltung der Kündigungsfrist zu kündigen? Wenn die dauernde Bevormundung der Ehefrau und Mutter durch das Entscheidungsrecht des Ehemannes in allen das gemeinschaftliche Leben betreffenden Angelegenheiten festgeschrieben wird? Wenn der Mann weiterhin ausschließlich das Verwaltungs- und Nutzungsrecht am Vermögen seiner Frau hat – es sei denn, sie war klug genug, bei der Eheschließung auf einem Ehevertrag zu bestehen, der ihr ein Vorbehaltsgut einräumte? Wenn die rechtliche Stellung von unehelichen Kindern jeder Menschlichkeit Hohn spricht und sich der Erzeuger durch die Einrede des Mehrverkehrs aus der finanziellen Verantwortung ziehen kann, das heißt mit der billigen Behauptung, die uneheliche Mutter habe auch noch mit anderen Männern Verkehr gehabt? Ganz zu schweigen von dem neuen Scheidungsrecht mit seiner Einschränkung der Scheidungsgründe, das wir Frauen aus sittlichen Erwägungen zu kritisieren allen Grund haben! Vergessen wir also bei aller notwendigen und gerechtfertigten Unterstützung des Kampfes der armen Arbeiterinnen nicht, für die generelle Sache der Frau zu kämpfen, für ihr Recht, für ihr Menschenrecht! Wollen wir uns weiter wie Kinder gängeln lassen? Wollen wir weiter Unrecht hinnehmen, das Jahrtausende lang an Frauen begangen worden ist? Oder wollen wir endlich für Gerechtigkeit kämpfen, für die volle rechtliche Gleichstellung der Geschlechter? Für die erste Lesung des Gesetzes ist es zu einer konzertierten Aktion leider zu spät gewesen. Doch bis zur zweiten Lesung lasst uns einen Sturm entfachen – einen wahren Frauenlandsturm!«

Tumultartige Zustimmung wurde laut, Fragen wurden gerufen, Antworten gingen im allgemeinen Lärm unter. Und mittendrin saß Margarethe und dachte: Wo bin ich nur gewesen die ganzen Jahre, dass ich von alldem nichts mitbekommen habe?

Und dass ich nicht wusste, wo mein Platz wäre? Hier ist er, in der Arbeit der Frauenbewegung – wo denn sonst! Das ist das Werk, das ich zu vollbringen habe. Das ist meine ureigenste Aufgabe – für die Rechte der Frauen zu kämpfen. Auch wenn es ein weiter Weg wird. Er lohnt sich, das weiß ich jetzt. Und eines Tages, wer weiß – eines Tages gibt es vielleicht sogar Frauen als Polizistinnen und Rechtsanwältinnen! Oder gar Richterinnen?

»Meine Mitwirkung ist Ihnen sicher«, rief sie der Vorsitzenden zu. »Nur schade, dass es keine Frau gibt, die Juristin ist, damit sie uns dabei beraten könnte!«

»Die erste Frau bereitet sich bereits darauf vor!«, rief die Vorsitzende zurück. »Eine gewisse Anita Augspurg studiert in Zürich Rechtswissenschaften, um für den Kampf um Frauenrechte gerüstet zu sein!«

Sie eilte durch die Straßen, eine Hand im Muff vergraben, die andere um den Henkel der Tasche geklammert. Die Kälte mochte dieses Jahr gar kein Ende nehmen. Da war es besser, sich durch Bewegung Wärme zu verschaffen, als wartend am Straßenrand oder auf zugigen Bahnhöfen zu stehen, um mit Bahn, Straßenbahn oder Pferdeomnibus weiterzukommen. Das Fahren mit Kutschen hatte sie sich abgewöhnt. Sich tagsüber von Emma begleiten zu lassen, ebenfalls. Emma hatte mit dem Haushalt so viel zu tun.

Die Straßen wurden enger, die Mietshäuser grau und schmucklos. Keine prunkenden Fassaden im historistischen Stil mehr, keine Bäume. Eine so gut gekleidete Dame wie sie begann aufzufallen. Zum Glück wusste niemand, wie viel Geld sie bei sich trug!

Sie hatte die Tasche mit den in Zeitungspapier eingeschlagenen Packen von Geldscheinen und Münzen fest im Griff. Nicht auszudenken, wenn sie bestohlen würde! Endlich war es heute wieder eine größere Summe, die von verschiedenen Seiten bei ihr eingegangen war. Und doch würde diese nicht mehr als ein Tropfen auf dem heißen Stein sein.

Die Euphorie der ersten Streiktage war vorbei. Die Frauen, Mädchen und Männer, die in der ersten Woche strahlend, mit Stolz und Zuversicht im Blick in die Streikbüros gekommen waren, um sich ihre Streikkarten aushändigen und abstempeln zu lassen, und oft genug gesagt hatten:»Wir brauchen kein Geld, wir schnallen den Gürtel eben noch ein bisschen enger, denen werden wir es beweisen, den Unternehmern, dass sie mit uns nicht alles machen können, wir wehren uns!« – diese Menschen waren still geworden. Je länger der Streik andauerte, je zäher sich die Verhandlungen des Fünferrates mit der Unternehmerseite gestalteten, desto mehr Arbeiterinnen und Arbeiter drängten sich in die Streikbüros, um sich Streikgeld abzuholen. Und die Kassen wurden immer leerer.

Die anfängliche Spendenbereitschaft der wohlhabenden Öffentlichkeit und damit der Geldstrom in die Streikkassen ließen nach. Die Bürger und Adligen hatten gegeben, was sie geben konnten – oder wollten. Die Not der Streikenden aber wurde immer größer. Fünfzigtausend Streikende – ein unübersehbares Heer von Notleidenden! Manche Näherin, die zu Beginn des Streiks noch selbstsicher verkündet hatte:»Da hungere ich lieber, als dass wir nachgeben!«, wurde schwankend, wenn sie ihre Kinder vor Hunger und Kälte weinen hörte. Und kein Ende in Sicht. Die Konfektionäre saßen im Warmen und aßen drei oder gar fünf Gänge zu Mittag, gingen ins Konzert und gaben sich aufreizend gelassen, auch wenn sie um die Einhaltung ihrer Verträge an die Abnehmer im In- und Ausland fürchten mussten. Sie glaubten den längeren Atmen zu haben. Und sie wussten, was sie nicht wollten, um nichts in der Welt: der Forderung nach Betriebswerkstätten nachgeben, die ihnen Last und Verantwortung aufbürden, sie Investitionen kosten und ihren Profit erheblich verringern würden.

Die Arbeiterfamilien aber hungerten.

Margarethe bog um die Ecke in die Straße ein, in der das provisorische Streikbüro dieses Viertels lag, und erschrak: Nun hatte sich die Schlange der Wartenden vor dem Streikbüro schon bis weit auf den Bürgersteig gebildet! Wie schnell würde das Geld, das sie brachte, angesichts so eines Ansturms dahinschmelzen ...

Sie drängte sich an den Wartenden vorbei.

»Wie lange müssen wir denn noch durchhalten?«, fragten die Streikenden und zogen sie am Ärmel.

»Geben die Unternehmer endlich nach?«

»Wann kommen die besseren Zeiten, die ihr uns in euren Reden versprochen habt?«

»Wir haben keine Kohlen und kein Holz mehr, nicht einmal Feuer kann ich mehr machen, um Kartoffeln zu kochen oder Steckrübensuppe! Und das bei dieser Kälte!«

Sie nannte die Adresse des Händlers, der Kohlen an die Streikenden verteilte – wenn er nicht inzwischen vor dem Ansturm kapituliert hatte –, wies auf die nächste Suppenküche hin und auf die Abholstelle für getragene Kleidung, versuchte aufmunternde Antworten zu geben und fühlte doch selbst, wie sie immer mutloser wurde. Nur mit Mühe konnte sie sich bis ins Büro durchdrängen. Dort standen die Streikenden dicht an dicht, forderten Unterstützung und Auskunft, klagten ihr Leid, jammerten oder waren vor Hoffnungslosigkeit stumpf geworden.

Jenny stand hinter dem Tisch mit der Streikkasse, mit hochrotem Kopf.»Wartet bitte, nur noch ein bisschen Geduld!«, beteuerte sie immer wieder.»Die Kasse ist leer, seht doch selbst meine Schatulle! Aber wir bekommen wieder Geld herein, es ist zugesagt.« Dann plötzlich stieg sie auf den Stuhl und rief laut: »Ihr werdet doch jetzt nicht den Mut verlieren, so kurz vor dem Ziel! Denkt immer daran: Wir kämpfen für Gerechtigkeit und eine bessere, menschenwürdige Zukunft! Wir kämpfen darum, dass wir von der Arbeit unserer Hände leben können! Wir kämpfen um Milch und Fleisch für unsere Kinder! Wenn jetzt nur keiner ausbricht! Die Konfektionäre haben Verträge mit Abnehmern in ganz Deutschland, in England und anderen Ländern geschlossen, sie müssen die Ware liefern. Neun von zehn Kleidungsstücken aus Deutschland werden in Berlin genäht – sie brauchen uns Berliner Näherinnen! Wir sind wichtig! Die Frühjahrskollektion für die Warenhäuser muss dringend genäht werden! Die Konfektionäre können nicht ohne uns! Nicht mehr lang, dann müssen sie nachgeben! Wenn wir zusammenhalten und keiner ausbricht, sind wir unbezwingbar! Gemeinsam sind wir stark!«

»Gemeinsam sind wir stark«, murmelte hier und da eine Stimme. Es klang eher wie eine Beschwörung als wie eine Kampfansage.

»Das sagt sich leicht!«, schrie eine abgearbeitete Frau.»Ich hab drei Kinder und keinen Ernährer! Mein Alter versäuft alles, was er verdient, bis auf den letzten Heller! Was soll ich denn machen! Und jetzt sagt bloß nicht, ich soll auf die Straße gehen oder mir einen reichen Baron suchen, der uns aushält, das hat mir meine Zwischenmeisterin schon gesagt!«

»So wie du aussiehst, kriegst du eh keinen!«, antwortete eine Männerstimme.

»Wer hat das gesagt?«, keifte die Frau los.»Hättest mich mal früher sehen sollen! Aber dieses ganze Elend, das zehrt einen aus!«

»Genau so ist es«, stimmte eine andere zu.

»Wenn wir die ganzen Tage genäht hätten, statt uns hier die Beine in den Leib zu stehen, dann ginge es uns nicht so schlecht. Lieber miesen Lohn als gar kein Geld!«

Eine zornige Männerstimme brüllte:»Sie haben uns reingelegt, die vom Streikkomitee! Sie haben behauptet, die Konfektionäre würden nachgeben müssen. Aber die pusten uns eins! Und an wem geht es aus? Nicht an denen da oben in der Fünferkommission, die haben immer noch genug zu essen! An uns geht es aus, wir zahlen die Zeche!«

Tumult brach los, alles schrie durcheinander. Wie ein brodelnder Kessel erschien Margarethe die Stimmung, der kleinste Funke, und die Situation konnte völlig entgleisen. Mit Müh und Not gelang es ihr, sich zum Tisch durchzukämpfen. Laut knallte sie ihre Tasche auf die Platte.»Das Geld ist da!«, überschrie sie den Lärm.»Die Solidarität der Frauen ist auf eurer Seite!«

»Das Geld ist da«,»Das Geld ist da«, pflanzte sich der Ruf fort.

»Na seht ihr! Wir müssen nur durchhalten, dann werden wir siegen!«, rief Jenny. Dann stieg sie vom Stuhl herunter, ließ sich hinter dem Tisch nieder und schlug ihr Buch auf.»Und jetzt eine nach der anderen!«

Langsam kehrte wieder Ruhe ein, die Menschen stellten sich in die Reihe und ließen Margarethe ungehindert zum Ausgang gelangen. Auch nach draußen hatte sich bereits die Nachricht verbreitet, diese feine Dame hätte Geld gebracht, es würde für alle reichen. Sie wurde mit Beifallsrufen und Klatschen empfangen, als sie ins Freie trat. Tief atmete sie auf. Aber der Schrecken saß ihr tief in den Gliedern.

Was tat sie hier? Außer ihrem Enthusiasmus hatte sie im Grunde nichts, was sie zu dieser Aufgabe berufen machte. Wie hätte sie allein mit Jenny eine Situation retten können, die außer Kontrolle geriet?

Ein Aufruhr unter den Streikenden wäre ein Fanal an die Polizei, einzugreifen, von Umsturz zu reden, Verhaftungen vorzunehmen ... Und alles wäre verloren.

Als sie endlich wieder in ihrer Wohnung ankam, sehnte sie sich nach nichts so sehr wie nach Johanns Nähe und seiner Einschätzung der Lage, nach der ruhigen, sicheren Art, in der er über den Streik sprach, doch er war nicht da. Er sei zu einer Versammlung gegangen und lasse ausrichten, es könne spät werden, erzählte Lisa, die ihr aus dem Mantel half. In den großen Augen und dem ernsten Gesicht stand unausgesprochen die Frage: Wie lange darf ich noch hierbleiben?

Ich weiß es doch auch nicht!, dachte Margarethe. Auf einmal erschienen ihr all die Probleme, die auf sie einstürzten, zu viel. Der Streik und das Eintreiben der Hilfsgelder für die Streikenden. Die Sammlung von Unterschriften gegen die frauenfeindlichen Paragrafen im BGB, an der mitzuwirken sie sich verpflichtet hatte. Die Rede in einer Frauenversammlung, die sie zu diesem Thema zu halten versprochen hatte – ein Versprechen, von dem sie noch nicht wusste, wie sie es einlösen sollte, so viel musste sie erst noch dafür lesen und verstehen! Wahrscheinlich hatte sie sich damit heillos übernommen. Wie sollte sie sich denn nun auch noch um Lisa kümmern, wie es erforderlich wäre?

Die Krankschreibung durch Doktor Schneider galt nur noch drei Tage. Dann würde die Polizei Lisa vernehmen wollen. Und Lisa musste wieder in die Schule. Und Riefke war auf freiem Fuß und nach wie vor Hauswart. Und Frau Unschlicht anscheinend immer noch in Paris. Und Lisas Vater bestimmt keine große Hilfe, ganz zu schweigen von der Mutter …

Sie konnte das Mädchen doch nicht einfach seinem Schicksal überlassen!

»Bitte, Lisa, sag Emma, sie soll Kaffee kochen, und du lauf zum Bäcker und hole zwei Kaffeeteilchen, Frau Doktor Weidemann wird nachher noch kommen. Aber erst bring mir ein Glas Wasser!«, sagte Margarethe, wandte sich ab und floh in ihr Zimmer.

Bis Hermine, mit der sie seit Neuestem das vertraute Du pflegte, bei ihr eintraf, hatte sie sich wieder einigermaßen beruhigt und erholt. Sie ging der mütterlichen Freundin entgegen, drückte ihr beide Hände:»Wie schön, dich zu sehen! Was bringst du Neues?«

»Zunächst einmal einen ansehnlichen Betrag Geld«, erwiderte diese zufrieden.»Ich habe die Kleidungsstücke, die zum Verteilen nicht geeignet waren – was sollen wir Knabenanzüge aus Samt austeilen oder seidene Abendgarderobe –, zu einem guten Preis an Geschäfte für gebrauchte Herrschaftskleidung verkaufen können. Das füllt die Streikkasse wieder etwas auf. Leider sind wir aber mit der Kleidung, die wir an Bedürftige abgeben können, ziemlich am Ende. Wenn keine neuen Spenden eingehen, werden wir morgen die letzten Stücke abgegeben haben. Es sieht nicht mehr so gut aus mit der Spendenbereitschaft.«

Margarethe seufzte.»Wem sagst du das! Weiteres Geld zu sammeln wird jedenfalls auch immer schwieriger. Wenn es nicht bald zu einer Einigung kommt, sehe ich schwarz!« Und sie erzählte der Freundin von ihrem Erlebnis im Streikbüro.

»Du solltest nicht mehr alleine mit dem Geld in die Streikbüros gehen!«, erwiderte diese besorgt.»Es beginnt gefährlich zu werden. Kann Johann dich nicht begleiten? Oder am besten zwei starke Männer, die dir notfalls die Meute vom Hals halten können. Wenn ich mir vorstelle, was alles passieren kann! Wenn plötzlich alle über dich herfallen würden, weil jeder sich etwas von dem Geld sichern möchte ...«

»Mal nicht den Teufel an die Wand!«, wehrte Margarethe ab, doch die Angst, die dieser Gedanke ihr machte, ließ ihr Herz unruhig schlagen. »Gibt es nicht auch gute Nachrichten?«

»Oh ja«, versicherte Hermine. »Die gute Nachricht ist, dass Riefke von Frau Professor Unschlicht fristlos gekündigt wurde, wie man sich im Haus erzählt! Und offensichtlich ist das die reine Wahrheit. Jedenfalls kam heute früh ein Möbelwagen und holte seine Möbel ab. Angeblich ließ er sich dabei nicht blicken. Er habe es an der Galle bekommen vor lauter Aufregung, wussten manche zu berichten. Wie dem auch sei – er musste mit seiner Mutter die Wohnung räumen, und das ist ja Beweis genug dafür, dass er die Stelle als Hauswart definitiv verloren hat. Für seine Mutter tut es mir ja leid, sie wird jetzt auch nicht wissen, wohin. Aber für Lisa und ihre Familie ist es die Rettung. Morgen soll bereits ein neuer Hauswart einziehen.«

»Das ist gut!«, rief Margarethe. »So gut!« Vor Erleichterung wurde ihr so weich, dass sie sich entgegen ihrer Gewohnheit Halt suchend auf dem Stuhl anlehnte. Das war die Rettung – wenigstens in dieser Frage. Also war Frau Professor Unschlicht zurück und Frau Doktor Schneider hatte sie von den Machenschaften ihres Hauswartes überzeugen können.

»Dann braucht Lisa jedenfalls nicht mehr zu fürchten, Riefke zu begegnen, wenn sie wieder nach Hause muss«, seufzte sie auf.

Hermine nickte. »Ja. Darüber können wir mehr als erleichtert sein. Wann ist denn mit Lisas Rückkehr zu rechnen?«

Margarethe hob die Hände. »Länger als drei Tage werde ich

das nicht mehr verhindern können. Und das heißt auch, dass ich sie nicht länger vor einer Befragung durch die Polizei schützen kann. Dabei redet Lisa noch immer nicht über das, was Riefke ihr angetan hat. Ich habe Emma gebeten, sie ein bisschen zum Reden zu ermuntern. Wenn man zusammen in einem Bett schläft, gibt das doch eine gewisse emotionale Nähe, dachte ich mir. Aber auch zu Emma sagt sie nichts. Wie das wohl werden wird, wenn die Polizei sie vernehmen will? Ich habe schon Doktor Grünröder gesagt, dass er da mit mir unbedingt dabei sein muss. Und ich dachte, vielleicht könntest auch du …?«

Hermine nickte. »Das will ich gerne tun.« Dann seufzte sie. »Das arme Kind! Übrigens wollte ich mit dir sowieso über sie reden. Mir ist da nämlich ein Gedanke gekommen.«

»Ja?«

»Gestern ist Gunda bei dem Schnee ausgerutscht und gestürzt, mein altes Dienstmädchen, du weißt. Zum Glück hat sie sich nichts gebrochen. Aber ein Fuß ist verstaucht und auch sonst sitzt ihr der Schock tief in den Knochen. Heute hab ich ihr gesagt, sie soll erst einmal das Bett hüten. Aber die Arbeit macht sich ja nicht von allein. Es muss eingekauft werden und die Kohlen müssen aus dem Keller heraufgeholt werden und die Asche und der Müll nach unten – alles Dinge, die Gunda mit ihrem verstauchten Fuß lange nicht wird tun können. Auch am Waschtrog oder am Bügelbrett zu stehen ist ihr nicht möglich. Und darüber hinaus – sie ist einfach schon sehr alt, weit über siebzig. Da lassen die Kräfte nun einmal nach. Aber sie war schon im Haushalt meiner Eltern und dann ist sie zu mir gekommen, sie ist bald sechzig Jahre in der Familie. Da versteht es sich doch von selbst, dass man eine so treue Perle nicht auf die Straße setzt, sondern ihr ein Zuhause gibt bis zum Schluss. Nur die ganze Arbeit kann sie eben nicht mehr machen.«

»Und da hast du an Lisa gedacht?«, fragte Margarethe, ganz elektrisiert von diesem Gedanken.

Hermine nickte. »Für ein richtiges zweites Dienstmädchen fehlen mir das Budget und der Platz. Ich kann doch von meiner Gunda auf ihre alten Tage nicht verlangen, dass sie mit einem jungen Ding das Bett teilt! Und einen anderen Platz habe ich nicht, Gundas Kammer ist viel zu klein für ein zweites Bett, und sonst gibt es in der Wohnung keinen zweiten Schlafplatz für ein Dienstmädchen, nur einen unbelüftbaren Hängeboden im Flur, aber das will ich keinem Mädchen zumuten, das ist einfach menschenunwürdig. Und es ist auch nicht so viel Arbeit, das Kochen und Staubwischen und sonst die leichteren Arbeiten kann Gunda ja noch machen. Lisa könnte nach der Schule zu mir kommen und Gunda zur Hand gehen. Dann kriegt sie auch ein anständiges Essen. Und ich kann ein wenig ein Auge auf sie haben. Damit sie unter einen anderen Einfluss kommt als nur daheim. Was meinst du?«

»Wunderbar«, erwiderte Margarethe. Einen Augenblick streifte sie der Gedanke: Das ist Kinderarbeit. Dann schob sie den Zweifel beiseite – Hermine würde auf Lisa jedenfalls besser achten und sie weniger mit Arbeit überhäufen als deren Mutter. Für ein Leben als höhere Tochter war Lisa nun einmal nicht geboren! »Das ist wirklich die Rettung aus der Not. Sie kann weiter daheim wohnen und ist trotzdem nicht ausschließlich dieser Misere dort ausgesetzt. Und dir ist damit auch geholfen!« Schon wollte sie nach der Tischklingel greifen, um Lisa gleich zu läuten, da klopfte es schüchtern an die Tür und Lisa kam herein, das Tablett mit Kaffee, Geschirr und den beiden Kaffeestückchen in den Händen.

Als sie den Tisch gedeckt hatte, wollte Lisa sich mit einem Knicks wieder zurückziehen, doch Margarethe sagte: »Nein,

Lisa, setz dich mal einen Augenblick zu uns!«, und wies auf einen Stuhl.»Du weißt ja schon, dass ich dich nicht mehr lange hierbehalten kann.«

Sie sah, wie Lisa auf ihrem Stuhl förmlich zusammensank.

Rasch fuhr sie fort:»Aber Frau Doktor Weidemann hat mir die Nachricht gebracht, dass Herr Riefke aus seiner Wohnung ausgezogen ist. Er hat sie räumen müssen, weil Frau Professor Unschlicht ihm fristlos gekündigt hat. Verstehst du?«

Lisa hob zögernd den Kopf, sah sie hilflos fragend an. Margarethe legte ihr die Hand auf den Unterarm.»Riefke ist weg, Lisa. Und er kommt nicht zurück. Du musst nie mehr zu ihm. Nie, nie mehr. Ihr habt einen neuen Hauswart!«

Sie hatte ein Jubeln des Mädchens erwartet, mindestens ein erleichtertes Lächeln. Doch die blauen Augen füllten sich langsam mit Tränen.

»Nicht doch! Nicht weinen«, murmelte sie hilflos.»Es wird doch alles gut. Wir sorgen für dich. Frau Doktor Weidemann hat dir einen Vorschlag zu machen, den ich sehr, sehr gut finde. Du kennst doch Frau Doktor Weidemann. Sie ist eine sehr gute Freundin von mir. Du kannst Vertrauen zu ihr haben, ja?«

Lisa nickte kaum merklich und wischte sich mit dem Handrücken die Nase ab. Rasch reichte Margarethe dem Mädchen ihr eigenes Taschentuch, doch die wusste nichts damit anzufangen und nahm nun ihre Schürze zu Hilfe.

Ungeduldig wartete Margarethe, dass Hermine dem Mädchen endlich ihren Vorschlag unterbreitete, doch diese ließ Lisa erst einmal in Ruhe ausweinen, bevor sie zu sprechen begann und ihr erklärte, dass sie eine Hilfe für die alte Gunda brauche.

»Du kannst jeden Nachmittag bei mir arbeiten und bekommst ein Mittagessen und ein Abendessen, so viel du essen willst.

Und für jeden Nachmittag, den du arbeitest, bekommst du zwanzig Pfennige Lohn. Es bleibt auch Zeit, dass du deine Hausaufgaben machen kannst, das verspreche ich dir. Und abends gegen acht kannst du dann nach Hause, wenn du den Abwasch gemacht hast. Willst du das? Ist es dir recht, wenn ich deinen Eltern diesen Vorschlag mache?«

Lisa nickte und schwieg. Lange saß sie schweigend mit gesenktem Kopf da. Margarethe spürte zunehmenden Ärger in sich aufsteigen. Ein wenig mehr Dankbarkeit hätte sie von dem Mädchen schon erwartet.

Endlich fragte Lisa stockend: »Und Riefke kommt nie wieder?«

»Nie wieder«, bestätigte Hermine noch einmal mit Nachdruck.

Lisa sah auf ihre Hände, die sie im Schoß zusammengekrampft hatte. »Es ist nämlich«, flüsterte sie rau, ihre Stimme war kaum zu hören, »er war es nämlich, der ... wo der Herr Doktor mich gefragt hat, wer das gemacht hat: Das war er. Immer sonntags, während der Kirche. Und mittwochs, wenn seine Mutter in der Bibelstunde war. Und«, sie brach ab.

Oh mein Gott!, dachte Margarethe. Sie redet darüber! Und wie unendlich schwer es für sie ist ...

Margarethe trieb es die Tränen in die Augen.

Lisa rang um jede Silbe, brachte unter großem Stocken hervor: »Er hat gesagt, er bringt mich um, wenn ich drüber rede. Und er setzt meine Mutter und meine kleinen Brüder auf die Straße und sie können alle betteln gehen und ich bin schuld daran.« Allmählich waren ihre Worte schneller und lauter geworden, nun brach es wie ein Sturzbach aus ihr heraus: »Verdorben bin ich, hat er gesagt, durch und durch schlecht, weil ich ihn verführt habe, und wenn meine Eltern und Clara das wüssten, dann würden sie nichts mehr mit mir zu tun haben wollen, verstoßen würden sie mich, weil ich so ein Miststück bin. Weil, weil ich ihm so schöne Augen gemacht habe, dass es ihn um den Verstand gebracht hat, sodass er tun musste, was er getan hat.« Plötzlich schrie es voller Verzweiflung aus ihr: »Aber ich hab doch gar nichts gemacht und ich kann doch nichts für meine Augen!« So plötzlich, wie die Worte aus ihr herausgebrochen waren, so plötzlich verstummte sie wieder.

Völlig gelähmt war Margarethe. Sie musste etwas tun, Lisa trösten – aber es ging nicht.

Dieser gemeine Verbrecher!

Sie fror.

Und diese unglaubliche Not, in der Lisa gewesen war ...

Übelkeit stieg in ihr auf. Kaum bekam sie mehr Luft.

Und was er Lisa eingeredet hatte!

Sie zitterte.

Das arme, arme Kind ...

»Nein, Lisa, du kannst nichts für deine Augen«, sagte Hermine und rückte näher zu Lisa, beugte sich zu ihr vor. »Deine Augen sind gut und unschuldig. Du bist gut und unschuldig, hörst du! Du hast nichts gemacht, du bist völlig unschuldig.«

Lisa schluchzte. Dann sah sie Margarethe an und fragte: »Ist das wahr?«

»Ja, Lisa, das ist wahr«, antwortete Margarethe. »Und was du ausgehalten hast, ist mehr, als ich mir vorstellen kann.« Sie streckte Lisa die Hand hin.

Lisa nahm sie und hielt sie fest.

Wer hielt hier eigentlich wen?

»Riefke ist schuld daran, er ganz allein«, sagte Hermine. »Es war ein Verbrechen, was er dir angetan hat. Ein scheußliches Verbrechen.«

»Ja – oder?«, flüsterte Lisa und sah kurz auf, sah erst Hermine an und dann sie, Margarethe.

»Ja. Das war es«, bestätigte Margarethe.

»Ein scheußliches Verbrechen, für das Herr Riefke ganz allein verantwortlich ist!«, wiederholte Hermine noch einmal.

Lisa nickte langsam. Dann atmete sie tief auf.

Erst nach langer Zeit ließ Lisa Margarethes Hand los. Da griff Margarethe nach dem Taschentuch, das Lisa achtlos auf dem Tisch liegen lassen hatte, wischte sich die Tränen aus dem Gesicht und sagte: »Und dafür bringen wir Riefke jetzt hinter Gitter!«

Es war wie ein Gelöbnis.

Auf einmal fiel die Starre von ihr ab. Sie konnte wieder handeln. Und sie würde handeln.

Und, Lisa, gehst du heut mit der Mutter in die Kirche?«, fragte Clara im Aufstehen.

»Ach nein«, erwiderte diese vergnügt, »ich muss heut ja arbeiten bei der Frau Doktor!«

»Am Sonntag?«, wunderte sich Clara. In den bald fünf Monaten, die Lisa nun schon bei Frau Doktor Weidemann als Dienstmädchen arbeitete, war das noch nie vorgekommen.

»Ja.« Lisa räkelte sich wohlig im Bett. »Sie hat heut Mittag ja Besuch zum Essen und hat mich gefragt, ob es mir was ausmacht. Sie gibt mir dafür morgen Nachmittag frei, hat sie gesagt, aber als ich gemeint habe, das nützt mir nichts, da muss ich ja sowieso nur mit der Mutter nähen, da hat sie gesagt, dann nimmt sie mich am Mittwoch mit in den Zoo. Da darf ich dann drei Schritte hinter ihr hergehen – weil man ja sehen muss, dass ich nur ihr Dienstmädchen bin und nicht ihre Enkelin –, aber das macht mir nichts: Zoo ist Zoo, und da war ich noch nie!«

»Ich auch nicht!«, erwiderte Clara. Zoo – ja, das wäre was! Das könnte sie Ernst eigentlich auch einmal vorschlagen. Aber nicht heute. Heute war ihr letzter gemeinsamer Sonntag, ehe er zu den Reserveübungen eingezogen wurde, da wollten sie doch lieber ganz für sich sein. Vielleicht eine Kahnfahrt?

»Bedienen darf ich heut Mittag bei Tisch«, erzählte Lisa. »Als ich noch bei der Baronesse war, hat Emma mir ja alles beigebracht, wie man das macht: die Speisen von links und den Wein von rechts, und nie den Finger in die Suppe oder aufs Fleisch, und die Gläser nur am Stiel anfassen und nicht oben am Kelch, und nicht einfach über einen Teller rüberlangen und lauter so Sachen, ganz schön schwierig. Aber die alte Gunda sagt, ich mache das gut. Und sie selbst kann nicht mehr bei Tisch bedienen, wenn die Frau Doktor Gäste hat, sie ist in letzter Zeit so steif und schwerfällig geworden von ihrer Gicht oder was das ist – aber kochen und backen kann sie noch immer einmalig gut! Eine Brühe aus Rindfleisch mit Eierstich gibt es und dann einen Rapunzelsalat mit Speck und dann Kalbsnierenbraten mit jungen Erbsen und Möhren und dazu Herzoginkartoffeln, die sind ganz was Leckeres, und zum Nachtisch eine Weinschaumcreme Liebfraumilch.«

»Lieb was?«

»Liebfraumilch. Das ist ein Wein. Und die Creme wird mit ganz viel Eiern geschlagen, im Wasserbad, das ist, wenn man eine Schüssel in einen Topf mit heißem Wasser stellt. Gunda hat sie gestern Abend gemacht, ich hab sie beim Schlagen mit dem Schneebesen abgelöst und ich durfte die Schüssel auskratzen.« Lisa schloss genießerisch die Augen. »Und am Nachmittag gibt es eine Schwarzwälder Kirschtorte! Und von allem bekomme ich was ab!«

»Du hast es gut!«, meinte Clara mit unverhohlenem Neid.

»Sag ich doch!« Lisa kicherte. »Dafür kann man schon mal die Messe ausfallen lassen, auch wenn's der Mutter nicht recht ist, die sagt, hier in Berlin werden wir noch zu Heidenkindern. Stimmt aber gar nicht. Ich kann schon das halbe Gesangbuch auswendig. Und weißt du, wer die Gäste heut sind?«

Clara schüttelte den Kopf und begann ihren Zopf zu flechten.

»Also, erst einmal Fräulein von Aubach, das ist eine ganz Vornehme und eine Lehrerin noch dazu, und dann Herr und Frau Doktor Grünröder, den kennst du ja auch, und dann die Baronesse und Johann! Ich meine natürlich: Herr und Frau Johann Nietnagel, so heißt das nämlich richtig!«

»So!«, machte Clara.

Lisa schlug die Bettdecke zurück und setzte sich auf, schlang die Arme um ihre Knie und lehnte den Kopf darauf. »Und ich darf sie bedienen. Ich hab mir ja auch sonst viel von Emma abgeguckt, ich weiß, wie man einer Dame das Cape abnimmt und einem Herrn den Hut, und wie man knickst und immer sagt: »Ja, gnädige Frau!«, »Bitte sehr, gnädiger Herr!« und das alles. Die Frau Doktor sagt, ich mache das, als hätte ich nie was anderes getan. Na ja, ich bin schon lang genug bei der Frau Doktor, da muss man das ja wohl können! Und ich freu mich, dass die Baronesse kommt. Da kann ich ihr auch noch mal Danke sagen.«

Lisa stockte und fügte leise hinzu: »Du weißt schon, wofür.«

Clara nickte. Ja, das wusste sie. Die Baronesse hatte während des Prozesses gegen Riefke über Lisa wie ein Adler über sein Junges gewacht. Diese Redewendung hatte Clara mal in einer Fortsetzungsgeschichte gelesen, die auf einem Fehldruck gestanden hatte. Sie hatte das schön gefunden, vor allem, weil sie dabei an die Adler gedacht hatte, die sie daheim in Schlesien hoch am Himmel hatte kreisen sehen. Auf die Baronesse passte der Ausdruck jedenfalls, die hatte auch so scharfe Augen, denen nichts entging – jedenfalls keine Gemeinheit, die ein Polizist oder ein Staatsanwalt oder ein Richter oder ein Rechtsverdreher, der Riefke verteidigte, Lisa womöglich antun könnte. Dank der Baronesse und dem Doktor Grünröder, den die Baronesse bezahlt hatte, war Lisa jedenfalls einigermaßen gut durch die Vernehmungen und den Gerichtsprozess gekommen. Und nun saß Riefke dort, wo er hingehörte: im Zuchthaus.

Clara seufzte in Erinnerung daran mit tiefer Erleichterung auf. Dann stieg sie in ihr gutes Kleid mit den grünen Tupfen. Heute wollte sie sich schon früh um acht mit Ernst treffen, damit sie einen ganzen Tag füreinander hatten, den letzten für sechs Wochen. Sechs Wochen ohne ihn ... Das mochte sie sich gar nicht vorstellen.

Nach einem verregneten Frühjahr hatte sich der Sommer nicht viel besser angelassen, aber vielleicht hielt heute ja doch mal das Wetter? Sie hatte sogar von ihrem Vater ganz offiziell die Erlaubnis zu einem Ausflug mit Ernst, weil auch noch zwei andere junge Paare dabei waren und der Vater die beiden Männer kannte vom katholischen Männerkreis der Sebastianskirche, und sich sicher war, dass das anständige Katholiken waren. Aber man brauchte ja nicht den ganzen Tag zusammenzukleben wie Pech und Schwefel, daran hatten die anderen bestimmt auch kein Interesse ...

Clara grinste vor sich hin.

Sie trafen sich zu sechst auf dem Gartenplatz und waren sich rasch einig, nach Neu-Babelsberg zu fahren. Sie schlenderten am Griebnitz-See-Ufer entlang und dann über den Teltowkanal hinüber in den Königlichen Forst. Waren sie anfangs noch zusammengeblieben, so wurden bald die Abstände zwischen den Paaren immer größer. An einem kleinen verschwiegenen See schließlich machten sie Rast.

»Ich würde gern Kahn fahren«, sagt Clara. »Da drüben, da kann man ein Boot leihen!«

»Die sind aber zu klein. Da passen keine sechs Personen rein«, stellte eines der Mädchen fest.

»Wir könnten uns drei Boote mieten«, schlug Clara vor.

Das Mädchen schüttelte den Kopf. »Nee. Das ist uns zu teuer, was, Ludwig?«

Der Angesprochene nickte. »Da hätten wir kein Geld mehr zum Einkehren. Und ein Bier und eine Bratwurst in einem Gartenlokal, darauf hab ich mich die ganze Woche gefreut!«

»Wir könnten uns ja für ein paar Stunden trennen«, meinte Ernst leichthin und zeichnete mit einem Stock in den Sand. »Jedes Paar für sich. Sagen wir: Heut Abend um halb neun treffen wir uns wieder am Bahnhof Wannsee?« Ganz beiläufig klang das und doch ließ es Claras Herz rascher schlagen.

»Ich weiß nicht . . .«, sagte das dritte Mädchen gedehnt.

»Dann kommt eben mit uns in die Wirtschaft!«, meinte Ludwig, stand auf und zog sein Mädchen in die Höhe. Dann grinsend zu Ernst: »Um halb neun am Bahnhof! Und bleibt anständig!«

Kurz darauf waren Clara und Ernst allein.

Sie schwiegen. Saßen still nebeneinander. Berührten sich nicht einmal. Und dennoch schien es zwischen ihnen zu brennen.

Ernst kritzelte weiter in den Sand. Waren es anfangs nur sinnlose Linien gewesen, so zeichnete er jetzt ein Herz.

Da nahm ihm Clara den Stecken aus der Hand und zeichnete ein zweites Herz daneben, ganz dicht, sodass es sich mit dem ersten überschnitt. Dann, hastig, fuhr sie mit der Hand in den Sand und löschte alles aus. Sie sprang auf. »Jetzt fahren wir Boot!«, rief sie und rannte los. »Fang mich!«

Sie rannte zwischen den Bäumen hindurch, ihr Zopf flog hinter ihr her, ihr langer Rock hinderte sie am Rennen, das Korsett ließ sie atemlos werden, sie lachte. Es dauerte nicht lang, da hatte er sie eingefangen. Unter seinen Küssen wurde sie immer atemloser. So hatte er sie noch nie geküsst, so wild, so ohne Scheu.

Er presste sie an sich. Sie spürte sein Verlangen.

Sie riss sich los. Nie wieder, hatte sie sich vorgenommen, nie wieder so ein Leichtsinn wie mit Johann. Man sollte das Schicksal nicht zweimal herausfordern.

Jetzt war sie kein unerfahrenes junges Ding mehr, das vor lauter Verliebtheit alles vergaß und das größte Risiko einging, das ein Mädchen überhaupt eingehen konnte, jetzt war sie eine Frau mit Erfahrung. Und die Erfahrung sagte ihr, dass es gut war, wenn alles seine Ordnung hatte: wenn sie Ernst warten ließ bis nach der Heirat. Falls er sie denn heiraten wollte, denn gesagt hatte er bisher noch nichts. So hatte sie das auch Jenny erklärt, als die mal danach gefragt hatte, wie es eigentlich stünde mit Ernst und ihr.

Vor Ernst her rannte sie zum Bootssteg und sprang so rasch in einen der angebundenen Kähne, dass er bedenklich zur Seite schaukelte und ein Schwall Wasser hineinschwappte.

»Na, da hat's aber eine eilig, auf den See zu kommen!«, meinte der Bootsverleiher. »Zwei Stunden eine Mark!«

Ernst zahlte und stieg zu ihr ins Boot, legte sich in die Riemen, steuerte vom Ufer weg. Er ruderte mit kräftigen Schlägen, doch seine Augen, seine Augen waren immer auf ihr.

Vielleicht hätten sie sich doch lieber nicht von den anderen trennen sollen.

Der See wurde schmal. Jetzt sah sie es erst: Es war ja kein richtiger See, es war ja ein Fluss! »Jetzt musst du lenken!«, forderte Ernst sie auf. Sie versuchte es, doch zum ersten Mal in ihrem Leben hielt sie den Griff eines Ruders in der Hand. Ehe sie sich versahen, war das Boot dem Ufer bedenklich nahe gekommen. Und in eben diesem Augenblick brach ein Regenguss los.

Sie hatten die schwarze Wolke nicht bemerkt, die sich von Westen herangeschoben hatte, völlig unvorbereitet traf sie der Wolkenbruch. In kürzester Zeit waren sie durchnässt, der Regen troff ihnen aus den Haaren, Regen sammelte sich im Boot. Mit unglaublicher Geschwindigkeit braute sich ein Gewitter zusammen. Schon zuckten Blitze, Donner grollte, und sie hier auf dem Fluss!

»Nichts wie weg vom Wasser!«, stieß Ernst hervor und fuhr den Kahn ans Ufer, machte ihn an einer Weide fest.

»Dort drüben ist ein Bootshaus!«, rief Clara. »Vielleicht können wir uns dort unterstellen!«

Das Bootshaus war nicht abgeschlossen. Sie retteten sich hinein, zogen die Tür hinter sich zu. Warm war es hier drinnen und schummerig. Eine Welt für sich.

Draußen fuhr ein greller Blitz vom Himmel. Der Donner krachte unmittelbar danach, ohrenbetäubend laut. Clara zuckte zusammen, suchte unwillkürlich Schutz bei Ernst.

Er presste sie an sich. »Du bist ja ganz nass«, flüsterte er und befühlte ihr Kleid über der Brust. »Du wirst dich erkälten. Komm, lass dir das ausziehen!«

Die Finger kamen kaum nach. Der seit vielen Monaten geübte immer gleiche Handgriff, plötzlich wollte er nicht mehr in der vorgegebenen Geschwindigkeit gelingen. Als würde die Maschine auf einmal schneller laufen.

Dabei tat sie das nicht. Auch wenn nicht Ernst sie eingerichtet hatte, sondern Gustav. Vielleicht lag es ja daran, dass Ernst nicht da war. In seiner Gegenwart fühlte sie sich immer lebendig und wach. Als hätte sie etwas getrunken, was sie munter machte – echten Bohnenkaffee womöglich. Aber heute erfüllte sie wieder diese bleierne Müdigkeit wie schon seit Tagen. Am späten Nachmittag wurde es immer am schlimmsten.

Mehr als fünf Wochen war Ernst nun schon weg. Fünf Wochen ohne seine Blicke und seine aufmunternden Worte, ohne sein Lachen. Fünf Samstage ohne Tanz, fünf Sonntage ohne einen Ausflug ins Grüne. Fünf Wochen ohne irgendetwas, wofür es sich zu leben lohnte.

Noch fast eine Woche musste sie durchhalten ...

Sie vermisste ihn doch so sehr!

Wenigstens eine Karte hätte er ihr ja mal schreiben können. Nach dem, was da im Bootshaus gewesen war ... Aber da kam nichts. Kein Gruß, kein Zeichen. Die Männer – sobald sie Krieg spielten, dachten sie an nichts anderes mehr.

Ihr schwindelte. Einen Augenblick war ihr schwarz vor Augen. Taumelnd lehnte sie sich gegen die Maschine. Fade Übelkeit breitete sich von der Magengrube über den ganzen Körper aus. Nur mit äußerster Mühe gelang es ihr, gerade noch rechtzeitig den nächsten Bogen anzulegen.

Seit Tagen ging es ihr nun schon so, morgens und abends. Und heute früh hatte sie sich sogar erbrochen, kaum dass sie aus dem Bett herausgekommen war ...

Ein Gedanke nistete in ihr. Hartnäckig versuchte sie ihn immer wieder zur Seite zu schieben, aber von Tag zu Tag gelang es weniger. Jetzt auf einmal ging es gar nicht mehr.

Heiß stieg die Angst in ihr auf. Sie erinnerte sich noch gut, wie die Mutter mit Kalle schwanger gewesen war. Sie hatte immer geklagt, wie müde sie sei und wie schlecht ihr wäre und oft genug hatte sie gekotzt. So wie sie selbst jetzt ...

Gut drei Wochen war sie schon überfällig. Und hatte es doch sonst immer so regelmäßig, dass man fast die Uhr danach stellen konnte. Am liebsten wäre sie gleich wieder aufs Klo gerannt und hätte nachgesehen, aber das ging nicht. Die Maschine lief ja.

Es durfte nicht sein. Durfte nicht. Durfte nicht.

Sie musste mit Jenny darüber reden.

Nicht denken! Arbeiten. Den nächsten Bogen. Den nächsten. Den nächsten.

Als endlich die Glocke schepperte, war sie so erschöpft, dass sie sich an der Maschine festhalten musste. Sie wartete, bis der Schwächeanfall vorüber war, dann putzte sie die Maschine, nahm ihren Korb und verließ die Druckerei. Auf dem Heimweg schleppte sie sich mühsam durch den strömenden Regen voran. Bald war sie durchnässt bis auf die Haut. So nass wie da im Boot ...

Sie hätte es nicht tun sollen. Es war leichtsinnig gewesen und dumm. Und sie hatte ihm nicht einmal gesagt, dass er aufpassen sollte. Weil sie einfach an nichts mehr gedacht hatte, nur an ihn.

Aber so schön war es gewesen, so schön.

Die Luft tat ihr gut, langsam wich die Übelkeit und das Atmen fiel wieder leichter. Als sie in der Mietskaserne ankam, hatte sie sich einigermaßen erholt.

Vielleicht hatte sie sich ja auch nur überarbeitet. Oder den Magen verdorben.

Jenny schälte Kartoffeln, als Clara zu ihr in die Küche trat. Die Kinder waren nicht da, Stine war neuerdings schon im Schlepptau von Moritz draußen unterwegs. Clara ließ sich auf einen Stuhl fallen.

»Na?«, sagte Jenny. »Bist ja pitschnass. Dieses Jahr hört es aber auch gar nicht auf zu regnen! Da, rubbel dich ab!« Mit einer Kopfbewegung wies Jenny auf das Handtuch, das an der Wand hing. Dann fügte sie kritisch hinzu: »Siehst müde aus!«

Clara nickte und trocknete sich ab. »Bin ich auch. Ich weiß gar nicht, was los ist. Seit Tagen geht es mir schon so.«

Jenny schob den Topf auf den Herd, bückte sich und stocherte in der Glut, legte ein Holzscheit nach. »Heinrich ist auch immer ganz erledigt, wenn er aus der Fabrik heimkommt. Früher hat er als Erstes was essen wollen und was trinken und dann ist er schon wieder fortgestrebt, in die Volksbücherei zum Zeitunglesen oder in den Arbeiterverein oder zur Arbeit für die Partei, aber jetzt – er liegt schon wieder drüben in der Kammer. Ist halt immer noch nicht das Wahre mit ihm.« Sie seufzte und erhob sich, ließ sich bei Clara am Tisch nieder. »Was war er für ein starker Mann! Den hat nichts umhauen können, innerlich und äußerlich. Und nun ... Trotzdem, wir müssen dankbar sein, dass er überhaupt wieder arbeiten kann. Auch wenn er noch humpelt und sich kaum bücken kann und nichts Schweres heben. Und wenn es jetzt nichts mehr ist mit dem Meister und er viel weniger verdient als vorher, weil er eben nicht mehr so stark ist. Aber er sagt immer, er gibt nicht auf und er wird es denen schon noch zeigen und sie werden sich noch die Finger danach lecken, dass er den Meister macht.«

»So ist es«, stimmte Clara zu, ohne recht bei der Sache zu sein.

»Aber eine Gemeinheit ist es doch!«, erregte sich Jenny. »Da trägt er seine Haut zu Markte und lässt sich die Knochen brechen für seine Firma, und dann lassen sie ihn fallen und geben ihm nur noch eine schlechter bezahlte Arbeit, weil er nicht mehr die Kraft hat. Als ob es nicht ein Arbeitsunfall gewesen wäre! Ich sag ihm immer, er soll klagen um sein Recht auf den Meister, wo es ihm doch versprochen war, aber er will nur noch seine Ruhe, wenn er abends aus der Fabrik nach Hause kommt.« Wieder seufzte sie tief.

Unwillkürlich stimmte Clara in das Seufzen ein. Jenny hatte den Kopf so voll, wie sollte sie da mit der Freundin über ihre Sorgen reden?

»Na ja«, fuhr Jenny fort, »hat auch sein Gutes, da ist er daheim und ich kann zur Versammlung gehen, wenn ich die Kinder ins Bett gebracht habe. Er hat nichts mehr dagegen so wie früher, die Kinder sind ihm doch ganz anders ans Herz gewachsen in den Monaten, als er krank daheim war. Und seit ich Vertrauensfrau bin, hab ich ja so viel zu tun für die Sache der Arbeiterinnen. Da kann ich nicht jeden Abend zu Hause sitzen, da muss ich mich sehen lassen auf den Versammlungen und meine Fäden knüpfen und im Verborgenen politisch wirken und ein offenes Ohr haben für alle Arbeiterinnen, die ein Anliegen haben, und zu den anderen Vertrauensfrauen den Kontakt halten. Kommst du auch mal mit zur Versammlung?«

Clara schüttelte stumm den Kopf.

»Du kümmerst dich aber auch gar nicht um den Kampf des Proletariats!«, sagte Jenny mit leiser Verärgerung. »Es kann doch nicht jede nur so ihr eigenes Süppchen kochen und sich um das große Ganze nicht kümmern und die Politik den Männern überlassen, da kommen wir ja nie aus der Misere!« Dann brach sie ab und fügte mit veränderter Stimme hinzu: »Hoffentlich wählen sie mich als Vertrauensfrau nicht wieder ab! Streng genommen bin ich ja jetzt gar keine Arbeiterin mehr, seit ich die Hausindustrie wieder aufgegeben habe, damit wir hier einigermaßen ein Familienleben haben und die Kinder nicht hoffnungslos zu kurz kommen …« Ihre Stimme versiegte. Sie starrte vor sich hin.

Clara schwieg. Was sollte sie dazu sagen? Solche Sorgen wie Jenny wollte sie haben! Bei der war doch alles in Ordnung, die hatte einen Mann: einen Vater für ihre Kinder, wie es sich gehörte!

Jenny gab sich sichtbar einen Ruck. Sie stand auf, nahm die Bratpfanne von der Wand, schob mit dem Haken drei Eisenringe vom Herd und stellte die Pfanne direkt über das Feuer. Dann packte sie die vier Heringe aus, die in Zeitungspapier eingewickelt auf dem Tisch lagen. Der Geruch stieg Clara widerlich in die Nase.

»Bratheringe lassen sich auch kalt essen«, sprach Jenny betont heiter. »Meine Untermieter sind nicht zu Hause. Wie ich die Herren Studenten kenne, sitzen die beiden eher im Gasthaus als im Hörsaal, aber mir soll's gleich sein. Ich stell ihnen die Fische hin, da können sie essen, wenn sie nach Hause kommen, und wär's mitten in der Nacht.«

Sie warf die Heringe in die Pfanne, hoch spritzte das Fett auf, ekliger Dunst erfüllte die Küche. »Früher, mit Fräulein Weishaupt, da war's was anderes, mit der konnte man auch mal reden und sie hat ihr Zimmer selbst aufgeräumt und war nie so von oben herab wie die Herren, die sich für was Besseres halten. Na ja, dafür bringen sie mir auch das Doppelte an Geld. Aber ich gäbe trotzdem was drum, wenn das Fräulein noch da wäre! Ein Jammer ist es, dass das arme Ding sich das Leben genommen hat! Und das alles, weil sie von einem Nichtsnutz von Leutnant in andere Umstände gebracht worden ist!«

Übelkeit schoss in Clara hoch, sie presste die Hand vor den Mund, sprang auf, stürzte zum Waschtisch, zog den Eimer hervor, der darunter stand, beugte sich darüber und erbrach sich. Dann kniete sie am Boden und weinte.

Jenny fasste sie sanft an den Schultern, zog sie in die Höhe und drückte sie wieder auf einen Stuhl. »Hast du das öfter, dass dir schlecht wird?«, fragte sie.

»Manchmal«, presste Clara hervor. »Seit ein paar Tagen. Morgens ist es am schlimmsten. Und abends.«

»Und wenn du was riechst wie die Bratheringe«, fügte Jenny hinzu.

Clara nickte und wischte sich die Nase. »Und so müde bin

ich jetzt immer, zum Umfallen müde. Bei der Arbeit war mir heute ganz schwarz vor den Augen.«

»Das auch noch! Jetzt hör mal zu, Clara! Du hast immer gesagt, mit Ernst, da lässt du dich nicht so ein wie mit Johann, mit dem gehst du tanzen oder auf einen Ausflug und auch mal was essen und trinken, aber mehr ist nicht. Hast du etwa doch mit ihm – oder einem anderen?«

Das Blut stieg Clara in den Kopf. Wie konnte Jenny so fragen! Schon wollte sie heftig abwehren. Aber dann hätte sie gar niemanden mehr auf der Welt, mit dem sie drüber sprechen könnte. Mühsam rang sie sich ab: »Mit keinem anderen, was denkst du denn von mir! Aber Ernst – er musste doch zu den Soldaten. Und da haben wir Abschied gefeiert, weil wir uns doch so lange nicht sehen. Und dann, wir waren ganz nass und im Bootshaus und draußen war ein Gewitter, wir haben die nassen Kleider ausgezogen und er hat mich geküsst und ich weiß auch nicht, wie mir da wurde. Da ist es eben passiert. Aber nur das eine Mal!«

»Einmal ist genug«, erwiderte Jenny trocken. »Mensch, Clara! Bist du überfällig?«

Wieder nickte Clara. »Seit gut drei Wochen.«

»Da haben wir den Salat!«, stöhnte Jenny und ließ sich auf einen zweiten Stuhl fallen. Doch kurz darauf sprang sie wieder auf, wendete die Fische in der Pfanne und schob diese an den Rand der Kochplatte.

»Ich weiß ja gar nicht, ob es so ist!«, versuchte Clara trotzig. »Überhaupt ist es doch noch viel zu früh, um so was zu sagen.«

»Was gibt's da noch zu wissen!«, antwortete Jenny und wischte damit alle Hoffnung beiseite. »Nee, da mach dir mal nichts vor! Es ist gescheiter, der Wahrheit ins Auge zu blicken. Was sagt denn dein Ernst dazu?«

»Der weiß es doch noch nicht! In gut einer Woche kommt er erst zurück. Und«, sie stockte. »Und, ich, ich weiß gar nicht, wie ich es ihm sagen soll ... Und mein Vater, wenn der das erfährt, der schlägt mich doch tot! Am besten geh ich gleich in die Spree.«

»Blödsinn!«, fuhr Jenny auf. »Du bist nicht die Erste, der so was passiert! Wenn die alle in die Spree gehen wollten, wäre kein Wasser mehr drinnen. Nee, Clara, so darfst du gar nicht erst denken! Du bist doch kein Fräulein aus der Bourgeoisie, bei der das die größtmögliche Katastrophe wäre wie bei Fräulein Weishaupt! Schau dich doch um, wie viele Fabrikmädchen einen Liebsten haben und wie sich oft genug schließlich auch Nachwuchs einstellt! Und kein Hahn kräht danach!«

»Ja, hier in Berlin. Aber wir sind aus Schlesien. Und katholisch.«

»Ja, ich weiß.« Jenny seufzte und nahm Claras Hand, drückte sie fest. »Ich kenn ihn ja, deinen Vater. Und deine Mutter wird dir auch keine große Hilfe sein. Ihr müsst eben heiraten, sobald Ernst wieder da ist. Dazu gibt dein Vater bestimmt seine Zustimmung, ein Drucker aus Schlesien, und sogar noch ein katholischer, das ist doch was nach seinem Herzen! Deinen Eltern sagst du einfach nichts davon, wie's um dich steht. Und wenn dann das Kind kommt, dann wird dein Vater auch nicht mehr nachrechnen. Froh wird er sein, dass alles seine Ordnung hat, und fein den Mund halten, katholisch hin oder her. Wo du mir doch erzählt hast, dass es bei ihnen selbst auch nicht anders war!«

»Und wenn Ernst nicht will?«, schluchzte Clara. »Ich meine, vom Heiraten, da hat er nie was gesagt.«

»Dann wird es jetzt eben Zeit!«, erklärte Jenny energisch. »Und hörst du, Clara, dass du mir ja nichts Dummes machst! Spree schon mal gar nicht! Aber dass du auch ja nicht zu einer

Engelmacherin gehst, die bringt nicht nur das Kind ums Leben, sondern dich womöglich gleich mit! Oder verletzt dich so, dass du nie wieder gesund wirst, hast du gehört?! Und versuch es ja nicht selbst! Der Friedhof ist voll mit Frauen, die das gemacht haben, die unterleibskrank davon geworden sind und früher oder später daran krepiert! Was glaubst du denn, warum so viele Proletarierinnen mit dreißig schon tot sind! Verstanden?«

Clara nickte und knetete ihre Schürze. »Jetzt weiß ich, wie Fräulein Weishaupt sich gefühlt hat«, brachte sie hervor. Plötzlich zitterte sie.

Wohl tausendmal sagte sie sich in dieser Nacht: Ernst wird mich nicht sitzen lassen. So einer ist er nicht. Er heiratet mich. Und alles wird gut.

Und tausendmal meldete sich wieder die Angst und hinderte sie daran, Schlaf zu finden: Und wenn er mich nicht heiratet? Ein Drucker könnte was Besseres kriegen als mich, ein Dienstmädchen zum Beispiel mit feinen Manieren. Und er ist doch noch jung, grad mal dreiundzwanzig Jahre. In dem Alter wollen die Burschen doch was anderes als Babygeschrei und eine Familie, die sie ernähren müssen. Da wollen sie doch erst mal ihr Leben genießen!

Ich könnte mir auch was anderes vorstellen, als ein Kind am Hals zu haben! Und es ist doch auch nicht meine Schuld, jedenfalls nicht allein. Wer hat mir denn die nassen Kleider ausgezogen und war so stürmisch, dass ich alles vergessen habe.

Ein Mal, nur ein einziges Mal!

Unruhig warf sie sich im Bett hin und her. Die Nacht nahm einfach kein Ende.

Jenny hat recht: Ich mach mir was vor, wenn ich noch immer hoffe, es wäre nichts. So lang war ich noch nie drüber.

Aber vielleicht geht es noch ab, ganz von allein. So was kommt öfter vor, als man denkt, sagt Jenny. Sie hat auch einmal ein Kind verloren. Aber da war es was anderes. Sie hat es ja haben wollen.

Und wenn es nicht abgeht? Wenn ich wirklich allein damit dastehe?

Zu Hause kann ich nicht bleiben. Wenn mein Vater mich nicht totschlägt, dann schmeißt er mich raus. Da nützt es mir auch nichts, dass meine Eltern damals auch nicht gewartet haben bis nach der Hochzeit. Die haben dann ja wenigstens geheiratet.

Wo sollte ich denn hin, ganz allein mit Kind? Wo sollte ich es lassen, wenn ich in die Druckerei gehe, um Geld zu verdienen? Meine Mutter nimmt's nicht und das würde mein Vater auch nicht zulassen – und wollen würde ich es auch nicht. Das kann man doch keinem Wurm zumuten, so aufzuwachsen, so freudlos und lieblos und immer nur in der stickigen Küche!

Wenn ich nur wüsste, wie Ernst dazu steht! Wie soll ich das denn aushalten – noch eine ganze Woche, bis er wiederkommt? Und jetzt ist auch noch Sonntag, nichts gibt es, keine Arbeit und keine Ablenkung, gar nichts, was die Gedanken vertreibt und die Angst.

Gegrüßet seist du, Maria, voll der Gnade ...

Sie versuchte zu beten, aber die Worte gaben keinen Trost, keinen Halt. Sie konnte ein Stöhnen nicht mehr unterdrücken. Da schob sich eine Hand unter ihren Arm. Lisa drehte sich im Bett zu ihr und flüsterte ihr ins Ohr: »Ich lad dich heut ein, Clara! Ich hab Geld. Die Frau Doktor hat mir was extra gegeben, weil ich bei ihrer Geburtstagseinladung bis Mitternacht bedient hab, und die Gäste haben mir auch noch Trinkgeld geschenkt. Mutter weiß nichts davon. Das ist ganz allein meins. Wir fahren raus, ich kauf die Fahrkarten, nach Rixdorf oder an den Wannsee oder wohin du willst. Am liebsten würde ich mit dir ja nach Treptow in die Gewerbeausstellung, da hat unser Lehrer so viel davon erzählt und uns auch Bilder gezeigt von der elektrischen Beleuchtung und den ganzen Maschinen und von Alt-Berlin, wo alles so aussieht wie früher, und vom Negerdorf am Teich, wo die Wilden in ihren Hütten wohnen, halb nackt, und den ganzen Tag nur tanzen und singen. Aber das können wir uns nicht leisten.« Lisa seufzte tief. »Aber irgendwo ins Grüne, das können wir uns leisten. Und dort kochen wir einen Kaffee oder kehren in einer Gartenwirtschaft ein, du wirst sehen, das wird schön! Wo's doch heut mal nicht regnet, glaub ich jedenfalls.«

»Ach, Lisa!«, stöhnte Clara.

Lisa legte den Arm um sie und Clara drückte sich an die kleine Schwester. Den Kopf an deren Schulter gelehnt, schlief sie endlich doch noch einmal ein.

Ein paar Stunden später saßen sie tatsächlich auf einem Holzsteg am Schlachtensee, verzehrten ihre mitgebrachten Schmalzbrote und ließen die Beine ins Wasser baumeln. Die Sonne schien, Blesshühner schwammen vorbei, Enten landeten flügelschlagend auf dem See, Mücken summten und eine Lerche schraubte sich singend in den blauen Himmel.

So schön könnte alles sein. Wenn sie nur wüsste, dass alles gut würde.

»Clara?«, fragte Lisa schließlich langsam. »Du bist so anders in letzter Zeit. So still irgendwie.«

Clara schwieg.

»Mit dir ist doch was?«, forschte die Schwester weiter.

Clara nickte stumm. Sie konnte nicht sprechen. Aber sie griff nach der Hand ihrer Schwester. So saßen sie da und sahen aufs Wasser, Hand in Hand.

»Wenn du es mir nicht sagen willst«, begann Lisa nach langer Zeit und stockte, setzte neu an: »Ich weiß, wie das ist, manchmal kann man was eben nicht sagen. Aber die Frau Doktor versteht vieles, auch wenn man es nicht sagt. Vielleicht kannst du mit der ...?« Hoffnungsvoll sah sie Clara an.

Diese schüttelte nur den Kopf.

»Oder am besten mit der Baronesse!«, fuhr Lisa fort, nun ganz eifrig. »Die kennt sich aus und weiß, wo's langgeht, das hat die Frau Doktor selbst gesagt, nachdem die Baronesse bei ihr zu Besuch war.«

»Die Baronesse ist jetzt eine Frau Nietnagel«, antwortete Clara abwehrend, nur um etwas zu sagen.

»Eine Baronesse bleibt sie trotzdem«, erklärte Lisa. »Das verstehst du nicht, Clara, weil du bei der nicht gedient hast wie ich. Aber so ein Adel, wie die den hat, der ist angeboren und der geht auch durch Heirat nicht weg.«

»Adel hin oder her – deine Baronesse kann mir auch nicht helfen!«

»Dann ist es schlimm«, erwiderte Lisa leise.

– 22 –

Hermine, hast du das gelesen?« Margarethe warf die Zeitschrift auf den Tisch, noch ehe sie die Freundin richtig begrüßt hatte. »Es ist unerhört! Die Wände möchte man hochgehen!«

»Was ist denn?«, fragte Hermine und nickte der an der Tür wartenden Lisa zu: »Mach uns einen Kaffee! Und lauf zum Bäcker und besorg etwas Gutes, du darfst für Gunda und dich auch etwas mitbringen!«

Als das Mädchen das Zimmer verlassen hatte, sah Hermine Margarethe auffordernd an. »Nun?«

»Ein Bericht über ein Altonaer Schwurgerichtsurteil«, sagte Margarethe. »Heiß und kalt ist mir geworden dabei, auch noch einmal in Hinblick auf«, sie unterbrach sich und überzeugte sich mit einem Blick, dass die Tür geschlossen war, »auf Lisa. Wie anders hätte der Prozess gegen Riefke ausgehen können! Wenn ich denke …« Sie schauderte.

»Nun erzähl aber einmal der Reihe nach!«, mahnte die Freundin.

»Gut. Ein fünfzehnjähriges Dienstmädchen wurde von mehreren Burschen zu einer Segelfahrt auf der Elbe eingeladen und dort auf einem Sandwerder der Reihe nach vergewaltigt. Das Mädchen ist seither von Krämpfen befallen. Die Herrschaft hat Strafanzeige erstattet, die Burschen wurden ermittelt und ange-

klagt, sie gaben vor Gericht die Tat mit zynischer Rohheit zu –
und sie wurden freigesprochen!«

»Freigesprochen?«, fuhr Hermine auf. »Wie das?«

»Weil das Mädchen nicht unbescholten war, es war nämlich
schon zuvor von einem dieser Kerle verführt worden – mit
fünfzehn, im bekanntlich noch unter besonderem Schutz stehenden Alter! Doch diesen Schutz billigte der Richter ihr nicht
zu, weil sie sich bekanntlich schamlos verhalten hatte, bevor er
sie herumkriegte – sie hatte nämlich diesem Burschen, um
sich seiner Zudringlichkeiten zu erwehren, gesagt, dass sie
menstruiere, und so etwas tut ein unbescholtenes Mädchen ja
nicht! Aber das war nicht das einzige Argument des Richters,
weshalb er die Täter freisprach: Das andere war, sie habe sich
nicht genug gewehrt! Dabei wurde sie während der ersten Vergewaltigungen von mehreren Männern festgehalten – wie
sollte sie sich da wehren? Und warum hätte man sie festgehalten, wenn sie sich zuvor nicht gewehrt hätte?! Bei den letzten
Vergewaltigungen war sie dann ohnmächtig – der Bursche hat
erklärt, er könne sich nicht vorstellen, warum! Und der Gipfel
ist, dass sie von einem Burschen so über den Bootsrand gedrängt wurde, dass ihr das Kreuz zu brechen drohte und ihr
zur Rettung gar nichts anderes bleib, als sich an ihrem Vergewaltiger festzuhalten – und der Richter daraus schloss, sie habe
ihren Vergewaltiger ja umarmt und damit ihre Zustimmung
zum Ausdruck gebracht. Und weil sie zugestimmt habe, deshalb seien die Männer freizusprechen! Oh, es ist so unsäglich,
eine solche Schande! Zehn Jahre Zuchthaus droht das Gesetz
für eine solche Tat an – und dann Freispruch! Hier, hör selbst!«
Damit blätterte sie in der Frauenzeitschrift und las den Kom-
mentar: »Wer ein Tier misshandelt, bis es bewusstlos zusammenbricht, erhält sicherlich die wohlverdiente Strafe, aber

einem Mädchen gewährt unsere Justiz nicht den gleichen Rechtsschutz.«

»Männerjustiz«, sagte Hermine voll Bitterkeit.

»Du sagst es – Männerjustiz! Verzweifeln möchte man an dieser abgrundtiefen Ungerechtigkeit, an dieser Frauenverachtung und männlichen Kumpanei! Verzweifeln!«

»Oder aufbegehren«, erwiderte Hermine.

»Ja, das erst recht!«, stimmte Margarethe zu. »Seit ich Käthe Meier zur Polizeistation begleitet und dort erst einmal schmählich im Stich gelassen habe, nicht aus bösem Willen, sondern weil ich einfach meine Stimme vor lauter lähmendem Entsetzen nicht erheben konnte – seither denke ich: Da muss ich etwas tun. Aber dann war immer wieder so viel anderes, meine Hochzeit, der Streik, der Frauenlandsturm gegen das Bürgerliche Gesetzbuch, der Prozess gegen Riefke, die Arbeit in den Frauenkreisen ... Kurz und gut, ich bin wieder davon abgekommen. Aber jetzt, Hermine, jetzt wird mich nichts mehr davon abbringen! Jetzt werde ich meinen Mund aufmachen gegen diese Geschlechterjustiz. Jetzt werde ich dafür ringen, dass bei der Polizei Frauen angestellt werden, die bei Sittlichkeitsverbrechen die Mädchen und Frauen befragen oder wenigstens bei ihrer Befragung durch Polizisten und Gericht anwesend sind und dafür sorgen, dass die Opfer nicht ein zweites Mal zu Opfern gemacht werden. So, wie wir ja auch auf Lisa und auf Käthe Meier geachtet haben, damit ihnen Recht widerfuhr und nicht Unrecht.«

»Wir?«, fragte Hermine und lächelte. »Du, Margarethe, das warst in allererster Linie du!«

»Nun ja, aber du, mit deiner Erfahrung, dich an der Seite zu haben ... Bist du denn auch jetzt an meiner Seite, Hermine? Bei dem Kampf, den ich mir vorgenommen habe?«

»Ja«, erwiderte diese schlicht und hielt ihr die Hand hin.

Margarethe schlug ein. »Also dann! Gründen wir doch einen Verein!«

»Gründen wir einen Verein! Klagen wir das Menschenrecht der Frauen ein gegen die Vertreter der Staatsmacht, gegen Polizisten und Richter!«

Margarethe richtete sich gerade auf. Voll Kraft fühlte sie sich und voll Mut. »Machen wir öffentlich, was Mädchen und Frauen von Polizei, Polizeiärzten und Justiz zu erleiden haben! Kämpfen wir für eine Gesellschaft, in der Mädchen und Frauen nicht allenthalben von unsittlichen Übergriffen bedroht sind. Für eine Justiz, die einen Täter wie Riefke nicht nach kurzer Verhaftung wieder freisetzt und ihn bis zur Hauptverhandlung frei herumlaufen lässt. Für eine Justiz, welche die bestehenden Gesetze zum Schutz von Mädchen und Frauen auch wirklich anwendet und sich nicht in männlicher Kumpanei und unglaublicher Frauenverachtung mit den Tätern verbündet!«

»Und kämpfen wir darum, dass sich Mädchen und Frauen auch ohne Begleitung unbesorgt auf den Straßen unserer Städte bewegen können!«, fiel Hermine ein. »Dass sie nicht jederzeit der Gefahr eines unsäglichen Übergriffs der Staatsmacht ausgesetzt sind, ganz gleich ob sie stehen oder gehen, eilen oder schlendern! Kämpfen wir gegen die abscheulichen Zwangsuntersuchungen, denen jede in Gewahrsam genommene Frau ausgesetzt wird!«

»Ich bin ganz sicher, Mitstreiterinnen werden wir finden!«, erklärte Margarethe.

»Oh ja!«, stimmte Hermine zu. »Wir sind nicht die Einzigen, die diese Zustände unhaltbar finden. Und auch wenn es vielleicht lange dauern mag, bis wir wirklich etwas erreichen, da wir uns schließlich gegen die Staatsmacht wenden ...«

»... so würde es doch noch länger dauern, wenn wir nicht

heute damit beginnen würden«, beschloss Margarethe den Satz. »Wir Feministinnen müssen die Sache in die Hand nehmen, sonst ist es noch in hundert Jahren so wie jetzt! Aber eines Tages, wenn es Polizistinnen gibt, Advokatinnen, Staatsanwältinnen, Richterinnen und Ärztinnen, dann wird den Mädchen und Frauen von der Polizei und vor Gericht Recht geschehen und solche unsäglichen Unrechtsurteile wie dieses hier in Altona werden als barbarische Zeugnisse einer frauenfeindlichen Zeit gelten.«

»Hoffentlich«, stimmte Hermine zu.

Sie schwiegen, und dennoch schien es Margarethe, als gehe das Gespräch im Stillen weiter. »Wenn nicht wir, wer dann!«, sagte Margarethe schließlich.

Hermine nickte. »Und wir sind nicht die Schlechtesten!«

Sie sahen einander an und lachten.

In diesem Augenblick klopfte es und Lisa kam mit dem Tablett herein, deckte den kleinen Tisch und machte einen Knicks. Wie das Mädchen sich verändert hatte – schon beinahe weiblich war es geworden in den letzten Wochen. Und dieser gedrückte, verängstigte Ausdruck, den Margarethe so lange an dem Mädchen wahrgenommen hatte, war einer Frische gewichen, die zu sehen einfach schön war.

»Wie geht es dir, Lisa?«, fragte Margarethe aus der Stimmung des Augenblicks heraus.

»Gut, gnädige Frau!«, erwiderte diese und sah sie mit einem Strahlen an. Und dann fügte sie leise hinzu: »Seit alles vorbei ist. Und Riefke uns nichts mehr tun kann, weil er im Zuchthaus sitzt ...«

Margarethe lächelte. Und auf einmal war sie sehr stolz auf sich.

»Nein, alle Protestversammlungen, Massenkundgebungen und Unterschriftensammlungen von uns Frauen, alle Broschüren, Artikel, Reden und Flugblätter haben gegen die einseitig männliche Weltsicht der Schöpfer des neuen Bürgerlichen Gesetzbuches nichts ausrichten können, haben sie nicht veranlasst, ein tausendjähriges Unrecht an den Frauen wiedergutzumachen und ihnen Gerechtigkeit widerfahren zu lassen, den Frauen Menschenrecht und Würde zu geben, anstatt sie wie unmündige Kinder zu behandeln. All unsere Bemühungen haben zu keiner größeren Konzession geführt als der Erlaubnis, dass Frauen Vormund werden dürfen – und dies selbstverständlich nur mit Zustimmung ihres Ehegatten, sollten sie verheiratet sein. Und doch: Wer die von Frau Cauer einberufene überwältigende Protestversammlung am 29. Juni hier in Berlin besucht hat, der weiß, wie eindrucksvoll und unübersehbar sich hier der Frauenwille gezeigt hat, der weiß, dass er einen Wendepunkt in der deutschen Frauenbewegung miterlebt hat. ›Noch so eine Niederlage, und wir haben gesiegt!‹, hat Fräulein Augspurg unter tosendem Beifall in die Menge gerufen. Und das genau ist es: Wir Frauen in Deutschland lassen uns den Mund nicht mehr verbieten und wir lassen uns nicht mehr beschwichtigen durch Galanterie. Im Sturm gegen die unzeitgemäßen und unwürdigen Paragrafen des BGB haben wir Frauen unsere Stimmen erhoben. Frauen aus allen Klassen haben gegen dieses Unrecht protestiert, adlige Frauen und Frauen des Großbürgertums, Kleinbürgerinnen und Proletarierinnen. Möge dieser Sturm uns weitertragen! Möge uns darin nicht mehr trennen, ob eine Frau Arbeiterin ist oder Gräfin, Dienstmädchen oder Gnädige, möge uns vereinen, dass wir alle Frauen sind und die Menschenwürde einklagen, die uns, der Hälfte der Bevölkerung, vorenthalten werden soll! Möge die Utopie Wirklichkeit werden, dass sich Frauen aus allen sozialen und weltanschaulichen Lagern zum Kampf für die gemeinsame Sache der Frauen zusammenfinden! Wenn wir diese Einigkeit der Frauen als Frauen wahrhaft erringen und behalten würden – was könnten wir dann bewegen! Was könnten wir dann erreichen!«

Die Feder flog über das Papier, kaum nahm Margarethe sich die Zeit, sie regelmäßig in das Tintenfass zu tauchen. Begeisterung hatte sie erfasst, ihre Wangen glühten, der Fluss der Gedanken und Worte riss sie fort:»Viel zu sehr haben uns bisher Klassenfeindschaften und tief verwurzeltes Misstrauen getrennt, haben die einen ängstlich darauf geschaut, ob die anderen auch getreu genug auf dem Boden der bestehenden Ordnung stehen – und die anderen in jenen nicht die Schwestern gesehen, sondern die Angehörigen einer Klasse von Ausbeutern und Unterdrückern. Kein Zweifel: Welten trennen die Gattin eines wohlhabenden Fabrikanten in ihrem Salon von der für einen Hungerlohn schuftenden Arbeiterin in ihrem Kellerloch. Und doch: Sind sie nicht beide Frauen – und als solche den gleichen Gesetzmäßigkeiten unterworfen, die Natur und Gesellschaft über sie verhängen? Wissen nicht beide, was es bedeutet, Mutter zu werden und Mutter zu sein?«

Kurz legte Margarethe die Hand auf ihren Leib. Nein, was es bedeutete, Mutter zu sein, wusste sie noch nicht, konnte sich kaum vorstellen, wie grundlegend es ihr Leben ändern würde. Aber was es bedeutete, Mutter zu werden, das konnte sie nun schon ermessen – zumindest, was die ersten Monate der Schwangerschaft betraf. Mein Kind!, dachte sie voller Zärtlichkeit. Noch immer war sie überwältigt davon, mit welcher Macht der Wunsch nach einem Kind über sie hereingebrochen war und wie glücklich sie war, dass dieser Wunsch nun in Erfüllung gehen würde.

Ob es ihrer Mutter damals auch so gegangen war – oder sogar noch stärker, da die Mutter doch einmal angedeutet hatte, dass sie lange auf sie, ihr einziges Kind, hatte warten müssen? Viel mehr fühlte sie sich seither mit der Mutter verbunden und empfand die völlige Sprachlosigkeit, das Fehlen jeglichen Kontaktes zwischen ihnen als etwas ganz und gar Unnatürliches. Einst war sie doch unter dem Herzen der Mutter gewachsen, hatte deren Herzschlag gehört, war von ihr unter Schmerzen und Todesgefahr geboren worden. Könnte sie ihr nur von dem Kind erzählen, das nun in ihr heranwuchs, das Kind, auf das sie sich so unsagbar freute!

Seit jenem kurzen Augenblick vor rund einem halben Jahr im Reichstag hatte sie ihre Mutter nie wiedergesehen. Und da war die Mutter der Begegnung ausgewichen.

Sie schob den Gedanken beiseite und beugte sich wieder über ihre Rede, die sie auf Bitte von Minna Cauer in wenigen Tagen in einer Frauenversammlung halten sollte, die der Verein *Frauenwohl* einberufen hatte. Auf einmal überstürzten sich in ihr die Bilder und Gedanken: Anna Brettschneider und das vor Verzweiflung aus dem Leben geschiedene Fräulein Weishaupt, Lisa mir ihrer Familie und Jenny, Julia und sie selbst – unmöglich, das alles in die geordnete Bahn einer Rede zu zwängen, aber gleichgültig, sie konnte die Worte später sortieren und verwerfen, erst einmal musste sie sie zu Papier bringen: »Mütterlichkeit wird uns als Wesen der Frau gepredigt und Liebe als ihre Bestimmung. Aber was ist mit den Frauen, die nicht das Glück haben, die Liebe eines Gatten zu finden, der in den Augen der Eltern und der Gesellschaft der richtige ist und der über die Mittel und das Einkommen verfügt, eine Familie zu ernähren? Sollen sie um der Konvention willen ihre Bestimmung verraten und das Unrecht begehen, einen Ungeliebten zu ehelichen, nur weil dieser sie zu versorgen in der Lage ist? Sollen sie ihr Leben in Lug und Trug verbringen, in Heuchelei und stiller Verzweiflung, nur um der Gesellschaft zu gefallen? Und was ist, wenn sie ihrer Bestimmung treu bleiben, wenn sie den aus tiefem Herzen geliebten Mann heiraten, obwohl er sie nicht ernähren kann, sollen sie dann nicht als Lehrerin Geld verdienen dürfen, um ihren Teil zu leisten, das gemeinsame Leben zu sichern?

Oder nehmen wir den Fall, dass sie den Geliebten ohne elterliche Einwilligung schlechthin nicht heiraten können, weil sie noch nicht vierundzwanzig Jahre alt sind: Wenn sie dann – moralische Entrüstung hin oder her – aus Liebe Mutter werden: Ist solche Mutterschaft und die Frucht solcher Liebe nicht schützenswert? Schreit es nicht zum Himmel, dass solche Kinder geächtet und benachteiligt sind, dass sie mit dem Vater als nicht verwandt gelten, dass ihnen der Makel der Unehelichkeit ihr Leben lang anhaftet? Schreit es nicht zum Himmel, dass solcherart werdende Mütter, wenn der Mann sie im Stich lässt, in eine Not geraten, aus der sie oft keinen anderen Ausweg wissen als den Tod – während die Väter unbehelligt, ohne Vorwurf und ohne jedes Unrechtsbewusstsein in den Tag leben? Ein Fehltritt zerstört das Leben einer Frau, den Mann macht er zum tollen Hecht. War es denn nicht sein Fehltritt genauso wie der ihre?«

Kurz schüttelte Margarethe ihre Hand aus, die vom angestrengten Schreiben schmerzte, doch schon drängte es sie fortzufahren:»Und wer zählt die Fälle unsittlicher Gewalt gegen Frauen und Mädchen, die nie zur Anklage gelangen oder doch nie zur Verurteilung? Wer misst das Leid der unzähligen Dienstmädchen – blutjunger, minderjähriger Mädchen, ja sogar Kinder unter ihnen! – die den Verführungen und Versprechungen, dem Druck und Zwang, der Erpressung, den Nachstellungen und den brutalen Vergewaltigungen ihrer männlichen Herrschaften erliegen, deren Leib und mehr noch deren Seele daran Schaden nimmt und denen oft genug nur noch der Weg in die Prostitution bleibt, wenn sie sich und ihr Kind ernähren wollen? Wer wiegt das Entsetzen der Frauen und Mädchen, die von übereifrigen Schutzleuten als angebliche Prostituierte auf offener Straße aufgegriffen wurden, weil sie sich keines anderen Vergehens schuldig gemacht hatten, als sich allein auf den Straßen Berlins bewegt zu haben! Wer wiegt ihr Entsetzen, wenn sie zur entwürdigenden Zwangsuntersuchung geschleppt werden? Untersuchungen, die nicht etwa dem Schutz der Prostituierten dienen, sondern nur dem einzigen Zweck, die erkrankten Frauen auszusondern – damit die Männer sich bei ihren Kontakten mit Prostituierten nicht mit Geschlechtskrankheiten anstecken! Und wer wiegt das Entsetzen der Frauen und Mädchen, die als Freiwild in die Mühlen der Justiz geraten sind, die von Polizisten erniedrigt und verhöhnt wurden, wenn sie ein an ihnen verübtes Sittlichkeitsverbrechen zur Anzeige bringen wollten, deren Recht von Richtern mit Füßen getreten wurde, wenn diese in männlicher Kumpanei Partei für die Vergewaltiger ergriffen, weil sich das Opfer angeblich nicht kräftig genug gewehrt habe, nicht laut genug geschrien oder nicht sittsam genug verhalten habe! Soll solcherart Unrecht, das Frauen erfahren, nur weil sie Frauen sind, nicht uns Frauen alle miteinander im Kampf um unsere Rechte, im Ringen um Abhilfe vereinen?«

»Margarethe?«

Sie blickte auf, strich sich eine Locke aus der Stirn, fand nur mit Mühe in den Augenblick. Johann stand im Zimmer, eine Zeitung in der Hand. »Ich störe dich wohl?«, fragte er und trat dennoch näher, beugte sich zu einem Kuss zu ihr herab. »Schreibst du an deiner Rede? Ich darf doch?«

Ohne eine Antwort abzuwarten, nahm er die Blätter und begann sie zu überfliegen. Dann zog er sich einen Stuhl heran, ließ sich nieder und las mit immer höherer Anteilnahme. Gespannt beobachtete sie sein Gesicht.

Er ließ die Blätter mit dem Ausdruck unverhohlener Bewunderung sinken. »Alle Achtung, Margarethe! Was für ein Elan! Was für eine Begeisterung für die Sache und zugleich: Was für eine Gedankenschärfe! Eindrucksvoll.«

»Wirklich?«, fragte sie, obwohl sie wusste, dass er es meinte, wie er sagte.

Er nickte. »Damit wirst du Furore machen. Und, was noch wichtiger ist, du wirst etwas bewirken. Die Wahrheit, wenn man ihr unversehens begegnet, hat eine ungeheure Kraft, davon bin ich überzeugt. Du musst diese Rede unbedingt auch als Artikel veröffentlichen.«

»Daran habe ich auch schon gedacht.« Dann, plötzlich ernüchtert: »Ich werde mich damit zwischen alle Stühle setzen.«

»Zweifellos. Aber sitzen wir da nicht schon seit Monaten? Eine etwas ungemütliche Sitzposition, aber für dich und für mich wohl die einzig mögliche. Und du weißt ja: Ist der Ruf erst ruiniert, lebt sich's gänzlich ungeniert.«

Sie stimmte in sein kleines Lachen ein. Dann, wieder ernst, fügte sie hinzu: »Ich möchte bei den Frauenfragen die Kluft zwischen oben und unten überwinden helfen, zwischen bürgerlich und proletarisch. In der Arbeit des Vereins, den ich dabei bin mit Hermine zu gründen, wird es ja auch um Themen gehen, die alle Frauen betreffen: nicht nur die Frauen der gehobenen Klassen, sondern auch die Arbeiterinnen – die sogar noch mehr, denn die können sich am wenigsten einen Advokaten leisten oder sich gegen Polizisten, Polizeiärzte, Staatsanwälte und Richter zur Wehr setzen. Ich würde so gern erreichen, dass die Frauen der Arbeiterinnenbewegung und die Frauen der bürgerlichen Frauenvereine Seite an Seite gehen.«

»So, wie auch wir beide Seite an Seite gehen«, erwiderte er. »Ich – ein Sozialist. Und du, eine gebürtige Adlige, die bei der radikalen bürgerlichen Frauenbewegung eine geistige Heimat gefunden hat. Du wirst einer ihrer führenden Köpfe werden. Ach, was heißt ›wirst‹ – du bist es bereits. Und das erfüllt mich mit Stolz und Bewunderung.«

»Bürgerliche Frauenbewegung! Warum nicht einfach Frauenbewegung? Warum schließt sogar du mich aus der Bewegung der sozialistischen Arbeiterinnen aus?«, erregte sie sich. »Diese Abgrenzungen: hier die Proletarierin, dort die Kapitalistin, hier die Sozialistin, dort die ›unpolitische Bürgerliche‹ – diese gegenseitigen Kategorisierungen, Verdächtigungen und Beargwöhnungen, die machen mich ganz irre! Wir sind doch alle Frauen! Und als wir uns alle im Kampf gegen das BGB gestellt haben, da war das zu ahnen, da zogen wir doch alle an einem Strang für die Sache der Frauen – wenn auch jede Seite für sich. Aber jetzt, fürchte ich, wird das wieder verloren gehen, wird jede wieder hübsch auf ihrer Seite bleiben. Vor allem wird deine Genossin Clara Zetkin weiter gegen das bürgerliche Lager zu Felde ziehen. Ich höre sie schon geradezu: *Der Befreiungskampf der proletarischen Frau kann nicht ein Kampf sein wie der der bürgerlichen Frau gegen den Mann ihrer Klasse; umgekehrt: Es ist ein Kampf mit dem Mann ihrer Klasse gegen die Kapitalistenklasse* – und zu der gehören nun mal alle, die keine Proletarier sind! Das ist doch verbohrt!«

»Nicht weniger verbohrt als die andere Seite mit ihren Berührungsängsten vor dem Sozialismus.«

»Natürlich! Nimm du nur Partei für deine Genossin!«, ereiferte sie sich. »Dabei stimmt das, was du sagst, gar nicht für alle

Feministinnen der bürgerlichen Frauenbewegung. Natürlich, für die meisten hast du recht, die Mehrzahl der Damen, leider auch der in der Frauenbewegung engagierten, bekommt ja schon Ohnmachtsanwandlungen, wenn sie das Wort Sozialismus nur hört! Aber es gibt doch auch andere Frauen in der bürgerlichen Frauenbewegung, Feministinnen unter den Radikalen vom linken Rand zum Beispiel, die zutiefst an den sozialen Fragen interessiert sind, die sich das Elend der Arbeiterinnen ernsthaft zu Herzen nehmen und dem Sozialismus nahe stehen. Minna Cauer ist mit August Bebel befreundet, berät sich mit ihm! Und Lily von Gizycki hat einen Sozialisten geheiratet, sich selbst zum Sozialismus bekannt und heißt neuerdings Lily Braun.«

»Und Baronesse von Zug hat ebenfalls einen Sozialisten geheiratet und heißt jetzt Margarethe Nietnagel«, ergänzte er.

Sie schnappte nach Luft. »Ja, das auch«, erwiderte sie, leise auf einmal. Und dann nach einer Pause: »Meinst du wirklich, es ist unmöglich, dass wir Frauen aller Klassen uns vereinen im Ringen um unsere Rechte als Frauen?«

Er hob langsam die Schultern. »Was unmöglich ist, weiß man immer erst, wenn man es versucht hat. Hält man es schon vorher für aussichtslos, beraubt man sich vielleicht der größten Chance. Aber wie ich die politische Linie der Proletarierinnen kenne – soweit sie überhaupt eine haben, was selten genug der Fall ist, die meisten kommen ja vor lauter täglicher Mühsal gar nicht zum Denken – soweit ich also eine solche politische Linie erkenne, ist ihr Kampf vor allem gegen den Kapitalismus ausgerichtet, und das aus gutem Grund, sprich: aus bitterster Erfahrung. Sie kämpfen buchstäblich ums Überleben, und darin sehen sie sich einig mit den Männern ihrer Klasse. Alles andere, ja, ich vermute, alles andere wird dahinter zurückstehen. Für einen sehr großen Kampf muss man eben seine Kräfte bündeln. Als Feministinnen würde ich sie jedenfalls nicht bezeichnen, auch nicht die Genossin Zetkin. Aber wer weiß, wer weiß! Wenn es mehr Frauen gäbe wie dich, die sich bemühen, Brücken über die Gräben zu schlagen ... Ich möchte auch gerne tun, was ich kann, deinen Kampf zu unterstützen. Wo kommen wir hin, wenn wir unsere Hoffnungen nicht mehr hochfliegen lassen!«

»Auch wenn die Stimme der Vernunft sagt, dass sie abstürzen werden«, ergänzte sie.

»Auch dann«, bestätigte er. »Übrigens, da wir gerade bei hochfliegenden Hoffnungen sind: Schau mal, was hier in der Zeitung über meinen Roman steht!«

»Eine Rezension?«, fragte sie und riss ihm das Blatt aus der Hand. »Warum sagst du das nicht gleich?« Begierig begann sie den Artikel zu überfliegen. Von Zeile zu Zeile las sie mit größerer Erregung. Dann fiel sie ihm um den Hals. »Endlich erfährst du die Würdigung, die dir zusteht! Endlich wird dein Werk wirklich verstanden! Johann, ich glaube, das ist er – der Durchbruch!«

Es hatte sie nicht länger zu Hause gehalten. Sie musste ins Theater fahren. Sie musste wissen, ob sie die richtige Entscheidung getroffen, Johann zum richtigen Schritt gedrängt hatte.

Frau von Holzhausen, die Vorsitzende des Literaturvereins, hatte ihn für ein festes Honorar von einhundert Mark zu einer Lesung in den Ballsaal ihres Hauses einladen wollen, der kaum mehr als hundert Zuhörer fasste. Aber sie hatte Johann gebeten, die Verhandlung mit Frau von Holzhausen ihre Sache sein zu lassen, denn sie hatte das Gefühl gehabt, er könne eine deutlich größere Zuhörerschaft anziehen. Immerhin wurde sein Roman seit Wochen in den verschiedensten Zeitungen euphorisch gefeiert, und auch die gelegentlichen Verrisse, die in einigen konservativen Blättern erschienen waren und die sie zunächst tief empört hatten, waren letztlich nur förderlich gewesen, heizten sie doch die Diskussion um Johanns Roman immer wieder neu an. Auch kannte sie die Spielregeln der Gesellschaft gut genug, um zu wissen, dass ihre Heirat mit Johann und die unversöhnliche Haltung ihrer Eltern dazu das Interesse an Johanns Roman und einem Auftritt von ihm anfeuern würde. Da musste doch seine erste Lesung aus diesem Buch mehr Hörer anziehen können als einhundert! Und folglich müsste bei dem von Frau von Holzhausen anvisierten Eintrittspreis von einer Mark ein weit größeres Honorar zu erlösen sein.

So war sie an Frau von Holzhausen mit dem Vorschlag herangetreten, den fünfhundert Personen fassenden kleinen Saal eines Theaters zu mieten – unter der Vereinbarung, dass die Saalmiete von Johann zu zahlen sei, die Einnahmen jedoch vollständig ihm zustehen sollten.

Wenn sie sich verkalkuliert hatte, würde sie einen Ring versetzen müssen.

Und da sollte sie bis kurz vor Beginn der Veranstaltung zu Hause sitzen und nicht wissen, wie die Sache ausgehen würde? Unmöglich. Doch Johann war nicht zu bewegen gewesen, eine Stunde zuvor im Theater zu erscheinen, das steigere sein Lampenfieber ins Unerträgliche, hatte er erklärt. Deshalb ging sie nun in Begleitung von Emma durch die Straßen, denn abends allein hinauszugehen, das wagte sie nicht. Sie würde dem Mädchen erlauben, im Theater zu bleiben – daheim war alles fertig vorbereitet für den kleinen Empfang, den sie den vertrautesten Freunden nach der Lesung geben würden, da konnte Emma jetzt ruhig der Lesung beiwohnen. Es war ein Skandal, wie die meisten Damen ihre Mädchen abends allein nach Hause schickten, nachdem sie sich von ihnen hatten begleiten lassen – oder wie sie diese zwangen, nachts allein durch die dunklen Straßen zu eilen, um ihre Gnädige von einer Veranstaltung abzuholen. Für ein Dienstmädchen war die Gefahr, von der Sittenpolizei aufgegriffen zu werden, ganz gewiss nicht geringer als für eine Dame, die sich dieser Bedrohung entzog, indem sie sich begleiten ließ. Doch wer begleitete die Dienstmädchen? Das war eine Frauenfrage, die an die Bequemlichkeit, Gedankenlosigkeit und Selbstsucht der Damen der Gesellschaft rührte und weibliche Solidarität einforderte.

Sie sollte in ihren Vortrag noch eine entsprechende Passage einbauen. Oder der Frage einen eigenen Artikel widmen. Im Verhältnis Herrschaften-Dienstboten war so manches im Argen, was angesprochen werden musste, auch wenn es ein heißes Eisen war, gefährlich, es in Angriff zu nehmen. Aber Dienstmädchen gehörten schließlich auch zum weiblichen Geschlecht und die Frauenbewegung konnte nicht stillschweigend darüber hinwegsehen, dass sich Frauen zu Handlangern der Unterdrückung von Frauen erniedrigten.

»Sehen Sie nur, gnä' Frau, da stehen die Leute ja bis auf die Straße! Wollen die alle zum gnädigen Herrn?«, rief Emma und wies auf die Menschentraube, die sich vor dem Theatereingang gebildet hatte.

Der Anblick fuhr Margarethe in die Brust. »Da wird wohl im großen Saal noch ein Stück aufgeführt«, murmelte sie rasch. Und doch war einen Augenblick die wahnwitzige Hoffnung da, all diese Menschen seien hier, um bereits eine gute Stunde vor Beginn einen Platz in Johanns Lesung zu ergattern. Lachhaft, natürlich.

Sie drängte sich an den Wartenden vorbei, streifte sie dabei mit scheinbar desinteressiertem Blick, versuchte sie einzuordnen: Bildungsbürger und kulturbeflissene Damen, aber auch Männer und Frauen, denen man ansah, dass sie gewöhnlich eine blaue Arbeitsbluse oder ein geflicktes Kleid trugen und sich für den Abend in ihr Festgewand gezwängt hatten – was für eine Mischung! Wurde vielleicht eine Operette gegeben?

Im Foyer kam ihr Frau von Holzhausen mit erhitztem Gesicht entgegen. »Wie gut, dass Sie da sind, Frau Nietnagel! Ich bin ganz ratlos – ich hätte einen Vorverkauf organisieren sollen, dann wäre man vorbereitet gewesen – doch wer hätte gedacht – schon fast ausverkauft …«

»Ausverkauft?«, entfuhr es Margarethe. »Stehen etwa all diese Menschen …« Sie machte eine fragende Geste auf die Menge.

»… zur Lesung an, ja«, vollendete Frau von Holzhausen den Satz. »Es ist ein überwältigender Andrang. Ich mache mir Vorwürfe. Man hätte den großen Saal mieten sollen.«

Margarethe sog die Luft ein. »Den großen Saal? Findet dort keine Veranstaltung statt?«

Frau von Holzhausen verneinte.

»Dann mieten wir ihn jetzt! Und lassen sämtliche Kassen öffnen. Ist jemand von der Theaterverwaltung anwesend?«

»Aber, so plötzlich, und die ersten Gäste haben doch schon ihre Plätze im kleinen Saal eingenommen, und die Miete, der große Saal wird sehr teuer sein, wie sollen wir die unterschiedlichen Preiskategorien festlegen, in der Zeitung war doch für den Eintritt eine Mark angegeben …« Frau von Holzhausen blickte so ängstlich wie zögerlich. Doch Margarethe fegte alle Einwände mit einem »Das lassen Sie alles meine Sorge sein. Ich miete den Saal und übernehme das volle Risiko« hinweg, ehe sie selbst recht zum Nachdenken gekommen war. *Einen guten Unternehmer zeichnet es aus, seine Strategie sorgfältig abzuwägen*

und sich zu beraten, doch im Notfall auch einsam und kurz ent-
schlossen eine Entscheidung treffen und durchziehen zu können,
war eine der Lieblingssentenzen ihres Vaters, die sie oft von ihm
gehört hatte. Nun denn, sie war nicht umsonst seine Tochter –
auch wenn er davon nichts mehr wissen wollte. Ach Papa! Papa!

Eine Dreiviertelstunde später umarmte sie Johann in der Garderobe und teilte ihm mit, dass das Theater mit seinen zweitausend Plätzen so gut wie ausverkauft sei, auch die Logen und die
Plätze auf dem ersten Balkon, für die sie kurzerhand einen Preis
von vier Mark festgelegt hatte. »Vier Mark?!«, rief Johann aus
und sah sie fassungslos an.

Sie lachte. »Warum nicht? Das ist immer noch billiger als für
ein Theaterstück – und ist deine Lesung nicht ebenso gut?«

Er schüttelte ungläubig den Kopf. »Das kommt dabei heraus,
wenn man die Tochter eines Bankdirektors heiratet«, sagte er
mit geradezu andächtiger Bewunderung.

»Das hast du nun davon!«, stimmte sie lachend zu. Doch
plötzlich packte sie der Zweifel. »Meinst du, du kannst den Saal
mit deiner Stimme füllen?« Daran hatte sie gar nicht gedacht ...

Er zuckte die Schultern. »Wenn es weiter nichts ist! Bei sozialistischen Versammlungen hat meine Stimme schon für ganz
anderes gereicht! Da musste ich lernen, mir selbst im Tumult
mit nichts als meiner Stimme Gehör zu verschaffen. Aber jetzt
drücke mir die Daumen, dass nicht nur meine Stimme gut ankommt, sondern auch mein Text!«

»Das wird er«, versicherte sie ihm und verließ ihn nach einer letzten kurzen Umarmung. Im Saal ließ sie sich in der ersten Reihe auf dem Sessel zwischen Julia und Hermine nieder,
den die beiden ihr frei gehalten hatten. Es war gut, die Freundinnen neben sich zu wissen. Nachträglich erfasste sie noch
beinahe Schwindel angesichts der Entscheidung, die sie für die-

sen Abend getroffen hatte, angesichts des Risikos, das sie eingegangen war.

Mit einigen tiefen Atemzügen suchte sie wieder Ruhe zu gewinnen und streifte kurz mit dem Blick den ersten Balkon und
die Logen, in denen sich Damen in großer Garderobe neben
distinguiert aussehenden Herren sehen ließen – sogar erstaun-
lich viele Offiziere waren anwesend, selbst solche in Gardeuni-
formen. Ein ironisches Lächeln zuckte ihr unwillkürlich um
den Mund: Aus Interesse an der neuen Literatur waren diese
wohl weniger gekommen als aus der Neugier auf den Mann,
um dessentwillen eine Baronesse von Zug einem Hauptmann
von Klaasen einen Korb gegeben hatte, denn so würde ihre Heirat zweifellos ausgelegt werden. Sah sie den Hauptmann nicht
auch dort drüben? Sie wagte nicht noch einmal hinüberzu-
schauen und drehte den Kopf leicht weg.

Die erste Loge auf der anderen Seite war mit einem roten Vorhang verschlossen. Wer mochte diese Loge gemietet haben, der
nicht erkannt werden wollte? Vielleicht jemand aus der Hofgesellschaft? Gar die Kaiserin Friedrich? Ihr Herzschlag beschleu-
nigte sich.

Als Johann nach einer kurzen Laudatio der Frau von Holzhausen auf die Bühne trat und mit herzlichem Beifall begrüßt
wurde, presste sie die Daumen so fest, dass sich die Nägel durch
die feinen Glacéhandschuhe hindurch in ihre Handflächen
drückten. Wirtschaftlich war dieser Abend bereits jetzt ein grandioser Erfolg. Doch sie spürte sehr wohl, dass es nun um ganz
anderes ging, um eine Art von Erfolg, die nicht weniger schwer
wog, vielleicht sogar noch schwerer. Wenn nur Johann angesichts der Menschenmenge nicht zu aufgeregt war ...

Kaum hatte er zu sprechen begonnen, war ihre Anspannung
verschwunden. Er zog sie in den Bann vom ersten Wort an, und

sie spürte, allen anderen ging es genauso. Schon nach wenigen Sätzen war eine so konzentrierte Stille im Raum, dass sie förmlich zu fühlen meinte, wie alle gefangen genommen wurden von dieser Stimme, diesem Text, diesem Dichter. Ihrem Mann.

Johann hatte mit ihr die Passagen besprochen, die er zum Vorlesen ausgewählt hatte, hatte ihr probeweise die Überleitungen erzählt, mit denen er die einzelnen Szenen verbinden wollte. Dennoch hörte sie jetzt zu, als höre sie diese Sätze zum ersten Mal. Und stärker noch als beim Lesen des Romans empfand sie die Wandlung, die Johann im letzten Jahr vollzogen hatte vom bald bitteren, bald spöttischen Chronisten, unbestechlichen Beobachter und engagiert für die Armen Partei nehmenden Ankläger hin zu – ja, wozu eigentlich? Welches Wort traf es? Zum wahren Dichter. Zum die Wahrheit verdichtenden Schriftsteller.

Und sie wusste, indirekt hatte sie ihren Anteil an diesem Prozess.

Als Johann schließlich mit der Ankündigung einer Pause endete und ein lang anhaltender Applaus einsetzte, liefen ihr noch immer die Tränen über die Wangen.

»Großartig«, sagte Julia und drückte ihr die rechte Hand.

»Sehr bewegend«, erklärte Hermine und drückte die linke.

Dann wurde sie umringt von verschiedensten Menschen. Freunde von Johann waren dabei, Doktor Schneider mit seiner Gemahlin, und da kam auch Professor Unschlicht und zog seine sich offensichtlich ungemütlich fühlende Gattin mit sich. Seit ihrer Verlobung hatte Margarethe keinen Kontakt mehr mit dem Ehepaar gehabt, schnöde war sie von der Frau Professor an der Tür abgewiesen worden, aber nun, nach Johanns offensichtlichem Erfolg, schien die gesellschaftliche Ächtung auf einmal vorüber. Die Damen und Herren des Adels hielten freilich Abstand, aber aus den Logen und vom Balkon fühlte sie mehr als ein Opernglas auf sich gerichtet. Ob man die Tränenspuren noch in ihrem Gesicht sah? Und wenn schon!

»Er hat mir mitten ins Herz hinein gesprochen«, sagte Frau Doktor Schneider. »Diese zart angedeutete Liebesgeschichte, nichts ist plump, vieles bleibt in der Schwebe, und doch zittert förmlich die Seele, wenn man dem lauscht. Obwohl ich doch den Roman schon gelesen habe und weiß, wie tragisch diese Liebe endet, enden muss, hat mich beim Hören wieder die Sehnsucht erfasst, es möge einen glücklichen Ausgang nehmen. Was natürlich ganz und gar unmöglich ist. Ein sozialistischer Akademiker, der sich um seiner Überzeugung willen als Hafenarbeiter verdingt hat, und die Ehefrau eines Korvettenkapitäns im Oberstleutnantrang: Wie sollte ein solcher Ehebruch ein glückliches Ende nehmen können! Da doch ihr Ehemann ganz im preußischen Ehrenkodex verwurzelt ist – und sie Mutter von drei kleinen Kindern! Und dann die Cholera und dieses Wohnungselend in Hamburg! Erschütternd.«

»Übrigens«, warf Herr Dr. Schneider ein, »kann ich als Mediziner die Schilderung der Symptome der Cholera, die verzweifelten Bemühungen des Arztes sowie den Skandal der desaströsen hygienischen Bedingungen im Gängeviertel nur voll und ganz bestätigen. Wirklich sauber gearbeitet.«

»Schön und gut«, meinte Professor Unschlicht mit wichtiger Miene, »aber worauf es doch vor allem ankommt, ist die literarische Qualität. Und da, meine ich, ist Johann Nietnagel ein entscheidender Durchbruch weg vom allzu deterministischen Naturalismus hin zu größerer Tiefe und Komplexität gelungen. Er hat ja meine kritische Vorlesung über Zola gehört und meine Auseinandersetzung mit dem *Dogma des unfreien Willens* eines Taine ausführlich in meinem Hauptseminar kennengelernt. Er war übrigens ein begabter Student, Ihr verehrter Herr Gemahl, liebe Frau Johann Nietnagel. Einer meiner besten. Wir würden uns freuen, Sie mit ihm in unserem Salon begrüßen zu dürfen und so alte Beziehungen aufzufrischen, nicht wahr, meine Liebe?« Damit sah er seine Frau beinahe drohend an.

»Ja. Gewiss. Sehr freuen«, beeilte diese sich zu versichern. »Wenn Sie, liebe Frau Nietnagel, uns mit Ihrem Gatten nicht die Ehre machen würden, wären wir untröstlich. Wir führen ja einen literarischen Salon. Arno Holz war schon bei uns, Gerhart Bleibtreu und Karl Hauptmann ...«

»Du meinst natürlich Karl Bleibtreu und Gerhart Hauptmann«, fiel ihr Mann ihr ins Wort, »ein kleiner Versprecher!« Er lachte gezwungen und eine Spur zu laut. Als gäbe es an dem geistigen Horizont seiner Frau noch irgendetwas zu verheimlichen.

Einen Augenblick spielte Margarethe mit dem Gedanken, den Unschlichts die kalte Schulter zu zeigen und sich so für den Affront zu revanchieren, den diese beschränkte Person sich ihr gegenüber geleistet hatte, doch dann beließ sie es bei einem »Wir werden gerne kommen. Dann können wir uns auch noch einmal über die traurige Angelegenheit mit dem Hauswart in Ihrer Mietskaserne aussprechen, nicht wahr, Frau Professor?« Kontakte wie die mit seinem ehemaligen Professor konnten Johann jetzt nur von Vorteil sein.

»Ah, Herr Professor, wie gut, dass ich Sie sehe!« Ein korpulente, mit allzu auffälligem Schmuck behängte Dame, die Margarethe nicht kannte, drängte sich herbei und wandte sich unter mehr als unhöflicher Ignorierung der Umstehenden an Professor Unschlicht: »Sie sind doch ein Mann des Geistes, wie mein seliger Gatte zu sagen pflegte. Wenn er noch unter den Lebenden weilte, könnte ich mich an ihn wenden, aber nun ... Sie sehen mich ganz echauffiert. Ich hatte so lobende Rezensionen über den Roman von Herrn Nietnagel gelesen, in den verschiedensten Kreisen hörte ich über das Buch reden, auch Ihre verehrte Frau Gemahlin hat es erwähnt, es erschien mir geradezu als ein *Muss*, bei einem kulturellen Ereignis dieses Ranges dabei zu sein. Man hat doch seine höheren Interessen, nicht wahr? Das Gute und Wahre und Schöne. Seit meiner frühesten Jugend habe ich eine Neigung zum Höheren, eine Liebe zur Poesie. Aber nun, eben, in der Pause, ich hörte, wie meine Sitznachbarn sich unterhielten, und dabei fiel das Wort, dieses *Wort*...« Die Dame machte eine dramatische Pause.

»Welches Wort denn, Gnädigste?«, fragte Professor Unschlicht, sichtbar um Fassung bemüht. »Wenn ich Sie eben den Herrschaften vorstellen dürfte: Frau Kommerzienrat Treibel – Herr und Frau Doktor Schneider, Fräulein von Aubach, Frau Nietnagel ...«

»Frau Nietnagel?!« Die Dame riss die Augen auf, rote Flecken bildeten sich an ihrem Doppelkinn. »Ist es wahr«, presste sie hervor, »Ihr Gatte, ist er wirklich ein – Sozialist?« Dieser ungläubige Abscheu, mit dem das Wort hervorgestoßen war ...

Einen Augenblick schien es, als hielten alle Anwesenden den Atem an. Margarethe lachte spöttisch auf. Irgendwie war das die einzig mögliche Reaktion. Was für eine absurde Situation!

»Ich bitte Sie«, wandte sich der Professor an die Frau Kommerzienrat und nahm Margarethe so die Antwort ab, »das tut hier doch gar nichts zur Sache! Hier geht es nicht um Politik – und der Privatmann Johann Nietnagel mit seinen etwaigen politischen Überzeugungen steht hier nicht zur Debatte. Hier geht es um wahre Kunst. Der Künstler ist nicht nach gesellschaftlichen Normen zu messen. Der Künstler fragt nach der Wahrheit. Und schon mancher große Dichter, dem wir die Schätze unserer Kultur verdanken, ist dadurch in Widerspruch zur herrschenden Meinung, in Widerspruch zu den Herrschenden geraten. Man denke nur an Friedrich von Schiller! Und um ein berühmtes Beispiel aus der Gegenwart zu nennen – Gerhart Hauptmanns sozialkritisches Drama *Die Weber* wurde schließlich auch als sozialdemokratisch verschrien – ich übrigens sehe auch durchaus einen revolutionären Geist darin atmen –, während der Autor darauf beharrt, dass die christliche und allgemeinmenschliche Empfindung des Mitleids Motivation für das Stück sei ...«

»*Die Weber!* Und in diesen Zusammenhang stellen Sie Johann Nietnagel! Aber das ist ja schrecklich!«, erregte sich Frau Kommerzienrat Treibel. »Seine Majestät haben Seine Theaterloge am Deutschen Theater aus Protest gegen die Aufführung dieses Stückes gekündigt! Das ist mir Beweis genug, dass es den Umsturz predigt, die Revolution ... Nie würde ich mir dieses Schandstück ansehen! Und nun befinde ich mich in einer Lesung dieses Romans von Nietnagel! Wenn ich gewusst hätte – man will doch wissen, welchem Einfluss man sich aussetzt, womit man in Berührung kommt! Und was man durch seine Anwesenheit billigt!«

»Seien Sie unbesorgt«, schaltete sich Doktor Schneider mit einem gewissen Funkeln in den Augen ein, »nichts von dem, was Sie hier heute gehört haben, liebe Frau Kommerzienrat, hat den Umsturz gepredigt oder Seine Majestät beleidigt. Nur weil Sie diese Lesung besucht haben, werden Sie nicht in den Ruch kommen, eine Vaterlandsverräterin zu sein! Aber Sie sehen wirklich echauffiert aus. Ein wenig frische Luft und vielleicht ein Gläschen Port, das wird Ihnen guttun. Wenn ich Ihnen meinen Arm zu einem kleinen Ausflug ins Foyer bieten dürfte?« Damit führte er sie mit einer Fürsorglichkeit dem

Ausgang zu, die sich bei genauerem Hinsehen selbst zu parodieren schien.

Dankbar sah Margarethe ihm nach, wie er die Kommerzienrätin aus dem Raum lotste. Es wäre schwer gewesen, deren Gegenwart noch länger zu ertragen, reichte doch schon Frau Unschlicht.

Wie gut, dass Johann diese Peinlichkeit erspart geblieben war! Heute sollte nichts seinen Triumph trüben. Wo er nur blieb? Kam er in der Pause zu ihr – oder zog er es vor, sich in der Garderobe zu erholen?

Ihr Blick glitt durch den Saal. Da sah sie die Tür der ersten Loge sich öffnen und eine tief verschleierte Dame heraustreten. Diese Haltung, die Art, wie sie ihren Rock raffte, um die Stufen herabzusteigen ...

Margarethes Puls schoss in die Höhe. Die Dame blieb stehen, wandte sich zu ihr um. Von fern standen sie einander gegenüber. Keinen Blick ins Gesicht der Dame konnte Margarethe durch den dichten Schleier erhaschen. Aber die Geste, mit der die Dame nun ihr Taschentüchlein hervorzog und sich unter dem Schleier die Mundwinkel damit abzutupfen schien, war unverkennbar.

»Maman!«, flüsterte Margarethe tonlos. Wie in Trance bewegte sie sich langsam auf ihre Mutter zu, einen Schritt und noch einen.

Da drehte die Mutter sich zur Tür und verließ mit raschem Schritt den Saal.

Doktor Grünröder klopfte an sein Glas und erhob sich. »Verehrte Anwesende, liebe Freunde! Lasst mich einen Toast ausbringen auf diesen bewegenden Augenblick, den wir miterleben durften, auf den heutigen Abend, an dem ein Dichter, der jahrelang mit seinen Werken nicht die ihm gebührende Beachtung fand, endlich die Würdigung erhielt, die ihm zusteht. Lasst mich einen Toast ausbringen auf ein Werk, das nicht nur heute die Gemüter und Herzen bewegt, sondern das noch in hundert Jahren Zeugnis ablegen wird vom Geist beziehungsweise Ungeist unserer Zeit sowie von der Größe des Dichters, der es erschuf. Lasst mich einen Toast ausbringen auf den Mann, dessen Freund mich nennen zu dürfen ich zutiefst stolz bin, auf Johann Nietnagel und seinen grandiosen Erfolg!«

»Auf Johann Nietnagel und seinen grandiosen Erfolg«, wiederholten begeistert die Anwesenden und hoben die Gläser. Mechanisch griff auch Margarethe nach ihrem Glas, ließ prüfend den Blick über die Gläser der Gäste schweifen, Hermines Glas war leer, mit einer kurzen Kopfbewegung, einem kaum merklichen Heben der Augenbrauen gab sie Emma ein Zeichen, diskret nachzuschenken, schon klangen die Gläser aneinander. Was für ein Abend!

Sie hatte mit Emma den Empfang in ihrer kleinen Wohnung minutiös vorbereitet − nur ein französischer Landwein, dazu hübsch dekorierte Brötchen, die mit Kalbsbraten, Geflügelpüree, Käse oder Sardellenpaste belegt waren, sowie etwas Gebäck −, und alles lief wie am Schnürchen. Die Stimmung war heiter und angeregt, das Glück strahlte Johann aus den Augen, er erhielt eine so neidlose und herzliche Bewunderung der Freunde, wie sie ihm nach den Jahren des einsamen Ringens mehr als gut tat. Sie freute sich so sehr für ihn und gönnte es ihm aus vollem Herzen. Und doch waren da, tief in ihrem Inneren, die Trauer, die Verzweiflung, der Schmerz.

Hätte sie die Mutter nicht im Theater gesehen, wie gelöst könnte sie jetzt sein, wie stolz auch auf ihren Anteil an diesem Erfolg, ihren Anteil, von dem keiner sprach . . .

Musste das Leben so sein, so erbarmungslos? Musste gerade im Augenblick der größten Freude die Wunde wieder aufbrechen, diese Wunde, die einfach nicht heilen wollte?

Warum war die Mutter zur Lesung von Johann überhaupt gekommen, wenn sie doch nichts mit ihnen zu tun haben wollte? Und hatte sich auch noch von ihr sehen lassen!

Johann erhob sich, seinerseits mit dem Glas in der Hand. »Lieber Friedhelm, besten Dank für deine Worte, die mich sehr freuen – warum sollte ich das leugnen. Ich hoffe nur, liebe Freunde, ihr erwartet jetzt keinerlei geistige Höhenflüge von mir, schon gar kein ›Dichterwort‹, dazu bin ich viel zu glücklich – und Glück führt nun mal zu stillem oder auch lauten Genuss, aber nicht zu literarischem Erguss. Aber eines will ich doch sagen, weil es mir eine Herzensangelegenheit ist: Wir wären nicht hier zu diesem Anlass so fröhlich versammelt, wenn nicht Margarethe wäre.«

Er wandte sich zu ihr, ihre Augen begegneten sich. »Und damit meine ich nicht etwa nur diese leckeren Brötchen, jedes für sich eine lukullische Köstlichkeit, ich meine auch nicht nur das wohnliche Ambiente und den hübschen Blumenschmuck, so sehr uns das alle erfreut.«

Zustimmung wurde am Tisch laut, Gläser hoben sich ihr entgegen. Doch sie wandte den Blick nicht von Johann.

»Ich meine viel mehr als das«, fuhr er fort. »Zunächst einmal die erstaunliche Tatsache, dass ich heute dank Margarethes Geistesblitz, Tatkraft und Risikobereitschaft in einem großen Theatersaal vor rund zweitausend Zuhörern lesen und sprechen durfte und dabei an einem einzigen Abend Einnahmen machen konnte, wie ich sie in Jahren meiner Dichterei insgesamt nicht erreicht habe. Das für sich genommen ist schon mehr, als ich fassen kann, ich fühle mich noch immer wie jener Träumer, der sich in den Arm kneift, um festzustellen, ob er schläft oder wacht. Aber mir geht es hier noch um Tieferes, und das lässt sich in Worte nicht fassen, und wenn, dann nur in abgedroschene, also versuch ich es gar nicht erst, jedenfalls nicht heute Abend, sondern fasse es nur in die nüchterne Aussage: Liebe Margarethe, es warst du, es war die Beziehung zu dir, es war die Erschütterung, die ich durch deine Liebe zu mir erfahren habe, eine Liebe, die alles, aber auch alles aufgegeben hat, um nichts zu erhalten als mich – ach, jetzt komme ich ins Stammeln und schäme mich dessen nicht. Also versuche ich es neu: Ohne dich hätte ich dieses Buch nicht so geschrieben, wie es ist, nicht so, dass es die Herzen erreicht. Ohne unsere Liebe würde ich noch immer irgendwo auf halbem Weg in meinen theoretischen Überlegungen stecken und wüsste nicht, was Liebe ist – geschweige denn, wie ich sie zwischen den Zeilen eines Romans lebendig werden lassen kann. Ohne dich hätten wir heute keinen Grund zum Feiern. Ich danke dir.« Er griff nach ihrer Hand, neigte sich tief darüber und küsste sie. So wie damals in der Kutsche.

Sie spürte Rührung in sich aufsteigen, etwas so Weiches und Warmes, sie konnte nichts sagen, darauf ließ sich nichts entgegnen. Still saß sie da und drückte seine Hand, die noch immer ihre hielt. Ich lasse mir an seiner Liebe genügen!, sagte sie sich selbst und glaubte es sich nicht.

Ein Augenblick so tiefer Erfüllung – und trotz allem dieser Abgrund von Traurigkeit ...

Obwohl sie kaum Wein trank, fühlte sie sich wie betrunken. Mehr und mehr rückten die Stimmen der anderen in die Ferne, wurde ihr eigenes Lachen lauter, verwob sich alles zu einer schwebend irrealen Stimmung zwischen Glück und unendlicher Melancholie.

Die Gäste gingen und bedankten sich herzlich für den gelungenen Abend.

Sie blieb reglos am Tisch sitzen, während Emma das Tablett mit den Essensresten in die Küche brachte und Johann die Gäste nach unten begleitete.

Könnte sie nur vergessen ...

Lautlos rannen ihr die Tränen übers Gesicht.

»Aber du weinst ja!«, sagte Johann, als er wieder hereintrat.

Sie schüttelte stumm den Kopf.

Er ließ sich neben ihr nieder, zog ihren Kopf an seine Brust, strich ihr sanft das Nass von den Wangen. »Was ist?«

»Meine Mutter«, erwiderte sie stockend, »meine Mutter war bei deiner Lesung, inkognito in einer Loge. Tief verschleiert. Ich habe sie trotzdem erkannt. Einen Augenblick dachte ich, sie würde ... Aber sie ist gegangen. Nach der Pause kam sie nicht zurück. Ach, Johann!«

Er schwieg. Streichelte ihr Haar.

»Wird es denn niemals, niemals möglich sein, dass sich meine Eltern mit mir versöhnen?«, flüsterte sie weinend.

– 23 –

Einen Tag noch. Die sechs Wochen waren vorbei. Morgen würde sie ihn wiedersehen. Morgen würde sie wissen, wie es um sie stand. Ob es eine Zukunft gab. Oder …

Heftig rubbelte Clara die Arbeitsbluse des Vaters auf dem Waschbrett, schmierte sie ein zweites Mal mit Kernseife ein, nahm die Wurzelbürste zu Hilfe. Diese Maschinenölflecken waren schier nicht herauszubekommen. Aber es war ihr nur recht, etwas zu haben, dem sie mit Gewalt zu Leibe rücken konnte. Freiwillig hatte sie sich sogar erboten, daheim bei dem kranken Kalle zu bleiben und die Wäsche zu machen, während die Familie den Sonntagnachmittag auf dem Pfarrfest verbrachte und das Leben genoss. Sie hätte ja doch nichts davon gehabt mit der Unruhe, die sie im Leib hatte – und mit dem anderen in ihrem Leib, das da in ihr wuchs und wuchs, auch wenn man es noch nicht sah.

Der kleine Kalle hatte die Windpocken, den konnte man nicht auf das Pfarrfest mitschleifen. Sie hatte ihn in der Küche in ihr Bett gelegt, damit er nicht so allein war. Zum Glück war er endlich eingeschlafen und sie musste sein Gequengel nicht mehr hören.

Morgen früh in der Druckerei …

Aber wie sollte sie es anstellen, mit Ernst allein zu reden? Ihn in der Mittagspause fragen, ob er ein Stück mit ihr spazieren gehen wolle? Das würden die anderen hören und gleich ihre Witze reißen.

Sie warf die Bürste in die Schmutzbrühe, dass es spritzte.

Von nebenan ratterte die Nähmaschine der Anna Brettschneider. Die nähte schier Tag und Nacht, gönnte sich keine Pause, keinen Ausflug. Im Frühjahr hatte sie kaum Aufträge von ihrem Zwischenmeister gehabt, weil der Frühling eben Saure-Gurken-Zeit war für die Konfektionsnäherei. Und dann hatten die Konfektionäre auch noch die Verträge gebrochen, die sie nach dem Streik unterschrieben hatten, und hatten die Stücklöhne wieder gedrückt, und jetzt musste Anna wieder wie eine Wahnsinnige nähen, um sich und die Kinder über Wasser zu halten, und wenn sie nicht immer mehr Möglichkeiten gefunden hätte, Sachen auch für privat zu nähen und auszubessern und zu ändern, dann würde es gar nicht gehen. Die Baronesse gab ihr kein Geld mehr, seit die Baronesse eine Frau Nietnagel war. Das konnte die sich jetzt nicht mehr leisten, als Johanns Frau.

Dass eine wie die tatsächlich ihren Reichtum, ihren adligen Stand und ihre feine Familie aufgab, um einen Johann Nietnagel zu heiraten – das war was, was sie der nie zugetraut hätte. Was, was man kaum glauben konnte.

Wenn die so was konnte, vielleicht konnte sie, Clara, dann auch ein Kind allein großziehen, wenn es drauf ankam?

Sie wrang die blaue Arbeitsbluse aus, bis kein einziger Tropfen mehr heraustrat.

An der Tür klopfte es. »Ja?«, rief sie, ohne sich umzudrehen, und tauchte den Kittel von Kalle ins Wasser. Sie hörte, wie sich die Tür öffnete, wie jemand hereinkam und die Tür wieder schloss. Und dann hörte sie ihren Namen. Sie fuhr herum.

Ernst! Mit einem Strauß roter Nelken stand er da, in seinem guten Anzug, mitten in ihrer Küche. Und sie hatte die dreckige

Schürze an und die Haare nicht gekämmt und war ganz erhitzt vom Waschen.

»Clara«, wiederholte er noch einmal und breitete die Arme aus. Da flog sie ihm um den Hals. Sie klammerte sich an ihn, ließ ihn gar nicht mehr los, küsste und küsste ihn.

»Na, das ist ja ein Empfang, das lass ich mir gefallen!«, lachte er, als sie ihn endlich freigab. Er setzte sich auf einen Stuhl und zog sie auf seinen Schoß. »Ach ja, und das hier, das ist für dich!« Damit drückte er ihr die Blumen in die Hand.

»Blumen. Die hat mir noch nie einer geschenkt«, murmelte sie.

»Das will ich doch hoffen! Jedenfalls solche Blumen. Sind nämlich was Besonderes. Der Anlass, mein ich.« Er stockte.

Sie stand auf, füllte das Bierglas des Vaters mit Wasser, stellte die Nelken hinein. Dann band sie rasch die Schürze ab und fuhr sich mit der Hand über die Haare. »Wenn ich gewusst hätte, dass du kommst, dann hätt ich mich doch zurechtgemacht«, sagte sie verlegen. »Aber du hast mir ja nichts geschrieben.«

Er zuckte die Schultern. »Fürs Schreiben war das nichts und damit hab ich's auch nicht so«, druckste er. »Aber aus dem Kopf bist du mir halt nicht mehr gegangen. Jede ruhige Minute, die mir der Spieß und die Kameraden gelassen haben, hab ich an dich gedacht. Und vor allem an unseren Abschied, du weißt schon. Und deshalb bin ich hier. Damit du nicht denkst ...« Er brach ab.

»Damit ich nicht denke ...?«, fragte sie leise.

Er betrachtete seine Fingernägel, unter denen sich keine Druckerschwärze mehr befand wie sonst immer. »Damit du nicht denkst, ich wär so einer, der nur das eine will«, murmelte er. »Und der dann nichts mehr von dir wissen will.«

Sie schluckte. Schwieg. Ihr Herzschlag klopfte bis in den Hals.

»Hier in Berlin, da ist ja manches anders als daheim«, fuhr er fort. »Manch einer nimmt es nicht so genau und die Kirche gilt auch nicht mehr viel. Aber ich will schon, dass du weißt, dass ich zu dem steh, was ich tu. Damit du nicht denkst, ich wär so einer wie dein Dichter!«

»Nein«, sagte sie, »so einer bist du nicht!«

Ernst stand abrupt auf und zog seine Jacke zurecht. »Ja. Und deshalb wollte ich gleich bei deinem Vater um deine Hand anhalten. Weil wir ja seine Zustimmung brauchen. Die von meinem Vater, die bekomm ich schon. Wenn du mich noch willst, meine ich.«

»Und ob ich dich will!«, rief sie aus. Die Tränen liefen ihr übers Gesicht, sie lachte und weinte zugleich. »Und ob!« Sie drückte sich an ihn und schluchzte.

»Na, na«, murmelte er und streichelte ungelenk über ihr Haar. »Warum weinst du denn dann?«

»Weil ich so glücklich bin!«

Er schüttelte den Kopf und grinste. »Das soll mal einer verstehen!«

»Clara!«, jammerte Kalle, der eben aufwachte. »Ich hab Durst! Und es juckt so!« Dann setzte er sich im Bett auf und sah Ernst mit offenem Mund an. »Wer bist denn du?«

»Ich bin Ernst«, erwiderte dieser. »Und ich heirate deine Schwester.«

»Was wollt ihr? Heiraten?« Die Mutter schaute, als wolle sie nicht glauben, was sie da hörte. Dann brach sie in schallendes Gelächter aus. Eine Lache schlug sie an, wie sie sie sonst allenfalls von sich gab, wenn sie eine saftige Zote hörte, laut und wiehernd. Es hätte nur noch gefehlt, dass sie sich auf die Schenkel schlug.

Wie konnte ihr die Mutter das antun! So ein Augenblick, so eine Mitteilung – und dann dieses widerliche Gejohle!

Gefreut hatte Clara sich, als die Mutter mit den Geschwistern ohne den Vater vom Pfarrfest zurückgekommen war, weil der sich noch nicht vom Bier trennen mochte. Es der Mutter allein zu sagen, das war doch vertrauter, als wenn der Vater dabei war. Und nun das.

Sie schämte sich vor Ernst. Was musste der nun von ihrer Familie halten!

So plötzlich, wie das Gelächter der Mutter ausgebrochen war, so plötzlich brach es ab. »Ja, seid ihr denn von allen guten Geistern verlassen!«, rief die Mutter.

»Mit Verlaub«, sagte Ernst, »das versteh ich nicht!«

»Na klar doch, sonst würdest du es ja nicht wollen!«, erwiderte die Mutter wegwerfend. »Aber so sind sie, die jungen Leute, wenn sie verliebt sind. Nicht mehr recht bei Trost! Heiraten in so jungen Jahren!« Sie schüttelte den Kopf. »Als ob das ganze Elend nicht früh genug anfangen könnte!«

Die Mutter redete sich in Fahrt: »Anstatt erst mal was vom Leben zu haben! Am Samstag zum Tanz und am Sonntag ins Grüne. Und mal 'ne Berliner Weiße oder 'ne Kahnfahrt. Und mal ein neuer Hut oder sogar ein Kleid. Und 'ne Arbeit in der Fabrik oder der Druckerei und was auf die hohe Kante gelegt. Aber nein, ihr wollt euch ja unbedingt lieber heute als morgen ins Unglück stürzen!«

Clara starrte ihre Mutter fassungslos an. Wollte ihr Einhalt gebieten, brachte keinen Ton heraus.

»Ein Kind nach dem anderen«, fuhr die Mutter fort, »womöglich jedes Jahr eins, und wenn ihr Pech habt und es Gottes Wille ist, dann bleiben alle am Leben! So viel Geld kann ein Mann allein gar nicht verdienen, dass es für alle reicht! Aber dann ist nichts mehr mit Fabrikarbeit für die Frau, dann geht das Elend mit der Heimarbeit los! Und nicht genug mit der Schufterei – nie mehr als fünf, sechs Stunden Schlaf, und die auch noch dauernd gestört durch greinende kranke Kinder. Und keine Minute für sich, nie mal was Schönes. Kein Kleid, um auch mal außer Haus zu gehen. Und all die Sorgen, wenn man nicht weiß, wie die Miete bezahlen, wie Holz und Petroleum und das Brot oder auch nur die Kartoffeln – von Butter oder Fleisch ganz zu schweigen! Aber ihr wollt's ja nicht anders!«

Was tat die Mutter da! Vertrieb ihr Ernst mit solchen Schreckensbildern – und dann stand sie, Clara, allein da mit dem Kind! Und Ernst wusste doch noch nichts davon, dass sie schwanger war, irgendwie hatte sie den richtigen Augenblick noch nicht gefunden, es ihm zu sagen.

Verzweifelt versuchte sie den Redestrom zu unterbrechen, die Mutter mit Blicken zu beschwören, aber diese erging sich immer weiter: »Wenn ich gewusst hätte, was auf mich zukommt, damals, als dein Vater mich zum Tanzen aufgefordert hat, ich wär lieber bis ans Ende der Welt gelaufen, als Ja zu sagen, das kannst du mir glauben, Clara! Sogar im Bergwerk wär ich lieber geblieben, als zu heiraten, da hat mir wenigstens der Sonntag gehört und die Nacht. Jetzt gehört mir gar nichts mehr. Und da soll ich dich nun reinrennen lassen und wohl auch noch gratulieren? Prost Mahlzeit! Und überhaupt!« Sie holte tief Luft und legte neu los: »Was für ein Undank das ist, wenn die eigene Tochter so früh aus dem Haus will! Da hat man sich jahrelang krumm gearbeitet für sie und sich die Nächte um die Ohren geschlagen und das Brot vom Munde abgespart, und wenn man endlich mal was von ihr hätte, ein bisschen Hilfe und ein paar Mark für den Haushalt, dann will sie nichts wie weg! Nee, nee, so geht das nicht! Ich brauch die Clara hier, das lass dir gesagt sein, junger Mann! Wie soll ich das denn alles schaffen ohne sie?« Dann brach sie ab und schaute Ernst misstrauisch an. »Bist du überhaupt katholisch?«

»Ja«, brachte er hervor, offensichtlich von dem Wortschwall völlig verstört.

»Und aus Schlesien«, warf Clara rasch ein.

»Na, wenigstens was!«, meinte die Mutter. »Und Drucker, was? Verdienst du denn ordentlich?«

»Und ob«, sagte Ernst. »Wir Drucker, wir gehören schließlich zu den Arbeitern, die am allerbesten verdienen.« Er sagte es mit Stolz, aber sein Blick wirkte unsicher.

»Na, dann ist ja gut!«, erklärte die Mutter. »Das wird dem Vater recht sein. Dann verlobt ihr euch eben und haltet euch anständig und freut euch am Leben. Aber mit dem Heiraten, da wartet mal noch ein paar Jahre! Der Ernst kommt früh genug.« Als ihr bewusst wurde, was für ein Wortspiel sie da eben von sich gegeben hatte, brach sie erneut in Gelächter aus.

»Warten?«, murmelte Ernst. »Na ja, wenn ich's mir überlege ... Verlobt ist ja auch schon was, und dass ich mein Wort halte, das kannst du mir glauben, Clara.« Fragend sah er sie an.

Sie sah sich auf der Straße. Kein Boden mehr unter den Füßen. In ihrem Kopf nur ein wirbelnder Wirrwarr.

»Du sagst ja gar nichts?«, fragte Ernst.

Da schrie sie los: »Aber das geht ja nicht! Weil, weil ich ja ...« Sie konnte nicht weiter.

»Weil du was?«, fragte Ernst verständnislos.

Die Mutter aber sprang auf und haute Clara eine schallende Ohrfeige herunter. Dann sank die Mutter zurück auf den Stuhl und verbarg ihr Gesicht in den Händen.

Durch den Schlag auf einmal klar und ernüchtert, schaute Clara auf ihre Mutter. Und wartete.

»Also, das geht zu weit«, erklärte Ernst. »Bei allem Respekt. Aber in meiner Gegenwart schlägt niemand meine Braut!«

Die Mutter hob den Kopf. Tränen strömten ihr über das verhärmte Gesicht. »So«, sagte sie. »Bei allem Respekt! Dann geh mal morgen zum Standesamt und bestell das Aufgebot, bei allem Respekt! Damit du deine Braut noch heiraten kannst, bevor jeder sieht, was du ihr angetan hast!« Und dann zu Clara: »Aber der Vater erfährt nichts davon, warum es so schnell gehen muss, verstanden? Kein Wort! Und wenn er nicht zustimmen will, dann lass das meine Sache sein, ich krieg ihn schon dazu. Und jetzt geht zum Pfarrgarten, da sitzt er noch auf der Bierbank. Schon blau genug, damit er in rührseliger Stimmung ist und dem jungen Glück nicht im Wege stehen will, und noch nicht so blau, dass er nichts mehr mitkriegt. Da stell mal deinen Antrag, junger Mann, am besten gleich vor Zeugen. Wenn alle gehört haben, wie er Ja gesagt hat, dann kann er da auch nicht mehr zurück. Und mit dem Pfarrer könnt ihr auch gleich reden! Wenigstens bist du katholisch. Wenigstens das.«

Von all den Maschinen, die in der riesigen Halle auf Sockeln und Podesten aufgebaut waren, fühlte Clara sich schon ganz benommen im Kopf. Wie dunkel das Eisen glänzte, wie golden das Messing strahlte und wie blank geputzt das Kupfer funkelte! Und zu jeder Maschine las Ernst die Schilder und wusste was zu erklären, wie sie funktionierte und zu was sie gut war. Aber langsam drängte es Clara ins Freie. Es gab noch so viel anderes zu sehen ...

»Und, Lisa, welche Maschine hat dich denn bisher am meisten beeindruckt?«, fragte Ernst und sah Claras Schwester mit väterlichem Grinsen an.

»Der Apparat vom Herrn Röntgen, der die X-Strahlen

macht!«, erwiderte diese prompt. »Dass man durch Menschen hindurchsehen kann und von der Hand nur noch die Knochen bleiben – richtig gruselig war das! Aber gehen wir jetzt zum See? Da soll doch gleich eine Seeschlacht stattfinden, die würde ich so gerne sehen, bitte?« Schmeichelnd hängte sich Lisa an Ernsts Arm.

»Na, weil du's bist!«, meinte Ernst gutmütig. »Bist eben ein Mädchen, bei dir muss immer was Gruseliges oder was Lustiges passieren, damit du es spannend findest, was? Dass du dich stundenlang für Maschinen interessierst, wär zu viel verlangt. Mich hat ja der Riesendynamo von Siemens & Halske am meisten beeindruckt, und natürlich das große Fernrohr, aber von so was verstehen Frauen nun mal nichts. Kommst du, Clara?« Damit hielt er Clara seinen freien Arm hin.

Sie hakte sich bei ihm ein. Gemeinsam verließen sie die imposante Halle. Geblendet schloss Clara die Augen, als sie ins Freie traten. »Wir sind aber auch Glückspilze«, sagte sie. »Seit Wochen regnet es fast jeden Tag, die ganze Gewerbeschau fällt ins Wasser, aber wenn wir hier sind, scheint die Sonne!«

Ernst lachte zufrieden.

Unglaublich schön war es, an seinem Arm hier zwischen all den festlich gekleideten Menschen hindurchzuspazieren. Die vornehmen Damen in großer Toilette, mit rauschenden Seidenroben und prächtigen Hüten, die Offiziere in ihren schmucken Uniformen, die Herren in ihren schwarzen Gehröcken. Und mittendrin sie drei. Ernst in seinem guten Anzug, den er auch getragen hatte, als er um ihre Hand angehalten hatte, sie in ihrem Kleid mit den grünen Tupfen und dem grünen Jäckchen, und Lisa in dem halblangen weißen Hängekleid, das sie von Frau Doktor Weidemann geschenkt bekommen hatte. Früher hatte es mal deren Tochter gehört, aber es sah aus wie neu und

Jenny hatte einen neuen Matrosenkragen dran genäht, weil doch Matrosenkragen jetzt so in Mode waren.

Ernst war verwundert gewesen, im ersten Augenblick vielleicht auch ein wenig verärgert, als sie auf seine Einladung zur Gewerbeschau gesagt hatte: »Da müssen wir aber Lisa mitnehmen, ohne Lisa geht das nicht.« Aber als sie ihm erklärt hatte, wie sehr Lisa sich danach gesehnt habe, auf die Ausstellung gehen zu dürfen, da war er einverstanden gewesen. Er war nett zu Lisa. Und großzügig. Einen halben Wochenlohn ließ er es sich kosten, sie beide einzuladen und auch noch zu verköstigen. Das sei sein Hochzeitsgeschenk, hatte er lachend gesagt.

Was hatte sie doch für ein Glück. Glück, mit ihm und Lisa hier sein zu können. Glück mit Ernst.

Ihr wurde immer noch ganz schwach vor Dankbarkeit und Erleichterung, dass er sie nicht im Stich gelassen hatte.

In knapp drei Wochen würde die Hochzeit sein. Der Vater hatte seine Zustimmung gegeben, ohne zu fragen, warum es so schnell gehen musste, und auf dem Standesamt das Einverständnis unterschrieben, und auch Ernst hatte von daheim die Unterschrift seines Vaters bekommen, denn Ernst war ja auch noch keine fünfundzwanzig und durfte nicht einfach heiraten, wen er wollte, ohne seine Eltern zu fragen.

Er wollte sie.

Sie lachte vor sich hin. Ernst drückte ihren Arm.

Als sie an dem lang gestreckten künstlichen See ankamen, stand dort das Publikum schon dicht an dicht und wartete auf die angekündigte Vorführung. Ernst drängte sich wie ein Pflug durch die Menschenmenge und zog sie beide hinter sich her. Kaum hatten sie einen Stehplatz gefunden, von dem aus sie alles sehen konnten, begann das Spektakel. Die Miniatur-Kriegsschiffe, jedes an die vier Meter lang, setzten sich in Bewegung und begannen einander zu beschießen. Kanonen donnerten, Wasser spritzte, Rauch stieg auf. »Hurra! Hurra!«, schrien die Zuschauer begeistert. »Hurra! Hurra!«, schrien auch sie.

»Das ist besser als die Weltausstellung in Paris vor sieben Jahren«, ließ sich ein Offizier vor ihnen mit laut schnarrender Stimme vernehmen. »Gegen dieses große Hurenhaus der Welt, wie S. M. die Hauptstadt unseres Erzfeindes so unübertrefflich charakterisiert haben, braucht sich unser Berlin wahrhaftig nicht zu verstecken! Wir sind nun einmal die modernste Industriemetropole Europas, wir sind die Metropole des Geistes und der Wissenschaft, der Kultur und des unverfälschten deutschen Wesens. Und nicht mehr lang, dann wird Deutschland auch zur bedeutenden Seemacht aufgestiegen sein. Ohne Seemacht keine Weltmacht! Die Welt wird uns noch kennenlernen! Es lebe Seine Majestät der Kaiser!«

»Es lebe Seine Majestät der Kaiser!«, wurde der Ruf ringsum begeistert aufgegriffen.

»Kommt«, sagte Ernst. »Mir reicht's!«

»Gehen wir dann jetzt nach Kairo?«, bettelte Lisa.

Gemeinsam schlenderten sie der ägyptischen Ausstellung entgegen, tauchten in die originalgetreu nachgebauten Gassen Kairos ein, staunten über fremdartig verzierte Fassaden, über Minarette, Kuppeln und Moscheen, schlenderten über einen Basar, bewunderten exotische Bauchtänzerinnen und Schwerttänzer, ließen sich starken süßen Tee in kleinen Gläsern servieren und standen schließlich unter Palmen vor dem Nachbau einer Pyramidenfront. Während sie sich in die Schlange der Wartenden einreihten, die mit dem Aufzug zu der Aussichtsplattform auf deren Spitze hinauffahren wollten, begann Lisa auf den Steinquadern herumzuklettern. Als sie wieder heruntersprang, verfing sich ihr Rock in einer Spalte und sie stürzte.

Clara eilte zu ihr, doch schon hatte ein beleibter Herr Lisa die Hand gereicht und ihr auf die Füße geholfen. Dann tätschelte er jovial ihre Wange: »Immer hübsch langsam, schönes Fräulein!« Lisa stand starr. Die Farbe war auf einmal aus ihrem Gesicht gewichen. Dann trat sie abrupt zurück und erwiderte heftig: »Fassen Sie mich nicht an!«

Clara legte den Arm um sie und zog sie mit sich, weg von dem völlig verdattert hinter ihnen hersehenden Herrn hin zu Ernst, der ihren Platz in der Warteschlange frei hielt. Sie spürte, wie ein Zittern Lisas Körper durchlief. »Ist ja gut«, murmelte Clara hilflos.

»Na«, meinte Ernst, »der Schreck ist dir wohl in die Glieder gefahren, was, Kleine? Aber hast ja nicht mal einen Kratzer abbekommen. War doch nicht schlimm!«

Lisa schwieg. Still stand sie nun neben ihnen. Jedes Mal, wenn der Aufzug eine Fahrt beendet hatte, schob sich die Gruppe ein Stück vorwärts.

»Ernst?«, fragte Lisa schließlich leise. »Wenn du meine Schwester heiratest, dann bist du doch für mich so was wie ein großer Bruder, oder?«

»Klar!« Er nickte.

»Das ist gut«, seufzte Lisa. »Einen großen Bruder hab ich schon immer gewollt.«

Ernst grinste geschmeichelt.

Dann war die Reihe an ihnen und sie fuhren in dem eisernen Käfig nach oben. Sie standen auf der Plattform und schauten über das Ausstellungsgelände mit der Haupthalle und den Ausstellungspavillons und über den künstlichen See und den Karpfenteich mit den Negerdörfern und über die Spree. Und irgendwann kehrte auch die Farbe in Lisas Gesicht zurück und sie lachte wieder.

Als sie wieder unten ankamen, zog Ernst seine Geldbörse heraus. »Lisa«, erklärte er, »ich geh jetzt mit Clara zum Alpenpanorama, das ist sozusagen unsere Hochzeitsreise, verstehst du? Wir treffen uns nachher wieder im Biergarten von der Tucherbräu, da, wo wir vorhin schon gesessen haben. Ich geb dir eine Mark, damit gehst du in den Vergnügungspark und fährst Wasserrutsche und Luftkarussell und alles, was du willst! Lass dir ruhig Zeit, darfst die ganze Mark ausgeben!«

Clara zögerte. Ob es gut war, Lisa allein durch das Gelände streifen zu lassen, nach dem, was grad erst gewesen war? Vielleicht hatte Lisa ja Angst?

Doch Lisa fiel Ernst um den Hals. »Danke, Ernst! Eine ganze Mark! Bis später dann! Und schöne Hochzeitsreise!« Damit rannte sie davon.

Wie jung sie auf einmal wieder aussah ...

Clara wischte sich gerührt den Augenwinkel.

»Na, dann auf in die Alpen!«, erklärte Ernst und zog sie eng an sich. Unter dem grünen Jäckchen fuhr seine Hand ihren Rücken entlang. Sie sträubte sich: »Was sollen die Leute denken!«

Er grinste: »Dass du meine Braut bist, was sonst!«

Die Alpen waren täuschend echt auf Stoffbahnen gemalt. Ernst winkte einen Fotografen heran. »So, da lassen wir jetzt ein Foto machen und draufschreiben: Ernst und Clara auf Hochzeitsreise. Das rahmen wir uns und hängen es in unsere Stube. Dann glaubt jeder, der es sieht, wir haben wirklich eine Hochzeitsreise in die Alpen gemacht!« Er lachte. Sie stimmte in sein Lachen ein. Diesen Moment wollte sie nie vergessen, nie.

Dann saßen sie dicht beieinander am Biertisch und hielten sich an den Händen. Kurz lehnte Clara ihren Kopf an seine Schulter und schloss die Augen. Ganz gleich, was die Leute dachten.

»In meiner Mietskaserne wird was frei«, sagte Ernst. »Eine Wohnküche mit daran anschließender Kammer. Mehr brauchen wir ja nicht. Ich will keine Schlafgänger nehmen, ich will eine Wohnung ganz für uns allein. Und wir müssen doch erst noch Möbel anschaffen.«

»Ja«, bestätigte sie, »mehr brauchen wir nicht. Und Schlafgänger will ich auch keine. Trautes Heim, Glück allein. Ich werd's dir schon schön machen! Hauptsache, es ist kein Keller.«

»Es ist im vierten Stock«, antwortete er. »Geht sogar nach Süden. Sonne hast du da genug.«

»Ich?«, neckte sie ihn. »Du doch auch!«

Er zuckte die Schultern. »Na, ich werd da nicht so viel sein wie du! Die nächsten Monate kannst du ja noch mit in die Druckerei. Aber dann, wenn das Kind da ist, bleibst du zu Haus!«

Zu Hause ... Wie oft hatte sie sich das gewünscht. Auch wenn sie die Kolleginnen in der Druckerei vermissen würde ... Aber nicht mehr Tag für Tag das ewige Stehen, die ewiggleichen Handgriffe.

Und trotzdem, wie er das sagte ...

Sie schob den Gedanken weg, ehe er aufkam. »Ja«, antwortete sie. »Und ich könnte ja auf Raten eine Nähmaschine kaufen, da kann ich mit Nähen was dazuverdienen.«

Er fuhr auf: »Meine Frau muss nicht arbeiten! Oder glaubst du, ich verdiene nicht genug? Das lass dir gesagt sein, ich bin Manns genug, allein meine Familie zu ernähren, und zwar gut! Das mit der Nähmaschine schlag dir mal gleich aus dem Kopf! Ich will keine Kleidung rumliegen haben, wenn ich aus der Druckerei komme. Und ich will keine Frau, die sich die Nächte mit Heimarbeit um die Ohren schlägt!« Dann fügte er in verändertem Tonfall grinsend hinzu: »Höchstens mit mir!«

Sie versuchte ein Lachen und zwinkerte ihm zu. »Macht ja

auch viel mehr Spaß! Und dass du gut verdienst, richtig gut, das weiß ich doch. Schließlich bist du kein Spinnereiarbeiter, sondern ein gelernter Drucker. Das ist doch was Höheres.«

Ernst nickte, nahm einen großen Schluck Bier und wischte sich den Schaum vom Mund. »Das wäre also geklärt«, stellte er fest.

»Das wäre geklärt«, bestätigte sie und lehnte sich an ihn.

Ernst, das war ein Ehrenmann, einer, auf den man sich verlassen konnte, einer, nach dem sie sich gerne richtete. Wie er vor der Mutter für sie eingetreten war, als er noch nicht kapiert hatte, warum die Mutter ihr eine runtergehauen hatte! Und erst recht, als er es dann begriffen hatte.

Ganz still hatte er sie angeschaut. Und dann hatte er gesagt: »Mein Gott, Clara. Was musst du gelitten haben.«

So einer war er, ihr Ernst. Zehnmal besser als Johann, der noch mit ihr im Bett gewesen war, als er in seinem Herzen schon die Baronesse geliebt hatte!

Ein Leben mit Ernst . . . Den Haushalt und das Kind versorgen und nachmittags in den Humboldtpark spazieren – war das nicht ein Traum? So gut wie Jenny würde sie es haben, als Heinrich noch nicht den Unfall gehabt hatte.

Und vielleicht konnte sie ja der Mutter einen Teil der Schals abnehmen und heimlich Fäden vernähen, wenn Ernst nicht da war, da brauchte der gar nichts davon zu merken. Damit sie sich wenigstens ein paar Mark verdienen konnte. Man wollte doch auch was Eigenes haben, worüber man dem Mann keine Rechenschaft schuldete. Und einen Notgroschen anlegen für Zeiten, wenn es mal eng werden sollte, wenn noch mehr Kinder kamen oder wenn Ernst gar einmal krank wurde . . .

Das möge Gott verhüten! Hastig bekreuzigte sie sich.

»Was willst du? Dir heimlich eine Näharbeit nehmen, wenn das Kind da ist, und Ernst nichts davon sagen?! Mit so was fang mal gar nicht erst an!«, erwiderte Jenny, als Clara ihr von ihren Zukunftsplänen erzählt hatte.

Clara schaute verlegen. »Meinst du, es ist unrecht? Eine Lüge? Aber wenn man was nur nicht erzählt, ist es doch nicht gleich eine Sünde?«

Jenny zuckte die Schulter. »Sünde oder nicht, das ist mir so gleich wie nur was! Da musst du schon deinen Pfarrer fragen, wenn du's nicht lassen kannst! Aber was mich ankotzt, ist diese Heimlichtuerei von uns Frauen! Heimlich hungern, damit der Mann und die Kinder mehr zu essen bekommen. Heimlich sparen, damit man dem Mann nicht sagen muss, dass das Geld nicht reicht. Heimlich ein paar Pfennige verdienen, damit er glauben kann, er allein ernährt die Familie, und nach außen gut dasteht! Den Mund halten, damit er sich aufspielen kann als der große Macher! Heimlich weinen, wenn alles zu viel wird! Und nicht nur zu Hause diese heimliche Heldenhaftigkeit − da liegt es ja noch in der eigenen Hand, und genug Frauen gibt es glücklicherweise, die wehren sich dagegen und sagen, was sie denken. Aber in der Öffentlichkeit, da sind wir zur Heimlichkeit gezwungen, da bleibt uns gar keine Wahl! Heimlich für die Partei arbeiten, heimlich auf Frauenabenden Politik treiben, heimlich agitieren − heimlich, heimlich, heimlich! Ach, es ist wirklich zum Kotzen!«

»Was du draus machst!«, wehrte Clara ab. »Bei dir geht's immer gleich ums Grundsätzliche. Ich hab ja nur gedacht, ein bisschen was verdienen, wäre nicht schlecht! Und wenn Ernst das nicht will, weil es ihm gegen die Ehre geht, dann muss ich's nicht an die große Glocke hängen, sondern halt so machen, dass er's nicht gleich mitkriegt, hab ich gedacht. Wenn du deinen

Notgroschen nicht gehabt hättest, als Heinrich seinen Unfall hatte, wäre alles noch viel schlimmer gewesen. Und man weiß ja nie, wie's kommt.« Sie stockte und fügte leise hinzu: »Es kann so schnell gehen ...«

Jenny nickte. »Ich weiß schon, wie du's meinst. Für unsereins gibt's keine Sicherheit, jede von uns kann jederzeit abstürzen ins Elend, so ist nun mal die Situation des Proletariats im Klassenstaat. Es geht ja auch nicht gegen dich, was ich gesagt habe. Aber manchmal werde ich so zornig. Auf die Bourgeoisie, auf die Genossen, auf diese Lämmer von Arbeiterinnen, auf alles. Da müht man sich ab und tut, was man kann, um sich ein bisschen politische Bildung zu verschaffen – und es nützt einem alles nichts. Am Ende sitzt man doch in der Falle mit Kindern und Küche und das Leben geht draußen an einem vorbei und man hat keinen Anteil daran.«

Wie verloren Jenny auf einmal aussah. So kannte Clara ihre Freundin gar nicht. »Aber du stehst doch mitten drin im Leben! Du hast ja deine Aufgabe als Vertrauensfrau«, versuchte sie einen Trost.

Jenny schüttelte den Kopf und schlug die Hände vors Gesicht.

»Nicht?«, fragte Clara leise.

»Die Näherinnen haben mich abgewählt«, antwortete Jenny. »Weil ich dafür agitiert habe, dass wir wieder in den Streik treten. Ich hab mich dafür ausgesprochen, es uns nicht bieten zu lassen, dass die Konfektionäre die Verträge gebrochen haben, die im Februar geschlossen wurden. Alles haben sie rückgängig gemacht: die zwölfeinhalb Prozent Lohnerhöhung, die sie nach dem Streik zugesagt hatten, das Versprechen, Betriebswerkstätten zu errichten – und was nicht noch alles! Ich habe also für einen neuen Streik geredet, aber die Frauen haben einfach keine Kraft mehr, sie haben ja noch an den Schulden abzuzahlen, die sie beim letzten Streik gemacht haben. Und da haben sie mir vorgeworfen, ich hätte gut reden, ich wäre ja bessergestellt und bräuchte nicht zu nähen, um zu überleben. Und eine hat vorgeschlagen abzustimmen, ob sie mir noch vertrauen. Und so kam eins zum andern.«

»Das tut mir leid«, murmelte Clara. Und dann, nach einer Pause: »Was willst du denn da jetzt machen?«

»Was schon!«, erwiderte Jenny, nahm die Hände vom Gesicht und reckte den Kopf. »Meine Kinder zu guten Sozialisten erziehen und nicht müde werden im Kampf! Agitieren gegen das Politikverbot für Frauen und für das Wahlrecht der Frauen! An der Seite der Männer gegen die Bourgeoisie kämpfen für eine gerechte Gesellschaft. Für Freiheit, Gleichheit, Brüderlichkeit!« Und dann, mit einem spöttischen Auflachen: »Und eines Tages vielleicht als Abgeordnete der SPD in den Reichstag einziehen!«

Clara stimmte in das Lachen ein: Frauen als Reichstagsabgeordnete, das war eine Vorstellung! »Am besten gleich Reichskanzler werden!«, prustete sie.

»Warum nicht!«, widersprach Jenny heftig.

»Also hör mal!«, kicherte Clara.

»Nicht ich natürlich«, erklärte Jenny. »So schnell schießen die Preußen nicht. Aber warum soll nicht irgendwann einmal, in hundert Jahren vielleicht, eine Frau Reichskanzler werden?«

Clara schüttelte den Kopf. »Das kann ich mir nicht vorstellen! Aber ich versteh ja auch nichts von Politik.«

»Dann wird's Zeit, dass du das änderst!«, meinte Jenny.

Noch einmal schüttelte Clara den Kopf. »Ach, Jenny, lass! Ich bin nicht wie du. Ich will doch einfach nur mit Ernst zusammenleben und eine gute Frau sein und eine gute Mutter und es ihm zu Hause recht gemütlich machen. Und wenn du meinst, dass es nicht richtig ist, wenn ich was Heimliches anfange, dann lasse ich das. Ich glaube ja selbst, du hast recht. Ernst hat es nicht verdient, dass ich was hinter seinem Rücken mache. Wo er doch so ein anständiger Mensch ist. Wenn man sich Glück wünscht, dann muss man sich würdig erweisen. Und das wünsche ich mir: ein kleines bisschen Glück!«

»Das wünscht sich schließlich jede von uns«, sagte Jenny. »Ich auch. Aber wo kommen wir hin, wenn jede nur an ihr eigenes kleines Glück denkt!«

– 24 –

Zum unzähligsten Male nahm Margarethe die Karte aus
dem Umschlag. Schon ganz abgegriffen sah sie aus. Längst wusste
sie jedes der wenigen Worte auswendig. Dennoch las sie die Karte
immer wieder, betrachtete die sorgfältige Handschrift, als könne
sie ihr ein Geheimnis entreißen:

Liebe Margarethe!
Erwarte mich am Donnerstagnachmittag.
Deine Mutter

Sorgfältig schob Margarethe die Karte zurück in den Umschlag.
Dann drückte sie ihn an ihre Lippen und sog den schwachen
Rosenduft ein. Das Parfüm ihrer Mutter.

Deine Mutter, hatte sie unterschrieben statt des vertrauten
Maman. Aber war *Mutter* nicht viel mehr? Eine Mutter blieb
eine Mutter, was auch an Trennendem geschah. Die Vertrautheit
einer Maman konnte man ablegen. Mutter zu sein, niemals.

Ein Schaudern durchfuhr sie. Seit zwei Tagen, seit sie diese
Nachricht erhalten hatte, konnte sie an nichts anderes denken
als an das bevorstehende Wiedersehen mit ihrer Mutter.

Was mochte dahinterstehen? Ob die Mutter ihr Vorwürfe machen würde? Ihr eine schlimme Mitteilung machen? Oder –
kaum wagte sie es zu hoffen – die Hand zur Versöhnung reichen?

Liebe Margarethe, hatte sie geschrieben. *Deine* Mutter. Klang das nicht sehr versöhnlich?

Und allein schon, dass die Mutter überhaupt eine Karte geschrieben und ihr Kommen angekündigt hatte, war mehr, als Margarethe in den vergangenen Monaten für möglich gehalten hatte.

Ein Klagelaut aus der Tiefe der Brust entwich ihr. Wie eine Welle stieg der Schmerz in ihr auf. Ihr schien, erst jetzt, da sie ihre Mutter sehen, ihre Mutter sprechen würde, spürte sie in ganzer Tragweite, wie furchtbar sie unter der Trennung litt. Als habe sie es sich bisher nicht im vollen Maße eingestehen dürfen.

Wie hatte sie überhaupt leben können mit diesem Schmerz?

Und wenn nun die Mutter ausbliebe oder wenn das Wiedersehen unversöhnlich verliefe ... Nein, nein, nicht darüber nachdenken!

Heute war Donnerstag. Heute würde es sich entscheiden. Gleich.

Noch einmal sah Margarethe sich im Zimmer um, klopfte die Kissen auf, rückte die Blumenvase auf dem Tisch ein wenig weiter nach rechts und dann zurück an ihren ursprünglichen Platz, prüfte die Ausrichtung der Kuchengabeln und die Faltung der Servietten, zog die Fransen der Tischdecke gerade. Da klingelte es.

Unmöglich zu warten, bis Emma öffnete. Sie eilte selbst zur Tür. Und dann standen sie einander gegenüber. Die Mutter tief verschleiert. Also wollte sie nicht erkannt werden, wenn sie ihre verstoßene Tochter besuchte.

Die Mutter trat ein, schloss die Tür hinter sich, schlug den Schleier zurück und steckte ihn an ihrem Hut fest.

»Maman!«, sagte Margarethe. Beide Hände streckte sie nach

der Mutter aus. Doch diese nahm die Hände nicht, fasste stattdessen Margarethe an den Oberarmen und deutete einen Kuss
auf ihre Wange an. Einen Augenblick hielten sie sich, verharrten
so dicht beieinander. Dann löste sich die Mutter und ging mit
der größten Selbstverständlichkeit vor Margarethe her in das
Zimmer.

Margarethe folgte ihr mit tobendem Herzschlag, rückte der
Mutter einen Stuhl zurecht, ließ sich mit weichen Knien nieder.
Kaum konnte sie das Zittern beherrschen, das von ihr Besitz er-
griff.

Diese Umarmung – nicht gerade herzlich, aber doch so viel
mehr als nur ein Händedruck – war das nicht ein gutes Omen?

So begrüßte man niemanden, dem man Vorwürfe machen
oder Verachtung ins Gesicht schleudern wollte.

Schweigend saßen sie sich am Tisch gegenüber. So vertraut
und so fremd.

»Ich danke dir, dass du mich besuchst. Du ahnst nicht, wie
sehr ich mir gewünscht habe, dass dieser Augenblick kommen
möge«, sagte Margarethe schließlich und versuchte vergebens,
ihren Rachen anzufeuchten. Ihre Stimme war brüchig und heiser.

»Oh doch! So gut glaube ich dich denn doch zu kennen«, erwiderte die Mutter. »Aber du selbst warst es, die diese Trennung
heraufgeführt hat.«

»Ich weiß, Maman. Doch jetzt ...«

»... lasse ich mir den Kontakt mit meinem einzigen Kind
nicht länger verbieten!«, erklärte die Mutter mit Bestimmtheit.

Dieser Satz! Margarethe atmete auf. Das war sie, die Gewissheit, dass die Mutter ihr die Hand reichte. Alle krampfhafte Anspannung fiel von ihr ab und machte einer unendlichen Erleichterung Platz. Nun lag es an ihr ...

Sie suchte nach der richtigen, der besten Antwort, der Antwort, die alles umfasste, doch schon sprach die Mutter weiter: »Bereits als ich dich bei der Lesung im Theatersaal sah, hat es mich gedrängt, auf dich zuzugehen. Aber das war natürlich ganz und gar unmöglich. Es waren mehr als hundert Operngläser auf dich gerichtet! Was für ein Gemunkel und Getuschel, was für eine Entrüstung und was für ein Rauschen im Blätterwald hätte ich ausgelöst! Diesen Affront konnte ich deinem Vater nicht antun.«

»Und ich habe gedacht …«, erwiderte Margarethe und brach ab. Nein, nicht klagen! Nicht jetzt. Die Freude über das Wiedersehen zum Ausdruck bringen, die Dankbarkeit … Doch beinahe hölzern sagte sie stattdessen: »Was für ein Schritt von dir, dass du dennoch ins Theater gekommen bist! Zur Lesung deines sozialistischen Schwiegersohns!«

»Zur Lesung eines wirklich großen Dichters«, korrigierte die Mutter. »Ich will nicht verhehlen, dass ich stolz auf ihn bin. Johann Nietnagel hat zu seinem künstlerischen Weg gefunden und wird nun endlich anerkannt. Und ich gehöre zu denen, die ihn entdeckt und gefördert haben, als noch kaum einer ihn kannte. Ich habe schon immer geahnt, dass ein großer Romancier in ihm steckt.«

Margarethe nickte und sah auf ihre Hände. Warum sprachen sie hier von Johanns literarischer Leistung und nicht von sich selbst, nicht von dem, worum es ging?

Fast war sie froh, als Emma hereinkam, die Baronin freudestrahlend mit ihrem tiefsten Knicks begrüßte, den Kaffee auf den Tisch stellte und den Raum wieder verließ, wie Margarethe es ihr zuvor aufgetragen hatte.

Margarethe schenkte den Kaffee ein und gab der Mutter ein Stück Torte auf. Sie hatte Emma eigens zu Josty an den Potsdamer Platz geschickt, damit sie die Mutter mit ihrer Lieblingstorte bewirten konnte.

Die Mutter nahm einen Schluck und tupfte sich sorgfältig mit der Serviette die Mundwinkel ab. Die Tränen traten Margarethe darüber in die Augen.

»Ach, Maman«, sagte sie leise. »Maman! Wenn du wüsstest, wie sehr ich mich selbst gehasst habe für das, was ich dir angetan habe. Wenn du wüsstest, was ich darum gegeben hätte, meine Worte zurücknehmen zu können.«

Die Mutter schwieg.

Margarethe rang um jede Silbe: »Als ich dich im Reichstag gesehen habe und im Theater – ich, ich dachte, du wolltest nichts mehr von mir wissen – du könntest mir ohnehin nicht verzeihen – alles: dass ich deine wohlgemeinten Pläne für mich zunichtegemacht und Johann geheiratet habe – und was ich gesagt habe, damals, als du mich überreden wolltest, mit dir zum Bahnhof zu kommen, diese unsägliche Anspielung auf den Bibelvers . . .«

»Das war bitter, ja«, gab die Mutter zurück. »Mehr als bitter.«

»Es tut mir leid, Maman. So sehr leid.«

»Ach, wirklich?« Ein unergründlicher Blick traf Margarethe.

»Nicht, was ich getan habe«, erklärte Margarethe und fühlte, wie ihr Röte ins Gesicht zog. »Dass ich Johann geheiratet habe, dass ich dein Ansinnen, mit dir nach Italien zu fliehen, zurückgewiesen habe, das tut mir nicht leid. Aber wie ich es getan habe.«

Die Mutter nickte. »Lassen wir das! Mein Leben ist nicht mehr lang genug, als dass ich es damit verschwenden möchte, die Gekränkte oder gar die tödlich Verletzte zu spielen.«

Nun schossen Margarethe die Tränen aus den Augen. Sie weinte und schämte sich nicht darüber. »Ich danke dir, Maman!«, sagte sie und griff nach der Hand der Mutter, drückte sie fest. »Ich danke dir so sehr!«

Wieder schwiegen sie, doch nun war das Schweigen anders. Versöhnt.

»Wie geht es denn nun weiter?«, fragte Margarethe schließlich vorsichtig und nahm ihr Taschentuch zu Hilfe. »Ich meine: Sehen wir uns öfter?«

»Das will ich doch hoffen«, erwiderte die Mutter mit einem kleinen Lächeln. »Natürlich nur inoffiziell. Etwas anderes ist nicht möglich. Wenn wir uns in der Öffentlichkeit begegnen sollten, bleibt mir nichts anderes, als über dich hinwegzusehen. Also bitte ich dich, das Gleiche zu tun und einer Begegnung nach Möglichkeit auszuweichen. So sind nun einmal die Spielregeln dieser Gesellschaft. Sie einzuhalten, schulde ich deinem Vater.«

Ihr Vater. Es war, als ziehe sich ihr Herz zusammen. Kaum hatte sie ihre Mutter wieder geschenkt bekommen, sehnte sie sich mit doppelter Heftigkeit nach ihrem Vater. Wenn nun auch mit ihm eine Versöhnung gelänge, und sei es nur eine ganz stille, geheime ...

Aber was war das für ein unerreichbarer Traum! Kaum traute sie sich zu fragen: »Papa – weiß er, dass du hier bist?«

»Natürlich! Ich habe ihn noch an dem Tag unterrichtet, als ich die Karte an dich geschickt hatte. Es ist nicht meine Art, einen solchen Schritt hinter seinem Rücken zu tun. Aus Achtung vor ihm – und mehr noch aus Achtung vor mir selbst.«

Margarethe schluckte. Jetzt würde sie es erfahren. Jetzt. »Und wie hat er darauf reagiert?«, fragte sie vorsichtig, beinahe beiläufig. Als hinge nicht so viel für sie von dieser Antwort ab.

»Er hat sich meine Haushaltsbücher vorlegen lassen«, erwiderte die Mutter.

»Deine Haushaltsbücher?«, fragte Margarethe verwirrt. Wovon sprach die Mutter? Sie hatte eine lebenswichtige Frage gestellt – und nun eine solche Antwort!

»Meine Haushaltsbücher!«, bestätigte die Mutter. Empörung schwang in ihrer Stimme. »Ganz zu Beginn unserer Ehe hat er das gelegentlich getan, wie es ja das selbstverständliche Recht eines Ehemannes ist, doch danach nie wieder – weil er sich davon überzeugt hatte, dass ich keiner Aufsicht bedarf. Und nun jetzt! In diesem Augenblick! Nicht, dass ich etwas zu verbergen hätte. Eine sorgfältige Buchführung war mir immer selbstverständlich. Ein großer Haushalt wie der meine lässt sich anders nicht führen, man würde hoffnungslos den Überblick verlieren. Und schließlich will ich mir selbst Rechenschaft ablegen über mein Tun und Lassen, will wissen, welche Ausgaben in den laufenden Haushalt fließen, welche in Anschaffungen und gesellschaftliche wie kulturelle Bedürfnisse, welche in Wohltätigkeit und Mäzenatentum und so fort. Aber dass er nun die Bücher zu sehen verlangt hat, das hat mich sehr gekränkt, sprach doch mehr als deutlich sein Misstrauen daraus, ich könnte dir hinter seinem Rücken Geld zukommen lassen!«

Ein Stich fuhr Margarethe in die Brust. Der Vater argwöhnte, dass die Mutter sie unterstützte. Also stand der Vater ihr feindlich gegenüber. Als Versöhnungsbereitschaft konnte man ein solches Verhalten des Vaters jedenfalls schwerlich deuten. Oder war doch alles anders, als sie jetzt dachte?

Doch woher den Mut nehmen, genauer nachzufragen ...

Noch rang sie mit sich, da fuhr die Mutter fort: »Im Übrigen hat er keinerlei Unregelmäßigkeit in meinen Büchern feststellen können, obwohl er Stunden mit ihrer Prüfung zugebracht und sich schließlich sehr anerkennend darüber geäußert hat.

Um nicht zu sagen: kleinlaut. Das wenigstens war mir eine Genugtuung. Aber die Verletzung bleibt.«

»Ach, Maman«, sagte Margarethe traurig.»Es tut mir leid. Ich will nicht diejenige sein, die einen Keil zwischen euch treibt. Ihr habt euch doch immer gut verstanden.«

»Ja, ja, das haben wir. Weil wir nie ernstlich verschiedener Ansicht waren in Dingen von elementarer Bedeutung. Aber nun … Ich hätte seinerzeit auf einem Ehevertrag bestehen sollen.« Die Mutter brach ab und fügte dann mit veränderter, weicher Stimme hinzu:»Aber ich war so jung, gerade erst einundzwanzig. Und so selig, erwählt worden zu sein. So zitternd vor Glück. Das, woraufhin mein ganzes Leben, meine Erziehung, mein Hoffen und Bangen ausgerichtet gewesen war, das war eingetreten: Ein Mann hatte um meine Hand angehalten, und was für ein schöner, charmanter, kluger und selbstbewusster Mann, ein Hauptmann der Ulanen, ein Spross aus altem märkischen Adel − wie sollte ich da noch denken?«

Wie verletzlich die Mutter auf einmal aussah. Als erschiene hinter dem Gesicht der seit Langem gesellschaftlich arrivierten Dame die junge, selige Braut …

Seltsam, sie hatte sich nie Gedanken darüber gemacht, dass auch ihre Mutter einst ein junges Mädchen gewesen war, das ähnlichen Gefühlsstürmen ausgesetzt gewesen sein mochte, wie sie selbst es mit Johann gewesen war. Nur mit dem elementaren, alles entscheidenden Unterschied, dass die Mutter sich in einen Mann verliebt hatte, der die Zustimmung ihrer Eltern gefunden hatte.

Die Mutter hatte das Glück gehabt, nicht mit ihrem Vater brechen zu müssen, um den Mann heiraten zu können, den sie liebte.

Härter fuhr die Mutter fort:»Wie sollte ich in meinem

Glückstaumel gar noch meinem Vater dreinreden in die Verhandlungen, die er mit meinem Bräutigam über die Mitgift führte? Unwürdig wäre es mir erschienen, kleinlich und beschämend, wenn ich gefragt hätte, ob ich denn selbst Verfügung über meine Mitgift haben würde oder wenigstens über einen Teil davon. Vorbehaltsgut – das Wort kannte ich ja nicht einmal, unwissend und in rechtlichen Dingen völlig ahnungslos, wie ich war! Ach, was hat man uns Frauen doch immer künstlich dumm gehalten!«

»Dumm warst du nie, Maman!«, protestierte Margarethe. »Du ganz gewiss nicht!«

»Du weißt ja wohl, wie ich es meine!«, sagte diese. »Du hast ja selbst schon öffentlich darüber gesprochen!«

»Öffentlich? Du hast eine Rede von mir gehört?«, rief Margarethe aus. »Wann war das?«

»Mehr als eine«, erwiderte die Mutter trocken. »Ich war bei der Protestversammlung am 28. Juni gegen das Bürgerliche Gesetzbuch dabei und war wie vom Donner gerührt, als du da das Wort ergriffen hast. Bis dahin wusste ich nicht, dass du dich der Frauenbewegung angeschlossen hattest, und ahnte nichts von deiner Rednergabe. Die ist übrigens wirklich eindrucksvoll.«

Dieser kurze Blick der Mutter, dieses kaum wahrnehmbare Lächeln, und dahinter noch etwas anderes – war es nicht Anerkennung, Stolz?

»Seither habe ich deinen Weg im Geheimen beobachtet«, erzählte die Mutter. »Mit wachsender Freude, um das hier einmal so zu sagen. Ich habe dich auf der Versammlung vor zehn Tagen sprechen hören, der ich verschleiert beigewohnt habe. Eine grandiose Rede. Ich hatte Tränen in den Augen. Endlich sprach da nicht nur eine aus, was ich schon so oft im Stillen gedacht hatte, fasste es in messerscharfe Gedankengänge und bewegende Worte – nein, diese eine war auch noch meine eigene Tochter!«

»Und ich – ich habe nichts davon geahnt ...«, stammelte Margarethe. »Was hätte es mir bedeutet! Und was bedeutet es mir jetzt, das zu hören! Oh, Maman!«

Sie sahen einander an.

Jetzt, dachte Margarethe, jetzt kann ich nach dem Vater fragen. Wenn es nur nicht so schwer wäre ...

»Um noch einmal auf das Finanzielle zurückzukommen«, sagte die Mutter, »du weißt, dass ich dich nicht unterstützen kann, weil ich über mein Vermögen nicht verfügen kann. So ist das sogenannte Recht. Dass dieses Unrecht nun für uns Frauen auch noch durch das hochgelobte und lautstark gefeierte neue Bürgerliche Gesetzbuch zementiert wird, ist ein Skandal.«

»Einer von vielen«, stimmte Margarethe zu.

Heute würde sie keine Antwort mehr auf die Frage bekommen, wie unversöhnlich ihr Vater wohl sei. Vielleicht wollte sie das ja auch nicht. Wie sollte das alles auf einmal Platz in ihrem Herzen haben?

»Im Augenblick ist Johanns Stern ja im Steigen«, meinte die Mutter. »Aber wie lange das so bleiben wird – wer weiß! Ich bin lange genug im Kulturbetrieb involviert, um sagen zu können: Wenn eines sicher ist im Leben eines Künstlers, so ist es die Unsicherheit. Die völlige Armut wird immer als Damoklesschwert über euch hängen – wenn euch dies Schwert nicht gar trifft. Ich wollte wirklich, ich könnte etwas für euch tun! Vor allem nun, da ihr bald zu dritt sein werdet.«

Margarethe schluckte. »Woher weißt du das?«

Die Mutter lächelte. »Ich habe Augen.«

»Ich wusste nicht, dass man, dass man es schon sieht«, stammelte Margarethe.

»Man vielleicht nicht. Aber ich bin deine Mutter.«

»Ja, Maman, das bist du. Und ich bin stolz darauf«, erwiderte Margarethe.

Ein leichtes Neigen des Kopfes in der unvergleichlichen Art ihrer Mutter war die einzige Antwort darauf. »Freust du dich?«

»Ja, Maman. Unbeschreiblich.«

»Das ist schön. Ich freue mich auch – für dich und für mich. Ein Kind ist nun einmal die Erfüllung im Leben einer Frau.« Sie stockte und fügte beinahe entschuldigend hinzu: »Ich weiß, das klingt wie eine abgedroschene Phrase. Aber ich habe es wirklich so erfahren.«

»Erzähl«, bat Margarethe. »Wie war das bei dir?«

»Als du geboren warst«, erwiderte die Mutter und lächelte versonnen vor sich hin, »du weißt ja, ich hatte Jahre auf ein Kind warten müssen – als du dann endlich geboren warst … Ich hatte das Gefühl: Jetzt hat mein Leben seinen Sinn gefunden. Ganz gleich was noch sein wird oder eben nicht sein wird, das kann mir nichts und niemand mehr nehmen: Ich habe einem Kind das Leben geschenkt. Ich habe eine Tochter geboren. Ich habe nicht umsonst gelebt.«

Margarethe nickte stumm. Sie konnte jetzt nicht sprechen.

»Wann ist es denn so weit?«, fragte die Mutter.

»Anfang Februar.« Wie gerne hätte sie jetzt die Mutter umarmt! Doch diese machte keine Anstalten dazu.

»Du wirst ein Kindermädchen brauchen – am besten eine Amme. Ich habe kürzlich erst Doktor Schneider sagen hören, er sei ein überzeugter Vertreter des Stillens, auch wenn er darin von vielen seiner Kollegen abweiche. Aber seiner Beobachtung nach beuge das Stillen der gefährlichen Säuglingsdiarrhö vor.«

»Ich bin auch für's Stillen. Aber eine Amme können wir uns nicht leisten.«

»Willst du womöglich selbst stillen?«, fragte die Mutter fassungslos.

»Warum nicht!« Herausfordernd sah Margarethe ihre Mutter an. »Warum sollte ich nicht stillen? Und mein Kind selbst wickeln und baden und trösten? Was soll alles Gerede von Mutterliebe und Mutterglück, wenn es sich für eine Mutter in unseren Kreisen nicht schickt, ihr Kind selbst zu nähren und zu versorgen?«

»In unseren Kreisen?«, erwiderte die Mutter scharf. »Du weißt selbst, dass wir nicht mehr zu den gleichen Kreisen gehören, du und ich! Und was du eben gesagt hast, belegt mehr als deutlich, dass du den beengten bürgerlichen Lebensstil nicht nur äußerlich angenommen hast, sondern auch innerlich. Aber nun – jeder soll nach seiner eigenen Fasson selig werden!«

Die Harschheit dieser Worte traf sie völlig unvorbereitet. Sie rettete sich in die gesellschaftliche Plauderei. »Wofür man nicht alles den Alten Fritz mit seinen markigen Sprüchen bemühen kann«, erwiderte sie mit erzwungener Leichtigkeit. »Sogar für die Frage des Stillens! Und das ihm als Frauenverächter!«

Einen Augenblick verstummte sie, doch dann entschied sie sich gegen alle Vernunft, so zu tun, als würde der Missklang, der sich in den Worten der Mutter aufgetan hatte, nicht existieren, als wäre da weiter diese Ebene der Verbundenheit zwischen ihnen.

»Ich weiß ja selbst nicht, wie alles werden wird, wenn das Kind da ist, wie es sich fügen wird«, fuhr sie fort, um Offenheit bemüht. »Vorstellen kann ich es mir nicht. Es ist doch jetzt schon Arbeit und Verpflichtung genug. Schon jetzt zerreiße ich mich zwischen den Aufgaben, die ich im Verein *Frauenwohl* übernommen habe, dem Schreiben von Artikeln und Ausarbeiten von Reden, den Bemühungen für die Gründung eines neuen Vereins auf der einen Seite und meinen Pflichten als Hausfrau und Gattin auf der anderen. Ich eile nach Hause, weil ich weiß, dass Johann auf mich wartet, ich lasse angefangene Manuskripte liegen, weil sich Gäste angemeldet haben, ich bessere Johanns Garderobe aus . . .« Sie stockte und fügte dann beinahe trotzig hinzu: »Ich sorge ja auch gern für ihn, ich tue es ja aus Liebe!«

»Aus Liebe. So!«, sagte die Mutter. »Dann stopfst du jetzt also deine Liebe in seine Socken.«

Margarethe zuckte zusammen. Wie sich das anhörte! Eben wollte sie abwehren, da beugte sich die Mutter vor und fragte eindringlich: »Musste das denn wirklich sein, mein Kind? Dass du dich in diese armseligen Umstände begibst – alles aus Liebe? Wäre es nicht auch anders gegangen? Was hättest du haben können!«

Diese Frage . . .

Hatte sie sich nicht die ganze Zeit selbst verboten, sie sich zu stellen? Und nun wurde sie ihr gestellt.

»Ich weiß nicht, Maman«, antwortete sie, nach jedem Wort tastend. »Ich weiß nicht. Es war eben so. Es war eben Johann. Es war eben die Liebe zu ihm, die mich aufgerüttelt hat. Vielleicht auch verwandelt, ich weiß nicht. Ich weiß nur: Das, was ich hatte – und ich habe erst im Nachhinein gemerkt, wie ungeheuer viel es war –, ich konnte es nicht nutzen. Ich konnte nichts damit anfangen.« Sie zögerte, fuhr sehr leise fort: »Ich glaube wirklich, ich musste erst alles verlieren, ich musste den goldenen Käfig verlassen und damit allen Luxus und alle Geborgenheit in eurer Liebe, in deiner und Papas . . . Ich musste alles verlieren, um mich selbst zu finden. Und ohne meine Liebe zu Johann – ohne sie hätte ich die Kraft dazu niemals aufgebracht . . .«

»Und jetzt hast du dich gefunden?«, fragte die Mutter, ganz nah auf einmal wieder, ganz ernst.

Margarethe hob die Schultern. »Ich bin – auf dem Weg«, erwiderte sie stockend. »Ich weiß jetzt, dass ich den Mut habe, den ich brauche.«

»Den hast du!«, sagte die Mutter. »Bei Gott, Mut hast du! Mehr, als manch einer deiner berühmten Ahnen in der Schlacht bewiesen hat!«

Längst war der Kaffee kalt geworden, schon färbte sich draußen der Himmel rötlich, und noch immer saßen sie beieinander und sprachen. So vieles hatten sie nachzuholen, die Mutter und sie – fast ein Dreivierteljahr. Nur die eine Frage, die wichtigste, hatte Margarethe noch immer nicht gestellt. Und auch die Mutter erwähnte mit keinem Wort mehr den Vater.

»Wie willst du das denn schaffen, wenn das Kind da ist, mit einem einzigen Dienstmädchen?«, kam die Mutter unvermittelt auf das bereits angesprochene Problem zurück.

Margarethe zuckte die Achseln. »Ich werde es versuchen. Eines weiß ich: Um nichts in der Welt werde ich meine Arbeit für die Sache der Frauen wieder aufgeben. Ich werde um eine Lösung ringen, meine Aufgaben als Hausfrau, Gattin und Mutter mit meinem Engagement in der Frauenbewegung zu vereinen. Ich weiß nicht, wie das gehen soll – aber es heißt doch: Wo ein Wille ist, da ist auch ein Weg. Daran will ich einfach glauben. Und die Erfahrungen, die ich dabei mache, auch die Erfahrungen des Scheiterns, wenn es denn sein muss: Werden sie nicht ein Teil meiner Arbeit sein? Sind das nicht Erfahrungen, die ich mit Millionen von Frauen teile? Probleme, um deren Lösung wir ringen müssen – nicht nur jede für sich, sondern wir alle gemeinsam?«

»Du meinst es sehr ernst mit deinem Kampf für die Rechte der Frauen«, stellte die Mutter fest.

»Oh ja. Weißt du, es ist, als hätte mein Leben auf einmal seinen Inhalt und sein Ziel gefunden. Endlich sind mir die Augen aufgegangen und ich kann und will sie nicht mehr schließen. Seit ich den Kinderschuhen entwachsen war, war ich eine Suchende und wusste nicht, wonach ich suchte. Ich sagte ja schon, inzwischen weiß ich zu schätzen, dass ihr mir ein sorgloses und liebevoll behütetes Leben bereitet habt. Aber mir war alles so leer. Und immer nur darauf zu warten, dass ein Mann kommt, der diese Leere fülle – das kann es doch nicht sein! Wir Frauen, wir haben doch auch Anspruch auf den Himmel, wir sind doch auch ganze Menschen und nicht nur unvollständige Hälften – oder schlimmer noch, leere Hüllen! Und dann die anderen zu sehen, die Arbeiterinnen mit der übermenschlichen Bürde, die sie zu tragen haben, aber auch der übermenschlichen Leistung, die sie erbringen, und sind doch auch Frauen, angeblich schwache Geschöpfe ...«

Die Mutter nickte.

Von diesem Nicken ermutigt, fuhr Margarethe fort: »Und selbst immer nur schön sein, anziehend und gefällig? Und das Leben mit all seiner Wucht und Grandiosität, mit seinen Abgründen und Gipfeln geht irgendwo draußen an einem vorbei und man wagt es nicht einmal zu ahnen. Nur das Sehnen bleibt, das Sehnen nach einer wahren Aufgabe. Das Sehnen nach dem wahren Leben. Das Sehnen nach dem eigenen Ich. Verstehst du?«

Die Mutter nickte noch einmal. »Und ob ich verstehe! Du bist nicht die Erste, die diese Erfahrung macht. Und – wenn sie nicht daran untergeht – findet jede ihren eigenen Weg, damit umzugehen. Es ist nicht notwendig, deswegen Herkunft, Eltern und Wohlstand über Bord zu werfen und einen Sozialisten zu heiraten.«

»Nein, das ist es wohl nicht. Nicht immer. In meinem Fall aber kam es so«, erwiderte Margarethe. »Es tut mir leid, dass ich euch damit verletzt habe, das kannst du mir glauben. Aber ich konnte nicht anders.«

»Das sagt sich leicht dahin.«

»Ja. Aber es hat sich nicht leicht gelebt.«

Sie schwiegen. Und je länger das Schweigen dauerte, desto mehr erschien es Margarethe, als ob es sich immer mehr öffne. War es die Mutter, war es sie selbst, oder war es doch eine Illusion?

»Ihr Feministinnen«, sagte die Mutter plötzlich, als fasse sie einen langen Gedankengang zusammen, »ihr wollt immer die neue Frau! Aber lass dir eins gesagt sein von einer Frau, die dir viel Lebenserfahrung voraushat: Ihr braucht nicht nur die neue Frau, um eure Utopie zu verwirklichen, ihr braucht auch den neuen Mann!«

Margarethe starrte ihre Mutter an, schluckte. »*Ihr Feministinnen*, sagst du. Wenn ich dich so höre, Maman – ich glaube fast, dann bist du selbst eine! Willst du nicht auch in der Frauenbewegung aktiv werden, dich dem Verein *Frauenwohl* anschließen, in dem ich meine Heimat gefunden habe? Oder dem Verein zur Wahrung der Frauenrechte vor Polizei und Gericht, den ich gerade aufzubauen versuche? Ach, Maman, das wäre wunderbar! Gerade jetzt, kurz vor dem *Internationalen Frauenkongress* hier in Berlin, ist es eine solche Aufbruchstimmung, ein solcher Elan, und jede Frau, die sich einbringen will, wird gebraucht. Du bist eine so kluge Frau – und du stehst den Gedanken so nahe, dass es mir den Atem verschlägt. Wenn du dich uns anschließen würdest, was wärest du für eine Mitstreiterin!«

Die Mutter lachte spöttisch auf. »Oh nein, mein Kind! Ich soll wie du flammende Reden vor Frauenversammlungen schwingen, Artikel in allen möglichen Zeitschriften veröffentlichen, Unterschriften sammeln und Petitionen zu Frauenfragen einreichen, die ich dann ja gleich Rüdiger zur gefälligen Ablehnung mit in den Reichstag geben könnte? Das überlasse ich dann doch lieber dir!«

Margarethe bemühte sich um ein Lächeln, das ihr nicht recht gelang.

Noch einmal stimmte die Mutter ihr ironisches Lachen an. Doch dann fuhr sie auf einmal tiefernst fort: »Aber auf meine Art nehme ich Teil an eurem Kampf. Ich habe begonnen, ganz gezielt weibliche Künstlerinnen zu fördern. Zu meinen Soireen lade ich als Künstler neuerdings, wenn immer möglich, Frauen ein, die sich künstlerisch verwirklichen. Malerinnen, Schriftstellerinnen, Pianistinnen. Es ist schwer, dabei die Spreu vom Weizen zu trennen. Wir gebildeten Frauen sind ja alle Meisterinnen des Dilettantismus, ein bisschen malen, ein bisschen Klavier spielen, ein bisschen schreiben und dichten kann schließlich jede. Wo endet der Dilettantismus und wo beginnt die wahre Kunst? Bei dem unsäglichen Stück über Napoleon und Königin Luise, in dem du seinerzeit aufgetreten bist, jedenfalls nicht.«

»Wahrhaftig nicht!« Margarethe lachte und schüttelte sich in gespieltem Grausen.

»Und doch glüht in mancher Frau das echte Feuer der Kunst und wird nur nicht wahrgenommen, wird als Liebhaberei, als schöner Zeitvertreib, als bloße Reproduktion belächelt«, fuhr die Mutter fort. »Die wahren Künstlerinnen unter den Frauen versuche ich zu ermitteln und ihnen eine Plattform zu bieten – das Parkett, auf dem sie sich bewähren, eine Öffentlichkeit finden und Ihresgleichen kennenlernen können. Ich bin auch dem *Verein der Künstlerinnen und Kunstfreundinnen zu Berlin* beigetreten, der Künstlerinnen in seiner Zeichen- und Malschule eine qualifizierte Ausbildung ermöglicht und Ausstellungen organisiert. Eine ganz junge Malerin habe ich dort kennengelernt, deren Arbeiten mich tief beeindruckt haben, Paula Becker – ich bin sicher, von der wird man noch hören. Nächste Woche kommt übrigens Hedwig Dohm zu meiner Soiree und liest aus ihrem neuen, noch unveröffentlichten Roman. Sicher wieder ein sehr emanzipatorisches Werk.«

»Hedwig Dohm!«, rief Margarethe mit Begeisterung. »Ich kenne sie inzwischen ziemlich gut, wir haben wiederholt zusammengearbeitet, ich lerne unendlich viel von ihr. Sie ist eine so warmherzige, bescheidene und mutige Frau und ein so großer fortschrittlicher Geist, eine wahrhaft radikale Feministin. So, wie sie das Wort *radikal* auslegt, ist es kein Schimpfwort, sondern ein Wort, das adelt. Sie aus ihrem neuen Roman lesen zu hören – wie gerne würde ich das miterleben!«

»Ja.« Die Mutter seufzte. »Es würde mich auch freuen, wenn du bei diesem Ereignis dabei sein könntest. Aber es ist ja nun einmal nicht möglich. Nicht im Haus deines Vaters.«

Das war er, der Augenblick.

Margarethe stockte der Atem. Jetzt musste sie die Frage stellen, sie würde es sich nicht verzeihen, wenn sie es nicht tat. Hatte sie bisher nicht immer die Kraft gehabt, zu ertragen, was sie ertragen musste? Noch einmal rang sie mit sich. »Nie?«, brachte sie dann mühsam hervor.

Die Mutter blickte an ihr vorbei zum Fenster. Nach langem Schweigen begann sie sehr leise zu sprechen: »Er leidet darunter, seine geliebte Tochter verloren zu haben, ich spüre es, auch wenn er niemals etwas in dieser Richtung sagt. Er ist sehr geal-

tert in den letzten Monaten. Ich habe das Gefühl, es zehrt an
ihm. Manchmal schaut er so schmerzlich vor sich hin, dass es
mir fast das Herz zerreißt. Dann möchte ihn am liebsten an der
Hand nehmen und zu dir bringen. Aber ich weiß, ich würde
nur das Gegenteil bewirken. Wenn er diesen Schritt gehen kann,
dann nur ganz aus sich selbst heraus. Zu viel würde er dadurch
aufs Spiel setzen, als dass du oder ich das Recht hätten, das von
ihm zu verlangen. Oder auch nur zu erbitten.« Die Mutter brach
ab. Margarethe nickte, mit Tränen in den Augen.

»Aber vielleicht – eines Tages – wer weiß ...«, fuhr die Mutter fort. »Vielleicht ist ihm eines Tages sein einziges Kind wichtiger als sein Reichstagsmandat, seine politischen Freunde und
geschäftlichen Kunden und als die öffentliche Meinung ... Vielleicht ...«

Was für ein schöner Septembersonntag! Ganz Berlin schien im
Tiergarten versammelt. Margarethe ließ sich an Johanns Arm
vom Strom der Menschen mitnehmen. Gemächlich schlenderten sie den großen Weg entlang. Vom Musikpavillon wehte Mi-
litärmusik herüber, der unvermeidliche Kaisermarsch, doch
dann klang es weicher im Walzertakt:

> »Wo Millionen Lichter glänzen
> und Millionen Herzen glühn,
> an des Spreefluss grünen Grenzen
> liegt die schöne Stadt Berlin.«

Vergnügt sang Johann die Schnulze mit. Da fiel auch sie ein:

> »Und wie Haus an Haus im Fluge
> zauberschnell entstanden war,

also wuchs im Lauf der Tage
auch der Mädchen holde Schar.
Blonde, Braune, Schwarze, Rote
aufgelegt zu Spiel und Scherz,
trägt ja jede in dem Jäckchen
fröhlich ihr Berliner Herz ...«

Plötzlich lachte sie hell auf.

»Was ist?«, fragte er.

»Ich stelle mir gerade vor, wie undenkbar es gewesen wäre, dass ich als Baronesse von Zug einen Gassenhauer singend durch den Tiergarten spaziert wäre!«

»Oder als Frau Hauptmann von Klaasen«, fügte er hinzu.

»Das erst recht«, stimmte sie ihm zu und lachte noch einmal. Dann sagte sie, plötzlich ernst: »Du, schau mal, dort drüben das Paar auf der Bank, ist das Mädchen nicht Clara?«

Er folgte mit dem Blick der Richtung, auf die sie mit dem Kopf deutete, und nickte. »Ja, das ist Clara.«

»Mit ihrem Bräutigam, darf man annehmen«, meinte sie. »Als ich gestern bei Hermine war, sagte mir Lisa, dass ihre Schwester nächsten Samstag heiraten wird – einen Ernst, der sehr nett sei.« Sie beobachtete ihn von der Seite, doch sein Gesicht blieb ausdruckslos.

»Ach, tatsächlich?«, erwiderte er. »Schön!«

»Lässt dich das so unberührt?«, fragte sie.

Er runzelte die Stirn. »Was erwartest du? Das mit Clara ist lange vorbei!«, antwortete er voller Abwehr.

»Vielleicht erwarte ich, dass du erleichtert bist. Ich jedenfalls bin es – stellvertretend für dich.«

Johann schwieg. Ihr schien, er fühle sich nicht wohl in seiner Haut.

»Ich glaube, sie hat dich wirklich geliebt«, sagte sie vorsichtig. »Aus Liebe hat sie sich dir hingegeben. Es ist doch natürlich, dass sich ein Mädchen dann Hoffnungen macht. Und du . . .« Sie sprach nicht weiter.

Wie das in Worte fassen? Sie wollte ihn nicht anklagen. Und doch – verdiente Clara nicht, dass er sah, was er mit ihr gemacht hatte, wenigstens das? »Du standest so hoch über ihr. Und deshalb . . .«

»Ja«, sagte Johann leise, »deshalb hätte ich nicht einfach nehmen dürfen, was sie mir gab, sondern wissen müssen, was ich tue. Was es bedeutet, wenn ich sie mir so vertraut mache.« Er stockte, fügte bitter hinzu: »Und mich nicht fast so benehmen wie ein Ausbeuter aus der Kapitalistenklasse. Ach, ich, ich wollte es nicht sehen, es ist erschreckend . . .« Er stöhnte.

Sie schob ihre Hand in seine. Er hielt sie fest.

»Es war nicht so, dass ich Clara bewusst ausbeuten wollte«, sprach er schließlich stockend weiter. »Ich, ich war bezaubert von ihr, habe nach ihr verlangt – ich habe einfach nicht darüber nachgedacht . . .«

»Ja«, sagte Margarethe.

Still gingen sie miteinander.

»Vielleicht rede ich noch einmal mit ihr«, sagte Johann schließlich zögernd, als fasse er ein langes Gespräch zusammen.

»Tu das!« Sie nickte. In ihr wurde es weich und warm, froh und traurig zugleich.

Sie verließen den Hauptweg, schlugen einen kleinen Pfad ein, der sich zwischen Bäumen und Gebüsch am Wasser entlang schlängelte. Hier waren sie allein. Er legte den Arm um ihre Taille. Sie lehnte den Kopf an seine Schulter.

Etwas war neu zwischen ihnen. Eine tiefere Art von Verstehen vielleicht? Oder von Wahrheit?

Langsam gingen sie weiter, blieben hier und da stehen, sahen in den tiefblauen Himmel, auf das Leuchten der Sonne, auf die ersten Anklänge von goldener oder roter Färbung in dem einen oder anderen Baum, sahen den Enten zu, die auf dem Wasser landeten, und den beiden Schwänen, die ihre Bahn zogen.

Endlich setzten sie sich auf eine Bank und blickten über die Wiese, auf der Familien lagerten und Kinder spielten. »Seltsam«, sagte Margarethe. »Wie viele kleine Kinder es hier gibt! Und wie viele Kinderwagen und Ammen – das ist mir früher nie aufgefallen.«

»Genau! Und wie viele Schwangere«, fügte Johann hinzu.

Überrascht blickte sie zu ihm. »Geht es dir auch so, dass du die jetzt überall siehst?«

Er nickte. »Ja. Ein erstaunliches Phänomen. Das müsste einmal wissenschaftlich ergründet werden: Warum man plötzlich mehr kleine Kinder und Schwangere bemerkt, wenn man sich selbst ein Kind wünscht oder sich drauf freut.«

Sie lehnte sich an ihn und schloss kurz die Augen. »Das war schön, was du gerade gesagt hast«, sagte sie leise. »Auch wenn mir die Wissenschaft in diesem Zusammenhang völlig gleich ist.«

Er strich mit dem Handrücken über ihre Wange.

Dann erhoben sie sich wieder und spazierten dem Zoologischen Garten entgegen. Jede Frau, die ihr begegnete, taxierte Margarethe nun danach, ob sie wohl schwanger sein könnte. Manchmal kreuzten sich ihre Blicke dabei mit einer werdenden Mutter. Und manchmal erkannte sie im Ausdruck der anderen, was sie selbst empfand – etwas Innerliches, nach innen Lauschendes, etwas Erwartendes und doch zugleich ganz in sich Ruhendes. Und dann schauten sie einander an, die Fremde und sie, und lächelten sich zu wie heimlich Verbündete.

Margarethe steuerte auf den Eingang des Zoologischen zu. »Gehen wir rein?«

»Wenn du dich diesem Schaulaufen aussetzen willst? Gern.«

Sie zuckte die Schultern. »Irgendwann muss ich ja mal damit beginnen!«

Eigentlich hatte sie als Erstes das prachtvolle Elefantenhaus aufsuchen wollen, doch da wurde Margarethe von einer plötzlichen Müdigkeit übermannt. »Ich muss mich erst einmal setzen!«, erklärte sie, strebte einer Bank zu und ließ sich mit erleichtertem Aufseufzen nieder.

Vor ihnen promenierte die Gesellschaft auf und ab – und die, die gerne zur Gesellschaft gehören würden. Offiziere, Unteroffiziere und Kadetten in ihren Uniformen, aufstrebende Assessoren und würdige Geheimräte, Professoren und Kommerzienräte, Kontoristen und kleine Beamte. Und die eng geschnürte Damenwelt in der seidenknisternden neuesten Mode oder im zum unzähligsten Male umgearbeiteten Schwarzen. Das war ein sich Grüßen und sich Übersehen, ein Kokettieren und sich Präsentieren, ein würdiges Gehabe und würdeloses Andienern.

Immer wieder erblickte Margarethe Mitglieder der Gesellschaft, die sie von früher kannte, aus ihrem einstigen Leben. Manch einer drehte ostentativ den Kopf weg, manch einer sah durch sie hindurch. Doch der eine oder andere grüßte sogar zu ihnen herüber. Nun ja, Johann war jetzt ja berühmt ...

»Was für ein Jahrmarkt der Eitelkeiten«, sagte Johann.

»Und was für ein Heiratsmarkt«, erwiderte Margarethe.

»Das kann man wohl sagen! Bist du etwas erholt? Willst du dich jetzt auch in diesen Corso stürzen?«

Sie schüttelte lachend den Kopf. »Nein, wozu? Ich habe doch schon meinen Liebsten!«

»Oh Julia, was hast du versäumt!«, rief Margarethe aus und ließ sich im Zimmer der Freundin in einen Sessel gleiten. »Was für ein Missgeschick auch, dass du gerade jetzt, wo hier der Internationale Kongress für Frauenwerke und Frauenbestrebungen stattfindet, deine Lehrtätigkeit hast aufnehmen müssen und an den wenigsten Veranstaltungen teilnehmen kannst! Eintausendsiebenhundert in den verschiedensten Frauenbewegungen engagierte Frauen aus allen Teilen Europas und aus Amerika sind in Berlin und sprechen über Frauenfragen – und du bist nicht dabei!«

»Was für ein Pech, ja«, stimmte Julia zu. »Und doch auch: Was für ein Glück. Ich bin selig, diese Anstellung erhalten zu haben. Sollte ich da nun damit hadern, dass ich jetzt bei mancher Sitzung, die mich interessieren würde, nicht dabei sein kann?« Julia unterrichtete seit wenigen Wochen als Lehrerin in einer sehr noblen Höheren Töchterschule in Charlottenburg.

»Ach, natürlich nicht! Wie geht es dir an der Schule?«

»Es ist wunderbar. Endlich eine sinnvolle Aufgabe! Endlich merkt man, wozu einen die Natur mit einem Verstand begabt hat. Du weißt ja, ich habe die ganz Kleinen, die Schulanfängerinnen. Sie sind so voller Lerneifer und kindlicher Offenheit, es ist leicht, sie zu gewinnen. Was für eine Freude, sie für das Lernen zu begeistern! Ich tu, was ich kann, damit sie die Lust daran niemals wieder verlieren. Übrigens sind die meisten von ihnen ausgesprochen wohlerzogen. Ich habe keine Not mit ihnen. Jedenfalls habe ich mir vorgenommen, den Rohrstock nicht zu verwenden – ich finde dieses Erziehungsmittel ganz und gar barbarisch und glaube, dass es die Freude am Lernen nur zerstören kann –, und bisher habe ich ihn auch nicht vermisst. Aber jetzt erzähl du! Was hast du heute erlebt? War es gut?«

»Das ist schwer in einem Satz zu beantworten. Ich war im

Roten Rathaus auf einer Sektionssitzung vor internationalem Publikum, und ich habe das Gefühl, damit an einem Ereignis von historischer Tragweite teilgenommen zu haben. Leider ist dabei wieder der Graben aufgerissen, der die verschiedenen Richtungen der Frauenbewegung trennt – aber was heißt aufgerissen, er war ja immer da! Heute wäre die Möglichkeit gewesen, dass beide Richtungen der Frauenbewegung, die sozialistische und die bürgerliche, einander näherkommen, dass sie sich im Kampf um die Gleichberechtigung der Frauen vielleicht sogar vereinen. Aber ich fürchte, heute wurde diese Chance verloren. Und dabei wurden die proletarischen Frauengruppen diesmal ausdrücklich eingeladen und nicht übergangen wie sonst. Aber sie haben ja aus alter Gekränktheit oder altem Klassenhass – oder angeblich, weil sie da für die Probleme der Arbeiterinnen nicht das richtige Forum hätten – eine offizielle Teilnahme abgelehnt, laden stattdessen die ausländischen Vertreterinnen zu ihren eigenen Frauenversammlungen ein und sind auf dem Kongress nur inoffiziell vertreten. Deshalb nicht weniger prominent.«

»Ist die Zetkin da?«, fragte Julia und beugte sich interessiert vor.

»Ja. Und wie sie da ist! Kaum hatte Frau Schwerin die Frage nach den Arbeitsgebieten gestellt, in denen eine klassenübergreifende Kooperation der Frauen möglich sei – ich holte gerade tief Luft, um als Thema die Übergriffe von Polizisten auf Frauen und die Geschlechterjustiz einzubringen –, da warf die Zetkin den Fehdehandschuh. Sie machte den bürgerlichen Reformwillen herunter, machte sich lustig über die Reformen, die wir für die Frauen anstreben, und sprach von dem Recht der Proletarierinnen, eine revolutionäre Klasse zu sein. Danach war natürlich kein Halten mehr. Fräulein Augspurg warf der Zetkin vor, gesellschaftliche Änderungen durch die Bluttaten einer Revolution herbeiführen zu wollen, malte das Schreckgespenst von Blutvergießen und Gräueltaten an die Wand, irgendeine hysterische Dame fürchtete, die Zetkin habe den Umsturz gepredigt, und so ging es fort.«

Julia nickte. »Das kann ich mir lebhaft vorstellen! Im Übrigen spricht mir dieses Fräulein Augspurg, wie du zweifellos weißt, darin geradezu aus der Seele!«

»Ach ja, Julia!« Margarethe warf der anderen einen warmen Blick zu. »Ich weiß sehr wohl, dass du nicht mit allem, was ich denke und anstrebe, einer Meinung mit mir bist – und dass du insbesondere zu Johanns politischen Überzeugungen und zu der sozialistischen Frauenbewegung entschieden Abstand hältst. Umso glücklicher bin darüber, dass unsere Freundschaft dies trägt. Was wäre ich ohne dich! Ganz abgesehen davon, dass ich erst durch dich näher mit der Frauenbewegung in Kontakt gekommen bin.«

Julia lächelte. »Danke«, sagte sie schlicht.

»Überhaupt«, fuhr Margarethe nachdenklich fort, »finde ich die sozialistische Position, welche die Zetkin auch heute einmal wieder ausbreitete, die Sozialdemokraten seien zwar eine revolutionäre, aber keine die Revolution machende Partei, immer eigentümlich unscharf. Ich habe mich schon mehr als einmal mit Johann darüber gestritten, der natürlich die sozialistischen Ideen verteidigt, auf ihrer Friedfertigkeit beharrt und mir die marxistische Verelendungstheorie darlegt, nach welcher der Kapitalismus angeblich von selbst zusammenbrechen wird. Allerdings rückt auch er von der streng marxistischen Linie langsam ab und setzt immer mehr auf den parlamentarischen Weg durch Reformen.«

»Tatsächlich?«, fragte Julia, geradezu freudig überrascht.

Margarethe nickte und erwiderte mit leiser Ironie: »Erst kürzlich erklärte er mir wie eine Offenbarung, dass sich seiner neu gewonnenen Erkenntnis nach durch Reformen eine gerechte Gesellschaft eher verwirklichen lässt als durch das ewige Warten auf die soziale Revolution. Musik in meinen Ohren! Mir für mein Teil sind Reformen jedenfalls tausendmal lieber als irgendein Kladderadatsch, der angeblich dazu führen wird, dass dem Proletariat die Macht zufallen wird. Vor allem finde ich das nicht besonders erstrebenswert. Oder möchtest du dir eine Regierung wünschen, in der nur Arbeiter mit Volksschulbildung das Sagen haben?«

Julia lachte.

»Lach nicht!«, protestierte Margarethe. »Mir ist es bitterernst. Und ich werfe mir selbst Standesdünkel vor. Ich bleibe eben doch gebunden in meiner Herkunft. Sie klebt an mir, so sehr ich sie auch abgestreift habe. Das eine habe ich verloren und das andere habe ich nicht gewonnen. Wie eine ewige Grenzgängerin komme ich mir vor, die zu keiner Seite wirklich gehört. Nur eine Seite weiß ich mit Sicherheit, auf die ich gehöre durch Geburt, Willen und Aufgabe: auf die Seite der Frauen!«

»Ja, da gehörst du hin und da wirst du gebraucht!«, bestätigte Julia. »Bitter gebraucht. Auch wenn ich weiß, dass deine Ansichten viel radikaler sind als meine und weit über die Ziele der Mädchenbildung hinausgehen: Wir Lehrerinnen brauchen Frauen wie dich, um die Ziele der Mädchenbildung zu erreichen, die ja hoffentlich in erreichbarer Zukunft liegen. Und du brauchst für die Verwirklichung deiner fernen Utopie der Gleichberechtigung uns Lehrerinnen. Damit es irgendwann einmal in ferner Zukunft deutsche Richterinnen, Polizistinnen und Anwältinnen geben kann, muss es schließlich jetzt erst einmal möglich werden, dass Mädchen Abitur machen können! Da müssen wir ansetzen, Margarethe! Bei der nächsten Generation.«

»Und bei uns Frauen selbst«, erwiderte Margarethe. »Aber ich wollte doch für *alle* Frauen reden, nicht nur für die der oberen Kreise! Und vor allem wollte ich *mit* allen Frauen reden.«

Julia nickte.

Sie schwiegen. Endlich begann Margarethe tastend neu: »Wenigstens wir Frauen, habe ich gedacht, wenigstens wir könnten über die Klassengegensätze hinweg einander die Hände reichen. Wenigstens wir könnten gemeinsam kämpfen – als Frauen, ganz gleich, welcher Herkunft wir sind. Für eine bessere, eine gerechtere, eine menschliche Gesellschaft. Für unsere Gleichberechtigung. Für die gemeinsamen Ziele der Frauen.«

»Aber?«, fragte Julia.

»Seit heute glaube ich nicht mehr, dass das Gemeinsame ausreicht, das Trennende zu überwinden. Der Traum ist für mich ausgeträumt.«

»Nicht!«, bat Julia. »Gib nicht auf! Dich kann ich mir gar nicht als Realistin denken, die sich nur mit dem heute Erreichbaren zufriedengibt. Du bist für mich eine von denen, die uns Frauen die Welt zeigen, wie sie sein könnte. Verlier nicht deinen Traum! Der Tag wird kommen.«

»Ja«, erwiderte Margarethe bitter. »In fünfzig oder hundert Jahren vielleicht.« Sie stockte. Und dann fügte sie trotzig hinzu: »Aber aufgeben werde ich deswegen dennoch nicht! Ich werde meinen Platz im Kampf um die Gleichberechtigung der Frauen, im Kampf für die Frauen und mit den Frauen schon finden, und wenn er zwischen allen Stühlen ist! Johann meint sowieso, dass wir dort zu Hause sind.«

Julia nickte. »Jetzt erst recht, oder – was meinst du?«

»Jetzt erst recht!«, bestätigte Margarethe. Dann legte sie die Hand auf ihren Bauch und sagte: »Wer weiß – vielleicht wird es eine Tochter. Und vielleicht wird sie eines Tages erleben, was uns wohl nicht mehr vergönnt sein wird: dass alle Frauen sich vereinen und dass sie gemeinsam ans Ziel ihrer Träume kommen, an ihre Hälfte des Himmels ...«

Und da, leicht wie die Berührung einer Fischflosse, spürte sie die Bewegung in ihrem Leib.

Einige historische Erläuterungen

Die *Sozialdemokratische Partei Deutschlands (SPD)* ist 1890 als politische Partei aus der Sozialistischen Arbeiterpartei SAP hervorgegangen, die 1875 als Vereinigung des Allgemeinen Deutschen Arbeitervereins und der Sozialdemokratischen Arbeiterpartei gegründet worden war.

Die Geschichte der deutschen Sozialdemokratie ist stark geprägt durch das *Sozialistengesetz.* Es wurde am 21.10.1878 als Reichsgesetz »wider die gemeingefährlichen Bestrebungen der Sozialdemokratie« erlassen. Durch das Sozialistengesetz wurden Vereine verboten, die durch sozialdemokratische, sozialistische oder kommunistische Bestrebungen »den Umsturz der bestehenden Staats- und Gesellschaftsordnung« anstrebten. »Mit dem Sozialistengesetz sollten die Organisationen der Sozialdemokratie und der sozialistischen Gewerkschaften zerschlagen werden« (Schmierer, S. 1189). Beispielsweise konnten Versammlungen aufgelöst und Druckschriften verboten werden. Verhaftungen, Ausweisungen, Beschränkungen des Aufenthaltsrechts, Entziehungen von Konzessionen für Gastwirte, die Sozialisten ihre Räume zur Verfügung stellten, und vieles andere waren die Folge. Das Sozialistengesetz galt bis zum 30.9.1890. Es belastete das politische Leben in Deutschland aber noch lange Zeit danach. (nach Schmierer) Den angestrebten Zweck verfehlte es jedoch, da gerade durch die Verfolgung die Ideologie sich radikalisierte, die Solidarität unter den Arbeitern geweckt wurde und die Zahl der Mitglieder explosionsartig wuchs. »Der Schwerpunkt der SPD-Wählerschaft« lag »in den protestantischen Arbeitervierteln der Großstädte und Industrieregionen« (Wehler, S. 1046).

Unter der Verfolgung durch das Sozialistengesetz setzten sich die *marxistischen Lehren* als theoretische Grundlage der Sozialdemokratie durch. Karl Kautsky, der Verfasser des theoretischen Teils des *Erfurter Programms* der SPD von 1891 und nach Friedrich Engels' Tod der führende (marxistische) Theoretiker der SPD, ging – von Vorstellungen der Evolutionstheorie beeinflusst – davon aus, dass die kapitalistische Gesellschaft quasi naturgesetzlich zusammenbrechen und der Sozialismus sich durchsetzen werde, d. h. dem Proletariat und seiner Partei die Macht zufallen werde. (nach *Brockhaus Enzyklopädie*) August Bebel prophezeite dementsprechend den »großen Kladderadatsch«. »Das fand in der radikalen Proteststimmung allgemeine Resonanz und gab zugleich [...] ein friedlich erreichbares Ziel. Man erwartete die Revolution ohne revolutionäre Aktivitäten.« (Nipperdey, S. 358)

Ab Herbst 1896 forderte jedoch Eduard Bernstein, der im Exil das illegale Parteiorgan *Der Sozialdemokrat* geleitet hatte, eine Revision der marxistischen Theoreme – u. a. weil die prophezeite »Verelendung des Proletariats« und die ständige Verschärfung des Klassenkampfes ausgeblieben seien. Das führte in der SPD zu dem lang anhaltenden *Revisionismusstreit*. Der im Roman angedeutete politische Sinneswandel Johann Nietnagels geht in die Richtung der Bernstein'schen Forderungen, sich nicht mehr auf die Revolution vorzubereiten, sondern auf parlamentarischem Wege für Reformen zu arbeiten. Trotz heftigster Kritik aus den eigenen Reihen hatten der Revisionismus und der von den sozialistischen Gewerkschaften getragene *Reformismus* letztendlich entscheidenden Einfluss auf die weitere Entwicklung der SPD.

Die *Nationalliberale Partei*, die aus einer Spaltung der Fortschrittspartei hervorging, konstituierte sich 1867. Sie war vor allem die Partei des Besitz- und Bildungsbürgertums, der liberalen Grundbesitzer, der Industriellen und Bankiers und wurde nach 1890 eine der führenden Interessenvertretungen der deutschen Großindustrie und Großbanken. (nach Schmierer)

Die Deutsche Zentrumspartei, kurz *Zentrum* genannt, gegründet 1870/71, entwickelte sich zur parlamentarischen Vertretung der deutschen Katholiken. 1871–1887 führte der Staat unter Führung von Bismarck den sog. *Kulturkampf* gegen die traditionellen Rechte der katholischen Kirche für eine schärfere Trennung von Staat und Kirche. Auch die Einführung der Zivilehe gehört in diesen Zusammenhang.

Nach dem bis 1908 geltenden preußischen *Vereinsgesetz* aus dem Jahr 1850 durften Vereine, »welche bezwecken, politische Gegenstände in Versammlungen zu erörtern«, keine »Frauenspersonen, Schüler, Lehrlinge als Mitglieder aufnehmen [...] Frauenspersonen, Schüler und Lehrlinge dürfen den Versammlungen und Sitzungen solcher Vereine nicht beiwohnen. Werden dieselben auf Aufforderung des anwesenden Abgeordneten der Obrigkeit nicht entfernt, so ist Grund zur Auflösung der Versammlung oder der Sitzung vorhanden.« (Gerhard, S. 73 f.)

Dieses Vereinsgesetz beeinflusste die *deutsche Frauenbewegung* gravierend – besonders die sozialistischen Arbeiterinnenvereine hatten darunter zu leiden. Immer wieder wurden Arbeiterinnenvereine verboten und Arbeiterinnenversammlungen aufgelöst. Die Sozialistinnen versuchten, dieses Gesetz zu umgehen, indem sie sog. *Frauenagitationskommissionen* gründeten, die weder Mitglieder noch einen Vorstand hatten. Frauenagitationskommissionen zur Vorbereitung öffentlicher Versammlungen für Frauen waren vom Vereinsgesetz nicht betroffen. Versammlungen für Frauen waren nach dem Gesetz nur verboten, »wenn es sich um Vereinszusammenkünfte handelte bzw. wenn sie von Vereinen einberufen wurden« (Gélieu, S. 64). Dennoch wurden auch diese

Kommissionen von der Polizei verboten. Daraufhin baute man das System der Vertrauenspersonen aus.

Das Vereinsgesetz zwang die *Frauenvereine,* sich betont unpolitisch zu geben, und es veranlasste die bürgerlichen Frauenvereine, Abstand zu den sozialistischen zu halten, um nicht mit diesen gemeinsam verfolgt zu werden. »Es waren nicht etwa politische Differenzen zwischen sozialistischer und bürgerlicher Frauenbewegung, die dazu führten, dass Arbeiterinnenvereine bei der Gründung des *Bundes deutscher Frauenvereine (BDF)* 1894 von der Mitgliedschaft ausgeschlossen blieben. Die Mehrheit der 34 Gründungsmitglieder des BDF befürchtete, dass ihr Dachverband als politische Vereinigung eingestuft und deshalb verboten werden könnte. [...] Frauenpolitische Angelegenheiten an sich interessierten die Behörden nicht, die Gefahr sahen sie in der Arbeiterinnenbewegung, deren sozialistischer Ausrichtung und Stärkung der Sozialdemokratie sowie deren Verbindung zu den Bürgerlichen.« (Gélieu, S. 65 und 82)

Literaturangaben zu den historischen Erläuterungen:

Brockhaus Enzyklopädie, 21. Aufl., Mannheim 2006, darin: »Marxismus«

Claudia von Gélieu: *Vom Politikverbot zum Kanzleramt. Ein hürdenreicher Weg für Frauen,* Berlin 2008

Ute Gerhard: *Unerhört. Die Geschichte der deutschen Frauenbewegung,* Hamburg 1990

Thomas Nipperdey: *Deutsche Geschichte,* Bd. 2: *1866–1918. Machtstaat vor der Demokratie,* München 1998 (1. Aufl. 1992)

Wolfgang Schmierer: »Sozialistengesetz« und »Nationalliberale Partei«, in: *Lexikon der deutschen Geschichte,* Bd. 1, hg. von Gerhard Taddey, 3. überarb. Aufl., Stuttgart 1998

Hans-Ulrich Wehler: *Deutsche Gesellschaftsgeschichte 1849–1914,* München 1995

Im Roman erwähnte historische Persönlichkeiten:

Der »Alte Fritz« (Friedrich II., der Große, 1712–1786); König von Preußen

Anita Augspurg (1857–1943); Frauenrechtlerin, erste – in Zürich promovierte – Juristin Deutschlands, Präsidentin des *Deutschen Verbandes für Frauenstimmrecht*

Ottilie Baader (1847–1925); in der sozialistischen Frauenbewegung aktiv engagierte Arbeiterin, erste *Zentralvertrauensperson der Genossinnen Deutschlands*

August Bebel (1840–1913); sozialistischer Politiker, allgemein anerkannter Führer der deutschen Sozialdemokratie, 1871–1913 Mitglied des Reichstags, Verfasser zahlreicher weit verbreiteter Schriften, u. a. *Die Frau und der Sozialismus*

Paula Becker, verh. Modersohn-Becker (1876–1907); Malerin, nahm 1896 an einem Kurs an der Mal- und Zeichenschule des *Vereins der Berliner Künstlerinnen* teil

Fürst Otto von Bismarck (1815–1898); 1871–1890 Reichskanzler des Deutschen Reiches

Karl Bleibtreu (1859–1928); deutscher Schriftsteller, beeinflusst von Émile Zola, Programmatiker des frühen deutschen Naturalismus

Minna Cauer (1841–1922); Frauenrechtlerin, Schriftstellerin, Gründerin des radikal-feministischen Vereins *Frauenwohl,* Herausgeberin der Zeitschrift *Die Frauenbewegung*

Hedwig Dohm (1831–1919); deutsche Schriftstellerin, radikale Feministin

Annette von Droste-Hülshoff (1797–1848); deutsche Dichterin. Ihr im Roman zitiertes Gedicht hat den Titel »Am Turm« (1842)

Theodor Fontane (1819–1898); deutscher Schriftsteller, Theaterkritiker und Journalist, der den kritischen deutschen Gesellschaftsroman zur Hochblüte führte

Lily von Gizycki, in 2. Ehe Lily Braun, (1865–1916); deutsche Schriftstellerin, radikale Feministin im Vorstand des Vereins *Frauenwohl*, ab 1896 Sozialistin, Vertreterin der revisionistischen Richtung in der SPD, Mitbegründerin der Zeitschrift *Die Frauenbewegung*

Paul Göhre (1864–1928); evangelischer Pfarrer und Politiker, der als Fabrikarbeiter Erfahrungen sammelte, die er veröffentlichte, trat 1900 in die SPD ein, später Mitglied des Reichstags

Gerhart Hauptmann (1862–1946); deutscher Dichter, mit seinen sozialen Dramen wichtigster Vertreter des deutschen Naturalismus, Literaturnobelpreis-Träger

Arno Holz (1863–1929); deutscher Schriftsteller, Vertreter des »konsequenten Naturalismus« mit dem Ziel der vollkommenen Erfassung der Wirklichkeit durch die Kunst; Verfasser der im Roman Johann Nietnagel in den Mund gelegten Gedichte

Henrik Ibsen (1828–1906); norwegischer Schriftsteller, Wegbereiter des modernen Dramas, der mit der von ihm entwickelten Form des »Gesellschaftsstücks« – vor allem mit *Nora oder Ein Puppenheim* – Weltruhm erlangte

Emma Ihrer (1857–1911); erste deutsche Gewerkschaftsführerin, Gründerin der Zeitschrift *Die Arbeiterin*, die später in *Die Gleichheit* umbenannt wurde

Kaiserin Friedrich (1840–1901); Viktoria, Tochter der Königin Victoria von England, Witwe von Kaiser Friedrich III., Mutter von Wilhelm II.

Prof. Robert Koch (1843–1910); Mediziner, Nobelpreisträger, Entdecker zahlreicher Krankheitserreger

Helene Lange (1848–1930); führende gemäßigte Frauenrechtlerin, Lehrerin, Gründerin des *Allgemeinen Deutschen Lehrerinnenvereins*, Vorsitzende des *Allgemeinen Deutschen Frauenvereins*, Herausgeberin der Zeitschrift *Die Frau*

Karl Liebknecht (1871–1919); sozialistischer Politiker auf der äußersten Linken der SPD, 1918 Mitbegründer der KPD

Königin Luise (1776–1810); Tochter des Herzogs von Mecklenburg-Strelitz, verheiratet mit dem preußischen König Friedrich Wilhelm III.

Robert Malthus (1766–1834); englischer Nationalökonom und Sozialphilosoph, dessen Lehre *(Malthusianismus)*, nach der die Ursachen des menschlichen Elends im raschen Bevölkerungszuwachs liegen, zur Propagierung von Geburtenkontrolle und Familienplanung führte

Eugenie Marlitt (1825–1887); deutsche Schriftstellerin, Verfasserin erfolgreicher trivialer Unterhaltungsromane

Karl Marx (1818–1883); sozialistischer Politiker und Schriftsteller, Sekretär der Internationalen Arbeiter-Assoziation, mit Friedrich Engels Verfasser des *Kommunistischen Manifests,* gab mit seinem Theoriensystem der sozialistischen Bewegung eine wissenschaftliche Grundlage (»Marxismus«)

Mitglieder des Reichstags: Die Herren Heyl zu Hernsheim, Fischer, Hitze, Scholl, Staatsminister von Berlepsch; allesamt Redner am 12. Februar 1896 in der Debatte über *Das Arbeiterelend in der Konfektionsindustrie*

Prof. Max Josef Pettenkofer (1818–1901); Professor für medizinische Chemie und Hygiene, hielt die Boden- und Grundwasserbeschaffenheit für wichtige Faktoren bei Seuchen

S. M. der Kaiser (1859–1941); Wilhelm II.

Prof. Gustav von Schmoller (1838–1917); Volkswirtschaftler, Mitbegründer des *Vereins für Socialpolitik*

Jeanette Schwerin (1852–1899); Mitglied im Vorstand des Vereins *Frauenwohl,* mit ihrem Mann Gründerin der *Deutschen Gesellschaft für Ethische Kultur,* Chefredakteurin des *Centralblattes des Bundes deutscher Frauenvereine*

Auguste Securius; Luftschifffahrerin

Adolf Stoecker (1835–1909); preußischer Hofprediger und Politiker, Leiter der Stadtmission und Gründer der *Christlich-sozialen Partei,* dessen *Berliner Bewegung* zum Sammelbecken der Antisemiten wurde

Hippolyte Adolphe Taine (1828–1893); französischer Kulturkritiker, Philosoph und Historiker, nach dessen Milieutheorie *Rasse, Milieu und Moment* alle sozialen Phänomene und geistigen Werke bestimmen

Prof. Heinrich von Treitschke (1834–1896); einflussreicher Historiker und politischer Publizist mit antisemitischer und antisozialistischer Grundhaltung, preußischer Historiograf

Rahel Varnhagen von Ense (1771–1833); deutsche Schriftstellerin, wurde bekannt durch ihren Berliner Salon, in dem sie Literaten, Philosophen und Künstler um sich versammelte

Prof. Adolph Wagner (1835–1917); Volkswirtschaftler und Finanzwissenschaftler, Mitbegründer des *Vereins für Socialpolitik*

Clara Zetkin (1857–1933); Führerin und Chefideologin der sozialistischen Frauenbewegung, Herausgeberin der Zeitschrift *Die Gleichheit,* später kommunistische Politikerin

Hildegard Ziegler, verh. Wegscheider (1871–1953); erste Abiturientin Preußens, erste in Preußen promovierte Frau, Pädagogin und später preußische Landtagsabgeordnete

Émile Zola (1840–1902); französischer Schriftsteller, wichtigster Vertreter des europäischen Naturalismus

Historische Persönlichkeiten, deren Bekanntheit allgemein vorausgesetzt werden kann und die für den Roman kein besonderes Gewicht haben (wie z. B. Goethe oder Napoleon) sind hier nicht aufgeführt.

Alle anderen im Verzeichnis nicht erwähnten Personen des Romans – und damit alle persönlich handelnden Haupt- und Nebenfiguren von Margarethe von Zug und ihrem Verwandten- und Bekanntenkreis bis hin zu Clara Bloos und Jenny mit ihren Familien und Bekannten – sind literarische Erfindungen. Namensgleichheiten mit historischen oder lebenden Personen wären rein zufällig.

Auch Johann Nietnagel ist also eine frei erfundene Figur. Die ihm im Roman in den Mund gelegten Gedichte sind jedoch Werke des Dichters Arno Holz (vgl. »Im Roman erwähnte historische Persönlichkeiten«).

Welche der im Roman genannten Frauenvereine historisch sind, geht indirekt aus den Nennungen im Personenregister hervor. Der Wohltätigkeitsverein *Misericordias* der Baronin von Zug, der Sittlichkeitsverein, in dem Hermine Weidemann sich engagiert, und der Verein, den Margarethe zu gründen im Begriff ist, sind literarische Fiktionen.

Quellen:

Die Gedichte von Arno Holz »Ihr Dach stieß fast …« aus: »Phantasus« und »Ein Bild« sind zitiert nach *Der neue Conrady. Das große deutsche Gedichtbuch,* hg. von Karl Otto Conrady, Düsseldorf/Zürich 2000; »Ein Andres« ist zitiert nach *http://vdeutsch.eduhi.at.* Des Rhythmus' wegen wurde im Gedicht »Ihr Dach stieß fast …« eine kleine Änderung vorgenommen, wie sie dem mündlichen Vortrag entsprechen würde: »richt'ge« statt »richtige«.

Ebenfalls nach Conrady ist das Gedicht »Am Turm« von Annette von Droste-Hülshoff zitiert.

Die wörtlichen Passagen der Rede von Lily von Gizycki sind wörtliche Zitate dieser Rede nach dem Buch von Lily Braun: *Memoiren einer Sozialistin (Kampfjahre,* zuerst 1911, Berlin/Bonn 1985) und nach Ute Gerhard: *Unerhört. Die Geschichte der deutschen Frauenbewegung,* Hamburg 1990. Für den Zweck meines Romans habe ich den Zeitpunkt der Rede von Lily von Gizycki um einige Monate nach hinten verschoben. Tatsächlich hielt sie den Vortrag im Dezember 1894, und die Entlassung ihres Vaters, General von Kretschmann, aus dem Militärdienst fand erst danach statt.

Die wörtlichen Passagen der Reden im Reichstag sind wörtliche Zitate aus dem Stenographischen Bericht über die Verhandlungen vom 12. Februar 1896 vor dem Deutschen Reichstag über *Das Arbeiterelend in der Konfektionsindustrie.*

Die Zitate aus *Nora oder Ein Puppenheim* von Henrik Ibsen sind – mit größeren Auslassungen – aus dem dritten Akt dieses Dramas ausgewählt, zitiert nach der Digitalen Bibliothek, Band 89, Berlin 2004.

Die Textstellen aus der Novelle »Werde, die du bist« von Hedwig Dohm stammen aus dem Buch *Hedwig Dohm. Ausgewählte Texte,* hg. von Nikola Müller und Isabel Rohner, Berlin 2006.

Das im Roman erwähnte Urteil eines Altonaer Schwurgerichts in einem Vergewaltigungsprozess geht in Wahrheit auf das Jahr 1905 zurück. Es wurde in der *Beilage der Frauenbewegung. Parlamentarische Angelegenheiten und Gesetzgebung,* Nr. 3–5, 1905, besprochen (zitiert nach Ute Gerhard).

Die Zitate August Bebels sind seinem Werk *Die Frau und der Sozialismus* (zuerst 1879, 61. Aufl., Berlin 1964) entnommen, die Zitate Clara Zetkins entstammen dem Band 1 von Clara Zetkin: *Ausgewählte Reden und Schriften,* Berlin 1957 und dem Buch von Ute Gerhard.

Das Berliner Lied, das an zwei Stellen im Roman in Auszügen wiedergegeben ist, trägt den Titel »Groß-Berlin«, Worte von Franz Hergersfeld, zitiert nach dem *Album 1904: Groß-Berlin,* N. Israel-Verlag Berlin.

Das Lied »Mann der Arbeit, aufgewacht« – die letzten drei Strophen des sog. »Bundesliedes« – 1863 gedichtet von Georg Herwegh, ist zitiert nach *www.wikipedia.de.*

Auch über die hier angeführten wörtlichen Zitate hinaus habe ich in großem Umfang Fachliteratur und historische Quellen verwendet, um einen fiktiven Roman zu schreiben. Viele Informationen habe ich – außer aus der Sekundärliteratur – aus zeitgenössischen Texten wie Zeitungsartikeln, wissenschaftlichen Publikationen, Agitationsschriften, Romanen und vor allem Memoiren. An vielen Stellen dieses Romans sind Fiktion und Fakten literarisch eng miteinander verwoben. Ich verzichte darauf, das hier im Einzelnen aufzulisten, sondern will dafür nur einige wenige Beispiele nennen, vor allem für die Verwendung von Lebenserinnerungen:

Die Rede, welche die Frauenvereinsvorsitzende im Roman zum BGB hält, folgt dem von den Rechtskommissionen des BDF unterzeichneten *Aufruf* im Jahr 1896. (nach Ute Gerhard) Julias Vermutungen darüber, wie ein Schulrat auf eine schwangere verheiratete Lehrerin an einer Privatschule reagieren würde, entsprechen Hildegard Wegscheiders (geb. Ziegler) persönlicher Erfahrung kurz nach 1900, die sie – ebenso wie u. a. ihre Erfahrungen als erste Abiturientin Preußens mit Dekan Treitschke – in ihren Erinnerungen *Weite Welt im engen Spiegel* (Berlin-Grunewald 1953) niedergelegt hat. Margarethes Aussage über die Haltung ihrer Eltern zur Zivilehe habe ich wie viele weitere Details den *Memoiren einer Sozialistin* von Lily Braun (*Lehrjahre* zuerst 1909, *Kampfjahre* zuerst 1911, Berlin/Bonn 1985) entlehnt, Einzelheiten zur Verfolgung des Frauenagitiationskomitees (bis hin zur Durchsuchung der Puppenstube der Kinder) oder Jennys frühe Streikerfahrungen als Mantelnäherin und vieles andere den Lebenserinnerungen von Ottilie Baader *Ein steiniger Weg* (zuerst 1921, Berlin/Bonn 1979). Einige Klagen von Claras Mutter – wie über die Schrecken des Kinderreichtums –, manche Einzelheiten des Fabrik- und Familienlebens von Clara einschließlich des pausenlosen Fadenvernähens oder das Tütenkleben von Anna Brettschneider und ihren Kindern wurden angeregt beispielsweise durch die anonymen Lebenserinnerungen eines Mädchens als

Fabrikarbeiterin und Kellnerin *Kampf ums Dasein* (zuerst 1908, Düsseldorf 1987) oder durch Moritz Th. Brommes *Lebensgeschichte eines modernen Fabrikarbeiters* (zuerst 1905, Düsseldorf/Köln 1971), einer Schrift, der auch die Darstellung der Einweisung von Claras Vater in die Lungenheilanstalt bis hin zur Liste der mitzunehmenden Kleidungsstücke folgt. Und vieles andere mehr.

So haben Quellen und Fakten den Hintergrund und Boden gebildet, aus dem heraus ein Roman entstehen konnte, der seinen eigenen Notwendigkeiten und Gesetzen folgt.

Darmstadt, im Oktober 2008   Gabriele Beyerlein

Von Gabriele Beyerlein in der Berlin-Trilogie
bei Thienemann bereits erschienen:

In Berlin vielleicht
Berlin, Bülowstraße 80 a

Beyerlein, Gabriele:
Es war in Berlin
ISBN 978 3 522 20043 1

Umschlaggestaltung: Niklas Schütte
unter Verwendung des Fotos »Demonstration Frauen-Wahlrecht«/
Haeckel (8-1912-5-12-A1) © akg-images, Berlin
Umschlagtypografie: Michael Kimmerle
Innentypografie: Marlis Killermann
Schrift: Joanna und Walbaum
Satz: KCS GmbH, Buchholz/Hamburg
Reproduktion: immedia 23, Stuttgart
Druck und Bindung: Friedrich Pustet, Regensburg
© 2009 by Thienemann Verlag
(Thienemann Verlag GmbH), Stuttgart/Wien
Printed in Germany. Alle Rechte vorbehalten
5 4 3 2 1° 09 10 11 12

www.thienemann.de
www.gabriele-beyerlein.de